Stephen King est né en 1947 dans l'État du Maine. Il sort de l'université en 1970 avec un diplôme de professeur d'anglais, et publie en 1973 son premier roman *Carrie* (vendu à plus de 2 500 000 exemplaires). Dès lors tous ses romans sont des best-sellers, et nombre d'entre eux sont adaptés au cinéma : *Carrie* par Brian de Palma, *Shining* par Stanley Kubrick, *Dead Zone* par David Cronenberg, *Christine* par John Carpenter, *Misery* par Bob Reiner. Avec plus de quarante millions de livres vendus dans le monde entier, il est devenu le plus célèbre auteur de livres fantastiques et d'horreur de tous les temps... et maître incontesté du genre, notamment. Il est l'un des premiers à avoir expérimenté Internet pour la publication d'une nouvelle, reprise en France par Le Livre de Poche/Albin Michel : *Un tour sur le Bolid'*. On lui doit depuis *Sac d'os, Écriture, mémoires d'un métier* et *Dreamcatcher*.

Stephen King explique sa fascination pour l'horreur comme un moyen de combattre l'angoisse, une sorte de psychanalyse à l'envers : écrire les pires choses qui puissent arriver aide à se débarrasser de la peur. Il écrit non sans humour : « Je suis le malade, et on me paie pour l'être ». Ses goûts littéraires le portent vers Philippe Roth, Norman Mailer, John Irving, Ray Bradbury, Richard Matheson et Joyce Carol Oates. Stephen King est marié à la romancière Tabitha King. Ils ont trois enfants et vivent dans une petite ville du Maine.

STEPHEN KING

Cœurs perdus
en Atlantide

ROMAN TRADUIT DE L'AMÉRICAIN PAR WILLIAM OLIVIER DESMOND

ALBIN MICHEL

Titre original :

HEARTS IN ATLANTIS

Pour Joseph, Leanora et Ethan :
Je ne vous ai dit tout cela que pour vous dire ceci.

Numéro 6 : Qu'est-ce que vous voulez ?
Numéro 2 : Des informations.
Numéro 6 : De quel bord êtes-vous ?
Numéro 2 : Ce serait me trahir. Nous
    voulons des informations.
Numéro 6 : Vous ne les aurez pas !
Numéro 2 : Par un moyen ou un autre...
    nous les aurons.

Le Prisonnier

« Simon ne bougeait pas. Les feuillages
dissimulaient sa mince silhouette brune.
Il avait beau fermer les yeux, le spectacle
de la tête de truie restait imprimé sur sa
rétine. Les yeux mi-clos de la bête étaient
alourdis par le cynisme infini des adultes.
Ils affirmaient à Simon que la vie ne
valait pas grand-chose. »
WILLIAM GOLDING
Sa Majesté des Mouches
(Trad. Lola Tranec-Dubled)

« On l'a dégommé. »
Easy Rider

CRAPULES DE BAS ÉTAGE
EN MANTEAU JAUNE

I. Un petit garçon et sa maman. L'anniversaire de Bobby. Le nouveau locataire. Du temps et des étrangers.

Le père de Bobby Garfield était de ces types qui commencent à perdre leurs cheveux à vingt ans et sont complètement chauves autour de quarante-cinq. Randall Garfield se vit épargner cette calamité en mourant d'une crise cardiaque à trente-six. L'agent immobilier rendit son dernier souffle sur le sol d'une cuisine qui n'était pas la sienne. L'acheteur potentiel était dans le séjour, essayant vainement d'appeler une ambulance — le téléphone était coupé — lorsque le papa de Bobby trépassa. Bobby avait alors trois ans. Il gardait le vague souvenir d'un homme le chatouillant et l'embrassant sur les joues et le front. Son papa, il en était à peu près sûr. REGRETS ÉTERNELS, lisait-on sur la pierre tombale de Randall Garfield, mais sa veuve paraissait ignorer que l'éternité dure plus d'un mois et quant à Bobby lui-même... comment peut-on regretter quelqu'un dont on ne garde que le plus vague souvenir ?

Huit ans après la mort de son père, Bobby tomba violemment amoureux d'une Schwinn de vingt-six pouces qu'il découvrit dans la vitrine de Harwich Western Auto. Il faisait allusion à la bicyclette devant sa mère à la moindre occasion et finit par la lui montrer, un soir où ils revenaient à pied du cinéma (ils avaient vu *L'Ombre en haut de l'escalier*, que Bobby n'avait pas bien compris mais avait tout de même apprécié, en particulier le moment où Dorothy McGuire tombe à la renverse dans son fauteuil et exhibe ses longues jambes). Et donc, passant devant la vitrine du quincaillier, Bobby lâcha d'un ton détaché que la bécane ferait certainement un cadeau d'anniversaire génial pour un petit chanceux de onze ans.

« N'y pense même pas, répliqua sa mère. Je n'ai pas les moyens de te l'offrir, anniversaire ou pas. On ne peut pas dire que ton père nous ait laissés à l'aise, comme tu le sais. »

Randall avait beau être mort sous la présidence de Truman et Eisenhower arriver presque au terme de ses huit ans de croisière, *On ne peut pas dire que ton père nous ait laissés à l'aise* était toujours la réaction la plus courante à toute suggestion de Bobby pouvant entraîner une dépense supérieure à un dollar. Le commentaire était d'ordinaire accompagné d'un regard de reproche, comme si Randall avait pris la poudre d'escampette au lieu de mourir.

Pas de vélo pour son anniversaire. C'est un Bobby morose et broyant du noir qui poursuivit son chemin, tout le plaisir qu'il avait pris à ce film bizarre et embrouillé s'était dissipé. Il n'essaya pas de discuter avec sa mère, ne tenta pas de l'amadouer ; cela n'aurait fait que déclencher une contre-attaque et lorsque Liz Garfield contre-attaquait, elle ne faisait pas de prisonniers. N'empêche, il broyait du noir à l'idée de la bicyclette envolée... et de son père disparu. Il en venait presque à le haïr. Et parfois, la seule chose qui l'en empêchait était le sentiment, ne reposant sur rien de précis mais cependant très fort, que sa mère ne désirait que ça. Tandis qu'ils atteignaient Commonwealth Park et commençaient à le longer (deux coins de rue plus loin, ils tourneraient à gauche sur Broad Street, où ils habitaient), il surmonta sa répugnance habituelle et posa une question sur Randall Garfield.

« Il n'a vraiment rien laissé, maman ? Rien du tout ? »

Une ou deux semaines auparavant, il avait lu un roman policier de Nancy Drew dans lequel l'héritage d'un petit garçon pauvre se trouvait dissimulé derrière

14

une vieille horloge, dans une grande maison abandonnée. Bobby ne pensait pas sérieusement que son père ait laissé des pièces d'or ou des timbres de collection dans une planque, mais s'il y avait eu *quelque chose*, peut-être aurait-il été possible de le vendre à Bridgeport. Chez l'un des brocanteurs, par exemple. Ou dans un dépôt-vente ; il ne savait pas très bien comment ça fonctionnait, mais les boutiques étaient reconnaissables, avec leurs trois boules d'or comme enseigne. Sûr que les types de la brocante ne demanderaient qu'à les aider. D'accord, ce n'était rien qu'un rêve de gosse, mais Carol Gerber, qui habitait un peu plus haut dans la rue, possédait toute une ribambelle de poupées que son père, qui était dans la Navy, lui envoyait de tous les continents. Si les pères *donnaient* des choses — et la preuve, ils le faisaient —, il était clair que parfois ils devaient en *laisser*.

Bobby posa sa question au moment où ils passaient sous l'un des lampadaires qui longeaient le parc ; il vit la bouche de sa mère changer d'expression, comme toujours quand il risquait une question sur son père. Changement qui lui fit penser à une bourse qu'elle avait et dont l'ouverture se rapetissait et se plissait quand on tirait sur les cordons.

« Je vais te dire ce qu'il nous a laissé », répondit-elle lorsqu'ils s'engagèrent dans Broad Street.

Bobby regrettait déjà d'avoir posé la question, mais il était évidemment trop tard. Le hic était qu'une fois qu'elle était lancée, il n'y avait plus moyen de l'arrêter. « Une police d'assurance-vie périmée depuis un an à sa mort. Je n'en savais rien avant et tout le monde, y compris les pompes funèbres, a voulu sa petite part du gâteau, ou s'est servi sur ce que j'avais. Il a aussi laissé un joli paquet de factures impayées, dont je suis aujourd'hui venue pratiquement à bout — les gens se sont montrés très compréhensifs, en particulier Mr Biderman, ça, je ne dirai jamais le contraire. »

Tous ces détails n'étaient que du réchauffé, aussi barbants que rapportés avec amertume ; c'est alors qu'elle ajouta quelque chose que Bobby ignorait. « Ton père, reprit-elle alors qu'ils approchaient de la maison où ils avaient leur appartement, à mi-chemin de la rue, n'a jamais rencontré une quinte servie qui ne l'ait pas fait craquer.

— Qu'est-ce que c'est qu'une quinte servie, m'man ?

— Peu importe. Mais je vais te dire un truc, Bobby-O : que je ne te prenne jamais à jouer aux cartes pour de l'argent. Ça, j'en ai soupé jusqu'à la fin de mes jours. »

Bobby aurait bien aimé en apprendre davantage, mais il savait que poser d'autres questions lui vaudrait simplement une nouvelle diatribe. Il se demanda si le film, qui mettait en scène des couples malheureux, n'avait pas bouleversé sa mère d'une manière qu'il était trop jeune pour comprendre. Il se promit de demander à son copain John Sullivan, lundi, à l'école, ce qu'était une quinte servie. Il pensait qu'il s'agissait de poker, mais n'en était pas tout à fait sûr.

« Il y a des endroits à Bridgeport où l'on détrousse les gens, reprit-elle. Les hommes qui y vont sont des fous. Ils font un beau gâchis et c'est en règle générale aux femmes de venir faire le ménage. Que veux-tu... »

Bobby savait ce qui venait ensuite : le leitmotiv favori de sa mère.

« ...La vie n'est pas juste », dit Liz Garfield en prenant sa clef pour ouvrir la porte du 149 Broad Street, dans la ville de Harwich, Connecticut. On était en avril 1960, la nuit exhalait des parfums printaniers, et à côté d'elle se tenait un garçonnet maigrichon, arborant la discutable crinière rousse de son père. Elle ne lui touchait pratiquement jamais les cheveux ; les rares fois où il avait droit à une caresse, c'était sur son bras ou sa joue qu'elle posait la main.

« Non, la vie n'est pas juste », répéta-t-elle.

Elle ouvrit et ils entrèrent.

Certes, sa mère n'avait pas été traitée comme une princesse par la vie ; et que son mari ait expiré à l'âge de trente-six ans sur le lino d'une maison vide était sans aucun doute malheureux, mais Bobby pensait parfois que les choses auraient pu être pires. Elle aurait pu se retrouver avec deux enfants et pas seulement un, par exemple. Ou trois. Bon Dieu, quatre, même.

Elle aurait pu aussi être obligée de prendre un travail très dur pour les faire vivre, tous les deux. La mère de Sully, par exemple, s'échinait à la boulangerie Tip-Top, dans le centre-ville, et les semaines où il lui revenait d'allumer les fours, Sully-John et ses deux grands frères ne la voyaient presque pas. Il avait également remarqué les femmes qui sortaient de la fabrique de chaussures Peerless Shoe au son de la sirène, à quinze heures (lui-même quittait l'école à quatorze heures trente) ; elles avaient toutes l'air ou bien trop maigres, ou bien trop grosses. Des femmes au teint pâle et aux doigts tachés d'une ignoble couleur de sang séché, des femmes aux yeux baissés qui portaient leurs vêtements de travail dans des sacs d'épicerie en papier kraft. À l'automne, il avait vu des hommes et des femmes qui cueillaient des pommes, à la campagne, un jour qu'il était allé à une kermesse avec Mrs Gerber, Carol et le petit Ian (que Carol appelait toujours Ian la Morve.) À sa question, Mrs Gerber lui avait dit que c'était des migrants, comme s'il s'agissait d'une espèce d'oiseau, allant toujours d'un endroit à un autre, cueillant ce qu'il y avait à cueillir. La mère de Bobby aurait pu en faire partie, après tout.

Mais non. Elle, elle était la secrétaire de Mr Donald Biderman chez Home Town Real Estate, l'agence immobilière dans laquelle travaillait le papa de Bobby quand il avait eu sa crise cardiaque. Il supposait qu'elle avait peut-être eu la place, au fond, parce que Mr Biderman aimait bien Randall et s'était senti désolé pour cette femme qui se retrouvait veuve avec un enfant à peine sorti des langes ; mais elle travaillait bien et beaucoup. Elle restait très souvent tard le soir au bureau. Bobby s'était retrouvé en compagnie de Mr Biderman et de sa mère une ou deux fois ; il se rappelait surtout le pique-nique de l'agence, mais il y avait aussi eu le jour où Mr Biderman les avait conduits chez le dentiste de Bridgeport, parce que Bobby s'était cassé une dent pendant une récréation ; les deux adultes échangeaient de drôles de regards. Parfois, Mr Biderman l'appelait au téléphone, le soir, et pendant ces conversations, elle l'appelait Don. Mais le « Don » en question était vieux et Bobby n'y voyait pas malice.

Il ne savait pas très bien ce que faisait sa mère au bureau dans la journée (ni le soir), mais il était sûr que cela valait mieux que de fabriquer des chaussures, ou de cueillir des pommes, ou d'allumer les fours de la boulangerie à quatre heures et demie du matin. Que cela valait même fichtrement mieux. Et puis, quand il s'agissait de sa mère, il était plus prudent d'éviter de poser certaines questions, si on ne voulait pas avoir d'ennuis. Par quel mystère, par exemple, avait-elle les moyens de s'offrir trois robes, dont une en soie, sur le catalogue de Sears, mais pas de payer trois mensualités de onze dollars cinquante : le prix de la Schwinn, chez Western Auto (elle était rouge et argent, et il en avait mal au ventre rien que de la regarder dans la vitrine). Ça, c'était le genre de question à déclencher des ennuis, et des ennuis sérieux.

Bobby ne dit rien. Il décida de mettre lui-même l'argent de côté. Il lui faudrait attendre jusqu'à l'automne, au bas mot, peut-être même jusqu'à l'hiver, et le modèle, dans la vitrine de Western Auto, aurait peut-être disparu d'ici là, mais il essaierait. Il ne faut jamais lâcher le morceau. Jamais. La vie n'est pas facile, la vie n'est pas juste.

Lorsque arriva le onzième anniversaire de Bobby, le dernier mardi d'avril, sa mère lui tendit un petit paquet plat dans un emballage argenté. Il contenait une carte d'abonnement à la bibliothèque. Une carte orange, *pour adultes.* Bye-bye, les Nancy Drew, les Hardy Boys, les Don Winslow. Bonjour tout le reste, des histoires pleines de passions mystérieuses et embrouillées comme *L'Ombre en haut de l'escalier*. Sans parler de dagues ensanglantées dans les donjons. (Il y avait certes des mystères et des donjons chez Nancy Drew et les Hardy Boys, mais fort peu de sang et zéro passion.)

« Simplement, n'oublie pas que Mrs Kelton est une amie à moi. » Mrs Kelton était la bibliothécaire. La maman de Bobby avait parlé de son ton sévère habituel, mais elle était contente de son plaisir, qu'il ne dissimulait pas. « Si jamais tu essaies de prendre quelque chose d'osé comme *Peyton Place* ou *King's Row*, je le saurai. »

Il sourit. Il n'en doutait pas.

« Et si c'est l'autre, cette espèce de fouineuse, et qu'elle te demande comment il se fait que tu aies une carte orange, dis-lui de la retourner. J'ai signé l'autorisation au dos.

— Merci, m'man, c'est chouette. »

Elle sourit, se pencha, et lui posa sur la joue un petit baiser sec et rapide, envolé à peine posé. « Je suis contente que cela te fasse plaisir. Si je rentre assez tôt, on ira au Colony manger des palourdes frites et des crèmes glacées. Tu devras attendre le week-end pour ton gâteau ; je n'aurai pas le temps de le faire avant. Et maintenant, enfile ton manteau et en route, mon garçon, sinon tu vas être en retard à l'école. »

Ils descendirent et sortirent ensemble de la maison. Un taxi était arrêté le long du trottoir. Un homme en veston de popeline, penché vers la fenêtre du passager, payait le chauffeur. Derrière lui, il y avait quelques bagages et deux ou trois sacs en papier kraft, du modèle avec poignées.

« C'est sans doute lui qui a loué la chambre, au deuxième étage », dit Liz, dont la bouche s'était de nouveau plissée en cul-de-poule. Debout sur la plus haute marche du porche, elle paraissait étudier le derrière étroit de l'homme, qui pointait vers eux pendant qu'il récupérait sa monnaie. « Je n'ai pas confiance dans les gens qui déménagent leurs affaires dans des sacs en papier. Mettre ses effets personnels dans ces sacs, je trouve cela répugnant.

— Il a aussi des vrais bagages », fit remarquer Bobby.

Mais il n'eut pas besoin des commentaires de sa mère pour constater que les trois petites valises du nouveau locataire ne payaient pas de mine. Toutes différentes, on aurait dit qu'elles étaient arrivées ici de Californie poussées à coups de pied par un individu irascible.

La mère et le fils descendirent l'allée en béton. Le taxi démarra. L'homme en veston de popeline fit demi-tour. Aux yeux de Bobby, il y avait en gros trois catégories de personne : les gosses, les adultes et les vieux. Les vieux étaient des adultes avec des cheveux blancs. Le nouveau locataire appartenait à la troisième catégorie. Il avait l'air fatigué et si son visage maigre présentait peu de petites rides (sauf autour de ses yeux, d'un bleu délavé), de profonds sillons se creusaient autour de sa bouche. Ses cheveux, aussi fins que ceux d'un bébé, paraissaient reculer devant la progression des taches de vieillesse qui lui marbraient le front. Grand, voûté, il faisait penser à Boris Karloff, que Bobby avait vu dans les émissions « Spécial épouvante » du vendredi soir, sur WPIX. Sous le veston, on devinait des habits bon marché d'ouvrier qui paraissaient trop grands pour lui. Le cuir de ses chaussures était éraflé.

« Bonjour, dit-il avec un sourire qui paraissait forcé. Je m'appelle Theodore Brautigan. Je crois que je vais habiter ici pendant un moment. »

La mère de Bobby toucha à peine la main qu'il lui tendit. « Et moi, c'est Elizabeth Garfield. Voici mon fils, Robert. Je vais vous demander de nous excuser, Mr Brattigan, mais...

— Non, Brautigan, ma'am, mais je serais heureux que votre garçon m'appelle tout simplement Ted.

— Oui, bon, Robert est en retard pour l'école et moi

pour le travail. Contente d'avoir fait votre connaissance, Mr Brattigan. Dépêche-toi, Bobby. *Tempus fugit.* »

Elle partit vers le bas de la rue et le centre-ville ; Bobby vers le haut (plus lentement) et son école, Harwich Elementary, qui était sur Asher Avenue. Au bout de trois ou quatre pas, il s'arrêta et se retourna. Sa mère, trouvait-il, avait eu un comportement grossier vis-à-vis de Mr Brautigan, elle avait fait sa bêcheuse. Jouer les bêcheurs et les bêcheuses était le pire des vices dans son petit cercle de copains. Carol n'avait que mépris pour les bêcheurs ; Sully-John aussi. Mr Brautigan devait sans doute se trouver à mi-chemin de l'allée à présent, mais sinon Bobby lui adresserait un sourire destiné à lui faire comprendre que tous les Garfield n'étaient pas des bêcheurs.

Sa mère aussi s'était arrêtée pour regarder derrière elle. Non pas pour examiner un peu mieux Mr Brautigan ; l'idée ne traversa même pas l'esprit de Bobby. Non, c'était son fils qu'elle voulait observer. Elle avait su qu'il se retournerait avant même que l'idée lui en vienne, et cette intuition assombrit brusquement son humeur pourtant d'ordinaire joyeuse. Elle disait parfois que les poules auraient des dents avant que Bobby puisse la prendre de vitesse, et il était bien obligé de se dire qu'elle n'avait pas tort. Quel âge faut-il avoir pour être capable de prendre sa mère de vitesse, au fait ? Vingt ans ? Trente ans ? Ou bien faut-il attendre qu'elle soit vraiment vieille et commence à avoir le cerveau un peu ramollo ?

Mr Brautigan était toujours au même endroit, au départ de l'allée, une valise sous un bras, les deux autres à la main (il avait déplacé les trois sacs en papier sur la pelouse du 149 Broad), plus ployé que jamais sous le faix. Il se tenait exactement entre sa mère et lui, comme un octroi, un péage.

Le regard de Liz Garfield le dépassa pour atteindre son fils. *File*, disait-il. *Pas un mot. C'est un inconnu, venu on ne sait d'où, sinon de nulle part, et avec la moitié de ses affaires dans des sacs de commissions, en plus. Pas un mot, Bobby, et file d'ici.*

Eh bien, non. Peut-être parce qu'il avait eu une carte de bibliothèque au lieu d'une bicyclette pour son anniversaire. « J'suis très content d'avoir fait votre connaissance, Mr Brautigan, dit-il. J'espère que vous vous plairez ici. Bye !

— Travaille bien à l'école, fiston, répondit l'homme. Apprends tout ce que tu pourras. Ta maman a raison — *tempus fugit.* »

Bobby regarda sa mère pour voir si ce minuscule geste de rébellion ne pourrait pas être pardonné par la grâce de cette tout aussi minuscule flatterie, mais la bouche de maman ne s'était pas desserrée d'un cran. Elle fit demi-tour et repartit sans un mot. Bobby l'imita, satisfait d'avoir parlé à l'étranger, même si sa mère devait plus tard le lui faire regretter.

Alors qu'il approchait de la maison de Carol Gerber, il prit la carte d'abonnement pour l'examiner. Évidemment, ça ne valait pas une Schwinn de vingt-six pouces, mais ce n'était déjà pas si mal. Génial, même. Tout un monde de livres à explorer — quelle importance qu'elle n'ait coûté que deux ou trois dollars ? Ne dit-on pas que c'est l'intention qui compte ?

Euh... c'était en tout cas ce que prétendait sa mère.

Il retourna la carte. De son écriture décidée, elle avait marqué : *À qui de droit : ceci est la carte de bibliothèque de mon fils. Il a la permission de prendre trois livres par semaine dans la section des adultes à la bibliothèque publique de Harwich*. Et elle avait signé de son nom complet : *Elizabeth Penrose Garfield*.

Au-dessous, comme un PS, elle avait ajouté : *Robert sera responsable des amendes pour ses retards*.

« Bon anniversaire ! » s'écria Carol Gerber, le faisant sursauter ; sur quoi elle se précipita hors de sa cachette — un arbre derrière lequel elle l'avait attendu. Elle lui jeta les bras autour du cou et déposa deux gros bécots sur ses joues. Bobby rougit et regarda autour d'eux pour vérifier que personne ne les avait vus — sapristi, c'était déjà assez dur d'être copain avec une fille sans les bisous-surprises —, mais tout allait bien. Le flot habituel des élèves s'écoulait en direction de l'école, sur Asher Avenue, en haut de la colline, mais ici ils étaient seuls.

Il se frotta les joues.

« Je suis sûre que ça t'a plu, dit-elle en riant.

— C'est pas vrai. »

Mais il mentait.

« Qu'est-ce que tu as eu comme cadeau ?

— Une carte de bibliothèque, répondit-il en exhibant l'objet. Une carte pour adultes.

— Super ! » Était-ce de la compassion qu'il lisait dans son regard ? Probablement pas. Et puis après ? « Tiens, pour toi. »

Elle lui tendit une carte d'anniversaire avec son prénom sur l'enveloppe ; elle y avait aussi collé quelques cœurs et des oursons.

Il ouvrit l'enveloppe avec une vague appréhension, non sans se dire qu'il pourrait toujours fourrer la carte de vœux tout au fond de sa poche de pantalon, si jamais elle était trop cucu.

Mais non. Peut-être un peu trop bébé (on voyait un gamin en chapeau Stetson sur un cheval, avec JOYEUX ANNIVERSAIRE COW-BOY en lettres supposées donner l'impression d'être en bois), mais pas cucu. *Ta Carol qui t'aime*, ça c'était un peu cucu, mais que pouvait-on attendre d'autre d'une fille ?

« Merci.

— C'est un peu une carte pour les mômes, mais les autres étaient encore pires », dit-elle sans se démonter.

Plus haut sur la colline, Sully-John les attendait, s'entraînant avec son stupide Bo-lo Bouncer, une fois sous un bras, une fois sous l'autre, une fois dans le dos. Il n'essayait plus de le faire passer entre ses jambes, depuis sa première tentative dans la cour de récré, quand il s'était flanqué un bon coup dans les noix. Sully avait poussé un hurlement. Bobby et deux ou trois autres galopins s'étaient tordus de rire. Carol et quelques-unes de ses copines étaient arrivées en courant pour demander ce qui se passait, mais les garçons n'avaient rien dit ; et Sully-John avait fait comme eux, alors qu'il était blême et avait les larmes aux yeux. « Les garçons sont des idiots », avait alors déclaré Carol, mais Bobby ne la croyait pas vraiment sincère. Elle ne lui aurait pas sauté au cou pour l'embrasser, sinon, et c'était un vrai gros bécot qu'elle lui avait donné, à pleine bouche. Mieux que le petit baiser sec de sa mère, pour tout dire.

« Mais non, ce n'est pas une carte pour mômes, protesta-t-il.

— D'accord, mais presque. J'ai bien pensé t'en acheter une pour adultes, mais qu'est-ce qu'elles sont m'as-tu-vu...

— Je sais.

— Tu vas devenir un adulte m'as-tu-vu, Bobby ?

— J'espère que non... Et toi ?

— Non. Moi, je vais devenir comme l'amie de ma mère, Rionda.

— Elle est pas mal grosse, observa-t-il, dubitatif.

— Peut-être, mais elle est super-sympa. Je vais prendre le côté super-sympa et laisser le reste.

— Il y a un nouveau, chez nous. La chambre du deuxième étage. Maman dit qu'il y fait chaud à crever.

— Ouais ? De quoi il a l'air ? (Elle pouffa.) Il est du genre m'as-tu vu ?

— Il est vieux, répondit Bobby songeur. Mais il a une tête intéressante. Ma mère l'a tout de suite pris en grippe parce qu'il avait une partie de ses affaires dans des sacs d'épicerie. »

Sully-John les rejoignit. « Bon anniversaire, mon saligaud ! » dit-il en donnant à Bobby une claque dans le dos. *Saligaud* était son mot préféré, en ce moment, de même que *super* était celui de Carol ; quant à Bobby, il était dans une période intermédiaire, ayant cependant un léger penchant pour *sensationnel*, ou *sensas*.

« Si tu dis des gros mots, je ne t'accompagne pas, le reprit Carol.

— D'accord », dit Sully-John, plein de bonne volonté.

Carol était une blondinette potelée qui avait gardé quelque chose de la petite enfance. Grand pour son âge, John Sullivan avait les cheveux noirs et les yeux verts, et le style du meneur de bandes dans les romans pour jeunes. Bobby marchait entre eux, ayant pour l'instant oublié sa morosité. C'était son anniversaire, ses amis l'accompagnaient et la vie était chouette. Il fourra la carte d'anniversaire de Carol dans sa poche-revolver, la carte de bibliothèque bien au fond de sa poche de devant, de manière à ne pas la perdre ou risquer de se la faire voler. Carol se mit à sautiller. Sully-John lui dit de s'arrêter.

« Pourquoi ? protesta-t-elle. J'aime bien sautiller.

— Et moi j'aime bien dire *saligaud*, mais je ne le fais pas si tu me le demandes », lui fit judicieusement observer Sully-John.

Elle se tourna vers Bobby.

« Sautiller... en tout cas sans corde à sauter, ça fait un peu mioche, Carol », dit Bobby avec l'air de s'excuser. Puis il haussa les épaules. « Mais si ça te fait plaisir, nous, on s'en fiche — pas vrai S-J ?

— Ouais », admit Sully-John qui, du coup, reprit son Bo-lo Bouncer.

Devant, en bas, en haut, *whap-whap-whap*.

Carol ne se remit pas à sautiller. Elle continua à marcher entre eux, se racontant qu'elle était la petite amie de Bobby Garfield, que Bobby avait son permis de conduire et une Buick et qu'ils se rendaient à Bridgeport pour écouter le groupe de rock and roll Extravaganza de la station WKBW. Elle trouvait Bobby tout à fait super. Et le truc le plus super de tout était qu'il ne le savait pas.

Bobby revint de l'école à trois heures. Il aurait pu arriver plus tôt, mais la récupération des bouteilles consignées faisant partie de sa campagne *Une bécane pour Thanksgiving*, il avait parcouru tout Asher Avenue pour en récupérer. Il trouva trois Rheingold et une Nehi. Pas grand-chose, d'accord, mais huit *cents* étaient huit *cents*. « Les petits ruisseaux font les grandes rivières », était encore l'un des proverbes de sa mère.

Il se lava les mains (deux des bouteilles étaient plutôt cradingues), prit un petit casse-croûte dans la glacière, lut deux vieilles bandes dessinées de *Superman*, reprit un casse-croûte, puis regarda « American Bandstand ». Il appela Carol pour lui dire que Bobby Darin allait passer — elle trouvait Bobby Darin absolument super, en particulier la manière dont il claquait des doigts en chantant *Queen of the Hop* — mais elle le savait déjà. Elle regardait l'émission en compagnie de trois ou quatre de ses gourdes de copines ; il les entendait en fond sonore qui pouffaient de rire pratiquement en continu. On aurait dit des perruches dans une oisellerie. À l'écran, Dick Clark était en train de faire la démonstration qu'un seul tampon de Stri-Dex pouvait enlever des tonnes de comédons.

Maman appela à quatre heures. Mr Biderman avait besoin d'elle tard ce soir. Elle était désolée, mais elle ne pouvait l'emmener dîner au Colony. Il y avait un reste de ragoût de bœuf dans le frigo ; il n'avait qu'à le finir, elle serait à la maison à huit heures pour le border dans son lit. Et, pour l'amour du ciel, Bobby, n'oublie pas de couper le gaz quand tu as fini de faire réchauffer ton plat.

Bobby retourna à la télévision, un peu déçu mais pas vraiment surpris. Sur l'écran, Dick annonçait maintenant un jeu musical, « Rate-a-Record ». Bobby trouva que le type du milieu avait une tête à avoir besoin d'un plein camion de Stri-Dex.

Il tira de sa poche sa nouvelle carte de bibliothèque, et sa bonne humeur lui revint. Il n'aurait plus besoin, s'il n'en avait pas envie, de rester assis devant la télé avec une pile de vieilles BD. Il n'aurait qu'à se rendre à la bibliothèque et exhiber sa nouvelle carte, sa carte orange d'adultes. La Fouineuse serait au bureau, sauf que son vrai nom était Miss Harrington et que Bobby la trouvait ravissante. Elle mettait du parfum. Il le sentait qui montait de sa peau et de ses cheveux, discret et délicat, comme un souvenir agréable. Et puisque Sully-John était en ce moment à sa leçon de trombone, il irait chez lui après, en sortant de la bibliothèque, et peut-être pourraient-ils jouer un peu.

Ah, pensa-t-il, *il faudra aussi aller déposer les bouteilles chez Spicer, j'ai ma bicyclette à gagner.*

Tout d'un coup, son emploi du temps lui parut très chargé.

La maman de Sully-John l'invita à rester dîner, mais il répondit non merci, il valait mieux qu'il rentre chez lui. Il aurait de beaucoup préféré le rôti et les pommes de terre au four craquantes de Mrs Sullivan à ce qui l'attendait à l'appartement ; il savait néanmoins très bien que la première chose que ferait sa mère, en arrivant, serait de vérifier dans le frigo si le contenu du Tupperware avait disparu. Sinon, elle demanderait à son fils ce qu'il avait mangé. La question serait posée calmement, presque distraitement. S'il lui répondait qu'il avait dîné chez Sully-John, elle hocherait la tête et lui demanderait alors le détail du menu, s'il y avait eu du dessert et s'il avait pensé à remercier Mrs Sullivan ; peut-être même qu'elle se mettrait à côté de lui sur le canapé pour partager une crème glacée tout en regardant *Sugarfoot* à la télé. Tout serait parfait... enfin, pas tout à fait. À un moment ou un autre, il faudrait rembourser. Cela attendrait peut-être un jour ou deux, voire même une semaine, mais ça viendrait. Il le savait sans presque en avoir conscience. Il ne doutait pas qu'elle soit obligée de travailler tard ce soir, mais le contraindre à manger tout seul le reste de ragoût le jour de son anniversaire était sa punition pour avoir parlé au nouveau locataire alors qu'il n'aurait pas dû le faire. S'il tentait d'esquiver ce châtiment, il ne ferait que le mettre à la banque où il gonflerait comme un compte d'épargne.

Lorsqu'il revint de chez Sully-John, il était six heures et quart et la nuit tombait. Il avait deux nouveaux livres à lire, un Perry Mason intitulé *L'Affaire de la griffe de velours* et un roman de science-fiction de Clifford Simak, *Chaîne autour du Soleil*. L'un et l'autre avaient l'air absolument sensas, et Miss Harrington ne lui avait pas fait le moindre embêtement. Tout au contraire : elle lui avait dit qu'il lisait « au-dessus de son âge », et qu'il devait continuer.

En chemin, il s'inventa une histoire dans laquelle il se trouvait avec Miss Harrington sur un bateau de croisière en train de couler ; ils étaient les seuls survivants, n'ayant échappé à la noyade que grâce à une bouée de sauvetage sur laquelle était marqué S.S. LUSITANIC. Ils échouaient sur une petite île couverte de palmiers et de jungle où il y avait aussi un volcan, et tandis qu'ils étaient allongés sur la plage, Miss Harrington tremblait de tout son corps et balbutiait qu'elle avait froid, horriblement froid, ne pouvait-il pas avoir la gentillesse de la réchauffer, ce que bien entendu il s'empressait de faire, tout le plaisir est pour moi, Miss Harrington, sur quoi les indigènes sortaient de la jungle et paraissaient tout d'abord amicaux, mais il s'agissait en réalité de cannibales qui vivaient sur les pentes du volcan et tuaient leurs victimes dans une clairière entourée de crânes, et bientôt les choses se mettaient à mal tourner ; mais tandis que Miss Harrington et lui étaient traînés vers les chaudrons bouillants, le volcan commençait à gronder et...

« Hello, Robert ! »

Bobby releva la tête, encore plus surpris que lorsque Carol Gerber avait jailli de derrière son arbre pour lui coller un gros bécot d'anniversaire sur la joue. C'était le nouveau locataire. Il fumait une cigarette, assis sur la plus haute marche du porche. À la place de ses vieilles chaussures éraflées, il avait enfilé de vieilles pantoufles effilochées, et il s'était débarrassé de son veston de popeline ; la soirée était douce. Il a l'air tout à fait chez lui, se dit Bobby.

« Oh, Mr Brautigan. B'soir !

— Je ne voulais pas te faire peur.

— Vous ne m'avez...

— Je crois que si. Tu étais à mille lieues d'ici. Et appelle-moi donc Ted. Je t'en prie.

— D'accord. »

Il ne savait pas, cependant, s'il pourrait y arriver. Appeler une grande personne (en particulier une grande personne *âgée*) par son petit nom allait non seulement à l'encontre des principes de sa mère, mais aussi de son inclination.

« Alors, ça s'est bien passé à l'école ? Tu as appris de nouveaux trucs ?

— Ouais-ouais, très bien. »

Il dansait sur un pied et faisait passer ses nouveaux livres d'une main à l'autre.

« Tu ne veux pas t'asseoir avec moi une minute ?

— Si, mais pas longtemps. J'ai des choses à faire, vous savez. »

Préparer son repas, avant tout. Tout d'un coup, le reste de ragoût de bœuf était devenu tout à fait séduisant dans son esprit.

« Certainement. Des choses à faire tandis que *tempus fugit*. »

Lorsque Bobby s'assit sur les marches à côté de Mr Brautigan — Ted — et que l'envahit l'arôme de la Chesterfield, il se fit la réflexion qu'il n'avait jamais vu quelqu'un ayant l'air aussi fatigué que cet homme. Ce ne pouvait pas être seulement son déménagement, n'est-ce pas ? On n'avait pas l'air épuisé à ce point pour trois petites valises et trois sacs de commissions, tout de même. Bobby se dit que des déménageurs allaient peut-être venir plus tard avec des affaires dans un camion, mais sans y croire réellement. L'appartement du deuxième n'avait qu'une pièce ; elle était grande, c'est vrai, mais n'empêche, ce n'était qu'une pièce avec la cuisine d'un côté et tout le reste de l'autre. Il était allé y jeter un coup d'œil avec Sully-John lorsque la vieille Mrs Sidley avait eu son attaque et était partie habiter chez sa fille.

« *Tempus fugit*, ça veut dire que le temps fuit, observa Bobby. Ma mère le dit souvent. Elle dit aussi que le temps et la marée n'attendent jamais personne, et que le temps guérit toutes les blessures.

— Ta maman aime bien les proverbes, on dirait.

— Ouais », admit-il. Soudain, l'idée de tous ces dictons qu'elle égrenait l'agaça. « Elle en connaît des tas.

— Ben Jonson disait du temps que c'était un vieux tricheur chauve, continua Mr Brautigan en tirant longuement sur sa cigarette, laissant ensuite la fumée, dédoublée, s'échapper par ses narines. Et Boris Pasternak ajoutait que nous sommes prisonniers du temps, les otages de l'éternité. »

Bobby le regarda, fasciné, ayant un instant oublié son ventre creux. Il adorait l'idée du temps sous la forme d'un vieux tricheur chauve : c'était tout à fait ça, absolument ça, même s'il n'aurait su expliquer pourquoi... et cette incapacité à le dire n'ajoutait-elle pas du mystère à la chose ? C'était comme une forme à l'intérieur d'un œuf, une ombre derrière une vitre dépolie.

« Qui c'est, Ben Jonson ?

— Un auteur anglais, mort il y a longtemps. Égocentrique et dépensant son argent en folies, d'après tous les témoignages ; également sujet aux flatulences. Mais...

— Les flatulences ? C'est quoi, les flatulences ? »

Ted plaça sa langue entre ses lèvres et émit un bruit de pet bref, mais tout à fait réaliste. Bobby porta les mains à sa bouche et pouffa.

« Les gosses trouvent que les pets sont comiques, dit Mr Brautigan avec un hochement de tête. Peut-être. Pour quelqu'un de mon âge, pourtant, ils ne sont rien de plus qu'un élément parmi d'autres dans une vie de plus en plus bizarre. Ben Jonson a dit pas mal de choses astucieuses entre deux pets, au fait. Pas autant que le Dr Johnson — Samuel Johnson, exactement — mais pas mal tout de même.

— Et Boris...

— Pasternak. Un Russe, précisa Mr Brautigan d'un ton légèrement méprisant. Sans intérêt, je crois. Puis-je voir tes livres ? »

Bobby les lui tendit. Mr Brautigan (*Ted*, se dit Bobby, *je dois en principe l'appeler Ted*) lui rendit le Perry Mason après un simple coup d'œil au titre. Il garda plus longtemps le Clifford Simak, examinant la couverture les yeux plissés à cause des volutes de fumée qui montaient de sa cigarette, puis le feuilletant un peu. Il hochait la tête en même temps.

« Je l'ai lu, celui-ci. J'ai eu beaucoup de temps pour lire, avant de venir ici.

— Ah oui ? dit Bobby, intéressé. Et il est bon ?

— C'est l'un de ses meilleurs », répondit Mr Brautigan — Ted. Il regarda le garçon de côté, un œil ouvert, l'autre encore plissé à cause de la fumée. Un regard à la fois entendu et mystérieux, comme un personnage douteux dans un film policier. « Mais tu crois que tu arriveras à le lire ? Tu ne dois pas avoir plus de douze ans.

— J'ai onze ans, répliqua Bobby, ravi à l'idée que Ted ait pu lui donner un an de plus. Onze ans aujourd'hui. Bien sûr, que j'arriverai à le lire. Je comprendrai peut-être pas tout, mais si l'histoire est bonne, il me plaira.

— C'est ton anniversaire ! » Ted paraissait impressionné. Il tira une dernière bouffée sur la Chesterfield, puis jeta le mégot, qui alla atterrir sur le béton de l'allée dans un minuscule jaillissement d'étincelles. « Bon anniversaire, mon cher Robert, bon anniversaire !

— Merci. Sauf que je préfère de beaucoup *Bobby*.

— Alors, Bobby. Vous sortez faire la fête ?

— Non. Ma mère doit travailler tard.

— Tu veux qu'on aille chez moi ? Ce n'est pas immense et je n'ai pas grand-chose, mais je suis toujours capable d'ouvrir une boîte de conserve. Et j'ai peut-être aussi une pâtisserie...

— Merci, mais maman m'a laissé de quoi. Je dois le manger.

— Je comprends. » Et merveille des merveilles, il paraissait avoir vraiment compris. Le vieil homme lui rendit *Chaîne autour du Soleil*. « Dans ce roman, reprit-il, Simak part du postulat qu'il existe un certain nombre d'autres mondes semblables au nôtre. Pas d'autres planètes, non, d'autres terres, des terres parallèles à la nôtre, dans une sorte d'anneau autour du soleil. C'est une idée fascinante.

— Ouais », admit Bobby.

Il avait déjà entendu parler de mondes parallèles dans d'autres livres. Dans des BD, aussi. Ted Brautigan le regardait maintenant d'un air songeur, perplexe.

« Qu'est-ce qu'il y a ? » demanda le garçon, soudain mal à l'aise.

J'ai un bouton sur le nez ? aurait demandé sa mère.

Un instant, il crut que Ted n'allait pas lui répondre ; on aurait dit que le vieil homme était ailleurs, plongé dans une réflexion profonde. Puis il eut un léger soubresaut et se redressa. « Rien... juste une petite idée qui m'est venue. Ça te dirait de te faire un peu d'argent de poche ? Ce n'est pas que je sois bien riche, mais...

— Ouais ! sapristi, ouais ! » *Je voudrais m'acheter une bicyclette*, faillit-il ajouter ; mais il s'arrêta à temps. *La parole est d'argent mais le silence est d'or*, comme aurait dit sa mère. « Je ferai tout ce que vous voudrez ! »

Ted Brautigan parut à la fois inquiet et amusé. Son visage s'en trouva modifié, et Bobby se rendit compte que ce vieux type avait été jadis un jeune type. Un jeune type légèrement insolent, peut-être.

« Ce n'est pas le genre de chose à raconter à un étranger, dit-il. Et ce n'est pas parce que nous sommes passés à Bobby et Ted, même si c'est un bon début, que nous ne sommes pas encore des étrangers l'un pour l'autre.

— L'un de vos deux Johnson n'aurait pas dit quelque chose sur les étrangers, par hasard ?

— Pas pour autant que je m'en souvienne, mais on trouve une citation de la Bible sur le sujet : *Car je suis un étranger parmi vous, un homme de passage. Épargne-moi, que je puisse recouvrer mes forces, avant que je reparte...* » La voix de Ted mourut et il garda un instant le silence. L'expression amusée avait disparu de ses traits, et il avait de nouveau l'air vieux. Mais c'est d'un ton ferme qu'il reprit : « ... *avant que je reparte et que je ne sois plus...* Livre des Psaumes, je ne sais plus lequel.

— Oh, je ne tuerai personne et ne volerai personne, ne vous inquiétez pas, mais c'est sûr que j'aimerais bien gagner un peu d'argent.

— Laisse-moi réfléchir. Laisse-moi réfléchir un instant.

— D'accord, s'il y a des corvées à faire, je ne demande que ça. Je vous le dis tout de suite.

— Des corvées ? Peut-être. Ce n'est cependant pas le mot que j'aurais choisi. »

Ted enserra ses genoux osseux de ses mains encore plus osseuses, tandis que son regard se perdait sur Broad Street. Il commençait à faire sombre ; le moment de la soirée que préférait Bobby était arrivé. Les voitures roulaient en veilleuse et, quelque part sur Asher Avenue, Mrs Sigsby appelait ses jumelles pour qu'elles viennent manger. À cette heure du jour — et au matin, lorsqu'il urinait dans les toilettes de la salle de bains, tandis que les rayons du soleil passaient par la petite fenêtre et l'obligeaient à fermer les yeux —, il avait l'impression d'être un rêve dans la tête de quelqu'un d'autre.

« Où habitiez-vous avant de venir ici, Mr... Ted ?

— Dans un endroit qui n'avait rien d'agréable. Absolument rien. Et toi, depuis combien de temps habites-tu ici, Bobby ?

— Depuis aussi longtemps que je m'en souvienne. Depuis la mort de mon père, quand j'avais trois ans.

— Et tu connais tous ceux qui habitent dans la rue ? Ou du moins dans cette portion de la rue ? demanda Ted Brautigan avec un geste qui allait d'un carrefour à l'autre.

— Assez bien, oui.

— Autrement dit, tu reconnaîtrais un étranger. Quelqu'un de passage. Une tête qui ne t'est pas connue. »

Bobby sourit et acquiesça.

« Je crois que oui. »

Il attendit la suite, intéressé, mais apparemment Ted allait en rester là. Le vieil homme se leva lentement, avec précaution. Bobby entendit les petits craquements qui montaient de son dos, lorsque Ted y porta les mains et s'étira avec une grimace.

« Allez, dit-il. Il commence à faire froid. Rentrons... ta clef, ou la mienne ? »

Bobby sourit à nouveau. « Autant essayer la vôtre tout de suite, non ? »

Ted — il lui devenait de plus en plus facile de penser au vieil homme sous le nom de Ted — sortit un porte-clefs de sa poche. Il ne comportait que deux clefs, celle de la porte d'entrée et celle de son studio. Elles étaient toutes neuves et brillantes, de la couleur du laiton. Les clefs de Bobby étaient éraflées et ternes. Quel âge pouvait bien avoir Ted ? se demanda-t-il à nouveau. Soixante ans, au moins. Un homme de soixante ans avec seulement deux clefs dans sa poche... Bizarre, tout de même.

Ted ouvrit, et ils pénétrèrent dans le grand vestibule sombre, avec son porte-parapluies et son tableau de Lewis et Clark regardant vers l'Ouest américain. Bobby prit la direction de l'appartement des Garfield, et Ted celle de l'escalier. Ted s'arrêta un instant à hauteur de la première marche, la main posée sur la rampe. « L'histoire, dans le bouquin de Simak, est sensationnelle, dit-il. Mais du point de vue de l'écriture, elle

34

n'est pas extraordinaire. Ce n'est pas mauvais, je n'ai pas voulu dire ça, mais crois-moi, il y a mieux. »

Bobby attendit.

« On trouve aussi des tas de livres écrits de manière admirable mais dont les histoires ne sont pas très bonnes. Sache lire parfois pour l'histoire, Bobby. Ne sois pas comme ces snobinards qui refusent de le faire. Mais lis aussi parfois pour les mots, pour la langue. Ne sois pas non plus comme ces frileux qui ne s'y risqueraient pas. Et le jour où tu tombes sur un bouquin qui raconte une bonne histoire et qui en plus est bien écrit, chéris-le comme un trésor.

— Des livres comme ça, il y en a beaucoup, à votre avis ?

— Plus que ne l'imaginent les snobinards et les frileux. Beaucoup plus. Je t'en donnerai peut-être un. Un cadeau d'anniversaire à retardement, en somme.

— Vous n'êtes pas obligé, vous savez.

— Non, mais je le ferai peut-être tout de même. Je te souhaite un très bon anniversaire, Bobby.

— Merci. Il a été sensationnel. »

Sur quoi le garçon rentra chez lui, fit réchauffer le ragoût (sans oublier de refermer le gaz une fois qu'il se mit à mijoter, et de mettre la casserole à tremper ensuite), puis mangea son repas tout seul, en lisant *Chaîne autour du Soleil*, la télé branchée pour avoir de la compagnie. C'est à peine s'il entendit les informations de la soirée, débitées par Chet Huntley et David Brinkley. Ted avait raison : le livre était vraiment chouette. Son style lui paraissait aussi très bien, mais il se disait qu'il n'avait pas encore beaucoup d'expérience en la matière.

J'aimerais écrire une histoire dans ce genre, pensat-il lorsqu'il referma finalement le livre et alla se vautrer sur le canapé pour regarder *Sugarfoot*. *Je me demande si je pourrais, un jour.*

Peut-être. Pourquoi pas ? Il fallait bien des gens pour écrire des histoires, en fin de compte, exactement comme il fallait des gens pour réparer les tuyaux quand ils gelaient ou changer les ampoules des lampadaires, dans Commonwealth Park, lorsqu'elles cassaient.

Environ une heure plus tard, alors que Bobby s'était de nouveau plongé dans la lecture de *Chaîne autour du Soleil*, sa mère arriva. Un coin de sa bouche était un peu barbouillé de rouge à lèvres et sa combinaison dépassait ; Bobby songea un instant à le lui faire remarquer, puis se rappela à quel point elle détestait qu'on lui dise « *qu'il neigeait au sud* ». De plus, qu'est-ce que cela faisait ? Elle avait fini sa journée de travail et, comme elle le disait parfois, ils étaient entre eux, ici.

Elle vérifia que le gaz était fermé, vérifia que la casserole et le Tupperware étaient bien à tremper dans l'eau savonneuse de l'évier, preuves qu'il avait bien consommé le ragoût. Puis elle l'embrassa sur la tempe, l'effleurant seulement des lèvres, et passa dans sa chambre pour quitter la robe et les bas de sa tenue de secrétaire. Elle paraissait distante, préoccupée. Elle ne lui demanda pas s'il avait passé une bonne journée, pour son anniversaire.

Un peu plus tard, il lui montra la carte de Carol. Elle n'y jeta qu'un coup d'œil, sans l'examiner vraiment, la déclara « charmante » et la lui rendit. Puis elle lui dit d'aller se laver les mains et les dents et de se mettre au lit. Ce que fit Bobby, sans lui parler de l'intéressante conversation qu'il avait eue avec Ted. Vu l'humeur dans laquelle elle était, c'était courir le risque de la mettre en colère. Ce qu'il y avait de mieux à faire était de la laisser se montrer distante et repliée sur elle-même tant qu'elle en aurait besoin, lui laisser le temps de revenir peu à peu vers lui. Il n'en sentit pas moins la mélancolie le gagner à nouveau tandis qu'il se lavait les dents et se couchait. Parfois, c'était une véritable faim qu'il ressentait pour elle, mais elle ne s'en rendait pas compte.

Tendant le bras depuis son lit, il repoussa la porte pour ne pas entendre le son du vieux film qu'elle regardait, puis il éteignit. Et alors, au moment même où il commençait à dériver dans le sommeil, elle entra, s'assit à côté de lui sur le lit et lui dit qu'elle était désolée d'avoir été aussi renfermée, ce soir, mais qu'il y avait eu beaucoup de travail au bureau et qu'elle était fatiguée. On se croirait parfois dans une maison de fous, ajouta-t-elle. Elle lui caressa le front du bout des doigts et l'embrassa au même endroit, le faisant frissonner. Il se redressa et la prit dans ses bras. Elle se contracta un instant à son contact, puis s'abandonna. Elle lui rendit même brièvement son étreinte. Il pensa que le moment était peut-être venu de lui parler de Ted. Un peu, au moins.

« J'ai parlé avec Mr Brautigan en revenant de la bibliothèque.

— À qui ?

— Mr Brautigan, le nouveau locataire du second. Il m'a demandé de l'appeler Ted.

— Il n'en est pas question — et quoi encore ? On ne le connaît ni d'Ève ni d'Adam.

— Il a dit que donner une carte de bibliothèque d'adultes à un enfant était un très beau cadeau. »

Ted n'avait rien dit de tel, mais cela faisait assez longtemps que Bobby pratiquait sa mère pour savoir ce qui marchait et ne marchait pas avec elle.

Elle se détendit un peu. « Est-ce qu'il t'a dit d'où il arrivait ?

— D'un endroit qui n'était pas aussi agréable qu'ici, je crois que c'est ce qu'il a dit.

— Voilà qui ne nous avance pas beaucoup. »

Bobby la serrait encore dans ses bras. Il aurait pu la tenir comme ça facilement pendant une heure, humant les parfums mêlés de son shampooing White Rain, de son déodorant Aqua-Net et l'agréable arôme de tabac de son haleine ; mais elle se dégagea et le fit s'allonger de nouveau. « Si ce monsieur doit devenir ton ami — un ami adulte —, je crois qu'il va falloir que j'en apprenne un petit peu plus sur lui.

— Eh bien...

— Peut-être me plaira-t-il davantage lorsque je ne

verrai plus ses sacs de commissions éparpillés sur la pelouse. »

C'était, pour quelqu'un comme Liz Garfield, ce qu'elle pouvait dire de plus conciliant, et Bobby se sentit satisfait. La journée ne se terminait pas si mal, en fin de compte. « Bonne nuit d'anniversaire, Bobby.

— Bonne nuit, m'man. »

Elle sortit, referma la porte derrière elle. Plus tard dans la nuit — beaucoup plus tard —, il crut l'entendre pleurer dans sa chambre, mais peut-être n'était-ce qu'un rêve.

II. Doutes sur Ted. Les bouquins sont comme des pompes. N'y pense même pas. Sully remporte un prix. Bobby décroche un job. Crapules de bas étage en vue.

Au cours des semaines suivantes, tandis que le thermomètre grimpait peu à peu vers des températures estivales, Liz retrouvait en général Ted assis sous le porche en train de fumer lorsqu'elle revenait du travail. Parfois il était seul, parfois Bobby était assis à côté de lui, et ils parlaient livres. Ou bien il y avait aussi Sully-John et Carol, et les trois enfants jouaient à la balle sur la pelouse, tandis que Ted fumait en les regardant. Il arrivait encore que d'autres gamins du quartier passent : Denny Rivers et son modèle réduit de planeur en balsa, Francis Utterson, un garçon légèrement retardé qui poussait sur sa trottinette avec une jambe hypertrophiée, Angela Avery et Yvonne Loving, venues demander à Carol si elle ne voulait pas venir jouer à la poupée chez Yvonne ou à un jeu appelé *l'infirmière à l'hôpital*. Mais la plupart du temps, il y avait juste Carol et Sully-John, les vrais amis de Bobby. Tous appelaient Mr Brautigan Ted, mais lorsque Bobby expliqua qu'il valait mieux l'appeler « Mr Brautigan » en présence de sa mère, Ted accepta tout de suite.

Quant à Liz Garfield, on l'aurait dite incapable de prononcer *Brautigan*. Ce qui sortait de sa bouche était toujours *Brattigan*. Elle ne le faisait peut-être pas exprès ; Bobby commençait même à ressentir un début de soulagement à propos de l'opinion de sa mère sur Ted. Il avait redouté qu'elle n'éprouve envers lui les mêmes sentiments que vis-à-vis de Mrs Evers, son professeur de cours élémentaire. Maman avait détesté Mrs Evers dès l'instant où elle l'avait vue, détestée profondément, pour des raisons restées totalement mystérieuses aux yeux de Bobby ; elle n'avait pas eu un seul mot, de toute l'année, pour dire du bien d'elle : Mrs Evers était mal fagotée, Mrs Evers se décolorait les cheveux, Mrs Evers se maquillait trop, Bobby avait intérêt à dire à sa mère si Mrs Evers touchait à un seul cheveu de sa tête, car elle avait l'air d'être le genre de femme à pincer et à rudoyer. Et tout cela à la suite d'une seule rencontre parents-enseignants, au cours de laquelle Mrs Evers avait dit à Liz que Bobby travaillait très bien dans toutes les matières. Il y avait eu quatre autres de ces rencontres pendant l'année, mais la mère de Bobby avait trouvé chaque fois un prétexte pour ne pas s'y rendre.

L'opinion que Liz avait des gens était un ciment à prise rapide ; si jamais elle écrivait MAUVAIS au-dessous de votre portrait mental, c'était à l'encre indélébile. Et si Mrs Evers avait sauvé six enfants d'un bus scolaire en flammes, Liz Garfield aurait été capable de faire la moue et de déclarer qu'ils devaient sans doute quinze jours de cantine à cette vieille vache à l'œil exorbité.

Ted faisait tout ce qu'il pouvait pour se montrer aimable sans tomber dans la flatterie (les gens avaient tendance à flatter sa mère, Bobby le savait bien ; parfois il le faisait lui-même), et ça marchait, du moins dans une certaine mesure. Une fois, maman et Ted avaient parlé pendant dix minutes pour déplorer ensemble que l'équipe des Dodgers ait fichu le camp à l'autre bout du pays sans même un au revoir ; mais ils avaient beau être l'un et l'autre des fans inconditionnels d'Ebbet Fields, le courant ne passait pas entre eux. Ils ne seraient jamais copains. Maman ne détestait pas Ted Brautigan comme elle avait détesté Mrs Evers, mais il y avait quelque chose qui n'allait pas. Bobby pensait savoir quoi ; il l'avait vu dans ses yeux, le jour où le nouveau locataire avait débarqué. Elle n'avait pas confiance en lui.

Tout comme, d'ailleurs, Carol Gerber. « Il y a des moments, je me demande s'il n'est pas en fuite, ou quelque chose comme ça », lui dit-elle un soir, alors qu'avec Sully-John ils remontaient tous les trois la colline, vers Asher Avenue.

Ils avaient pratiqué des lancers de balle pendant environ une heure, échangeant de temps en temps des remarques avec Ted, puis ils étaient partis s'acheter des crèmes glacées au Moon's Roadside Happiness. C'était Sully-John, riche de trente *cents*, qui régalait. Il avait aussi son Bo-lo Bouncer, qu'il venait de sortir de sa poche, et il ne tarda pas à le faire aller et venir dans tous les sens, *whap-whap-whap*.

« En fuite, Ted ? Tu rigoles ? » Cette idée laissait Bobby stupéfait. Carol, cependant, était perspicace pour ce qui concernait les gens ; même Liz, sa mère, l'avait remarqué. *Cette gamine n'est pas une beauté, mais il n'y a pas grand-chose qui lui échappe*, avait-elle déclaré une fois.

« Descends-les, McGarrigle ! » se mit soudain à crier Sully-John. Il se coinça le Bo-lo Bouncer sous le bras, prit une position accroupie et se mit à tirer avec une mitraillette invisible, étirant un côté de sa bouche pour émettre le son correspondant, en réalité une sorte de *eh-eh-eh* grave qui venait du fond de sa gorge. « Jamais vous me prendrez vivant, les flics ! Descends-moi ça, Mugsy ! Je ne laisserai jamais personne marcher sur les plates-bandes de Rico ! Ah, crotte, ils m'ont eu ! » S'agrippant la poitrine, le garçon pirouetta et s'effondra raide mort sur la pelouse de Mrs Conlan.

La dame, une vieille sorcière ronchon de contes de fées, âgée d'au moins soixante-quinze ans, lui cria :

« Eh, petit morveux ! Oui, toi ! Sors de là ! Tu vas m'écraser mes fleurs ! »

Le premier parterre était bien à trois mètres de l'endroit où Sully-John s'était laissé tomber, mais il bondit aussitôt sur ses pieds. « Désolé, Mrs Conlan. »

Elle lui adressa un geste menaçant de la main, rejetant ses excuses sans un mot, et suivit attentivement les enfants du regard tandis qu'ils s'éloignaient.

« Tu ne crois pas vraiment ce que tu as dit ? reprit Bobby. À propos de Ted ?

— Non, pas vraiment, admit Carol. Mais... tu n'as pas remarqué cette façon qu'il a de surveiller la rue ?

— Ouais. On dirait qu'il cherche quelqu'un, c'est ça ?

— Ou qu'il cherche à *éviter* quelqu'un », observa Carol.

Sully-John se remit à faire valser son Bo-lo Bouncer. La balle de caoutchouc se transforma rapidement en éclairs rouges zigzagants. Sully s'arrêta lorsqu'ils furent à la hauteur du Asher Empire, où l'on donnait deux films avec Brigitte Bardot, *interdits aux moins de dix-huit ans, présenter une pièce d'identité, aucune exception permise*. L'un était nouveau ; l'autre était cette vieille valeur sûre, *Et Dieu créa la femme*, qui revenait régulièrement, comme une mauvaise toux, à l'affiche de l'Empire. Sur celle-ci, on voyait d'ailleurs une Brigitte Bardot habillée seulement d'une serviette de bain et d'un sourire.

« Ma mère dit que c'est bon pour la poubelle, ses films, observa Carol.

— Si elle est bonne pour la poubelle, je veux bien me faire éboueur, répliqua Sully-John en agitant ses sourcils comme Groucho Marx.

— Et toi ? demanda Bobby à Carol. Tu crois qu'elle est bonne pour la poubelle ?

— Je n'ai pas très bien compris ce qu'elle a voulu dire, de toute façon. »

Tandis qu'ils ressortaient de l'abri de la marquise (depuis sa cabine vitrée à côté des portes, la vendeuse de billets, Mrs Godlow — que les gosses du quartier avaient surnommée Mrs Godzilla — les observait d'un œil soupçonneux), Carol se retourna pour regarder Brigitte Bardot dans sa serviette-éponge. Elle eut une expression difficile à déchiffrer. De la curiosité ? Bobby n'aurait su dire. « Mais elle est jolie, non ?

— Ouais, si on veut.

— Et il faut qu'elle soit courageuse pour accepter qu'on la voie avec seulement une serviette de bains sur elle. En tout cas, c'est ce que je pense. »

Sully-John avait perdu tout intérêt pour *la femme Brigitte**[1] maintenant qu'elle était derrière eux. « Sais-tu d'où vient Ted, Bobby ?

— Non. Il n'en parle jamais. »

Sully-John hocha la tête comme s'il s'était attendu à cette réponse et remit le Bo-lo Bouncer en mouvement. En haut, en bas, à droite à gauche, *whap-whap-whap*.

En mai, Bobby commença à songer aux grandes vacances. Il n'y avait vraiment rien de meilleur au monde que ce que Sully-John appelait les *Big Vac*. Il passerait de longues heures à faire l'idiot avec ses copains, sur Broad Street mais aussi à la Sterling House, de l'autre côté du parc — la Sterling House proposait toutes sortes d'activités agréables pendant l'été, notamment des parties de base-ball et des sorties hebdomadaires à la plage de West Haven —, et il aurait également beaucoup de temps pour lui. Du temps pour lire, évidemment, mais ce qu'il souhaitait surtout, c'était trouver un boulot à temps partiel pour occuper ses moments libres. Il avait un petit peu plus de sept billets dans un pot étiqueté BÉCANE BANK ; sept dollars, c'était toujours un début, même si ça n'avait rien de faramineux. À ce rythme, Nixon serait prési-

---

1. Les mots et expressions en italique accompagnés d'un astérisque sont en français dans le texte (*N.d.T.*).

dent depuis deux ans avant qu'il puisse se rendre à l'école en vélo.

Ted, lors de l'une de ces journées juste-avant-les-vacances, lui donna un bouquin en édition de poche. « Tu te souviens de ce que je t'ai dit, sur les quelques livres qui ont une bonne histoire et qui sont bien écrits ? En voilà un. Un cadeau d'anniversaire à retardement pour un nouvel ami. Si du moins nous sommes amis, comme je l'espère.

— Bien sûr ! Merci beaucoup ! »

En dépit de l'enthousiasme qu'il manifestait, ce n'est pas sans quelques arrière-pensées que Bobby prit le livre. Il avait l'habitude des couvertures tapageuses et des formules sexy barrant la couverture (« Elle heurta la gouttière... *et alla s'écraser bas !* ») ; celui-ci n'avait ni les unes ni les autres ; sa couverture était presque entièrement blanche. Dans un angle, était esquissé — à peine esquissé — un groupe de garçons se tenant en cercle. Le titre était sibyllin : *Sa Majesté des Mouches*. Aucune formule racoleuse, même pas discrète comme « une histoire que vous n'oublierez jamais » pour venir le souligner. Dans l'ensemble, la couverture avait un aspect peu accueillant, voire rébarbatif, laissant à penser que l'histoire qu'elle recelait serait difficile à lire. Bobby n'avait rien contre les livres difficiles, du moins s'ils faisaient partie de son travail scolaire. Mais dans sa conception de la lecture pour le plaisir, il n'y avait que des histoires faciles à lire, où les auteurs vous mâchaient si bien le travail qu'il ne restait plus qu'à faire bouger vos yeux le long des lignes. Sinon, où aurait été le plaisir ?

Il voulut regarder la quatrième de couverture. Ted le retint en posant doucement sa main sur celle du garçon. « Non, dit-il. Fais-moi plaisir, ne la lis pas. »

Bobby le regarda, sans comprendre.

« Aborde ce livre comme tu le ferais d'un territoire inconnu ; aborde-le sans carte. Explore-le, et dresse ta propre carte.

— Et s'il ne me plaît pas ? »

Ted haussa les épaules. « Alors ne le finis pas. Un livre, c'est un peu comme une pompe. Il ne te donne rien, si toi tu ne lui donnes pas d'abord quelque chose. On amorce une pompe avec l'eau qu'on a et on agite la poignée de toutes ses forces. Si on le fait, c'est parce qu'on s'attend à recevoir davantage que ce qu'on a donné... en fin de compte. Est-ce que tu me suis, jusque-là ? »

Bobby acquiesça.

« Pendant combien de temps continuerais-tu à pomper après avoir amorcé la pompe, si rien ne venait ?

— Pas très longtemps, j'ai l'impression.

— Ce livre fait deux cents pages, à quelque chose près. Tu lis les premiers dix pour cent — autrement dit vingt pages, je sais déjà que tu n'es pas aussi bon en calcul qu'en lecture — et s'il ne te plaît toujours pas au bout de ces vingt pages, s'il ne te donne pas davantage qu'il ne te prend, mets-le de côté.

— Si seulement on pouvait faire comme ça à l'école ! » observa Bobby.

Il pensait à un poème de Ralph Waldo Emerson qu'ils devaient apprendre par cœur. « Près du pont grossier arqué au-dessus du torrent... », ainsi commençait-il. Sully-John appelait le poète Ralph Waldo Emmerd'son.

« À l'école, c'est différent. » Ils étaient assis à la table de cuisine, chez Ted, tournés vers les jardins qui couraient derrière les maisons, où tout était en fleurs. Sur Colony Street, la rue parallèle à Broad, Bowser, le chien de Mrs O'Hara, lançait son incessant *roup-roup-roup* dans l'air doux du printemps. Ted fumait l'une de ses Chesterfield. « Et puisqu'on parle de l'école, n'y emporte pas ce livre. Il y a des choses, dedans, qui ne plairaient peut-être pas à ton professeur. Cela pourrait faire du brouhaha.

— Du quoi ?

— Des histoires. Et si jamais tu avais des histoires à l'école, tu en aurais à la maison — je suis sûr que je n'ai pas besoin de te le dire. Et ta mère... »

44

Il eut, de la main qui ne tenait pas la cigarette, un petit geste en dents de scie que Bobby comprit sur-le-champ. *Ta mère ne me fait pas confiance.*

Bobby pensa à Carol disant que Ted était peut-être en fuite, se souvint aussi que peu de choses échappaient à Carol, comme l'avait remarqué sa mère.

« Et qu'est-ce qu'il y a là-dedans pour que je risque d'avoir des histoires ? »

Il regardait maintenant *Sa Majesté des Mouches* avec fascination.

« Oh, pas de quoi pousser les hauts cris », répondit Ted avec ironie. Il écrasa son mégot dans un cendrier de métal, alla jusqu'à son petit réfrigérateur et en sortit deux bouteilles de soda. Il n'y avait ni bière ni vin au frais ; seulement des sodas et un pot de crème. « À un moment donné, il est question d'embrocher un cochon en lui enfonçant une lance dans le cul, je crois que c'est le pire. Mais tu as toujours des adultes qui ne voient que les arbres et jamais la forêt. Lis les premières vingt pages, Bobby. Tu ne le regretteras pas, je te le promets. »

Ted posa les bouteilles sur la table et les décapsula. Puis il prit la sienne et la fit tinter contre celle de Bobby. « À la santé de tes nouveaux amis sur l'île.

— Quelle île ? »

Ted Brautigan sourit et retira la dernière cigarette d'un paquet froissé. « Tu verras bien. »

Bobby le vit bien, en effet, et il ne lui fallut même pas vingt pages pour découvrir que *Sa Majesté des Mouches* était un sacré bouquin, peut-être le meilleur qu'il ait jamais lu. Au bout de dix pages, il était captivé ; au bout de vingt, il était perdu. Il vivait sur l'île avec Ralph, et Jack, et Piggy, et les petits morveux ; il trembla devant la Bête, qui se révéla être un pilote pris dans son parachute dont le cadavre se décomposait ; il vit avec chagrin, puis avec horreur, un groupe d'écoliers inoffensifs sombrer dans la sauvagerie, et se lancer finalement à la poursuite du dernier d'entre eux ayant réussi à conserver quelque chose de vaguement humain.

Il acheva sa lecture une semaine avant le début des vacances ; c'était un samedi et il était encore dans sa chambre quand arriva midi — pas de camarades avec lesquels jouer, pas de dessins animés à la télé, pas même les « Merrie Melodies » de dix à onze — et que sa mère vint lui dire de sortir de son lit, de sortir son nez de ce livre et d'aller jouer dans le parc, ou de faire quelque chose, n'importe quoi.

« Où est Sully ? demanda-t-elle.

— Au Dalhouse Square. L'école donne un concert. »

C'est avec une expression hébétée et perplexe qu'il regardait sa mère debout sur le pas de la porte, dans sa tenue ordinaire. L'univers du livre était devenu si intense pour lui que c'était le monde réel qui lui paraissait faux et gris.

« Et ta petite amie ? Tu n'as qu'à aller dans le parc avec elle.

— Carol n'est pas ma petite amie, m'man.

— Peu importe. Bon sang, Bobby je ne voulais pas dire que vous alliez faire une fugue tous les deux ou que tu voulais l'enlever !

— Elle est allée dormir chez Angie avec d'autres copines, hier. Carol m'a dit qu'à chaque fois, elles n'arrêtaient pas de faire les folles toute la nuit. Je parie qu'elles sont encore au lit, ou qu'elles prennent leur petit déjeuner à la place du déjeuner.

— Alors va dans le parc tout seul. Avec la télé éteinte un samedi matin, j'ai l'impression que tu es mort et ça me rend nerveuse. »

Elle entra dans la chambre et lui prit le livre des mains. C'est dans une sorte d'état de fascination engourdie qu'il la regarda feuilleter *Sa Majesté des Mouches*, lisant une ou deux lignes ici et là. Et si jamais elle tombait sur l'endroit où les garçons parlent d'embrocher un cochon sauvage avec leur lance, par le cul (sauf que comme c'étaient des Anglais, ils disaient

l'*anus*, ce qui lui paraissait encore plus dégoûtant) ?
Qu'est-ce qu'elle allait en penser ? Il l'ignorait. Il avait
vécu toute sa vie avec elle, ils avaient été la plupart du
temps seuls tous les deux, et il n'arrivait toujours pas
à prévoir comment elle allait réagir dans une situation
quelconque.

« C'est celui que Brattigan t'a donné ?

— Ouais.

— Comme cadeau d'anniversaire ?

— Ouais.

— De quoi ça parle ?

— De garçons qui se trouvent coincés sur une île
déserte. Leur bateau a coulé. Je crois que ça se passe
après la Troisième Guerre mondiale, ou quelque chose
comme ça. Le type qui a écrit le livre n'est pas très
précis.

— Alors, c'est de la science-fiction.

— Ouais », admit Bobby.

Il avait un peu le tournis. Il était difficile d'imaginer
une histoire aussi éloignée de *Chaîne autour du Soleil*
que celle de *Sa Majesté des Mouches*, mais sa mère
détestait la science-fiction : sa réponse était donc le
meilleur moyen de mettre un terme à sa curiosité, toujours potentiellement dangereuse.

Elle lui rendit le livre et s'avança jusqu'à la fenêtre.
« Bobby ? » Elle ne se retourna pas pour lui parler, du
moins pas tout de suite. Elle portait un vieux chemisier
par-dessus son jean du samedi. La forte lumière de
midi traversait le tissu, dessinant sa silhouette ; il
remarqua, pour la première fois, à quel point elle était
maigre, comme si elle oubliait de manger.

« Quoi, m'man ?

— Est-ce que Mr Brattigan t'a fait d'autres
cadeaux ?

— *Brautigan*, m'man, pas Brattigan. »

Elle fronça les sourcils à son reflet dans la vitre...
ou, plus vraisemblablement, ce fut son reflet qui lui fit
les gros yeux. « Ne me corrige pas, Bobby-O. T'a-t-il
donné autre chose ? »

Bobby réfléchit. Quelques sodas, parfois un sand-wich au thon ou une merveille venue de la pâtisserie où travaillait la mère de Sully-John, mais pas de cadeau. Rien que le livre, qui était l'un des plus beaux présents qu'on lui ait jamais offerts. « Mais non... Pourquoi l'aurait-il fait ?

— Je ne sais pas. Je ne vois pas pour quelle raison un homme que tu viens juste de rencontrer devrait te faire un cadeau d'anniversaire. » Elle poussa un soupir, croisa les bras sous ses petits seins pointus, et continua de regarder par la fenêtre. « Il m'a dit qu'il avait été fonctionnaire de l'État à Hartford, mais qu'il avait pris sa retraite. C'est aussi ce qu'il t'a dit ?

— Oui, quelque chose comme ça. »

En réalité, Ted n'avait jamais évoqué sa vie profes-sionnelle devant Bobby, et il ne serait pas venu à l'es-prit de ce dernier de lui poser la question.

« Mais dans quel genre de poste ? Dans quel servi-ce ? La sécurité sociale ? Les transports ? Le bureau du fisc ? »

Bobby secoua la tête. Le fisc ? Qu'est-ce que c'était que ça, le fisc ?

« Je parie qu'il était à l'éducation, reprit-elle d'un ton méditatif. Il parle comme quelqu'un qui a été dans l'enseignement. Tu ne trouves pas ?

— Un peu, oui.

— Il a des passe-temps ?

— Je ne sais pas. »

Certes, il y avait bien la lecture ; deux des trois sacs qui avaient tellement scandalisé sa mère étaient pleins de livres de poche, dont la plupart paraissaient très dif-ficiles.

Le fait que Bobby ait ignoré ce qu'étaient les passe-temps du nouveau locataire parut quelque peu la soula-ger, sans qu'il comprenne pourquoi. Elle haussa les épaules et quand elle reprit la parole, ce fut plutôt comme si elle parlait pour elle-même : « Oh, et puis ce n'est qu'un livre après tout — un livre de poche, en plus.

— Il a dit qu'il aurait peut-être un boulot pour moi, mais jusqu'ici, je n'ai rien vu venir. »

Elle se retourna brusquement. « Quel que soit le boulot qu'il te propose, les corvées qu'il te demande de faire, tu m'en parles d'abord, compris ?

— Oui, bien sûr, compris. »

La vivacité de sa réplique le surprit et le mit un peu mal à l'aise.

« Promets-le-moi.

— Je te le promets.

— Une promesse solennelle, Bobby. »

Il posa docilement la main sur son cœur et déclara : « Je le promets à ma mère au nom de Dieu. »

Cela suffisait d'habitude à régler la question, mais pas aujourd'hui ; elle n'avait toujours pas l'air satisfait.

« Est-ce qu'il t'a jamais fait... est-ce qu'il... » Sur quoi elle s'arrêta, l'air inhabituellement prise au dépourvu. Les petits camarades de Bobby avaient souvent cette expression, lorsque Mrs Bramwell les envoyait au tableau faire l'analyse grammaticale d'une phrase et qu'ils n'y parvenaient pas.

« Est-ce qu'il a jamais fait quoi, m'man ?

— T'occupes ! répondit-elle d'un ton coléreux. Fiche-moi le camp d'ici, Bobby, va dans le parc ou à la Sterling House, j'en ai assez de te voir traîner dans mes jambes. »

Mais alors, pourquoi tu es venue, m'man ? pensa-t-il (mais sans le dire, évidemment). *Je ne t'embêtais pas. Je ne t'embêtais pas du tout.*

Il enfonça *Sa Majesté des Mouches* dans la poche de son pantalon et prit la direction de la porte. Sur le seuil, il se retourna. Elle se tenait toujours à la fenêtre, mais elle le regardait, cette fois. Jamais il ne surprenait d'expression d'amour, en de tels moments ; son visage trahissait plutôt de la perplexité, parfois teintée (mais pas toujours) d'affection.

« Hé, m'man... » Il voulait lui demander cinquante *cents*, un demi-billet. De quoi s'acheter un soda et deux hot-dogs au Colony Diner. Il adorait les hot-dogs du

Colony, préparés dans des petits pains grillés, et accompagnés de chips et de condiments.

La bouche de sa mère prit son expression pincée habituelle et il comprit que ce serait une journée sans hot-dogs. « Ne demande rien, Bobby, que cela ne te traverse même pas l'esprit. » *Que cela ne te traverse même pas l'esprit*, l'une de ses expressions favorites. « J'ai un paquet comme ça de factures à payer, cette semaine, alors arrête de me regarder avec des yeux comme des pièces de cinquante *cents*. »

Faux. Elle n'avait pas un paquet « comme ça » de factures à payer — voilà la vérité. Pas cette semaine. Bobby avait vu partir la facture d'électricité, ainsi que le chèque du loyer dans son enveloppe marquée *Mr Monteleone*, mercredi dernier. Et elle ne pouvait prétendre qu'il allait avoir bientôt besoin de nouveaux vêtements, étant donné qu'on était à la fin de l'année scolaire, pas au début. Le seul argent qu'il lui avait demandé ces derniers temps, c'était les cinq dollars pour la Sterling House — la cotisation de quatre mois —, et même là elle avait fait des histoires, alors qu'elle savait très bien que cela comprenait les sorties à la plage, l'inscription dans les tournois de base-ball des Wolves et Lions, et les assurances. Si une autre personne que sa mère avait eu une telle réaction, il l'aurait taxée de radinerie. Impossible de lui dire quoi que ce soit, cependant ; évoquer les questions d'argent débouchait presque toujours sur une dispute, et remettre en question sa conception en matière de finances, même pour des détails infimes, ne faisait que la lancer dans des mercuriales hystériques. Elle lui faisait peur quand elle se mettait dans cet état.

Bobby sourit. « Ça va, m'man, ça va. »

Elle lui rendit son sourire et, d'un mouvement de la tête, indiqua le pot marqué BÉCANE BANK. « Tu n'as qu'à te faire un emprunt. Fais-toi plaisir. Je ne le dirai à personne, et tu pourras toujours remettre l'argent plus tard. »

Il réussit à garder le sourire, mais non sans effort.

Avec quelle facilité elle avait fait cette suggestion, sans penser combien elle aurait été furieuse si lui s'était permis de lui conseiller d'emprunter un peu d'argent sur la facture d'électricité ou celle du téléphone, ou sur celui qu'elle mettait de côté pour ses « vêtements de travail », afin qu'il puisse s'offrir au moins deux hot-dogs et peut-être une part de tarte *à la mode** au Colony... et s'il avait osé ajouter qu'il n'en parlerait jamais à personne et qu'elle n'aurait qu'à se rembourser plus tard. Ouais, tu parles, pour recevoir une bonne claque...

Le temps d'arriver dans Commonwealth Park, son ressentiment avait disparu et le mot *radinerie* s'était envolé de son esprit. La journée était magnifique et il avait un livre fabuleux à terminer ; comment éprouver du ressentiment et de la mauvaise humeur, dans de telles conditions ? Il trouva un banc dans un coin tranquille et rouvrit *Sa Majesté des Mouches*. Il lui fallait l'achever aujourd'hui, savoir ce qui allait arriver.

Les dernières quarante pages lui prirent une heure — pendant laquelle il oublia tout ce qui l'entourait. Quand il referma le livre, il s'aperçut que ses genoux étaient couverts de petites fleurs blanches. Il en avait aussi plein les cheveux. Il s'était assis sans s'en rendre compte au beau milieu d'une averse de fleurs de pommier.

Il les chassa de la main et regarda en direction du terrain de jeux. Les enfants se disputaient la bascule, se balançaient, renvoyaient le ballon attaché au mât. Ils riaient, se poursuivaient, se roulaient dans l'herbe. Des gosses comme ça pourraient-ils en arriver à se promener tout nus et à adorer une tête de cochon pourrissante ? Il était tentant de rejeter une telle idée au prétexte que c'était le délire d'un adulte qui n'aimait pas les enfants (c'était le cas de beaucoup, Bobby ne l'ignorait pas), mais il vit alors un petit garçon assis dans le bac à sable qui braillait comme s'il avait le cœur déchiré, pendant qu'un autre, un peu plus grand, jouait tranquillement à côté avec le camion Tonka qu'il venait de lui arracher des mains.

Et la fin du livre... était-ce une fin heureuse ou non ? Il n'arrivait pas vraiment à en décider, ce qui lui aurait paru délirant un mois auparavant. C'était la première fois de sa vie qu'il terminait un livre sans savoir si la fin était bonne ou mauvaise, joyeuse ou triste. Ted le saurait, lui. Il allait lui demander.

Bobby était encore sur le banc, un quart d'heure plus tard, quand Sully-John arriva dans le parc, le nez au vent, et l'aperçut. « Hé, mon saligaud ! s'exclama-t-il. J'ai été chez toi et ta mère m'a dit que tu étais dans le parc ou à la Sterling House. Alors, tu l'as fini, ce bouquin ?

— Ouais.

— Il était bon ?

— Ouais. »

Sully-John secoua la tête. « Je suis jamais tombé sur un livre qui m'ait vraiment plu, mais je veux bien te croire sur parole.

— Le concert s'est bien passé ? »

S-J haussa les épaules. « On a soufflé dans nos binious jusqu'à ce que tout le monde soit parti, alors on peut dire au moins qu'on s'est fait plaisir. Et devine qui a gagné la semaine au camp Winiwinaia ? »

Ce camp de vacances du YMCA était situé sur les rives du lac George, au fond des bois, au nord de Storrs. Chaque année, le Harwich Activities Committee procédait à un tirage au sort dont le lot principal était un séjour d'une semaine au Winiwinaia.

Bobby ressentit une pointe de jalousie. « Ne va pas me dire... !

— Eh si, mon vieux ! répondit Sully-John avec un grand sourire. Soixante-dix noms dans le chapeau, soixante-dix *au moins*, et celui que ce vieux saligaud tout chauve de Coughlin nous tire est celui de John L. Sullivan, Junior, 93, Broad Street. Ma mère a failli en faire pipi dans sa culotte.

« Quand pars-tu ?

— Quinze jours après la fin des classes. Maman va essayer d'avoir une semaine de vacances en même temps, comme ça elle pourra aller voir mes grands-parents dans le Wisconsin. Elle prendra le *Big Grey Dog*. »

Les *Big Vac* étaient les grandes vacances ; le *Big Show* était l'émission d'Ed Sullivan du dimanche soir, et le *Big Grey Dog* était bien entendu un bus de la Greyhound[1]. La gare routière de la ville était située tout à côté, non loin de l'Asher Empire et du Colony Diner.

« Tu ne regrettes pas de ne pas aller dans le Wisconsin avec elle ? demanda Bobby, pris du désir pervers de gâcher, ne serait-ce qu'un peu, la joie qu'éprouvait son ami devant sa bonne fortune.

— Si, un peu, mais je préfère aller au camp et tirer à l'arc. » Il passa un bras autour des épaules de Bobby. « Non, ce que je regrette, c'est que tu ne puisses pas venir avec moi, mon saligaud bouffeur de bouquins. »

Voilà qui le fit se sentir mesquin. Il jeta de nouveau un coup d'œil au livre, sachant qu'il n'allait pas tarder à le relire. Peut-être même dès le mois d'août, si jamais il commençait à se barber (chose qui se produisait en général vers cette époque, aussi difficile à croire que cela soit en mai). Puis il leva les yeux sur Sully-John, sourit et passa à son tour un bras au-dessus des épaules de son copain. « On peut dire que t'es un sacré veinard, mon canard !

— Appelle-moi donc Donald. »

Ils restèrent ainsi sur le banc pendant quelque temps, se tenant par les épaules, au milieu des averses intermittentes de fleurs, à regarder jouer les petits. Puis Sully dit qu'il voulait aller voir le film en matinée, à l'Empire, et qu'il ne devait pas traîner s'il voulait voir la bande-annonce des films suivants.

---

1. *Le Grand Chien gris*. Le nom de la célèbre compagnie de bus américaine signifie en effet « lévrier » (*N.d.T.*).

« Tu n'as qu'à venir avec moi, Bobborino. On donne *Le Scorpion noir*. Des monstres en pagaille pendant tout le film.

— Peux pas, j'suis fauché. » C'était la vérité (si l'on ne tenait pas compte des sept dollars dans la BÉCANE BANK, évidemment), et de toute façon, il n'avait pas envie d'aller au cinéma aujourd'hui, même s'il avait entendu dire par un copain, à l'école, que *Le Scorpion noir* était vraiment sensationnel, avec ces saletés de bestioles qui tuaient les gens en leur enfonçant leur dard dans la chair et parvenaient à raser la ville de Mexico.

Non, ce qu'il avait envie de faire, c'était de retourner à la maison et de parler de *Sa Majesté des Mouches* avec Ted.

« Fauché, répéta tristement Sully-John. Une dure réalité, Bobi-té. Je t'aurais bien payé la place, mais il me reste tout juste trente-cinq *cents*.

— Ne t'en fais pas pour ça. Eh, où est passé ton Bo-lo Bouncer ? »

Sully prit une mine encore plus contristée. « Le caoutchouc s'est cassé, et il a dû partir pour le paradis des Bolo, je suppose. »

Bobby eut un petit rire. Le paradis des Bo-lo, c'était une idée marrante. « Tu vas t'en acheter un autre ?

— J'crois pas. J'ai vu une panoplie de magicien, chez Woolworth, qui me plairait bien. Ça me dirait assez d'être magicien, quand je serai grand, je t'en ai déjà parlé, hein ? Voyager un peu partout en suivant les foires, ou dans un cirque, porter un costard noir et une grande cape... Je ferais sortir des lapins et des merdes de mon chapeau haut de forme.

— C'est plutôt les lapins qui laisseraient des merdes dans ton chapeau », remarqua Bobby.

Sully sourit. « Quel beau saligaud je ferais ! Qu'est-ce que ça me plairait ! (Il se leva.) Sûr que tu veux pas venir ? Tu pourrais sans doute arriver à passer en douce devant Godzilla. »

Les gosses envahissaient l'Empire par centaines lors

de ces matinées du samedi ; le film était en général une histoire de monstres, précédée de huit ou neuf dessins animés, des bandes-annonces des films à venir et des actualités Movie-Tone. Mrs Godlow devenait folle à essayer de les faire se tenir en rang et se taire, incapable de comprendre qu'un samedi après-midi, il était exclu de demander, même aux enfants les mieux élevés, de se comporter comme à l'école. Elle était aussi obsédée à l'idée que des douzaines de gosses de plus de douze ans essayaient d'entrer en payant le tarif pour les moins de douze ans ; si elle l'avait pu, Mrs G. leur aurait demandé une pièce d'identité, comme pour les films de Brigitte Bardot. Dans l'impossibilité de le faire, elle devait se contenter d'aboyer : « ENKELANÉTÉ-NÉ ? » à tout gamin de plus de cinq ans et de plus de cinquante centimètres de haut. Dans tout ce bazar, on arrivait parfois à lui passer sous le nez, d'autant plus qu'il n'y avait personne pour déchirer les billets, les matinées du samedi. Mais Bobby n'avait pas envie de scorpions géants ce jour-là ; il venait de vivre une semaine avec des monstres plus réalistes, dont beaucoup lui ressemblaient passablement.

« Non, je crois que je vais juste traîner dans le coin, répondit Bobby.

— OK. » Sully-John se débarrassa des quelques fleurs tombées dans ses cheveux noirs, puis regarda solennellement son ami. « Dis-moi que je suis un super-saligaud, Big Bob.

— Sully, tu es un super Big-saligaud !

— Oui ! s'exclama S-J. Et comment ! Un super Big-saligaud aujourd'hui, un super Big-magicien demain ! Wow ! »

Bobby s'écroula sur son banc, jambes tendues, les orteils recroquevillés dans ses tennis, riant comme un malade. Son copain était tellement drôle, quand il s'y mettait.

Sully-John avait déjà fait deux pas pour s'éloigner lorsqu'il se retourna. « Dis donc, vieux, tu sais quoi ? J'ai vu de drôles de mecs en arrivant dans le parc.

— Et qu'est-ce qu'ils avaient de drôle ? »

Le garçon secoua la tête, l'air embarrassé. « J'sais pas. J'sais pas vraiment. » Sur quoi il repartit en chantant *At the Hop*. L'une de ses préférées. Bobby l'aimait bien aussi, et trouvait que Danny and the Juniors étaient sensationnels.

Il rouvrit le livre que lui avait donné Ted (on commençait à voir qu'il avait été pas mal feuilleté) et relut les deux ou trois dernières pages, le moment où, enfin, les adultes font leur apparition. De nouveau, il se demanda : est-ce une fin heureuse ou triste ? Et Sully-John disparut de son esprit. Il se dit plus tard que si son ami avait eu l'idée de mentionner que ses drôles de mecs portaient des manteaux jaunes, certaines choses se seraient peut-être passées tout autrement.

« William Golding a écrit quelque chose d'intéressant à propos de son livre ; une chose qui a un rapport avec les questions que tu te poses sur la fin... une autre *rootbeer*, Bobby ? »

Le garçon secoua la tête et dit non merci. Il n'aimait pas tellement ce genre de boisson gazeuse et n'en buvait guère que par politesse quand il était avec Ted. Ils étaient une fois de plus assis à la table de la cuisine, dans le studio du second, le chien de Mrs O'Hara aboyait toujours (Bobby avait l'impression que Bowser ne s'arrêtait *jamais*) et Ted continuait à fumer ses Chesterfield. Bobby était allé voir à quoi était occupée sa mère en revenant du parc et, ayant constaté qu'elle faisait la sieste sur son lit, s'était hâté de monter chez Ted pour lui parler de la fin de *Sa Majesté des Mouches*.

Ted s'approcha du réfrigérateur... et s'arrêta net, la main sur la poignée, regardant dans le vide. Bobby comprendrait plus tard qu'il avait eu à cet instant, pour la première fois, l'intuition que quelque chose n'allait pas du tout chez Ted ; que le vieil homme ne tournait pas rond, qu'il tournait de moins en moins rond.

« On les sent tout d'abord à l'arrière des yeux », dit-il sur le ton de la conversation.

Il avait parlé clairement, Bobby avait distingué tous les mots.

« On sent quoi ?

— On les sent tout d'abord à l'arrière des yeux. »

Il avait toujours le regard perdu dans le vide et la main posée sur la poignée. Bobby commença à avoir peur. On aurait dit qu'il y avait quelque chose dans l'air, presque comme du pollen ; il avait les poils du nez qui le picotaient, le dos des mains qui le démangeait.

Puis Ted ouvrit le frigo et se pencha. « Tu es sûr que tu n'en veux pas une ? C'est bon et c'est bien frais.

— Non... merci, ça ira. »

Ted revint à la table et Bobby arriva à la conclusion que soit le vieil homme avait décidé d'ignorer ce qui venait de se passer, soit qu'il ne s'en souvenait pas. Il comprit aussi que Ted avait retrouvé son état normal, et cela lui suffisait. Les grandes personnes étaient bizarres, un point c'est tout. Parfois, il valait mieux ignorer les trucs qu'elles faisaient.

« Et qu'est-ce qu'il a dit à propos de la fin — Mr Golding ?

— Pour autant que je m'en souvienne, c'était quelque chose comme *les garçons sont sauvés par l'équipage d'un croiseur, et c'est très bien pour eux ; mais qui va sauver l'équipage du croiseur ?* » Ted commença à verser la *rootbeer*, attendit que la mousse se dissipe et finit de remplir son verre. « Cela t'aide-t-il ? »

Bobby tourna et retourna la phrase dans son esprit, comme si c'était une énigme. « Non, répondit-il finalement. Je ne comprends toujours pas. Ils n'ont pas besoin d'être sauvés — je veux parler de l'équipage — parce qu'ils ne sont pas sur l'île, eux. Et aussi... » Il pensa aux gamins dans le bac à sable, l'un d'eux sanglotant, au comble du désespoir, tandis que l'autre jouait tranquillement avec le camion volé. « ... Les types du croiseur sont des adultes. Les adultes n'ont pas besoin d'être sauvés.

— Ah non ?

— Non.

— Jamais ? »

Bobby pensa soudain à sa mère et à l'attitude qu'elle avait vis-à-vis de l'argent. Puis il se souvint de la nuit où il s'était réveillé et avait cru l'entendre pleurer. Il ne répondit pas.

« Réfléchis, reprit Ted, qui tira une profonde bouffée sur sa cigarette, puis relâcha des volutes de fumée. Les bons livres sont faits pour cela, après tout.

— D'accord.

— *Sa Majesté des Mouches* n'a pas grand-chose à voir avec les Hardy Boys ou Le Club des Cinq, n'est-ce pas ? »

Bobby imagina fugitivement, mais de manière très claire, Frank et Joe Hardy courant à travers la jungle avec des lances de fortune, chantant qu'ils allaient tuer le cochon et lui enfoncer leur lance dans le cul. Il éclata de rire et, tandis que Ted se joignait à lui, il comprit qu'il en avait terminé avec les Hardy Boys, Tom Swift, Rick Brant et Bomba le Fils de la Jungle. *Sa Majesté des Mouches* leur avait réglé leur compte. Il se sentit très content de posséder une carte de bibliothèque pour adultes.

« Non, répondit-il, pas grand-chose.

— Et les bons livres ne révèlent pas tous leurs secrets du premier coup. Tu te rappelleras cela aussi ?

— Oui.

— Fantastique. Maintenant, dis-moi... Qu'est-ce que tu dirais de gagner un dollar par semaine ? »

Le changement de cap fut si abrupt que Bobby resta un instant désorienté. Puis il sourit et s'exclama : « Sapristi, oui ! » Les chiffres se mirent à s'additionner à toute vitesse dans sa tête ; même s'il n'était pas un génie en maths, il était capable de calculer qu'à la fin de septembre il se retrouverait plus riche d'au moins quinze dollars. Ajoutez à cela ce qu'il avait déjà, plus une récolte raisonnable de bouteilles consignées et quelques pelouses tondues dans le quartier... Sapristi de sapristi, il roulerait peut-être en Schwinn, avec un peu de chance, pour la fête du Travail[1] ! « Qu'est-ce que je dois faire ?

— C'est ce qu'il faut déterminer avec soin. Avec beaucoup de soin. »

Le vieil homme tomba dans une méditation qui se prolongea tellement que Bobby se mit à craindre d'entendre encore parler de trucs derrière les yeux ; mais lorsqu'il se retourna vers lui, le regard de Ted n'avait pas cet aspect vide et paraissait au contraire vif, avec peut-être une pointe de nostalgie. « Ce n'est pas mon genre de demander à un ami, en particulier à un ami jeune comme toi, de mentir à ses parents, Bobby ; mais dans cette affaire, je vais te demander une petite mise en scène. Tu vois ce que je veux dire ?

— Bien sûr. » Bobby pensa à Sully-John et à sa dernière lubie : voyager partout avec un cirque, en costume noir, pour faire surgir des lapins de son chapeau claque. « Le genre de choses que font les magiciens pour vous tromper.

— Ça ne paraît pas très joli-joli quand on le présente ainsi, hein ? »

Bobby secoua la tête. Non, si l'on enlevait les paillettes et les projecteurs, ce n'était pas du tout joli-joli.

Ted but un peu de *rootbeer* et essuya la mousse sur sa lèvre supérieure. « C'est ta mère, Bobby. Ce ne serait pas juste de dire qu'elle me déteste... mais j'ai l'impression, en tout cas, qu'elle ne m'aime pas beaucoup. Est-ce que tu es d'accord ?

— Il me semble, aussi. Quand je lui ai dit que vous auriez peut-être un job pour moi, elle s'est mise dans tous ses états. Elle m'a fait promettre de lui dire tout ce que vous me demanderiez avant d'accepter. »

Ted Brautigan hocha la tête.

---

1. Premier lundi de septembre (*N.d.T.*).

« Je crois que tout ça remonte au jour où vous êtes arrivé avec vos affaires dans des sacs de commissions. Je sais que ça paraît idiot, mais c'est la seule explication que je vois. »

Il pensait que Ted allait se mettre à rire, mais il se contenta de hocher de nouveau la tête. « Et c'est peut-être la bonne. Dans tous les cas, Bobby, je ne souhaite pas te faire faire des choses contre la volonté de ta mère. »

C'était bel et bon, mais Bobby Garfield n'y croyait pas tout à fait. Sinon, il n'y aurait pas eu besoin de mise en scène.

« Tu diras à ta mère que mes yeux se fatiguent très vite. D'ailleurs, c'est la vérité. » Comme pour le prouver, Ted se massa un instant le coin des yeux avec le pouce et l'index de la main droite. « Dis-lui que je t'ai proposé de t'engager pour me lire quelques articles du journal, tous les jours, et que pour cela je te donnerai un dollar par semaine — un *rock*, comme dit ton ami Sully, je crois. »

Bobby acquiesça. Cependant... un billet par semaine pour savoir comment Kennedy s'en sortait dans les primaires ou si le poids-lourd Floyd Patterson allait gagner son match en juin ? Avec peut-être, pour faire bonne mesure, la lecture des petites BD de *Blondie* et de *Dick Tracy* ? Sa mère, ou encore Mr Biderman, le type de Home Town Real Estate, pouvaient bien avaler cela, mais avec Bobby, ça ne passait pas.

Ted se frottait toujours les yeux, sa main allant et venant comme une araignée au-dessus de son nez étroit.

« Et le reste ? » demanda Bobby. Il avait dit cela d'une voix étrangement plate, comme celle de sa mère quand il avait promis de ranger sa chambre et qu'en arrivant, le soir, elle constatait qu'il n'avait rien fait. « C'est quoi, le vrai travail ?

— Je te demande de garder l'œil ouvert, c'est tout.

— L'œil ouvert ? Sur quoi ?

— Des filous en manteau jaune. »

Ted se massait toujours le coin des yeux. Bobby aurait bien aimé qu'il arrête ce geste. Sentait-il quelque chose derrière ses globes oculaires et était-ce pour cela qu'il continuait à se les pétrir ainsi ? Quelque chose qui détournait son attention, interférait avec son mode de pensée habituel, normal et bien ordonné ?

« Des fi-lous ? » Le mot lui rappela tout d'abord vaguement un nom de plat chinois comme sa mère en prenait quand ils allaient au Sing Lou, sur Barnum Avenue. Des filous en manteau jaune, ça n'avait aucun sens, mais c'était tout ce qui lui venait à l'esprit.

« Non, des filous, des canailles, des crapules de bas étage, expliqua Ted. C'est Dickens qui emploie l'expression *de bas étage* pour parler de types qui ont l'air plutôt stupides... mais aussi plutôt dangereux. Le genre à jouer aux dés dans une contre-allée, par exemple, en faisant circuler une bouteille d'alcool dans un sac en papier pendant la partie. Le genre qu'on voit appuyés aux poteaux téléphoniques et qui sifflent les femmes qui passent de l'autre côté de la rue, tout en s'épongeant la nuque avec des mouchoirs douteux. Des hommes qui s'imaginent qu'une plume à leur chapeau est le comble de l'élégance. Des hommes qui donnent l'impression de connaître les bonnes réponses à toutes les questions stupides de la vie. Ce n'est pas très clair, n'est-ce pas ? Est-ce que l'une de ces images te dit quelque chose, évoque quelque chose pour toi ? »

Ouais, cela lui disait bien quelque chose. C'était un peu comme la description du temps sous la forme d'un vieux tricheur chauve : le sentiment que le mot ou la phrase traduisaient exactement la réalité sans qu'on puisse dire pourquoi. Cela lui rappela Mr Biderman et son air toujours mal rasé, alors qu'on sentait encore les effluves de l'after-shave qui séchait sur ses joues, sa manie de se curer le nez quand il était seul dans sa voiture ou encore de jeter un coup d'œil en passant dans la sébile de tous les téléphones payants, pour voir s'il n'y restait pas quelques pièces — et cela sans même y penser.

« Oui, je vous suis.

— Bien. Jamais de la vie je ne te demanderai de parler à de tels hommes, ou même de t'en approcher. Mais je pourrais te proposer, par contre, de garder un œil ouvert, de faire par exemple tous les jours le tour du pâté de maisons — Broad Street, Commonwealth Street, Colony Street, Asher Avenue et retour ici — et de regarder ce qu'il y a à voir, tout simplement. »

Les choses commençaient à se mettre en place pour Bobby. Le jour de son anniversaire — le jour, aussi, de l'arrivée de Ted au 149 —, Ted lui avait demandé s'il connaissait tout le monde dans la rue, s'il reconnaîtrait ... *un étranger. Quelqu'un de passage. Une tête qui ne t'est pas connue...*

Des étrangers, au cas où des étrangers se montreraient. Moins de trois semaines plus tard, Carol Gerber avait fait son commentaire sur Ted, se demandant s'il n'était pas en fuite.

« Et combien sont-ils, ces types ?

— Trois, cinq, peut-être davantage, à présent. Tu les reconnaîtras à leur long manteau jaune et à leur teint olivâtre... même si cette couleur de peau n'est qu'un déguisement.

— Qu'est-ce que vous voulez dire ? Ils se mettent du Man-Tan, ou un truc comme ça ?

— Sans doute, oui. Et s'ils sont en voiture, tu les reconnaîtras à leur véhicule.

— Quelle marque ? Quel modèle ? »

Bobby commençait à se sentir comme Darren McGavin dans la série *Mike Hammer*, et il s'enjoignit de rester calme. On n'était pas à la télé. N'empêche, c'était excitant.

Ted secouait la tête. « Je n'en ai aucune idée. Et pourtant tu les reconnaîtras instantanément, parce que leurs voitures seront comme leurs manteaux jaunes, leurs chaussures pointues et l'espèce de graisse parfumée avec laquelle ils se peignent les cheveux en arrière : voyantes et vulgaires.

— D'ignobles individus », dit Bobby.

Ce n'était pas exactement une question.

« Ignobles », répéta Ted, hochant exagérément la tête. Il prit une gorgée de *rootbeer* et regarda au loin, tourné vers les éternels aboiements de Bowser... et demeura ainsi pendant un certain temps, comme un jouet dont le ressort vient de se casser ou un moteur qui a épuisé son carburant. « Ils me sentent, dit-il. Et je les sens, moi aussi. Ah, quel monde, tout de même !

— Qu'est-ce qu'ils veulent ? »

Ted se tourna vers lui, l'air surpris, comme s'il avait oublié un instant la présence de Bobby... ou qui était le jeune garçon. Puis il sourit et posa sa main sur celle de Bobby. Une grande main, chaude et réconfortante ; une main d'homme. La sensation dissipa la légère réticence de Bobby.

« Une certaine chose qui se trouve par hasard en ma possession, répondit Ted. Pas la peine d'en dire davantage.

— Ce ne sont pas des flics, hein ? Ou des types du gouvernement ? ou...

— Es-tu en train de me demander si je fais partie des dix hommes les plus recherchés du FBI, ou si je ne suis pas un agent communiste comme dans *J'ai mené une triple vie* ? Un méchant ?

— Je sais que vous n'êtes pas un méchant », protesta Bobby.

Mais la rougeur qui lui montait au visage disait le contraire. Non pas que ce qu'il en pensait changeait grand-chose. On pouvait avoir de l'amitié pour un méchant, ou même l'aimer ; même Hitler avait eu une mère, comme disait parfois la sienne.

« Je suis pas un méchant. Je n'ai jamais attaqué de banque ou dérobé de secrets militaires. J'ai passé bien trop de temps, dans ma vie, à lire et à éviter de payer les amendes pour mes retards — s'il y avait une police des bibliothèques, elle serait à mes trousses, j'en ai bien peur —, mais je ne suis pas un méchant comme les types que tu vois à la télé.

— Mais les hommes en manteau jaune, si. »

Ted acquiesça. « Mauvais de la tête aux pieds. Et comme je l'ai dit, dangereux.

— Vous les avez vus ?

— Souvent, mais pas ici. Et il y a quatre-vingt-dix-neuf chances sur cent pour que tu ne les voies pas non plus. Tout ce que je te demande, c'est de garder l'œil ouvert, au cas où. Pourras-tu le faire ?

— Oui.

— Bobby ? Il y a un problème ?

— Non. »

Et cependant, quelque chose le tenailla pendant un moment ; pas un rapprochement, non, seulement l'impression qu'il tâtonnait vers quelque chose qui en était un.

« Tu es sûr ?

— Ouais-ouais.

— Très bien. Et maintenant, la grande question : te sens-tu capable, en toute conscience, ou en toute honnêteté, au moins, de ne pas mentionner à ta mère cette partie de tes obligations ?

— Oui », répondit Bobby sans hésiter, bien qu'ayant compris que cette affirmation annonçait un grand changement dans sa vie... et non dépourvu de risques.

Il avait peur de sa mère, et pas qu'un peu ; les colères qu'elle piquait et les ressentiments qu'elle pouvait entretenir longtemps n'étaient qu'en partie responsables de cette peur, qui tenait avant tout au sentiment affreux de n'être que peu aimé et au besoin de protéger d'autant plus ce peu d'amour. Mais il aimait bien Ted et il avait adoré la sensation de la grande main du vieil homme posée sur la sienne, la chaude rugosité de sa paume, le contact de ses doigts aux articulations presque aussi grosses que des nœuds. Et il ne s'agissait pas de mentir, pas exactement ; juste de ne pas en parler.

« Tu en es vraiment sûr ? »

Si tu veux apprendre à mentir, Bobby-O, ne pas parler des choses est une aussi bonne manière de commencer qu'une autre, lui murmura une voix intérieure. Il l'ignora. « Oui, répondit-il, j'en suis vraiment sûr. Dites-moi, Ted... est-ce que ces types sont dangereux juste pour vous, ou pour tout le monde ? » Il pensait à sa mère, mais il pensait aussi à lui.

« Pour moi, ils pourraient être effectivement très dangereux. Pour les autres — la plupart des autres —, probablement pas. Tu veux que je te dise quelque chose de drôle ?

— Bien sûr.

— Figure-toi que la majorité des gens ne les voient pas, sauf s'ils en sont très, très près. Comme s'ils avaient le pouvoir d'embrouiller les esprits, un peu comme The Shadow, dans cette vieille émission de radio.

— Vous voulez dire qu'ils ont des... euh... »

Sans doute pensait-il *pouvoirs surnaturels*, mais il fut incapable de le dire.

« Non, non, pas du tout. » D'un geste de la main, la question fut repoussée avant qu'elle ait pu être complètement posée.

Le soir même, alors qu'allongé dans son lit il avait plus de mal que d'habitude à s'endormir, Bobby songea que Ted avait presque eu peur que les mots soient dits à haute voix.

« Il y a des tas de gens, des gens parfaitement ordinaires, que nous ne voyons pas. La serveuse qui rentre chez elle après son service, ses chaussures de travail dans un sac. Des vieux types qui font leur promenade de l'après-midi dans le parc. Des adolescentes avec des rouleaux dans les cheveux et leur transistor jouant des airs de Peter Tripp. Mais les enfants les voient. Les enfants les voient tous. Et toi, Bobby, tu es encore un enfant.

— Pourtant, ces types paraissent plutôt faciles à remarquer.

— Tu penses aux manteaux, aux chaussures, aux voitures bruyantes. Mais ce sont précisément ces détails qui poussent les gens — beaucoup de gens, en réalité — à se détourner. À édifier de petits barrages entre leur œil et leur cerveau. De toute façon, pas question que tu prennes le moindre risque. Si tu vois ces hommes en manteau jaune, ne t'en approche pas. Ne leur parle pas, même s'ils t'adressent la parole. Je ne vois pas pour quelle raison ils le feraient, je crois même qu'ils ne te verraient probablement pas (tout comme la plupart des gens ne les voient pas), mais il y a des tas de choses que j'ignore sur eux. À présent, qu'est-ce que je viens de dire ? Répète-moi tout. C'est important.

— Je ne dois pas les approcher et je ne dois pas leur parler.

— Même s'ils t'adressent la parole, ajouta Ted, d'un ton un peu impatient.

— Même s'ils m'adressent la parole, d'accord. Mais qu'est-ce que je *devrai* faire ?

— Rappliquer ici et me dire combien ils sont, où tu les as vus. Marche tant qu'ils sont en vue, et ensuite cours ! Cours comme le vent ! Cours comme si tu avais les diables de l'enfer aux trousses !

— Et vous, qu'est-ce que vous ferez ? » demanda Bobby. Mais bien sûr, il le savait. Il n'était peut-être pas aussi futé que Carol, mais il n'était pas non plus complètement idiot. « Vous partirez, c'est ça ? »

Ted Brautigan haussa les épaules et vida son reste de *rootbeer* sans regarder le garçon. « J'en déciderai le moment venu. S'il vient jamais. Si j'ai de la chance, la sensation que j'ai depuis quelques jours, la sensation de leur présence, se dissipera. »

— C'est déjà arrivé ?

— En effet. Et si nous parlions de choses plus agréables ? »

Et pendant la demi-heure suivante, ils parlèrent de base-ball, puis de musique (Bobby n'en revint pas : non seulement Ted connaissait Elvis Presley, mais il y avait certains morceaux qu'il aimait bien), puis des espoirs et des craintes que nourrissait le garçon à l'idée d'entrer en cinquième l'année prochaine. Tout cela était certes agréable, mais derrière chaque sujet abordé, Bobby sentait rôder les crapules de bas étage. Les crapules de bas étage se trouvaient ici, dans l'appartement de Ted, comme des ombres un peu spéciales, des ombres qu'on n'arriverait pas tout à fait à percevoir.

Ce ne fut que lorsque Bobby fut sur le point de partir que Ted souleva à nouveau le sujet. « Tu devras essayer de repérer certaines choses, des signes montrant... que mes vieux amis sont dans le secteur.

— Quel genre de signes ?

— Quand tu te baladeras en ville, regarde si tu ne vois pas d'affichettes à propos d'un animal perdu, dans les vitrines, ou agrafées aux poteaux téléphoniques, dans les rues résidentielles. Du genre, *Perdu un chat gris tigré avec des oreilles noires et une tache blanche au cou, la queue de travers. Appeler Iroquois 7-7661.* Ou encore, *Perdu, un petit chien bâtard, en partie beagle, répond au nom de Trixie, aime les enfants, les nôtres aimeraient le voir revenir à la maison. Appelez Iroquois 7-0984 ou rapportez-le au 77, Peabody Street.* Ce genre de choses.

— Qu'est-ce que vous racontez ? Sapristi, êtes-vous en train de dire qu'ils tuent les animaux familiers des gens ? Vous pensez...

— Je pense que la plupart de ces animaux n'existent pas, répondit Ted, d'un ton fatigué et malheureux. Même quand on voit une petite photo mal reproduite, je pense qu'il s'agit d'une pure invention. Je pense qu'il s'agit d'un moyen de communication, même si on peut se demander pourquoi ils ne se retrouvent pas tout simplement au Colony Diner pour échanger leurs informations en mangeant leur rôti de porc pommespurée. Où est-ce que ta maman va faire ses courses, Bobby ?

— À Total Grocery. C'est juste à côté de l'agence immobilière de Mr Biderman.

— Est-ce que tu l'accompagnes ?

— Des fois. »

Quand il était plus jeune, il la retrouvait là tous les

vendredis, lisant un *TV Guide* pris sur le présentoir jusqu'à son arrivée ; et il aimait les vendredis aprèsmidi parce que c'était le début du week-end, parce que maman le laissait pousser le chariot dont il faisait une voiture de course, parce qu'il l'aimait, *elle*. Il ne dit rien de tout cela à Ted, cependant. C'était de l'histoire ancienne. Pensez donc, il avait à peine huit ans.

« Consulte les tableaux d'affichage qu'on trouve dans les supermarchés, à côté des caisses, reprit Ted. Tu y verras des annonces écrites à la main disant des choses comme PARTICULIER VEND VOITURE. Recherche celles qui ont été punaisées à l'envers. Est-ce qu'il y a un autre supermarché en ville ?

— Oui, le A&P, pas loin du passage à niveau. Ma mère n'y va plus jamais. Elle dit que le boucher n'arrêtait pas de lui faire de l'œil.

— Pourras-tu aller vérifier le tableau d'affichage làbas aussi ?

— Bien sûr.

— Bien — jusqu'ici, très bien. Bon. Tu connais le dessin de la marelle que les filles tracent sur les trottoirs, n'est-ce pas ? »

Bobby acquiesça.

« Recherche celles qui ont des étoiles ou des lunes, ou les deux, dessinées de part et d'autre, en général avec des craies de couleurs différentes. Recherche aussi les queues de cerfs-volants prises dans les fils du téléphone. Pas les cerfs-volants eux-mêmes, juste les queues. Et... »

Ted s'interrompit, sourcils froncés, réfléchissant. Et tandis qu'il prenait une Chesterfield et l'allumait, Bobby pensa de manière tout à fait raisonnable, tout à fait claire, et sans éprouver la moindre crainte : *il est cinglé, tu sais. Complètement cinglé.*

Oui, évidemment, comment en douter ? Il espérait seulement que Ted, tout cinglé qu'il était, se montrerait prudent. Parce que si par hasard sa mère lui entendait raconter des trucs pareils, jamais elle ne laisserait son fils l'approcher à nouveau. En fait, elle lui enverrait sans doute les types avec les filets à papillons... ou demanderait à ce bon vieux Biderman de le faire pour elle.

« Tu vois l'horloge qui est sur la place, au centre-ville, Bobby ?

— Oui, bien sûr.

— Il se peut qu'elle se mette à sonner à tort et à travers, ou entre les heures. Cherche aussi les articles, dans les journaux locaux, signalant des actes mineurs de vandalisme dans les églises. Mes amis n'aiment pas les églises, mais ils ne commettent jamais rien de bien grave ; ils préfèrent garder, sans vouloir faire un mauvais jeu de mots, profil bas. Il existe d'autres indices de leur présence, mais je ne veux pas t'encombrer l'esprit. Personnellement, je pense que les affichettes sont les plus sûres.

« Si vous retrouvez Ginger, s'il vous plaît, ramenez-la à la maison.

— C'est exactement ce...

— Bobby ? » C'était la voix de sa mère, suivie du bruit que faisaient ses chaussures du samedi dans l'escalier. « Tu es là-haut, Bobby ? »

III. Le pouvoir d'une mère. Bobby fait son boulot.
   « Est-ce qu'il te touche ? » Le dernier jour de
   classe.

Bobby et Ted échangèrent un regard coupable. Tous deux s'assirent de part et d'autre de la table, comme s'ils s'étaient livrés à quelque occupation déraisonnable au lieu de se raconter des histoires délirantes.

Elle va se rendre compte qu'on manigance quelque chose, pensa Bobby avec consternation. *Ça doit se lire sur ma figure.*

« Non, dit Ted. Pas du tout. C'est le pouvoir qu'elle détient sur toi, qui te fait croire une chose pareille. C'est le pouvoir d'une mère. »

Bobby le regarda, stupéfait. *Est-ce que vous avez lu dans mon esprit ? Ne venez-vous pas, à l'instant, de lire dans mon esprit ?*

Sa mère était presque arrivée au palier du second, et même si Ted avait voulu répondre, il n'en aurait pas eu le temps. Quant à Bobby, il se mit aussitôt à douter de ce qu'il avait entendu.

Puis Liz s'encadra dans la porte restée ouverte, regardant tour à tour son fils et Ted, évaluant la situation. « Te voilà, enfin, Bobby ! Bon sang, tu n'as pas entendu, quand je t'appelais ?

— Le temps d'ouvrir la bouche, tu étais déjà ici, maman. »

Elle eut un bref reniflement. Un petit sourire vide de sens se dessina sur ses lèvres — son sourire social, un mouvement automatique. Ses yeux continuaient d'aller de l'un à l'autre, à la recherche de quelque chose qui ne collait pas, de quelque chose qui ne lui plairait pas, de quelque chose de louche. « Je ne t'ai pas entendu rentrer.

— Tu dormais.

— Comment allez-vous aujourd'hui, Mrs Garfield ? demanda Ted.

— Parfaitement bien, merci. »

Et ses yeux qui continuaient leurs allers et retours. Bobby n'avait aucune idée de ce qu'elle cherchait, mais son expression de consternation coupable avait dû disparaître de son visage. Sinon, elle l'aurait remarquée et il l'aurait su tout de suite ; il aurait su qu'elle savait.

« Voulez-vous un soda ? demanda Ted. J'ai un peu de *rootbeer*. Rien de très extraordinaire, mais c'est bien frais.

— Ce serait très gentil, dit Liz. Merci. » Elle entra dans la pièce et vint s'asseoir à côté de Bobby dont elle tapota la cuisse d'un geste machinal. Elle regarda Ted ouvrir son petit frigo pour prendre le soda. « Il ne fait pas encore très chaud au second, Mr Brattigan, mais je vous garantis que dans un mois vous n'allez pas être déçu. Vous devriez vous procurer un venti-lateur.

— C'est une idée. »

Il prit un verre propre pour servir la *rootbeer*, puis attendit, debout devant le frigo, que la mousse retombe dans le verre qu'il tendait à la lumière. Bobby avait l'impression de voir un savant dans une publicité à la télé, l'un de ces types obsédés par le pourcentage de fluor dans le dentifrice ou la capacité phénoménale de telle pastille à calmer les douleurs d'estomac — quatre-vingt-dix pour cent de taux de réussite, incroyable mais vrai.

« Ça ira très bien comme ça, merci, je n'ai pas besoin d'un verre plein », dit-elle d'un ton légèrement impatient. Ted lui donna le verre et elle le tendit vers lui. « À la vôtre. »

Elle en prit une gorgée et fit la grimace comme si c'était de l'alcool et non une simple boisson gazeuse. Elle suivit des yeux, par-dessus le rebord de son verre, Ted qui se rasseyait, faisait tomber la cendre de sa cigarette et remettait le mégot au coin de sa bouche.

« Vous avez l'air de vrais comploteurs, tous les deux, observa-t-elle. Assis là, à la table de cuisine, à boire de la *rootbeer* — de vrais coqs en pâte ! Et de quoi parliez-vous donc ?

— Du livre que Mr Brautigan m'a donné », dit Bobby. Il avait parlé d'un ton naturel, d'une voix qui ne dissimulait aucun secret. « *Sa Majesté des Mouches*. Je n'arrivais pas à décider si la fin était gaie ou triste, alors j'ai eu envie de lui demander.

— Ah... et qu'est-ce qu'on t'a répondu ?

— Que c'était les deux. Puis il m'a dit de réflé-chir. »

Liz se mit à rire, d'un rire dépourvu d'humour. « Je lis des romans policiers, Mr Brattigan, et je garde mes réflexions pour la vie réelle. Mais évidemment, je ne suis pas à la retraite.

— En effet, dit Ted. Vous êtes de toute évidence dans la fleur de l'âge. »

Elle lui adressa son fameux regard : *la flatterie ne vous mènera nulle part avec moi.* Un regard que Bobby connaissait bien.

« J'ai aussi offert à Bobby un petit boulot, enchaîna Ted. Il a accepté... à condition que vous lui en donniez la permission, bien sûr. »

Les sourcils de Liz se froncèrent pendant la première partie de la phrase et se détendirent pendant la seconde. Elle effleura de la main la crinière rousse de son fils, geste si inhabituel que les yeux de Bobby s'élargirent légèrement. Elle n'avait cependant pas quitté Ted du regard un seul instant. Non seulement elle ne lui faisait pas confiance, se rendit compte Bobby, mais il y avait peu de chances pour qu'elle lui fasse *jamais* confiance. « Et quel genre de petit boulot voudriez-vous lui faire faire, Mr Brattigan ?

— Il veut que je lui...

— Tais-toi, le coupa-t-elle, regardant toujours Ted par-dessus le bord de son verre.

— J'aimerais qu'il me lise le journal, l'après-midi, peut-être », dit Ted.

Et il expliqua que ses yeux n'étaient plus ce qu'ils étaient et qu'il avait chaque jour un peu plus de difficultés avec les lettres en petits caractères ; mais il aimait rester au courant des nouvelles — nous vivons une époque intéressante, vous ne trouvez pas, Mrs Garfield ? — et aussi lire les éditoriaux, ceux de Stewart Alsop et de Walter Winchell, entre autres. Winchell était une commère, d'accord, mais une commère *intéressante*, Mrs Garfield n'était-elle pas d'accord ?

Bobby écoutait, de plus en plus tendu, même s'il devinait, à l'expression et à l'attitude de sa mère, et même à la manière dont elle sirotait sa *rootbeer*, qu'elle croyait le baratin de Ted. Pour l'instant, tout marchait bien, mais si jamais Ted se mettait à nouveau à fixer le vide ? À fixer le vide et à baragoüiner à propos de crapules de bas étage en manteau jaune ou de queues de cerfs-volants accrochées dans les fils téléphoniques, l'air en transe ?

Rien de tel ne se produisit. Ted finit en disant qu'il aimait aussi savoir comment s'en sortaient les Dodgers (Maury Wills, en particulier), même s'ils étaient partis pour Los Angeles. Il déclara cela avec l'air de quelqu'un de bien déterminé à dire la vérité, même s'il doit en avoir légèrement honte. Bobby trouva cette touche exquise.

« Je pense qu'il n'y a rien à redire, finit par admettre sa mère (presque à contrecœur, sentit Bobby). En fait, c'est un petit boulot peinard. J'aimerais bien en avoir un comme ça.

— Je suis sûr que vous faites des merveilles dans votre travail », observa Ted.

Elle lui adressa de nouveau, sèchement, son regard : *la flatterie ne vous mènera nulle part avec moi*. « Il faudra lui payer un supplément si vous voulez qu'il fasse les mots croisés à votre place », répliqua-t-elle en se levant. Bobby ne comprit pas le sens de la remarque, mais il en sentit la cruauté, enkystée dedans comme un éclat de verre dans de la guimauve. Comme si elle avait cherché à se moquer à la fois de la vue déclinante de Ted et de ses capacités intellectuelles ; comme si elle avait voulu le blesser parce qu'il se montrait gentil envers son fils. Bobby avait encore honte de la tromper, encore peur qu'elle le découvre ; mais à présent, il se sentait aussi satisfait... presque méchamment satisfait. Elle le méritait bien. « Il est très fort pour les mots croisés, mon Bobby. »

Ted sourit. « Je n'en doute pas.

— Allez, viens, Bobby, il est temps de laisser Mr Brattigan se reposer.

— Mais...

— Je crois que je vais aller m'allonger un moment, Bobby. J'ai un peu mal à la tête. Je suis content que tu aies aimé *Sa Majesté des Mouches*. Tu pourras commencer ton travail dès demain, si tu veux. Tu me liras les pages culturelles dans le journal du dimanche. Je dois t'avertir, ce sera l'épreuve du feu pour toi.

— Entendu. »

Liz était déjà sur le palier, Bobby sur les talons. Elle se retourna et regarda Ted par-dessus la tête de son fils. « Pourquoi ne pas vous installer dehors, sur le porche ? demanda-t-elle. L'air frais vous fera du bien à tous les deux. Ce sera plus agréable que la chaleur étouffante de cette pièce. Et comme ça, je pourrai entendre aussi, si je suis dans le séjour. »

Bobby eut l'impression qu'une sorte de message passait entre les deux adultes. Pas par télépathie, pas tout à fait... sauf que, d'une certaine façon, c'était de la télépathie. Du genre banal que pratiquent les grandes personnes.

« Excellente idée, répondit Ted. Sur le porche, ce sera parfait. Bonsoir, Mrs Garfield ; bonsoir, Bobby. »

Bobby faillit lui répondre un *à bientôt, Ted* désin-volte, qu'il remplaça au dernier instant par : « À bien-tôt, Mr Brautigan. » Il se dirigea vers l'escalier en souriant vaguement, pris des sueurs froides que l'on ressent lorsqu'on vient tout juste d'éviter un accident sérieux.

Sa mère s'attarda. « Depuis combien de temps êtes-vous à la retraite, Mr Brattigan — si vous me permet-tez cette question ? »

Bobby en était presque arrivé à la conclusion qu'elle ne faisait pas exprès de mal prononcer le nom de Ted ; à présent, il penchait pour l'autre hypothèse. Oui, elle le faisait exprès.

« Depuis trois ans. »

Il écrasa sa cigarette dans le cendrier de métal et en alluma aussitôt une autre.

« Autrement dit, vous avez... soixante-huit ans ?

— Soixante-six, en fait. » Il continuait à répondre d'une voix douce et d'un ton ouvert, mais Bobby sen-tait que le vieil homme commençait à en avoir assez de cet interrogatoire. « On m'a accordé une retraite complète avec deux ans d'avance pour des raisons médicales. »

Tu ne vas tout de même pas lui demander ce qu'il a ! gémit intérieurement Bobby. *Tu n'oseras pas !*

Elle n'osa pas, mais elle voulut savoir le métier qu'il exerçait quand il était à Hartford.

« De la comptabilité. Je travaillais au service du fisc.

— Bobby et moi, on pensait que vous étiez plutôt dans l'éducation. La comptabilité ! Ce sont des responsabilités, tout de même. »

Ted sourit. Bobby trouva que ce sourire avait quelque chose d'affreux. « En vingt ans, j'ai envoyé à la ferraille trois machines à calculer. Si vous pensez que ce sont là des responsabilités, Mrs Garfield, alors oui, j'en avais. Comme Sisyphe qui roule son rocher, comme le disque qui repart en boucle...

— Je ne vous suis pas.

— C'est ma façon de dire que cela fait beaucoup d'années passées à accomplir une tâche qui ne semblait jamais avoir beaucoup de sens.

— Elle en aurait peut-être eu davantage si vous aviez eu un enfant à nourrir et à élever. »

Elle fit cette déclaration le menton légèrement relevé, l'air de dire que si Ted voulait en discuter, elle était prête. Qu'elle monterait sur le ring avec lui, si c'était sa fantaisie.

Ted, au grand soulagement de Bobby, n'eut aucune envie de monter sur le ring, ni même de s'en approcher. « Vous avez sans doute raison, Mrs Garfield. Entièrement raison. »

Elle maintint son menton relevé encore quelques instants, comme pour lui demander s'il était sûr, s'il ne voulait pas changer d'avis. Comme Ted n'ajoutait rien, elle sourit. Son sourire de triomphe. Bobby aimait sa mère ; mais soudain, il en eut aussi assez d'elle. Il en eut assez de ses regards entendus, de ses proverbes, et de ses manières intraitables.

« Merci pour la *rootbeer*, Mr Brattigan. Elle était délicieuse. » Et sur ces mots, elle entraîna son fils dans l'escalier. Arrivée au palier du premier étage, elle lui lâcha la main et descendit la dernière volée de marches la première.

Bobby pensait qu'ils allaient discuter plus en détail

de son nouveau job pendant le repas du soir, mais il n'en fut pas question. Sa mère paraissait loin de lui, gardait une attitude distante, le regard perdu. Il dut lui demander deux fois une deuxième portion de pain de viande, et lorsqu'à un moment le téléphone sonna, alors qu'ils étaient assis sur le canapé et regardaient la télé, elle bondit pour aller décrocher ; on aurait dit Ricky Nelson, le mari survolté de Harriet dans le feuilleton *Ozzie et Harriet*. Elle écouta, répondit quelque chose et vint se rasseoir sur le canapé.

« Qui était-ce ? demanda Bobby.

— Faux numéro », répondit-elle.

En cette année de sa vie, Bobby Garfield attendait encore la venue du sommeil avec une confiance tout enfantine : sur le dos, les talons aux deux coins du lit, les mains sous la partie fraîche de l'oreiller et les coudes pointés. C'était dans cette position qu'il se trouvait, le soir du jour où Ted lui avait parlé des crapules de bas étage en manteau jaune (*et n'oublie pas leurs voitures*, se dit-il, *ces grosses voitures aux couleurs voyantes*), le drap repoussé jusqu'à la taille. Un rayon de lune s'était posé sur sa poitrine étroite d'enfant, divisé en quatre par les montants de la fenêtre.

S'il y avait pensé (mais ce n'était pas le cas), il se serait attendu à ce que les « filous » de Ted deviennent plus réels une fois l'obscurité venue, alors qu'il n'avait pour seule compagnie que le tic-tac de sa Big Ben à remontoir et les murmures du dernier journal télévisé, dans l'autre pièce. Il en avait toujours été ainsi pour lui : il était facile de rire à un film de Frankenstein passant à la télé, de faire semblant de s'évanouir en s'écriant « Ohhh, Frankie ! » quand apparaissait le monstre, en particulier si Sully-John venait passer la nuit à la maison. Mais dans le noir, lorsque S-J se mettait à ronfler (ou pire encore, s'il était tout seul), la créature du Dr Frankenstein lui apparaissait beaucoup plus... non pas réelle, pas exactement, mais... *possible*.

Cette impression de possibilité, les crapules de bas

étage de Ted ne la lui donnaient pas. Tout au plus, l'idée de gens qui communiqueraient entre eux à l'aide d'affichettes pour chiens perdus lui semblait encore plus délirante dans le noir. Mais pas une forme dangereuse de délire. D'ailleurs, Bobby ne croyait pas que Ted fût vraiment et profondément cinglé ; il faisait sans doute juste preuve d'un peu trop d'imagination, en particulier depuis qu'il avait si peu de choses à faire pour occuper son temps. Ted était simplement un peu... eh bien... sapristi, un peu quoi ? Il n'arrivait pas à trouver. Si le mot *excentrique* lui était venu à l'esprit, il s'en serait emparé avec plaisir et soulagement.

Pourtant... on aurait dit qu'il lisait dans mon esprit. Qu'est-ce que tu dis de ça ?

Oh, il se trompait, c'est tout, il avait cru entendre une chose à la place d'une autre. Ou peut-être Ted avait-il réellement lu dans son esprit, mais grâce à ce système de télépathie adulte sans aucun intérêt, qui consiste à interpréter la culpabilité qu'affiche un visage d'enfant comme on décolle une décalcomanie d'une vitre mouillée. Dieu sait si sa mère avait l'art de le faire... au moins jusqu'à aujourd'hui.

Mais...

Mais rien du tout. Ted était quelqu'un de sympathique qui s'y connaissait beaucoup en livres, pas un télépathe. Pas plus que Sully-John n'était un magicien (ou qu'il ne le serait jamais).

« C'est juste une histoire de mise en scène », murmura-t-il. Il dégagea les mains de sous son oreiller, les croisa à hauteur des poignets sur sa poitrine et les agita. L'ombre d'une colombe se mit à voleter sur sa poitrine, dans le rayon de lune.

Bobby sourit, ferma les yeux et s'endormit.

Le lendemain matin, installé sous le porche, il lut à voix haute plusieurs articles du *Harwich Sunday Journal*. Ted, assis dans la balancelle, écoutait tranquillement en fumant ses Chesterfield. Derrière lui et à sa gauche, les rideaux voletaient par la fenêtre ouverte donnant dans le séjour des Garfield. Bobby imaginait sa mère assise à l'endroit le mieux éclairé, son panier à couture à côté d'elle, qui l'écoutait tout en recousant ses ourlets (les ourlets redescendaient, lui avait-elle dit quelque temps auparavant ; on les remontait une année, puis on enlevait les points l'année suivante pour les faire redescendre, tout ça parce qu'une bande de tantouzes de New York et de Londres en avait décidé ainsi, et elle se demandait pourquoi elle se donnait tout ce mal). Bobby ignorait si elle était là ou non, et la fenêtre ouverte aux rideaux ondulants ne signifiait rien en elle-même, mais en tout cas il l'imaginait. Quelques années plus tard, il se rendit compte qu'il avait toujours imaginé qu'elle était là : derrière les portes, dans la partie des tribunes trop mal éclairée pour qu'on y voie quelque chose, dans l'obscurité en haut de l'escalier — jamais il n'avait cessé de se la représenter ainsi.

Les articles relatifs au sport l'intéressèrent (Maury Wills cassait la baraque), les articles de fond nettement moins, et il trouva les éditoriaux impossibles : longs, incompréhensibles, pleins d'expressions comme « responsabilité fiscale » et « indicateurs économiques de nature récessionniste ». Cela ne l'ennuyait cependant pas de les lire. Il faisait son boulot, après tout, gagnait quelques sous, et beaucoup de boulots étaient fastidieux, au moins en partie. « Il faut bien gagner son pain quotidien », disait sa mère lorsque Mr Biderman la faisait travailler tard. Et Bobby était fier de pouvoir faire sortir correctement de sa bouche une formule comme « indicateurs économiques de nature récessionniste ». En outre, il aurait trouvé désagréable de toucher de l'argent seulement pour son autre job, son job secret, relatif aux hommes bizarres que Ted s'imaginait avoir aux trousses ; il aurait eu l'impression d'abuser son vieil ami, même si c'était lui qui lui avait fait la proposition.

Cela faisait néanmoins partie des tâches qui lui incombaient, idée délirante ou pas, et il commença dès le dimanche après-midi. Il effectua le tour du pâté de maisons pendant que sa mère faisait la sieste, l'œil aux aguets, en quête de crapules de bas étage en manteau jaune ou des indices de leur présence. Il vit ainsi un certain nombre de choses intéressantes : sur Colony Street, une femme qui se disputait avec son mari, le couple se tenant nez contre nez comme Gorgeous George et Haystacks Calhoun avant un combat de catch ; un petit garçon, sur Asher Avenue, qui aplatissait des capsules avec un caillou noirci de fumée ; deux adolescents ventousés l'un à l'autre par la bouche devant Spicer's Variety Store, au coin de Commonwealth et Broad ; un camion avec un slogan intéressant écrit sur son flanc : METTEZ-VOUS LE PALAIS EN FÊTE ; mais pas le moindre manteau jaune, pas la plus petite affichette annonçant un chien ou un chat perdu punaisée aux poteaux téléphoniques ; et pas une seule queue de cerf-volant prise dans les fils.

Il s'arrêta au Spicer's pour acheter une boule de gomme à un *cent* et consulta en douce le panneau d'affichage, sur lequel il y avait surtout une série de photos des candidates au titre de Miss Rheingold de l'année. Il vit deux annonces proposant une voiture d'occasion, mais aucune n'était punaisée à l'envers. Une autre disait DOIS VENDRE MA PISCINE DE JARDIN, BON ÉTAT, VOS ENFANTS VONT ADORER, et elle avait été placée de travers, mais Bobby supposa que *de travers* ne comptait pas.

Sur Asher Avenue, il vit bien une Buick grande comme une péniche garée devant une borne de pompiers, mais elle était vert bouteille, et il estima que cela ne suffisait pas à la rendre vulgaire et voyante, en dépit des espèces d'ouvertures, sur le côté et sur la calandre, qui la faisaient ressembler à un poisson-chat chromé et ricanant.

Le lundi, il continua à guetter les crapules en allant et en revenant de l'école. Il ne vit rien... mais Carol Gerber, qui l'accompagnait (ainsi que Sully-John), remarqua qu'il cherchait quelque chose. Sa mère avait raison, Carol était vraiment maligne.

« Alors, les espions des cocos sont après les plans ? lui demanda-t-elle.

— Quoi ?

— Tu n'arrêtes pas de regarder partout. Même derrière toi. »

Un instant, Bobby envisagea de leur dire la vraie raison pour laquelle Ted l'avait engagé, mais il se rendit compte que c'était une mauvaise idée. Elle aurait pu être bonne s'il avait cru qu'il y avait quelque chose à voir — trois paires d'yeux valaient mieux qu'une, en particulier celle de cette petite futée de Carol —, mais il garda néanmoins le silence. Ses deux camarades savaient qu'il avait pour boulot de lire tous les jours le journal à Ted, et c'était très bien comme ça. Cela suffisait. S'il leur parlait des crapules de bas étage, il aurait l'impression de se moquer de Ted, de commettre une sorte de trahison.

« Les espions des cocos ? demanda Sully en faisant volte-face. Ouais, je les vois, je les vois ! » Il étira sa bouche et refit le bruit creux *eh-eh-eh* qu'il aimait bien en ce moment. Puis il tituba, lâcha son arme invisible et s'étreignit la poitrine. « Ils m'ont eu ! Je suis salement touché ! Partez sans moi ! Dites à Rose que je l'aime !

— Je le dirai au gros derrière de ma tante, rétorqua Carol en le poussant du coude.

— Je regarde s'il n'y a pas des types de St. Gabe, c'est tout », expliqua Bobby.

C'était plausible ; les garçons de la St. Gabriel Upper & Secondary School aimaient bien harceler les petits sur le chemin de leur école, leur faire peur sur leur bicyclette, traiter les garçons de poules mouillées, dire des filles qu'elles étaient chaudes — ce qui, dans l'esprit de Bobby, signifiait qu'elles embrassaient sur la bouche, avec la langue, et qu'elles laissaient les garçons toucher leurs nénés.

« Mais non, ces gros courgouillons ne viennent que bien plus tard, observa Sully-John. Pour le moment, ils sont encore chez eux, occupés à faire briller leur croix et à se peigner les cheveux en arrière, comme Bobby Rydell.

— Ne jure pas », lui dit Carol le poussant de nouveau du coude.

Sully-John prit une expression blessée. « Qui a juré ? Je n'ai pas juré !

— Si !

— Non, mam'zelle !

— Si m'sieur ! tu as dit *gros courgouillons* !

— Mais ce n'est pas un juron ! Les courges sont des légumes ! »

S-J chercha des yeux l'aide de Bobby, mais celui-ci regardait le haut de Asher Avenue où une Cadillac venait de s'engager lentement. Elle était grosse, et passablement m'as-tu-vu, mais c'était vrai de toutes les Caddy, non ? D'autant que celle-ci était d'une discrète couleur marron clair et ne lui paraissait pas particulièrement de bas étage. Et, de plus, le conducteur était une femme.

« Ah oui ? Montre-moi donc un courgouillon dans une encyclopédie. Peut-être que je te croirai.

— Je devrais te battre, répliqua Sully d'un ton aimable. Te montrer qui est le patron, ici. Moi Tarzan, toi Jane.

— Moi Carol, toi grosse cruche. Tiens ! » La fillette jeta ses trois livres (un manuel d'arithmétique, un autre de vocabulaire et *La Petite Maison dans la prairie*) dans les mains de Sully-John. « Pour ta peine, porte mes livres. »

Le garçon prit une expression plus blessée que jamais. « Et pourquoi je devrais porter tes stupides bouquins, même si j'avais juré ? Et en plus je l'ai même pas fait !

— C'est pennetance, dit Carol.

— Et c'est quoi ce truc, pennetance ?

— Pour compenser, quand on a fait quelque chose de mal. Si on jure ou si on dit des mensonges, on doit faire pennetance. C'est l'un des types de St. Gabe qui me l'a dit. Il s'appelle Willie.

— Tu devrais pas traîner avec les types de St. Gabe, Carol, intervint Bobby. Il y a beaucoup de sales types. »

Il parlait d'expérience. Juste après la fin des vacances de Noël, trois garçons de St. Gabe lui avaient couru après sur Broad Street, menaçant de le battre parce qu'il les avait « regardés de travers ». Ce qu'ils auraient fait, Bobby en était convaincu, si celui qui était en tête n'avait pas glissé dans la neige fondue et ne s'était retrouvé à genoux. Les autres avaient trébuché contre lui, ce qui avait donné assez de temps à Bobby pour franchir la grande porte d'entrée du 149 et tirer le verrou. Les garçons de St. Gabe étaient restés un moment dehors avant de repartir, non sans promettre à Bobby de le « retrouver plus tard. »

« Ce ne sont pas tous des voyous. Il y en a qui sont bien », remarqua Carol.

Elle regarda Sully-John qui portait à présent ses livres ; elle ne put retenir un sourire qu'elle dissimula derrière sa main. On pouvait lui faire faire tout ce qu'on voulait, à ce garçon ; il suffisait de parler à toute vitesse en ayant l'air sûr de soi. Elle aurait préféré avoir Bobby comme porteur de livres, mais de toute façon, cela ne lui aurait donné satisfaction que s'il avait demandé à le faire. Un jour, peut-être ; elle ne désespérait pas. En attendant, elle prenait plaisir à marcher entre eux dans le soleil matinal. Elle jeta un coup d'œil à la dérobée à Bobby, qui étudiait une marelle dessinée sur le trottoir. Il était si mignon, et il ne le savait même pas ! C'était peut-être ce qu'il y avait de plus mignon en lui.

La dernière semaine de classe se passa comme toujours, c'est-à-dire qu'elle avança en claudiquant, avec une lenteur à rendre fou. En ces semaines de juin, Bobby trouva l'odeur de colle, dans la bibliothèque, entêtante à dégoûter un asticot, et les cours de géographie lui paraissaient durer dix mille ans — qu'il y eût de l'étain ou non au Paraguay, on s'en fichait pas mal, non ?

Pendant la récré, Carol leur raconta qu'elle allait passer une dizaine de jours, en juillet, dans la ferme de sa tante Cora et de son oncle Ray, en Pennsylvanie ; Sully-John, lui, était intarissable sur la semaine qu'il avait gagnée au camp de vacances, les séances de tir à l'arc, les balades quotidiennes en canoë. Bobby leur parla de Maury Wills, sur le point d'accumuler un nombre stupéfiant de bases gagnantes et d'établir un record qui ne serait jamais battu avant leur mort.

Sa mère paraissait de plus en plus préoccupée ; elle sursautait chaque fois que le téléphone sonnait et se précipitait dessus ; elle ne se couchait jamais avant les informations de la nuit (et parfois, soupçonnait Bobby, seulement après avoir regardé jusqu'au bout le film qui suivait) ; à table, c'est à peine si elle mangeait. De temps en temps, elle avait de longues et intenses conversations téléphoniques, le dos tourné, parlant à voix basse comme si Bobby avait voulu écouter ce qu'elle disait. Elle allait parfois décrocher, commençait à composer un numéro, puis raccrochait et venait se rasseoir sur le canapé.

Une fois, Bobby lui demanda si elle avait oublié le numéro qu'elle voulait appeler. « J'ai l'impression d'avoir oublié pas mal de choses », grommela-t-elle, et elle ajouta : « Occupe-toi de tes oignons, Bobby-O. »

Il aurait pu relever davantage de choses inquiétantes et se faire encore plus de soucis — elle devenait de plus en plus maigre et s'était remise à fumer après avoir pratiquement arrêté pendant deux ans — s'il n'avait eu lui-même largement de quoi occuper son esprit et son temps. Le plus chouette, c'était la carte de bibliothèque pour adultes, un cadeau qui lui paraissait encore mieux, un cadeau *inspiré*. À chaque fois qu'il l'utilisait, il y avait bien un milliard de romans de science-fiction, dans la section des adultes, qu'il avait envie de lire. Isaac Asimov, par exemple ; sous le nom de Paul French, Mr Asimov avait écrit des récits de science-fiction pour la jeunesse, mettant en scène un pilote de l'espace du nom de Lucky Starr, et ces récits n'étaient pas mal du tout. Mais sous son nom, il en avait écrit d'autres qui étaient encore meilleurs. Trois d'entre eux, au moins, parlaient de robots. Bobby adorait les robots et Robbie le Robot, dans *Planète interdite*, était à son avis l'un des plus grands personnages de cinéma, une créature absolument géniale, et l'on pouvait remercier Mr Asimov qui l'avait créé. Bobby se disait qu'il allait sans doute passer beaucoup de temps avec les robots, cet été (Sully appelait ce grand écrivain Sac-de-Guimauve, mais évidemment, S-J était d'une ignorance crasse en matière de livres).

En allant à l'école, il essayait de repérer les hommes en manteau jaune, ou des indices de leur présence ; en se rendant à la bibliothèque, après la classe, il faisait de même. Étant donné que l'école et la bibliothèque étaient dans des directions opposées, il couvrait ainsi une bonne partie de Harwich. Il ne s'attendait nullement à voir les crapules de Ted, évidemment. Après le dîner, dans la lumière du jour qui s'attardait, en cette saison, il lisait le journal à Ted, soit sous le porche, soit dans le studio du vieil homme. Ted avait suivi le conseil de Liz et s'était procuré un ventilateur, et la mère de Bobby ne semblait plus tenir spécialement à ce que les séances de lecture se fassent sous sa fenêtre. Son attitude tenait en partie à ce qu'elle était de plus en plus préoccupée par ses affaires d'adulte, comme Bobby en avait l'impression, mais peut-être aussi au fait qu'elle faisait un peu plus confiance à « Mr Brattigan ». *Faire confiance* n'était cependant pas la même chose qu'*éprouver de la sympathie* ; et cette confiance ne s'était pas établie facilement.

Un soir, alors qu'ils étaient installés sur le canapé et regardaient *Wyatt Earp*, Liz se tourna brusquement vers son fils et lui demanda, d'un ton rogue : « Est-ce qu'il arrive qu'il te touche ? »

Bobby comprit ce qu'elle lui demandait, mais pas pourquoi elle était aussi remontée. « Oui, bien sûr. Il me donne une tape dans le dos, de temps en temps, et la fois où j'ai dû m'y reprendre trois fois avant de pouvoir lire un mot difficile dans un article, il m'a frotté les cheveux avec le poing, mais gentiment. Jamais il ne m'a frappé. D'ailleurs, je crois qu'il n'aurait pas assez de force pour le faire. Pourquoi ?

— Peu importe... Il est correct, je pense. Il a la tête dans les nuages, pas de doute, mais il n'a pas l'air d'un... »

Sa voix mourut tandis qu'elle regardait la fumée sortir des braises de sa Kool. Les volutes s'élevaient dans la pièce en rubans de plus en plus pâles et finissaient par disparaître, ce qui rappelait à Bobby les personnages de *Chaîne autour du Soleil*, la façon dont ils partaient en spirale : comme une toupie, vers les autres mondes.

Finalement, elle se tourna de nouveau vers lui et dit : « Si jamais il te touche d'une manière qui ne te plaît pas, viens me le dire. Tout de suite. Tu entends ?

— Bien sûr, m'man. »

Elle avait, dans le regard, quelque chose qui lui fit penser à la fois où il lui avait demandé comment une femme savait qu'elle allait avoir un bébé. *Les femmes saignent tous les mois*, lui avait-elle répondu. *Si elles ne saignent pas, c'est parce que le sang sert à faire un bébé*. Bobby avait voulu lui demander par où sortait ce sang, quand il n'y avait pas de bébé en cours de fabrication (il se rappelait bien avoir vu sa mère saigner du nez, un jour, mais cela ne s'était jamais reproduit). La vue de son expression, cependant, lui avait fait renoncer à poser sa question. Elle arborait la même aujourd'hui.

En réalité, ils avaient eu d'autres contacts physiques : il arrivait à Ted de passer sa grosse main sur la coupe en brosse de Bobby, comme s'il caressait le bout des cheveux ; il lui arrivait aussi de lui pincer doucement le nez et d'ordonner *répète correctement !* si Bobby avait mal prononcé un mot ; et s'ils parlaient en même temps, Ted crochetait le petit doigt de Bobby avec le sien et disait *Bonne chance, bonne volonté, bonne fortune, bonne santé*. Le jeune garçon prit l'habitude de réciter la comptine en même temps que Ted, leurs petits doigts accrochés l'un à l'autre, d'un ton aussi banal que des gens qui disent passez-moi le sel ou comment ça va.

Une fois seulement Bobby s'était senti mal à l'aise lorsque Ted l'avait touché. Il venait juste de finir le dernier des articles que le vieil homme lui avait demandé de lire — un éditorialiste faisant tout un baratin sur Cuba, qu'une dose de libre entreprise, la bonne vieille recette américaine, suffirait d'après lui à remettre sur pied. Le crépuscule commençait à strier le ciel. Sur Colony Street, Bowser aboyait sans fin, *roup-roup-roup*, un bruit qui donnait une impression de déréliction, de rêve, évoquant plus un souvenir qu'une chose en train de se produire réellement.

« Bon, dit Bobby, en repliant le journal et en se levant, je crois que je vais aller faire un tour dans le quartier et voir ce que je vois. » Il n'avait pas envie de se montrer plus explicite, plus direct, mais il tenait à ce que Ted sache qu'il pistait toujours les crapules de bas étage en manteau jaune.

Ted se leva aussi et s'approcha ; le garçon fut attristé de lire de la peur sur le visage de son vieil ami. Il aurait aimé que Ted ne croie pas autant aux crapules, il aurait aimé qu'il ne soit pas trop cinglé. « Reviens avant la nuit, Bobby. Si jamais il t'arrivait quelque chose, je ne me le pardonnerais jamais.

— Je ferai attention. Et je serai de retour des années avant la nuit. »

Ted se mit sur un genou (sans doute était-il trop vieux pour simplement se pencher, pensa Bobby), et le prit par les épaules. Puis il rapprocha son visage du sien, au point que leurs deux fronts se touchaient presque. Bobby sentait l'odeur du tabac dans l'haleine de Ted et celle de la pommade, du Musterole, dont il s'enduisait les articulations quand elles le faisaient souffrir. Elles étaient douloureuses, maintenant, même quand il faisait chaud, avait-il remarqué une fois.

Être si proche de Ted ne lui faisait pas peur, mais il trouvait néanmoins cela très désagréable. On se rendait compte que si Ted n'était pas encore un vieillard dans tous les sens du terme, il n'allait pas tarder à en devenir un. Il allait aussi être malade, probablement. Il avait les yeux qui pleuraient. Les commissures de ses lèvres tremblaient légèrement. C'était trop triste, qu'il soit tout seul dans son petit appartement du second, se dit Bobby. S'il avait eu une femme, ou un ami, peut-être n'aurait-il jamais eu d'araignée au plafond, jamais inventé cette histoire de crapules de bas étage. Évidemment, s'il avait eu une femme, peut-être Bobby n'aurait-il jamais lu *Sa Majesté des Mouches*. Pensée égoïste, certes, mais qu'il ne put s'empêcher d'avoir.

« Aucun indice de leur présence, Bobby ? »

Il secoua la tête.

« Et tu ne sens rien ? Rien ici ? » Ted lâcha l'épaule de Bobby et, de la main droite, se tapota une tempe où pulsaient légèrement deux veines bleues. Le garçon secoua la tête. « Ou ici ? » Ted tira sur le coin de son œil droit. Bobby secoua de nouveau la tête. « Ou ici ? » Ted se toucha à l'estomac, et Bobby secoua la tête pour la troisième fois.

« Parfait », dit alors Ted avec un sourire. Il passa les deux mains derrière la nuque de l'enfant et le regarda solennellement dans les yeux ; Bobby lui rendit son regard tout aussi solennellement. « Tu me le dirais, si c'était le cas, n'est-ce pas ? Tu n'essaierais pas de... comment dire... de m'épargner, de me protéger ?

— Non. » Il aimait bien sentir les mains de Ted sur sa nuque — et ça lui déplaisait en même temps. C'était l'endroit, dans les films, où un type posait parfois les mains avant d'embrasser une fille. « Non, c'est mon job, je le dirais. »

Ted acquiesça. Il dégagea lentement ses mains et les laissa retomber. Puis il se releva en prenant appui sur la table et fit une grimace lorsqu'un de ses genoux craqua. « Oui, tu me le dirais. Tu es un bon petit gars. Pars, va faire ta balade. Mais reste sur le trottoir, Bobby, et sois rentré avant la nuit. Il faut que tu fasses attention, en ce moment.

— Je ferai attention. »

Il était déjà sur la première marche.

« Et si tu les vois...

— Je pars en courant !

— Ouais. » Dans la lumière déclinante, l'expression de Ted était sinistre. « Comme si tu avais tous les démons de l'enfer aux trousses. »

Il y avait donc bien eu des contacts physiques, et peut-être les inquiétudes de sa mère étaient-elles justifiées, d'une certaine manière ; peut-être avaient-ils eu un contact trop étroit, un contact de la mauvaise sorte ? Pas comme elle l'entendait, sans doute, mais de la mauvaise sorte tout de même. Et aussi dangereux.

Le mercredi de la dernière semaine de classe, Bobby vit un bout de tissu rouge qui pendait d'une antenne de télé, au-dessus d'un toit de Colony Street. Il n'aurait pas pu l'affirmer avec certitude, mais cela ressemblait furieusement à une queue de cerf-volant. Il pila net. En même temps, son cœur accéléra jusqu'à donner des coups de marteau dans sa poitrine, comme lorsqu'il faisait la course avec Sully-John en revenant de l'école.

Même s'il s'agit de la queue d'un cerf-volant, ce n'est qu'une coïncidence. Rien qu'une stupide coïncidence. Tu le sais bien, non ?

Voire. Admettons qu'il l'ait su. De toute façon, il avait presque fini par s'en persuader le vendredi, dernier jour de classe. Bobby rentra seul ce jour-là ; Sully-John s'était porté volontaire pour participer au rangement des livres dans la réserve de l'école, et Carol se rendait directement chez Tina Lebel qui fêtait son anniversaire. Juste avant de traverser Asher Avenue et de s'engager dans Broad Street Hill, il aperçut une marelle dessinée à la craie violette sur le trottoir. Elle avait cet aspect :

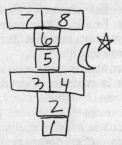

« Oh, bon Dieu, non ! murmura-t-il. C'est une blague ».

Il mit un genou en terre, comme un éclaireur de la cavalerie dans un western, ne voyant plus les autres gamins qui rentraient aussi chez eux — certains à pied, d'autres à bicyclette, deux sur des patins à roulettes, Francis Utterson et ses dents de cheval sur sa patinette rouge rouillée, riant bruyamment aux anges tout en poussant du pied. Eux ne faisaient guère davantage attention à Bobby ; les *Big Vac* venaient de commencer, et tous étaient plus ou moins enivrés à cette idée riche de possibilités.

« Oh non, non, j'arrive pas à y croire, c'est *forcément* une blague. » Il tendit la main vers le croissant de lune et l'étoile — dessinés à la craie jaune et non violette — les toucha presque, puis retira la main. Un morceau de ruban rouge pris dans une antenne de télé n'était pas obligé de signifier quelque chose. Mais si on ajoutait ceci, était-ce encore une coïncidence ? Comment savoir ? Il n'avait qu'onze ans, et il y avait des myriades de choses qu'il ignorait. Mais il avait peur... il avait peur que... Il se releva et regarda autour de lui, s'attendant presque à voir une colonne de grandes voitures aux couleurs criardes descendre Asher Avenue, roulant lentement comme si elles suivaient un corbillard, phares allumés en plein jour. S'attendant presque à voir des hommes en manteau jaune sous la marquise de l'Asher Empire ou devant la Sukey's Tavern, fumant des Camel et l'observant.

Pas de voitures. Pas d'hommes. Rien que des gamins qui rentraient de l'école. On commençait à en voir quelques-uns de St. Gabe, bien reconnaissables à leur uniforme vert, pantalon ou jupe.

Il fit demi-tour et remonta jusqu'à Asher Avenue, trop obnubilé par la marelle qu'il venait de découvrir pour s'inquiéter des éventuels mauvais coucheurs de St. Gabe. Il n'y avait rien sur les poteaux téléphoniques, mis à part une affichette annonçant une soirée de loto dans la salle commune de la paroisse St. Gabriel et une autre, à l'angle d'Asher et de Tacoma, pour un concert de rock and roll à Hartford, avec en vedette Clyde McPatter et Dwayne Eddy, l'homme à la guitare acide.

Le temps d'atteindre le marchand de journaux d'Asher Avenue, c'est-à-dire d'être pratiquement revenu jusqu'à l'école, il commençait à se demander s'il ne s'était pas un peu affolé. Il n'en consulta pas moins le tableau d'affichage, puis retourna jusqu'au Spicer's Variety, où il acheta une boule de gomme à un *cent* et vérifia aussi le panneau. Rien de douteux sur aucun des deux. Au Spicer's, l'annonce pour la piscine de jardin avait disparu — et alors ? Le type l'avait sans doute vendue. C'était d'ailleurs la raison d'être de cette annonce, non ?

Bobby ressortit et alla se planter au coin de la rue, mâchant sa boule de gomme et essayant de déterminer ce qu'il allait faire.

On arrive à l'âge adulte par des étapes successives, mais inégales et qui se superposent parfois. Bobby Garfield prit sa première décision d'adulte le dernier jour de sa sixième, lorsqu'il arriva à la conclusion qu'il valait mieux ne rien dire à Ted à propos de ce qu'il avait vu... du moins pour le moment.

Son hypothèse — que les crapules de bas étage n'existaient pas — avait été remise en question, mais il n'était pas encore prêt à l'abandonner. Pas avec les seules preuves qu'il en avait jusqu'ici. Ted allait être bouleversé s'il lui racontait ce qu'il avait observé, peut-être bouleversé au point de remettre toutes ses affaires dans ses valises (et dans les sacs de commissions, bien rangés derrière le petit frigo) et de ficher le camp. S'il y avait vraiment des méchants à ses trousses, prendre la fuite serait logique, mais Bobby ne voulait pas perdre son seul ami adulte, tout ça parce qu'il aurait paniqué pour rien. Il décida donc d'attendre et de voir ce qui allait se passer, si jamais quelque chose devait se passer.

Ce soir-là, Bobby fit l'expérience d'un autre aspect de la vie adulte : il ne put trouver le sommeil avant deux heures du matin, à en croire les indications de Big Ben ; il resta longtemps à contempler le plafond et à se demander s'il avait pris la bonne décision.

IV. Ted a une absence. Bobby va à la plage. McQuown. Une intuition.

Le lendemain de la fin des classes, la mère de Carol Gerber entassa une ribambelle de gosses dans sa Ford familiale et les emmena à Savin Rock, parc d'attractions de bord de mer situé à vingt miles de Harwich. C'était la troisième fois qu'Anita Gerber organisait cette sortie, ce qui en faisait une tradition séculaire aux yeux de Bobby, de Sully-John, de Carol, du petit frère de Carol et des amies de celle-ci, Yvonne, Angie et Tina. Ni Bobby ni Sully-John ne seraient sortis séparément avec quatre filles, mais étant donné qu'ils venaient ensemble, c'était acceptable. Sans compter qu'il était difficile de résister à l'attrait qu'exerçait Savin Rock. L'eau serait encore trop froide pour envisager autre chose qu'un bain de pieds dans l'océan, mais ils pourraient faire les idiots sur la plage et tous les manèges seraient ouverts, ainsi que les baraques foraines. L'année dernière, S-J avait fait dégringoler trois pyramides de fausses bouteilles de lait en bois avec seulement trois balles, et rapporté triomphalement à sa mère un gros ours en peluche rose, lequel occupait encore la place d'honneur sur la télé des Sullivan. Sully-John, aujourd'hui, voulait lui trouver une compagne.

Pour Bobby, le seul fait de quitter Harwich, ne fût-ce que pour une journée, était déjà un attrait suffisant. Il n'avait rien vu d'anormal depuis la découverte de l'étoile et de la lune griffonnées à côté de la marelle, mais Ted lui avait fichu une belle frousse pendant qu'il lui lisait le journal du dimanche, et il avait eu peu après une dispute ignoble avec sa mère.

Bobby était en train de lire l'article d'un commentateur qui ricanait à l'idée que Mickey Mantle puisse jamais battre le record de *home-run* établi par Babe Ruth. Il lui manquait l'énergie, le feu sacré, estimait l'éditorialiste. « Et par-dessus tout, il manque à cet homme le solide caractère qu'il faudrait, lut Bobby. Mr Mantle s'intéresse davantage à faire la tournée des boîtes de nuit que des bases... »

Ted avait de nouveau une absence. Bobby le sut, le sentit, avant même d'avoir levé les yeux du journal. Le regard vide, le vieil homme contemplait sans le voir le coin de Colony Street qui s'encadrait dans la fenêtre ouverte, tandis que retentissaient les éternels aboiements, rauques et monotones, du chien de Mrs O'Hara. C'était la deuxième fois de la matinée que cela lui arrivait, mais la première n'avait duré que quelques secondes (Ted s'était penché sur le réfrigérateur qu'il venait d'ouvrir, les yeux écarquillés dans sa lumière givrée, et s'était immobilisé... puis il avait eu un petit sursaut et avait attrapé le jus d'orange). Cette fois-ci, il était complètement ailleurs. *Terminus, vieux*, comme aurait pu le dire Kookie dans *77 Sunset Strip*. Bobby froissa le journal pour voir si cela allait le réveiller. Pas de réaction.

« Ted ? Est-ce que ça va, T... » Envahi d'un brutal sentiment d'horreur, Bobby se rendit compte qu'il y avait quelque chose d'anormal dans les yeux de son ami. Les pupilles de Ted n'arrêtaient pas de s'agrandir et de s'étrécir, comme s'il plongeait dans un abîme de noirceur pour en rejaillir aussitôt... alors qu'il était ici, assis dans un rayon de soleil.

« Ted ? »

Une cigarette, réduite à l'état d'un mégot au bout d'une longue cendre, fumait dans le cendrier. En la voyant, Bobby se rendit compte que l'absence de Ted devait durer depuis le début de l'article sur Mick Mantle. Et ce truc que faisaient ses yeux, ses pupilles qui se contractaient et se dilataient, se contractaient et se dilataient...

Il doit avoir une attaque d'épilepsie, ou quelque chose dans ce genre. Seigneur, est-ce qu'il ne leur arrive pas d'avaler leur langue, des fois ?

La langue de Ted paraissait se trouver à la bonne place, mais ses yeux... ses yeux...

« Ted ! Ted ! Réveillez-vous, Ted ! »

Bobby avait fait le tour de la table avant même de s'en apercevoir. Il saisit le vieil homme par les épaules et se mit à le secouer. Il avait l'impression d'agiter un morceau de bois ayant forme humaine. Sous sa chemise de coton, les épaules décharnées et dures de Ted ne cédaient pas.

« Réveillez-vous ! Réveillez-vous !

— Ils vont vers l'ouest, à présent. » Ted continuait cependant de fixer la fenêtre, de ses yeux aux mouvements bizarres. « C'est bien. Mais ils peuvent revenir. Ils... »

Bobby était pétrifié d'effroi, les mains toujours sur les épaules de Ted dont les pupilles se contractaient et se dilataient comme un battement de cœur qu'on aurait pu voir. « Qu'est-ce qui ne va pas, Ted ?

— Je dois rester le plus tranquille possible. Je dois être comme un lièvre sous un buisson. Ils passeront peut-être à côté. Il y aura de la pluie, si Dieu le veut, et ils passeront. Toutes les choses servent...

— Servent quoi ? fit Bobby d'une voix étranglée. Servent quoi, Ted ?

— Toutes les choses servent le Rayon », répondit le

vieil homme, dont les mains se refermèrent soudain sur celles de Bobby.

Elles étaient très froides et, un instant, le garçon fut envahi d'un sentiment de terreur cauchemardesque, à s'évanouir ; il avait l'impression d'avoir été agrippé par un cadavre qui ne pourrait bouger que les mains et les pupilles de ses yeux morts.

Puis Ted le regarda et, bien qu'il pût lire de la peur dans ses yeux, ils paraissaient de nouveau à peu près normaux. Pas morts du tout.

« Bobby ? »

Le garçon dégagea ses mains et les passa autour du cou de Ted, puis le serra contre lui, et ce faisant, il entendit retentir une cloche dans sa tête. L'impression fut très brève, mais très claire. Il put même entendre le timbre de la cloche changer, comme change celui du sifflet d'un train roulant très vite. À croire que quelque chose venait de lui traverser la tête à toute allure. Il entendit ensuite un bruit de sabots frappant une surface dure. Du bois ? Non, du métal. Une odeur d'ozone, de poussière sèche, parvint à son nez. Et, au même moment, l'arrière de ses yeux se mit à le démanger.

« Chuutt ! » Le souffle de Ted, dans son oreille, était aussi sec que l'odeur de la poussière, avec quelque chose d'intime. Il empêchait Bobby de bouger en le retenant de ses mains, posées contre les omoplates du garçon. « Pas un mot ! Pas une pensée ! Ou bien... pense au base-ball ! Oui, au base-ball, si tu veux ! »

Bobby pensa à Maury Wills prenant le premier tour, calculant ses distances... Wills légèrement incliné, mains pendantes, talons à peine relevés, pouvant aller d'un côté comme de l'autre, tout dépendant de ce qu'allait être le lancer... Et quand le batteur rejoint le diamant, Wills fonce brusquement, explosion de vitesse et de poussière et...

Disparu. Tout avait disparu. Plus de cloche lui sonnant dans la tête, plus de bruit de sabots, plus d'odeur de poussière. Et plus de démangeaisons à l'arrière des yeux. Mais cette sensation avait-elle été réelle ? Ne

94

l'avait-il pas imaginée parce que les yeux de Ted le terrifiaient ?

« Bobby ? » souffla encore Ted, directement dans l'oreille du garçon. Le mouvement des lèvres de Ted, qui lui frôlaient la joue, le fit frissonner. Puis : « Dieu du ciel, qu'est-ce que je fais ? »

Il repoussa Bobby, gentiment mais fermement. Il avait une expression consternée sur son visage un peu trop pâle mais, sinon, ses yeux étaient retournés à la normale et ses pupilles ne se dilataient plus rythmiquement. Pour l'instant, c'était tout ce qui préoccupait Bobby. Il se sentait bizarre, cependant, un peu hébété, comme s'il venait d'être tiré d'un profond sommeil. Et en même temps le monde lui paraissait revêtu d'un éclat stupéfiant, chaque ligne, chaque forme parfaitement définie.

« Abracadabra ! dit Bobby en partant d'un rire chevrotant. Qu'est-ce qui s'est passé ?

— Rien qui te concerne, mon garçon. » Ted voulut reprendre sa cigarette et parut surpris de ne découvrir qu'un minuscule débris fumant là où il l'avait laissée. Il repoussa le mégot dans le cendrier. « J'ai encore été ailleurs, hein ?

— Ouais, et très loin, cette fois. J'avais peur. J'ai cru que vous aviez une crise d'épilepsie, ou un truc dans ce genre. Vos yeux...

— Ce n'était pas une crise d'épilepsie. Et ce n'est pas dangereux. Mais si jamais ça se reproduit, il vaudrait mieux que tu ne me touches pas.

— Pourquoi ? »

Ted alluma une nouvelle cigarette. « Comme ça. Tu me le promets ?

— D'accord. C'est quoi, le Rayon ? »

Ted le regarda attentivement. « J'ai parlé du Rayon ?

— Vous avez dit que toutes les choses servent le Rayon. Je crois que c'était ça.

— Je t'expliquerai peut-être un jour, mais pas aujourd'hui. Aujourd'hui, tu vas à la plage, n'est-ce pas ? »

Bobby sursauta, pris de court. Il consulta l'horloge de Ted et constata qu'il était presque neuf heures. « Ouais, dit-il. Je devrais peut-être commencer à me préparer. Je pourrais finir de vous lire le journal quand je reviendrai.

— Oui, parfait. Très bonne idée. J'ai un peu de courrier à faire. »

Non, c'est faux, vous voulez juste vous débarrasser de moi avant que je vous pose d'autres questions auxquelles vous n'aurez pas envie de répondre.

Mais si c'était ce que voulait Ted, pas de problème. Ainsi qu'aimait à le dire Liz Garfield, Bobby avait d'autres chats à fouetter. Cependant, comme il atteignait la porte, le souvenir du ruban rouge pris dans l'antenne de télé et de la marelle avec son croissant de lune et son étoile le fit se retourner, à contrecœur.

« Ted ? Il y a quelque chose...

— Les crapules, oui, je sais, coupa Ted avec un sourire. Pour l'instant, ne t'inquiète pas d'eux, Bobby. Pour l'instant, tout va bien. Ils ne viennent pas dans cette direction, ils ne regardent même pas par ici.

— Ils s'en vont vers l'ouest. »

Ted l'étudia d'un regard calme, l'œil bleu, à travers le rideau de fumée qui montait de sa cigarette. « Oui, dit-il. Et avec un peu de chance, ils y resteront. Seattle m'irait très bien. Amuse-toi bien à la plage, Bobby.

— Mais j'ai vu...

— Peut-être que tu n'as vu que des ombres. De toute façon, ce n'est pas le moment d'en parler. Souviens-toi seulement de ce que je t'ai dit : si j'ai encore une absence comme celle-ci, reste assis et attends qu'elle passe. Si je fais un geste vers toi, écarte-toi. Si je me lève, dis-moi de m'asseoir. Dans cet état, je t'obéirai. C'est comme si j'étais hypnotisé.

— Pourquoi est-ce que...

— Plus de questions, Bobby. S'il te plaît.

— Vous allez bien ? Vraiment bien ?

— Je me porte comme un charme. Et maintenant, va. Amuse-toi bien. »

Bobby se dépêcha de descendre l'escalier, frappé, une fois de plus, par l'aspect qu'avait pris le monde : l'éclat de la lumière coulant un rayon oblique par la fenêtre du palier, au premier, une coccinelle se baladant sur le goulot d'une bouteille de lait vide, devant la porte de l'appartement des Prosky, un léger vrombissement aigu dans ses oreilles, comme si c'était le chant du jour — le premier samedi des vacances d'été.

De retour chez lui, Bobby rassembla ses voitures et ses camions miniatures, les tirant de leurs différentes cachettes, de sous son lit et du fond de son placard. Deux d'entre ces jouets — une Ford Matchbox et un camion à benne bleu que Mr Biderman lui avait fait parvenir *via* sa maman, quelques jours après son anniversaire — étaient pas mal du tout, mais il ne possédait rien qui puisse rivaliser avec le camion-citerne ou le bulldozer Tonka jaune de Sully-John. Le bulldozer était particulièrement bien pour jouer dans le sable et il envisageait déjà de passer une bonne heure à construire, méticuleusement, tout un réseau routier, tandis que les vagues viendraient se briser tout près de lui et que sa peau rosirait sous le grand soleil de la plage. Il lui vint à l'esprit que c'était la première fois qu'il reprenait tous ses véhicules depuis l'hiver, quand il avait passé un après-midi de bonheur dans Commonwealth Park, avec S-J, à tracer tout un système de routes dans la neige fraîche, un lendemain de blizzard qui était, par chance, un samedi. Il était plus grand, à présent ; à onze ans, il se sentait presque trop vieux pour des jeux de ce genre. Cette idée avait quelque chose de triste, mais il ne devait pas s'attrister pour le moment, pas s'il ne le voulait pas. La période où il jouait avec ses petits camions approchait peut-être de son terme, mais celui-ci ne tombait pas aujourd'hui. Non, pas aujourd'hui.

Sa mère lui prépara un casse-croûte pour le déjeuner, mais elle ne voulut pas lui donner le moindre sou lorsqu'il lui demanda un peu d'argent de poche : même pas un *nickel* — cinq malheureux *cents !* — pour l'une des cabines privées qui s'alignaient face à l'océan, non loin de l'allée des baraques. Et avant même qu'il se rende compte de ce qui se passait, Bobby se retrouva confronté à ce qu'il redoutait le plus : une dispute avec sa mère à propos d'argent.

« Cinquante *cents*, ça me suffirait », dit-il. Il détesta le ton geignard et enfantin qu'avait pris sa voix, mais il ne pouvait rien faire contre. « Juste un demi-billet. Allez, m'man, sois sympa. »

Elle alluma une Kool, en craquant brutalement l'allumette, et le regarda à travers le nuage de fumée, les paupières plissées. « Tu gagnes ton argent de poche à présent, Bob. La plupart des gens paient leurs trois *cents* pour lire le journal, et toi tu es payé pour le faire. Un dollar par semaine ! Seigneur ! Quand j'étais petite...

— Mais m'man, c'est l'argent pour ma bicyclette. Tu le sais bien. »

Elle s'était tournée vers le miroir, sourcils froncés, et arrangeait inutilement les épaulettes de sa blouse — Mr Biderman lui avait demandé de venir quelques heures, alors qu'on était samedi. Elle fit volte-face, la cigarette coincée entre les lèvres ; c'était à lui, maintenant, qu'elle adressait son froncement de sourcils.

« Tu es encore en train de me demander de t'acheter cette bicyclette, hein, c'est ça ? *Encore !* Je t'ai déjà dit que je n'avais pas les moyens, et tu t'obstines !

— Non, c'est pas vrai ! C'est pas ça que je demande ! » La colère et l'outrage lui faisaient ouvrir de grands yeux. « Rien qu'un demi-dollar pour le...

— Un demi-dollar ici, deux *quarters* là, tout s'additionne, figure-toi. Tout ce que tu as trouvé, c'est de me faire payer ta bicyclette en te donnant de l'argent pour tout le reste. Et comme ça, tu n'as pas besoin de renoncer à toutes les autres choses que tu désires.

— C'est pas juste ! »

Il savait ce qu'elle allait dire avant qu'elle ouvre la bouche, et il eut même le temps de penser qu'il l'avait bien cherché. « La vie n'est pas juste, Bobby-O. » Elle se mit de nouveau face au miroir, pour ajuster la bretelle de son soutien-gorge, qu'on devinait sous la blouse.

« Un *nickel* pour la cabine, alors. Tu pourrais pas au moins me donner...

— Oui, probablement, j'imagine », répliqua-t-elle, hachant les mots.

Elle se mettait en général du rouge aux joues quand elle allait travailler, mais les couleurs qui animaient son visage, ce matin, ne venaient pas toutes de son poudrier et Bobby, malgré sa colère, comprit qu'il valait mieux faire attention. S'il perdait son calme comme elle-même le perdait parfois, il risquait de passer toute la journée dans la chaleur de l'appartement, avec interdiction de mettre ne serait-ce qu'un pied dans le vestibule.

Sa mère s'empara brutalement de son sac à main, qui était posé sur la petite table, à côté du canapé, écrasa d'un geste nerveux sa cigarette dans le cendrier, la faisant éclater jusqu'au filtre, puis se tourna et le regarda. « Si je te disais, flûte, on va pas pouvoir manger cette semaine parce que j'ai vu des chaussures chez Hunsicker, qui sont exactement celles dont j'ai besoin, qu'est-ce que tu en penserais, hein ? »

J'en penserais que tu es une menteuse. Et je te dirais que puisqu'on n'a pas un sou, m'man, je me demande ce que fait le catalogue de Sears sur l'étagère du haut, dans ton placard. Celui avec les billets d'un dollar, de cinq dollars, et même quelques-uns de dix, collés au milieu, dans les pages des sous-vêtements... Et le pichet bleu, dans le placard de la cuisine, celui qui est planqué tout au fond, à côté de la saucière fendue, le pichet bleu dans lequel tu ranges les quarters *que tu as mis de côté, les* quarters *qui s'entassent là depuis que mon père est mort ? Et quand le pichet est plein, tu mets les pièces en rouleau et tu les apportes à la banque où on te les échange contre des billets, et les billets vont dans le catalogue, n'est-ce pas ? Les billets se retrouvent collés au milieu des sous-vêtements du livre à souhaits.*

Mais il ne dit rien de tout cela, se contentant de contempler ses baskets, les yeux brûlants.

« Je suis obligée de faire des choix, dit-elle. Et puisque tu es assez grand pour travailler, mon petit gars, tu seras obligé d'en faire, toi aussi. Crois-tu que je sois en train de te dire non ? »

Pas exactement, pensa Bobby, regardant toujours ses baskets et se mordant la lèvre pour que sa bouche ne se mette pas à émettre toutes sortes de sons bavoteux, comme un bébé. *Non, pas exactement, mais je pense que tu ne crois pas vraiment ce que tu dis, non plus.*

« Si nous étions les Gotrock, je te donnerais cinq dollars à dépenser pour ta sortie — dix, même ! Tu n'aurais pas besoin de piocher dans la tirelire de la bicyclette pour amener ta petite amie faire un tour sur le grand huit... »

Elle n'est pas ma petite amie ! cria-t-il à sa mère dans sa tête. *ELLE N'EST PAS MA PETITE AMIE !*

« ... ou sur le train fantôme. Mais évidemment, si nous étions les Gotrock, tu n'aurais même pas besoin d'économiser pour avoir une bicyclette, n'est-ce pas ? » Et sa voix qui montait, montait... quelque chose la troublait depuis ces derniers mois, mais quoi ? Une chose qui menaçait d'éclater, de déborder comme une boisson gazeuse, de mordre comme de l'acide. « Je ne sais pas si tu l'as remarqué, mais on ne peut pas dire que ton père nous ait laissés exactement à l'aise, et je fais du mieux que je peux. Je te nourris, je t'habille, je paie pour que tu puisses aller à la Sterling House cet été jouer au base-ball, pendant que je me noie au milieu des paperasses, dans ce bureau où on crève de chaleur. On t'invite à la plage avec d'autres gosses, je suis très contente pour toi, mais pour ce qui est de financer ta sortie, ça te regarde. Si tu veux t'offrir les manèges, prends de l'argent dans ta tirelire et vas-y. Sinon, contente-toi de jouer sur la plage ou reste à la maison. Pour moi, ça ne fait aucune différence. Je veux simplement que tu arrêtes de geindre. J'ai horreur de t'entendre geindre. C'est comme... » Elle s'arrêta, poussa un soupir, ouvrit son sac et prit une cigarette. « J'ai horreur de t'entendre geindre », répéta-t-elle.

C'est comme ton père. Voilà ce qu'elle avait failli ajouter.

« Alors où en est-on, monsieur le geignard ? Tu as fini ? »

Bobby garda le silence, les joues en feu, les yeux brûlants, contemplant ses baskets et redoublant d'efforts pour ne pas se mettre à pleurnicher. À ce stade, il lui aurait suffi d'un sanglot pour se retrouver consigné à terre pour la journée ; elle était absolument furieuse et ne cherchait qu'un prétexte pour le punir. Et pleurnicher n'était pas le seul danger. Il aurait aimé lui hurler qu'il préférait être comme son père que comme elle — une espèce de vieille radine, de grippe-sou, même pas fichue de lâcher un vulgaire *nickel*, et qu'est-ce qu'il en avait à foutre que feu le pas-si-terrible Randall Garfield ne les ait pas laissés à leur aise ? Pourquoi s'arrangeait-elle toujours pour donner l'impression que c'était la faute de son père ? Qui donc l'avait épousé ?

« Tu es sûr, Bobby-O ? C'est fini, de répondre en faisant le malin ? » Sa voix avait pris son intonation la plus redoutable : une espèce de gaieté crispée — qu'on aurait pu prendre pour de la bonne humeur quand on ne la connaissait pas.

Les yeux toujours fixés sur ses baskets, Bobby ne répondit pas. Se renfonça dans la gorge sanglots et répliques coléreuses, et ne répondit pas. Le silence se prolongea entre eux comme se tisse une toile. Il sentait l'odeur de la cigarette et, derrière, de toutes celles qu'elle avait fumées, pendant ces nuits où elle regardait la télé comme si elle était transparente, attendant la sonnerie du téléphone.

« Très bien, je crois que la question est réglée », finit-elle par dire après lui avoir accordé une quinzaine de secondes pour ouvrir la bouche — et couler corps et biens par le fond. « Amuse-toi bien, Bobby. »

Sur quoi elle sortit sans l'embrasser.

Bobby alla jusqu'à la fenêtre, tandis que coulaient sur ses joues des larmes dont il avait à peine conscience, tira le rideau et la regarda qui partait en direction de Commonwealth, dans le claquement de ses talons hauts. Il poussa deux gros soupirs chevrotants et se rendit dans la cuisine. Il regarda le placard au fond duquel le pichet bleu se dissimulait derrière la saucière cassée. Il aurait pu y prendre un peu d'argent ; elle ne tenait pas un compte précis de ce qu'elle avait, et elle n'aurait jamais remarqué la disparition de trois ou quatre pièces de vingt-cinq *cents*. Mais il ne s'y autorisa pas. Il aurait dépensé cet argent sans joie. Il ne comprenait pas très bien comment il en avait pris conscience, mais le fait était là ; il le savait depuis l'âge de neuf ans, depuis le jour où il avait découvert les pièces accumulées dans leur cachette. C'est donc avec un sentiment de regret, plus qu'avec celui d'avoir bien agi, qu'il se rendit dans sa chambre et regarda sa tirelire, BÉCANE BANK.

Il se dit qu'au fond, elle n'avait pas tort. Il *pouvait* emprunter un peu de l'argent qu'il avait mis de côté ; il lui faudrait peut-être un mois d'économies de plus pour s'offrir la Schwinn, mais au moins, ce qu'il dépenserait à Savin Rock pour s'amuser serait *son* argent. Et il y avait quelque chose d'autre, aussi : refuser de prendre un seul *cent* mis dans la tirelire, se contenter d'amasser et d'épargner, reviendrait à être comme *elle*.

L'argument fut décisif. Bobby récupéra donc cinq pièces de dix *cents*, les glissa au fond de sa poche avec un Kleenex par-dessus pour ne pas les perdre s'il courait, puis finit de rassembler ses affaires de plage. Comme il s'était mis à siffler, Ted descendit voir ce qui se passait.

« Alors, Captain Garfield, on est paré ? »

Bobby acquiesça. « C'est vraiment chouette, Savin Rock, vous savez. Plein de manèges et d'attractions ! »

— Oui, je sais, je sais. Amuse-toi bien, Bobby, et ne tombe pas du grand huit, surtout ! »

Bobby commença à se diriger vers la porte, puis se retourna pour regarder Ted, qui se tenait, en chaussons, au bas de l'escalier. « Pourquoi vous n'allez pas vous installer sur le porche ? Il va faire très chaud dans la maison, c'est sûr. »

Ted sourit. « Peut-être. Je crois pourtant que je vais rester à l'intérieur.

— Vous allez bien, Ted ?

— Très bien, Bobby. Je vais très bien. »

Tandis qu'il traversait Broad Street pour se rendre à la maison des Gerber, il prit conscience qu'il était désolé pour Ted, qui se planquait sans raison dans son appartement. Et c'était bien sans raison, non ? Évidemment. Même s'il y avait des individus louches lâchés dans la nature, circulant dans de grosses voitures (*vers l'ouest*, pensa-t-il, *ils sont partis vers l'ouest*), en quoi un vieux retraité comme Ted Brautigan pouvait-il les intéresser ?

Au début, encore sous le choc de la querelle avec sa mère, il fut un peu morose (Rionda Hewson, une amie de Mrs Gerber, une femme plutôt rondelette mais jolie, lui reprocha son « air grognon », une expression qui lui était inconnue ; puis elle entreprit de le chatouiller sous les bras jusqu'à ce qu'il se mette à rire), mais sur la plage, au bout d'un moment, il commença à se sentir mieux, davantage lui-même.

On avait beau être en début de saison, l'animation battait son plein à Savin Rock : le manège de cochons tournait, la Wild Mouse rugissait, les petits enfants poussaient des cris ; une musique grinçante de rock and roll sortait des haut-parleurs, dans la maison des glaces déformantes, et devant les baraquements, les aboyeurs vantaient les attractions. Sully-John ne réussit pas à décrocher l'ours en peluche dont il rêvait, n'ayant renversé que deux des trois bouteilles dans sa dernière série de lancers (Rionda prétendit que certaines de ces bouteilles étaient lestées et qu'il fallait les frapper de plein fouet si on voulait les faire dégringoler), mais le type qui tenait le stand lui attribua tout de même un très joli prix, à savoir un fourmilier en peluche jaune et à l'air stupide. Sur une impulsion, Sully-John le donna à la maman de Carol. Anita éclata de rire, étreignit la peluche et déclara qu'il était le gosse le plus mignon au monde et que, s'il avait eu quinze ans de plus, elle serait volontiers devenue bigame pour l'épouser. S-J rougit jusqu'aux oreilles.

Bobby s'essaya au lancer d'anneaux, mais rata ses trois jets. Il s'en tira mieux au stand de tir ; il cassa deux assiettes et remporta un petit ours en peluche. Il le donna à Ian la Morve qui, pour une fois, s'était montré charmant : il n'avait piqué aucune colère, n'avait pas fait pipi dans sa culotte ni essayé de donner un coup de pied dans les noix à Sully ou Bobby. Ian serra l'ourson dans ses bras et se mit à regarder Bobby comme s'il était Dieu le Père.

« C'est génial, il l'adore déjà, dit Anita. Mais tu n'aurais pas préféré l'offrir à ta mère ?

— Non. Elle n'aime pas trop ce genre de trucs. Je préférerais lui gagner une bouteille de parfum. »

Les deux garçons se mirent mutuellement au défi de monter sur la Wild Mouse puis finirent par y aller ensemble, poussant des ululements déments à chaque plongeon du manège, sûrs qu'ils étaient de vivre éternellement et de mourir sur-le-champ. Ils essayèrent aussi le manège de balançoires et les soucoupes tournantes. Alors qu'il ne lui restait plus que quinze *cents*, Bobby se retrouva avec Carol sur la grande roue. Leur nacelle s'arrêta en haut, oscillant légèrement, ce qui lui donna des papillons dans l'estomac. À sa gauche, l'Atlantique s'élançait vers la rive dans une série de vagues couronnées d'écume. La plage était tout aussi éblouissante, et l'océan d'un bleu profond extraordinaire. En dessous d'eux s'étendait l'allée centrale du parc d'attractions. La voix amplifiée de Freddy Cannon montait des haut-parleurs : *...elle vient de Tallahassee, elle a un super-châssis...*

« Tout a l'air si minuscule, en bas », remarqua Carol.

Sa voix aussi était minuscule, ce qui était rare chez elle.

« N'aie pas peur, on ne risque vraiment rien. En fait, la grande roue pourrait être un manège pour les petits, si elle ne montait pas aussi haut. »

Carol était, à bien des titres, la plus mature des trois. Elle ne se laissait pas faire et elle était sûre d'elle-même, comme le jour où elle avait obligé Sully-John à porter ses livres parce qu'il avait juré. Mais en cet instant, elle avait presque retrouvé son visage de bébé, rond, un peu pâle, mangé par deux grands yeux bleus où on lisait de l'inquiétude. Sans réfléchir, Bobby se pencha vers elle et l'embrassa sur la bouche. Quand il se recula, elle ouvrait des yeux plus grands que jamais.

« On ne risque vraiment rien, répéta-t-il, avec un sourire.

— Recommence ! »

C'était son premier vrai baiser, elle l'avait reçu à Savin Rock, le premier jour des vacances, en haut de la grande roue, et elle n'avait pas fait attention ! Voilà ce qu'elle pensait, voilà pourquoi elle lui demandait de recommencer.

« Il vaut mieux pas », dit Bobby.

Cependant... qui pouvait les voir, d'en bas, et le traiter ensuite de poule mouillée ?

« Viens pas me dire que t'oses pas.

— Tu ne le diras pas, hein ?

— Non, je te le jure devant Dieu. Vas-y, dépêche-toi ! Avant qu'on redescende ! »

Il l'embrassa donc à nouveau. Elle avait gardé fermées ses lèvres douces que le soleil avait tiédies. Puis la roue reprit son mouvement et il s'interrompit. Un instant, Carol posa la tête contre sa poitrine. « Merci, Bobby. Ça ne pouvait pas être mieux.

— C'est aussi ce que je me dis. »

Ils s'écartèrent un peu l'un de l'autre, et lorsque la nacelle s'arrêta et que le préposé releva la barre de sécurité, Bobby sauta à terre et partit en courant vers Sully-John, sans se retourner. Mais il savait déjà qu'avoir embrassé Carol en haut de la grande roue allait rester le meilleur moment de la journée. C'était son premier vrai baiser, à lui aussi, et il n'oublia jamais la sensation des lèvres de Carol se pressant contre les siennes, sèches, douces, tiédies par le soleil. Ce fut le baiser à l'aune duquel il jugea tous ceux qu'il donna par la suite dans sa vie, celui qu'il ne retrouva jamais tout à fait.

Vers quinze heures, Mrs Gerber leur dit de commencer à rassembler leurs affaires, qu'il était temps de rentrer. Carol protesta faiblement, pour la forme, et se mit à ramasser leurs serviettes ; ses copines l'aidèrent et même Ian donna un petit coup de main (refusant de lâcher son ours en peluche, où du sable s'était collé). Bobby s'était attendu à ce que Carol s'accroche à ses basques pour le reste de la journée, et il était sûr qu'elle allait raconter à ses amies ce qui lui était arrivé en haut de la grande roue (il le saurait quand il les verrait se rassembler en un groupe serré, pouffant de rire, la main sur la bouche, et lui jetant des regards malicieux et entendus), mais elle ne fit ni l'un ni l'autre. Il la surprit plusieurs fois qui le regardait, en revanche, et à plusieurs reprises il se surprit, lui aussi, à lui jeter un coup d'œil en coulisse. Il revoyait constamment le moment où elle avait ouvert de grands yeux, là-haut. Et lui l'avait embrassée, juste comme ça. Bingo.

Bobby et Sully-John se coltinèrent l'essentiel des sacs de plage. « Allez hue, les gars ! Bonnes mules ! » les encouragea Rionda en riant, tandis qu'ils escaladaient les marches qui conduisaient de la plage au trottoir en bois de la promenade. Elle était d'un beau rouge homard cuit, sous la crème solaire dont elle s'était pourtant enduit le visage et les épaules, et elle se plaignit à Anita Gerber qu'elle ne pourrait fermer l'œil de la nuit, entre les coups de soleil d'un côté et la nourriture grasse des baraques foraines de l'autre.

« À vrai dire, personne ne t'a obligée à enfourner quatre saucisses de Francfort et deux beignets », lui répondit Mrs Gerber d'un ton irrité que Bobby ne lui connaissait pas ; elle devait être fatiguée. Il se sentait lui-même un peu sonné par le grand air et la lumière. Le coup de soleil qu'il avait pris dans le dos le picotait et il avait du sable dans ses chaussettes. Les sacs de plage dont il était festonné tressautaient et s'entrechoquaient.

« Mais ces trucs de foire sont tellement *boooons* ! » protesta Rionda, toute triste. Bobby ne put s'empêcher d'éclater de rire.

Ils se traînèrent dans l'allée centrale pour rejoindre le parking, sans même un regard pour les baraques et les attractions. Les aboyeurs leur jetaient un coup d'œil puis les dédaignaient, à la recherche de chair plus fraîche. Des gens chargés comme des baudets et se dirigeant à pas de tortue vers le parking étaient une cause perdue d'avance.

À l'extrémité de l'allée, sur la gauche, se tenait un personnage très maigre, en Bermuda bleu trop large et débardeur informe, mais portant un chapeau melon. Ce chapeau, vieux et décoloré, mais incliné de manière provocante, était agrémenté d'un tournesol en plastique fiché dans le ruban. Le type avait une allure marrante et ce fut l'occasion pour les filles de pouffer en se cachant derrière leurs mains.

Il les regarda avec la mine de quelqu'un qui s'est déjà fait souvent rire au nez par des spécialistes, et leur sourit. Carol et ses copines n'en pouffèrent que plus fort. L'homme au melon, toujours souriant, écarta les mains au-dessus de la table branlante derrière laquelle il se tenait — un morceau d'aggloméré, en fait, posé sur de simples tréteaux et peint en orange éclatant. Sur la planche étaient rangées trois cartes à dos rouge. Il les retourna vivement, d'un geste gracieux ; il avait des doigts longs et parfaitement blancs, remarqua Bobby, sans la moindre trace de bronzage.

La carte du milieu était la reine de cœur. L'homme la prit, la leur montra, la fit passer avec dextérité entre ses doigts. « Cherchez la dame en rouge », dit-il. Puis il répéta, en français : « *Cherchez la dame rouge**, c'est aussi simple que ça, c'est facile comme bonjour, très facile, Odile, facile comme tout ! » Il fit signe à Yvonne Loving. « Viens voir par ici, ma jolie poupée, et montre-leur un peu comment on fait ! »

Yvonne, toujours pouffant, rouge jusqu'à la racine des cheveux, s'abrita contre Rionda et murmura qu'elle n'avait plus un sou, qu'elle avait tout dépensé.

« Pas un problème, ma jolie poupée, c'est une simple démonstration ; je veux seulement que ta maman et sa charmante amie voient à quel point c'est simple.

— Ce n'est pas ma mère, dit Yvonne, qui ne s'en avança pas moins.

— On ferait mieux de ne pas trop traîner si nous voulons éviter les embouteillages, Evvie », observa Mrs Gerber.

Rionda intervint : « Non, attends une minute, Anita, c'est amusant. Il nous propose une partie de bonneteau. Ça a l'air facile, comme il vient de le dire, mais si on ne fait pas attention, on peut y laisser sa chemise. »

L'homme au melon lui adressa un regard de reproche, qu'il fit suivre d'un grand sourire engageant. Le sourire d'une crapule de bas étage, pensa soudain Bobby ; non pas une de celles que Ted redoutait, mais un personnage de bas étage tout de même.

« Il me paraît évident, chère madame, que vous avez dû être victime d'un escroc, par le passé, reprit l'homme au melon. Même si l'idée qu'on puisse se montrer cruel au point de maltraiter une dame aussi ravissante et ayant autant de classe est quelque chose qui me dépasse. »

La dame ravissante et pleine de classe — environ un mètre cinquante-cinq pour quatre-vingts kilos et le visage barbouillé de crème solaire — éclata joyeusement de rire. « Épargnez-moi votre baratin et montrez plutôt aux enfants comment vous vous faites. Et prétendez-vous sérieusement que c'est légal ? »

L'homme renversa la tête en arrière et se mit lui aussi à rire. « Au bout de l'allée tout est légal, jusqu'au moment où on vous attrape et où on vous fiche dehors... comme vous devez très certainement le savoir. Alors, comment t'appelles-tu, ma jolie poupée ?

— Yvonne », répondit la fillette d'une voix à peine audible. Sully-John, à côté de Bobby, suivait la scène avec le plus grand intérêt. « Mais on m'appelle des fois Evvie.

— Très bien, Evvie, regarde ici, ma mignonne. Qu'est-ce que tu vois ? Dis-moi leur nom — je suis sûr que tu peux, une gosse maligne comme toi — et montre-les-moi en même temps. Tu peux les toucher aussi, si tu veux, il n'y a aucun trucage.

— Celui-ci, à ce bout, c'est le valet... et à l'autre bout, c'est le roi... et là, au milieu, c'est la reine.

— Exactement, ma jolie poupée. Dans les cartes comme dans la vie, il y a souvent une femme entre deux hommes. Tel est leur pouvoir, chose que tu devrais découvrir toi-même d'ici cinq ou six ans. » Il s'était mis à parler un ton plus bas, adoptant un timbre monocorde, presque hypnotique. « Et maintenant, regarde attentivement, ne quitte pas les cartes des yeux. » Il les mit à l'envers. « Alors, ma jolie, où est la reine, à présent ? »

Yvonne indiqua la carte posée au milieu.

« Est-ce qu'elle a raison ? demanda l'homme au melon au groupe qui s'était rapproché de sa table.

— Jusqu'ici, oui », dit Rionda en riant si fort que son ventre, que ne retenait aucun corset, se mit à tressauter sous sa robe de plage.

Souriant devant la bonne humeur de Rionda, l'homme souleva un coin de la carte du milieu, assez pour qu'on voie la reine rouge. « Correct à cent pour cent, mon petit cœur, correc-correc' ! Et maintenant, regarde ! Regarde bien ! C'est une course entre tes yeux et mes mains ! Qui va gagner ? C'est la question du jour ! »

Il se mit à faire circuler les trois cartes dans tous les sens, sur sa planche, tout en chantonnant. « En haut, en bas, à droite, à gauche, dans un sens, dans un autre, regarde-les, regarde-les bien, elles sont côte à côte... alors dis-moi, jolie poupée, où se cache-t-elle ? »

Tandis qu'Yvonne étudiait les trois cartes, qui s'étaient en effet retrouvées alignées, Sully se pencha sur l'oreille de Bobby et souffla : « C'est même pas la peine de le regarder faire son numéro. La reine a un coin corné. T'as pas vu ? »

Bobby acquiesça, et pensa *bien joué* quand Yvonne, un peu hésitante, indiqua la carte de gauche, celle au coin corné. L'homme au melon la retourna et révéla en effet la reine de cœur.

« Excellent travail ! dit-il. Tu as le coup d'œil, ma jolie poupée, le coup d'œil.

— Merci, dit Yvonne, rougissant et paraissant presque aussi heureuse que Carol lorsque Bobby l'avait embrassée.

— Si tu me paries une *dime* sur ce coup, je te rends le double — vingt *cents* — tout de suite ! reprit l'homme. Et pourquoi donc, vas-tu demander ? Parce qu'on est samedi et que le samedi, ça me dit ! Et à présent, mes jeunes dames, l'une d'entre vous est-elle prête à risquer une course à une *dime* entre ses jeunes yeux et mes vieilles mains fatiguées ? Vous pourrez raconter à vos époux — quelle chance ils ont de vous avoir, je dois le dire, quelle chance ! — que Herb McQuown, le joueur de bonneteau de Savin Rock, vous a offert votre parking. Et si vous jouiez un *quarter* ? Indiquez-moi la reine de cœur, et je vous rends cinquante *cents*.

— Un demi-*rock*, ouais ! s'exclama Sully-John. J'ai un *quarter*, monsieur, et je le joue.

— Johnny, c'est parier pour de l'argent, objecta la mère de Carol. Je ne sais pas si je peux te permettre...

« — Laisse faire, intervint Rionda, cela lui servira de leçon. Sans compter que le type risque de le laisser gagner pour appâter les autres. »

Elle ne fit aucun effort pour baisser la voix, mais l'homme au chapeau melon, alias Herb McQuown, se contenta de la regarder en souriant, avant de reporter son attention sur Sully-John.

« Voyons un peu ton argent, fiston, allez, montre-nous ça. »

Sully-John lui tendit son *quarter*. McQuown le brandit dans la lumière de l'après-midi quelques instants, un œil fermé.

« Ouais, me paraît nickel, ton *quarter*, me paraît nickel ! » dit-il en posant la pièce sur la planche, à la gauche des trois cartes. Il regarda dans les deux directions, peut-être pour vérifier s'il n'y avait pas de flics, puis adressa un clin d'œil à Rionda (qui arborait toujours son sourire cynique) avant de revenir à Sully-John. « Comment t'appelles-tu, mon gars ?

— John Sullivan. »

McQuown ouvrit de grands yeux et fit basculer son chapeau melon sur son autre oreille, ce qui fit danser le tournesol d'une façon comique. « Un personnage pas ordinaire ! Sais-tu de qui je parle ?

— Bien sûr. Un jour je serai peut-être boxeur, moi aussi. » Il donna un crochet du gauche suivi d'une droite, en l'air, au-dessus de la table branlante de bonneteau. « Pan, pan !

— Pan-pan, en effet, approuva McQuown. Et comment sont vos yeux, maître Sullivan ?

— Plutôt bons.

— Alors affûte-les, car la course est partie ! Et bien partie ! Tes yeux contre mes mains ! »

Les cartes, qu'il avait fait bouger plus vite, cette fois, retrouvèrent la position de départ.

Sully avança la main, puis la retira, sourcil froncé. Il y avait à présent deux cartes ayant un angle corné. Il leva les yeux sur McQuown, qui se tenait bras croisés devant son tricot miteux, et souriait. « Prends ton temps, fiston. Ce matin j'ai pas arrêté, mais l'après-midi a été un peu trop calme. »

Bobby se souvint de ce qu'avait dit Ted : *des hommes qui s'imaginent qu'une plume à leur chapeau est le comble de l'élégance. Le genre à jouer aux dés dans une contre-allée, par exemple, en faisant circuler une bouteille d'alcool dans un sac en papier pendant la partie.* McQuown avait une fleur en plastique marrante dans le ruban de son chapeau au lieu d'une plume, et pas de bouteille... ah, si, dans sa poche. Une petite. Bobby en était sûr. Et vers la fin de la journée, alors que se ralentissait le rythme des affaires et qu'une parfaite coordination des gestes et des yeux devenait moins cruciale, McQuown devait s'en octroyer des gorgées de plus en plus nombreuses.

Sully indiqua la carte de droite. *Non, S-J,* pensa Bobby ; et lorsque McQuown retourna la carte, c'était le roi de pique. McQuown retourna la carte de gauche, et fit apparaître le valet de trèfle. La reine était revenue au milieu. « Désolé, fiston. Tu as été un peu lent, ce coup-ci, mais ce n'est pas un crime. Tu ne veux pas essayer une deuxième fois, maintenant que tu t'es échauffé ?

— Je, euh... c'était tout ce qui me restait, répondit Sully-John, l'air passablement défrisé.

— Et c'est aussi bien pour toi, Sully, observa Rionda. Sinon, il t'aurait pris tout ce que tu avais et tu te serais trouvé ici en slip le temps de le dire. » Les filles se mirent à rire comme des folles, et Sully-John rougit. Rionda n'y prêta pas attention. « J'ai travaillé pas mal de temps à Revere Beach, quand j'habitais dans le Massachusetts. Je vais vous montrer comment ça marche, les gosses. Alors, l'ami, prêt pour un dollar ? Ou est-ce trop minable pour vous ?

— Rien de ce qui vient de vous ne peut être minable », répondit McQuown avec galanterie, subtilisant le billet dès qu'il fut sorti du sac de Rionda. Il le tendit à la lumière, l'examina d'un air froid, puis le posa à la

gauche des cartes. « Me paraît nickel. Jouons, ma chérie, jouons. Comment vous appelez-vous ?

— Mistigri, répliqua Rionda. Et pas la peine de me
reposer la question, vous aurez la même réponse.

— Est-ce que tu ne crois pas, tout de même ?...,
commença Anita.

— Je te dis qu'on ne me la fait pas, à moi. Allez,
mon vieux, que ça saute !

— Tout de suite », répondit McQuown, dont les
mains voltigeaient si vite qu'on ne distinguait plus
leurs mouvements, tandis qu'il reprenait sa rengaine
pour accompagner le mouvement des cartes (en haut,
en bas, à gauche, à droite...).

Finalement, les trois cartes furent de nouveau alignées. Et cette fois-ci, comme l'observa un Bobby stupéfait, les trois étaient légèrement cornées.

Rionda n'affichait plus son petit sourire. Elle leva
les yeux des cartes, regarda McQuown, puis son billet
de un dollar qui s'agitait légèrement dans la brise
venue de l'océan. Finalement, elle revint sur l'homme
au melon. « Vous m'avez bien eue, mon vieux, dit-elle
finalement. Pas vrai ?

— Non, dit McQuown, j'ai été plus vite que vous.
Alors, qu'est-ce que vous en dites ?

— J'en dis que c'était un bon dollar bien tranquille
qui n'embêtait personne et que je suis vraiment désolée
de le voir partir », répondit Rionda en indiquant la
carte du milieu.

McQuown la retourna, fit apparaître le roi, et le dollar disparut dans sa poche. La reine, cette fois-ci, était
à gauche. McQuown, à présent plus riche de un dollar,
sourit à ces jobards de Harwich. Le tournesol en plastique s'agitait et saluait dans l'air salin. « À qui le
tour ? Qui veut mesurer son coup d'œil à mon coup de
main ?

— Je crois qu'on a tous très bien compris », dit
Anita.

Elle adressa un sourire froid à l'homme derrière la
table, puis posa une main sur l'épaule de sa fille et

113

l'autre sur celle de son fils, qui dormait déjà à moitié, pour leur faire faire demi-tour.

« Mrs Gerber ? » fit Bobby. Un bref instant, il imagina ce que sa mère, jadis mariée à un homme qui n'avait jamais rencontré une quinte servie sans sauter au plafond, aurait ressenti si elle avait vu son fils devant la table de bonneteau du sieur McQuown, avec sa crinière rouquine improbable à la Randy Garfield brillant au soleil. Cette idée le fit légèrement sourire. À présent, Bobby savait tout sur les fulls, les suites et autres quintes flushs. Il avait fait sa petite enquête. « Est-ce que je peux essayer ?

— Voyons, Bobby, il me semble que ça nous a coûté assez cher, non ? »

Bobby retira le Kleenex pour prendre ses trois derniers *nickels*, au fond de sa poche. « C'est tout ce qui me reste, dit-il en les montrant tout d'abord à Mrs Gerber, puis à McQuown. Ça suffira ?

— Fiston, j'ai joué à ce jeu pour des pièces d'un *cent*, et j'ai aimé ça. »

Mrs Gerber regarda Rionda.

« Et flûte, dit cette dernière en pinçant la joue de Bobby. C'est le prix d'une coupe de cheveux. Qu'il les perde s'il veut, et après on rentre à la maison.

— D'accord, Bobby, dit Mrs Gerber avec un soupir. Si tu y tiens.

— Pose donc ces *nickels* ici, Bobby, qu'on puisse les examiner, dit McQuown. Me paraissent nickel-nickel, tes *nickels*. Es-tu prêt ?

— Je crois.

— Alors, c'est parti... Deux garçons et une fille vont se cacher ensemble, les garçons ne valent rien, c'est la fille qu'il faut trouver — et je te donne le double de ta mise ! »

Les doigts blancs et habiles de McQuown retournèrent les trois cartes, accélérèrent, les mélangèrent, les brouillèrent. Bobby le regarda faire, mais sans tenter de suivre l'itinéraire de la reine de cœur. Ce n'était pas nécessaire.

« Elles tournent et glissent, ensuite elles ralentissent, quand elles s'arrêtent, pense dans ta tête. » Les trois cartes à dos rouge étaient de nouveau alignées. « Alors, Bobby, où se cache-t-elle ?

— Ici », répondit le garçon en indiquant la carte de gauche.

Sully-John poussa un grognement. « C'est celle du milieu, idiot ! Ce coup-ci, je ne l'ai pas quittée des yeux. »

McQuown ne fit pas attention à Sully ; c'était Bobby qu'il regardait, et Bobby lui rendait son regard. Au bout d'un instant, McQuown retourna la carte que le garçon lui avait indiquée. C'était la reine de cœur.

« Quoi ? » s'étrangla Sully-John.

Carol, complètement excitée, se mit à battre des mains et à sauter en l'air. Rionda Hewson poussa un cri aigu et frappa Bobby dans le dos. « Hé, tu lui as donné une leçon cette fois, Bobby ! Bravo mon gars ! »

McQuown adressa à Bobby un sourire particulier, quelque peu songeur, puis porta la main à sa poche et en sortit une poignée de pièces. « Pas mal, fiston. Première fois de la journée que je suis battu. Enfin... que je ne me suis pas *laissé* battre. » Il prit un *quarter* et un *nickel* et posa les deux pièces à côté des quinze *cents* de Bobby. « On remet le couvert ? » Il vit que Bobby ne comprenait pas. « On en refait une autre ?

— On a le temps ? demanda Bobby à Anita Gerber.

— Tu ne crois pas qu'il vaudrait mieux arrêter pendant que tu gagnes ? » demanda-t-elle — mais elle avait le regard brillant et paraissait avoir oublié son désir de partir avant les embouteillages.

« Je veux encore gagner avant d'arrêter », répondit-il.

McQuown se mit à rire. « Un jeune vantard ! Il n'aura pas de poil au menton avant au moins cinq ans, mais c'est déjà un jeune vantard. Eh bien, Bobby le Vantard, qu'est-ce que tu en dis ? On est prêt à jouer ?

— Tout à fait. »

Si Carol ou Sully-John l'avaient accusé de se vanter,

il aurait vigoureusement protesté ; tous ses héros, de John Wayne à Lucky Starr de la Patrouille de l'Espace, étaient des personnages modestes, du genre à dire « mince, alors » après avoir sauvé le monde ou les passagers d'un train fou. Mais il n'éprouvait nullement le besoin de se défendre devant quelqu'un comme ce Mr McQuown, individu de bas étage en short bleu qui n'était peut-être qu'un tricheur. Se vanter ne lui était jamais venu à l'esprit. Ce n'était pas comme quand son père tentait le full avec une paire, tactique fondée sur l'espoir et un simple calcul de probabilités. « Le poker rend fou », lui avait dit le concierge de son école, après lui avoir expliqué, non sans plaisir, toutes les règles d'un jeu dont Sully-John et Denny Rivers ignoraient tout ; mais ici, ce n'était ni déduction ni calcul des probabilités.

Mr McQuown le regarda encore quelques instants, paraissant troublé par la confiance tranquille de Bobby. Puis il porta la main à son chapeau, en ajusta l'inclinaison, tendit les bras et se mit à faire jouer ses doigts comme Bugs Bunny avant d'attaquer un concerto à Carnegie Hall. « Prépare-toi, jeune vantard. Tu vas avoir droit au grand jeu, ce coup-ci, le menu complet, du potage au dessert. »

Les cartes se brouillèrent pour ne plus former qu'une bande rose. Derrière Bobby, Sully-John marmonna : « Crotte de bique ! » et Tina, l'amie de Carol : « C'est trop vite ! » d'un ton naïvement désapprobateur qui avait quelque chose de comique. Bobby regarda une fois de plus les cartes circuler, mais seulement parce qu'il sentait que c'était l'attitude qu'on attendait de lui. Mr McQuown lui épargna ses vers de mirliton, ce coup-ci, ce qui était un soulagement.

Et les cartes se retrouvèrent alignées. McQuown regarda Bobby, sourcils levés. Il affichait certes un petit sourire, mais il respirait plus vite et de la transpiration perlait à sa lèvre supérieure.

Bobby indiqua immédiatement la carte de droite. « Elle est là.

— Comment tu as fait ? s'exclama McQuown, dont le sourire s'effaça d'un coup. Comment diable as-tu fait ?

— Comme ça », répondit Bobby.

Au lieu de retourner la carte, l'homme au melon regarda dans la direction de l'allée, le long de laquelle s'alignaient les baraquements. Le sourire avait laissé place à une expression mauvaise, lèvres pincées, commissures baissées, un pli séparant ses sourcils. Jusqu'au tournesol en plastique de son chapeau qui paraissait déconfit et osciller de fureur et non de désinvolture. « Personne n'est capable de gagner contre cette battue, dit-il. Personne ne m'a jamais eu dans cette battue. »

Rionda s'avança et retourna la carte que Bobby avait indiquée. C'était bien la reine de cœur. Cette fois, tous les enfants applaudirent. À ce bruit, le pli se creusa un peu plus entre les yeux de McQuown.

« Si j'ai bien calculé, vous devez à ce bon vieux Bobby le Vantard la somme de quatre-vingt-dix *cents*, remarqua Rionda. Allez-vous les lui donner ?

— Et si je les lui donne pas ? rétorqua McQuown, tournant ses sourcils froncés vers la femme. Qu'est-ce que vous allez faire, ma grosse ? Appeler un flic ?

— On ferait peut-être bien de partir, suggéra Anita Gerber d'une voix nerveuse.

— Appeler un flic ? Non, ce n'est pas mon genre », riposta Rionda, ignorant son amie, sans quitter des yeux l'homme au melon. « Quatre-vingt-dix malheureux *cents*, et voilà que vous avez l'air de Baby Huey qui aurait fait dans son pantalon en arrivant sur le monticule ! Vous allez me faire pleurer ! »

Sauf que, comme le savait Bobby, ce n'était pas une question d'argent. Mr McQuown avait perdu bien plus que cela, sur ce coup. Parfois, lorsqu'il était battu, c'était par manque de chance ou par précipitation. Ce qui le rendait furieux c'était d'avoir perdu sur cette *battue*. Et d'avoir été refait par un gamin, en plus.

« Ce que ta grosse va faire, enchaîna Rionda, c'est

aller dire à tout le monde, le long de l'allée, que tu n'es qu'un fichu radin. Je vais t'appeler McQuown le Grippe-Sou. Tu penses que ça va arranger tes affaires ?

— Ton affaire, j'aimerais bien te la faire », grogna McQuown. Mais il se contenta de mettre la main à la poche et d'en sortir une nouvelle poignée de monnaie (plus grosse, cette fois) avant de compter les gains de Bobby. « Voilà, dit-il, quatre-vingt-dix *cents*. Tu peux aller t'offrir l'apéro.

— J'ai juste deviné, vous savez », dit Bobby, en faisant glisser les pièces dans sa main et les enfournant dans sa poche.

Il en sentit le poids. La dispute qu'il avait eue le matin même avec sa mère lui paraissait à présent d'une stupidité exquise. Il retournait chez lui avec davantage d'argent qu'en partant, et cela ne signifiait rien. Rien. « Je suis bon, pour deviner. »

Mr McQuown se détendit. Il ne leur aurait fait de toute façon aucun mal ; de bas étage ou pas, il n'était pas du genre à s'en prendre physiquement aux gens et à soumettre ses doigts si déliés à l'indignité de se contracter en poing ; mais Bobby ne souhaitait pas le laisser sur cet échec cuisant. Il préférait lui faire croire que ce n'était qu'un coup de malchance.

« Ouais, tu es très bon pour deviner, c'est sûr. Un troisième essai, Bobby ? La fortune t'attend.

— On doit vraiment partir, cette fois, se hâta de dire Anita.

— Et si j'essaie encore, je vais perdre. Merci, Mr McQuown. C'était une partie très intéressante.

— Ouais-ouais... va te faire voir ailleurs, morpion. »

Déjà, l'homme au chapeau melon faisait comme les autres aboyeurs de l'allée, regardant au loin la foule qui s'avançait. À la recherche de chair fraîche.

Sur le chemin du retour, Carol et ses copines le regardèrent avec une admiration presque craintive ; Sully-John, avec une sorte de respect intrigué. Tout cela mit Bobby mal à l'aise. À un moment donné,

118

Rionda se tourna vers lui et observa : « Tu n'as pas seulement deviné. »

Bobby la regarda, sur ses gardes, s'abstenant de tout commentaire.

« Tu as eu un bigorneau.

— Un bigorneau ? Comme sur la plage ?

— Non, c'était l'expression de mon père pour parler d'une intuition spéciale. Il n'était pas tellement joueur, mais de temps en temps, il avait une intuition sur un chiffre. Il disait ça, un bigorneau. Après quoi, il pariait. Une fois, il a gagné cinquante dollars. Il nous a acheté de quoi manger pour un mois. C'est ce qui t'est arrivé, non ?

— Je crois. J'ai peut-être eu un bigorneau. »

Quand il arriva chez lui, il trouva sa mère installée sur la balancelle, jambes repliées sous elle ; elle avait enfilé ses vêtements du samedi et regardait la rue d'un air morose. Elle se contenta de saluer la mère de Carol d'un bref geste de la main, lorsque la voiture repartit, et elle regarda Anita entrer chez elle pendant que Bobby remontait l'allée, le pas pesant. Il savait ce qu'elle pensait : que le mari de Mrs Gerber était dans la Navy, certes, mais qu'au moins elle avait un mari. Anita Gerber possédait aussi une grosse voiture familiale. Liz n'avait que ses deux jambes, le bus pour aller un peu plus loin, ou le taxi s'il lui fallait se rendre à Bridgeport.

Il avait cependant l'impression qu'elle n'était plus en colère contre lui, et c'était une bonne chose.

« Tu t'es bien amusé à Savin, Bobby ?

— C'était super », répondit-il, pensant à part lui : *Qu'est-ce qu'il y a, m'man ? Tu te fiches bien de savoir si je me suis amusé ou non à la plage. Qu'as-tu vraiment en tête ?* Mais il ne pouvait le lui demander.

« Parfait. Écoute, mon bonhomme... je suis désolée pour la dispute, ce matin. J'ai horreur de travailler le samedi. » Cette dernière phrase avait été presque crachée.

« C'est rien, m'man. »

Elle lui toucha la joue et secoua la tête. « Cette peau de roux... Tu ne bronzeras jamais, Bobby-O. Impossible. Quel coup de soleil ! Viens, je vais te mettre un peu de crème adoucissante. »

Il la suivit dans l'appartement, enleva sa chemise et se laissa enduire le cou, le dos et les bras — même les joues — de l'huile parfumée Baby Oil. Cela lui faisait du bien, et il se dit une fois de plus qu'il l'aimait, qu'il adorait être touché par elle. Il se demanda ce qu'elle penserait si elle apprenait qu'il avait embrassé Carol, sur la grande roue. Sourirait-elle ? Il ne le pensait pas. Et si jamais elle avait vent de l'histoire de McQuown et de la partie de bonneteau...

« Je n'ai pas vu ton copain du second », dit-elle en rebouchant le flacon de Baby Oil. Je sais qu'il est chez lui parce qu'il écoute la partie des Yankees à la radio, mais est-ce qu'il n'aurait pas été mieux sur le porche, où il fait plus frais ?

— Je crois qu'il n'en avait pas envie, répondit Bobby. Tu vas bien, m'man ? »

Elle le regarda, surprise. « Très bien, Bobby. » Elle lui sourit et il lui rendit son sourire. Ce fut un effort, car il lui semblait que sa mère n'allait pas bien du tout. Il en était même tout à fait sûr.

Il venait d'avoir un bigorneau, en quelque sorte.

Ce soir-là, Bobby se retrouva allongé dans son lit, les talons plantés aux deux angles, incapable de fermer l'œil et contemplant le plafond. Les rideaux gonflaient et retombaient au moindre souffle de brise et, venant d'une autre fenêtre ouverte, lui parvenait une chanson des Platters : *Here in the afterglow of day,/ We keep our rendez-vous,/ beneath the blue*[1]. Le ronronnement

---

1. « Là, dans la lumière déclinante du jour,/ nous avons rendez-vous,/ sous le ciel bleu. » (*N.d.T.*)

d'un avion lui arrivait d'un peu plus loin, il y eut un coup de klaxon...

Le père de Rionda appelait cela un bigorneau et, une fois, il avait gagné cinquante dollars. Bobby avait dit comme Rionda — *oui, bien sûr, bien sûr, j'ai eu un bigorneau* — mais il ne serait jamais arrivé à trouver le bon numéro d'une loterie, son salut en eût-il dépendu. Ce qui s'était passé...

Ce qui s'était passé ? Mr McQuown savait à chaque fois où atterrissait la reine de cœur, et c'est ainsi que je le savais aussi.

Quand il eut compris cela, d'autres choses se mirent en place. Des trucs évidents, en fait, mais tout cela l'avait amusé et... eh bien... on ne remet pas en question ce que l'on sait, n'est-ce pas ? On peut remettre en question un bigorneau, une impression qui semble tomber du ciel, mais on ne remet pas en question le fait de savoir quelque chose.

Sauf que... Comment savait-il que sa mère scotchait des billets de banque dans les pages sous-vêtements du catalogue Sears & Roebuck ? Le catalogue posé sur l'étagère du haut, dans son placard ? Comment savait-il seulement que le catalogue se trouvait à cet emplacement ? Elle ne lui en avait jamais parlé. Elle ne lui avait jamais parlé, non plus, du pichet bleu où elle cachait ses *quarters*, et pourtant il le savait depuis des années, il n'était pas aveugle, même si par moments il en avait l'impression. Mais le catalogue ? Les *quarters* mis en rouleaux et changés en billets, les billets collés dans le catalogue ? Il n'avait aucune raison d'être au courant d'une telle chose et cependant, alors qu'allongé sur son lit lui parvenait maintenant *Earth Angel* après *Twilight Time*, il l'était. Et il le savait parce qu'elle le savait, parce qu'il avait envahi le premier niveau de son esprit. Et sur la grande roue, il avait su que Carol voulait être embrassée à nouveau parce que c'était le premier vrai baiser qu'elle recevait d'un garçon et qu'elle n'avait pas fait assez attention, que tout avait été terminé avant qu'elle se soit complètement rendu compte de ce qui lui arrivait. Savoir cela, cependant, n'était pas connaître l'avenir.

« Non, c'est juste lire dans l'esprit des autres », murmura-t-il. Il frissonna, comme si ses coups de soleil étaient devenus de glace.

Fais attention, Bobby-O... si tu ne fais pas attention, tu vas finir par te retrouver aussi cinglé que Ted, avec ses histoires de crapules de bas étage.

Loin, sur la grand-place de la ville, l'horloge commença à égrener dix heures. Bobby tourna la tête pour consulter le réveille-matin, sur sa table. D'après Big Ben, il n'était que vingt et une heures cinquante-deux.

Bon, d'accord, l'horloge est un peu en avance ou mon réveil un peu en retard, la belle affaire... Dors.

Il crut pendant un moment qu'il n'arriverait pas à trouver le sommeil, mais il avait vécu une sacrée journée : dispute avec sa mère, argent gagné contre un joueur de bonneteau, baisers au sommet de la grande roue, et il commença à dériver agréablement.

C'est peut-être ma petite amie, après tout. C'est peut-être ma petite amie...

Alors que résonnaient encore dans l'air les derniers coups sonnés prématurément par l'horloge, il s'endormit.

V. Bobby lit le journal. Brun, avec une tache blanche. La grande chance de Liz. Camp Broad Street. Une semaine difficile. En route pour Providence.

Le lundi, une fois sa mère partie pour le travail, Bobby alla au second lire le journal à Ted ; si, en réalité, ce dernier avait encore d'assez bons yeux pour le lire lui-même, il disait qu'il avait fini par aimer la voix de Bobby et apprécier le luxe de se faire faire la lecture pendant qu'il se rasait. Il se tenait dans l'embrasure de la porte ouvrant sur la salle de bains, se barbouillant la figure de mousse à raser, pendant que Bobby lui proposait les manchettes des différentes rubriques.

« INTENSIFICATION DES EMBUSCADES VIÊTS ?

— Avant le petit déjeuner ? Non merci, sans façon.

— CADDIES VOLÉS ET RÉCUPÉRÉS : UN HOMME ARRÊTÉ ?

— Premier paragraphe, Bobby.

« Quand la police arriva tard hier au soir dans sa résidence de Pond Lane, John Anderson leur expliqua que sa passion était de collectionner les chariots de supermarchés. "Il était très fort sur la question", a déclaré Kirby Malloy de la police de Harwich, "mais nous n'étions pas tout à fait convaincus qu'il s'était procuré ses caddies par des voies honnêtes." Il s'avéra en fin de compte que sur les cinquante et quelques caddies retrouvés dans la cour de Mr Anderson, au moins vingt avaient été volés au Harwich A&P et à Total Grocery. On comptait même quelques specimens en provenance du IGA Market, à Stansbury. »

— Ça suffit, dit Ted en faisant passer son rasoir sous l'eau chaude avant de porter de nouveau la lame à son cou. Humour laborieux et rural face à des actes pathétiques de kleptomanie compulsive.

— Je ne comprends pas.

— Ce Mr Anderson me paraît souffrir d'une forme de névrose — d'un problème mental, si tu préfères. Crois-tu que les problèmes mentaux soient drôles ?

— Sapristi, non. J'ai de la peine pour les gens dont les boulons se desserrent.

— Je suis heureux de te l'entendre dire. J'ai connu des gens dont les boulons n'étaient pas seulement desserrés, mais avaient complètement sauté. Pas mal de gens, même. Ils sont souvent pathétiques, ils nous inspirent parfois de l'effroi et il leur arrive d'être terrifiants, mais ils ne sont jamais amusants. CADDIES RÉCUPÉRÉS, tu parles d'un exploit. Quoi d'autre ?

— UNE STARLETTE TUÉE DANS UN ACCIDENT D'AUTO EN EUROPE ?

— Oh, non.

— ÉCHANGE DE JOUEURS ENTRE LES YANKEES ET LES SENATORS ?

— Ce que les Yankees font avec les Senators ne m'intéresse pas.

— ALBINI RAVI DE NE PAS ÊTRE DONNÉ FAVORI ?

— Oui, s'il te plaît, lis-moi celui-ci. »

Ted écouta attentivement tout en se rasant, non sans mal, le cou et le menton. Bobby ne trouva pas l'histoire très palpitante : il n'y était question ni de Floyd Patterson ni d'Ingemar Johansson (le boxeur suédois que Sully surnommait Ingie-Baby[1]), mais il ne la lut pas moins soigneusement. Le match en douze reprises prévu entre Tommy « Hurricane » Haywood et Eddie Albini devait avoir lieu au Madison Square Garden la semaine prochaine, le mercredi soir. Les deux boxeurs présentaient un beau palmarès, mais les commentateurs considéraient l'âge comme un facteur important, sinon décisif, dans ce combat : Haywood, largement favori, n'avait que vingt-deux ans, alors qu'Albini en comptait trente-six. Le gagnant pourrait tenter le championnat du monde des poids-lourds à l'automne, à peu près au moment où Nixon allait être élu président (d'après la mère de Bobby, c'était gagné d'avance et ce serait très bien ainsi ; même sans tenir compte du fait que Kennedy était catholique, il était tout simplement trop jeune et risquait de se montrer impulsif).

Selon l'article, Albini avait déclaré qu'il pouvait comprendre pourquoi il n'était pas favori ; il commençait à ne plus être tout jeune, et certains le croyaient fini parce qu'il avait perdu son dernier combat par KO technique devant Sugar Boy Masters. Et bien entendu, il n'ignorait pas que l'allonge de Haywood était supérieure à la sienne et que l'homme passait pour un fin

---

• 1. Sans doute par allusion à la marque Baby Oil du fabricant Johnson (*N.d.T.*).

tacticien, en dépit de son jeune âge. Mais il s'était entraîné très dur, faisait-il remarquer, avait sauté à la corde pendant des heures et boxé contre un sparring-partner qui avait le même jeu de jambes et les mêmes mouvements que Haywood. L'article était plein de mots comme *volontaire*, *déterminé* ; on décrivait Albini comme *remonté à bloc*. Bobby se rendait compte que le rédacteur de l'article ne croyait pas aux chances d'Albini, et le garçon se sentait désolé pour le vieux boxeur. Le journaliste n'avait pu interroger Hurricane Haywood, mais son entraîneur, un type du nom de Kleindienst (Ted apprit à Bobby comment on prononçait ce nom), avait déclaré que ce match pourrait bien être le dernier d'Eddie Albini. « Il a eu son temps, mais son temps est terminé, estimait Kleindienst. Si Eddie tient jusqu'au sixième, j'envoie mon gars au lit sans manger. »

« Irving Kleindienst est un *ka-mai*, commenta Ted.

— Un quoi ?

— Un fou. »

Ted regardait par la fenêtre, en direction des aboiements du chien de Mrs O'Hara. Pas totalement absent comme cela lui arrivait parfois, mais distant.

« Vous le connaissez ? demanda Bobby.

— Non, non. » L'idée parut le surprendre, puis l'amuser. « J'ai juste entendu parler de lui.

— On dirait bien qu'Albini va se faire massacrer.

— On ne sait jamais. C'est ce qui fait l'intérêt.

— Qu'est-ce que vous voulez dire ?

— Rien. Passe aux BD, Bobby. Lis-moi *Flash Gordon*. Et n'oublie pas de me dire comment Dale Arden est habillée.

— Pourquoi ?

— Parce que je trouve qu'elle est bonnarde à croquer, pardi », répondit Ted.

Bobby éclata de rire. Il ne put s'en empêcher. Parfois, Ted en sortait de vraiment marrantes.

Un jour plus tard, alors qu'il revenait de la Sterling House où il avait rempli les formulaires d'inscription pour le base-ball, Bobby tomba sur une affichette imprimée avec soin et agrafée à un orme du Commonwealth Park.

S'IL VOUS PLAÎT, AIDEZ-NOUS À TROUVER PHIL !

PHIL est NOTRE CORGI !

IL a SEPT ANS !

IL EST BRUN avec une TACHE BLANCHE AU COU !

LA POINTE DE SES OREILLES est NOIRE !

Vous ramène la BALLE quand on dit ALLEZ VITE, PHIL !

APPELER Husitonic 5-8337

(OU)

RAPPORTEZ-LE AU 745 Highgate Avenue !

Domicile de la FAMILLE SAGAMORE !

Il n'y avait pas de photo de Phil.

Bobby resta un bon moment en contemplation devant l'affichette. Une partie de lui-même n'avait qu'une envie, courir à la maison et en parler à Ted, et pas seulement de l'annonce, mais aussi de la marelle dessinée à la craie, avec l'étoile et le croissant de lune. Mais une autre partie lui faisait remarquer qu'il y avait toutes sortes d'annonces placardées dans le parc, ne serait-ce que l'affiche du prochain concert donné sur la place de la ville, qu'il voyait d'où il était sur l'orme suivant, et que ce serait de la folie que d'aller en parler à Ted. Ces deux idées s'affrontèrent sous son crâne jusqu'à ce qu'elles lui fassent l'impression de deux bâtons frottant l'un contre l'autre, au risque d'incendier son cerveau.

Je ne veux même pas y penser, se dit-il en reculant de quelques pas. Et lorsqu'une voix protesta, au fond de sa tête, une voix dangereusement adulte faisant remarquer qu'il était payé justement pour penser à des choses comme ça, Bobby lui dit de la fermer. Et la voix se tut.

De retour à la maison, il trouva de nouveau sa mère

installée sur la balancelle, occupée à réparer la manche d'une robe d'intérieur. Elle leva les yeux et il vit la peau bouffie sous ses yeux, les paupières rougies. Elle tenait un Kleenex roulé en boule dans une main.

« Mm'an ? »

Qu'est-ce qui ne va pas ? avait-il failli ajouter... Mauvaise idée. Créerait vraisemblablement des problèmes. Il n'avait pas été l'objet de nouvelles et brillantes intuitions, depuis le jour de la balade à Savin Rock, mais il la connaissait, il connaissait son expression quand elle était bouleversée, cette façon qu'elle avait de serrer si fort un Kleenex que sa main devenait presque un poing, de respirer fort et de se redresser, comme si elle était prête à se bagarrer à la moindre provocation.

« Quoi ? répliqua-t-elle, aurais-tu par hasard une idée dans la tête ?

— Non-non. » Il avait répondu maladroitement et avec une bizarre timidité ; lui-même s'en rendait compte. « J'étais à la Sterling House. Les listes sont faites pour l'été. Je suis inscrit aux Wolves. »

Elle acquiesça et se détendit légèrement. « Je suis sûre que tu entreras aux Lions l'année prochaine. » Elle mit sur le sol le panier à couture posé à côté d'elle et tapota la place. « Viens t'asseoir ici une minute, Bobby. J'ai quelque chose à te dire. »

Le garçon s'assit, non sans ressentir quelques palpitations ; elle avait pleuré et parlait d'un ton grave. Il s'avéra cependant que ce n'était pas une grande affaire, au moins pour autant qu'il pouvait en juger.

« Mr Biderman, Don, m'a invitée à l'accompagner avec Mr Cushman et Mr Dean à Providence, pour un séminaire. C'est une grande chance pour moi.

— C'est quoi, un séminaire ?

— Une sorte de conférence. Des gens qui se rassemblent pour écouter la présentation d'un sujet et en discuter ensuite. Cette fois, il s'agira de l'immobilier dans les années soixante. J'étais surprise que Don m'invite. Bien entendu, je savais que Bill Cushman et

Curtis Dean devaient y aller, ce sont des agents. Mais que Don m'invite... » Elle laissa mourir sa voix, puis se tourna vers Bobby et sourit. Il estima que c'était un sourire authentique, mais il faisait bizarre, avec ses yeux rougis. « Cela fait je ne sais combien de temps que j'ai envie de devenir agent, tu comprends, et tout d'un coup, comme ça... c'est une grande chance pour moi, Bobby, et ça pourrait signifier de grands changements pour tous les deux. »

Bobby n'ignorait pas que sa mère rêvait de vendre de l'immobilier. Elle possédait des ouvrages sur le sujet et en lisait quelques pages presque chaque soir, soulignant souvent des passages. Mais si c'était une si grande chance, pourquoi avait-elle pleuré ?

« C'est rudement bien, dit-il. Super-chouette ! J'espère que t'apprendras plein de trucs. C'est quand ?

— La semaine prochaine. On partira tôt tous les quatre, mardi matin, et on devrait revenir jeudi soir vers huit heures. Toutes les réunions ont lieu au Warwick Hotel, où on aura nos chambres. Cela fait bien douze ans que je ne suis pas descendue dans un hôtel, et ça me rend un peu nerveuse. »

Est-ce que la nervosité peut faire pleurer ? se demanda Bobby. Peut-être, quand on est adulte, un adulte de sexe féminin, en particulier.

« Je voudrais que tu demandes à Sully-John si tu peux aller dormir chez lui mardi et mercredi soir. Je suis sûre que Mrs Sullivan... »

Bobby secoua la tête. « C'est pas possible.

— Et pourquoi non ? se rebiffa-t-elle, courroucée. Jamais Mrs Sullivan n'a refusé, jusqu'ici. J'espère que tu es toujours dans ses petits papiers !

— Ce n'est pas ça, m'man. Mais Sully a gagné une semaine à Camp Winnie. »

Prononcer *Winnie* lui étira les lèvres comme s'il souriait, mais il se retint. Sa mère lui adressait toujours son regard courroucé... et n'y avait-il pas aussi un peu de panique dans ses yeux ? De la panique ou quelque chose de semblable ?

« Camp Winnie ? C'est quoi, ça ? De quoi parles-tu ? »

Bobby expliqua donc comment le tirage au sort avait gratifié son ami d'une semaine au camp Winiwinaia, et comment Mrs Sullivan allait en profiter, de son côté, pour rendre visite à ses cousins ; des plans qui étaient à l'heure actuelle définitivement établis, billets pour le Grand Chien gris compris.

« Bon Dieu, c'est bien ma chance », grommela Liz. Elle ne jurait presque jamais, prétendant que jurer et « dire des gros mots » (son expression) étaient le lot des ignorants. Du poing, elle frappa l'accoudoir de la balancelle. « Bon Dieu de Dieu ! »

Elle réfléchit pendant un moment. Bobby en fit autant de son côté. Son seul autre ami intime, dans la rue, était une amie, Carol ; mais il y avait peu de chance pour que sa mère appelle Anita Gerber et lui demande d'accueillir Bobby pour deux nuits. Carol était une fille, et pour quelque obscure raison ce n'était pas tout à fait pareil, quand il s'agissait d'aller dormir les uns chez les autres. Et les amis de sa mère ? Le problème était qu'elle n'avait pas de véritables amis ou amies... à part Don Biderman (et les deux autres qui allaient au séminaire de Providence, peut-être). Beaucoup de connaissances, des gens qu'elle saluait lorsqu'elle revenait du supermarché ou quand ils allaient voir le film du vendredi soir en ville, mais personne à qui elle aurait pu demander de garder son fils de onze ans pendant deux nuits ; pas de parents, non plus, à la connaissance de Bobby, du moins.

Comme des gens s'avançant sur deux routes différentes aboutissant au même carrefour, le garçon et sa mère en arrivèrent progressivement à la même conclusion. Bobby fut le premier, mais d'une ou deux secondes, pas plus.

« Et Ted ? » demanda-t-il, et sa main esquissa aussitôt le geste de venir se plaquer sur sa bouche.

Le sourire mâtiné de cynisme revint effleurer les lèvres de Liz, ce même sourire qu'elle avait lorsqu'elle enfilait ses proverbes (*cette existence est une vallée de larmes, deux hommes regardent à travers des barreaux de prison, l'un voit la boue, l'autre les étoiles*, et bien entendu, sa rengaine favorite, *la vie n'est pas juste*), lorsqu'elle vit la main de Bobby se reposer sur ses genoux.

« Si tu t'imagines que je ne sais pas que tu l'appelles Ted quand je ne suis pas là ! Tu me prends vraiment pour une idiote, Bobby-O. »

Elle se renfonça dans la balancelle et regarda vers la rue. Une Chrysler New Yorker passa lentement, impériale, hérissée d'ailerons de requin à l'arrière, enrobée de gros pare-chocs et couverte de chromes un peu partout. Bobby la regarda lui aussi. L'homme au volant était âgé ; il avait les cheveux blancs et portait un veston bleu. Bobby pensa qu'il n'avait sans doute rien à se reprocher. Il était vieux, mais pas de bas étage.

« Ça marchera peut-être », dit finalement Liz. Elle avait parlé d'un air songeur, plus pour elle-même que pour répondre à son fils. « Allons en parler à Brautigan pour voir ce qu'il en dit. »

Tandis qu'il la suivait dans l'escalier, Bobby se demanda depuis combien de temps elle avait appris à prononcer correctement le nom de Ted. Une semaine ? Un mois ?

Depuis le début, crétin. Depuis le tout premier jour.

Bobby avait tout d'abord pensé que Ted pourrait rester chez lui, au second, et lui-même dans l'appartement du rez-de-chaussée ; ils garderaient leur porte ouverte, et si l'un d'eux avait besoin de quelque chose, il appellerait l'autre.

« Je n'ai pas l'impression que les Kilgallen ou les Prosky apprécieraient beaucoup de t'entendre appeler Mr Brautigan à trois heures du matin, criant à pleins poumons parce que tu aurais eu un cauchemar », lui fit remarquer Liz d'un ton acerbe. Les Kilgallen et les Prosky occupaient les deux petits appartements du premier, mais Liz et son fils n'entretenaient pas de relation amicale avec eux.

« Je ferai pas de cauchemar, dit Bobby, profondément humilié d'être traité comme un bébé. Sapristi, non !

— Tais-toi une minute. »

Elle l'avait coupé d'un ton toujours aussi acerbe. Ils étaient attablés dans la cuisine de Ted ; les deux adultes fumaient, Bobby avait une *rootbeer* devant lui.

« Simplement, ce n'est pas une bonne idée, intervint Ted. Tu es un bon garçon, Bobby, tu as le sens des responsabilités et la tête sur les épaules, mais onze ans, c'est trop jeune pour rester tout seul, à mon avis. »

Le garçon trouva plus facile d'accepter cette remarque de la part de son ami que si elle était venue de sa mère. Il dut aussi reconnaître, en son for intérieur, qu'il n'aurait pas trop aimé se réveiller aux petites heures de la nuit, et devoir aller aux toilettes sans personne dans l'appartement. Il aurait pu y arriver, il n'en doutait pas, mais il aurait eu la frousse.

« Et le canapé ? demanda-t-il. On peut l'ouvrir pour en faire un lit, non ? » Jamais ils n'avaient utilisé ce système, mais Bobby se rappelait que sa mère lui en avait parlé, une fois. Il ne se trompait pas, et cela régla la question. Liz n'avait probablement pas eu envie que Bobby occupe son lit (encore moins « Brattigan ») et ne voulait pas non plus que son fils aille dans cette pièce étouffante, au second — ça, Bobby en était sûr. Il se dit qu'elle s'était tellement creusé la tête pour trouver une solution qu'elle n'avait pas pensé à la plus évidente.

Il fut donc convenu que Ted passerait les nuits des mardi et mercredi, la semaine suivante, sur le canapé convertible des Garfield. Cette perspective excitait Bobby : il allait avoir deux jours entiers à lui — non, trois, en comptant le jeudi, et il y aurait quelqu'un avec lui pour la nuit, quand les choses peuvent devenir inquiétantes. Mais pas une baby-sitter, non : un ami adulte. Ce n'était pas la même chose que d'aller passer une semaine à Camp Winnie, comme Sully-John, mais d'une certaine manière, si. *Camp Broad Street*, pensa Bobby, qui faillit éclater de rire.

« On va bien s'amuser, dit Ted. Je te préparerai ma célèbre recette de saucisses aux haricots. » De la main, il tenta d'ébouriffer les cheveux coupés court de Bobby.

« Si jamais vous faites des haricots, il serait peut-être prudent de descendre ce truc », remarqua Liz, montrant le ventilateur de sa main qui tenait la cigarette.

Ted et Bobby rirent de bon cœur. Liz Garfield arbora son demi-sourire cynique, tira une dernière bouffée et écrasa son mégot dans le cendrier de Ted. À cet instant, Bobby remarqua qu'elle avait encore les yeux gonflés.

Tandis qu'il descendait l'escalier avec sa mère, Bobby se souvint de l'affichette qu'il avait vue dans le parc, à propos du corgi qui avait disparu et ramenait la balle quand on lui disait *allez, vite, Phil !* Il aurait dû en parler à Ted. De ça, et de tout le reste. Mais s'il le faisait, et si Ted quittait le 149, qui le garderait la semaine prochaine ? Qu'adviendrait-il de Camp Broad Street, de la perspective de deux compères s'empiffrant des célèbres saucisses aux haricots de Ted — peut-être même devant la télé, ce que sa mère autorisait rarement — et se couchant aussi tard qu'ils le voudraient ?

Bobby se fit alors la promesse de tout dire vendredi prochain à Ted, c'est-à-dire après le retour de sa mère de sa conférence ou de son séminaire, peu importait le nom. Il lui ferait un rapport complet, et Ted agirait alors en conséquence. Peut-être même resterait-il.

Cette décision le soulagea merveilleusement, si bien que lorsqu'il vit une annonce punaisée à l'envers au tableau d'affichage de Total Grocery, deux jours plus tard (elle concernait la vente d'un ensemble lave-linge, sèche-linge), il put en chasser le souvenir de son esprit presque immédiatement.

N'empêche, ce fut une semaine désagréable pour Bobby Garfield, très désagréable, même. Il découvrit deux autres annonces d'animaux domestiques perdus, une dans le centre et l'autre sur Asher Avenue, à près d'un kilomètre de l'Asher Empire (son pâté de maisons ne lui suffisait plus et ses tournées quotidiennes de repérage le conduisaient de plus en plus loin). Et Ted se mit à avoir des absences non seulement de plus en plus fréquentes, mais de plus en plus longues. Il lui arrivait de parler quand il était dans cet état, mais pas forcément en anglais. Quand il s'exprimait en anglais, ses propos n'étaient pas toujours cohérents. La plupart du temps, Bobby avait le sentiment que Ted était l'homme le plus sain d'esprit, le plus intelligent, le plus honnête qu'il ait jamais rencontré ; mais ces absences lui faisaient tout de même très peur. Au moins, sa mère n'était-elle pas au courant. Il se disait qu'elle ne serait guère enchantée à l'idée de confier son fils à un type qui perdait parfois les pédales et se mettait à marmonner dans un anglais incompréhensible ou dans un charabia inconnu.

Après l'une de ces absences pendant laquelle Ted resta sans bouger pendant près d'une minute, regardant fixement le vide d'un œil mort et ne répondant pas aux questions de plus en plus angoissées de Bobby, le garçon se dit que, dans ces moments-là, Ted n'était plus dans sa tête mais dans quelque autre monde, qu'il avait quitté la Terre aussi sûrement que les gens dans *Chaîne autour du Soleil*, quand ils suivaient les spirales d'une toupie d'enfant.

Ted tenait une Chesterfield à la main au moment où il s'était pétrifié ; la cendre s'allongea, puis finit par tomber sur la table. Lorsque la partie incandescente commença à se rapprocher dangereusement des articulations noueuses de Ted, Bobby retira délicatement le mégot ; il était en train de l'écraser dans le cendrier, déjà plein à ras bord, lorsque Ted revint à lui.

« Quoi, tu fumes ? demanda-t-il en fronçant les sourcils. Bon sang, Bobby, tu es bien trop jeune pour ça !

— Non, je l'éteignais pour vous. J'ai pensé... »

Il haussa les épaules, soudain intimidé.

Ted regarda l'index et le majeur de sa main droite, tachés en permanence de nicotine. Il eut un petit rire, bref comme un aboiement, et sans la moindre trace de gaieté. « Tu as cru que j'allais me brûler, n'est-ce pas ? »

Bobby acquiesça. « À quoi vous pensez lorsque... lorsque vous êtes comme ça ? Où allez-vous ?

— Ce serait difficile à expliquer », répondit Ted, qui demanda ensuite à Bobby de lui lire son horoscope.

Bobby trouvait les transes du vieil homme dérangeantes, mais ne pas lui parler des choses qu'il était payé pour voir et lui signaler le dérangeait plus encore. Résultat, lui qui était plutôt un bon frappeur en temps ordinaire se fit sortir quatre fois du monticule dans la partie de base-ball de l'après-midi, à la Sterling House. Il perdit aussi quatre parties de bataille navale de suite contre Sully-John, le vendredi, jour de pluie.

« Hé, qu'est-ce qui t'arrive ? voulut savoir Sully. C'est la troisième fois que tu donnes la même case. Sans compter que je dois pratiquement te gueuler dans l'oreille pour que tu me répondes. Qu'est-ce que tu rumines ?

— Rien. »

Ça, c'est ce qu'il avait répondu. *Tout* — voilà ce qu'il ressentait.

Carol lui demanda aussi une ou deux fois, cette semaine-là, s'il se sentait bien, et Mrs Gerber déclara qu'elle ne le trouvait pas « dans son assiette » ; Yvonne Loving voulut savoir s'il n'avait pas attrapé une mononucléose, puis se mit à rire si fort qu'elle parut sur le point d'exploser.

La seule personne à ne pas remarquer le comportement bizarre de Bobby fut sa mère. Le voyage à Providence la préoccupait de plus en plus ; le soir, elle avait de longs entretiens téléphoniques avec Mr Biderman ou l'un des deux autres hommes qui l'accompagnaient (Bill Cushman était le nom de l'un d'eux, mais Bobby n'arrivait pas à se souvenir de l'autre) ; elle étalait des vêtements sur son lit jusqu'à le faire disparaître, puis secouait la tête avec colère avant de les remettre dans le placard ; elle prit un rendez-vous dans un salon de coiffure qu'elle rappela pour demander qu'on lui réserve aussi une manucure. Bobby ne savait pas trop ce que c'était qu'une manucure. Il faudrait demander à Ted.

Elle paraissait excitée par ses préparatifs, mais son attitude avait en même temps quelque chose de sinistre. Elle faisait penser à un soldat sur le point de se lancer à l'assaut d'une plage, à un parachutiste prêt à sauter derrière les lignes ennemies. L'une de ses conversations téléphoniques du soir tourna à la dispute, même si c'était à voix basse ; il semblait à Bobby qu'il s'agissait de Mr Biderman, mais il n'en était pas sûr. Le samedi, Bobby entra dans sa chambre et la vit qui contemplait deux nouvelles robes — des robes habillées, l'une avec de fines bretelles et l'autre sans bretelles du tout, avec un haut comme un maillot de bain. Les emballages ouverts gisaient en désordre sur le plancher, les papiers de protection débordant comme de l'écume de chacun des cartons. Sa mère étudiait les deux robes posées sur le lit avec une expression qu'il ne lui avait jamais vue : de grands yeux, les sourcils froncés, les joues très pâles, les traits tendus, les pommettes en feu. Elle avait porté une main à sa bouche et il entendait les petits cliquetis qu'elle produisait en se mordillant les ongles. Une Kool se consumait dans un cendrier, sur la commode, apparemment oubliée. Son regard allait d'une robe à l'autre.

« Maman ? »

Elle fit plus que sursauter : elle bondit réellement. Puis elle fit volte-face, la bouche déformée par une grimace.

« Nom de Dieu ! gronda-t-elle, tu ne pourrais pas frapper, non ?

— Je suis désolé, m'man », balbutia-t-il en commençant à battre en retraite. C'était la première fois qu'elle lui parlait de frapper à sa porte. « Tu vas bien, m'man ?

— Très bien ! » Elle aperçut la cigarette, s'en empara et se mit à tirer furieusement dessus. Elle exhala la fumée avec tant de force que Bobby n'aurait pas été étonné de la voir sortir de ses oreilles en plus de sa bouche et de son nez. « Mais j'irais encore mieux si je pouvais trouver une robe de cocktail qui ne me fasse pas ressembler à Elsie la Vache. Autrefois, je prenais taille 38, tu te rends compte ? Avant d'épouser ton père, je prenais taille 38 ! Et maintenant, regarde-moi ! Elsie la Vache ! Moby Dick en personne !

— Mais m'man, tu n'es pas grosse. En fait, depuis quelque temps...

— Va-t'en, Bobby. S'il te plaît, laisse-moi seule. J'ai mal à la tête. »

Ce soir-là, il l'entendit de nouveau pleurer. Le lendemain, il la vit qui rangeait soigneusement l'une des deux robes dans sa valise — celle avec les bretelles fines. L'autre retourna dans son carton, sur lequel on lisait en élégantes cursives anglaises de couleur marron, LUCIE DE BRIDGEPORT.

Le lundi soir, Liz invita Ted Brautigan à dîner avec eux. Bobby adorait le pain de viande que préparait sa mère et en reprenait presque toujours, mais cette fois, il eut le plus grand mal à faire descendre sa première assiettée. Il était terrifié à l'idée que Ted puisse avoir une absence et imaginait déjà sa mère piquant une crise.

Ses angoisses étaient sans fondement. Ted parla de manière agréable de son enfance dans le New Jersey et, sur une question de Liz, de son travail à Hartford. Bobby eut l'impression qu'il était moins à l'aise pour parler de comptabilité que de l'époque où il faisait de la luge, mais sa mère ne parut pas s'en rendre compte. Ted, *lui*, demanda une deuxième tranche de pain de viande.

Une fois le repas fini et la table débarrassée, Liz donna à Ted une liste de numéros de téléphone, dont ceux du Dr Gordon, du bureau de la Sterling House et du Warwick Hotel. « S'il y a le moindre problème, je tiens à ce que vous m'appeliez. D'accord ? »

Ted acquiesça. « D'accord.

— Bobby ? Rien qui te tracasse ? »

Elle lui posa brièvement la main sur le front, comme elle le faisait quand il se plaignait de se sentir fiévreux.

« Non, rien du tout ! On va bien s'amuser. N'est-ce pas, Mr Brautigan ?

— Oh, tu peux l'appeler Ted, dit Liz presque agressivement. Et si Mr Brautigan doit dormir sur le canapé du salon, je crois qu'il vaut mieux que je l'appelle Ted, moi aussi — vous permettez ?

— Bien entendu. À partir de cet instant, ce sera Ted. »

Le vieil homme sourit. D'un sourire que Bobby trouva doux, amical et ouvert. Il ne comprenait pas qu'on puisse y résister. Mais sa mère, elle, y résistait. Même en cet instant, alors qu'elle rendait son sourire à Ted, il vit la main qui tenait le Kleenex se crisper et se détendre, une manie qu'elle avait depuis longtemps et qui traduisait son déplaisir et son anxiété. L'un de ses proverbes favoris vint à l'esprit de Bobby : *Je lui ferai confiance aussi loin que je peux lancer un piano.*

« Et à partir de maintenant, vous m'appellerez Liz. » Elle se pencha par-dessus la table et ils échangèrent une poignée de main, comme s'ils se rencontraient pour la première fois... Bobby n'en savait pas moins que l'opinion de sa mère était faite sur Ted Brautigan. Si elle ne s'était pas retrouvée dos au mur, elle ne lui aurait jamais confié son fils. Jamais de la vie.

Elle ouvrit son sac à main et en sortit une enveloppe blanche ordinaire. « Il y a dix dollars dedans », dit-elle en la tendant à Ted. Vous aurez sans doute envie de sortir dîner entre hommes, l'un des deux soirs, je suppose — Bobby adore manger au Colony, si cela vous convient — et peut-être aussi d'aller au cinéma. Je ne sais pas ce qu'il pourrait y avoir d'autre, mais il vaut mieux avoir sa petite réserve, vous ne croyez pas ?

— C'est toujours plus prudent, admit Ted, qui poussa l'enveloppe au fond de sa poche avec soin. Mais je ne crois pas que nous dépenserons tout cela en trois jours. N'est-ce pas, Bobby ?

— Oh, non, je vois pas comment on ferait.

— Ne pas gaspiller, c'est ne pas manquer », dit Liz — encore un de ses proverbes, le pendant de : *Le fou et son argent se séparent vite.* Elle sortit une cigarette du paquet posé sur la table basse et l'alluma d'une main qui n'était pas tout à fait assurée. « Vous allez être très bien, tous les deux. Il y a des chances pour que vous vous amusiez plus que moi. »

En voyant ses ongles rongés et déchiquetés, Bobby pensa, *Y a pas de doute.*

Tout le groupe partait pour Providence dans la voiture de Mr Biderman et, le lendemain matin, à sept heures, Liz et Bobby Garfield se tenaient sous le porche, attendant de la voir apparaître. Il régnait ce calme brumeux des petits matins qui précèdent les journées de forte chaleur — signifiant que l'été était arrivé. D'Asher Avenue leur parvenaient les grondements et les coups d'avertisseurs de la circulation matinale, dense à cette heure-là, mais ici, sur Broad Street, on ne voyait que quelques rares voitures et, de temps en temps, un camion de livraisons. On entendait les *hisha-hisha* des arrosages automatiques et bien entendu, depuis l'autre côté du pâté de maisons, les incessants *roup-roup-roup* de Bowser. Qu'on soit en juin ou en janvier, c'était du pareil au même pour ce chien, et il paraissait aussi immuable que Dieu, du point de vue de Bobby.

« Tu n'es pas obligé d'attendre ici avec moi, tu sais », dit Liz.

Elle portait une veste légère et fumait. Elle était un peu plus maquillée que d'habitude, mais Bobby croyait deviner des ombres sous ses yeux ; elle avait encore passé une mauvaise nuit.

« Ça ne me gêne pas.

— J'espère que c'était une bonne idée, de te laisser seul avec lui.

— Il ne faut pas t'inquiéter, m'man. Ted est quelqu'un de bien, tu sais. »

Elle émit un petit bruit dubitatif.

Il y eut un éclat de chrome en provenance du bas de la colline, lorsque la Mercury de Mr Biderman (pas exactement vulgaire, mais grande comme une péniche, néanmoins) s'engagea dans la rue pour grimper jusqu'au 149.

« Le voilà, le voilà », dit Liz d'un ton excité. Elle se pencha. « Donne-moi juste un petit bécot, Bobby. Si je t'embrasse, je vais me mettre du rouge à lèvres partout. »

Le garçon posa une main sur le bras de sa mère et l'embrassa légèrement sur la joue. Il sentit l'odeur de ses cheveux, de son parfum, de sa poudre. C'était la dernière fois qu'il l'embrassait avec ce même amour sans réserve.

Elle lui adressa un petit sourire vague, sans le regarder, déjà tournée vers le paquebot de Mr Biderman qui décrivait un arc gracieux dans la rue pour venir s'arrêter le long de leur trottoir. Elle voulut prendre ses deux valises (ce qui semblait beaucoup à Bobby, pour deux jours ; sans doute la robe de soirée prenait-elle beaucoup de place), mais il les tenait déjà par les poignées.

« Elles sont trop lourdes, Bobby, tu vas trébucher sur les marches.

— Non, pas du tout. »

Elle eut pour lui un coup d'œil distrait, puis fit signe à Mr Biderman et se dirigea vers la voiture dans le claquement de ses talons hauts. Bobby la suivit, s'efforçant de ne pas grimacer sous le poids des deux valises... mais qu'est-ce qu'elle y avait mis, des vêtements ou des briques ?

Il réussit néanmoins à les poser sur le trottoir sans avoir été obligé de s'arrêter pour se reposer. Mr Biderman était déjà descendu de voiture ; il fit une bise désinvolte à Liz et sortit la clef du coffre.

« Comment ça va, mon pote, comment va mon p'tit gars ? » Il l'appelait toujours ainsi, mon pote. « Traîne-moi ça derrière, j'vais les charger. Faut toujours que les femmes trimbalent un déménagement, pas vrai ? J'suis sûr que tu connais le proverbe : On peut pas vivre avec et on peut pas non plus les virer du Montana. » Sur quoi un grand sourire découvrit ses dents, rappelant à Bobby le Jack de *Sa Majesté des Mouches*. « Tu veux que j'en prenne une ?

— Ça ira. »

Les lèvres pincées, Bobby emboîta le pas à Mr Biderman, les épaules douloureuses, la nuque brûlante, commençant à transpirer.

Mr Biderman ouvrit le coffre, prit les valises des mains de Bobby et les glissa parmi les autres bagages. Devant eux, sa mère, penchée vers la vitre arrière, parlait avec les deux autres hommes. Elle rit à une repartie de l'un d'eux, d'un rire qui parut à Bobby aussi authentique qu'une jambe de bois.

L'agent immobilier referma le coffre et regarda Bobby de toute sa hauteur ; c'était un échalas surmonté d'une grosse tête, dont les joues étaient toujours empourprées. On voyait son crâne rose dans les rainures laissées par les dents du peigne. Il portait de petites lunettes à monture d'or. Bobby trouvait à son sourire la même authenticité qu'au rire de sa mère un instant auparavant.

« Alors, on va se faire quelques bonnes parties de base-ball cet été, mon pote ? » demanda Mr Biderman. Il ploya les genoux et brandit une batte imaginaire. Bobby lui trouva l'air stupide.

« Oui, monsieur. Je suis dans l'équipe des Wolves, à la Sterling House. J'espérais bien être pris dans les Lions, mais...

— Bien, bien. » L'homme consulta très ostensiblement sa montre (le gros bracelet en or Twist-O-Flex brilla dans le soleil), puis tapota la joue de Bobby, qui dut faire un effort conscient pour ne pas fuir ce contact. « Dis, c'est pas le tout, faut qu'on y aille, nous ! Profites-en bien, mon pote ! Et merci de nous avoir prêté ta maman. »

Il fit demi-tour et escorta Liz jusqu'au siège du passager, lui pressant la main dans le dos par la même occasion. Cela plut encore moins à Bobby que d'avoir vu ce type lui faire la bise. Il jeta un coup d'œil aux deux types bien enveloppés, en costume trois-pièces, qui étaient assis à l'arrière — l'un d'eux s'appelait Dean, se souvenait-il vaguement —, juste à temps pour les voir échanger un coup de coude. Ils souriaient tous les deux d'un air narquois.

Il y a quelque chose qui cloche, se dit Bobby. Et, tandis que Mr Biderman tenait la portière pour sa mère, tandis qu'elle remerciait l'homme dans un murmure et rassemblait sa robe sous elle pour ne pas la froisser avant de s'installer, il fut pris du besoin soudain de lui dire de ne pas y aller, que Rhode Island était trop loin, que *Bridgeport* était trop loin, qu'elle devait rester à la maison.

Il garda le silence, cependant, et demeura planté sur le trottoir pendant que Mr Biderman refermait la portière et faisait le tour de la Mercury pour regagner le volant. Il ouvrit de son côté, fit une pause, et refit sa stupide petite pantomime de batteur ; cette fois-ci, il l'enjoliva d'un tortillement du derrière qui le rendit encore plus ridicule. *Tu parles d'une vedette*, pensa Bobby.

« Ne fais rien que je n'aurais pas fait moi-même, mon pote ! dit-il.

— Mais si tu le fais, mets-le sur mon compte », ajouta Cushman depuis l'arrière. Le garçon ne comprenait pas très bien ce que ces remarques signifiaient ; sans doute devaient-elles être amusantes car Dean éclata de rire et Mr Biderman lui adressa un de ces clins d'œil nous-sommes-entre-hommes.

Sa mère se pencha dans sa direction. « Ne fais pas de bêtises, Bobby. Je serai de retour vers huit heures, jeudi. Pas plus tard que dix. Est-ce que ça te va ? »

Non, ça ne me va pas du tout. Ne pars pas avec eux,

m'man, ne pars pas avec Mr Biderman et ces deux crétins rigolards. Ce deux abrutis. Je t'en prie...

« Bien sûr, que ça lui va, intervint Mr Biderman. C'est un sacré bon pote. N'est-ce pas, mon pote ?

— Bobby ? demanda-t-elle sans regarder Mr Biderman. Ça ira bien ?

— Oui, répondit-il. Je suis un bon pote. »

Mr Biderman éclata d'un rire féroce (*Tuer le cochon, lui couper la gorge*, pensa Bobby) et passa une vitesse. « En route pour Providence ! beugla-t-il. Ou ça passe ou ça casse ! » La voiture s'éloigna du trottoir, alla gagner la voie de droite dans Broad Street et prit la direction d'Asher Avenue. Debout toujours à la même place, Bobby adressa un *au revoir* de la main à la Mercury, qui passait devant la maison de Carol et celle de Sully-John. Il avait l'impression d'avoir un os fiché dans le cœur. S'il s'agissait d'une prémonition quelconque — un bigorneau —, il aimait autant ne jamais en avoir d'autre.

Une main tomba sur son épaule. Il se retourna et vit Ted, en peignoir et pantoufles, une cigarette aux lèvres. Ses cheveux, que n'avait pas encore visités le peigne à cette heure matinale, se dressaient en touffes blanches comiques autour de ses oreilles.

« C'était donc le patron, dit-il. Mr... Bidermeyer, c'est ça ?

— Non, Biderman.

— Et tu l'aimes bien, Bobby ? »

Parlant bas, mais distinctement et avec amertume, il répondit : « J'ai confiance en lui aussi loin que je peux lancer un piano. »

VI. Vieux cochon. Une recette de Ted. Un mauvais rêve. Le village des damnés. Là en bas.

Environ une heure après le départ de sa mère, Bobby se rendit au terrain B, derrière la Sterling House.

Aucune vraie partie ne devait s'y dérouler avant l'après-midi, seulement quelques affrontements en deux ou trois reprises et des entraînements, mais même s'entraîner était mieux que rien. Sur le terrain A, au nord, les petits jouaient à un drôle de jeu qui ressemblait vaguement au base-ball ; au sud, sur le terrain C, des ados du lycée jouaient à quelque chose qui en était presque.

Peu après que l'horloge municipale eut égrené les douze coups de midi, provoquant la dispersion des garçons en direction des baraques à hot-dogs, Bill Pratt demanda : « Qui c'est ce type bizarre, là-bas ? »

Il montrait un banc situé dans l'ombre et, en dépit de son imperméable, d'un vieux chapeau mou enfoncé sur sa tête et de ses lunettes de soleil, Bobby reconnut aussitôt Ted. Sans doute Sully-John l'aurait-il aussi reconnu, s'il n'avait été à Camp Winnie. Bobby faillit lever la main pour le saluer mais se retint à temps, parce que Ted était déguisé. Il était pourtant sorti pour voir son ami jouer. Même s'il n'avait pas participé à une vraie partie, Bobby sentit quelque chose qui remontait dans sa gorge et l'étouffait. Sa mère n'était venue le voir jouer qu'une fois, depuis deux ans qu'il faisait partie des Wolves – en août dernier, lorsque l'équipe avait participé au championnat des trois villes –, et même ce jour-là elle s'était éclipsée à la quatrième reprise, avant que Bobby renvoie une balle superbe qui s'avéra un coup décisif pour l'issue de la partie. *Il faut bien que quelqu'un fasse le boulot*, lui aurait-elle répliqué si jamais il avait osé le lui reprocher. *On ne peut pas dire que ton père nous ait laissés à l'aise*, aurait-elle peut-être ajouté. Certes, c'était vrai ; elle devait travailler alors que Ted était à la retraite. Sauf que Ted devait se tenir à l'écart des crapules de bas étage en manteau jaune, ce qui était un boulot à plein temps. Et s'ils n'existaient pas, peu importait : Ted, lui, le croyait. Et cependant, il était tout de même venu le voir jouer.

« Probablement un vieux cochon qui n'attend que de

faire une pipe à l'un des morpions », ricana Harry Shaw. Petit et coriace, Harry avançait dans la vie précédé d'un menton long d'un mile. Se retrouver avec Bill et Harry lui fit soudain regretter amèrement Sully-John, parti en bus le lundi précédent, à cinq heures du matin (un horaire hallucinant !). S-J n'avait pas mauvais caractère et était gentil. Parfois, Bobby se disait que c'était ce qu'il y avait de mieux chez Sully : sa gentillesse.

Depuis le terrain C leur parvint le puissant craquement caractéristique d'une batte entrant de plein fouet en contact avec une balle, bruit que personne, sur le terrain B, n'était encore capable de produire. Il fut suivi de sauvages rugissements d'approbation et Bill, Harry et Bobby regardèrent nerveusement dans cette direction.

« Les types de St. Gabe, dit Bill. Ils se prennent pour les propriétaires du terrain C.

— Salopards de bouffeurs de chatte, grogna Harry. Les bouffe-chatte sont des gonzesses, j'en prends un quand il veut.

— Pourquoi pas quinze ou vingt, tant que tu y es ? » rétorqua Bill.

Harry n'insista pas. Devant eux, aussi étincelante qu'un miroir, brillait la baraque à hot-dogs. Bobby toucha le billet d'un dollar qu'il avait au fond de la poche. Ted l'avait pris dans l'enveloppe laissée par sa mère, puis avait remis l'argent derrière le grille-pain, en disant à Bobby de prendre ce dont il aurait besoin, quand il en aurait besoin. Tant de confiance avait mis le garçon dans un état proche de l'exaltation.

« Faut voir le bon côté des choses, reprit Bill. Peut-être que les types de St. Gabe vont filer une raclée à ce vieux cochon. »

Bobby ne s'offrit qu'un seul hot-dog, en fin de compte, alors qu'il avait prévu d'en prendre deux. Tout d'un coup, il avait moins faim. Lorsqu'ils revinrent sur leur terrain, les entraîneurs des Wolves étaient déjà là,

144

avec le chariot de matériel ; mais le banc que Ted avait occupé était vide.

« Rappliquez, rappliquez ! leur lança Terrell, l'un des entraîneurs, en frappant dans ses mains. Vous n'avez pas envie de taper un peu dans la balle ? »

Ce soir-là, Ted prépara sa fameuse recette dans le four des Garfield. Cela revenait à manger encore des saucisses, mais en juillet 1960, Bobby Garfield aurait pu se régaler de hot-dogs trois fois par jour, plus un petit dernier avant de se coucher.

Il commença par lire quelques articles du journal à Ted pendant que celui-ci préparait le repas. Le vieil homme ne voulut écouter que deux paragraphes à propos de la nouvelle rencontre Patterson-Johansson, le match du siècle, de l'avis de tout le monde ; en revanche, il tint à tout savoir de ce qui concernait le combat Albini-Haywood, prévu pour le lendemain soir au Madison Square Garden. Bobby trouva cela quelque peu bizarre, mais il était trop heureux pour s'en plaindre ou même faire un simple commentaire.

Il ne se souvenait pas d'avoir passé une seule soirée sans sa mère, et elle lui manquait, mais il était aussi soulagé qu'elle soit partie quelque temps. Il régnait une sorte de tension étrange dans l'appartement depuis plusieurs semaines, peut-être même depuis des mois ; comme un bourdonnement électrique permanent au point qu'on ne prend conscience qu'il faisait partie de notre quotidien que lorsqu'il s'interrompt. À cette idée, un autre des proverbes de sa mère lui vint à l'esprit.

« A quoi penses-tu ? lui demanda Ted alors qu'il s'approchait pour prendre les assiettes.

— Je me disais qu'un changement fait autant de bien que se reposer, répondit Bobby. C'est quelque chose que dit souvent ma mère. J'espère que ça lui fait autant plaisir qu'à moi.

— Je l'espère aussi, Bobby. » Il se pencha pour ouvrir le four et vérifier la cuisson. « Oui, je l'espère. »

Le plat préparé par Ted était sensationnel ; il avait utilisé des haricots en boîte B&M (les seuls que Bobby aimait vraiment) et des saucisses épicées de parfums exotiques qui ne provenaient pas du supermarché, mais de la boucherie située juste à côté de la place centrale (Bobby supposa que Ted les avait achetées pendant qu'il se promenait sous son « déguisement »). Le tout était accompagné d'une sauce au raifort qui emportait la bouche et vous faisait transpirer le visage. Ted en prit deux portions et Bobby trois, les faisant descendre avec de grands verres de Kool-Aid au raisin.

Ted eut une de ses absences pendant le repas, commençant par dire qu'il *les* sentait derrière ses yeux, puis se mettant à parler dans une langue étrangère ou dans un charabia total, mais l'incident ne dura pas, et il ne coupa nullement l'appétit de Bobby. Ces absences faisaient partie du personnage de Ted, c'était tout, de même que sa démarche traînante et que les taches de nicotine, entre son index et son majeur.

Ils débarrassèrent et firent la vaisselle ensemble ; Ted mit le reste de son plat au frigo et lava les assiettes et les couverts que Bobby essuyait et rangeait, car il savait où il fallait les mettre.

« Ça te dirait, de faire un tour à Bridgeport avec moi, demain ? lui demanda Ted pendant qu'ils terminaient la vaisselle. On pourrait aller au cinéma, à la première séance de l'après-midi, après quoi j'aurai une course à faire.

— Sapristi, oui ! dit Bobby. Qu'est-ce qu'on va aller voir ?

— Je suis ouvert aux suggestions, mais j'avais pensé à ce film anglais, *Le Village des damnés*. Il s'inspire d'un excellent roman de science-fiction de John Wyndham. Ça te convient ? »

Bobby était tellement excité que, sur le coup, il fut incapable de répondre. Il avait admiré la publicité pour *Le Village des damnés* dans le journal (tous ces enfants à la mine inquiétante, avec leurs yeux phosphorescents), mais n'avait jamais imaginé qu'il pourrait le voir un jour. Ce n'était certainement pas le genre de film que l'on donnait les samedis, au Harwich ou au Asher Empire ; ces matinées étaient strictement réservées à des histoires d'insectes monstrueux, aux westerns ou aux films de guerre d'Audie Murphy. Et s'il accompagnait en général sa mère quand elle allait au cinéma, celle-ci n'aimait pas la science-fiction (elle préférait des histoires d'amour mélancoliques comme *L'Ombre en haut de l'escalier*). Sans compter que les salles de Bridgeport n'avaient rien à voir avec le Harwich, antiquité délabrée, ou l'Empire, aussi triste qu'une cantine de lycée avec sa façade sans la moindre décoration. Les cinémas de Bridgeport, eux, ressemblaient à des châteaux de contes de fées ; ils avaient des écrans gigantesques (dissimulés entre les représentations sous des vagues et des vagues de rideaux à l'aspect velouté), des plafonds où des lumières minuscules scintillaient dans une profusion galactique, des appliques étincelantes... et deux balcons.

« Bobby ?

— Et comment ! s'exclama-t-il enfin, se disant qu'il n'allait pas pouvoir dormir de la nuit. J'adorerais ça. Mais est-ce que vous n'avez pas peur des... vous savez...

— On prendra un taxi au lieu du bus. J'en appellerai un aussi pour qu'il nous ramène à la maison. Tout ira bien. J'ai l'impression qu'ils s'éloignent, en ce moment. Je ne les sens plus aussi distinctement. »

Ted jeta cependant un coup d'œil de côté en disant cela, et Bobby eut l'impression de voir quelqu'un qui se racontait une histoire à laquelle il ne croyait pas complètement. Si la fréquence croissante de ses absences avait un sens, son vieil ami avait de bonnes raisons d'être sur ses gardes.

Arrête. Si les crapules de bas étage n'existent pas, elles n'ont pas plus de réalité que Flash Gordon et Dale Arden. Les choses qu'il t'a demandé de remarquer sont juste... juste des choses. N'oublie pas ça, Bobby-O : rien que des choses ordinaires.

La vaisselle rangée, Ted et Bobby regardèrent un film à la télévision : *Bronco*, avec Ty Hardin. Certainement pas le meilleur des westerns « pour adultes » (*Les Cheyennes* et *Maverick* étaient beaucoup mieux), mais pas mal tout de même. Au beau milieu du film, Bobby laissa échapper un pet modérément sonore. La recette de Ted commençait à produire son effet. Le garçon jeta un regard en coulisse à son voisin, craignant de le voir faire la grimace et se boucher le nez. Mais non, Ted regardait simplement la télévision, apparemment absorbé par le film.

Lorsque la publicité vint interrompre l'émission (une actrice quelconque vantant les mérites d'un réfrigérateur), Ted lui demanda s'il ne voulait pas un peu de *rootbeer*. Bobby accepta. « Je crois que je vais aller prendre un Alka-Seltzer ; j'en ai vu dans la salle de bains. J'ai l'impression que j'ai un peu trop mangé. »

En se levant, Ted laissa échapper un pet prolongé et bruyant, une véritable note de trombone. Bobby porta la main à sa bouche et se mit à pouffer. Ted lui adressa un sourire mélancolique et quitta la pièce. Le fou rire qui secouait le garçon provoqua de nouveaux pets, arrivant en petites séries de deux ou trois, et lorsque Ted revint, tenant deux verres, dans l'un desquels l'Alka-Seltzer faisait jaillir des bulles alors que dans l'autre moussait la *rootbeer*, Bobby riait tellement fort que les larmes lui coulaient sur les joues, s'arrêtant au bord de sa mâchoire, comme des gouttes de pluie.

« Voilà qui devrait arranger les choses », dit Ted. Mais quand il se pencha pour tendre son verre à Bobby, un coup de trompe retentit dans son dos. « Une oie vient de me sortir du derrière », commenta-t-il sans s'émouvoir, ce qui fit rire le garçon encore plus fort. Ne tenant plus sur son siège, il se laissa glisser au sol, où il se retrouva en tas, mou comme s'il n'avait plus d'os.

« Je reviens tout de suite, reprit Ted. Il y a quelque chose d'autre dont nous avons besoin. »

Il laissa la porte donnant sur le vestibule ouverte, et

Bobby l'entendit qui montait l'escalier. Le temps que son vieil ami soit arrivé au second, il avait réussi à regrimper sur son fauteuil, se disant que jamais il n'avait ri aussi fort de sa vie. Il but un peu de *rootbeer*, puis laissa échapper un nouveau pet. « Une oie vient de me... vient de me... » Mais il ne put achever. Effondré dans son fauteuil, il se mit à ululer, agitant la tête en tout sens.

Les marches craquèrent sous les pieds de Ted qui redescendait. Lorsqu'il rentra dans l'appartement, il tenait son ventilateur, le cordon soigneusement enroulé autour du pied, sous l'un de ses bras. « Ta mère avait raison, tu sais », dit-il. Et lorsqu'il se pencha pour brancher l'appareil, une nouvelle oie s'envola de son derrière.

« Elle a toujours raison », répondit Bobby – et tous deux trouvèrent cela désopilant. Ils restèrent assis devant la télé, tandis que le ventilateur allait et venait, déplaçant un air aux remugles de plus en plus puissants. Bobby se dit que s'il n'arrêtait pas rapidement de rire, sa tête allait éclater.

Le film terminé (Bobby avait complètement perdu le fil de l'histoire), il aida Ted à déployer le convertible. Le lit qui en sortit ne paraissait pas bien fameux, mais Liz y avait mis draps et couvertures et Ted déclara que ça lui allait très bien. Bobby se brossa les dents, puis, avant d'entrer dans sa chambre, se tourna vers Ted, assis au bout du canapé déplié, qui regardait les informations.

« Bonne nuit. »

Ted leva les yeux vers lui et, un instant, Bobby crut qu'il allait se lever, traverser la pièce pour venir le serrer dans ses bras, peut-être même lui donner un baiser. Mais au lieu de cela, il esquissa un petit salut maladroit et amusant. « Dors bien, Bobby.

— Merci. »

Le garçon referma la porte de sa chambre, éteignit et se mit au lit, étendant ses jambes aux deux coins du matelas. Tandis qu'il contemplait l'obscurité, il se rappela le jour où Ted l'avait pris par les épaules, puis avait croisé deux mains noueuses derrière sa nuque ; leurs visages s'étaient retrouvés presque aussi près que l'avaient été le sien et celui de Carol, juste avant qu'il ne l'embrasse, sur la grande roue. Ce même jour où il s'était disputé avec sa mère. Où il avait su qu'elle gardait de l'argent scotché dans le catalogue de Sears. Le jour, aussi, où il avait gagné quatre-vingt-dix *cents* au bonneteau à un certain McQuown. *Tu peux aller t'offrir l'apéro*, lui avait dit l'homme au chapeau melon.

Était-ce venu de Ted ? Le « bigorneau » était-il dû au fait que Ted l'avait touché ?

« Ouais, murmura-t-il dans le noir. Ouais, c'est probablement ça. »

Et si jamais il me touchait à nouveau ?

Il envisageait encore la chose lorsqu'il s'endormit.

Il rêva que des gens poursuivaient sa mère dans la jungle – Jack, Piggy et les petits de *Sa Majesté des Mouches*, et Don Biderman, Cushman et Dean. Sa mère portait sa nouvelle robe de chez Lucie, celle avec les bretelles minces, mais des ronces et des branches l'avaient déchirée en plusieurs endroits. Ses bas étaient en charpie ; on aurait dit que de la peau morte pendait sur ses jambes. Ses yeux étaient deux trous sombres et emplis de sueur dans lesquels brillait la terreur. Les garçons qui la poursuivaient étaient nus. Biderman et ses deux acolytes portaient leurs costumes d'hommes d'affaires. Tous avaient le visage strié de bandes alternativement rouges et blanches ; et tous brandissaient une lance en criant : *Tuez la truie, coupez-lui la gorge ! Tuez la truie, buvez son sang ! Tuez la truie, répandez ses entrailles !*

Il s'éveilla dans la lumière grise de l'aube, pris de frissons, et dut se lever pour aller aux toilettes. Le temps de revenir se coucher, il ne se rappelait déjà plus que vaguement son rêve. Il dormit encore deux heures, et cette fois ce fut la délicieuse odeur des œufs et du bacon grillé qui le réveilla. Les rayons obliques d'un soleil éclatant pénétraient dans sa chambre et Ted préparait le petit déjeuner.

Le Village des damnés fut le dernier et meilleur film de toute l'enfance de Bobby Garfield ; il fut aussi le premier et meilleur film dans la période qui suivit, période sombre pendant laquelle il se comporta souvent mal, placée sous le signe de la confusion ; période vécue par un Bobby Garfield qu'il ne reconnaissait pas vraiment. Le flic qui l'arrêta pour la première fois était blond, et ce qui vint à l'esprit de Bobby, tandis que le policier le faisait sortir du petit magasin de quartier dans lequel il avait pénétré par effraction (à cette époque, il vivait avec sa mère dans la banlieue nord de Boston) fut l'image de tous les enfants blonds du *Village des damnés* ; le flic aurait pu être l'un d'eux, devenu adulte.

Le film passait au Criterion, salle emblématique de ces palais de rêve de Bridgeport qu'il s'était représentés la veille. Il était en noir et blanc, mais les tons étaient fortement contrastés et non pas grisâtres, comme sur la télé de l'appartement – sans parler des images, énormes. Tout comme la bande sonore, en particulier l'angoissante musique de Theremin[1] qui s'élevait lorsque les enfants de Midwich commençaient à se servir sérieusement de leurs pouvoirs.

Bobby fut complètement emballé par l'histoire, ayant compris au bout de cinq minutes à peine qu'il s'agissait d'une *véritable* histoire, tout comme *Sa Majesté des Mouches* était une *véritable* histoire. Les personnages avaient l'air d'individus authentiques, ce qui rendait les choses, quand ils n'en étaient pas, encore plus angoissantes. Il se dit que Sully-John se serait sans doute ennuyé, sauf à la fin, sans doute. Sully aimait surtout les scorpions géants qui écrabouillaient

---

1. Un des premiers instruments électro-acoustiques (du nom de son inventeur), donnant des sons rappelant les ondes Martenot (*N.d.T.*).

Mexico, ou le monstrueux Rodan piétinant Tokyo ; en dehors de cela, son intérêt pour ce qu'il appelait « les films de créatures » était limité. Mais Sully-John n'était pas là et, pour la première fois depuis qu'il était parti, Bobby en fut content.

Ils étaient arrivés à temps pour la première séance, à treize heures, et la salle était presque déserte. Ted (le chapeau mou vissé sur la tête et les lunettes noires glissées dans sa poche de poitrine) acheta un grand sachet de pop-corn, une boîte de Dots, un Coke pour Bobby et une *rootbeer* (bien entendu) pour lui. De temps en temps, il passait le sac de pop-corn ou les bonbons à Bobby, et celui-ci se servait, mais c'est à peine s'il se rendait compte qu'il mangeait et il aurait été incapable de dire quoi.

Le film s'ouvrait sur la scène où, dans le village anglais de Midwich, tout le monde s'endort (un homme se tue sur son tracteur, une femme aussi en tombant tête la première sur son fourneau brûlant). On envoie l'armée, alertée, effectuer une reconnaissance aérienne. Le pilote s'endort dès qu'il arrive au-dessus de Midwich et son appareil s'écrase. Puis un soldat s'avance dans le village, attaché à une corde, pour tomber dans un profond sommeil au bout d'une dizaine de pas. On le ramène et il se réveille dès qu'il a franchi la « frontière de sommeil », concrétisée par une ligne blanche peinte sur la route.

Finalement, tous les habitants de Midwich finissent par se réveiller et les choses paraissent redevenir normales... jusqu'au moment où, quelques semaines plus tard, les femmes de la petite ville découvrent qu'elles sont enceintes. Qu'elles soient vieilles, jeunes, voire même de l'âge de Carol, elles le sont toutes, et les enfants auxquels elles donnent naissance sont ces gosses inquiétants de l'affiche, ceux avec des cheveux blonds et des yeux qui brillent.

Bien que cela ne soit jamais dit dans le film, Bobby supposa que ces enfants devaient être la conséquence de quelque phénomène extraterrestre, comme les « légumes cosmiques » dans *L'Invasion des profanateurs de sépulture*. Toujours est-il qu'ils grandissent plus vite que des enfants normaux, qu'ils sont superbrillants, qu'ils peuvent faire faire ce qu'ils veulent aux gens... et qu'ils sont impitoyables. Lorsqu'un père essaie de faire obéir son fils qui est l'un des Enfants des Damnés, tous les autres concentrent leur pensée sur l'adulte qui les contrarie (leurs yeux brillent et on entend cette musique saccadée et étrange de Theremin qui donne la chair de poule à Bobby) et l'obligent à se suicider d'un coup de fusil de chasse (mais on ne voit pas la scène, au grand soulagement de Bobby).

Le héros du film était George Sanders. Sa femme donnait naissance à l'un des enfants blonds. Le personnage de George aurait fait ricaner Sully-John, qui l'aurait traité de « grand flan mou » ou de « bonne grosse vieille », mais Bobby trouva qu'il le changeait agréablement de Randolph Scott, de Richard Carlson et de l'inévitable Audie Murphy. George était en réalité tout à fait sensationnel, à sa manière anglaise bizarre. Ce bon vieux George savait « fichtrement bien attendre son heure », comme aurait dit Denny Rivers ; il portait des cravates particulièrement décontractées, et se coiffait en arrière, les cheveux collés au crâne. Il n'avait certes pas l'allure du costaud capable de venir à bout d'une bande de voyous dans un saloon, mais c'était le seul type de Midwich à qui les Enfants des Damnés voulaient avoir affaire ; en fait, ils l'engageaient même comme professeur. Bobby n'imaginait pas que Randolph Scott ou Audie Murphy auraient pu enseigner quoi que ce soit à une bande de superdoués venue du fin fond de l'espace.

Et à la fin, George Sanders était celui qui débarrassait la planète des envahisseurs. Il avait découvert le moyen d'empêcher les Enfants des Damnés de lire dans son esprit (au moins pour un petit moment) : imaginer un mur de brique dans sa tête, avec ses pensées les plus secrètes cachées derrière. Et après que tout le monde eut décidé que les Enfants devaient disparaître (on pouvait leur enseigner les maths, mais pas pourquoi il était mal de punir quelqu'un en le faisant sauter du haut d'une falaise), George plaçait une bombe dans sa sacoche et l'emmenait dans sa classe. C'était le seul endroit où les enfants (Bobby comprit, assez vaguement, qu'ils n'étaient en somme que des versions surnaturelles de Jack Merridew et de ses chasseurs de *Sa Majesté des Mouches*) se retrouvaient tous ensemble.

Ils sentaient que Sanders leur cachait quelque chose. Dans la séquence finale, d'un suspense insoutenable, on voyait sauter de plus en plus vite les briques du mur que le professeur avait construit dans sa tête, sous les efforts conjugués des Enfants des Damnés lancés à la recherche de ce qu'on leur dissimulait. Finalement, ils réussissaient à découvrir l'image de la bombe dans la sacoche, huit ou neuf bâtons de dynamite branchés sur un réveille-matin. On voyait s'agrandir leurs effrayants yeux dorés, mais ils n'avaient pas le temps de faire quoi que ce soit. La bombe explosait. Bobby fut choqué que le héros mourût (Randolph Scott ne mourait jamais, dans les films du samedi à l'Empire, pas plus que Audie Murphy ou Richard Carlson), mais il comprit que George Sanders avait donné sa vie pour le Bien de l'Humanité. Il eut aussi l'impression de comprendre autre chose : les absences de Ted.

Pendant que Ted et Bobby visitaient le village anglais de Midwich, une chaleur caniculaire avait envahi le Connecticut. Déjà, Bobby n'aimait pas trop retomber dans la réalité du monde après un vrai bon film ; il avait pendant quelques instants l'impression d'être victime d'une blague injuste, de ne voir que des gens à l'expression morose, pleins de projets mesquins et de défauts physiques. Il se disait parfois qu'avec un bon scénario, le monde aurait été beaucoup mieux.

« Brautigan et Garfield ont fait sauter les briques ! s'exclama Ted au moment où ils sortaient du cinéma (une barrière sur laquelle était écrit ENTREZ, IL FAIT FRAIS À L'INTÉRIEUR pendait de la marquise). Alors, qu'est-ce que tu en penses ? Le film t'a plu ?

154

— C'était sensationnel ! Supersensationnel ! Merci de m'avoir emmené ! Je crois que c'est le meilleur film que j'aie jamais vu ! Dites, quand il avait la dynamite... est-ce que vous avez pensé qu'il réussirait à les tromper ?

— Eh bien... n'oublie pas que je connaissais le livre. Penses-tu le lire, un jour ?

— Oui ! »

Bobby brûlait de foncer à Harwich, de courir sur toute la distance qui séparait Connecticut Pike d'Asher Avenue, sous le soleil écrasant, pour aller emprunter *Les Coucous de Midwich* avec sa carte de bibliothèque pour adultes toute neuve. « Est-ce qu'il a écrit d'autres livres de science-fiction ?

— John Wyndham ? Oh, oui, pas mal. Et il en écrira certainement d'autres. Ce qui est bien, avec les écrivains de science-fiction et de romans policiers, c'est qu'en règle générale, ils ne font pas des manières pendant des années avant de sortir un nouveau livre. Ce serait plutôt la prérogative des écrivains sérieux qui s'adonnent au whisky et aux liaisons extraconjugales...

— Et les autres ? Ils sont aussi bons que celui-ci ?

— *Le Temps cassé* est aussi bon. *Le Sillage du Kraken* est encore mieux.

— C'est quoi, un Kraken ? »

Ils avaient atteint un carrefour et attendaient que les feux passent au vert. Ted fit une grimace qui lui déforma les traits, roula des yeux et se pencha vers Bobby, mains sur les genoux. « C'est un monstreuuu ! » proféra-t-il, imitant assez bien Boris Karloff.

Ils poursuivirent leur chemin, parlant tout d'abord du *Village des damnés*, puis de la question de savoir s'il pouvait exister une vie extraterrestre, puis des cravates décontractées que portait George Sanders dans le film (Ted lui expliqua qu'on les appelait des nœuds *ascot*). Lorsque Bobby revint enfin sur terre, il découvrit qu'ils étaient arrivés dans un quartier de Bridgeport où il n'avait encore jamais mis les pieds ; quand il venait avec sa mère, ils restaient toujours dans le centre, où se trouvaient tous les grands magasins. Ici, les boutiques étaient minuscules et collées les unes aux autres. Aucune ne vendait ce que l'on trouvait dans les grands magasins : vêtements, appareils ménagers, chaussures, jouets. En revanche, on voyait des enseignes annonçant ici un serrurier, là des livres d'occasion, ou encore des Services d'encaissement de chèques, ROD'S GUN, FOTO FINISHING [1]. Un restaurant chinois s'appelait WO FAT NOODLE COMPANY. À côté du WO FAT, une boutique s'intitulait SPECIAL SOUVENIRS. La rue rappelait bizarrement l'allée des baraques, à Savin Rock, au point que Bobby s'attendait presque à voir le joueur de bonneteau à un coin de rue, derrière sa table branlante, avec ses trois cartes à dos rouge.

Il essaya bien d'apercevoir quelque chose à travers les vitres de SPECIAL SOUVENIRS quand ils passèrent devant, mais l'intérieur se dissimulait derrière un gros paravent de bambou. Jamais il n'avait entendu parler d'un magasin cachant sa vitrine pendant les heures d'ouverture. « Je me demande bien qui pourrait avoir envie d'un souvenir spécial de Bridgeport, observa-t-il.

— Je ne crois pas qu'ils vendent réellement des souvenirs, répondit Ted. J'aurais tendance à penser qu'ils proposent plutôt des articles d'ordre sexuel, et le plus souvent illégaux. »

Bobby aurait eu des questions à poser à ce sujet (des millions), mais sentit qu'il valait mieux se tenir coi. Il s'arrêta devant la boutique d'un prêteur sur gages, avec ses trois boules dorées suspendues devant la porte, pour regarder une douzaine de rasoirs : des coupe-choux présentés sur du velours, lame à demi ouverte. Leur disposition en cercle leur donnait un aspect étrange et (trouva Bobby) une certaine beauté : il avait l'impression de voir les pièces détachées de quelque terrible machine à tuer. Leur poignée était bien plus exotique que celle du rasoir qu'utilisait Ted ; l'une

---

1. Respectivement : un magasin d'armes, un studio de photographie (*N.d.T.*).

d'elles paraissait en ivoire, une autre en rubis filigrané d'or, une troisième en cristal.

« Ce serait la classe de se raser avec l'un d'eux, non ? » demanda Bobby à Ted.

Il pensait que son vieil ami allait sourire, mais Ted n'en fit rien. « Quand les gens achètent ce genre de rasoir, ce n'est pas pour se faire la barbe, Bobby.

— Je comprends pas. »

Ted refusa de s'expliquer davantage, mais il lui offrit un sandwich du nom de *gyro* dans une épicerie grecque : un petit pain fait maison, d'où suintait une sauce blanche douteuse qui ressemblait un peu trop, aux yeux de Bobby, au pus d'un bouton. Il fit cependant l'effort d'essayer, Ted lui ayant dit que c'était bon. Il s'avéra qu'il n'avait jamais mangé meilleur sandwich de toute sa vie ; il était aussi riche en viande qu'un hot-dog ou même un hamburger du Colony, mais avec en plus un goût exotique que n'avaient jamais les hot-dogs et hamburgers du Colony. Sans compter qu'il trouvait sensationnel de manger dans la rue, de se balader en compagnie de son ami, observant tout, et étant observé.

« Comment s'appelle ce quartier ? demanda Bobby. Est-ce qu'il a un nom ?

— Aujourd'hui, qui sait ? répondit Ted avec un haussement d'épaules. Dans le temps, on l'appelait Greektown, tellement il y avait de Grecs. Puis les Italiens sont arrivés, puis les Portoricains, et maintenant les Nègres. Il y a un romancier du nom de David Goodis – du genre de ceux que ne lisent jamais les profs, un génie du roman de poche – qui en parle simplement comme de *là-bas en bas*. D'après lui, toutes les villes ont un quartier comme celui-ci, où on peut acheter du sexe, ou de la marijuana, ou un perroquet qui dit des gros mots ; où l'on voit des hommes assis sur les perrons comme ceux-là, de l'autre côté de la rue, où les femmes ont toujours l'air de gueuler après leurs mômes pour qu'ils rentrent s'ils ne veulent pas une raclée, et où les bouteilles de vin se cachent toujours dans des sacs en papier. » Ted montra le caniveau ; le col d'une Thunderbird dépassait en effet d'un sac en papier kraft. « C'est juste *là-bas en bas*, comme dit Goodis, l'endroit où on ne se sert jamais de son nom de famille et où on peut se procurer à peu près n'importe quoi, pour peu qu'on en ait les moyens. »

Là-bas en bas, songea Bobby, qui vit trois adolescents à la peau olivâtre, portant un blouson aux armes d'une bande, qui les regardaient passer. *On est dans le pays des rasoirs à grande lame et des souvenirs spéciaux.*

Jamais le Criterion et Muncie's, le grand magasin, ne lui avaient paru aussi loin. Et Broad Street ? Sa rue et même tout Harwich auraient pu se trouver dans un autre système solaire.

Ils arrivèrent à un endroit du nom de CORNER POCKET qui, selon son enseigne, était « une académie de billard et de jeux automatiques » où l'on trouvait aussi de la bière à la pression. Une bannière portant la même mention qu'au cinéma, ENTREZ, IL FAIT FRAIS À L'INTÉRIEUR, pendait devant l'entrée. Au moment où Ted et Bobby arrivèrent, un tout jeune homme en sortait, portant un débardeur et un chapeau chocolat à large ruban, dans le genre de ceux de Frank Sinatra. Il tenait une sorte de longue boîte à la main. *C'est sa queue de billard*, se dit Bobby avec un frisson, émerveillé. *Il range sa queue de billard dans un étui, comme si c'était une guitare !*

« Alors on est dans le coup, mon Loulou ? » demanda-t-il à Bobby avec un sourire. Bobby lui rendit son sourire. Le jeune homme pointa sur lui sa main libre, lui donnant la silhouette d'un pistolet ; Bobby répliqua de la même manière. Le jeune homme hocha la tête comme pour dire, *Ouais, okay, on est vraiment dans le coup, on est tous les deux dans le coup*, et traversa la rue, claquant des doigts et se balançant au rythme d'une musique qu'il entendait dans sa tête.

Ted regarda vers le haut de la rue, puis vers le bas. Dans la première direction, un peu plus loin, trois négrillons chahutaient dans les jets d'eau qui jaillissaient d'une borne-fontaine. Vers le bas, deux jeunes hommes – l'un blanc, l'autre peut-être portoricain – enlevaient les enjoliveurs d'une vieille Ford ; ils travaillaient avec la rapidité et la précision de chirurgiens pratiquant une opération. Ted les regarda, poussa un soupir et se tourna vers Bobby. « Le Pocket n'est pas un endroit pour un gamin, même au milieu de la journée, mais je ne peux pas te laisser attendre dehors. Suis-moi. »

Il prit le garçon par la main et l'entraîna à l'intérieur de l'établissement.

VII. Au Corner Pocket. L'homme qui aurait donné sa chemise. Devant le William Penn. La minette française sexy.

La première chose qui frappa Bobby fut l'odeur de bière. Elle y était incrustée comme si on n'avait cessé d'en boire depuis l'époque où les plans des pyramides commençaient seulement à être ébauchés. Puis vinrent les sons de la télé, non pas branchée sur une émission musicale, mais sur l'un de ces feuilletons de la fin de l'après-midi que sa mère appelait ironiquement les *Oh, John, Oh, Marsha*, et les claquements des boules de billard. Ce n'est qu'après qu'il eut enregistré ces premières impressions que ses yeux lui communiquèrent les leurs, car ils avaient eu besoin de ces quelques instants pour accommoder ; la salle était très sombre.

Très sombre et tout en longueur, constata-t-il. À leur droite, une arche donnait sur une pièce qui paraissait presque sans fond. La plupart des tables de billard étaient sous leur housse, mais certaines se dressaient dans de brillants îlots de lumière, tandis que des hommes allaient et venaient autour, à pas languides, s'inclinant de temps en temps dessus pour un carambolage. À peine visibles, d'autres hommes étaient assis

159

sur de hauts fauteuils le long du mur, suivant les parties du regard. L'un d'eux se faisait cirer les chaussures. Il avait l'air d'avoir mille ans.

En face de Bobby, la grande salle était pleine de billards électriques, un milliard de lumières rouges et orange qui clignotaient, un bégaiement à vous retourner l'estomac, sous un grand panneau annonçant que si l'on secouait les machines, on était invité à déguerpir dès le deuxième « tilt ». Un jeune homme portant un chapeau à ruban – le couvre-chef officiel, apparemment, de tous les enfants de salaud qui traînaient dans le secteur –, penché sur un jeu *Frontier Patrol*, manipulait frénétiquement les flippers. De la cigarette pendant à la lèvre inférieure montaient des volutes de fumée qui passaient sur son visage et dans les boucles de ses cheveux peignés en arrière. Il avait autour de la taille un blouson, noué par les manches et à l'envers.

Le bar était sur la gauche. C'était de là que venaient l'odeur de la bière et le son de la télé. Trois hommes y étaient assis, tous séparés par quelques tabourets vides, tous penchés sur leur chope. Ils ne ressemblaient guère aux joyeux buveurs de bière que l'on voyait sur les publicités ; à Bobby, ils faisaient l'effet d'être les personnes les plus seules au monde, et il se demanda pourquoi ils ne se mettaient pas au moins ensemble pour bavarder un peu.

Près de Ted et Bobby se trouvait un bureau. Un homme corpulent franchit en se dandinant la porte qui s'ouvrait derrière et, un instant, on entendit le son bas d'une radio. L'homme avait un cigare à la bouche et portait une chemise ornée de palmiers. Il claquait des doigts, comme le jeune « dans le coup » à la queue de billard dans un étui, et fredonnait à mi-voix, ce qui donnait approximativement : « choo-choo-chow, choo-choo-ka-chow-chow, choo-choo-chow-chow ! » Bobby reconnut l'air, néanmoins : *Tequila*, par The Champs.

« Qui vous êtes ? demanda le gros à Ted. J'vous connais pas. Et lui, là, il peut pas rester ici, de toute façon. Savez pas lire ? » D'un pouce épais à l'ongle en deuil, il indiqua un panonceau posé sur le bureau : LES MOINS DE 21 ANS, DU VENT !

« Vous ne me connaissez pas, mais moi je crois que vous connaissez Jimmy Girardi, répondit poliment Ted. Il m'a dit que vous étiez l'homme à voir... si vous vous appelez bien Len Files.

— Oui, c'est bien moi », répondit le gros qui, tout d'un coup, devint beaucoup plus chaleureux. Il tendit une main si blanche et dodue qu'on aurait dit les gants que Mickey Mouse, Donald et Dingo portent dans les dessins animés. « Alors vous connaissez Jimmy Gee, hein ? Ce bon vieux Jimmy Gee ! Y a justement son papi là derrière, qui se fait reluire les pompes. Il se les fait cirer souvent, ces temps-ci. »

Len Files adressa un clin d'œil à Ted, lequel sourit et serra la main du gros type.

« C'est vot'gars ? » demanda Len Files, se penchant sur son bureau pour étudier Bobby de plus près.

Il avait une haleine parfumée à la menthe et au cigare et son corps dégageait une odeur de transpiration. Le col de sa chemise était constellé de pellicules.

« Non, un ami », répondit Ted. Bobby crut bien qu'il allait exploser de bonheur. « Je ne voulais pas le laisser seul dans la rue.

— Ouais. Sauf si vous avez envie de payer pour le récupérer, lui confirma Len Files. Tu me rappelles quelqu'un que je connais, mon gars... Qui ça pourrait bien être ? »

Bobby secoua la tête, un peu inquiet à l'idée qu'il puisse ressembler à une connaissance de Len Files.

Le gros homme ne fit pas attention au geste de dénégation de Bobby ; il s'était redressé et regardait à nouveau Ted. « Mais je n'ai pas le droit de laisser entrer des enfants ici, Mr...

— Ted Brautigan.

— Vous savez comment ça se passe, Ted. Quand on tient un établissement comme le mien, la police vous a à l'œil.

— Bien sûr. Mais il ne va pas bouger d'ici – n'est-ce pas, Bobby ?

— Bien sûr, dit Bobby.

— Et notre affaire ne prendra pas beaucoup de temps. Ce qui ne l'empêchera pas d'être une excellente affaire, Mr Files.

— Len. »

Len, évidemment, se dit Bobby, juste Len. Parce qu'on était *là-bas en bas*.

« Comme je le disais, Len, c'est d'une excellente affaire qu'il s'agit. Je crois que vous en conviendrez.

— Si vous connaissez Jimmy Gee, vous savez aussi que je ne travaille pas pour des clopinettes. Les *nickels* et les *dimes*, je laisse ça aux négros. Alors, de quoi est-il question ? Patterson-Johansson ?

— Non, Albini-Haywood. Au Madison Square Garden, demain soir. »

Len écarquilla les yeux. « Eh bien, ça alors, ça alors... bon Dieu ! Faut qu'on regarde ça de plus près.

— Exactement. »

Len Files fit le tour de son bureau, prit Ted par le bras et commença à l'entraîner vers la salle de billard. Puis il s'arrêta brusquement et se retourna. « C'est bien Bobby qu'on t'appelle, quand t'es peinard chez toi ?

— Oui, monsieur. »

N'importe où ailleurs, il aurait répondu, *Oui, monsieur, Bobby Garfield*, mais on était *là-bas en bas*, et quelque chose lui disait que Bobby suffisait.

« Eh bien, Bobby, j'me doute que t'aimerais voir ces flippers de plus près, et j'me doute aussi que tu dois bien avoir un *quarter* ou deux au fond de ta poche, mais faudra que tu fasses ce qu'Adam a pas fait, résister à la tentation. Tu pourras ?

— Oui, monsieur.

— J'en ai pas pour longtemps », ajouta Ted en se laissant entraîner sous l'arche par Len Files.

Ils passèrent devant les hommes installés sur les hauts fauteuils, et Ted s'arrêta pour parler à l'un de ceux qui se faisaient cirer les chaussures. À côté du

162

grand-père de Jimmy Gee, Ted Brautigan paraissait jeune. Le vieillard leva la tête et dit quelque chose ; les deux hommes se regardèrent et éclatèrent de rire. Le grand-père de Jimmy Gee avait un rire étonnamment sonore et joyeux pour quelqu'un de son âge. Ted tendit les mains et tapota les joues blêmes de son interlocuteur d'un geste affectueux, ce qui eut le don de le faire rire à nouveau. Puis Len entraîna Ted dans une alcôve fermée par un rideau, au-delà de la rangée des fauteuils.

Bobby resta planté à côté du bureau comme s'il avait pris racine, mais Len ne lui avait pas interdit de regarder autour de lui, et il ne s'en priva pas, se tournant dans toutes les directions. Les murs étaient couverts de publicités de bières et de calendriers ornés de filles très déshabillées. L'une d'elles enjambait une barrière dans un paysage bucolique ; une autre descendait d'une Packard, la robe remontée bien au-delà des genoux, exhibant ses jarretelles. Derrière le bureau, s'accumulaient des affichettes couvertes de devises exprimant pour la plupart des idées négatives (SI LA VILLE VOUS PLAÎT PAS, CONSULTEZ LES HORAIRES DE TRAIN ; N'ENVOYEZ PAS UN MÔME FAIRE LE BOULOT D'UN MEC ; UN REPAS GRATUIT EST UN TRUC QU'EXISTE PAS ; ON N'ACCEPTE PAS LES CHÈQUES ; PAS DE CRÉDIT ; LA DIRECTION NE FOURNIT PAS LES MOUCHOIRS), et au milieu se trouvait un gros bouton rouge marqué APPEL POLICE. Suspendus au plafond au moyen de fils de fer colonisés par les toiles d'araignées et la poussière, on voyait des paquets entourés de Cellophane, certains portant la mention : GINSENG, LA RACINE D'AMOUR DE L'ORIENT, d'autres : MOUCHE ESPAGNOLE. Bobby se demanda s'il s'agissait de vitamines exotiques. Mais pourquoi vendrait-on des vitamines dans un endroit pareil ?

Le jeune type qui se tenait dans la salle des billards électriques donna une claque au *Frontier Patrol*, recula d'un pas et adressa un geste obscène de l'index à l'appareil. Puis il partit d'un pas indolent vers l'entrée en ajustant son chapeau. Bobby fit un revolver de ses doigts et le pointa vers l'homme. Celui-ci parut surpris, puis sourit et visa à son tour. Il entreprit ensuite de remettre son blouson à l'endroit.

« On peut pas porter son blouson de club, dans c'te taule, dit-il quand il vit Bobby ouvrir de grands yeux. On peut même pas montrer ses foutues couleurs. Règlement maison.

— Oh... »

Le jeune homme sourit et leva la main. Au dos, à l'encre bleue, il y avait une fourche de diable. « Mais je porte le signe, p'tit frère. Tu le vois ?

— Et comment ! » Un tatouage. Bobby se sentit pâlir d'envie, ce que remarqua l'autre. Son sourire s'élargit jusqu'à exhiber une rangée de dents très blanches.

« Les Fuckin' Diablos, *hermanito*. L'meilleur club. Les Fuckin' Diablos font la loi dans la rue. Les autres sont que des gonzesses.

— La rue, là en bas.

— Foutrement là en bas, comme tu dis, y en a pas d'autres. Swingue, P'tit frère, swingue ! Tu me plais. T'as une tronche qui me revient. Juste ta putain de coupe en brosse qu'est nulle. »

La porte s'ouvrit, il y eut une bouffée d'air chaud, des bruits de la circulation en provenance de la rue, et le type disparut.

Un petit panier d'osier posé sur le bureau attira l'œil de Bobby. Il l'inclina pour examiner son contenu. Il était plein de porte-clefs ornés d'une plaque en plastique, rouge, bleue ou verte. Il en prit une pour lire l'inscription : CORNER POCKET, ACADÉMIE DE BILLARD ET JEUX AUTOMATIQUES, KENMORE 8-2127.

« Vas-y, mon gars, sers-toi. »

Bobby fut tellement surpris qu'il faillit tout faire tomber. La femme était arrivée par la même porte que Len Files ; encore plus grosse que lui (presque autant que la géante du cirque), elle devait cependant marcher avec la légèreté d'une ballerine, car elle s'était brusquement matérialisée, dominant le garçon de toute sa taille, même quand il eut relevé la tête. Elle devait être la sœur de Len – forcément.

« Je suis désolé », marmonna Bobby, qui remit en place le porte-clefs qu'il tenait et rapatria le panier en lieu sûr avec de petites poussées de la main. Il serait peut-être même parvenu à le faire tomber de l'autre côté du bureau si la femme ne l'avait pas arrêté avant. Elle souriait et n'avait nullement l'air fâché, ce qui le soulagea prodigieusement.

« Non, vraiment, je ne me moque pas de toi, tu peux en prendre un. » Elle pêcha dans le panier un porte-clefs à plaque verte. « Ce sont des trucs bon marché et on les donne pour rien. C'est pour la publicité. Comme les allumettes, tu sais. Mais je ne donnerais pas d'allumettes à un enfant. Tu ne fumes pas, au moins ?

— Non, ma'am.

— C'est un bon début. Touche pas non plus à la gnôle, mon gars. Tiens, prends-le. Ne refuse jamais ce qu'on te donne pour rien, ça n'arrive pas si souvent, dans ce monde-ci. »

Bobby prit le porte-clefs à plaque verte. « Merci, ma'am. C'est gentil. » Il mit l'objet dans sa poche, sachant déjà qu'il devrait s'en débarrasser ; si jamais sa mère le trouvait, elle ne serait pas très contente. Elle le bombarderait de vingt questions, comme aurait dit Sully-John. Peut-être même de trente.

« Comment tu t'appelles ?

— Bobby. »

Il attendit de voir si elle allait lui demander son nom de famille et fut secrètement ravi de voir qu'elle n'en faisait rien. « Moi, c'est Alanna. » Elle lui tendit une main couverte de bagues ; elles scintillaient comme des lumières de billard électrique. « Tu es venu avec ton papa ?

— Non, avec mon ami, répondit-il, soulignant le mot ami. Je crois qu'il est en train de parier sur le match Haywood-Albini. »

Alanna parut inquiète et amusée en même temps. Elle se pencha vers lui, portant un doigt à ses lèvres rouges, et lui adressa un « Chuuuut ! » accompagné d'une forte odeur d'alcool.

« C'est un mot qu'on ne prononce jamais ici, reprit-elle. Nous sommes dans une académie de billard, point final. Ne l'oublie jamais, et tout ira toujours très bien.

— D'accord.

— Tu es un petit diable bien mignon, Bobby. Et tu ressembles... Est-ce que je connaîtrais ton père, par hasard ? Est-ce possible ? »

Bobby secoua la tête, mais sans conviction. Len aussi avait trouvé qu'il lui rappelait quelqu'un. « Mon papa est mort. Il y a longtemps. » Il ajoutait toujours cela pour que les gens ne se répandent pas en lamentations sur son sort.

« Comment s'appelait-il, déjà ? » Mais avant qu'il ait pu réagir, Alanna Files répondait elle-même à sa question, et le nom qui sortit de sa bouche fut empreint de magie pour Bobby : « N'était-ce pas Randy ? Randy Garrett, ou Randy Greer, quelque chose comme ça ? »

Il fut tellement abasourdi, pendant un moment, qu'il resta sans rien dire. Comme s'il n'avait plus eu d'air dans les poumons. « Randall Garfield. Mais comment... »

Elle éclata de rire, ravie, faisant tressauter sa poitrine. « Avant tout, la couleur de tes cheveux. Mais aussi les taches de rousseur... et ce petit tremplin de ski... » Elle se pencha vers lui et Bobby aperçut la naissance de deux seins blancs et lisses qui lui parurent aussi gros que des barriques ; elle fit glisser un doigt sur l'arête de son nez.

« Il venait ici pour jouer au billard ?

— Non. Y disait que le billard, c'était pas son truc. Il prenait une bière. Et aussi, des fois... »

Elle exécuta un geste rapide, comme si elle distribuait des cartes. Bobby pensa à McQuown.

« Ouais, dit Bobby. Il était toujours content de tomber sur une quinte servie, c'est ce que j'ai entendu dire.

— Ça, je ne sais pas, mais c'était un type charmant. Il suffisait qu'il arrive ici un lundi soir, quand l'ambiance est aussi gaie que dans un cimetière, et en moins d'une demi-heure, tout le monde rigolait. Il faisait jouer cette chanson de Jo Stafford, j'ai oublié le titre ; il demandait toujours à Lennie de brancher le juke-box. Un véritable amour, cet homme-là, mon gars, c'est surtout pour ça que je me souviens de lui ; un amour avec le poil roux est un article rare. Il n'aurait pas payé un verre à un poivrot, il était contre, mais sinon, il t'aurait donné jusqu'à sa chemise. Il suffisait de lui demander.

— Je crois pourtant qu'il a perdu beaucoup d'argent », dit Bobby.

Il n'arrivait pas à se convaincre de la réalité de cette conversation, à se convaincre qu'il venait de rencontrer quelqu'un ayant connu son père. Il soupçonnait cependant que beaucoup de découvertes pouvaient se faire ainsi, de manière complètement accidentelle. On ne faisait rien de spécial, sinon s'occuper de ses affaires, et tout d'un coup le passé vous tombait dessus.

« Randy ? s'étonna-t-elle. Mais non. Il venait prendre un verre ici peut-être trois fois par semaine et encore, quand il était dans le secteur. Il travaillait dans l'immobilier ou les assurances, ou bien il vendait ces trucs...

— Dans l'immobilier, dit Bobby. Il vendait des maisons.

— ... et il y avait un bureau dans le coin où il passait souvent. Pour les propriétés industrielles, je crois. Tu es sûr qu'il n'était pas visiteur médical ?

— Non, il s'occupait d'immobilier.

— C'est drôle, le fonctionnement de la mémoire. Certaines choses restent bien claires, mais le temps passe et la plupart du temps ce qui était vert devient bleu. De toute façon, cela fait un moment que les hommes d'affaires ne fréquentent plus le Corner Pocket. »

Elle secoua tristement la tête.

Bobby, pour l'instant, se fichait éperdument que le quartier se soit dégradé. « Mais quand il jouait, il perdait ! Il était toujours en train d'essayer de tirer une quinte, des trucs comme ça.

— C'est ta mère qui t'a raconté ça ? »

Bobby garda le silence.

Alanna haussa les épaules. Des choses intéressantes se produisirent de haut en bas de sa personne à cette occasion. « C'est entre toi et elle... d'autant que ton père jetait peut-être sa galette par les fenêtres dans d'autres boîtes, qui sait ? Moi, tout ce dont je me souviens, c'est qu'il faisait une partie ici, une ou deux fois par mois, avec des types qu'il connaissait, qu'il jouait jusqu'à minuit et qu'il rentrait chez lui. S'il avait perdu beaucoup ou gagné beaucoup, j'en aurais entendu parler. Comme c'est pas le cas, c'est sans doute qu'il repartait avec l'argent qu'il avait en arrivant. Ce qui veut dire, en passant, que ce devait être un sacré bon joueur. Meilleur que tous ceux qui sont là. »

Elle roula des yeux dans la direction qu'avaient prise Ted et Len Files.

Bobby regardait Alanna avec de plus en plus de confusion. *On ne peut pas dire que ton père nous ait laissés à l'aise*, aimait à rappeler sa mère, citant l'assurance sur la vie non renouvelée, la pile de factures impayées. *Je ne sais pas grand-chose*, avait-elle ajouté, au printemps dernier, et Bobby commençait à se dire que la formule lui convenait aussi.

« Il était vraiment trop mignon, ton père, reprit Alanna, avec son nez à la Bob Hope et tout le reste. J'ai tendance à penser que tu vas lui ressembler – tu tiens de lui. T'as une petite amie ?

— Oui, ma'am. »

Les factures impayées auraient-elles été une invention ? Était-ce possible ? La police d'assurance aurait-elle été touchée, en réalité, et mise de côté sur un compte bancaire — et non entre les pages d'un catalogue ? Pensée horrible, d'une certaine manière. Il n'arrivait pas à imaginer pour quelle raison sa mère aurait cherché à ce qu'il prenne son père pour

(*un individu de bas étage avec des cheveux roux*)

un sale type si ce n'était pas vrai ; et, cependant, il y avait dans cette idée quelque chose... qui sonnait juste. Elle piquait des colères ; c'était le problème, avec sa mère. Elle piquait de terribles colères. Et elle était capable de raconter n'importe quoi. Il était possible que son père (que sa mère n'avait jamais, absolument jamais appelé *Randy* devant lui) ait donné trop souvent ses chemises à trop de gens, rendant pour cela Liz Garfield furieuse. Liz Garfield n'était pas du genre à donner une chemise, encore moins une chemise qu'elle aurait eue sur le dos. Dans ce monde, il fallait économiser ses chemises, parce que la vie n'était pas juste.

« Comment elle s'appelle ?

— Liz. »

Il se sentait étourdi, comme lorsqu'on passe de l'obscurité d'une salle de cinéma au grand jour.

« Comme Liz Taylor, observa Alanna, l'air toute contente. C'est un joli nom, pour une petite amie. »

Bobby se mit à rire, un peu gêné. « Non, Liz, c'est le nom de ma mère. Ma petite amie s'appelle Carol.

— Elle est jolie ?

— Une vraie pin-up », répondit-il avec un mouvement ondulant de la main et un sourire.

Il fut ravi de voir Alanna éclater d'un rire énorme. Elle tendit le bras par-dessus le bureau, un bras dont les chairs molles pendaient comme quelque fantastique morceau de pâte, et lui pinça la joue. Elle lui fit un peu mal, mais cela ne lui déplut pas.

« Petit coquin, va ! Tu veux que je te dise quelque chose ?

— Bien sûr.

— Ce n'est pas parce qu'un homme joue de temps en temps aux cartes que cela fait de lui un Attila. Tu t'en doutais, n'est-ce pas ? »

Bobby acquiesça, d'un hochement de tête tout d'abord hésitant, puis plus décidé.

« Ta mère est ta mère, et je ne dirai jamais rien contre la mère de quelqu'un, parce que j'adorais la mienne, mais on trouve des mères qui sont contre les cartes, le billard ou... des endroits comme ici. C'est un point de vue, mais pas davantage. Tu vois ce que je veux dire ?

— Oui », répondit Bobby.

Et c'était vrai. Il voyait ce qu'elle voulait dire. Il se sentait tout bizarre, comme s'il avait eu envie de rire et de pleurer en même temps. *Mon père est venu ici*, pensa-t-il. En cet instant au moins, cela lui semblait beaucoup plus important que tous les mensonges que sa mère avait pu accumuler sur lui. *Mon père est venu ici, il s'est peut-être tenu exactement au même endroit que moi...* « Je suis content de lui ressembler », laissa-t-il échapper.

Alanna acquiesça avec un sourire.

« Quand j'y pense... combien y avait-il de chances pour qu'un jour tu débarques comme ça ici ?

— Je ne sais pas... Mais merci de m'avoir parlé de lui. Merci beaucoup.

— Il aurait fait passer cette chanson de Jo Stafford toute la nuit, si on l'avait laissé faire. En attendant, ne bouge pas d'ici.

— Non, ma'am.

— *Non, Alanna.*

— Non, Alanna », répéta Bobby avec un sourire.

Elle souffla un baiser vers lui, comme le faisait parfois sa mère, et elle rit quand il fit semblant de l'attraper. Puis elle repartit comme elle était venue ; on aurait dit que la pièce, au-delà de la porte, était une salle de séjour. Il y avait une grande croix accrochée au mur.

Il glissa la main dans sa poche, passa un doigt dans l'anneau du porte-clefs (qui allait devenir, pensa-t-il, un souvenir spécial de sa visite ici) et il s'imagina descendant Broad Street sur sa Schwinn. Il prenait la direction du parc. Il portait un chapeau chocolat à ruban incliné sur la nuque. Il avait les cheveux longs coiffés en catogan, et non plus sa coupe en brosse – ce sera pour une autre fois, Toto. Attaché par les manches autour de sa taille, son blouson arborait ses couleurs ;

sur le dos de sa main, courait un tatouage bleu, imprimé là pour toujours. Carol l'attendrait devant le terrain B. Elle le regarderait arriver, elle penserait, Mon Dieu, quel fou ! quand il exécuterait un demi-tour serré avec la Schwinn, faisant voler les gravillons en direction de ses chaussures de sport blanches (mais pas dessus). Un fou, oui. *Un méchant loulou, un arriviste prêt à tout*[1].

Len Files et Ted réapparurent, l'air satisfait tous les deux. Len, en fait, avait la tête du chat qui vient de dévorer le canari (autre formule courante de la mère de Bobby). Ted s'arrêta un instant, le temps de dire encore un mot au vieillard, qui hocha la tête et sourit. Lorsque Ted et Len arrivèrent dans l'entrée, Ted se dirigea vers la cabine téléphonique installée dans un coin. Mais Len lui prit le bras et le conduisit jusqu'au bureau.

Quand Ted passa derrière le meuble, Len ébouriffa les cheveux de Bobby. « Je sais à qui tu ressembles, dit-il. Ça m'est revenu quand on était dans l'arrière-salle. Ton père s'appelait...

— Garfield, Randy Garfield. »

Bobby regarda le gros homme, qui ressemblait tellement à sa sœur, et se dit qu'il était vraiment étrange, et d'une certaine manière merveilleux, d'avoir un lien pareil avec un proche, avec quelqu'un de son sang. Un lien si étroit que des gens qui ne vous connaissaient pas vous remarquaient parfois au milieu des autres. « Et est-ce que vous l'aimiez bien, Mr Files ?

— Qui ? Randy ? Bien sûr, c'était un sacré bon gars. »

Len resta cependant assez vague. Il n'avait pas remarqué le père de Bobby comme l'avait fait sa sœur, conclut le garçon. Len ne se souvenait probablement pas de la chanson de Jo Stafford ou du fait que Randy Garfield aurait donné sa chemise à qui la lui aurait demandée. En revanche, il n'aurait pas offert un verre

1. Paroles d'une chanson populaire des années soixante (*N.d.T.*).

à un poivrot ; non, pas ça. « Ton pote est pas mal non plus, continua Len avec plus d'enthousiasme. J'aime les gens qui ont de la classe et les gens qui ont de la classe m'aiment bien, mais ce n'est pas si souvent que quelqu'un de ce calibre vient me voir. » Il se tourna vers Ted, qui avait des difficultés à déchiffrer l'annuaire du téléphone. « Essayez donc Circle Taxi. KEnmore 6-7400.

— Merci, dit Ted.

— Je vous en prie. »

Len se glissa derrière Ted pour franchir la porte donnant sur le séjour. Bobby put apercevoir une fois de plus, brièvement, la pièce avec sa grande croix. Lorsque la porte se referma, Ted regarda Bobby : « Il suffit de parier cinq cents dollars sur un combat, et pas besoin d'utiliser le taxiphone, comme les autres pékins. C'est une affaire, hein ? »

Bobby en eut le souffle littéralement coupé. « Vous avez parié *cinq cents dollars* sur Hurricane Haywood ? »

Ted secoua son paquet de Chesterfield pour en faire tomber une cigarette, qu'il glissa entre ses lèvres et alluma avec un sourire autour. « Dieu du ciel, non ! Sur Albini. »

Le taxi appelé, Ted conduisit Bobby jusqu'au bar et commanda deux *rootbeers*. *Il ne sait pas qu'en réalité je n'aime pas la rootbeer*, pensa Bobby. Cela lui paraissait cependant, d'une manière mystérieuse, un autre élément du puzzle de Ted. Len les servit lui-même, sans rien dire sur le fait que Bobby n'aurait pas dû être assis au bar ; c'était un gamin sympathique, certes, mais l'étiquette moins-de-vingt-et-un-ans qu'il avait collée à ses joues imberbes n'en contaminait pas moins tout l'établissement. Manifestement, on avait droit à plus d'égards qu'un simple coup de fil gratuit quand on pariait cinq cents dollars. Même l'excitation à l'idée de ce pari, cependant, n'arriva pas à distraire longtemps Bobby d'une révélation frappée au coin de la certitude, qui lui gâcha une bonne partie du plaisir qu'il avait eu à entendre dire que son père n'avait pas été si mal que ça, en fin de compte. Le pari avait pour but de constituer un pécule. Un pécule pour s'enfuir. Ted allait partir.

Le taxi était jaune avec une bande de damiers sur les portières et une vaste banquette à l'arrière. Le conducteur était tellement absorbé par le match des Yankees que retransmettait sa radio qu'il lui arrivait parfois de répliquer au commentateur.

« Files et sa sœur ont connu ton père, n'est-ce pas ? »

Ce n'était pas vraiment une question.

« Ouais. Surtout Alanna. Elle trouvait que c'était un type vraiment très chic. » Bobby marqua un temps d'arrêt. « Mais ce n'est pas ce que pense ma mère.

— J'imagine que ta mère connaissait un aspect de la personnalité de ton père qu'Alanna n'a jamais vu, observa Ted. Plus d'un en fait. Les gens sont comme les diamants, de ce point de vue. Ils ont de nombreuses facettes.

— Mais maman a dit... »

C'était trop compliqué. Elle n'avait jamais rien dit explicitement, en fait, se contentant de suggérer des choses. Il ne savait comment dire à Ted que sa mère avait, elle aussi, certaines facettes de sa personnalité qui rendaient difficiles à croire ces choses qu'elle n'exprimait jamais ouvertement. Et, pour être tout à fait franc, dans quelle mesure tenait-il à savoir la vérité ? Son père était mort, après tout. Pas sa mère, et c'était avec elle qu'il devait vivre... c'était elle qu'il lui fallait aimer. Il n'avait personne d'autre à aimer. Pas même Ted. Parce que...

« Quand allez-vous partir ? demanda Bobby à voix basse.

— Après le retour de ta mère. »

Le vieil homme soupira, jeta un coup d'œil par la fenêtre puis regarda ses mains, réunies sur l'un de ses genoux. Il ne s'était pas tourné vers Bobby, pas encore. « Vendredi matin, probablement. Je ne pourrai pas récupérer mon argent avant demain soir. J'ai joué Albini à quatre contre un ; ça fait deux *grands*, deux mille dollars. Mon petit copain Lennie devra téléphoner à New York pour se couvrir. »

Le taxi traversa un pont qui enjambait un canal, et ils furent de retour en territoire connu, dans cette partie de la ville où Bobby était déjà venu avec sa mère. Les hommes, dans la rue, portaient des costumes et des cravates. Les femmes avaient des bas et non des socquettes. Aucune ne ressemblait à Alanna Files, et Bobby se dit que leur haleine n'aurait sans doute pas senti l'alcool si elles l'avaient fait taire d'un *chuuut*. Pas à quatre heures et demie de l'après-midi, en tout cas.

« J'ai compris pourquoi vous n'avez pas parié sur le match Patterson-Johansson, dit Bobby. Parce que vous ne savez pas qui va gagner.

— Je *pense* que c'est Patterson qui va gagner, parce que cette fois, il s'est vraiment préparé comme il le fallait. Je pourrais à la rigueur miser deux dollars sur Patterson, mais cinq cents ? Pour parier cinq cents dollars, il faut soit être fou, soit être informé.

— Le match Albini-Haywood a été arrangé, c'est ça ? »

Ted acquiesça. « Je l'ai compris quand tu as lu dans l'article que Kleindienst était dans le coup. J'ai compris que c'était Albini qui devait gagner.

— Vous avez déjà fait des paris sur des matchs de boxe dans lesquels Mr Kleindienst était manager... »

Ted resta sans rien dire pendant un moment, regardant par la fenêtre. À la radio, quelqu'un renvoya une balle en direction de Whitey Ford. Ford récupéra la balle et l'expédia à Moose Skowron. Ils avaient maintenant deux points dans la huitième reprise. « Haywood aurait pu être le gagnant, répondit-il finalement. Pas vraisemblable, mais pas impossible non plus. Et puis... est-ce que tu as remarqué ce type très vieux, là-bas ? Celui qui se faisait cirer les souliers ?

— Oui. Vous lui avez tapoté la joue.

— C'est Arthur Girardi. Files le laisse traîner chez lui parce que dans le temps, il avait des contacts. Du moins, c'est ce que pense Files... *dans le temps*. Maintenant, c'est juste un vieux bonhomme qui vient se faire cirer les chaussures à dix heures, puis qui revient se les faire cirer une deuxième fois à trois heures de l'après-midi, parce qu'il a oublié. Files s'imagine que c'est juste un vieux chnoque qui ne connaît plus rien à rien, comme ils disent. Girardi le laisse penser tout ce qu'il veut. Si Files disait que la lune n'est qu'un vieux fromage persillé, Girardi broncherait pas. Ce bon vieux Gee, qui vient ici parce que c'est climatisé. Sauf qu'il a toujours ses contacts.

— Jimmy Gee ?

— Lui et d'autres.

— Mr Files ne sait pas que le combat est truqué ?

— Non, pas avec certitude. Je l'aurais cru pourtant.

— Mais le vieux Gee le sait, lui. Et il sait lequel des deux doit aller au tapis.

— Oui. C'est là ma chance. Hurricane Haywood doit se faire descendre au huitième round. Puis, l'année prochaine, quand l'avantage aura changé, Hurricane aura sa revanche.

— Vous auriez parié, si Mr Gee n'avait pas été là ?

— Non, répondit aussitôt Ted.

— Mais alors, qu'est-ce que vous auriez fait, pour l'argent ? L'argent pour quand vous allez partir ? »

La question parut déprimer le vieil homme. *Pour quand vous allez partir...* Il esquissa un mouvement, comme pour passer le bras par-dessus l'épaule de Bobby, mais s'interrompit.

« Il y a toujours quelqu'un qui sait quelque chose. »

Ils étaient à présent arrivés sur Asher Avenue, la partie encore dans Bridgeport, à moins de deux kilomètres de Harwich. Sachant ce qui allait arriver, Bobby saisit la grosse patte tachée de nicotine de Ted.

Celui-ci pivota vers la portière et dégagea sa main. « Vaut mieux pas. »

Bobby n'eut pas besoin de demander pourquoi. On met des panneaux PEINTURE FRAÎCHE NE PAS TOUCHER, parce que si vous mettez la main sur de la peinture fraîche, elle va vous coller aux doigts. On peut se laver, on peut attendre qu'elle disparaisse toute seule, mais pendant un moment, elle vous restera collée dessus.

« Où irez-vous ?

— Je ne sais pas.

— J'ai honte, dit Bobby, qui sentait des larmes lui chatouiller le coin de l'œil. Si quelque chose vous arrive, ce sera ma faute. J'ai vu des choses, les choses que vous m'aviez demandé de guetter, mais je n'ai rien dit. Je ne voulais pas que vous partiez. Alors je me suis dit que vous étiez cinglé – pas pour tout, juste à propos des crapules de bas étage qui vous poursuivaient – et je n'ai rien dit. Vous m'avez donné un boulot, et je l'ai saboté. »

Ted leva de nouveau son bras. Mais il se contenta de donner une légère tape sur le genou de Bobby. Au Yankee Stadium, Tony Kubek venait de gagner un deuxième point. Le public devenait frénétique.

« Je le savais », dit doucement Ted.

Bobby le regarda fixement. « Quoi ? Je ne comprends pas...

— Je les sentais qui se rapprochaient. C'est pourquoi je suis entré en transe de plus en plus souvent. Mais je me suis menti à moi-même, exactement comme toi. Et pour les mêmes raisons. Crois-tu que j'aie envie de partir, alors que ta mère est en pleine confusion et malheureuse ? Pour tout t'avouer, ce n'est pas tellement pour son sort que je m'inquiète, on ne s'entend pas très bien, tous les deux ; dès l'instant où nos regards se sont croisés, on ne s'est pas entendus. Mais c'est ta mère et...

— Qu'est-ce qu'elle a qui ne va pas ? » Il n'oublia pas de continuer de parler à voix basse, mais il prit Ted par le bras et le secoua. « Dites-le-moi ! Je sais

176

que vous le savez ! C'est Mr Biderman ? C'est quelque chose à propos de Mr Biderman ? »

Ted continuait de regarder par la fenêtre, les sourcils froncés, lèvres pincées. Finalement, il poussa un soupir, prit son paquet de cigarettes et en alluma une. « Mr Biderman n'est pas un type bien, Bobby. Ta mère ne l'ignore pas, mais elle sait aussi que parfois, il faut faire avec des gens comme ceux-là. Les supporter pour s'en sortir, c'est ce qu'elle s'est dit et c'est ce qu'elle a fait. Elle a fait des choses dont elle n'est pas très fière, depuis un an, mais elle a été prudente. D'une certaine manière, elle est obligée de se montrer aussi prudente que moi, et qu'elle me soit sympathique ou non, je l'admire pour ça.

— Mais qu'est-ce qu'elle a fait ? Qu'est-ce qu'il l'a obligée à faire ? » Quelque chose de froid gonfla dans la poitrine de Bobby. « Et pourquoi Mr Biderman l'a-t-il emmenée à Providence ?

— Pour la conférence sur l'immobilier.

— C'est tout ? C'est bien tout ?

— Je ne sais pas. Elle non plus ne le savait pas. Ou peut-être s'est-elle dissimulé ce qu'elle savait et ce qu'elle craignait sous ce qu'elle espérait. Je ne saurais dire. Parfois je peux ; parfois il m'arrive de comprendre les choses directement, très clairement. Dès l'instant où je t'ai vu, par exemple, j'ai su que tu désirais une bicyclette, qu'il était très important pour toi de t'en procurer une et que tu avais l'intention de gagner de l'argent cet été pour t'en acheter une, si possible. J'ai admiré ta détermination.

— Vous m'avez touché exprès, n'est-ce pas ?

— Oui, c'est vrai. La première fois, en tout cas. Je l'ai fait pour te connaître un peu. Mais les amis ne s'espionnent pas ; la véritable amitié est celle qui respecte aussi l'intimité de l'autre. Sans compter que lorsque je touche quelqu'un, je transmets... comment dire... une sorte de fenêtre. Je crois que tu vois ce que je veux dire. La deuxième fois que je t'ai touché, vraiment touché, que je t'ai tenu un certain temps – bref, tu me comprends –, c'était une erreur. Mais elle n'était pas trop grave ; pendant un petit moment, tu en as su plus que tu n'aurais dû, mais les souvenirs s'estompent, n'est-ce pas ? Cependant, si j'avais continué de te toucher... comme se touchent les gens qui sont proches... les choses auraient fini par changer. Les souvenirs ne se seraient plus effacés. » Il porta la cigarette aux trois quarts consumée à hauteur de ses yeux et la regarda avec dégoût. « Comme pour ça : tu en fumes une de trop et tu es refait pour la vie.

— Est-ce que ma mère va bien, en ce moment ? » demanda Bobby tout en sachant que Ted n'avait pas les moyens de le lui dire.

Son don, quel qu'il fût, n'allait pas jusque-là.

« Je ne sais pas. Je... »

Soudain, Ted se raidit. Il regardait quelque chose vers l'avant, à travers la vitre. Il écrasa son mégot dans le cendrier avec assez de force pour que des étincelles lui sautent sur le dos de la main. Il ne parut pas les sentir. « Bordel, dit-il. Oh, bordel, Bobby, c'est foutu ! »

Bobby se pencha sur les genoux de Ted pour regarder à son tour, pensant vaguement à ce qu'il venait tout juste de lui dire — *si j'avais continué de te toucher... comme se touchent les gens qui sont proches* — tout en scrutant Asher Avenue.

Ils arrivaient à hauteur d'un carrefour où se rejoignaient trois voies : Asher Avenue, Bridgeport Avenue et Connecticut Pike. L'endroit s'appelait Puritan Square. Les voies des tramways brillaient dans le soleil de l'après-midi ; les camions de livraisons klaxonnaient avec impatience, attendant leur tour de se faufiler dans les encombrements. Un policier en sueur, le sifflet à la bouche et portant des gants blancs, essayait de régler la circulation. Sur la gauche, un peu plus loin, on apercevait le William Penn Grille, célèbre restaurant où l'on mangeait, paraît-il, les meilleurs steaks de tout le Connecticut ; Mr Biderman y avait invité tout son personnel lorsqu'il avait vendu la propriété Waverley, et Liz était revenue à la maison avec une bonne douzaine de pochettes d'allumettes au nom de l'établissement. Son principal titre de gloire, avait-elle dit à son fils, était de se trouver sur la ligne de démarcation et d'avoir son bar dans Harwich et sa salle de restaurant dans Bridgeport.

Garée devant, à la limite même de Puritan Square, se trouvait une DeSoto d'un violet comme Bobby n'en avait jamais vu, et il n'aurait jamais soupçonné qu'on puisse peindre une voiture avec. La couleur était si éclatante qu'on avait mal aux yeux rien qu'à la regarder. Elle lui faisait mal à toute la tête.

Leurs voitures seront comme leurs manteaux jaunes, leurs chaussures pointues et l'espèce de graisse parfumée avec laquelle ils se peignent les cheveux en arrière, voyantes et vulgaires.

La voiture violette était couverte d'empennages et de flèches de chrome. Elle avait des jupes de pare-chocs et un énorme bouchon de radiateur : la tête du chef indien DeSoto, qui brillait dans la lumière brumeuse comme un faux diamant. Les pneus à flancs blancs surdimensionnés présentaient des enjoliveurs torsadés. Une antenne fouet se dressait à l'arrière avec, à son extrémité, une queue de raton laveur.

« Les crapules de bas étage », murmura Bobby. Il n'y avait pas le moindre doute. C'était bien une DeSoto, mais en même temps une voiture comme il n'en avait jamais vu de sa vie, aussi exotique qu'un astéroïde. Tandis qu'ils se rapprochaient du carrefour embouteillé, Bobby se rendit compte que la sellerie était d'un vert métallique de libellule, et le contraste avec la carrosserie violette avait de quoi faire hurler. Le volant était emmailloté dans de la fourrure blanche. « Sapristi, ce sont eux ! »

— Il faut absolument penser à autre chose », dit Ted.

Il saisit Bobby par l'épaule (à l'avant, les Yankees faisaient vibrer la foule, et le conducteur ne prêtait aucune attention à ses deux passagers, merci mon

Dieu, c'était toujours ça) et le secoua une fois, sèchement. « Il faut que ton esprit se détourne d'eux, tu as compris ? »

C'est ce qu'il fit. George Sanders avait édifié un mur de brique derrière lequel il cachait ses pensées et ses projets aux Enfants. Bobby s'était déjà servi de Maury Wills, une fois, mais il ne pensait pas que le base-ball suffirait ce coup-ci. Que faire ?

Bobby revit tout d'un coup la façade de l'Asher Empire et sa marquise qui s'avançait au-dessus du trottoir (l'Asher était à quelques rues de Puritan Square) et, soudain, il crut entendre le bruit du Bo-lo Bouncer de Sully-John, *whap-whap-whap. Si elle est bonne pour la poubelle, je veux bien me faire éboueur*, avait dit S-J.

L'affiche qu'ils avaient vue ce jour-là remplit l'esprit de Bobby : Brigitte Bardot (*la minette française sexy*, comme l'appelaient les journaux) habillée seulement d'une serviette et d'un sourire. Elle faisait un peu penser à la femme descendant de voiture de l'un des calendriers, au Corner Pocket, celle dont la jupe était presque complètement relevée et qui exhibait ses jarretelles. Brigitte Bardot était plus jolie, cependant. Et elle existait vraiment. Trop âgée pour les Bobby Garfield, bien entendu

(*Je suis si jeune et tu es si vieille*, chantait Paul Anka dans des milliers de transistors, *ma chérie, c'est ce qu'on m'a dit*)

mais elle n'en était pas moins belle, et un chien regarde bien passer un évêque, comme disait sa mère. Bobby, carré au fond de son siège, se la représentait de plus en plus clairement, ses yeux prenaient cette expression vague et lointaine qu'avaient ceux de Ted lors de ses absences ; il voyait la masse de cheveux blonds mouillés par la douche, la forme des seins sous la serviette, les longues cuisses, les orteils aux ongles vernis, devant les mots : *interdit aux moins de dix-huit ans, présenter une pièce d'identité, aucune exception permise*. Il arrivait à sentir l'odeur de son savon, légère, florale. Il arrivait à sentir

(*Nuit de Paris*)

son parfum et à entendre la radio, dans la pièce voisine. C'était Freddy Cannon, qui chantait les paroles idiotes de la scie à la mode pour l'été, à Savin Rock : « *She's dancin to the drag, the cha-cha rag-a-mop, she's stompin to the shag, rocks the bunny hop...* »

Il avait conscience – vaguement, loin, dans un autre monde, très haut au-dessus des tourbillons colorés d'une toupie – que leur taxi avait été contraint de s'arrêter à hauteur du William Penn Grille, le long de la DeSoto violette, couleur de chair tuméfiée. C'est tout juste s'il n'entendait pas la voiture s'exprimer dans sa tête ; si elle avait eu une voix, elle se serait écriée : *Tire-moi dessus ! Je suis trop violette ! Tire-moi dessus ! Je suis trop violette !* Et tout près, il les sentait, *eux*. Ils étaient deux et se trouvaient dans le restaurant, pour déguster un steak matinal. Ils l'aimaient, l'un et l'autre, bleu. Avant de partir, ils laisseraient peut-être une annonce dans la cabine téléphonique pour un chien perdu ou une voiture à vendre par son propriétaire – mais à l'envers, bien entendu. Ils étaient là-dedans, des crapules de bas étage en manteau jaune et chaussures bicolores, buvant du Martini entre deux bouchées d'une viande de daim presque crue ; et s'ils tournaient leur esprit dans cette direction...

De la vapeur sortait de la douche. BB se dressa sur ses orteils aux ongles rouges et écarta les pans de la serviette, qui lui firent brièvement comme deux ailes, avant de la laisser tomber. Bobby vit alors que ce n'était pas du tout Brigitte Bardot. Mais Carol Gerber. *Il faut qu'elle soit courageuse pour accepter qu'on la voie avec seulement une serviette de bain sur elle*, avait-elle dit ; et voici qu'elle avait même laissé tomber cette serviette. Il la voyait comme elle serait dans huit ou dix ans.

Bobby la regarda, incapable de détourner les yeux, dévoré d'amour, perdu au milieu des arômes de son savon et de son parfum, de la musique qui sortait de la radio (Freddy Cannon ayant laissé la place aux Platters dans *Heavenly Shades of Night Are Falling*), du spectacle de ses petits orteils aux ongles peints. Son cœur se mit à tournoyer comme une toupie, entraîné dans une spirale ascendante vers d'autres mondes. D'autres mondes que celui-ci.

Le taxi repartit, au pas. L'horreur violacée à quatre portes garée près du restaurant (garée dans une zone réservée aux livraisons, constata Bobby, mais qu'est-ce que cela leur faisait ?) commença à dériver vers l'arrière. Le taxi dut brusquement piler et le chauffeur jura à voix basse, tandis qu'un tramway traversait en ferraillant Puritan Square. La DeSoto était maintenant derrière eux, mais les reflets de ses chromes remplissaient l'habitacle de minuscules poissons de lumière à la danse erratique. Et soudain, Bobby ressentit un accès féroce de démangeaisons juste derrière ses globes oculaires, suivi de la chute de fils noirs, torsades mouvantes devant son champ de vision. Il fut capable de s'accrocher à l'image de Carol, mais il avait l'impression de la voir à travers un espace plein d'interférences.

Ils nous sentent... ou du moins, ils sentent quelque chose. Je vous en prie, mon Dieu, je vous en prie, faites-nous sortir de là.

Le chauffeur vit une brèche dans le flot des voitures et s'y glissa. Quelques instants plus tard, ils remontaient Asher Avenue à une vitesse raisonnable. La sensation de démangeaison commença à diminuer derrière les yeux de Bobby. Les fils noirs qui occultaient son champ de vision intérieur se désagrégèrent et il se rendit alors compte que la fille nue n'était ni Carol Gerber ni Brigitte Bardot (ou *n'était plus* Carol ou BB), mais la pin-up du calendrier, au Corner Pocket, entièrement déshabillée par son imagination. La musique avait disparu. Les effluves de savon et de parfum aussi. La fille avait perdu toute vie ; elle n'était qu'une... une...

« Elle est juste une image peinte sur un mur de brique, dit Bobby à voix haute, se redressant.

— Qu'est-ce que tu racontes, mon gars ? » demanda le conducteur, coupant la radio.

La partie était terminée. Mel Allen faisait la publicité pour des cigarettes.

« Rien, répondit Bobby.

— Je parie qu'on a piqué un petit roupillon, hein ? On n'avançait plus, la chaleur... ça arrive tout le temps, comme dans la chanson. On dirait que ton pote est toujours dans les vapes.

— Non, dit Ted en se redressant à son tour. Le capitaine est sur le pont. » Il s'étira, son dos craqua et il fit la grimace. « Je me suis assoupi un instant, c'est vrai. »

Il regarda par la lunette arrière, mais le William Penn Grille était à présent hors de vue. « Ce sont les Yankees qui ont gagné, je suppose ?

— Ces bon Dieu d'Indiens, ils les ont eus, oui ! Je comprends pas comment vous avez pu dormir pendant un match des Yankees. »

Ils s'engagèrent dans Broad Street, et bientôt le taxi s'arrêta devant le 149. Bobby regarda la maison comme s'il s'était attendu à la voir peinte d'une couleur différente, ou augmentée d'une aile neuve. Il avait l'impression d'en être parti depuis dix ans. D'une certaine manière, ce n'était pas faux : n'avait-il pas vu Carol Gerber adulte ?

Je vais me marier avec elle, décida Bobby en descendant de taxi. Du côté de Colony Street, le chien de Mrs O'Hara aboyait inlassablement, comme pour annihiler toute aspiration humaine : *roop-roop, roop-roop-roop*.

Ted se pencha sur la vitre ouverte, du côté du conducteur, le portefeuille à la main. Il prit deux billets de un dollar, réfléchit, et en ajouta un troisième. « Gardez la monnaie.

— Vous êtes un prince, commenta l'homme.

— Non, c'est un champion ! le corrigea Bobby en souriant, tandis que le véhicule s'éloignait.

— Entrons, dit Ted. Je ne suis pas en sécurité dehors. »

Ils grimpèrent les marches du porche et c'est Bobby qui ouvrit la porte donnant sur le vestibule. Il n'arrêtait pas de penser à la sensation de démangeaison derrière ses yeux, aux fils noirs qui se tordaient. Ces fils lui avaient causé une impression particulièrement horrible, comme s'il était sur le point de devenir aveugle. « Est-ce qu'ils nous ont vus, Ted ? Ou sentis, ou je ne sais quoi ?

— Tu sais bien que oui..., mais je ne crois pas qu'ils se doutaient à quel point nous étions près d'eux. »

En entrant dans l'appartement des Garfield, Ted enleva ses lunettes noires et les glissa dans sa poche de chemise. « Tu as dû bien te protéger. Houla ! Il fait chaud, là-dedans.

— Qu'est-ce qui vous fait penser qu'ils ne se sont pas rendu compte que nous étions près d'eux ? »

Ted, qui avait commencé à ouvrir une fenêtre, interrompit son geste et regarda calmement Bobby par-dessus son épaule. « S'ils s'en étaient doutés, la voiture violette aurait été derrière nous quand nous sommes arrivés ici.

— Ce n'était pas une voiture », observa Bobby, se mettant lui aussi à ouvrir les fenêtres.

Cela ne changea pas grand-chose ; un souffle entra certes dans la maison, soulevant paresseusement les rideaux, mais il donnait l'impression d'être presque aussi chaud que l'air resté toute la journée emprisonné à l'intérieur. « Je ne sais pas ce que c'était, mais ce truc avait l'aspect d'une voiture. Et quant à ce que j'ai ressenti à leur sujet... »

En dépit de la chaleur, Bobby frissonna.

Ted prit son ventilateur et alla le poser sur le rebord de la fenêtre, à côté de l'étagère où s'alignaient les petits bibelots de Liz. « Ils se camouflent aussi bien qu'ils peuvent, mais on les sent tout de même. Même les personnes qui ignorent tout d'eux le sentent souvent. Comme si, en dépit du camouflage, certaines choses transparaissaient, des choses qui sont hideuses. J'espère que tu ne sauras jamais à quel point elles sont hideuses. »

Bobby l'espérait aussi. « D'où ils viennent, Ted ?

— D'un endroit très noir. »

Ted s'agenouilla, brancha le ventilateur et le mit en marche. L'air qui entra dans la pièce était légèrement plus frais, mais pas autant qu'au Corner Pocket ou au Criterion.

« C'est dans un autre monde, comme dans *Chaîne autour du Soleil* ? C'est ça, hein ? »

Ted se trouvait encore à genoux à côté de la prise électrique. Dans cette position, on aurait dit qu'il priait. Mais Bobby lui trouvait un air épuisé, presque mortellement épuisé. Comment pourrait-il échapper aux crapules ? Il ne paraissait même pas en état d'aller jusqu'à l'épicerie du coin sans trébucher. « Oui, répondit-il finalement. Ils viennent d'un autre monde. D'un autre *où*, d'un autre *quand*. C'est tout ce que je peux te dire. Il serait dangereux pour toi que tu en saches davantage. »

Mais il y avait une autre question que Bobby tenait à poser : « Et vous, est-ce que vous venez de l'un de ces mondes ? »

Ted le regarda, la mine solennelle. « Moi ? Je viens de Teaneck... dans la banlieue de New York. »

Bobby resta un instant bouche bée, puis il éclata de rire. Toujours agenouillé, Ted l'imita bientôt.

« À quoi as-tu pensé dans le taxi, Bobby ? » demanda Ted quand la crise de fou rire fut enfin terminée. « Où es-tu allé, quand nos embêtements ont commencé ? (Il marqua une pause.) Qu'as-tu vu ? »

Bobby revit Carol à vingt ans, avec ses ongles de doigts de pied peints en rose, Carol nue, la serviette à ses pieds et de la vapeur montant de son corps. *Interdit aux moins de dix-huit ans, présenter une pièce d'identité, aucune exception permise...*

« Je ne peux pas vous le dire, finit-il par avouer. C'est parce que...

— Parce que certaines choses doivent rester privées. Je comprends. » Ted se releva ; Bobby s'approcha pour l'aider, mais il lui fit signe que ce n'était pas nécessaire. « Tu as peut-être envie de sortir jouer un moment, non ? Tout à l'heure, disons vers six heures, je remettrai mes lunettes noires et on ira à deux pas d'ici s'offrir un repas au Colony, d'accord ?

— Mais pas de haricots. »

Un fantôme de sourire apparut aux coins des lèvres de Ted, sous forme d'un bref tressaillement. « Absolument pas. Haricots *verboten*. À dix heures, j'appellerai mon ami Len pour savoir où en est le combat... Quoi ?

— Les types de bas étage... est-ce qu'ils vont me chercher moi aussi, à présent ?

— Jamais je ne t'aurais laissé franchir le seuil de cette porte si je l'avais pensé, répondit Ted, l'air surpris. Tu ne risques rien, et je vais faire en sorte que ça continue comme ça. Et maintenant, vas-y. Va jouer à cache-cache ou aux gendarmes et aux voleurs. J'ai certaines choses à faire. Sois simplement de retour à six heures, pour que je ne m'inquiète pas.

— Entendu. »

Bobby alla dans sa chambre et remit dans la BÉCANE BANK les quatre *quarters* qu'il avait pris avec lui pour aller à Bridgeport. Il parcourut la pièce des yeux, voyant tout ce qu'elle contenait sous un jour nouveau : le couvre-lit style cow-boy, la photo de sa mère sur un mur, et celle, portant un autographe, de Clayton Moore avec son masque (obtenue en collectionnant des coupons sur des paquets de céréales) ; ses patins à roulettes (dont un avec la lanière cassée) dans un coin, son bureau dans un autre. La chambre lui paraissait soudain plus petite, moins un endroit où venir qu'un endroit à quitter. Il se rendit compte que sa carte de bibliothèque pour adultes devenait de plus en plus légitime, et une voix se mit à pousser des gémissements pleins d'amertume, tout au fond de lui. À crier : non, non, non...

VIII. Bobby fait une confession. Le bébé Gerber et le bébé Maltex. Rionda. Ted donne un coup de fil. Le cri des chasseurs.

Dans Commonwealth Park, des petits jouaient à la balle. Le terrain B était vide ; sur le terrain C, quelques adolescents portant des t-shirts aux couleurs de St. Gabe s'entraînaient au base-ball. Carol Gerber les regardait, assise sur un banc avec sa corde à sauter sur les genoux. Elle vit Bobby s'approcher et sourit. Mais son sourire s'effaça bientôt.

« Ça ne va pas, Bobby ? »

Il ne s'était pas vraiment rendu compte que quelque chose n'allait pas jusqu'à cet instant ; mais la question de Carol et son expression inquiète lui en firent prendre brutalement conscience. C'était d'avoir touché du doigt la réalité des crapules de bas étage et de l'avoir échappé belle, lorsqu'ils étaient revenus de Bridgeport ; c'était son inquiétude pour sa mère ; surtout, c'était Ted. Il avait parfaitement bien compris pourquoi Ted l'avait fichu à la porte de la maison, et Bobby savait ce qu'il faisait en ce moment : il remplissait ses petites valises et ses sacs en papier. Son ami s'en allait.

Il se mit à pleurer. Il aurait bien aimé ne pas larmoyer comme un veau devant une fille, en particulier cette fille-là, mais il ne put se retenir.

Carol resta pétrifiée pendant quelques instants – effrayée même. Puis elle se leva et vint lui passer un bras autour des épaules. « Tout va bien, Bobby, dit-elle. Tout va bien, ne pleure pas, tout va bien. »

Presque aveuglé par les larmes et pleurant plus fort que jamais – on aurait dit qu'un violent orage venait de se déclencher sous son crâne —, Bobby se laissa entraîner au milieu d'un bouquet d'arbres où on ne les verrait ni du terrain de base-ball ni des principaux sentiers. Elle s'assit sur l'herbe sans le lâcher, l'obligeant aussi à s'asseoir, et passa une main dans ses cheveux en brosse inondés de sueur. Elle resta un moment sans rien dire ; quant à Bobby, il était incapable de parler. Il sanglota jusqu'à en avoir mal à la gorge, jusqu'à ce que des pulsations lui vrillent les yeux.

Puis ses sanglots s'espacèrent. Il se redressa et s'essuya le visage d'un revers du bras, horrifié et honteux de ce qu'il sentit : non seulement des larmes, mais de la morve et de la salive. Il devait en être couvert.

Carol ne parut pas s'en formaliser. Elle toucha sa figure humide. Bobby s'écarta à ce contact, émit un nouveau sanglot, les yeux baissés vers le sol. Sa vision, que ses larmes venaient d'éclaircir, lui paraissait tout d'un coup d'une précision surnaturelle ; il avait l'impression de distinguer chaque brin d'herbe, chaque pissenlit.

« Ça va aller », dit-il, ayant toujours trop honte pour la regarder.

Ils restèrent ainsi pendant encore quelques instants, puis Carol dit : « Si tu veux, Bobby, je serai ta petite amie.

— Tu *es* ma petite amie.

— Alors, dis-moi ce qui ne va pas. »

Et Bobby s'entendit lui raconter toute l'histoire, à commencer par le jour où Ted avait emménagé au 149 et où sa mère l'avait immédiatement détesté. Il lui parla de la première des absences du vieil homme, des crapules de bas étage, des signaux qu'ils laissaient. Quand il en arriva là, Carol le toucha au bras.

« Quoi ? Tu ne me crois pas ? » demanda-t-il. Il ressentait encore cette sensation douloureuse d'étouffement qui persiste après une crise de larmes, mais il allait mieux. Il ne lui en voudrait pas si elle ne le croyait pas. Il ne lui en voudrait pas du tout, en réalité. Mais c'était un énorme soulagement que de pouvoir vider son sac. « Pas de problème. Je sais que ça doit paraître complètement délirant, mais...

— J'ai vu ces drôles de marelles partout dans la ville, le coupa-t-elle. Yvonne et Angie aussi. On en a même parlé. Elles ont de petites étoiles et des lunes dessinées à côté. Des comètes aussi, des fois. »

Il resta bouche bée. « Tu blagues, non ? »

— Non. Les filles regardent toujours les marelles, je ne sais pas pourquoi. Ferme donc la bouche, tu vas avaler une mouche. »

Il ferma la bouche.

Carol acquiesça, satisfaite, puis lui prit la main et entrelaça leurs doigts. Bobby s'émerveilla de la perfection de leur emboîtement. « Et maintenant, dis-moi le reste. »

Ce qu'il fit, terminant sur la journée stupéfiante qu'il venait de vivre : le film, l'expédition au Corner Pocket, comment Alanna avait retrouvé les traits de son père en lui, et la chaude alerte, sur le chemin du retour. Il tenta d'expliquer que la DeSoto violacée avait l'air d'une automobile, mais en réalité, pas vraiment ; le mieux qu'il put faire fut de dire qu'elle donnait l'impression d'être vivante, telle une version diabolique de cette autruche que chevauche parfois le Dr Dolittle, dans ces livres où les animaux parlent et dont ils avaient tous été fous, en cours élémentaire. Il n'y eut qu'une chose que Bobby n'avoua pas : la façon dont il avait dissimulé ses pensées quand le taxi était passé devant le William Penn Grille et les démangeaisons qui l'avaient saisi derrière les yeux.

Et il dut s'arracher les mots de la bouche pour confier, en conclusion, combien il redoutait que sa mère ait commis une erreur en allant à Providence avec Mr Biderman et les deux autres hommes. Une *grave* erreur.

« Est-ce que tu crois que Mr Biderman en pince pour elle ? » demanda Carol. Ils retournaient à ce moment-là vers le banc où elle avait laissé sa corde à sauter. Bobby la ramassa et la lui tendit. Ils se dirigèrent alors vers la sortie du parc et Broad Street.

« Ouais, peut-être, répondit Bobby d'un ton lugubre. Ou du moins... » Et là gisait ce qu'il redoutait le plus, même si cela restait imprécis et sans forme, comme quelque chose de menaçant caché sous une bâche. « Du moins, elle le croit, elle.

— Il va la demander en mariage ? Parce que alors, il deviendrait ton beau-père.

— Bon Dieu ! »

Le garçon n'avait jamais envisagé cette perspective et il regrettait du fond du cœur que Carol l'ait évoquée. La seule idée d'avoir Mr Biderman comme beau-père était épouvantable.

« Si elle l'aime, autant t'y habituer tout de suite. »

Carol avait parlé sur le ton avisé d'une femme adulte qui connaît le monde et ses voies, ce dont Bobby se serait aisément passé ; il se dit qu'elle avait déjà dû regarder un peu trop souvent, cet été, les *Oh John, oh Marsha* à la télé avec Mrs Gerber. D'une certaine manière – et bizarrement –, il se fichait bien que sa mère aime Mr Biderman. Ce serait lamentable, sans aucun doute, vu que Mr Biderman était un sale type, mais cela aurait pu se comprendre. Non, il y avait autre chose. La pingrerie de sa mère dès qu'il était question d'argent – sa *radinerie* – relevait de cette autre chose, tout comme ce qui l'avait poussée à se remettre à fumer, tout comme ce qui la faisait pleurer la nuit. La différence entre le Randall Garfield de sa mère, cet homme sur qui on ne pouvait compter et qui avait laissé des factures impayées, et le Randy Garfield d'Alanna, ce type sympa qui faisait monter le son du juke-box à fond... cela aussi en faisait peut-être partie. (Y avait-il eu réellement des factures impayées ? Avait-il vraiment oublié de renouveler son assurance sur la vie ? Et pour quelle raison sa mère aurait-elle menti à ce sujet ?) C'étaient des choses dont il ne pouvait pas parler à Carol. Non pas par réticence ; il n'aurait tout simplement pas su comment les présenter.

Ils attaquèrent la colline. Bobby prit l'une des extrémités de la corde à sauter et ils avancèrent côte à côte, la laissant traîner entre eux sur le trottoir. Il s'arrêta soudain et montra quelque chose. « Regarde ! »

On voyait une queue de cerf-volant, de couleur jaune, prise dans les fils électriques qui traversaient la rue, un peu plus haut. Elle pendait en dessinant une sorte de point d'interrogation.

« Ouais, je vois », répondit Carol d'un ton déprimé. Ils se remirent à marcher. « Il devrait partir aujourd'hui, Bobby.

— Il peut pas. Le match de boxe est pour ce soir. Si Albini gagne, Ted ne pourra pas passer prendre son blé à l'académie de billard avant demain soir. Je crois qu'il en a terriblement besoin.

— Ça, on peut le dire. Il suffit de voir ses vêtements pour comprendre qu'il n'a presque plus un sou. Il a dû parier tout ce qui lui restait. »

Ses vêtements... il n'y a qu'une fille pour relever un détail pareil, pensa Bobby ; et il s'apprêtait à lui en faire la réflexion, lorsqu'une voix s'éleva derrière eux.

« Oh, regardez-moi ça... C'est-y pas Baby Gerber et Baby Maltex[1] ? Alors les poussins, comment ça va ? »

Ils se retournèrent. Remontant tranquillement Broad Street sur leurs bicyclettes, ils virent l'équipe des garçons de St. Gabe, dans leur t-shirt orange. Sur les porte-bagages se trouvait du matériel de base-ball. L'un des garçons, un balourd boutonneux avec, autour du cou, une croix d'argent au bout d'une chaîne, portait dans le dos une batte de base-ball dans une sorte de carquois fait maison. *Il se prend pour Robin des Bois*, pensa Bobby. Mais il avait peur. C'étaient des grands, des grands de la grande école, de la grande école *paroissiale*, et s'ils décidaient de l'expédier à l'hôpital, il irait à l'hôpital. *Des gars de bas étage en t-shirt orange*, pensa-t-il.

« Salut, Willie », lança Carol à l'adresse de l'un d'eux, qui n'était pas l'empoté à la batte de base-ball dans le dos. Elle avait parlé d'un ton calme, joyeux même, mais Bobby avait senti la peur, en dessous, qui venait affleurer comme une aile d'oiseau. « Je t'ai vu jouer. Tu as fait une bonne prise. »

_____

1. Gerber et Maltex sont des marques d'aliments pour nourrissons (*N.d.T.*).

Le garçon auquel elle s'était adressée avait un visage inachevé, hideux, sous une tignasse de cheveux auburn repoussée en arrière, le tout au-dessus d'un corps d'adulte. La bicyclette qu'il chevauchait paraissait ridiculement petite sous lui. Bobby lui trouva l'air d'un troll dans un conte de fées. « Qu'est-ce que ça peut te faire, Baby Gerber ? » riposta-t-il.

Les trois garçons se mirent à rouler à leur hauteur. Puis deux d'entre eux – celui avec la croix et celui qu'avait interpellé Carol – prirent un peu d'avance et continuèrent à pied, poussant leur vélo. Avec une inquiétude grandissante, Bobby comprit qu'ils se trouvaient à présent encerclés, Carol et lui. Il montait des lycéens un mélange d'odeur de sueur et de crème Vitalis.

« Hé, comment tu t'appelles, Baby · Maltex ? demanda le troisième garçon à Bobby, en se penchant sur son guidon pour mieux l'examiner. C'est pas Garfield, des fois ? Hein, c'est ça ? Billy Donahue te cherche encore pour l'histoire de l'hiver dernier. Il aurait bien envie de te faire sauter quelques dents. Je devrais peut-être t'en faire cracher une ou deux tout de suite, pour lui préparer le terrain. »

Bobby fut envahi d'une désagréable sensation au creux de l'estomac, quelque chose qui évoquait un grouillement de serpents dans un panier. *Je ne vais pas recommencer à pleurer*, se dit-il. *Quoi qu'il arrive, je ne me remettrai pas à pleurer, même s'ils m'envoient à l'hôpital. Et je vais essayer de la protéger.*

La protéger ? Contre des grands, des types de cette taille ? il plaisantait.

« Pourquoi tu te montres aussi méchant, Willie ? demanda Carol, s'adressant uniquement au garçon aux cheveux auburn. Tu n'es pas comme ça, quand tu n'es pas avec eux. Pourquoi tu es méchant maintenant ? »

Willie rougit. Avec sa crinière roux foncé (beaucoup plus foncée que celle de Bobby), il paraissait être en feu depuis le cou jusqu'au bout des cheveux. Bobby se dit que le garçon n'appréciait pas que ses amis sachent qu'il pouvait se conduire en être humain normal quand il n'était pas avec eux.

« La ferme, Baby Gerber ! gronda Willie. Tu ferais mieux de la boucler et d'embrasser ton petit copain pendant qu'il a encore toutes ses dents ! »

Le troisième garçon était sanglé dans une large ceinture de motard et portait de vieilles chaussures de sport – des Snap-Jack – encore couvertes de la poussière du terrain de base-ball. Il se tenait derrière Carol. Toujours à bicyclette, il s'approcha et tira sur sa queue de cheval à deux mains.

« Aïe ! » fit Carol, criant presque autant sous l'effet de la surprise que sous celui de la douleur. Elle se dégagea si brutalement qu'elle faillit tomber. Bobby la retint et Willie – le garçon qui pouvait être gentil quand il n'était pas avec ses potes – éclata de rire.

« Pourquoi t'as fait ça ? » lança Bobby à l'adresse du garçon à la ceinture de motard. Quand les mots sortirent de sa bouche, il eut l'impression de les avoir déjà entendu prononcer des milliers de fois. Tout cela était en somme un rituel, les répliques qu'il fallait échanger avant que ne commencent les choses sérieuses, avant que ne pleuvent les gifles et les coups de poing. Il pensa de nouveau à *Sa Majesté des Mouches*, à Ralph fuyant devant Jack et les autres. Au moins, sur l'île de Golding, existait-il une jungle où se réfugier. Ici, il n'y avait rien.

Il va dire, parce que j'en avais envie. C'est le truc qui vient après.

Mais avant que la réplique ait pu sortir de la bouche du garçon à la ceinture, le Robin des Bois à la batte en bandoulière l'avait lancée.

« Parce qu'il en avait envie. Ça te plaît pas, Baby Maltex ? » D'un geste vif, il gifla Bobby à la volée. Willie éclata de nouveau de rire.

Carol se dirigea vers ce dernier. « Je t'en prie, Willie, ne... », commença-t-elle.

Robin des Bois l'agrippa par son t-shirt et tordit.

« Pas encore de nénés, là-dessous ? Non, pas grand-chose. T'es rien qu'un Baby Gerber. » Il la repoussa. Bobby, dont les oreilles tintaient encore de la gifle, la rattrapa et l'empêcha de tomber pour la deuxième fois.

« On n'a qu'à flanquer une raclée à cette tapette, dit le gamin à la ceinture de motard. Sa tête me revient pas. »

Ils resserrèrent leur cercle dans le grincement inquiétant des roues de bicyclette. Puis Willie lâcha la sienne comme si c'était un poney mort, et tendit la main vers Bobby. Ce dernier brandit les poings, dans une imitation de Patterson qui n'était guère convaincante.

« Dites-moi, les mômes, qu'est-ce qui se passe ? » fit une voix derrière eux.

Willie brandissait lui aussi un poing. Le gardant levé, il regarda par-dessus son épaule, imité par Robin des Bois et le garçon à la ceinture de motard. Une vieille Studebaker bleue était rangée le long du trottoir ; elle avait le bas de caisse rongé par la rouille et un Jésus magnétique posé sur le tableau de bord. Devant la voiture, d'une extrême abondance à hauteur de la poitrine et d'une extrême largeur à hauteur de la taille, se tenait Rionda, l'amie d'Anita Gerber. Les tenues d'été ne flatteraient jamais sa silhouette (même à onze ans, Bobby le comprenait), mais en cet instant, elle lui fit l'effet d'une divinité en pantalon corsaire.

« Rionda ! » s'exclama Carol, criant presque. Elle força son chemin entre Willie et le garçon à la ceinture de motard. Ni l'un ni l'autre ne cherchèrent à l'arrêter. Les trois lycéens de St. Gabe regardaient Rionda. Bobby, lui, regardait le poing brandi de Willie. Parfois, le matin, il se réveillait avec le zizi aussi raide qu'un bâton, dressé comme une fusée spatiale. Le temps d'aller dans la salle de bains pour faire pipi, il se détendait et retombait. Le poing brandi de Willie en était exactement à ce stade : ses doigts se dépliaient, son bras mollissait, et la comparaison donna envie de sourire à Bobby. Il résista à cette envie, néanmoins. S'ils le voyaient sourire, ils ne pourraient rien faire sur le moment. Mais plus tard... ou un autre jour...

Rionda passa un bras autour de Carol et serra la fillette contre sa vaste poitrine. Elle regarda tour à tour chacun des garçons en t-shirt orange, et *elle* souriait. Sans faire le moindre effort pour dissimuler son sourire.

« Willie Shearman, c'est bien ça, hein ? »

Le bras naguère menaçant retomba. Marmonnant quelque chose, Willie se baissa pour récupérer sa bicyclette.

« Richie O'Meara ? »

Le garçon à la ceinture de motard se mit à examiner le bout de ses chaussures de sport et marmonna aussi quelque chose. Il avait les joues empourprées.

« L'un des fils O'Meara, de toute façon. Y en a tellement, à présent, qu'on n'arrive plus à tenir le compte. » Elle passa à Robin des Bois. « Et qui es-tu, toi, le costaud ? Un Dedham, peut-être ? Tu as la tête d'un Dedham. »

Robin des Bois étudia ses mains. Il se mit à tripoter la chevalière aux armes du lycée qu'il portait à un doigt.

Rionda tenait toujours Carol contre elle ; la fillette entourait la taille de Rionda, du moins aussi loin que pouvait aller son bras. Elle accompagna le mouvement de l'imposante matrone quand celle-ci passa de la chaussée à l'étroite bande gazonnée qui la séparait du trottoir. Rionda n'avait pas quitté Robin des Bois des yeux. « Tu ferais mieux de répondre quand je te parle, fiston. J'aurais pas de mal à trouver qui est ta mère, si j'en ai envie. Je n'aurais qu'à demander au père Fitzgerald.

— Je suis Harry Doolin, finit par répondre le garçon, qui faisait tourner sa bague plus vite que jamais.

— Ah, je ne suis pas tombée si loin, n'est-ce pas ? » dit Rionda d'un ton moqueur, en avançant encore d'un ou deux pas. Elle était maintenant sur le trottoir. Carol, apeurée de se retrouver aussi près des garçons, essaya de la retenir, mais sa protectrice ne voulut rien savoir. « Les Dedham, les Doolin, ça n'arrête pas de se marier ensemble. Comme autrefois, en Irlande, dans le comté de Cork, tra-la-la, tra-lee... »

Non, ce n'était pas Robin des Bois, mais un gosse du nom de Harry Doolin, avec un carquois ridicule et maladroitement bricolé dans le dos. Ce n'était pas non plus le Marlon Brando de *L'Équipée sauvage*, mais un morveux du nom de Richie O'Meara, qui devrait attendre encore cinq ans avant de pouvoir exhiber la Harley Davidson qui allait avec la ceinture... si jamais il arrivait à se l'offrir. Et le dernier était Willie Shearman, qui n'aimait pas se montrer gentil avec une fille en présence de ses copains. Il suffisait, pour qu'ils retrouvent leur taille réelle, d'une femme obèse en pantalon corsaire et en haut de survêtement, venant de débarquer d'une Studebaker 1954 et non de descendre d'un étalon blanc. Cette pensée aurait dû réconforter Bobby ; mais c'est ce que William Golding avait dit qui lui revint à l'esprit, quand les garçons, sur l'île déserte, avaient été sauvés par les marins d'un croiseur : tant mieux pour eux, mais qui allait sauver les marins ?

C'était stupide, personne n'avait moins l'air d'avoir besoin d'être sauvé que Rionda Hewson, en ce moment, mais la phrase hantait néanmoins Bobby. Et s'il n'y avait pas eu d'adultes ? Si l'idée des adultes n'était qu'une illusion ? Et si leur argent n'était en réalité que des billes, les affaires qu'ils traitaient rien de plus que les cartes aux effigies de joueurs de base-ball qu'échangent les enfants, leurs guerres pas autre chose que des parties de gendarmes et de voleurs ? Et s'ils n'étaient que des gosses avec la morve au nez, sous leurs costumes trois-pièces et leurs tailleurs ? Bon Dieu, ce n'était pas possible, pas possible... L'idée était trop horrible.

Rionda fixait toujours les garçons de St. Gabe, arborant un sourire dur et plutôt menaçant. « N'allez pas me dire qu'à tous les trois, vous alliez vous en prendre à deux enfants plus jeunes et plus petits que vous, tout de même ? Deux enfants dont une fille, semblable à vos propres petites sœurs ? »

Un silence total accueillit cette question, tandis que les trois garçons se dandinaient sur place.

« Je suis bien tranquille que non, parce que cela aurait été faire preuve de lâcheté, non ? »

Elle leur laissa une nouvelle fois tout le temps de répliquer pour qu'ils endurent leur propre silence.

« Willie ? Richie ? Harry ? Vous ne vouliez pas les battre, n'est-ce pas ?

— Bien sûr que non », répondit Harry.

Bobby se disait que si Harry continuait à faire tourner sa bague à cette vitesse, son doigt allait prendre feu.

« Sinon, je me verrais contrainte d'en parler au père Fitzgerald, évidemment, poursuivit Rionda sans se départir de son sourire chargé de menaces. Et le père éprouverait probablement le besoin d'en parler à vos parents, et vos pères se sentiraient probablement obligés de vous chauffer les fesses... ce que vous auriez mérité, les gars, non ? Pour avoir brutalisé des petits, plus faibles que vous. »

Les trois lycéens, qui avaient enfourché leurs bicyclettes ridiculement trop petites, gardèrent une fois de plus le silence.

« Ils t'ont frappé, Bobby ?

— Non », répondit-il sans hésiter.

Rionda plaça un doigt sous le menton de Carol et lui fit lever la tête. « Et toi, ma chérie, ils t'ont touchée ?

— Non, Rionda. »

La femme sourit à Carol qui, en dépit des larmes qui menaçaient de déborder de ses yeux, lui rendit son sourire.

« Eh bien, les gars, je crois que vous êtes hors de cause. Ils affirment que vous n'avez rien fait qui vous obligerait à passer une minute supplémentaire et peu agréable dans le confessionnal. Il me semble que vous pourriez leur voter des remerciements, non ? »

Bredouillis et marmonnements en provenance des trois lycéens. *Je vous en prie, restons-en là*, supplia silencieusement Bobby. *Ne les obligez pas à nous remercier vraiment. Ne leur mettez pas davantage le nez dans leur caca.*

Peut-être Rionda entendit-elle sa prière (Bobby avait maintenant de bonnes raisons de croire le phénomène possible). « Bon, laissons tomber ça. Rentrez chez vous, mes gaillards. Et Harry, quand tu verras Moira Dedham, dis-lui que Rionda va faire sa partie de loto toutes les semaines à Bridgeport, si elle cherche une place dans une voiture.

— Je lui dirai, promis », dit Harry.

Il poussa du pied et pédala à toute allure en direction du haut de la colline, les yeux toujours collés au trottoir. S'il y avait eu un piéton devant lui, il lui serait certainement passé dessus. Ses deux copains l'imitèrent, debout sur les pédales pour pouvoir le rattraper.

Rionda les regarda s'éloigner, tandis que le sourire s'effaçait lentement de ses traits. « Minables d'Irlandais, dit-elle finalement. Demandent qu'à créer des problèmes. Bah, bon débarras. C'est vrai que ça va bien, Carol ? »

Carol répondit que oui.

« Bobby ?

— Bien sûr, très bien. »

Il dut mobiliser toute sa volonté pour ne pas se mettre à trembler devant Rionda comme un bol de gelée de canneberge, mais si Carol arrivait à tenir, il devait bien pouvoir tenir aussi.

« Monte dans la voiture, dit Rionda à Carol. Je te ramène à la maison. Traverse la rue et rentre chez toi tout seul, Bobby. Ils vous auront sans doute oubliés demain, toi et ma petite Carol chérie, mais pour ce soir, je crois qu'il serait plus malin que vous ne bougiez pas de chez vous.

— Entendu », dit Bobby, sachant parfaitement que les trois garnements n'auraient rien oublié du tout ni le lendemain, ni à la fin de la semaine, ni à la fin de l'été.

Lui et Carol allaient devoir rester longtemps sur leurs gardes. « Salut, Carol.

— Salut. »

Bobby traversa Broad Street en courant. Depuis l'autre côté, il regarda la vieille voiture de Rionda se diriger vers l'immeuble où habitaient les Gerber. Lorsque Carol descendit, elle se tourna vers le bas de la colline et lui adressa un signe de la main. Bobby lui répondit de la même façon avant de monter les marches du 149 et de rentrer.

Installé dans le séjour, Ted fumait tout en parcourant un numéro de *Life* avec Anita Ekberg en couverture. Bobby était sûr et certain que les bagages de son vieil ami étaient déjà faits, mais il n'en vit aucune trace ; il devait les avoir laissés au second, dans le studio. Il en fut soulagé, car il n'avait aucune envie de les voir. C'était déjà assez dur de savoir qu'ils se trouvaient là-haut.

« Qu'est-ce que tu as fait ? demanda Ted.

— Pas grand-chose... je crois que je vais aller m'allonger et lire jusqu'au dîner. »

Il passa dans sa chambre. Empilés sur le sol au pied de son lit, il y avait trois livres pris dans la section adultes de la bibliothèque publique de Harwich. *Ingénieurs du cosmos*, de Clifford Simak ; *Le Mystère du chapeau romain*, d'Ellery Queen ; et *Les Héritiers* de William Golding. C'est ce dernier que Bobby choisit et il s'installa à l'envers sur le lit, posant ses pieds en chaussettes sur son oreiller. On voyait des hommes des cavernes sur la couverture, mais dessinés d'une manière pratiquement abstraite ; jamais on n'aurait vu des hommes préhistoriques de ce genre sur la couverture d'un livre pour enfants. Disposer d'une carte d'abonnement pour adultes, c'était très chouette... mais peut-être pas autant qu'il l'avait tout d'abord cru.

On donnait *Hawaiian Eye* à neuf heures à la télé, et en temps normal, Bobby aurait suivi l'épisode avec fascination (sa mère prétendait que *Hawaiian Eye* et

The Untouchables étaient des émissions trop violentes pour un enfant et l'empêchait en général de les regarder), mais ce soir, il n'arrivait pas à s'intéresser à l'histoire. À moins de cent kilomètres d'ici, Eddie Albini et Hurricane Haywood avaient commencé à en découdre ; la pin-up Gillette Blue Blades, en maillot de bain bleu et talons hauts assortis, devait parader sur le ring entre les reprises, portant une pancarte avec le numéro du round inscrit dessus. 1... 2... 3... 4...

À neuf heures et demie, il n'avait pas encore compris qui était le détective privé de l'histoire et encore moins qui avait assassiné la femme blonde de la haute société. *Hurricane Haywood doit se faire descendre au huitième round*, lui avait dit Ted ; le vieux Gee le savait. Mais si jamais quelque chose allait de travers ? Il ne voulait pas voir partir Ted, mais si Ted devait partir, Bobby ne pouvait supporter l'idée qu'il s'en aille le portefeuille vide. Cela ne pouvait pas arriver, tout de même... à moins que ? Il se souvenait d'un film, à la télé, où le boxeur qui était supposé aller au tapis changeait d'avis au dernier moment. Si jamais Haywood en faisait autant ce soir ? Aller volontairement au tapis n'était pas bien ; cela revenait à tricher (sans blague, Sherlock, t'as trouvé ça tout seul ?). Mais si par hasard Haywood refusait de tricher, Ted aurait de sérieux problèmes ; *un plein panier*, même, comme aurait dit Sully-John.

Neuf heures et demie, à en croire l'horloge en forme de soleil accrochée au mur du séjour. Si Bobby ne s'était pas trompé dans ses calculs, ce huitième round crucial se déroulait en ce moment même.

« Alors, ça t'a plu, *Les Héritiers* ? »

Le garçon était si profondément plongé dans ses pensées que la voix de Ted le fit sursauter. Sur l'écran de la télé, Keenan Wynn, debout devant un bulldozer, déclarait qu'il était prêt à parcourir un mile pour fumer une Camel.

« C'est beaucoup plus difficile que *Sa Majesté des Mouches*. Il donne l'impression qu'il y a deux familles

200

d'hommes des cavernes dans le secteur, et que l'une est plus brillante que l'autre. Sauf que les héros sont dans la moins brillante. J'ai failli laisser tomber, mais ça commence à devenir plus intéressant. Je crois que je vais continuer.

— La famille que l'on rencontre en premier, celle avec la petite fille, ce sont des Néandertaliens. La seconde, qui est en réalité une tribu — Golding et ses tribus ! —, est composée de Cro-Magnons. Les Cro-Magnons sont les héritiers. Ce qui se passe entre les deux groupes correspond à la définition de la tragédie : des événements qui conduisent à une issue dramatique impossible à éviter. »

Ted continua ainsi, parlant des pièces de Shakespeare, des poèmes d'Edgar Poe et des romans d'un type du nom de Theodore Dreiser. En temps normal, Bobby se serait intéressé à cette conversation, mais son esprit, ce soir, ne cessait de revenir sur ce qui devait se passer au Madison Square Garden. Il imaginait le ring, aussi brutalement éclairé que les tables de billard du Corner Pocket ; il imaginait les hurlements de la foule en voyant Haywood cogner, surprenant Eddie Albini d'une série de droites et de gauches. Hurricane Haywood n'allait pas simuler ; comme le boxeur du film, il allait flanquer une sérieuse raclée à son adversaire. Bobby sentait les odeurs de sueur, entendait les chocs mats des poings gantés contre la chair, voyait les yeux d'Albini virer au bleu... ses genoux se dérober... la foule debout, hurlant...

« ...l'idée du destin comme une force à laquelle on ne peut échapper que l'on doit aux Grecs. Il y avait un auteur dramatique du nom d'Euripide qui... »

— Appelez », le coupa Bobby.

Et lui qui n'avait jamais fumé une cigarette de sa vie (en 1964, il en serait à plus d'une cartouche par semaine) avait parlé d'une voix aussi rauque que celle de Ted, tard le soir, au bout d'une journée à se la travailler aux Chesterfield.

« Pardon ?

— Appelez Mr Files, et demandez-lui, pour le combat. » Bobby regarda l'horloge murale. Il était dix heures moins le quart. « S'il n'y a eu que huit rounds, le match doit être fini, à présent.

— Exact. Il doit être fini. Mais si j'appelle Files si tôt, il risque de soupçonner que je savais quelque chose, fit observer Ted. Et on ne peut pas non plus mettre la radio, puisque le match n'est pas retransmis, comme nous le savons tous les deux. Il vaut mieux attendre. C'est plus sûr. Laissons-le croire que je suis du genre à avoir de bonnes intuitions. J'appellerai à dix heures, comme si je m'étais attendu à ce que le résultat soit une décision d'arbitrage et non un knock-out. Et en attendant, Bobby, ne t'inquiète pas. Je te le dis, c'est du tout cuit. »

Le garçon renonça complètement à suivre l'intrigue de *Hawaiian Eye* ; assis sur le canapé, il se contenta d'écouter les acteurs jacasser. Un homme cria des choses à un flic hawaiien. Une femme en maillot de bain blanc courut se baigner dans les vagues. Une voiture en poursuivit une autre sur fond de roulements de tambour. Les aiguilles de l'horloge murale se traînaient ; elles se rapprochaient du dix et du douze à la vitesse d'alpinistes négociant les cent derniers mètres avant le sommet de l'Everest. L'homme qui avait tué la femme blonde était lui-même tué au cours de sa fuite dans un champ d'ananas. Sur quoi le feuilleton s'acheva enfin.

Bobby n'attendit pas la bande-annonce de l'épisode suivant ; il éteignit la télé et lança : « Vous appelez, d'accord ? Je vous en prie, appelez !

— Dans un moment, répondit Ted. Je crois que j'ai bu une *rootbeer* de trop. On dirait qu'avec l'âge mon réservoir se rétrécit. »

Il se rendit d'un pas traînant dans la salle de bains. Il y eut un silence interminable, puis le bruit du pipi ruisselant dans la cuvette. « Aaaah », fit Ted, avec une note de satisfaction intense dans la voix.

Incapable de rester plus longtemps assis, Bobby se

leva et se mit à faire les cent pas. Il était sûr qu'en ce moment même les photographes mitraillaient un Hurricane Haywood au visage tuméfié mais triomphant dans son coin, tandis que les flashes écrasaient les traits de son visage sous leur lumière blanche. La pin-up Gillette Blue Blade devait poser à côté de lui, un bras autour de l'épaule du champion qui la tenait par la taille, tandis qu'Eddie Albini restait seul dans son coin, effondré, oublié, les yeux tellement gonflés qu'ils en étaient presque fermés, n'ayant pas encore pleinement conscience d'avoir pris une raclée.

Le temps que Ted revienne, Bobby touchait le fond du désespoir ; il était convaincu qu'Albini avait perdu le combat, et son ami ses cinq cents dollars. Ted allait-il rester s'il n'avait plus le sou ? Peut-être... mais dans ce cas, si jamais les ignobles crapules venaient...

Le garçon, serrant et desserrant les poings, regarda Ted décrocher le combiné et composer le numéro.

« Détends-toi, Bobby. Tout va bien se passer. »

Mais il en était incapable. Il avait les entrailles nouées dans du fil de fer. Ted tint le téléphone à son oreille sans rien dire pendant ce qui lui parut une éternité.

« Mais pourquoi ils répondent pas ? gronda Bobby entre ses dents.

— Ça n'a sonné que deux fois, Bobby. Tu ferais mieux de... Allô ? C'est Mr Brautigan à l'appareil. Ted Brautigan... oui, je suis passé cet après-midi. »

C'était incroyable : Ted lui adressait un clin d'œil ! Comment arrivait-il à être si décontracté ? Bobby, qui se demandait déjà comment il aurait seulement pu tenir le téléphone sans le laisser échapper, à la place de Ted, aurait été bien incapable de faire des clins d'œil. « Oui, ma'am, il est là. » Ted se tourna vers Bobby et ajouta, sans dissimuler le micro du combiné : « Alanna voudrait savoir comment est ta petite amie. »

Bobby essaya bien de dire quelque chose, mais seul un son sifflant sortit de sa gorge.

« D'après Bobby elle est sensationnelle, reprit Ted,

jolie comme un jour d'été. Est-ce que je peux parler à Len ? Oui, j'attendrai. Mais s'il vous plaît, dites-moi comment s'est passé le combat. » Il y eut de nouveau un silence qui parut durer des siècles. Le visage de Ted restait dépourvu d'expression. Cette fois-ci, lorsqu'il se tourna vers Bobby, il mit la main sur le micro. « Elle dit qu'Albini a pris pas mal de coups dans les cinq premiers rounds, a bien résisté dans le sixième et le septième, puis qu'il a balancé un crochet du droit sorti de nulle part qui a envoyé Haywood au tapis dans le huitième. Knock-out. Quelle surprise, non ?

— Oui », bredouilla Bobby, ne sentant plus ses lèvres.

Eh bien voilà, c'était fait. À la même heure, vendredi soir, Ted serait parti. Avec deux mille *rocks* dans la poche, on a de quoi fuir très loin des crapules de bas étage ; avec deux mille *rocks* dans la poche, on peut cavaler d'un océan à l'autre avec les Grands Chiens gris.

Le garçon alla dans la salle de bains et fit gicler de l'Ipana sur sa brosse à dents. La terreur qu'il avait éprouvée à l'idée que Ted aurait misé sur le mauvais boxeur s'était évanouie, mais sa tristesse à la perspective du départ prochain de son ami ne faisait que croître. Il n'aurait jamais imaginé qu'un événement qui ne s'était pas encore produit puisse faire aussi mal. *Dans une semaine, je ne me rappellerai pas ce qu'il y avait de si sympathique chez lui. Dans un an, c'est à peine si je me souviendrai de lui.*

Était-ce vrai ? Seigneur, était-ce possible ?

Non, pensa Bobby. *Sûrement pas. Je ne permettrai pas...*

Dans le séjour, Ted parlait avec Len Files. Des palabres qui paraissaient tout à fait amicales, se déroulant exactement comme Ted l'avait prévu... et en effet, Ted expliquait qu'il avait parié sur une intuition, une intuition solide, du genre de celles qui donnent envie de miser de l'argent dessus, pourvu qu'on ait l'esprit un peu sportif. Neuf heures trente demain soir pour le règlement ? Parfait, en admettant que la mère de son jeune ami arrive à l'heure prévue ; si jamais elle était un peu en retard, Len devrait l'attendre jusqu'à dix heures ou dix heures et demie. Cela convenait-il ? Nouveaux rires de la part de Ted, ce qui prouvait que cela convenait parfaitement bien à Lennie Files.

Bobby replaça sa brosse à dents dans le verre, sous le miroir, puis mit la main dans sa poche. Quelque chose s'y trouvait que ses doigts ne reconnaissaient pas, qui ne faisait pas partie du bazar qui l'encombrait d'ordinaire. Il en sortit le porte-clefs à plaque verte, son souvenir spécial d'un quartier de Bridgeport dont sa mère ne savait rien. *Là-bas en bas.* CORNER POCKET, ACADÉMIE BILLARD ET JEUX AUTOMATIQUES, KENMORE 8-2127.

Il aurait déjà dû le cacher (ou mieux, s'en débarrasser), puis, soudain, il eut une idée. Rien n'aurait pu lui rendre toute sa bonne humeur, ce soir-là, mais c'était ce qui s'en approchait le plus : il offrirait ce porte-clefs à Carol, non sans lui recommander de ne jamais dire à sa mère (sa mère à lui) comment elle l'avait eu. Carol, comme il le savait, possédait déjà au moins deux clefs, celle de l'appartement des Gerber et celle du journal intime que Rionda lui avait offert pour son anniversaire. (Carol avait trois mois de plus que lui, mais jamais elle n'en tirait supériorité pour autant.) Ce cadeau serait un peu une manière de lui dire qu'il avait des projets sérieux avec elle. Il n'aurait pas besoin de se lancer dans des déclarations sentimentales et de se mettre ainsi dans l'embarras ; Carol comprendrait. C'est aussi pour cela qu'elle était cool.

Il posa le porte-clefs sur l'étagère, à côté du verre à dents, puis alla dans sa chambre se mettre en pyjama. Quand il revint dans le séjour, Ted fumait, installé sur le canapé, et le regardait arriver.

« Ça va bien, Bobby ?

— Plus ou moins. Il faut bien, non ? »

Ted acquiesça. « Je crois que c'est pareil pour tous les deux.

« — Est-ce qu'on se reverra, un jour ? » demanda Bobby, formulant une supplique dans sa tête pour que Ted ne lui fasse pas une réponse dans le style du cowboy solitaire, et ne lui serve pas le cliché éculé du *on se retrouvera, vieux frère*...

Parce que *cliché*, le mot était faible. C'étaient des conneries, ce truc. Ted ne lui avait jamais menti, croyait-il, et il n'avait pas envie qu'il commence, maintenant qu'approchait la séparation.

« Je ne sais pas. » Ted étudia le bout rougeoyant de sa cigarette ; quand il releva la tête, Bobby vit qu'il avait des larmes dans les yeux. « Je ne crois pas. »

Ces larmes furent trop pour le garçon. Il courut vers son ami, voulant le prendre dans ses bras. Il avait *besoin* de le serrer contre lui. Il s'arrêta lorsque Ted croisa les bras sur sa chemise trop grande de vieil homme, une expression de surprise horrifiée sur le visage.

Bobby s'immobilisa où il était, les bras encore tendus ; lentement, il les abaissa. On ne se serre pas dans les bras l'un de l'autre, on ne se touche même pas. C'était la règle, même si la règle était vache. Même si elle était injuste.

« Vous m'écrirez ?

— Je t'enverrai des cartes postales, répondit Ted après avoir réfléchi quelques instants. Mais pas directement. Cela pourrait être dangereux aussi bien pour toi que pour moi. Comment faire ? As-tu une idée ?

— Envoyez-les à Carol, répondit Bobby sans même prendre le temps d'y penser.

— Quand est-ce que tu lui as parlé des individus de bas étage, Bobby ? »

Il n'y avait aucun reproche dans la voix de Ted. Et pourquoi y en aurait-il eu ? Il allait partir, n'est-ce pas ? Pour la différence que cela faisait... le type qui avait pondu l'article sur le voleur de caddies aurait pu concocter un titre du genre : UN VIEUX CINGLÉ ÉCHAPPE AUX EXTRATERRESTRES. Les gens le liraient en prenant leur petit déjeuner et rigoleraient bien. Comment Ted avait-il dit, déjà, ce jour-là ? *Humour laborieux et rural*, non ? Mais si c'était tellement drôle, pourquoi cela faisait-il aussi mal ?

« Aujourd'hui, répondit-il d'une petite voix. Je l'ai retrouvée dans le parc et... je me suis mis à tout déballer.

— Ce sont des choses qui arrivent, répondit gravement Ted. Je le sais bien. Parfois, le barrage cède, tout simplement. Et c'est peut-être mieux ainsi. Tu lui diras qu'il est possible que j'essaie d'entrer en contact avec toi par son intermédiaire, n'est-ce pas ?

— Oui. »

Ted resta un instant plongé dans ses réflexions, se tapotant les lèvres du doigt, puis hocha la tête. « Je commencerai en écrivant *Chère C.*, au lieu de *Chère Carol*. Et je terminerai en signant *Un Ami*. Comme ça, vous saurez tous les deux qui vous a écrit. D'accord ?

— Ouais, dit Bobby. Cool. »

Ce n'était pas cool, il n'y avait rien de cool dans toute cette affaire, mais c'était comme ça.

Il plaça soudain une main devant sa bouche, embrassa ses doigts et souffla sur eux. Ted, toujours assis sur le canapé, sourit en faisant semblant d'attraper le baiser pour le poser sur sa joue parcheminée. « Il vaudrait mieux que tu ailles te coucher à présent, Bobby. C'est une sacrée journée que nous avons eue, et il est tard. »

Et Bobby alla se coucher.

Il crut tout d'abord que c'était le même rêve que la première fois – Biderman, Cushman et Dean poursuivant sa mère dans la jungle de l'île décrite par William Golding. Puis Bobby se rendit compte qu'arbres et lianes faisaient en réalité partie du papier peint, sur les murs, et que le sentier, sous les pas précipités de sa mère en fuite, était de la moquette marron. Non pas la jungle, mais un corridor d'hôtel. C'était l'image mentale qu'il se faisait du Warwick Hotel. Mr Biderman et ses deux acolytes poursuivaient donc sa mère, mais ils furent rejoints par les garçons de St. Gabe, Willie, Richie et Harry Doolin. Tous ces poursuivants avaient des bandes rouges et blanches peintes sur le visage ; tous portaient des pourpoints d'un jaune éclatant sur lesquels était dessiné un œil rouge brillant :

Mis à part les pourpoints, ils étaient nus. Leurs parties intimes se balançaient mollement au milieu de la masse de leurs poils pubiens. Tous brandissaient des lances, sauf Harry Doolin, qui tenait sa batte de base-ball, laquelle était à présent effilée aux deux bouts.

« Tuons cette salope ! cria Cushman.

— Buvons son sang ! » cria Don Biderman, projetant sa lance sur Liz Garfield juste à l'instant où elle tournait dans un couloir adjacent.

L'arme vint se ficher en vibrant dans le mur représentant la jungle.

« Enfonçons-la dans sa chatte puante ! » cria Willie – ce même Willie qui pouvait être gentil quand il n'était pas avec ses amis. L'œil rouge contemplait la scène fixement ; le pénis de Willie paraissait en faire autant.

Cours, m'man ! voulut à son tour crier Bobby, mais pas un son ne sortit de sa bouche. Il n'avait pas de bouche, pas de corps. Il volait à côté de sa mère comme s'il n'était que son ombre. Il l'entendait qui haletait, hors d'haleine, la voyait qui tremblait, voyait sa bouche terrifiée, ses bas déchirés. Sa robe de soirée était en lambeaux. Un de ses seins, labouré d'un coup de griffe, pissait le sang. Elle avait un œil presque complètement fermé. On aurait dit qu'elle avait affronté Eddie Albini ou Hurricane Haywood pendant un round ou deux... sinon les deux en même temps.

« Je vais te la fendre en deux ! rugit Richie.

« On va te bouffer vivante ! » renchérit Curtis Dean
à pleins poumons. « Boire ton sang ! T'étriper ! »

Sa mère voulut regarder derrière elle, et ses pieds
(elle avait perdu ses chaussures en cours de route)
s'emmêlèrent. *Ne fais pas ça, m'man, surtout, ne fais
pas ça, bon Dieu !* gémit Bobby.

Comme si elle l'avait entendu, Liz arrêta de regarder
derrière elle et s'efforça de courir plus vite encore. Elle
passa devant une affiche :

S'IL VOUS PLAÎT AIDEZ-NOUS À RETROUVER NOTRE COCHON PRÉFÉRÉ !

LIZ est notre MASCOTTE !

LIZ A 34 ANS !

c'est une TRUIE QUI A MAUVAIS CARACTÈRE mais NOUS L'AIMONS !

Fera ce que vous voulez si vous dites « JE LE PROMETS »

(ou)

« IL Y A DE L'ARGENT LÀ-DEDANS » !

APPELEZ HOUSitonic 5-8337

(ou)

RAMENEZ-LA au WILLIAM PENN GRILLE !

Demandez LES CRAPULES DE BAS ÉTAGE EN MANTEAU JAUNE !

Devise : NOUS LA MANGEONS BLEUE !

Sa mère vit l'affiche, elle aussi ; ses chevilles s'entrechoquèrent et, cette fois-ci, elle tomba.

Lève-toi, m'man ! hurla Bobby, mais elle ne bougea
pas ; peut-être ne le pouvait-elle pas. Elle se mit à ram-
per sur la moquette marron, regardant par-dessus son
épaule, tandis que des mèches de cheveux collées par
la sueur lui pendaient sur le front et les joues. Le dos
de sa robe avait été entièrement déchiré, son slip avait
disparu et on voyait ses fesses. Pire encore, elle avait
les cuisses éclaboussées de sang. Qu'est-ce qu'ils lui
avaient fait ? Mon Dieu, qu'est-ce qu'ils avaient fait à
sa mère ?

Don Biderman se présenta *devant* elle : il avait
trouvé un raccourci. Les autres arrivaient derrière. Le
zob de Mr Biderman se dressait à présent comme parfois celui de Bobby, le matin, avant qu'il sorte du lit

pour aller aux toilettes. Sauf que le zob de Mr Biderman était *énorme*, c'était un vrai Kraken, un triffide, un *monstreuuu*, et Bobby crut comprendre d'où venait le sang sur les cuisses de sa mère. Il aurait voulu chasser cette idée, mais il ne le pouvait pas.

Laissez-la tranquille ! cria-t-il dans sa tête à Mr Biderman. *Laissez-la tranquille ! Ça ne vous suffit pas comme ça ?*

L'œil écarlate, sur le pourpoint de Mr Biderman, s'ouvrit encore plus grand... et glissa sur le côté. Bobby était invisible, son corps se tenait à un monde de là, en bas de la toupie tournoyante... mais l'œil rouge le voyait. L'œil rouge voyait tout.

« Tuons le cochon, buvons son sang ! » s'écria Mr Biderman d'une voix épaisse, presque méconnaissable.

Et il s'élança.

« Tuons le cochon, buvons son sang ! répétèrent Bill Cushman et Curtis Dean à l'unisson.

— Tuons le cochon, étripons-le, mangeons-le ! » s'écrièrent Willie et Richie, emboîtant le pas aux sauvages.

Leurs pines, comme celles des hommes, s'étaient transformées en lances.

« Mangeons-la, buvons-la, baisons-la ! » ajouta Harry.

Lève-toi, m'man ! Cours ! Ne te laisse pas faire !

Elle essaya. Mais au moment où elle se remettait laborieusement debout, Biderman lui sauta dessus. Les autres l'imitèrent, le cercle de ses assaillants se referma sur elle, leurs mains commencèrent à arracher ce qui restait de ses vêtements. Bobby pensa alors : *Il faut que je sorte de là, il faut que je descende par la toupie dans mon monde à moi, il faut que je l'arrête et la fasse tourner dans l'autre sens pour que je puisse retourner dans ma chambre, dans mon monde...*

Mais voilà, ce n'était pas une toupie, et alors que les images du rêve commençaient à se déchirer et à se fondre dans l'obscurité, Bobby le sut. Ce n'était pas une toupie mais une tour, un fuseau immobile sur le sommet duquel toute existence se mouvait et tourbillonnait. Puis il n'y eut plus rien sinon, pendant un petit moment, un néant miséricordieux. Quand il ouvrit les yeux, le soleil inondait sa chambre : le soleil d'été d'un jeudi matin, pendant le dernier mois de juin de la présidence d'Eisenhower.

IX. Un affreux jeudi

Il fallait reconnaître au moins ce talent à Ted Brautigan : il savait faire la cuisine. Le petit déjeuner qu'il disposa devant Bobby – œufs admirablement brouillés, bacon croustillant – était à plusieurs coudées au-dessus de tout ce que sa mère lui avait jamais préparé dans le genre (sa spécialité était les crêpes *Aunt Jemima*, épaisses et sans goût, qu'ils noyaient dans du sirop d'érable de la même marque) et aussi bon que ce qu'il aurait pu déguster au Colony ou au Harwich. Le seul problème était qu'il n'avait pas d'appétit. Il ne se souvenait pas des détails de son rêve, sinon que c'était un cauchemar et qu'il avait dû crier ; à son réveil, son oreiller était humide.

« Vous partirez tout de suite après être passé au Corner Pocket ? demanda Bobby tandis que Ted s'asseyait en face de lui, devant une assiette identique d'œufs au bacon. C'est bien ça, hein ?

— Oui, ce sera plus sûr. » Il commença à manger, mais lentement et sans avoir l'air d'y prendre plaisir. Lui aussi était malheureux – ce qui fit plaisir à Bobby. « Je dirai à ta mère que mon frère, qui habite l'Illinois, est tombé malade. Elle n'a pas besoin d'en savoir davantage.

— Vous allez prendre le Grand Chien ? »

Ted eut un bref sourire. « Plutôt le train. Je suis riche, n'oublie pas.

— Quel train ?

— Il vaut mieux que je ne te donne pas les détails, Bobby. Tu ne pourras dire ce que tu ignores. On ne pourra pas *t'obliger* à le dire. »

Bobby soupesa quelques instants cette réponse, puis demanda : « Vous n'oublierez pas les cartes postales ? »

Ted piqua un morceau de bacon sur sa fourchette, puis le reposa. « Non. Je t'enverrai des cartes postales, plein de cartes postales. Promis. Et maintenant, n'en parlons plus.

— De quoi on va parler, alors ? »

Ce fut au tour de Ted de réfléchir. Puis il sourit. Il avait un sourire doux et ouvert ; et quand il souriait, Bobby devinait comment il était à vingt ans, quand il était jeune et fort.

« De livres, bien entendu. Nous allons parler de livres. »

Il allait faire une chaleur écrasante : dès neuf heures, c'était évident. Bobby aida Ted à essuyer et ranger assiettes et couverts, puis ils allèrent s'asseoir dans le séjour, où le ventilateur s'évertua à faire circuler un air déjà pesant. Et ils parlèrent de livres... ou plutôt, Ted parla de livres. Et ce matin-là, son esprit n'étant plus distrait par l'imminence du match Albini-Haywood, Bobby l'écouta passionnément. Il ne comprit pas tout ce qu'il lui fut expliqué, mais suffisamment pour prendre conscience que les livres créaient leur propre monde, et que celui-ci ne se réduisait pas à la bibliothèque publique de Harwich. La bibliothèque n'était rien de plus que le seuil ouvrant sur ce monde.

Ted commença par évoquer William Golding et ce qu'il appelait le « fantastique dystopien », puis H.G. Wells et *La Machine à explorer le temps*, laissant entendre qu'il existait un rapport entre les Morlocks et les Elois de Wells, et Jack et Ralph de l'île de Golding ; il parla aussi de ce qu'il décrivait comme « la seule excuse de la littérature », à savoir l'exploration des questions de l'innocence et de l'expérience, du bien et du mal. Vers la fin de cette conférence improvisée, il parla d'un roman intitulé *L'Exorciste*, qui abordait ces deux questions (« dans un contexte populaire »), puis il s'interrompit brusquement. Il secoua la tête, comme pour s'éclaircir les idées.

« Qu'est-ce qui ne va pas ? » demanda Bobby en prenant une gorgée de *rootbeer*.

Il avait toujours aussi peu de goût pour cette boisson, mais c'étaient les seuls sodas qui restaient dans le frigo. Et c'était frais.

« À quoi je pense ? » murmura Ted, qui se passa la main sur le front comme si un mal de tête venait de se déclarer. « Il n'a pas encore été écrit.

— Qu'est-ce que vous voulez dire ?

— Rien. Je divague. Et si tu allais faire un petit tour, histoire de te dégourdir les jambes ? Je m'allongerais bien un moment. Je n'ai pas très bien dormi, la nuit dernière.

— D'accord. »

Bobby se dit qu'un peu d'air frais (même si c'était un air frais *brûlant*) ne pourrait pas lui faire de mal. Il avait pris beaucoup d'intérêt à ce que lui avait dit Ted, mais il commençait à avoir l'impression que les murs de l'appartement se refermaient sur lui. Sans doute le seul fait de savoir que Ted allait partir, supposa-t-il. *Un joli vers de douze pieds bien triste*, pensa-t-il, *le seul fait de savoir que Ted allait partir...*

Un instant, alors qu'il allait dans sa chambre chercher son gant de base-ball, l'idée du porte-clefs lui traversa l'esprit ; il allait l'offrir à Carol et elle saurait qu'il avait des intentions sérieuses. Puis il se souvint de Harry Doolin, Richie O'Meara et Willie Shearman. Ils devaient traîner quelque part dans le secteur, c'était évident, et s'ils lui tombaient dessus alors qu'il était seul, il aurait droit à la raclée de sa vie. Pour la première fois depuis deux ou trois jours, il regretta l'absence de Sully. Sully-John était un petit, comme lui, mais il était costaud. Doolin et ses copains le battraient peut-être, mais S-J le leur ferait payer cher. Sauf que S-J était à son camp de vacances.

Il n'envisagea cependant pas un instant de ne pas sortir ; il n'allait pas passer l'été à jouer à cache-cache avec les Willie Shearman et compagnie, ce serait à devenir dingue. Mais en franchissant la porte, il se rappela qu'il devait faire attention et surveiller ses abords. Tant qu'il les verrait arriver, il n'y aurait pas de problème.

Préoccupés par les gars de St. Gabe, Bobby quitta le 149 en oubliant le porte-clefs, son souvenir spécial de *là-bas en bas*. Il était toujours sur l'étagère de la salle de bains, à côté du verre à dents, là où il l'avait laissé la veille.

Il eut l'impression de parcourir tout Harwich, de Broad Street au Commonwealth Park (les types de St. Gabe n'occupaient pas le terrain C, aujourd'hui ; l'équipe de l'American Legion les avait remplacés et s'entraînait à la batte et à chasser les mouches dans l'air brûlant), du parc à la place centrale, de la place centrale à la gare. Tandis qu'il se tenait devant le petit kiosque à journaux, sous la passerelle qui franchissait les voies, et qu'il examinait les livres de poche (Mr Burton, le maître des lieux, vous laissait regarder tant que vous vouliez, pourvu que vous ne touchiez pas à la *m'chandise*, comme il disait), la sirène se déclencha brusquement, les faisant sursauter tous les deux.

« Sainte mère de Dieu, qu'est-ce qui se passe ? » s'exclama Mr Burton avec indignation. Il avait renversé un lot de paquets de chewing-gum, et il se baissa pour les ramasser, son tablier à poches multiples pendant devant lui, chargé de monnaie. « Il est à peine onze heures et quart !

— C'est bien tôt, c'est vrai », admit Bobby qui quitta le kiosque tout de suite après.

Flâner ne présentait plus de charme. Il alla jusqu'à River Avenue et s'arrêta à la boulangerie Tip-Top pour s'acheter un demi-pain de la veille (deux cents) et demander des nouvelles de Sully-John à Georgie Sullivan.

« Il va bien, lui répondit le frère aîné de S-J. On a eu une carte postale mardi qui disait que la famille lui manquait et qu'il voulait rentrer à la maison. On en a eu une autre mercredi qui disait qu'il avait appris à plonger. Et on en a eu une ce matin, qui disait que c'était absolument génial, qu'il voulait y passer le reste de sa vie. » Il éclata de rire, grand gaillard d'Irlandais de vingt ans, avec de gros bras et de larges épaules d'Irlandais, un accent irlandais prononcé. « Peut-être bien qu'il veut y passer le reste de sa vie, mais il manquerait terriblement à Ma. Tu vas donner ça aux canards ? ajouta-t-il en montrant le pain rassis.

— Oui, comme d'habitude.

— Ne les laisse pas te mordiller les doigts. Ces fichus canards de rivière véhiculent des maladies. »

L'horloge de l'hôtel de ville, sur la place centrale, se mit à sonner midi, alors qu'il était encore moins le quart.

« Mais qu'est-ce qui se passe, aujourd'hui ? s'étonna Georgie. Tout d'abord la sirène qui se déclenche, et maintenant cette foutue horloge qui sonne n'importe quand !

— C'est peut-être la chaleur », avança Bobby.

Georgie lui adressa un regard dubitatif. « Ouais... c'est une explication qui en vaut une autre. »

Ouais, pensa Bobby en sortant du magasin. *Et qui est beaucoup moins dangereuse.*

Il descendit River Avenue, grignotant des bouts de son pain tout en marchant. Le temps de trouver un banc près de la Housatonic River, il avait englouti les trois quarts de la demi-miche. Les canards se précipitèrent hors des roseaux et Bobby se mit à éparpiller ce qui en restait pour eux, amusé (comme toujours) de les voir se jeter sur les morceaux et les avaler en redressant la tête.

Au bout d'un moment, il se sentit somnolent ; il regarda la rivière, la lumière qui jetait un filet de reflets chatoyants sur l'eau, et sa somnolence s'accrut. Il avait dormi, la nuit dernière, mais d'un sommeil agité, et il s'assoupit, les mains pleines de miettes de pain. Les canards finirent tout ce qui restait sur l'herbe et, dans un cancanement méditatif, se rapprochèrent de lui. L'horloge municipale sonna deux coups à midi vingt, et les gens qui l'entendirent secouèrent la tête en se demandant les uns aux autres si le monde n'était pas détraqué. Le sommeil de Bobby se fit peu à peu plus profond, si bien que lorsqu'une ombre tomba sur lui, il ne la vit ni ne la sentit.

« Hé, le môme ! »

La voix était douce, mais tendue. Bobby se redressa en sursaut, ses mains s'ouvrirent et les dernières miettes de pain s'éparpillèrent. Les serpents se remirent à grouiller dans son estomac. Ce n'était ni Willie Shearman, ni Richie O'Meara, ni Harry Doolin (même à peine réveillé, il s'en rendait compte), mais il aurait presque préféré avoir affaire à l'un d'eux – sinon aux trois. Une raclée n'était pas la pire chose qui puisse vous arriver. Non, pas la pire. Sapristi, quelle idée avait-il eue, aussi, de s'endormir ?

« Le môme... »

Les canards lui marchaient sur les pieds, se disputant cette manne inespérée. Leurs ailes battaient contre ses chevilles et ses tibias, mais la sensation demeurait lointaine, très lointaine. Il voyait, devant lui, l'ombre d'une tête. Celle d'un homme qui se tenait dans son dos.

« Le môme. »

Lentement, un peu rouillé, Bobby se retourna. L'homme porterait un manteau jaune sur lequel serait dessiné un œil, un grand œil rouge et fixe.

Mais le personnage qu'il vit portait un costume d'été brun clair, dont le veston était déformé par un petit durillon de comptoir en train de virer bedaine, et

Bobby sut tout de suite qu'il ne s'agissait pas de *l'un d'eux*. Aucune démangeaison derrière les yeux, pas de fils noirs envahissant son champ de vision... La chose essentielle, cependant, était qu'il n'avait pas affaire à une *créature* déguisée en être humain, mais à un véritable être humain.

« Quoi ? » demanda-t-il, d'une voix basse et enrouée. Il n'arrivait toujours pas à croire qu'il ait pu s'endormir ainsi, aussi facilement. « Qu'est-ce que vous voulez ?

— Je te donne deux billets si tu me laisses te sucer », répondit l'homme en costume brun clair. Il glissa la main dans son veston et en sortit un portefeuille. « On peut aller derrière les arbres, par là. Personne ne nous verra. Et ça te plaira.

— Non », dit Bobby en se levant.

S'il ne savait pas exactement ce que voulait dire l'homme en costume brun clair, il en avait suffisamment compris. Les canards battirent en retraite, mais les restes de pain étaient trop tentants, et ils revinrent à la charge, donnant des coups de bec et dansant autour des chaussures du garçon. « Je dois rentrer chez moi. Ma mère... »

L'homme se rapprocha, tenant toujours son portefeuille. Comme s'il avait décidé de tout donner à Bobby, oublié ces ridicules deux dollars. « Je ne te demanderai pas que tu me le fasses, c'est juste moi qui vais te le faire. Allez viens, qu'est-ce que t'en dis ? Je te donnerai trois dollars. » La voix de l'homme chevrotait, montait et descendait irrégulièrement, donnait l'impression de passer du rire aux larmes. « Tu pourras aller au cinéma pendant un mois avec trois dollars.

— Non, vraiment, je...

— Ça te plaira, tous mes petits gars adorent ça. »

L'homme tendit une main vers lui et Bobby pensa soudain à Ted le saisissant par les épaules, à Ted lui mettant les mains derrière la nuque, le rapprochant de lui comme s'ils avaient été sur le point de s'embrasser.

Ce n'était pas la même chose... et cependant, si. D'une certaine manière, si.

Sans même penser à ce qu'il faisait, Bobby se pencha et attrapa un des canards. Il le souleva au milieu de cancanements véhéments et d'une agitation désordonnée de pattes et d'ailes, eut juste le temps d'apercevoir la perle noire d'un œil, puis il jeta l'animal sur l'homme au costume brun clair. L'homme poussa un cri, leva les mains pour se protéger le visage et laissa tomber son portefeuille.

Bobby s'enfuit.

Il traversait le parc en direction de la maison quand il vit une affichette apposée sur un poteau téléphonique, devant le magasin de bonbons. Il s'en approcha et la lut avec une horreur grandissante. Il ne se rappelait pas le cauchemar qu'il avait fait la nuit précédente, mais c'était quelque chose dans ce genre. Il en était sûr.

QUI A VU BRAUTIGAN ?

c'est un VIEUX CLEBS BÂTARD mais NOUS L'AIMONS !

BRAUTIGAN a UNE FOURRURE BLANCHE et DES YEUX BLEUS !

IL est AMICAL !

IL VOUS MANGE DANS LA MAIN !

TRÈS GROSSE RÉCOMPENSE

($$$$)

SI VOUS AVEZ VU BRAUTIGAN !

APPELEZ HOusitonic 5-8337 !

(OU)

RAMENEZ BRAUTIGAN AU 745 Highgate Avenue !

foyer de la FAMILLE SAGAMORE !

Ce n'est pas un bon jour, songea Bobby, qui vit sa main se tendre vers l'affichette et la décoller du poteau. Un peu plus loin, pendant du globe qui décorait la façade du Harwich Theater, il aperçut une queue de cerf-volant bleue. *Pas un bon jour du tout. Je n'aurais jamais dû quitter l'appartement. J'aurais mieux fait de carrément rester au lit.*

HOusitonic 5-8337, exactement comme pour l'affiche de Phil, le chien corgi... sauf que s'il existait un central téléphonique portant ce nom à Harwich, Bobby n'en avait jamais entendu parler. Il connaissait HArwich, et COmmonwealth. Mais HOusitonic ? Non. Ni ici ni à Bridgeport.

Il roula l'affichette en boule et la jeta dans la corbeille marquée HARWICH, VILLE PROPRE, à l'angle ; mais il en trouva une identique de l'autre côté de la rue, puis une troisième, un peu plus loin, collée sur une boîte aux lettres. Il les arracha aussi. Soit les ignobles individus étaient aux abois, soit ils se rapprochaient. Ou les deux, peut-être. Ted ne pouvait sortir aujourd'hui ; il fallait le lui dire, songea Bobby. Et il devait être prêt à prendre la fuite. Il le lui dirait également.

Il coupa par le parc, courant presque tant il était pressé de rentrer, et c'est à peine s'il distingua la petite voix haletante qui lui parvint de la gauche, lorsqu'il passa près des terrains de base-ball. « Bobby... »

Il s'arrêta et regarda en direction du bosquet dans lequel Carol l'avait entraîné la veille, quand il s'était laissé aller à chialer. Et lorsque l'appel angoissé se répéta, il prit conscience que c'était *elle*.

« Bobby, je t'en prie, aide-moi... »

Il quitta l'allée cimentée pour se faufiler au milieu des arbres. Lorsqu'il la vit, il en lâcha son gant de base-ball. C'était pourtant un Alvin Dark, et plus tard, il ne le retrouva plus. Quelqu'un était passé par là et l'avait récupéré, sans doute – et alors ? Tandis que la journée tirait à sa fin, ce fichu gant était bien le dernier de ses soucis.

Carol était assise au pied du même orme où elle l'avait consolé hier, les genoux remontés contre sa poitrine. Son visage était d'un gris de cendre. Ses yeux tuméfiés étaient pris dans des cercles sombres qui la faisaient ressembler à un raton laveur. Un filet de sang coulait de l'une de ses narines. Elle serrait contre elle son bras gauche, retenant sa chemise contre des seins qui ne seraient pas autre chose que deux boutons avant un an ou deux. Elle tenait le coude de ce bras dans sa main droite.

Elle était vêtue d'un short et d'une sorte de blouse à smocks, à manches longues – un modèle qu'on enfile simplement par la tête. Plus tard, Bobby estima que ce stupide vêtement portait une lourde responsabilité dans ce qui était arrivé. Sans doute espérait-elle se protéger des coups de soleil ; sans quoi, il ne voyait vraiment pas pour quelle raison elle aurait mis une chemise à manches longues par une telle canicule. L'avait-elle choisie elle-même, ou bien était-ce Mrs Gerber qui l'avait obligée à la mettre ? Ce détail était-il important ? Oui, il l'était. Il l'était même fichtrement.

Mais pour l'instant, la blouse à manches longues était secondaire. La seule chose qu'il remarqua, sur le moment, fut le haut du bras gauche de Carol. On aurait dit qu'il se terminait non pas par une épaule, mais par deux.

« Bobby... », murmura-t-elle, le regardant d'un œil brillant, mais à l'expression hébétée. « Ils m'ont fait mal. »

Elle était en état de choc, bien entendu. Lui aussi, d'ailleurs. N'agissant plus que par instinct, il essaya de la soulever et elle hurla de douleur – Seigneur, quel cri !

« Je vais courir chercher de l'aide, dit-il en la reposant au sol. Reste assise ici et essaie de ne pas bouger. »

Elle secouait négativement la tête – mais avec une lenteur étudiée, pour ne pas agiter son bras. Ses yeux bleus étaient presque noirs de souffrance et de terreur. « Non, Bobby, non, ne me laisse pas toute seule... si jamais ils reviennent ? S'ils reviennent et me font encore plus mal ? » Il oublia une partie de ce qui se passa durant ce long jeudi caniculaire, il l'oublia dans l'onde de choc ; mais cet instant-ci demeura au contraire très clair dans sa mémoire : *S'ils reviennent et me font encore plus mal ?*

« Mais... Carol...

— Je pourrai marcher... Si tu m'aides, je pourrai marcher. »

Bobby passa une main prudente autour de la taille de la fillette, espérant ne pas la faire hurler une nouvelle fois ; la première avait été affreuse.

Elle se mit lentement debout, se servant du tronc de l'orme comme appui pour son dos. Son bras gauche bougea un peu pendant le mouvement ; la grotesque double épaule se déforma et roula. Elle gémit, mais ne hurla pas, Dieu soit loué.

« Il vaudrait mieux ne pas bouger, dit Bobby.

— Non, je veux partir d'ici. Aide-moi. Oh, mon Dieu, ça fait mal ! »

Une fois debout, elle se sentit un peu mieux. Ils sortirent du bosquet avec la démarche solennelle d'un couple qui s'avance vers l'autel. Il paraissait faire encore plus chaud qu'avant, au-delà de l'ombre des arbres, et la lumière était aveuglante. Bobby regarda autour de lui et ne vit personne. Quelque part, plus loin dans le parc, des petits (sans doute des Moineaux ou des Rouges-Gorges de la Sterling House) chantaient une chanson, mais le secteur des terrains de base-ball était désert : pas un gosse, pas une mère poussant un landau, pas trace non plus de l'officier Raymer, le flic municipal qui vous payait parfois une crème glacée ou des cacahuètes, s'il était de bonne humeur. Tout le monde s'était mis à l'abri, fuyant la chaleur.

À pas lents, le bras de Bobby toujours autour de la taille de Carol, ils remontèrent l'allée qui conduisait à Broad Street. La rue était tout aussi déserte que le parc ; des ondulations d'air montaient du macadam, comme au-dessus d'un incinérateur. Pas un seul passant, pas une seule automobile en vue.

Ils s'engagèrent sur le trottoir et Bobby était sur le point de lui demander si elle se sentait capable de traverser la rue lorsque Carol murmura, d'une voix étranglée et faible : « Oh, Bobby, je m'évanouis... »

Il la regarda, inquiet, et vit ses yeux rouler et ne plus montrer que leur blanc. Elle oscillait sur elle-même comme un arbre qu'on a presque fini de couper. Bobby se pencha, sans même réfléchir, et la rattrapa sous les cuisses au moment où ses genoux se dérobaient sous elle. Il s'était trouvé à sa droite et avait pu ainsi éviter de toucher le bras gauche de Carol ; et celle-ci, même dans son évanouissement, avait gardé son coude gauche dans sa main droite, maintenant le membre blessé à peu près en place.

Carol avait la taille de Bobby ; peut-être était-elle même plus grande, et elle pesait presque autant que lui. Il aurait dû être incapable de faire plus que quelques zigzags sur Broad Street avec elle dans les bras, mais on parvient parfois à faire preuve d'une force physique stupéfiante, en état de choc. Bobby la porta donc, et ne zigzagua pas ; sous ce soleil impitoyable de juin, il courut même. Personne ne l'arrêta, personne ne lui demanda ce qu'avait la fillette, personne ne lui offrit de l'aide. Il entendait des voitures passer sur Asher Avenue, mais la partie du monde dans laquelle il se trouvait, mystérieusement, lui paraissait comme Midwich au moment où tout le monde s'est endormi.

Ramener Carol chez sa mère ne lui vint même pas à l'esprit. L'appartement des Gerber était situé plus haut, sur la colline, mais ce n'était pas la raison. Bobby ne pensait qu'à une personne : Ted. C'est à Ted qu'il devait la conduire. Ted saurait quoi faire.

Ses forces quasi surnaturelles commencèrent à le trahir alors qu'il montait les marches du porche, au 149. Il tituba, et l'épaule grotesquement déformée de Carol alla heurter la rampe. Elle se raidit dans les bras du garçon, cria, et ses yeux à demi fermés s'ouvrirent tout grands.

« On y est presque », fit-il dans un murmure haletant

dans lequel il ne reconnut pas sa voix. « On y est presque... désolé de t'avoir cognée, mais on y est... »

La porte s'ouvrit et Ted sortit. Il portait le pantalon gris de son costume et un maillot de corps. Ses bretelles se balançaient, pendant en boucle à hauteur de ses genoux. Il parut surpris et inquiet, mais pas effrayé.

Bobby réussit à escalader la dernière marche, puis se mit à osciller, comme s'il allait partir à la renverse. Pendant une seconde terrible, il crut qu'il allait s'effondrer, peut-être même s'ouvrir le crâne sur le sol cimenté. Mais Ted le rattrapa et lui fit reprendre l'équilibre.

« Donne-la-moi, dit le vieil homme.

— Ne la prenez pas par là », haleta Bobby. Il sentait ses bras vibrer comme des cordes de guitare et il avait l'impression d'avoir les épaules en feu. « Vous êtes du mauvais côté. »

Ted fit le tour et vint se placer près de Bobby. Carol levait les yeux vers eux ; ses cheveux d'un blond pâle retombaient sur le poignet du garçon. « Ils m'ont fait mal, murmura-t-elle à l'intention de Ted. Willie... je lui ai demandé de les faire arrêter, mais il a pas voulu...

— Ne parle pas, lui intima Ted. Ça va aller. »

Il la prit des bras de Bobby aussi doucement qu'il put, mais le bras blessé bougea tout de même un peu pendant la manœuvre. La double épaule ondula sous la blouse blanche. Carol gémit et se mit à pleurer. Un peu de sang coula à nouveau de sa narine droite, une goutte brillante sur sa peau claire. Un bref instant, Bobby revit l'œil de son rêve. Le grand œil rouge.

« Tiens-moi la porte, Bobby. »

Le garçon l'ouvrit en grand et Ted porta Carol dans le vestibule, et de là dans l'appartement. Au même moment, Liz Garfield descendait l'escalier de fer qui conduit de la gare de Harwich, sur la ligne du New York-New Haven-Hartford Railroad, à Main Street, où il y a une station de taxis. Elle se déplaçait avec les mouvements lents et calculés d'une invalide chronique. Elle tenait une valise à chaque main. Mr Burton, le propriétaire du petit kiosque à journaux, se trouvait à l'entrée de sa boutique et fumait. Il regarda Liz atteindre le bas des marches, relever le voile de son petit chapeau et se tamponner délicatement le visage avec un coin de son mouchoir. Elle grimaçait à chacun des contacts. Elle était maquillée, outrageusement maquillée, même, mais le maquillage n'y changeait rien. Il ne faisait qu'attirer un peu plus l'attention sur ce qui lui était arrivé. La voilette était plus efficace, même si elle ne dissimulait que le haut de son visage. Elle la rabaissa et s'approcha du premier des trois taxis qui attendaient. Le chauffeur descendit pour charger les bagages.

Burton se demanda qui avait bien pu lui faire une chose pareille. Il espérait que le coupable était en train de subir un massage du crâne par des malabars de flics armés de matraques en bois dur. Quelqu'un capable de faire une telle chose à une femme ne méritait pas mieux. Quelqu'un capable de faire une telle chose à une femme ne pouvait être laissé en liberté. Telle était l'opinion de Burton.

Bobby croyait que Ted déposerait Carol sur le canapé, mais c'est vers une chaise à dossier droit qu'il se dirigea ; il s'y assit lui-même, tenant la fillette sur ses genoux comme les pères Noël des grands magasins Grant le faisaient avec les petits enfants, quand ils siégeaient sur leurs trônes.

« Est-ce que tu as mal ailleurs qu'à l'épaule ? »

— Oui... à l'estomac, et sur le côté...

— Quel côté ?

— Le droit. »

Ted remonta délicatement la blouse à la hauteur de la taille de Carol, et Bobby laissa échapper un sifflement lorsqu'il vit l'ecchymose qui s'étalait en travers de la cage thoracique de son amie. Il reconnut tout de suite la forme d'une batte de base-ball. Et devina sans peine à qui elle avait appartenu : à Harry Doolin, ce gros lourdaud boutonneux qui se prenait pour Robin des Bois dans le paysage embryonnaire qui lui tenait lieu d'imagination. Il était tombé sur Carol dans le parc tandis qu'il traînait en compagnie de ses copains Richie O'Meara et Willie Shearman, et il avait joué de la batte sur elle pendant que les deux autres immobilisaient la fillette. Ils avaient beaucoup ri, l'appelant « Baby Gerber ». Peut-être avaient-ils voulu plaisanter, pour commencer ; puis la plaisanterie avait mal tourné. N'était-ce pas exactement ce qui était arrivé dans *Sa Majesté des Mouches* ? Les choses avaient simplement mal tourné sur l'île.

Ted approcha la main de la taille de Carol ; il mit à plat ses doigts noueux et les fit lentement glisser sur le flanc de la fillette. Il se tenait la tête inclinée de côté et donnait plutôt l'impression de tendre l'oreille que de toucher. C'était peut-être cela. Carol hoqueta lorsqu'il arriva à hauteur de l'ecchymose.

« Ça fait mal ? demanda-t-il.

— Un peu... Pas autant que mon épaule... Ils m'ont cassé le bras, hein ?

— Non, je ne crois pas.

— J'ai entendu le bruit. Eux aussi. C'est là qu'ils sont partis.

— Tu l'as sûrement entendu et eux aussi, je n'en doute pas. »

Des larmes coulaient sur les joues toujours aussi blêmes de Carol, qui paraissait plus calme, à présent. Ted, après avoir remonté la blouse jusqu'à l'aisselle de la fillette, examina l'ecchymose. *Il a reconnu la marque. Comme moi*, pensa Bobby.

« Combien étaient-ils, Carol ? »

Trois, répondit Bobby dans sa tête.

« T-trois, balbutia la fillette.

— Trois garçons ? »

Elle acquiesça.

« Trois garçons contre une petite fille... Ils devaient avoir bien peur de toi, Carol. Ils ont dû te prendre pour une lionne... Serais-tu une lionne, par hasard ?

— J'aurais bien voulu, répondit-elle en essayant de

sourire. J'aurais rugi et ils seraient partis. Ils m'ont f-f-fait mal.

— Je vois ça, je vois ça. » La main de Ted retourna à hauteur de l'ecchymose et se posa délicatement dessus. « Inspire. »

La cage thoracique gonfla contre les doigts tachés de nicotine de Ted. « Est-ce que ça te fait mal ? »

Elle secoua la tête.

« Tu n'as pas mal quand tu respires ?

— Non.

— Ni quand tes côtes viennent s'appuyer contre ma main ?

— Non. C'est juste la peau. Ce qui me fait mal, c'est... »

Elle eut un bref coup d'œil à son épaule horriblement déformée et détourna la tête.

« Je sais, je sais.. Ma pauvre Carol, ma pauvre chérie... On va s'occuper de ça. Ils t'ont aussi frappée à l'estomac, tu m'as dit ?

— Oui. »

Ted souleva la blouse, sur le devant, et découvrit une autre ecchymose, mais apparemment moins importante et d'une couleur moins agressive. Il appuya délicatement au-dessus du nombril de la fillette, puis au-dessous. Elle dit que la douleur n'avait rien à voir avec ce qu'elle sentait dans son épaule, et que superficiellement, elle avait encore moins mal qu'à hauteur des côtes.

« Ils ne t'ont pas frappée dans le dos ?

— N-non.

— Ni sur la tête ou le cou ?

— Non plus... juste sur le côté et à l'estomac, et après ils m'ont tapé sur l'épaule et c'est là que ça a craqué, et ils l'ont entendu, et ils sont partis en courant. Moi qui pensais que Willie Shearman était gentil... »

Elle regarda Ted avec une expression triste.

« Tu veux bien tourner un peu la tête, Carol ? Bon... et maintenant, de l'autre côté... ça ne te fait pas mal ?

— Non.

226

— Et tu es sûre qu'ils ne t'ont pas frappée à la tête ?

— Non... je veux dire, je suis sûre que non.

— Tu as de la chance. »

Bobby se demanda comment diable Ted pouvait prétendre qu'elle avait de la chance. Le bras gauche de son amie ne lui paraissait pas simplement cassé, mais quasiment arraché. Il évoqua brusquement l'image d'un poulet rôti comme ils en mangeaient le dimanche, et le bruit qui accompagnait la rupture d'un os qu'on en détachait. Son estomac se révulsa et, un instant, il crut bien qu'il allait vomir son petit déjeuner et les morceaux de pain rassis qui avaient constitué son seul repas depuis le matin.

Non, se dit-il, c'est pas le moment. *Ted a déjà assez de problèmes comme ça, tu ne vas pas en ajouter d'autres sur la liste.*

« Bobby ? » Ted avait parlé d'un ton net et autoritaire. Comme quelqu'un plus riche de solutions que de problèmes – quel soulagement ! « Tu vas bien, Bobby ?

— Oui-oui. »

Il ne mentait pas. Son estomac commençait à se calmer.

« Parfait, reprit Ted. Tu as bien fait de l'amener ici. Penses-tu pouvoir faire aussi bien pendant encore un petit moment ?

— Ouais.

— Alors, commence par me trouver une paire de ciseaux. »

Le garçon alla dans la chambre de sa mère, ouvrit le premier tiroir de la coiffeuse et en sortit un panier de couture. Il contenait une paire de ciseaux de taille moyenne. Bobby les prit et retourna dans le séjour. « Ça ira ? demanda-t-il en les montrant à Ted.

— Parfait... Je vais être obligé d'abîmer ta blouse, Carol. Elle sera fichue. Je suis désolé, mais il faut que j'examine ton épaule et je veux éviter au maximum de te faire mal, si je peux.

— C'est pas grave », répondit-elle, essayant une fois de plus de sourire.

Bobby était assez stupéfait du courage dont elle faisait preuve ; s'il avait eu l'épaule dans cet état, lui, il aurait probablement bêlé comme un mouton pris dans des barbelés.

« Tu n'auras qu'à emprunter un t-shirt à Bobby pour rentrer chez toi. N'est-ce pas, Bobby ?

— Bien sûr. Tant pis pour les poux.

— Très drôle », dit Carol.

Procédant avec soin, Ted coupa la blouse, tout d'abord par-derrière, puis sur le devant. Après quoi, il en dépouilla Carol — un peu comme on enlève la coquille d'un œuf dur. Il fit particulièrement attention quand il fut à la hauteur de l'épaule gauche, mais Carol laissa échapper un cri rauque lorsque, malgré tout, ses doigts effleurèrent sa peau. Bobby sursauta et son cœur, qui avait commencé à ralentir, se remit à cogner.

« Je suis désolé, murmura Ted. Oh, bon sang... Regarde-moi ça. »

L'épaule de la fillette était affreuse, mais pas autant que Bobby l'avait redouté ; peut-être était-ce souvent ainsi qu'apparaissaient les choses, en fin de compte, lorsqu'on les regardait en face. La deuxième bosse était plus haute que l'épaule normale, et la peau était si tendue que Bobby se demanda par quel miracle elle n'éclatait pas. Elle avait aussi pris une nuance lilas assez particulière.

« C'est... c'est grave ? » demanda Carol.

Elle détournait la tête et son petit visage avait cet aspect pincé et exténué d'un enfant de l'Unicef rongé par la faim. Bobby croyait se rappeler qu'à part le coup d'œil rapide qu'elle avait jeté à son épaule, elle ne la regarda ensuite à aucun moment. « Je vais passer tout l'été dans un plâtre, hein ?

— Je crois qu'il ne sera même pas nécessaire de t'en mettre un. »

Elle regarda le vieil homme, l'air interrogateur.

« Ton épaule n'est pas cassée, Carol. Simplement déboîtée. On t'a frappée...

— Harry Doolin...

— ... tellement fort que le haut de ton bras est sorti de son alvéole. Je crois pouvoir le remettre en place. Penses-tu arriver à supporter deux ou trois secondes très douloureuses, si tu sais qu'après tu iras parfaitement bien ?

— Oui, répondit-elle aussitôt. Arrangez-la, Mr Brautigan. Je vous en prie, arrangez-la. »

Le regard de Bobby, lui, était dubitatif. « Vous croyez que vous allez y arriver ?

— Oui. Donne-moi ta ceinture.

— Hein ?

— Ta ceinture, donne-la-moi ! »

Le garçon détacha la boucle de sa ceinture — une ceinture relativement neuve, qu'il avait eue pour la Noël —, la fit glisser de ses passants et la tendit à Ted, qui la prit sans quitter Carol des yeux un seul instant. « Quel est ton nom de famille, ma puce ?

— Gerber. Ils m'appellent Baby Gerber, mais je ne suis plus un bébé.

— Je te crois volontiers. Et tu vas nous le prouver. »

Il se leva, l'installa sur la chaise, puis s'agenouilla devant elle comme ces types, dans les vieux films, faisant leur demande en mariage. Il enroula la ceinture sur sa grosse main, lui faisant faire deux tours, et la tendit à la fillette jusqu'à ce qu'elle lâche son coude et la prenne dans sa bonne main. « Bien. À présent, mets-la entre tes dents.

— Que... que je prenne la ceinture de Bobby entre mes dents ? »

Pas un instant Ted ne la quitta des yeux. Il commença de caresser le bras intact, entre le poignet et le coude. Ses doigts effleuraient l'avant-bras... s'arrêtaient au coude... redescendaient vers le poignet. *On dirait qu'il l'hypnotise*, se dit Bobby, qui se rendit vite compte qu'il pouvait supprimer le *on dirait* : Ted l'hypnotisait vraiment. Les pupilles du vieil homme s'étaient remises à faire ce truc bizarre, grandir et rétrécir... grandir et rétrécir... en suivant exactement le rythme des mouvements qu'effectuait sa main. Carol le regardait fixement, lèvres entrouvertes.

« Ted... vos yeux...

— Oui, oui, je sais. » Il avait répondu d'un ton impatient, nullement intéressé par ce que faisaient ses yeux. « La douleur monte, Carol, le savais-tu ?

— Non... »

Elle le fixait toujours. Les doigts de Ted montaient et descendaient sur son bras. Montaient... descendaient. Ses pupilles étaient comme un battement de cœur très lent. Bobby vit que Carol commençait à se détendre. Elle tenait toujours la ceinture, et lorsque Ted arrêta son mouvement caressant pour lui toucher le dessus de la main, elle leva celle-ci vers son visage sans protester.

« Oh, oui, elle monte jusqu'au cerveau. Quand je te remettrai l'épaule en place, il y aura beaucoup de douleur – mais tu la feras presque entièrement prisonnière dans ta bouche, au passage. Tu la mordras et tu la maintiendras contre la ceinture de Bobby, et comme ça il n'y en aura qu'un peu qui montera jusque dans ta tête, là où les choses font le plus mal. Est-ce que tu comprends, Carol ?

— Oui... »

Sa voix avait pris une intonation distante. Elle paraissait bien petite sur sa chaise, habillée de son seul short et de ses chaussures. Les pupilles de Ted, remarqua Bobby, étaient redevenues normales.

« Prends la ceinture entre les dents, Carol. »

Elle s'exécuta.

« Mords quand ça te fera mal.

— Quand ça me fera mal...

— Attrape la douleur.

— Je l'attraperai. »

Ted donna une dernière caresse de son gros index, entre le coude et le poignet, et regarda Bobby. « Souhaite-moi bonne chance.

230

— Bonne chance », répondit Bobby avec ferveur.

D'une voix rêveuse, encore plus distante, Carol dit : « Bobby a lancé un canard sur un homme.

— Vraiment ? » fit Ted qui, très doucement, referma la main gauche sur le poignet gauche de la fillette.

« Il pensait que c'était une crapule de bas étage. »

Ted jeta un coup d'œil à Bobby.

« Non, pas ce genre de crapule de bas étage-là, voulut expliquer Bobby. C'était... oh, ça ne fait rien.

— De toute façon, dit Ted, ils sont très près. L'horloge municipale, la sirène...

— J'ai entendu, répondit Bobby, lugubre.

— Je ne vais pas attendre le retour de ta mère, ce soir. Je n'ose pas. Je passerai le reste de la journée au cinéma ou dans un parc, n'importe où. Et sinon, il y a toujours les hôtels borgnes de Bridgeport. Tu es prête, Carol ?

— Oui.

— Quand la douleur va monter, qu'est-ce que tu vas faire ?

— L'attraper. En la mordant contre la ceinture de Bobby.

— Tu es une brave petite. Dans dix secondes, tu vas te sentir beaucoup mieux. »

Ted prit une profonde inspiration. Puis il tendit la main droite, jusqu'à ce qu'elle soit placée juste au-dessus de la déformation couleur lilas de l'épaule luxée de Carol. « La douleur arrive, ma chérie. Sois courageuse. »

Cela ne dura pas dix secondes ; même pas cinq. Bobby eut l'impression qu'il ne fallut qu'un instant. La paume de la main droite de Ted appuya carrément sur le renflement anormal, tirant en même temps d'un coup sec sur le poignet de la fillette. Les mâchoires de Carol se refermèrent sur la ceinture. Bobby entendit un bref craquement, comme en produisait parfois son cou quand il avait la nuque raide et qu'il tournait la tête. Et l'épaule de son amie redevint normale.

« Bingo ! s'écria Ted. On dirait que ça y est...
Carol ? »

Elle ouvrit la bouche. La ceinture tomba sur ses
genoux. Bobby vit une série de pointillés dans le cuir ;
les dents de la fillette l'avaient presque complètement
traversé.

« Ça ne me fait plus mal », dit-elle avec stupéfaction. Elle porta la main droite à son épaule, là où la
peau prenait une nuance de plus en plus violacée, et fit
la grimace lorsque ses doigts l'effleurèrent.

« Elle va rester endolorie pendant encore une bonne
semaine, l'avertit Ted. Et il ne faudra rien soulever ni
lancer avec ce bras pendant au moins quinze jours.
Sinon, il risque de se déboîter une deuxième fois.

— Je ferai attention. »

Elle arrivait à présent à regarder son épaule, mais
elle ne pouvait empêcher ses doigts d'explorer, avec
prudence, la peau tuméfiée.

« Est-ce que tu as pu attraper toute la douleur,
Carol ? » lui demanda Ted. Il avait encore son expression grave, mais Bobby détecta comme un sourire dans
le ton.

« Presque toute, répondit-elle. Ça ne m'a presque
pas fait mal. »

À peine avait-elle prononcé ces mots qu'elle s'effon-
drait sur sa chaise, les yeux ouverts, mais le regard
complètement vague. Elle venait de s'évanouir pour la
deuxième fois.

Ted demanda à Bobby d'aller lui préparer une serviette mouillée. « À l'eau froide, précisa-t-il. Essore-
la, mais pas trop. »

Le garçon courut jusqu'à la salle de bains, prit une
petite serviette sur l'étagère, à côté de la baignoire, et
la passa sous l'eau froide. La partie inférieure de la
fenêtre était en verre cathédrale, mais s'il avait levé les
yeux et regardé par la partie supérieure, il aurait vu
arriver le taxi de sa mère. Ce qu'il ne fit pas : il était
concentré sur la tâche qu'on lui avait assignée. Il n'eut

pas non plus la moindre pensée pour le porte-clefs, alors qu'il était posé sur l'étagère, à la hauteur de ses yeux.

Lorsqu'il revint dans la salle de séjour, Ted était de nouveau assis sur la chaise, tenant Carol dans ses bras. Bobby remarqua à quel point elle avait les bras bronzés, à côté du reste de sa peau : celle-ci était d'un blanc immaculé, mis à part, bien entendu, les parties tuméfiées. *On dirait qu'elle a des bas nylon enfilés sur les bras*, songea Bobby, légèrement amusé. Le regard de la fillette avait retrouvé un peu de vie et elle suivit Bobby des yeux quand il s'approcha, mais on voyait qu'elle n'était pas très bien ; ses cheveux étaient en désordre, son visage tout en sueur, et un filet de sang séché sinuait de sa narine au coin de sa bouche.

Ted prit la serviette et commença à essuyer les joues et le front de la fillette. Bobby s'était agenouillé à côté de la chaise. Carol se redressa un peu, tendant avec gratitude son visage à la fraîcheur humide du linge. Ted nettoya le sang coulé de son nez et posa la serviette sur une petite table ; puis il repoussa les mèches qui retombaient sur le visage de Carol, quelques-unes se montrèrent rebelles et il s'apprêtait à les chasser lorsque la porte d'entrée de l'immeuble claqua, et l'on entendit un bruit de pas dans le vestibule.

La main de Ted s'immobilisa à hauteur du front de Carol. Le regard du vieil homme croisa celui de Bobby, et une même pensée leur vint simultanément à l'esprit, le fort courant de télépathie se résumant en un seul mot : *eux*.

« Non, dit Carol, ce ne sont pas *eux*, Bobby. C'est ta m... »

La porte de l'appartement s'ouvrit et Liz fit son apparition dans l'encadrement, tenant sa clef d'une main et le chapeau à voilette de l'autre. Derrière elle, la porte d'entrée était restée ouverte sur l'air extérieur brûlant. Côte à côte sur le paillasson, on voyait les deux valises que venait de déposer le chauffeur du taxi.

« Bobby, combien de fois t'ai-je demandé de fermer à clef cette fichue... »

Elle n'alla pas plus loin. Pendant des années, Bobby passa et repassa cette scène dans sa tête, comprenant de plus en plus clairement ce que sa mère avait vu alors qu'elle revenait elle-même de ce désastreux voyage à Providence : son fils agenouillé à côté de la chaise sur laquelle un vieil homme qu'elle n'avait jamais beaucoup aimé, en qui elle n'avait jamais eu réellement confiance, était assis avec une petite fille sur les genoux. La fillette paraissait hébétée. Ses cheveux pendaient en mèches humides. Sa blouse avait été déchirée : ce qu'il en restait traînait sur le sol ; et alors qu'elle avait elle-même les yeux gonflés et à moitié fermés, Liz avait dû voir les meurtrissures sur la peau de Carol, à l'épaule, sur les côtes, à l'estomac.

Carol, Bobby et Ted Brautigan la virent de leur côté avec exactement cette même précision qu'ont les choses quand le temps paraît suspendu : deux yeux au beurre noir (le droit n'était rien de plus qu'une fente brillante au milieu de chairs tuméfiées et décolorées) ; une lèvre inférieure boursouflée et fendue en deux endroits, sur laquelle on voyait encore des croûtes de sang séché comme les traces d'un rouge à lèvres vieux d'un siècle ; un nez de travers, affligé à présent d'une forme invraisemblable en crochet, comme celui d'une sorcière de conte de fées.

Le silence — un instant de silence de circonstance par une suffocante après-midi d'été. Au loin, il y eut une pétarade de moteur. Quelque part, un gamin cria, « Hé ! Par ici, les gars ! » tandis que leur parvenait, de Colony Street, le bruit que Bobby finit par associer le plus fortement avec son enfance et avec ce jeudi, en particulier : les aboiements du chien de Mrs O'Hara, des aboiement qui paraissaient vouloir durer jusqu'à la fin de ce vingtième siècle. *Roop-roop, Roop-roop, Roop-roop...*

Jack l'a chopée, pensa Bobby. *Jack Merridew et tous ses potes chasseurs de cochon...*

234

« Oh, bon Dieu, qu'est-ce qui s'est passé ? » lui demanda-t-il, rompant le silence. Il ne voulait pas le savoir ; il fallait qu'il le sache. Il courut jusqu'à elle, se mettant à pleurer de peur, mais aussi de chagrin : son visage, son pauvre visage... Il ne reconnaissait plus sa mère. On aurait dit quelque vieille femme, non pas une habitante de l'ombragée Broad Street, mais des quartiers *là-bas en bas* où les gens boivent du vin frelaté dans des bouteilles mal cachées dans des sacs en papier, des gens sans nom de famille. « Qu'est-ce qu'il t'a fait ? Qu'est-ce qu'il t'a fait, ce salopard ? »

Elle ne lui prêta aucune attention, parut même ne pas l'avoir entendu. Elle l'agrippa, cependant ; l'agrippa même tellement fort par les épaules qu'il sentit les doigts qui s'enfonçaient dans sa chair, suffisamment pour lui faire mal. L'agrippa – et le repoussa de côté, sans même un regard. « Lâchez-la, espèce de vieux cochon, dit-elle d'une voix basse et enrouée. Lâchez-la tout de suite.

— Je vous en prie, Mrs Garfield, ne vous méprenez pas », répondit Ted en faisant descendre Carol de ses genoux, avec toutes les précautions possibles pour se tenir éloigné de l'épaule blessée. Puis il se leva, secoua le pli de son pantalon, petit geste maniéré qui était tout lui. « Voyez-vous, elle a été blessée. C'est Bobby qui l'a trouvée...

— Salopard ! » hurla Liz.

Il y avait à sa droite une petite table avec un vase posé dessus. Elle prit le vase et le lui jeta à la figure. Ted se baissa, mais pas assez vite pour éviter complètement le projectile, dont le bas lui toucha la tête, ricochant sur son crâne comme un galet plat sur de l'eau, avant d'aller s'écraser contre le mur.

Carol hurla.

« Non, m'man ! cria Bobby. Il n'a rien fait de mal ! Il n'a rien fait de mal ! »

Liz n'entendit apparemment rien. « Comment avez-vous osé la toucher ? Est-ce que vous avez touché aussi mon fils comme ça ? Vous l'avez fait, n'est-ce pas ?

Peu vous importe leur parfum, pourvu qu'ils soient *jeunes* ! »

Ted avança d'un pas vers elle. Ses bretelles se balançaient toujours à hauteur de ses genoux. On voyait apparaître du sang au milieu de ses cheveux clairsemés, là où le vase l'avait heurté.

« Je vous assure, Mrs Garfield...

— Assurez donc ça, espèce d'ignoble vieux cochon ! »

Le vase ayant servi, il ne restait plus que la table à sa portée ; elle la souleva et la lança. Le meuble atteignit Ted à la poitrine et le fit reculer ; il serait tombé s'il n'y avait eu la chaise, sur laquelle il s'effondra, ouvrant de grands yeux incrédules. Sa bouche tremblait.

« Est-ce qu'il vous donnait un coup de main ? » demanda Liz, dont le visage était d'une pâleur mortelle ; les bleus et les ecchymoses se détachaient comme des marques de naissance. « Est-ce que vous avez appris à mon fils comment il fallait faire ?

— Il ne lui a rien fait, m'man ! » hurla Bobby. Il l'attrapa par la taille. « Il ne lui a pas fait mal, il...

Elle le saisit comme le vase, comme la table, et il se dit plus tard qu'elle avait mobilisé autant de forces que lui quand il avait remonté la colline depuis le parc, portant Carol dans ses bras. Elle le lança à travers la pièce et il alla s'écraser contre le mur. Sa tête, ballottée, alla heurter l'horloge en forme de soleil ; l'objet dégringola et arrêta définitivement de donner l'heure. Des points noirs envahirent le champ de vision de Bobby, et il pensa brièvement et confusément

(*ils se rapprochent à présent, les affiches ont son nom dessus*)

aux crapules de bas étage. Puis il glissa au sol. Il tenta bien de se retenir, mais ses genoux ne le portaient plus.

Liz le regarda, apparemment sans beaucoup d'intérêt, puis revint sur Ted, effondré sur son siège, la table sur ses genoux, pointant les pieds vers sa figure. Du sang coulait de sa joue et ses cheveux étaient plus rouges que blancs. Il essaya de parler, mais ne put qu'émettre une toux sèche et chevrotante de vieux fumeur.

« Vieux cochon ! Sale vieux cochon... Je ne sais pas ce qui me retient de baisser votre pantalon et de couper cette saleté que vous avez entre les jambes. » Elle se tourna pour contempler de nouveau son fils, recroquevillé contre le mur ; l'expression que lut Bobby dans le seul de ses yeux à peu près visible – mépris, accusation – le fit pleurer encore plus fort. Elle n'ajouta pas, *À toi aussi*, mais c'était dans son regard. Puis elle revint sur Ted.

« Vous voulez que je vous dise ? Vous allez vous retrouver en prison », reprit-elle, tendant un doigt vers lui. Et en dépit de ses larmes, Bobby vit que l'ongle, qu'elle avait encore quand elle était partie dans la Mercedes de Mr Biderman, n'y était plus. À la place, ce n'était que chairs tuméfiées. Elle parlait d'une voix rauque, à travers ses lèvres meurtries, qui paraissaient gonfler encore. « Je vais appeler la police. Si vous tenez à la vie, vous allez rester assis et ne pas bouger. Vous ne direz rien, vous ne ferez pas un mouvement. » Sa voix continuait à s'élever, à s'élever. Elle serra des poings aux articulations gonflées et égratignées et les agita en direction de Ted. « Si vous cherchez à vous enfuir, je vous coupe en morceaux avec mon plus long couteau de cuisine. Je n'hésiterai pas. En pleine rue, pour que tout le monde voie bien. Et je commencerai par cette partie de votre anatomie avec laquelle vous... vous les mecs... semblez avoir tellement de problèmes. Alors ne bougez pas, *Brattigan*. Si vous voulez vivre assez longtemps pour aller en prison, ne bougez pas. »

Le téléphone était posé sur une petite table, à côté du canapé. Elle s'en approcha. Ted resta assis, la table toujours sur les genoux, la joue ensanglantée. Bobby ne bougea pas de son coin, à côté des débris de l'horloge. L'horloge que sa mère avait gagnée en collectionnant des bons sur des marchandises. Par la fenêtre, portés par la brise du ventilateur de Ted, leur parvenaient les *roop-roop-roop* sans fin de Bowser.

« Vous ne savez pas ce qui s'est passé en réalité, Mrs Garfield. Ce qui vous est arrivé est terrible et vous avez toute ma sympathie... mais ce qui vous est arrivé à vous n'est pas ce qui est arrivé à Carol.

— Fermez-la. »

Elle n'écoutait pas, ne regardait même pas dans sa direction.

Carol courut jusqu'à Liz, tendit la main vers elle, puis interrompit son geste. Ses yeux s'agrandirent, dans son visage blême. Elle était bouche bée. « Ils vous ont arraché votre robe ? » C'était à moitié un murmure, à moitié un gémissement. Liz arrêta de composer le numéro et se tourna vers elle. « Pourquoi ils vous ont arraché votre robe ? »

Liz parut réfléchir à ce qu'elle allait répondre. Réfléchir très dur. « Tais-toi, dit-elle finalement. Tais-toi, c'est tout.

— Pourquoi ils vous ont poursuivie ? Qui vous frappe ? » La voix de Carol s'était mise à chevroter. « Qui vous *frappe* ?

— La ferme ! » Liz laissa tomber le téléphone et porta les mains à ses oreilles. Bobby la regardait, saisi d'un sentiment croissant d'horreur.

Carol se tourna vers lui. La fillette pleurait. Il y avait dans son regard quelque chose qui savait. Qui savait. Le genre de chose qu'il avait ressentie lorsque Mr McQuown avait essayé de le rouler.

« Ils lui ont couru après, dit Carol. Quand elle a voulu s'en aller, ils lui ont couru après et ils l'ont obligée à revenir. »

Bobby savait de quoi elle parlait. Ils l'avaient poursuivie dans les corridors d'un hôtel. Il avait vu la scène. Impossible de se rappeler où, mais il l'avait vue.

« *Faut qu'ils arrêtent de faire ça !* hurla Carol. *Faut que j'arrête de voir ça ! Elle les tape, mais elle n'arrive pas à s'échapper ! Elle leur donne des coups de poing, mais elle n'arrive pas à s'échapper !* »

Ted repoussa la table et se mit péniblement debout. Son regard étincelait. « Serre-la contre toi, Carol ! Serre-la fort ! C'est comme ça que ça s'arrêtera ! »

La fillette passa vivement son bras valide autour de la taille de Liz. Celle-ci chancela et recula d'un pas, manquant de tomber lorsqu'une de ses chaussures se prit dans le pied du canapé. Elle réussit à garder l'équilibre, mais le téléphone dégringola sur la moquette, juste à côté du pied tendu de Bobby, et se mit à bourdonner furieusement.

Un instant, les choses restèrent ainsi, comme s'ils avaient joué aux Statues et qu'on venait de crier *Tableau !* C'est Carol qui bougea la première, lorsqu'elle lâcha la taille de Liz et recula d'un pas. Ses cheveux, collés par la sueur, lui retombaient devant les yeux. Ted se dirigea vers elle et tendait déjà une main pour la lui poser sur l'épaule.

« Ne la touchez pas », dit Liz. Mais elle avait réagi mécaniquement, sans conviction. Quelle qu'ait été la vision qui l'avait brutalement envahie lorsqu'elle avait vu l'enfant sur les genoux de Ted Brautigan, celle-ci avait perdu de sa force, du moins pour le moment. Liz Garfield paraissait épuisée.

Ted laissa néanmoins retomber sa main. « Vous avez raison », dit-il.

Liz prit une profonde inspiration et retint l'air un instant avant de le relâcher. Elle regarda Bobby puis détourna les yeux. Le garçon espéra de tout son cœur qu'elle allait lui tendre la main, l'aider un peu à se relever, seulement cela, mais elle se tourna vers Carol. Il se remit tout seul sur ses pieds.

« Qu'est-ce qui s'est passé ? » lui demanda-t-elle.

En dépit des sanglots qui la faisaient encore balbutier et bredouiller, Carol arriva à raconter à la maman de Bobby comment trois grands l'avaient trouvée dans le parc, et comment au début elle avait cru qu'ils voulaient s'amuser, même si c'était d'une manière plus méchante que d'habitude, mais tout de même rien qu'une blague. Puis Harry s'était mis à la frapper vrai-

239

ment pendant que les autres la tenaient. Le craquement dans son épaule leur avait fait peur et ils avaient fui. Elle expliqua comment Bobby l'avait trouvée cinq ou dix minutes plus tard – elle n'aurait su dire, tant elle avait eu mal – puis transportée ici. Et comment Ted lui avait remis le bras en place, après lui avoir donné la ceinture de Bobby pour qu'elle attrape la douleur avec. Elle se baissa pour ramasser la ceinture et, partagée entre fierté et gêne, montra à Liz les marques qu'y avaient laissées ses dents. « Je ne l'ai pas tout attrapée, ajouta-t-elle, mais presque. »

Liz jeta un coup d'œil à la ceinture et se tourna vers Ted. « Pourquoi avez-vous déchiré son haut, chef ?

— Il n'est pas déchiré ! » protesta Bobby. Il se sentit soudain furieux contre elle. « Il l'a coupé pour pouvoir examiner son épaule et la remettre en place sans lui faire mal ! C'est moi qui lui ai apporté les ciseaux, nom d'un chien ! Tu es vraiment stupide, m'man ! Tu ne vois donc pas... »

La gifle arriva sans qu'elle se tourne vers lui, le prenant complètement par surprise. Elle l'atteignit du revers de la main et son index entra dans l'œil du garçon ; il sentit un éclair de douleur s'enfoncer loin dans sa tête. Ses larmes s'arrêtèrent, comme si la pompe qui en contrôlait le débit s'était retrouvée brusquement à sec.

« On ne dit pas à sa mère qu'elle est stupide, Bobby-O ! Jamais, tu m'entends ? Jamais ! »

Carol regardait avec crainte l'espèce de sorcière au nez crochu qui était revenue en taxi affublée des vêtements de Mrs Garfield. Mrs Garfield qui s'était enfuie en courant puis s'était battue, quand elle n'avait pu courir plus loin. Mais à la fin, ils avaient eu ce qu'ils voulaient d'elle.

« Vous n'auriez pas dû gifler Bobby, dit-elle. Il n'est pas comme ces autres hommes.

— C'est ton petit ami ? répliqua Liz en éclatant de rire. Ouais ? Quelle chance ! Mais je vais te confier un secret, mon cœur : il est exactement comme son père, comme ton père, comme tous les autres. Va dans la salle de bains. Je vais te laver et trouver quelque chose à te mettre. Quel bordel ! »

Carol la regarda encore un instant avant de se diriger vers la salle de bains. Son dos nu, étroit et blanc, la faisait paraître encore plus vulnérable. Si blanc, à côté de ses bras bronzés.

« Carol ! l'appela Ted. Est-ce que ça va mieux, à présent ? »

Bobby devina qu'il ne parlait pas de son bras. Pas cette fois.

« Oui, répondit la fillette sans se retourner. Mais je peux encore l'entendre, très loin. Elle crie.

— Qui est-ce qui crie ? » voulut savoir Liz.

Mais Carol ne répondit pas. Elle entra dans la salle de bains et referma le battant derrière elle. Liz contempla quelques instants la porte, comme pour s'assurer que la fillette n'allait pas en jaillir brusquement, puis se tourna vers Ted. « Qui crie ? »

Ted se contenta de la regarder, sur ses gardes, comme s'il s'attendait à tout moment à recevoir un nouveau missile balistique.

Liz esquissa un sourire, un sourire que Bobby connaissait bien : son sourire *je-perds-mon-sang-froid*. Était-il possible qu'il lui en reste à perdre ? Avec ses yeux au beurre noir, son nez de travers et sa lèvre boursouflée, ce sourire la rendait horrible à voir : ce n'était plus sa mère, mais quelque vieille folle.

« Tout à fait le bon Samaritain, n'est-ce pas ? Combien de fois en avez-vous profité pour la peloter pendant que vous lui arrangiez ça, hein ? Elle n'a pas grand-chose à offrir, mais je parie que vous avez tout de même vérifié, pas vrai ? On ne rate pas une occasion pareille, évidemment ! Allez, on dit tout à maman ! »

Bobby la regardait, de plus en plus désespéré. Carol lui avait tout raconté – raconté toute la vérité – *et ça ne faisait aucune différence*. Aucune différence ! Seigneur !

« S'il y a un adulte dangereux dans cette pièce, répliqua Ted, ce n'est pas moi. »

Elle le regarda tout d'abord sans comprendre ; puis l'incompréhension fit place à l'incrédulité, puis à la fureur. « Comment osez-vous ? *Comment osez-vous ?*

— *Il n'a rien fait de mal !* hurla Bobby. *Tu n'as donc pas écouté ce qu'a raconté Carol ? Tu...*

— Ferme ta gueule ! » le coupa-t-elle sans le regarder, ne quittant pas Ted des yeux. « Vous allez beaucoup intéresser les flics, je crois, reprit-elle. Don a appelé Hartford vendredi, avant... avant. C'est moi qui le lui avais demandé. Il a des amis, là-bas. Vous n'avez jamais travaillé pour l'État du Connecticut, ni dans le bureau du fisc, ni ailleurs. Vous étiez en prison, c'est bien ça ?

— En un sens, je suppose que c'est ce qu'on pourrait dire. »

Il paraissait à présent plus calme, en dépit du sang qui lui coulait sur la joue. Il prit le paquet de cigarettes, dans la poche de sa chemise, le regarda un instant et le remit en place. « Mais pas une prison au sens où vous l'entendez. »

Et pas dans ce monde, pensa Bobby.

« Et pour quel motif ? Pour avoir voulu vous amuser avec les petites filles, peut-être ?

— Je détiens quelque chose de valeur. » Il se tapota la tempe d'un doigt qui se couvrit de sang. « Il y en a d'autres comme moi. Et il y a des gens dont le boulot consiste à nous attraper afin de nous utiliser pour... bref, de nous utiliser. Moi et deux autres, nous nous sommes évadés. Un a été repris, l'autre tué. Je suis le seul à être encore en liberté. Si du moins (il regarda autour de lui) on peut appeler ça la liberté.

— Vous êtes cinglé, complètement cinglé, Brattigan, fou à lier. Je vais appeler la police. C'est eux qui décideront s'ils doivent vous remettre en prison ou vous expédier à l'asile de Danbury. »

Elle se pencha pour ramasser le téléphone, resté à terre.

« Non, m'man ! s'écria Bobby. N'appelle pas...

— Non, Bobby ! » fit Ted d'un ton autoritaire.

Le garçon recula, regardant tout d'abord sa mère qui ramassait le téléphone, puis Ted.

« Pas dans l'état où elle est en ce moment, reprit le vieil homme. Elle ne peut pas faire autrement que mordre. »

Liz Garfield adressa à Ted un sourire éclatant, presque indescriptible – *belle tentative, salopard* – et décrocha le combiné.

« Qu'est-ce qui se passe ? cria Carol depuis la salle de bains. Est-ce que je peux sortir, maintenant ?

— Pas encore, ma puce, répondit Ted. Attends encore un peu. »

Liz manipula la fourche pour vérifier que tout fonctionnait, tendit l'oreille et sourit. Elle commença à composer un numéro. « Nous allons savoir qui vous êtes, dit-elle sur un ton étrange, confidentiel. Voilà qui devrait être assez intéressant. Et ce que vous avez fait, aussi. Ce qui devrait être encore plus passionnant.

— Si vous appelez la police, lui fit observer Ted, ils vont aussi trouver qui vous êtes et ce que vous avez fait. »

Elle s'interrompit et le regarda. Un regard de côté, sournois, une expression que Bobby ne lui avait jamais vue. « Au nom du ciel, de quoi parlez-vous ?

— D'une écervelée qui aurait dû faire un peu plus attention. D'une écervelée qui en savait suffisamment long sur les mœurs de son patron pour être sur ses gardes. Qui l'avait entendu se vanter assez souvent, lui et ses potes, pour comprendre que les soi-disant séminaires auxquels ils se rendaient n'étaient que des prétextes pour se soûler et faire des parties de jambes en l'air. Peut-être aussi pimentées d'un joint ou deux. Une insensée qui n'a écouté que sa cupidité au lieu de son bon sens...

— *Savez-vous ce que c'est que de se retrouver toute seule ?* protesta-t-elle, véhémente. J'ai un fils à élever, moi ! »

Elle regarda alors Bobby, comme si c'était la première fois, depuis longtemps, qu'elle se souvenait qu'elle avait effectivement un fils à élever.

« Tenez-vous vraiment à ce qu'il entende tout ceci ? riposta Ted.

— Vous ne savez rien. C'est impossible que vous sachiez quoi que ce soit.

— Je sais tout, et je vous répète ma question : Tenez-vous à ce que Bobby soit mis au courant ? Tenez-vous à ce que vos voisins le soient aussi ? Si vous faites venir la police, ils apprendront ce que je sais, je vous le promets. » Il se tut un instant. Ses pupilles restèrent fixes, mais ses yeux parurent s'agrandir. « Je sais absolument tout. Croyez-moi. Ne me mettez pas au défi.

— Pourquoi voudriez-vous me faire du mal ainsi ?

— Si j'ai le choix, je ne le ferai pas. Vous avez vous-même suffisamment souffert, par votre faute mais aussi à cause des autres. Laissez-moi partir, c'est tout ce que je vous demande. J'allais partir, de toute façon. Je n'ai rien fait d'autre que d'essayer d'aider.

— Oh, oui, ricana-t-elle. *Aider !* En l'asseyant pratiquement nue sur vos genoux. *Aider !*

— Je vous aiderais aussi si seulement...

— Oh oui, je sais comment. »

Elle ricana de nouveau.

Bobby voulut parler, mais il vit le regard de Ted qui lui disait de n'en rien faire. On entendit l'eau couler dans le lavabo, derrière la porte de la salle de bains. Liz baissa la tête, l'air de réfléchir. Finalement, elle la releva.

« Très bien. Voilà ce que je vais faire. Je vais aider la petite amie de Bobby à se laver. Je lui donnerai de l'aspirine et quelque chose à se mettre pour qu'elle puisse rentrer chez elle. J'en profiterai pour lui poser quelques questions. Si elle me fait les bonnes réponses, vous pourrez partir. Bon débarras.

— M'man... »

Liz leva la main, comme un flic qui arrête la circulation, et Bobby se tut. Elle regardait Ted fixement, et Ted la regardait.

« Je la raccompagnerai ensuite chez elle, et j'attendrai qu'elle ait franchi la porte. Elle racontera ce qu'elle voudra à sa mère. Ça les regarde. Je dois seulement veiller à ce qu'elle arrive chez elle saine et sauve, c'est tout. Après quoi, j'irai m'asseoir un moment sur un banc à l'ombre, dans le parc. La nuit a été rude. » Elle prit une profonde inspiration et la relâcha avec un soupir sec et triste. « Très rude. J'irai donc dans le parc pour réfléchir à ce que je vais faire, à présent. Comment je vais m'y prendre pour que nous ne nous retrouvions pas à la rue, tous les deux. Si jamais je vous retrouve ici en revenant, mon chou, j'appellerai la police... et ne me mettez pas au défi de le faire. Racontez tout ce que vous voulez. Cela n'aura pas beaucoup d'importance si, moi, je raconte qu'étant arrivée ici avec quelques heures d'avance, je vous ai surpris la main dans le short d'une fillette de onze ans. »

Bobby regarda sa mère, silencieux, choqué. Elle ne vit pas son expression ; elle scrutait toujours intensément Ted de ses yeux aux paupières gonflées.

« Si, par ailleurs, vous avez disparu avec armes et bagages d'ici à mon retour, je n'aurai pas besoin d'appeler la police, ni de dire quoi que ce soit. *Tout fini**. »

Je vais partir avec vous ! dit Bobby à Ted dans sa tête. *Je me fiche pas mal des crapules. Je préférerais encore avoir mille crapules de bas étage en manteau jaune qui me courent après. Un Million, même ! Je la hais !*

« Eh bien ? demanda Liz.

— Marché conclu. Dans une heure, je serai parti. Probablement même avant.

— Non ! » s'écria Bobby. À son réveil, ce matin, il était résigné au départ de Ted ; triste, mais résigné. Maintenant, ça lui faisait mal partout. Encore plus qu'avant. « Non !

245

— Tais-toi, lui dit sa mère, toujours sans le regarder.

— C'est la seule chose à faire, Bobby, tu le sais bien. Prenez soin de Carol, ajouta-t-il à l'intention de Liz. Je vais parler à Bobby.

— Vous n'êtes pas en position de donner des ordres », répliqua Liz, qui partit néanmoins pour la salle de bains.

Bobby se rendit alors compte qu'elle boitait. Le talon de l'une de ses chaussures était cassé, mais ce n'était pas seulement pour cette raison, pensa-t-il, qu'elle claudiquait. Elle donna un coup sur la porte de la salle de bains et se glissa dans la pièce sans attendre la réponse.

Bobby traversa le séjour en courant, mais lorsqu'il voulut serrer Ted dans ses bras, celui-ci lui prit les mains, les étreignit brièvement, puis les replia sur la poitrine du garçon et les lâcha.

« Emmenez-moi avec vous, dit Bobby avec véhémence. Je vous aiderai à les dépister ! Deux paires d'yeux valent mieux qu'une ! Emmenez-moi avec vous !

— Certainement pas, Bobby. C'est impossible. Mais tu peux au moins m'accompagner jusqu'à la cuisine. Il n'y a pas que Carol qui a besoin de faire un peu de toilette. »

Ted se leva et oscilla un instant sur place. Bobby voulut l'aider à conserver l'équilibre ; le vieil homme repoussa sa main, avec douceur mais fermeté. Cela faisait mal. Pas autant que lorsque sa mère avait été incapable de l'aider (incapable de le regarder, même) après l'avoir projeté sur le mur, mais assez mal tout de même.

Il accompagna Ted à la cuisine, sans le toucher, mais resta cependant assez près pour pouvoir le retenir s'il tombait. Ted ne tomba pas. Il regarda son reflet incertain, dans la vitre au-dessus de l'évier, poussa un soupir et fit couler l'eau. Il mouilla un torchon et commença à essuyer le sang qui avait coulé sur sa joue, vérifiant de temps en temps où il en était dans son reflet.

« Ta mère a plus que jamais besoin de toi, Bobby. Elle a besoin de quelqu'un en qui avoir confiance.

— Elle ne me fait pas confiance. Je crois même qu'elle ne m'aime pas. »

La bouche de Ted se pinça, et Bobby comprit qu'il avait mis le doigt sur une vérité que Ted avait lue dans l'esprit de sa mère. Il savait qu'elle ne l'aimait pas, il le savait ; dans ce cas, pourquoi ses larmes menaçaient-elles de couler à nouveau ?

Ted esquissa un geste dans sa direction, parut se souvenir que c'était une mauvaise idée, et se remit à se nettoyer. « Très bien. Elle ne te *chérit* peut-être pas. Si c'est vrai, ce n'est pas à cause de quelque chose que tu aurais fait. C'est à cause de ce que tu es.

— Un *garçon*, dit Bobby avec amertume. Un enfoiré de garçon.

— Et le fils de ton père, n'oublie pas cela. Mais Bobby, qu'elle te chérisse ou non, elle t'aime. Ça fait roman-photo, d'accord, mais c'est vrai. Elle t'aime, et elle a besoin de toi. Tu es tout ce qu'elle a. Elle vient de terriblement souffrir.

— Si elle a souffert, c'est de sa faute ! explosa Bobby. Elle savait qu'il y avait quelque chose qui clochait ! Vous l'avez dit vous-même ! Elle le savait depuis des semaines ! Des mois ! Mais elle ne voulait surtout pas quitter son boulot ! Elle le savait, et elle est tout de même allée avec eux à Providence ! *Elle y est allée !*

— Un dompteur sait ce qu'il risque et il entre tout de même dans la cage aux lions. Il y entre parce qu'il est payé pour ça.

— Elle a de l'argent, cracha Bobby.

— Pas assez, apparemment.

— Elle n'en aura jamais assez. »

Il sut que sa remarque était juste dès qu'elle sortit de sa bouche.

« Elle t'aime.

— Je m'en fiche ! Je l'aime pas, moi !

— Mais si. Tu l'aimeras. Tu le dois. C'est le *ka*.

— Le *ka* ?

— La destinée. »

Ted avait fait disparaître presque tout le sang qui poissait ses cheveux. Il coupa le robinet et fit une dernière vérification dans le reflet fantomatique que lui renvoyait la fenêtre. Au-delà, c'était l'intense chaleur d'un été flambant neuf, plus jeune que Ted Brautigan ne le serait jamais à nouveau. Et plus jeune, même, que le serait de nouveau Bobby. « Le *Ka*, c'est la destinée... Est-ce que je compte pour toi, Bobby ?

— Vous le savez bien », répondit ce dernier, recommençant à pleurer. On aurait dit que, depuis quelque temps, il ne savait pas faire autre chose. Il en avait mal aux yeux. « Vous comptez beaucoup, beaucoup.

— Alors essaie de devenir l'ami de ta mère. Fais-le au moins pour moi, sinon pour toi. Reste avec elle et aide-la à soigner ses plaies. Et, de temps en temps, je t'enverrai une carte postale. »

Ils retournèrent dans le séjour. Bobby se sentait un petit peu mieux, mais il aurait aimé que Ted le tienne par l'épaule. Il aurait aimé cela plus que tout.

La porte de la salle de bains s'ouvrit. Carol en sortit la première, les yeux tournés vers le sol, manifestant une timidité qui ne lui était pas habituelle. Ses cheveux, qui avaient été lavés, étaient tirés en arrière et attachés en queue de cheval par un élastique. Elle portait l'une des vieilles blouses de la mère de Bobby, tellement grande qu'elle lui arrivait presque aux genoux, comme une robe. On ne voyait même plus son short rouge.

« Va m'attendre sous le porche, lui dit Liz.

— OK.

— Tu ne vas pas rentrer chez toi toute seule, n'est-ce pas ?

— Non ! répondit Carol, une inquiétude soudaine dans ses yeux baissés.

— Bien. Reste à côté de mes valises. »

La fillette partit vers l'entrée, puis fit demi-tour. « Merci de m'avoir arrangé le bras, Ted. J'espère que vous n'aurez pas des ennuis à cause de ça. Je ne voudrais pas...

— Fiche le camp d'ici tout de suite ! cracha Liz.

— ... que vous ayez des ennuis pour ça », termina Carol d'une voix minuscule, presque le murmure d'une souris dans un dessin animé.

Puis elle sortit, la blouse ondulant autour d'elle d'une manière qui, en d'autres circonstances, aurait été comique. Liz se tourna vers Bobby et, comme il la voyait bien en face, il déchiffra son expression et son cœur se serra. Elle était de nouveau furieuse. Une rougeur mauvaise couvrait son visage meurtri jusqu'à son cou.

Oh, sapristi, et quoi encore ? se dit-il. Sur quoi elle brandit le porte-clefs vert, et il eut la réponse.

« *Où as-tu trouvé ça*, Bobby-O ?

— Je... c'est... »

Mais il ne trouvait rien à répondre : aucun prétexte, aucun gros mensonge, pas même la vérité. Soudain, il se sentit très fatigué. Il n'avait plus qu'une envie, se faufiler dans sa chambre, se glisser sous les draps et dormir.

« C'est moi qui le lui ai donné, dit Ted d'une voix douce. Hier.

— Vous l'avez emmené dans une salle de jeux clandestins ? à Bridgeport ? Un endroit où l'on joue au poker ? »

Aucun de ces détails n'est mentionné sur le porte-clefs, pensa Bobby. *Il n'y est question ni de jeux clandestins, ni de poker... parce que ce sont des choses illégales. Elle sait ce qui s'y passe parce que mon père y allait. Et tel père, tel fils. C'est ce qu'on dit, tel père, tel fils.*

« Je l'ai emmené au cinéma, répondit Ted. On passait *Le Village des damnés*, au Criterion. Pendant ce temps, j'ai été faire une course au Corner Pocket.

— Quel genre de course ?

— J'ai parié sur un match de boxe. »

Un instant, le cœur de Bobby se serra encore plus et il pensa : *Mais qu'est-ce qui vous arrive ? Pourquoi ne pas mentir ? Si vous aviez idée de ce qu'elle pense de ce genre de choses...*

Mais il savait pourquoi. Il le savait très bien.

« Un pari sur un match de boxe... » Elle hocha la tête. « Tiens-tiens... Vous laissez mon fils seul dans un cinéma de Bridgeport pour pouvoir aller tranquillement parier sur un match de boxe. » Elle éclata d'un rire strident. « Je suppose que je devrais me montrer reconnaissante, non ? Vous lui avez ramené un si beau souvenir ! S'il décide un jour de se mettre à parier, ou de perdre son argent au poker comme son père, il saura au moins où aller.

— Je l'ai laissé pendant deux heures au cinéma, dit Ted. Vous l'avez laissé avec moi. On dirait qu'il a très bien survécu dans les deux cas, non ? »

Pendant quelques instants, on aurait dit qu'elle venait de recevoir une gifle ; puis, qu'elle allait se mettre à pleurer. Mais finalement son visage se détendit et devint dépourvu de toute expression. Elle enferma le porte-clefs dans son poing et le glissa dans sa poche. Bobby comprit qu'il ne le reverrait jamais. Il s'en moquait. Il n'avait aucune envie de le revoir.

« Va dans ta chambre, Bobby.

— Non.

— Bobby, va dans ta chambre !

— Non ! J'irai pas ! »

Debout dans un rayon de soleil sur le paillasson à côté des valises de Liz Garfield, flottant dans la blouse de Liz Garfield, Carol se mit à pleurer en entendant les voix s'élever.

« Va dans ta chambre, Bobby, dit Ted d'un ton calme. J'ai été très heureux de te rencontrer et de faire ta connaissance.

— De faire ta connaissance intime... », répéta la mère de Bobby d'une voix coléreuse, insinuatrice ;

mais Bobby ne comprit pas l'allusion et Ted n'y prêta pas attention.

« Va dans ta chambre, répéta-t-il.

— Ça va aller ? Vous savez ce que je veux dire.

— Oui. » Ted sourit, baisa le bout de ses doigts et souffla le baiser vers Bobby. Celui-ci l'attrapa dans son poing et le tint bien serré. « Je vais très bien m'en sortir », dit Ted.

Le garçon se dirigea lentement vers sa chambre, la tête baissée, regardant le bout de ses chaussures. Il était presque arrivé à sa porte lorsqu'il pensa : *Ça ne peut pas se finir comme ça. Je ne peux pas le laisser partir de cette façon.*

Il courut jusqu'à Ted, lui jeta les bras autour du cou et se mit à couvrir sa figure de baisers – sur le front, les joues, le menton, les lèvres, sur la peau fine et soyeuse des paupières. « Je vous aime, Ted ! »

Le vieil homme renonça à se défendre et serra l'enfant contre lui. Bobby sentit un reste de parfum de savon à barbe et l'arôme plus puissant des Chesterfield. Des odeurs qu'il allait conserver longtemps avec lui, comme le souvenir de la grande main de Ted le touchant, le tenant par l'épaule ou par la nuque. « Moi aussi, je t'aime, Bobby.

— Oh, pour l'amour du ciel ! » rugit Liz.

Bobby se tourna vers elle et vit Don Biderman qui l'acculait dans un coin. En fond sonore on entendait l'orchestre de Benny Goodman jouer *One O'Clock Jump* sur une sono branchée à fond. Mr Biderman avait la main levée, comme pour frapper. Mr Biderman lui demandait si elle en voulait encore, si c'était comme ça que ça lui plaisait, elle en aurait encore une tournée si elle aimait ça comme ça. C'est tout juste si Bobby n'avait pas dans la bouche le goût de ce qu'elle ressentait.

« Tu ne savais vraiment pas ? s'étonna-t-il. Tu ne savais pas tout, en tout cas, pas tout ce qu'ils voulaient. Eux pensaient que si, mais tu n'avais pas compris.

— Va dans ta chambre tout de suite ou j'appelle la

police et je leur dis d'envoyer une voiture de patrouille. Je ne plaisante pas, Bobby-O.

— Je sais. »

Il alla dans sa chambre et referma la porte. Il crut tout d'abord qu'il tenait le coup, puis il eut l'impression qu'il allait vomir, ou s'évanouir, sinon les deux. Il gagna son lit sur des jambes en coton. Il avait pensé simplement s'asseoir, mais il s'effondra dessus en travers, comme si tous les muscles de son buste et de son ventre avaient lâché. Il essaya de lever les pieds, mais ses jambes ne lui obéissaient pas davantage. Il eut soudain la vision de Sully-John en maillot de bain, escaladant l'échelle du plongeoir flottant, courant sur la planche et se jetant à l'eau. Il aurait bien aimé être avec lui. N'importe où même, mais pas ici. N'importe où sauf ici.

Il faisait sombre dans la chambre lorsqu'il s'éveilla, et c'est à peine s'il distinguait, sur le plancher, l'ombre de l'arbre qui poussait devant sa fenêtre. Il était resté hors circuit – évanoui ou endormi – pendant trois heures, peut-être quatre. Il était couvert de sueur et avait les jambes engourdies ; il ne les avait pas ramenées sur le lit.

Il essaya, avec pour résultat d'être assailli par des myriades de coups d'épingle qui le firent presque crier. Il se laissa alors glisser sur le plancher et les aiguilles remontèrent jusqu'en haut de ses cuisses. Il resta assis, genoux remontés jusqu'aux oreilles, le dos douloureux, les jambes fourmillantes, la tête cotonneuse. Il était arrivé quelque chose de terrible, mais sur le coup il ne savait pas quoi. Puis, tandis qu'il demeurait adossé au lit, le regard perdu sur l'affiche de Clayton Moore sous son masque du Ranger solitaire, la mémoire lui revint peu à peu. Le bras luxé de Carol, la raclée reçue par sa mère qui l'avait rendue presque folle, la façon dont elle avait brandi le porte-clefs sous son nez, furieuse contre lui. Et Ted...

Ted devait être parti, à l'heure actuelle, et c'était

probablement mieux ainsi, mais que cela faisait mal d'y penser...

Il se remit sur ses pieds et fit par deux fois le tour de sa chambre. La seconde, il s'arrêta près de la fenêtre et regarda dehors, frottant à deux mains sa nuque raidie et en sueur. Un peu plus bas dans la rue, les jumelles Sigsby, Dina et Dianne, sautaient à la corde, mais les autres enfants étaient déjà rentrés pour le repas du soir. Une voiture passa, veilleuses allumées. Il était encore plus tard que ce qu'il avait tout d'abord cru ; les ombres de la nuit descendaient du ciel.

Il fit encore une fois le tour de sa chambre, afin de chasser les derniers picotements de ses jambes – avec l'impression d'être un prisonnier arpentant sa cellule. La porte ne fermait pas à clef (pas plus que celle de la chambre de sa mère), mais il n'en avait pas moins le sentiment d'être emprisonné. Il redoutait de sortir. Elle ne l'avait pas appelé pour le dîner et, en dépit de sa faim (pas très forte, à vrai dire) il avait peur de s'aventurer hors de sa chambre. Peur de l'état dans lequel il risquait de la trouver... sinon peur de ne pas la trouver du tout. Et si jamais elle avait décidé qu'elle en avait sa claque, de Bobby-O, digne fils de son père ? Et même si elle se trouvait là, dans un état apparemment normal... mais en connaissait-elle un, d'état normal ? Les visages des gens sont des masques qui cachent parfois des secrets terribles. Il ne l'ignorait plus, à présent.

Arrivé à sa porte, il s'arrêta ; il venait d'apercevoir un bout de papier glissé dessous. Il le ramassa. Il y avait encore assez de lumière pour qu'il puisse déchiffrer facilement ce qui était écrit.

Cher Bobby,

Lorsque tu liras ceci, je serai parti... mais je t'emmènerai avec moi dans mes pensées. Je t'en prie, aime ta mère et souviens-toi qu'elle t'aime aussi. Elle était effrayée, blessée et pleine de honte, cet après-midi ; et quand une personne est dans cet état, c'est sous son plus mauvais jour que nous la voyons. Je t'ai laissé quelque chose dans mon appartement. Je n'oublierai pas ma promesse.

Avec tout mon amour,

Ted

Les cartes postales, c'est ce qu'il a promis. De m'envoyer des cartes postales.

Se sentant mieux, Bobby plia le mot de Ted avant de quitter sa chambre. La salle de séjour était vide, mais avait été rangée. Elle paraissait avoir entièrement retrouvé son aspect habituel, à condition de ne pas savoir qu'il y avait eu une horloge murale en forme de soleil, à côté de la télé ; il ne restait plus qu'un petit crochet qui dépassait, ne portant rien.

Bobby entendit alors des ronflements en provenance de la chambre de sa mère. Elle ronflait depuis toujours, mais elle émettait cette fois-ci des sons plus laborieux, comme une personne âgée ou un homme ivre dans un film. *C'est à cause de ce qu'ils ont fait à son nez*, se dit Bobby qui, un instant pensa à

(*Comment ça va, mon pote, comment va mon p'tit gars ?*)

Mr Biderman et aux deux sauvages rigolant et échangeant des coups de coude sur le siège arrière. *Tuez le cochon, tranchez-lui la gorge*, pensa Bobby. Il aurait voulu ne pas évoquer cela, mais rien n'y fit.

Il traversa le séjour sur la pointe des pieds, aussi silencieux que Jack dans le château du Géant, ouvrit la porte donnant sur le vestibule et sortit. Toujours sur la pointe des pieds, il monta l'escalier (prenant du côté de la rampe, ayant lu quelque part, dans un épisode des Hardy Boys, que les marches craquaient moins ainsi) et arriva au second.

La porte donnant dans la pièce de Ted était ouverte, et le studio lui-même presque vide. Les rares objets personnels qu'il avait exposés, un tableau représentant un pêcheur au coucher du soleil, un autre une Marie-Madeleine aux pieds de Jésus, un calendrier, avaient disparu. Sur la table, le cendrier était vide ; mais à côté, il y avait l'un des fameux sacs en papier kraft de Ted. À l'intérieur, Bobby découvrit quatre livres de poche : *La Ferme des animaux*, *La Nuit du chasseur*, *L'Île au trésor*, et *Des souris et des hommes*. De son écriture hésitante mais parfaitement lisible, Ted avait écrit sur le sac : *Commence par le Steinbeck. « Les gens comme nous »*, dit George quand il raconte à Lennie l'histoire que celui-ci veut toujours qu'on lui répète. Qui sont les gens comme nous ? Qui étaient-ils pour Steinbeck ? Qui sont-ils pour toi ? Pose-toi ces questions.*

Bobby prit les livres, mais laissa le sac, redoutant que si jamais sa mère le voyait, elle ne pique encore une de ses crises. Il regarda dans le réfrigérateur mais n'y trouva rien, sinon un pot entamé de moutarde française et une boîte de bicarbonate de soude. Il le referma et parcourut la pièce des yeux. On aurait dit qu'elle n'avait jamais été habitée. Si ce n'était...

Il alla prendre le cendrier ; il l'approcha de son nez et huma longuement. Le remugle des Chesterfield était encore puissant, et il évoquait Ted avec une précision étonnante : Ted assis à la table et parlant de *Sa Majesté des Mouches*, Ted devant le miroir de la salle de bains, se rasant avec cet effrayant rasoir tout en écoutant par la porte ouverte Bobby qui lui lisait, sans les comprendre, des articles de politique.

Ted, qui lui avait laissé une ultime question sur le sac en papier kraft : *des gens comme nous. Qui sont ces gens comme nous ?*

Bobby huma de nouveau le cendrier, inhalant des restes de cendre qui lui donnèrent une envie d'éternuer contre laquelle il dut lutter, gardant l'odeur, la fixant du mieux possible dans sa mémoire, les yeux fermés, tandis que par la fenêtre lui parvenaient les aboiements inéluctables de Bowser qui, à présent, appelait la nuit : *roop-roop-roop, roop-roop-roop* ...

Il reposa le cendrier. Son envie d'éternuer était passée. Je fumerai des Chesterfield, décida-t-il. J'en fumerai toute ma vie.

Il redescendit l'escalier, tenant les livres contre lui, en empruntant de nouveau la partie proche de la rampe, entre le premier et le rez-de-chaussée. Puis il se coula dans l'appartement (sa mère ronflait toujours, plus fort que jamais) et ensuite dans sa chambre. Il glissa les livres sous son lit – très loin dessous. Si sa mère les trouvait, il lui dirait que Mr Burton les lui avait donnés. C'était un mensonge, mais si jamais il lui répondait la vérité, elle lui confisquerait les livres. Sans compter qu'il commençait à avoir moins de mal à mentir. Mentir risquait de devenir une nécessité. Et finirait, peut-être, par se transformer en plaisir.

Et maintenant ? Les gargouillis de son estomac lui donnèrent la réponse. Deux sandwichs au beurre de cacahuètes et à la gelée feraient l'affaire.

Il commença à se diriger vers la cuisine, avançant sur la pointe des pieds sans même y penser, quand il passa devant la porte entrouverte donnant sur la chambre de sa mère ; puis il s'immobilisa. Elle se retournait sur son lit. Ses ronflements étaient devenus intermittents, entrecoupés de moments où elle parlait. Un bredouillis gémissant et bas, incompréhensible, mais Bobby se rendit compte qu'il n'avait pas besoin de saisir les mots. Il entendait tout de même, il voyait. Était-ce ses pensées ? Ses rêves ? Toujours est-il que c'était affreux.

Il réussit à avancer de trois pas de plus vers la cuisine, mais il aperçut alors quelque chose de si terrible que son haleine se congela dans sa gorge :

QUI A VU BRAUTIGAN ? C'EST UN VIEUX CLEBS
BÂTARD MAIS NOUS L'AIMONS !

« Non, murmura-t-il, oh, m'man, non ! »

Il n'avait aucune envie de s'approcher d'elle, et c'est malgré lui que ses pieds le portèrent dans la direction de la chambre. Il avançait comme s'il était pris en otage. Il vit son bras se lever, ses doigts s'écarter, sa main repousser le battant de la porte en grand.

Le lit n'avait pas été défait. Elle était allongée sur le couvre-lit, encore habillée, une jambe repliée presque jusqu'à hauteur de sa poitrine. Il voyait le haut de son bas et la jarretelle, ce qui lui fit penser à la dame sur le calendrier, au Corner Pocket, celle qui descendait de voiture les jupes relevées presque jusqu'en haut... à ceci près que la dame à la Packard ne présentait pas ces affreuses ecchymoses au-dessus de son bas.

Là où il n'avait pas de bleus, le visage de Liz était empourpré ; la sueur collait ses cheveux en mèches ; ses joues étaient poisseuses d'un mélange de larmes et de coulures de maquillage. Une planche craqua sous le pied de Bobby. Elle poussa un cri et il se pétrifia, certain qu'elle allait ouvrir les yeux.

Au lieu de se réveiller, elle roula à l'autre bout du lit, contre le mur. Ici, dans la chambre de sa mère, le désordre de pensées et d'images qui sourdait d'elle n'était pas plus clair, mais il s'en dégageait des relents plus rances, plus âcres, comme les odeurs de transpiration d'un malade. Et le fond sonore persistant était toujours l'orchestre de Benny Goodman jouant *One O'Clock Jump*, tandis qu'un goût de sang imprégnait la gorge de la dormeuse.

Qui a vu Brautigan ? pensa Bobby. *C'est un vieux clebs bâtard mais nous l'aimons ! Qui a vu...*

Elle avait baissé les stores avant de s'allonger et il faisait très sombre dans la pièce. Il avança d'un pas qui l'amena près de la table, surmontée d'un miroir, où elle se maquillait parfois. Elle y avait posé son sac à main. Bobby pensa à Ted le prenant dans ses bras – cette embrassade qu'il avait tant désirée, dont il avait eu tant besoin. Ted lui caressant le dos, le tenant par la nuque. *Sans compter que lorsque je touche quelqu'un, je transmets... comment dire... une sorte de fenêtre*, lui avait dit Ted dans le taxi, en revenant de Bridgeport. Et à présent, debout devant la coiffeuse,

257

les poings serrés, Bobby risquait par cette fenêtre un regard prudent dans l'esprit de sa mère.

Il l'aperçut revenant à la maison en train, pelotonnée dans son coin et regardant défiler dix mille jardinets et arrière-cour entre Providence et Harwich, afin que le moins de personnes possible puissent voir son visage ; il la vit qui repérait le porte-clefs vert sur l'étagère de la salle de bains pendant que Carol enfilait la vieille blouse trop longue ; il la vit qui ramenait Carol chez elle, la bombardant de questions pendant tout le chemin à un rythme de mitrailleuse. Carol, trop secouée et épuisée pour les éviter, répondit à toutes. Puis Bobby vit sa mère qui se rendait en claudiquant jusqu'à Commonwealth Park, il l'entendit qui pensait, *si seulement quelque chose de bon pouvait sortir de ce naufrage, si seulement quelque chose de bon pouvait...*

Il la vit assise sur un banc, à l'ombre, puis se lever au bout d'un moment, se rendre chez Spicer prendre un cachet contre le mal de tête, un cachet qu'elle fit descendre avec un Nehi ; il la vit enfin qui repartait vers la maison. C'est alors, juste au moment où elle quittait le parc, que Bobby aperçut quelque chose agrafé sur un tronc d'arbre. Ces *quelque chose*, on en voyait partout dans la ville ; elle avait déjà très bien pu passer devant l'un d'eux, trop perdue dans ses pensées pour y faire attention.

Une nouvelle fois, Bobby se sentit comme un simple passager dans son corps – rien de plus. Il vit sa main se tendre, vit deux doigts (ceux-là mêmes qui porteraient les taches jaunâtres trahissant les gros fumeurs, dans quelques années) faire un mouvement de ciseaux et attraper ce qui dépassait du sac à main entrouvert. Il saisit le papier, le déplia et lut les deux premières lignes à la faible lumière qui lui parvenait du seuil :

QUI A VU BRAUTIGAN ? C'EST UN VIEUX CLEBS BÂTARD
MAIS NOUS L'AIMONS !

Il sauta quelques lignes pour atteindre celles qui

avaient sans aucun doute fasciné sa mère et chassé toute autre pensée de sa tête :

TRÈS GROSSE RÉCOMPENSE

($$$$)

Voilà ce qu'elle avait toujours souhaité, espéré, voilà ce pour quoi elle avait prié : une TRÈS GROSSE RÉCOMPENSE !

Et avait-elle hésité ? La pensée : « Hé, attends une minute, mon fils adore ce vieux chnoque ! » lui avait-elle un instant traversé l'esprit ?

Tu parles !

On n'avait *pas le droit* d'hésiter. Parce que la vie était pleine de Don Biderman, parce que la vie n'était pas juste.

Bobby quitta la chambre sur la pointe des pieds, l'affichette toujours à la main ; il s'éloigna d'elle à grandes enjambées silencieuses, se pétrifiant lorsqu'une planche craquait sous son poids, puis repartant. Derrière lui, les marmonnements cédèrent de nouveau la place à des ronflements bas. Il passa dans la salle de séjour et referma la porte derrière lui ; il prit soin de maintenir la poignée complètement tournée et attendit que le battant soit bien calé avant de la relâcher lentement, pour éviter le *clic !* Puis il se précipita vers le téléphone, ne prenant conscience qu'à ce moment-là, loin d'elle, que son cœur battait la chamade et qu'il avait un goût de fer dans la gorge, comme s'il avait sucé des pièces de monnaie. Son impression de faim avait totalement disparu.

Il décrocha, jeta un rapide coup d'œil pour vérifier que la porte de la chambre maternelle était toujours fermée, puis composa le numéro sans même consulter l'affiche. Le numéro qui flamboyait dans son esprit : HOusitonic 5-8337.

Lorsqu'il eut fini, il n'y eut que le silence. Ce qui n'avait rien de surprenant, puisqu'il n'existait aucun central portant le nom HOusitonic à Harwich. Et s'il avait froid partout (sauf aux noix et sous la plante des pieds, restées bizarrement chaudes) c'était tout simplement parce qu'il avait peur pour Ted. C'était tout. Juste...

Il y eut comme un cliquetis au moment où il s'apprêtait à reposer le combiné. Puis une voix dit : « Ouais ? »

C'est Biderman ! pensa Bobby, affolé. *Sapristi, c'est Biderman !*

« Ouais ? » répéta la voix. Non, ce n'était pas celle de Biderman. Trop basse. Mais c'était une voix de voyou, aucun doute, et tandis que la température de sa peau continuait à dégringoler vers le zéro absolu, Bobby comprit que l'homme à l'autre bout du fil avait un manteau plus ou moins jaune dans sa garde-robe.

Soudain une chaleur envahit ses yeux qui commencèrent à le démanger vers l'arrière. *Je suis bien chez les Sagamore ?* avait-il eu l'intention de demander, ayant prévu de leur dire de laisser Ted tranquille, si on lui avait répondu *oui*. De leur dire que lui, Bobby Garfield, ferait quelque chose pour eux s'ils lui fichaient la paix, qu'il ferait n'importe quoi. Mais alors que le moment était venu de parler, il restait incapable de prononcer un mot. Jusqu'à cet instant, il n'avait pas entièrement cru aux crapules de bas étage. Or, il y avait maintenant quelque chose à l'autre bout de la ligne, quelque chose qui n'avait rien de commun avec la vie telle que Bobby Garfield la comprenait.

« Bobby ? » dit la voix, avec une sorte de plaisir insidieux dans le ton, la satisfaction sensuelle d'avoir reconnu son interlocuteur. « Bobby... », répéta-t-elle, sans point d'interrogation, cette fois. Les petites taches commencèrent à défiler devant les yeux de Bobby et une neige noire se mit soudain à remplir la pièce.

« Je vous en prie... », murmura-t-il. Il rassembla toute son énergie pour se forcer à finir : « Je vous en prie, laissez-le partir...

— Pas question, fit la voix venue du vide. Il appartient au Roi. Reste en dehors de ça, Bobby. Ne t'en mêle pas. Ted est notre chien. Si tu n'as pas envie de devenir notre chien, toi aussi, passe au large. »

Clic.

Bobby garda le combiné pressé contre son oreille encore quelques instants, ayant trop froid pour arriver à trembler, comme il en éprouvait le besoin. Derrière ses yeux, la démangeaison commença à s'atténuer, et les fils qui encombraient sa vision se fondirent dans la pénombre de la pièce. Il détacha finalement le combiné de son oreille, mais interrompit son geste au moment de le poser. Il y avait des douzaines de minuscules cercles rouges sur les perforations de l'écouteur. Comme si la voix de la chose venue du vide avait fait saigner l'appareil.

Avec des petits sanglots rapides et gémissants, il reposa le combiné et battit en retraite dans sa chambre. *Ne t'en mêle pas*, avait dit la voix qui répondait, quand on appelait la famille Sagamore. *Ted est notre chien.* Mais Ted n'était pas un chien. Ted était un homme, l'ami de Bobby.

Elle a très bien pu leur dire où ils le trouveraient ce soir, songea Bobby. *Je crois que Carol le savait. Dans ce cas, et si elle l'a dit à maman...*

Il s'empara de la BÉCANE BANK, prit tout l'argent qu'elle contenait et quitta l'appartement. Il envisagea de laisser un mot à sa mère, puis y renonça. Elle était capable de rappeler HOusitonic 5-8337 et de raconter à la voix de bas étage dans quelles aventures s'était lancé son fils : une bonne raison de ne pas laisser de mot. Mais il y en avait une autre. S'il ne pouvait avertir Ted à temps, il partirait avec lui. Et Ted serait obligé de le laisser venir avec lui. Et si les crapules de bas étage s'emparaient de lui ou le tuaient ? Eh bien, ce n'était pas tellement différent d'une fugue, non ?

Bobby jeta un dernier regard à l'appartement et, tandis qu'il écoutait le ronflement en provenance de la chambre, il ressentit un pincement involontaire au cœur et dans la tête. Ted avait raison : en dépit de tout, il l'aimait encore. Si le *ka* existait, l'amour qu'il lui portait en faisait alors partie.

Il n'en espérait pas moins ne jamais la revoir.

« Salut, m'man », murmura-t-il. Une minute plus tard, il courait dans Broad Street, de plus en plus envahie par la nuit, une main dans la poche pour empêcher son argent de tomber.

X. Là-bas en bas, une fois de plus. Les gars du Corner. Crapules de bas étage en manteau jaune. Règlement.

Il appela un taxi en utilisant le taxiphone du Spicer's, et il profita de l'attente pour faire disparaître, sur le panneau extérieur, une affichette « chien perdu » de Brautigan. Il enleva également une annonce, punaisée à l'envers, pour une Rambler modèle 57 à vendre. Il roula les deux papiers en boule et les jeta dans la poubelle située non loin de la porte, sans même prendre la peine de regarder par-dessus son épaule pour vérifier si le vieux Spicer, dont le sale caractère était légendaire parmi les enfants de Harwich-ouest, l'avait vu.

Les jumelles Sigsby étaient dans le coin et avaient délaissé leurs cordes à sauter pour jouer à la marelle. Bobby s'approcha d'elles pour étudier les dessins qui figuraient...

...à côté. Il se mit à genoux et Dina Sigsby, qui s'apprêtait à lancer son caillou sur le 7, s'arrêta pour le regarder. Dianne porta une main crasseuse à sa bouche et se mit à pouffer. Les ignorant, Bobby brouilla les dessins à deux mains jusqu'à les rendre indistincts. Puis il se releva et se frotta les paumes pour en chasser la craie. L'éclairage extérieur du Spicer's, au-dessus de son minuscule parking de trois places, s'alluma alors et Bobby et les deux fillettes se retrouvèrent pourvus d'ombres étirées, bien plus grandes qu'eux.

« Pourquoi tu fais ça, idiot de Garfield ? demanda Dina. C'était joli.

— Ces dessins portent malheur. Qu'est-ce que vous faites ici, à cette heure ? »

Non qu'il n'ait connu la réponse ; elle brillait dans leurs têtes comme les publicités de bière dans la vitrine du Spicer's.

« Papa et maman se bagarrent, expliqua Dianne. Elle dit qu'il a une petite amie. » Elle éclata de rire, imitée par sa sœur, mais on lisait de la peur dans leurs yeux. Elles lui faisaient penser aux petits de *Sa Majesté des Mouches*.

« Rentrez chez vous avant qu'il fasse nuit, leur ordonna-t-il.

— Maman nous a dit de rester dehors, objecta Dina.

— Dans ce cas elle est stupide, et votre père aussi. Rentrez ! »

Elles échangèrent un coup d'œil et le garçon comprit qu'il n'avait fait que les effrayer davantage. Il s'en moquait. Il les suivit des yeux pendant qu'elles ramassaient leurs cordes à sauter et couraient vers le haut de la colline. Cinq minutes plus tard, le taxi qu'il avait appelé venait se ranger dans le petit parking, balayant le gravier de ses phares.

« Dis donc, remarqua le chauffeur, je ne sais pas trop si je peux amener un petit garçon jusqu'à Bridgeport à la nuit tombée, même s'il a assez de fric pour ça.

— Vous inquiétez pas », répondit Bobby en montant à l'arrière. Si le chauffeur avait l'intention de le jeter dehors, à présent, il avait intérêt à sortir la barre à mine de son coffre. « J'ai rendez-vous avec mon grand-père. » Mais pas au Corner Pocket, avait-il déjà décidé. Pas question d'arriver dans cet endroit en taxi.

Quelqu'un le guetterait peut-être. « Au Wo Fat Noodle Company. C'est sur Narragansett Avenue. »

Comme le Corner Pocket, au fait. Il avait oublié le nom de la rue, mais n'avait eu aucun mal à la trouver en consultant les pages jaunes, après avoir appelé le taxi.

Le chauffeur avait commencé sa marche arrière pour regagner la rue, mais il s'arrêta. « Quoi ? Cette saleté de Gansett Street ? Bordel, c'est pas un endroit pour les gosses, ça, même en plein jour.

— Je dois y retrouver mon grand-père, répéta Bobby. Il m'a dit de vous donner un pourboire d'un demi-*rock*... vous savez, cinquante *cents*. »

Le chauffeur hésita quelques instants. Bobby essaya bien de trouver un autre moyen de le convaincre, mais rien ne lui vint à l'esprit. Puis l'homme poussa un soupir, abaissa son drapeau et se mit en route. Comme ils repassaient devant le 149, Bobby regarda s'il n'y avait pas de lumières allumées dans l'appartement. Il n'en vit aucune. Pas encore. Il s'enfonça dans le siège et attendit que disparaisse Harwich, derrière eux.

Le nom du chauffeur figurait sur le taximètre : Roy DeLois. Il ne lâcha pas un mot jusqu'à Bridgeport. Il était triste, parce qu'il avait été obligé d'amener Pete chez le vétérinaire pour le faire piquer. Pete avait quatorze ans, ce qui était vieux pour un colley. Mais Pete avait été le seul véritable ami de Roy. *Vas-y, mon gars, goinfre-toi, c'est la maison qui régale*, disait-il lorsqu'il lui donnait à manger. Il répétait la même chose tous les soirs. Roy DeLois était divorcé. Parfois, il allait dans un club de strip-tease à Hartford. Bobby apercevait des images fantomatiques de danseuses dont la plupart étaient habillées de plumes et de longs gants blancs. L'image de Pete était plus précise. DeLois s'était senti dans son état normal en revenant de chez le vétérinaire, mais quand il avait vu la gamelle vide dans le placard, il avait éclaté en sanglots.

Ils passèrent devant le William Penn Grille. Chacune

des fenêtres du restaurant déversait des flots de lumière dans la rue, où des voitures étaient garées le long des trottoirs sur plusieurs centaines de mètres, de chaque côté ; mais Bobby ne vit aucune DeSoto délirante, ni d'autres voitures lui donnant l'impression de créatures vivantes maladroitement déguisées. L'arrière de ses yeux ne le démangea pas, et aucun fil noir ne vint strier son champ visuel.

Le taxi franchit le pont, sur le canal, et ils se retrouvèrent *là-bas en bas*. Une musique afro-cubaine tapageuse se déversait des appartements ; sur la façade des immeubles de rapport, les escaliers de secours zigzaguaient comme des éclairs de ferraille. Des groupes de jeunes gens à la chevelure lustrée et peignée en arrière se tenaient à certains coins de rues ; des groupes rieurs de filles se tenaient à d'autres. Quand le taxi fit halte à un feu rouge, un homme à la peau brune se précipita, les hanches souples sous un pantalon en gabardine d'où dépassait un sous-vêtement d'un blanc éclatant, et proposa au chauffeur de nettoyer son pare-brise avec le chiffon crasseux qu'il tenait. Roy DeLois secoua sèchement la tête et démarra dès que le feu passa au vert.

« Maudits moricauds, grommela-t-il. On devrait leur interdire le pays. Comme si on n'avait pas déjà nos nègres ! »

Narragansett Street prenait un aspect différent, de nuit : légèrement plus inquiétant, mais aussi légèrement plus féerique. Serruriers... services d'encaissement des chèques... deux ou trois bars d'où sortaient des rires, de la musique de juke-box et des types tenant une bière à la main... ROD'S GUNS... et effectivement, juste après le marchand d'armes et tout à côté de SPECIAL SOUVENIRS, le WO FAT NOODLE COMPANY. D'ici, Bobby ne pouvait pas être à plus de deux ou trois pâtés de maisons du Corner Pocket. Il n'était que huit heures. Il avait tout son temps.

Lorsque DeLois se gara le long du trottoir, le compteur affichait quatre-vingts *cents*. Ajoutez-y le pourboire de cinquante *cents* et cela faisait un joli trou dans la BÉCANE BANK, mais Bobby s'en fichait. Jamais il ne ferait des montagnes d'histoires pour des questions d'argent, comme *elle*. S'il parvenait à avertir Ted avant que les crapules ne mettent la main sur lui, il serait ravi de marcher à pied jusqu'à la fin de ses jours.

« Ça me plaît pas de te laisser ici, dit le chauffeur. Où est donc ton grand-père ?

— Oh, il va sûrement pas tarder », répondit Bobby, qui s'efforça de prendre un ton joyeux et y parvint presque.

Stupéfiant, ce qu'on arrive à faire, le dos collé au mur.

Il tendit l'argent. Pendant un instant, Roy DeLois hésita à le prendre. Il se demandait s'il ne devait pas ramener le gamin au Spicer's, mais... *et si le gosse m'a raconté des histoires avec son papi*, pensa-t-il, *qu'est-ce qu'il peut bien fabriquer ici ? Il est trop jeune pour vouloir tirer un coup, tout de même...*

Tout va bien, renvoya Bobby. Eh oui, il pensait être capable de ça aussi, un petit peu du moins. *Allez, arrêtez de vous inquiéter, tout va bien.*

Finalement, Roy DeLois prit le billet froissé et les trois *dimes*. « C'est vraiment trop, dit-il.

— Mon papi m'a dit qu'il fallait pas être radin comme certains, répondit Bobby en descendant du taxi. Vous devriez peut-être prendre un autre chien. Vous savez, un jeune, un chiot, même. »

L'homme avait une cinquantaine d'années, mais sa stupéfaction le fit paraître soudain plus jeune. « Comment... »

Bobby l'entendit décider en son for intérieur qu'il préférait ne pas savoir comment. Roy DeLois passa une vitesse et s'éloigna, laissant le garçon devant le Wo Fat Noodle Company.

Il y resta jusqu'à la disparition des feux de position du taxi ; puis il partit lentement en direction du Corner Pocket, s'arrêtant assez longtemps devant la vitrine poussiéreuse de SPECIAL SOUVENIRS pour regarder ce qu'elle contenait. Le store de bambou avait été relevé, mais le seul « souvenir spécial » exhibé était un cendrier en céramique ayant la forme d'un siège de toilettes. Son rebord comportait un creux pour accueillir une cigarette. Dessus, il y avait écrit : PARK YOUR BUTT [1]. Bobby trouva la formule très humoristique mais que la vitrine faisait néanmoins bien pauvre ; il avait plus ou moins espéré voir des objets de nature sexuelle. En particulier à cette heure, où le soleil était couché.

Il poursuivit son chemin, passant devant B'PORT PRINTING, SHOE REPAIRED WHILE YOU WAIT, SNAPPY KARDS FOR ALL OCCASIONS [2]. Devant lui se profilait un nouveau bar ; une autre bande de jeunes gens attendait au coin de la rue et on entendait une chanson du groupe Cadillac. Bobby traversa la rue, trottinant en rentrant la tête dans les épaules, les mains dans les poches.

En face du bar, de l'autre côté de cette saleté de Gansett Street, il y avait un ancien restaurant dont la banne en lambeaux pendait encore au-dessus des vitres passées au blanc d'Espagne. Bobby se coula dans son ombre pour continuer, sursautant lorsque quelqu'un cria et qu'une bouteille se brisa. Quand il arriva au carrefour, il le traversa en diagonale pour rejoindre le trottoir sur lequel se trouvait le Corner Pocket.

Chemin faisant, il tenta de se brancher sur l'esprit de Ted, mais il ne ressentit rien. Il n'en fut nullement surpris. S'il avait été Ted, il se serait rendu dans un endroit comme la bibliothèque municipale de la ville, afin de pouvoir attendre sans être remarqué. Après la fermeture de la bibliothèque, il aurait été manger un morceau quelque part, histoire de tuer encore un peu de temps. Et finalement, il aurait appelé un taxi pour venir chercher son argent. Bobby ne pensait donc pas qu'il soit à proximité, pour le moment, mais il restait tout de même à l'écoute. Il était même tellement

---

1. *Butt* signifie *mégot* mais aussi *fesses* (*N.d.T.*).
2. Respectivement une imprimerie, un « talon-minute » et un magasin de cartes de vœux humoristiques (*N.d.T.*).

concentré là-dessus qu'il heurta quelqu'un qu'il n'avait pas vu.

« Hé, *cabron* ! » s'exclama le type en riant, mais d'un rire qui n'avait rien de plaisant. Des mains s'emparèrent des épaules de Bobby. « Et où tu vas comme ça, *putino ?* »

Bobby releva la tête et vit quatre jeunes types, du genre de ceux que sa mère aurait appelés des traîne-savates. Ils se tenaient devant un établissement du nom de BODEGA. Des Portoricains, pensa le garçon, qui portaient tous des pantalons au pli au rasoir, des bottes noires à bout pointu dépassant des revers. Ils avaient aussi des blousons en soie bleus, avec DIABLOS écrit dans le dos. Le I avait la forme d'une fourche de diable. Ce détail lui rappelait bien quelque chose, mais il n'avait pas le temps de s'y attarder. Il se rendait compte, avec angoisse, qu'il venait de tomber sur quatre représentants d'une bande quelconque.

« Je suis désolé, dit-il, la gorge sèche. Vraiment... s'cusez-moi. »

Il se dégagea des mains qui le tenaient et voulut contourner le groupe. À peine avait-il fait un pas que l'un des trois autres l'attrapait. « Et où tu vas comme ça, *tio* ? Où tu vas, *tio mio* ? »

Bobby se dégagea à nouveau, mais le quatrième type le repoussa contre le deuxième.

« T'as pas d'argent, *tio* ? demanda le troisième. Parce que figure-toi que c'est un trottoir à péage, ici. »

Les trois autres éclatèrent de rire et se rapprochèrent. Bobby sentait leur lotion d'après-rasage épicée, la brillantine de leurs cheveux, sa propre peur aussi. Il n'entendait pas leurs voix intérieures, mais en avait-il besoin ? Ils allaient probablement le battre et lui voler son argent. Il aurait de la chance si c'était tout ce qu'ils lui faisaient... et il n'aurait peut-être pas de chance.

« Petit garçon... », chantonna presque le quatrième. Il empoigna les cheveux en brosse de Bobby et tira suffisamment fort pour que les larmes lui montent aux yeux. « Petit *muchacho*, combien t'as dans ta poche, hein ? Combien t'as de bon *dinero ?* Si t'as quelque chose, on te laisse tranquille. Si t'as rien, on te fout une branlée.

— Fiche-lui la paix, Juan. »

Ils se tournèrent – Bobby aussi – et virent arriver un cinquième type, qui portait aussi le blouson des Diablos et le pantalon à pli au rasoir ; mais il avait des chaussures de ville à la place des bottes. Bobby le reconnut sur-le-champ : le jeune gars qui avait joué au flipper, au Corner Pocket, pendant que Ted faisait son pari. Pas étonnant que la fourche lui ait rappelé quelque chose, puisqu'elle était tatouée sur la main du type. Son blouson était alors à l'envers et il l'avait attaché par les manches autour de sa taille (*On peut pas porter son blouson de club, dans c'te taule*, avait-il dit à Bobby), mais il n'en arborait pas moins le symbole des Diablos.

Bobby essaya de lire dans l'esprit du nouveau venu et ne vit que des formes indistinctes. Son don disparaissait, une fois de plus, comme le jour où Mrs Gerber les avait emmenés à Savin Rock ; peu après la rencontre avec McQuown, au bout de l'allée des attractions, il s'était évanoui. Cette fois-ci le « bigorneau » avait duré plus longtemps, c'était tout.

« Hé, Dee, fit le type qui tenait Bobby par les cheveux. On veut juste secouer un peu ce morpion. Pour pas qu'il croie qu'on passe gratos sur le territoire des Diablos.

— Non, pas lui, répondit Dee. Je le connais. C'est mon *compadre.*

— Moi, je lui trouve plutôt la tête d'une tapette des beaux quartiers, intervint celui qui avait traité Bobby de *cabron* et de *putino.* J'vais lui donner une bonne leçon et lui apprendre le respect, moi.

— Il n'a pas besoin que tu lui donnes de leçon. Tu préfères peut-être que je t'en donne une, Moso ? »

Moso recula d'un pas, la mine renfrognée, et prit une cigarette. L'un des autres lui tendit son briquet allumé, et Dee entraîna Bobby un peu plus loin sur la rue.

« Qu'est-ce que tu fiches ici, *amigo* ? dit-il en agrippant l'épaule de Bobby de sa main tatouée. T'es vraiment crétin de venir ici tout seul, et complètement *loco* d'y venir tout seul *la nuit* !

— J'ai pas pu faire autrement. Il faut que je retrouve le type avec qui j'étais hier. Il s'appelle Ted. Il est vieux, maigre, assez grand. Il marche avec les épaules voûtées, comme Boris Karloff – vous savez, le type qui joue dans les films qui font peur ?

— Je connais Boris Karloff, mais pas ton fichu Ted, observa Dee. J'l'ai même jamais vu. Bon Dieu, tu devrais te tirer d'ici.

— Faut que j'aille au Corner Pocket, pourtant.

— J'en viens, et j'ai vu personne qui ressemblait à Boris Karloff.

— C'est encore trop tôt. Il devrait arriver entre neuf heures et demie et dix heures. Il faut que je sois sur place à ce moment-là, parce qu'il y a des hommes qui sont après lui. Ils portent des manteaux jaunes et des chaussures blanches... ils roulent dans de grosses voitures tape-à-l'œil... il y en a une, c'est une DeSoto violette, et... »

Dee l'attrapa, le fit pirouetter et le colla contre la porte d'un magasin de prêteur sur gages, si brutalement que Bobby crut un instant que le Diablo allait finalement le traiter comme sa bande s'était apprêtée à le faire. À l'intérieur de la boutique, un vieil homme qui avait les lunettes remontées sur son crâne déplumé releva la tête, l'air ennuyé, puis revint à la lecture de son journal.

« Les *jefes* avec les longs manteaux jaunes, siffla Dee. Je les ai vus, ces types. D'autres aussi les ont vus. On ne se mêle pas des affaires de types comme ça, *chico*. Y a quelque chose qui cloche chez ces gars-là. Ils ont pas l'air normal. À côté d'eux, les voyous qui traînent au Mallory Saloon ont l'air d'enfants de chœur. »

Quelque chose, dans l'expression de Dee, rappela Sully-John à Bobby ; il se souvint comment son copain lui avait dit avoir vu des types bizarres à la sortie de Commonwealth Park. Lorsque Bobby lui avait demandé en quoi il les avait trouvés bizarres, Sully n'avait pas été capable de dire exactement pourquoi. Mais Bobby avait compris. C'était les crapules de bas étage qu'avait vues Sully-John. Déjà, ils étaient le nez sur la piste.

« Quand vous les avez vus ? demanda Bobby. Aujourd'hui ?

— Hé, poussin, du calme. Ça fait à peine deux heures que j'suis debout, et j'ai passé presque tout ce temps dans ma salle de bains à me faire beau pour la rue. Je les ai vus sortir du Corner Pocket... deux types... avant-hier, je crois. Ce coin est devenu curieux, depuis quelque temps. » Il réfléchit un instant puis appela : « Oh, Juan, amène tes fesses par ici. »

Le tireur de cheveux arriva en trottinant. Dee lui parla en espagnol. Juan lui répondit, et Dee fit une courte remarque en montrant Bobby. Juan se pencha vers le garçon, mains sur les genoux de son pantalon à pli impec.

« T'as vu ces types, hein ? »

Bobby acquiesça.

« Une bande dans une DeSoto violette ? Une bande dans une Chrysler ? Une autre dans une Oldsmobile 98 ? »

Bobby n'avait vu que la DeSoto, mais acquiesça tout de même.

« Ces bagnoles sont pas de vraies bagnoles », dit Juan. Il eut un regard en coulisse pour voir si Dee ne rigolait pas. Dee ne rigolait pas ; il lui fit signe, de la tête, de continuer son histoire. « C'est autre chose.

— Je crois qu'elles sont vivantes », suggéra Bobby.

L'œil de Juan s'alluma. « Ouais ! Comme si elles étaient vivantes ! Et ces types...

— De quoi ils ont l'air ? J'ai vu une de leurs voitures, mais pas eux. »

Juan essaya de répondre, mais sans y parvenir – du moins, pas en anglais. Il poursuivit en espagnol. Dee traduisit une partie de ce qu'il disait, mais d'un air de plus en plus absent ; il poursuivit la conversation en s'adressant seulement à Juan, ignorant Bobby. Les autres traîne-savates (qui n'étaient guère plus âgés que lui, se rendait compte à présent Bobby) se rapprochèrent et apportèrent leur contribution. Bobby ne comprenait pas ce qu'ils disaient, mais tous lui donnaient l'impression d'avoir peur. C'était pourtant des coriaces ; *là-bas en bas*, il fallait être un coriace si l'on tenait à être encore en vie à la fin de la journée. Et cependant, les crapules de bas étage leur avaient fichu la frousse. Bobby réussit à saisir une ultime image à peu près claire : une haute silhouette avançant à grands pas, habillée d'un manteau jaune moutarde lui retombant jusqu'aux mollets ; le genre de manteau que les hommes portent parfois dans des films comme *Règlement de compte à OK Corral* ou *Les Sept Mercenaires*.

« J'en ai vu quatre sortir du salon de coiffure où on prend les paris sur les bourrins, dit un des types qui s'appelait apparemment Filio. Voilà ce qu'ils font, ces types, ils vont dans des boîtes et posent des questions. Et ils laissent toujours leur grosse bagnole avec le moteur qui tourne. On pourrait croire qu'il faut être cinglé pour faire un truc pareil ici, laisser une bagnole avec le moteur en marche dans la rue, mais qui irait voler leur bon Dieu de machine ? »

Personne, Bobby le savait bien. Si on s'y essayait, le volant pouvait se transformer en serpent et vous étrangler ; le siège se métamorphoser en sables mouvants et vous engloutir.

« Ils arrivent toujours en bande, continua Filio, et ils portent toujours ces longs manteaux jaunes, même quand il fait si chaud qu'on pourrait faire cuire un œuf sur le bon Dieu de trottoir. Ils ont aussi ces chouettes godasses blanches et pointues – tu sais comment je remarque toujours ce que les types se mettent au pied, ça me fait bander ces conneries – mais j'ai pas l'impression... j'ai pas l'impression... »

Il se tut un instant, réfléchit, et dit quelque chose en espagnol à Dee. Bobby demanda qu'on lui traduise.

« Il dit que leurs godasses touchaient pas le sol », répondit Juan, ouvrant de grands yeux dans lesquels on ne lisait ni mépris ni scepticisme. « Y dit qu'ils avaient une grosse Chrysler rouge et que quand ils sont remontés dedans, leurs putains de godasses touchaient pas tout à fait le sol. »

Il mit deux doigts en fourche devant sa bouche, cracha au travers et se signa.

Le silence se prolongea pendant quelques instants, puis Dee se pencha sur Bobby, l'air grave. « Et tu dis que c'est ces types qui cherchent ton pote ?

— Oui. Il faut que je l'avertisse. »

Une idée folle lui traversa l'esprit : Dee allait lui offrir de l'accompagner au Corner Pocket, et toute la bande des Diablos les accompagnerait ; ils remonteraient la rue en claquant des doigts à l'unisson comme les Jets, dans *West Side Story*. Ils seraient copains, un gang, oui, mais de mecs ayant en réalité bon cœur.

Bien entendu, rien de tel ne se produisit. Moso s'éloigna du groupe et alla reprendre la place qu'il occupait quand Bobby lui était rentré dedans. Les autres le suivirent. Juan s'attarda encore un peu, juste le temps de dire : « Tu te mêles des affaires de ces *caballeros* et t'es plus qu'un *putino* mort, *tio mio*. »

Dee resta le dernier. « Il a raison. Tu ferais mieux de retourner d'où tu viens, mon pote. Laisse ton *amigo* s'occuper de ses affaires.

— Je peux pas », répondit Bobby. Puis il ajouta, avec une authentique curiosité : « Et vous, vous pourriez pas vous en mêler ?

— Peut-être... si on avait affaire à des gens ordinaires. Mais ceux-là, c'est pas des types ordinaires. T'as pas entendu ?

— Si. Mais...

— T'es cinglé, mon p'tit gars. *Poco loco.*

— Ça doit. »

Il se sentait cinglé, pas de doute. *Poco loco* ou beaucoup. Cinglé comme un rat d'égout, aurait dit sa mère.

Dee commença à s'éloigner et Bobby sentit son cœur se serrer. Le jeune homme atteignit l'angle de la rue (ses copains l'attendaient de l'autre côté) puis fit demi-tour et pointa son doigt sur Bobby comme s'il tenait un pistolet. Bobby lui sourit et réagit sur le même mode.

« *Vaya con dios, mi amigo loco* », lui lança Dee avant de traverser la rue d'un pas leste, le col de son blouson relevé sur la nuque.

Bobby se tourna dans l'autre direction et reprit son chemin, contournant les flaques de lumière créées par les enseignes au néon grésillantes, s'efforçant de rester le plus possible dans l'ombre.

En face du Corner Pocket, de l'autre côté de la rue, se trouvait une entreprise de pompes funèbres : DESPEGNI FUNERAL PARLOR, lisait-on sur la banne. Dans la vitrine, on voyait une horloge cerclée d'un néon bleu glacial, avec au-dessous un panonceau proclamant : LE TEMPS ET LA MARÉE N'ATTENDENT PERSONNE. D'après l'horloge, il était huit heures vingt du soir. Il avait le temps, beaucoup de temps, et il y avait une allée, le long du Corner Pocket, où il pourrait patienter dans une sécurité relative ; mais il ne se sentait pas capable de se planquer là pour faire le guet, alors même que c'était ce qu'il y aurait eu de plus malin à faire. S'il avait été malin, d'ailleurs, il aurait commencé par ne pas venir ici. Il n'avait rien d'un vieux singe ; il n'était qu'un gosse effrayé ayant besoin d'aide. Qu'il puisse en trouver au Corner Pocket ne lui paraissait pas évident, mais il pouvait se tromper.

Il s'engagea donc sous la bannière proclamant ENTREZ, IL FAIT FRAIS À l'INTÉRIEUR. Jamais il n'avait eu aussi peu besoin d'air conditionné de toute sa vie ; la soirée était chaude, et pourtant il avait froid partout.

Mon Dieu, si vous existez, je vous en prie, aidez-

moi. Aidez-moi à être courageux... et aidez-moi à avoir
de la chance.

Il ouvrit la porte et entra.

L'odeur de bière était beaucoup plus forte mais moins rance, et il régnait dans la salle réservée aux billards électriques une indescriptible cacophonie de bruits et de lumières. Là où Dee avait joué seul, la fois précédente, il semblait y avoir au moins deux douzaines de types ; tous fumaient, tous portaient des débardeurs et des chapeaux *bonjour-mes-chéries* à la Sinatra, tous avaient des bouteilles de bière parquées sur le haut des machines inventées par Gottlieb.

Le bar (où tous les tabourets étaient pris) était mieux éclairé et sa lumière s'étendait jusqu'au bureau de Len Files. La salle de billard, pour l'essentiel dans la pénombre, la veille, était maintenant illuminée comme une scène de théâtre. Toutes les tables étaient prises ; les hommes qui les entouraient se penchaient dessus, tournaient autour et jouaient au milieu du brouillard bleu de la fumée qui montait de leurs cigarettes ; tous les fauteuils, le long du mur, étaient occupés aussi. Bobby repéra le vieux Gee, les pieds sur le repose-pieds d'un cireur et...

« Hé, qu'est-ce que tu branles ici ? »

Bobby se tourna ; la voix l'avait fait sursauter, mais il était surtout choqué d'avoir entendu ce mot dans la bouche d'une femme. C'était Alanna Files. La porte donnant sur la salle de séjour se refermait derrière elle. Ce soir, elle portait une blouse en soie blanche qui exhibait ses épaules (des épaules ravissantes, d'un blanc crémeux et aussi rondes que des seins) et le haut de sa prodigieuse poitrine. Et sous la blouse, il y avait la plus vaste paire de pantalons rouges que Bobby ait jamais vue. Hier, Alanna s'était montrée gentille, souriante, se moquant presque de lui, en fait, même si Bobby n'y avait pas vraiment prêté attention. Ce soir, elle paraissait terrifiée.

« Je suis désolé... Je sais que je ne devrais pas être

ici, mais il faut que je retrouve mon ami Ted et j'ai pensé... pensé que... » Il entendit sa voix qui se réduisait à un filet, tel un ballon que l'on vient de lâcher dans une pièce et qui a perdu son air.

Ça tournait mal. Comme dans un rêve qu'il faisait parfois, et où il se retrouvait en classe, étudiant la grammaire ou les sciences, ou lisant simplement une histoire, et tout le monde se mettait à se moquer de lui ; il se rendait compte alors qu'il avait oublié d'enfiler son pantalon avant de venir à l'école, qu'il était assis à son bureau et que tout le monde était autour de lui et le regardait, les garçons, les filles, et même les professeurs.

Le tapage des billards électriques avait diminué sans s'interrompre complètement ; le flot des conversations et des rires s'était en revanche presque entièrement tari au bar. Le cliquetis des boules de billard avait cessé. Bobby regarda autour de lui, sentant les serpents qui se réveillaient à nouveau dans son estomac.

La plupart des gens le regardaient. Le vieux Gee aussi, avec des yeux semblables à deux trous brûlés dans du papier sale. Et même si la vitre qui s'était ouverte dans la tête de Bobby était redevenue presque entièrement opaque (passée au blanc d'Espagne, comme une vitrine), il eut l'impression que beaucoup de ceux qui le regardaient l'avaient plus ou moins attendu. Il doutait qu'ils l'aient su d'avance, et même s'ils l'avaient su, qu'ils aient su pourquoi. Ils étaient plus ou moins endormis, comme les gens de Midwich. Les crapules de bas étage étaient passées par ici. Les crapules avaient...

« Fiche le camp, Randy », dit Alanna, dans un murmure bas et sec. Dans son désarroi, elle avait donné à Bobby le prénom de son père. « Fiche le camp tant qu'il est encore temps. »

Le vieux Gee était descendu de son fauteuil de cireur. Le pan de sa veste élégante se prit dans l'un des repose-pieds et se déchira, mais il n'y prêta aucune attention et un lambeau de soie se mit à flotter, tel un parachute minuscule, à hauteur de ses genoux. Ses yeux ressemblaient plus que jamais à deux trous brûlés dans du papier sale. « Attrapez-le, dit-il d'une voix chevrotante. Attrapez ce môme. »

Bobby en avait vu assez. Il ne trouverait aucune aide ici. Il se précipita vers la porte et l'ouvrit à grand fracas. Derrière lui, il sentait que les gens commençaient à bouger, mais lentement. Trop lentement.

Et Bobby Garfield courut dans la nuit.

Il courut pendant plus de deux cents mètres avant qu'un point de côté ne l'oblige à ralentir, puis à s'arrêter. Personne ne l'avait suivi, c'était au moins cela, mais si jamais Ted entrait au Corner Pocket pour récupérer son argent, il était fini, cuit, *kaput*. Ce n'était pas seulement des individus de bas étage qu'il lui fallait se méfier, à présent, mais aussi du vieux Gee et du reste de la bande. Et Ted qui ne le savait pas ! La question était simple : que pouvait faire Bobby ?

Il regarda autour de lui et se rendit compte qu'il n'y avait plus de vitrines de magasins, qu'il se trouvait dans une zone d'entrepôts. Les bâtiments le surplombaient de toute leur hauteur, comme des géants dont les traits auraient été presque complètement effacés. Il s'en dégageait une odeur de poisson et de sciure, ainsi que de vagues effluves de putréfaction qui auraient pu provenir d'une viande avariée.

Ce qu'il pouvait y faire ? Rien. Il n'était qu'un enfant, et cela ne relevait pas de lui. Il le comprit, mais il comprit aussi qu'il ne pouvait laisser Ted entrer au Corner Pocket sans au moins essayer de l'avertir. Rien à voir avec de l'héroïsme à la Hardy Boys, non plus ; il était tout simplement incapable de partir sans faire cet effort. Et dire que c'était sa mère qui l'avait placé dans cette situation ! *Sa propre mère...*

« Je te hais, m'man », murmura-t-il. Il avait toujours froid, ce qui ne l'empêchait pas de transpirer abondamment ; il ne lui restait pas un centimètre carré de peau sèche. « Je me fiche pas mal de ce que t'ont fait Don Biderman et les autres, tu es une salope et je te hais. »

Il fit demi-tour et repartit au petit trot dans la direction d'où il était venu, utilisant le plus possible les zones obscures. Par deux fois, il entendit arriver des gens et alla s'accroupir sous des porches, se faisant le plus petit possible en attendant qu'ils soient passés. Il n'avait pas de mal à se faire tout petit. Jamais il ne s'était senti aussi petit de toute sa vie.

Cette fois-ci, il s'engagea dans l'allée. Il y avait des poubelles d'un côté, et de l'autre un empilement de cartons pleins de bouteilles consignées répandant une odeur de bière. La colonne qu'ils formaient était plus haute que Bobby d'une vingtaine de centimètres ; une fois derrière, il fut complètement invisible depuis la rue. À un moment donné, pendant son attente, une chose à fourrure lui frôla la cheville et il eut le plus grand mal à étouffer le cri qui lui montait dans la gorge ; il baissa les yeux et vit un chat de gouttière tout pelé, qui le regardait de ses yeux verdâtres grands comme des phares.

« Du balai, sale bête », murmura Bobby en donnant un coup de pied dans sa direction. Le chat exhiba des dents effilées comme des aiguilles, siffla, puis battit lentement en retraite dans l'allée, suivant un itinéraire sinueux entre les tas de détritus et les débris de verre, la queue relevée en signe de dédain. À travers le mur de brique, on entendait les rythmes assourdis qui montaient du juke-box du Corner Pocket. Mickey et Sylvia chantaient « L'amour est étrange ». Étrange, je te le fais pas dire. Une vraie calamité, oui.

De sa cachette, Bobby ne voyait plus l'horloge des pompes funèbres, et il avait perdu toute notion du temps. Au-delà de la puanteur de bière et d'ordures qui montait de l'allée, se déroulait, tel un opéra en plein air, la vie d'un soir d'été. Les gens s'interpellaient à grands cris, riant parfois, parfois en colère, parfois en anglais, parfois dans une langue étrangère parmi une douzaine. Il y eut une rafale d'explosions qui le figèrent – il les avait tout d'abord prises pour des coups de feu –, puis il reconnut un bruit de pétards, probablement des *ladyfingers*, et se détendit un peu. Des voitures passaient à toute vitesse ; beaucoup, peintes de couleurs criardes, portaient des motifs décoratifs et étaient bardées de chromes et de pots d'échappement nickelés. À un moment donné, il y eut des bruits qui évoquaient une bagarre à coups de poing, sous les encouragements bruyants d'un attroupement ; puis une femme, qui paraissait à la fois ivre et triste, passa en chantant *Where the Boys Are* d'une voix superbement pâteuse ; puis les sirènes de la police, qui se rapprochèrent et s'éloignèrent à nouveau.

Bobby sombra dans un état qui, sans être exactement de la somnolence, n'en était pas loin. Les yeux ouverts, il rêva qu'il habitait avec Ted dans une ferme, quelque part, peut-être en Floride. Ils passaient de longues journées laborieuses, mais Ted, en dépit de son âge, était encore capable de travailler dur, surtout depuis qu'il avait arrêté de fumer et retrouvé un peu de souffle. Bobby allait à l'école sous un nom d'emprunt (Ralph Sullivan) et le soir, ils s'asseyaient sous le porche, où ils prenaient le repas préparé par Ted en buvant du thé glacé. Bobby lui lisait le journal et, quand ils allaient se coucher, ils dormaient profondément, d'un sommeil paisible, qu'aucun mauvais rêve ne venait interrompre. Lorsqu'ils allaient faire leurs courses, le vendredi, Bobby consultait les tableaux d'affichage pour traquer les annonces d'animaux perdus et celles d'autos à vendre punaisées à l'envers, mais il n'en trouvait jamais. Les crapules de bas étage avaient perdu la trace de Ted. Ted n'était plus le chien de personne, et ils étaient en sécurité dans leur ferme. Non pas un père et son fils, ou un grand-père et son petit-fils, mais simplement deux amis.

Des gens comme nous, pensa Bobby, de plus en plus somnolent. Il s'était appuyé contre le mur de brique et sa tête plongeait, le menton lui touchant presque la poitrine. *Des gens comme nous... pourquoi n'y a-t-il pas un endroit pour des gens comme nous ?*

Un faisceau de lumière vint inonder l'allée ; à chaque fois que cela s'était produit, il avait coulé un œil entre les piles de cartons. Cette fois-ci, il faillit ne pas le faire : il n'avait qu'une envie, garder les yeux clos et penser à la ferme. Il se força néanmoins à regarder, et ce qu'il vit fut l'arrière tronqué d'un véhicule jaune : celui d'un taxi qui venait de s'arrêter juste devant le Corner Pocket.

Une grande poussée d'adrénaline l'envahit, et des projecteurs dont il avait ignoré jusqu'ici l'existence s'allumèrent dans sa tête. Il fonça entre le mur et l'empilement de cartons, faisant tomber les deux du haut. Son pied heurta une poubelle vide qui alla valser contre le mur, et il faillit marcher sur une chose à fourrure – encore le chat — qui poussa un sifflement de protestation. Il le chassa d'un coup de pied et jaillit hors de l'allée. Lorsqu'il tourna vers le Corner Pocket, il glissa sur quelque chose de gras et poisseux et tomba sur un genou ; dans la vitrine des pompes funèbres, l'horloge indiquait vingt et une heures quarante-cinq au milieu de son cercle d'un bleu glacial. Le taxi était arrêté, tournant au ralenti, devant la porte de l'académie de billard. Ted Brautigan se tenait sous la bannière proclamant ENTREZ, IL FAIT FRAIS À L'INTÉRIEUR et réglait le chauffeur ; penché en avant, il ressemblait plus que jamais à Boris Karloff.

De l'autre côté de la rue, devant le salon funéraire, une autre voiture était garée : une Oldsmobile énorme, aussi rouge que les pantalons d'Alanna. Elle n'y était pas un instant auparavant, Bobby en était sûr. Sa forme ne donnait pas une impression de solidité ; le fait de la regarder ne faisait pas simplement monter les larmes aux yeux, il donnait aussi envie de pleurer dans sa tête.

Ted ! voulut crier Bobby. Mais aucun son ne sortit de sa bouche, sinon un faible murmure. *Pour quelle raison ne les sent-il pas ? Comment est-ce possible ?*

Peut-être les crapules disposaient-elles d'un moyen

de bloquer le processus. Ou peut-être était-ce les gens, à l'intérieur du Corner Pocket, qui exerçaient ce blocage. Le vieux Gee et tous les autres. Les individus de bas étage les avaient peut-être transformés en éponges humaines, capables d'absorber les signaux que Ted détectait habituellement.

Un nouveau faisceau lumineux apparut dans la rue. Au moment où Ted se redressait et où le taxi démarrait, la DeSoto violette jaillit du carrefour. Le taxi dut faire un écart pour l'éviter. Sous l'éclairage de la rue, la DeSoto avait l'air d'un formidable caillot de sang décorée de chromes et de vitres. La lumière de ses phares vacillait et ondulait comme à travers de l'eau... et elle se mit à *cligner*. Ce n'était nullement des phares. C'était des yeux.

Ted ! Une fois de plus, rien ne sortit de sa bouche à part ce même murmure sec ; Bobby avait l'impression d'être incapable de se relever. Il n'était même pas très sûr d'en avoir envie. Une peur terrible, qui le désorientait autant que la grippe et le rendait aussi faible qu'une chiasse cataclysmique, venait de l'envahir. Déjà, ça n'avait pas été facile de passer à côté de ce caillot de sang deSotesque, quand ils l'avaient vu garé devant le William Penn Grille ; mais être pris dans la lumière de ces yeux-projecteurs était mille fois pire. Non, *un million* de fois pire.

Il avait conscience d'avoir déchiré son pantalon et que son genou saignait ; les ululements de Little Richard lui parvenaient d'une fenêtre, quelque part dans les étages, et il voyait toujours le cercle bleu autour de l'horloge, dans la vitrine des pompes funèbres, comme s'il en avait eu l'image imprimée sur la rétine après avoir été aveuglé par un flash. Mais rien de tout cela ne semblait réel. Cette saleté de Gansett Street lui paraissait soudain se réduire à un décor de théâtre mal fichu, grossier, derrière lequel se profilait quelque réalité insoupçonnable, une réalité qui était *obscurité*.

La calandre de la DeSoto s'animait. *Montrait les*

dents... Ces bagnoles sont pas de vraies bagnoles, avait dit Juan. *C'est autre chose.*

Bon, d'accord, c'était autre chose.

« Ted... », il avait réussi à parler un peu plus fort, cette fois... et Ted l'entendit. Il se tourna vers Bobby, écarquillant les yeux, et c'est alors que la DeSoto monta en cahotant sur le trottoir, derrière lui ; les phares aveuglants à l'intensité irrégulière clouèrent le vieil homme sur place et lui donnèrent une ombre démesurée, comme celle de Bobby et des jumelles Sigsby lorsque s'était allumé l'éclairage du petit parking devant le Spicer's.

Ted battit en retraite devant la DeSoto, levant une main pour se protéger les yeux. D'autres faisceaux lumineux vinrent balayer la rue. Cette fois-ci, c'était ceux d'une Cadillac qui arrivait du secteur des entrepôts ; une Cadillac vert-de-morve, qui paraissait mesurer un mile de long, une Cadillac avec des ailerons évoquant des sourires mauvais et des flancs qui battaient comme des poumons. Elle rebondit sur le trottoir juste derrière Ted, ne s'arrêtant qu'à quelques dizaines de centimètres de son dos. Bobby entendit un halètement bas et grave. Le moteur de la Cadillac, se rendit-il compte, respirait.

Les portières des trois voitures s'ouvrirent. Des hommes en sortirent – ou des choses qui, au premier coup d'œil, paraissaient être des hommes. Bobby en dénombra six, puis huit – puis arrêta de compter. Tous portaient un manteau long, couleur moutarde (le modèle appelé cache-poussière) avec à droite, à hauteur de la poitrine, cet œil écarlate que Bobby se souvenait avoir vu en rêve. Sans doute, supposa-t-il, s'agissait-il d'un insigne. Les créatures qui les portaient devaient être... quoi ? Des flics ? Non. Une escouade, comme dans un film ? Plutôt. Des vigiles ? Ça se rapprochait, mais ce n'était pas encore tout à fait cela. C'était....

Des régulateurs. Comme dans ce film que j'ai vu

avec Sully-John à l'Empire l'année dernière, celui avec John Payne et Karen Steele.

Oui, exactement ça ! Les régulateurs du film s'étaient avérés n'être, en réalité, qu'une bande de voyous ; mais on croyait tout d'abord qu'il s'agissait de fantômes ou de monstres, quelque chose comme ça. Bobby se dit que ces régulateurs-ci étaient *réellement* des monstres.

L'un d'eux se saisit de lui en le prenant par le bras. Bobby cria : ce contact était la chose la plus horrible qu'il ait jamais vécue. À côté, avoir été projeté contre le mur par sa mère n'était que de la petite bière. Il avait l'impression d'avoir été agrippé par une bouillotte brûlante qui aurait eu des doigts ; à ceci près que la sensation n'arrêtait pas de changer. Des doigts, puis des griffes. Doigts... Griffes... Doigts... Griffes. Cet abominable contact bourdonnait dans sa chair, l'envahissait en tout sens. *C'est le bâton de Jack*, se dit-il. *Celui qui est effilé aux deux bouts.*

Bobby fut entraîné vers Ted, entouré par le reste de la bande. Il avançait en trébuchant, ses jambes avaient du mal à le porter. Comment avait-il pu croire qu'il parviendrait à avertir Ted ? Qu'ils s'enfuiraient de Narragansett Avenue, peut-être même en sautillant gaiement comme aimait à le faire Carol ? Marrant, non ?

Chose incroyable, Ted ne paraissait pas avoir peur. Il se tenait au milieu du demi-cercle formé par les crapules, et la seule émotion qu'on lisait sur son visage était son inquiétude pour Bobby. La chose qui agrippait Bobby (avec ce qui était une main, puis d'ignobles doigts caoutchouteux parcourus de pulsations, puis des serres), le lâcha soudain. Le garçon oscilla sur place comme s'il allait tomber. L'un des autres poussa une sorte d'aboiement aigu, et lui donna une tape dans le milieu du dos. Propulsé en avant, Bobby alla atterrir contre Ted, qui le retint.

Sanglotant de terreur, Bobby enfouit son visage dans la chemise de son vieil ami. Il y retrouva les arômes réconfortants de la cigarette et du savon à raser, mais ils n'étaient pas assez puissants pour couvrir la puanteur qui se dégageait des individus de bas étage – viande avariée, détritus – et les effluves violents de whisky brûlant qui montaient de leurs voitures.

Bobby leva les yeux vers Ted. « C'est ma mère, dit-il. C'est ma mère qui les a avertis.

— Ce n'est pas sa faute, quoi que tu en penses, répondit Ted. J'ai simplement attendu trop longtemps.

— Mais c'était tout de même d'agréables vacances, Ted ? » demanda l'une des crapules.

Sa voix produisait un bourdonnement abominable, comme si des insectes grouillaient sur ses cordes vocales – des sauterelles, ou encore des grillons. Il s'agissait peut-être de celui qui lui avait répondu au téléphone, qui lui avait dit que Ted était leur chien... mais qui sait s'ils ne possédaient pas tous la même voix ? *Si tu n'as pas envie de devenir notre chien, toi aussi, passe au large*, avait-il ajouté. Pourtant il était tout de même venu *là-bas en bas*, c'est-à-dire ici, et maintenant... oh, maintenant...

« Pas si mal, répondit Ted.

— J'espère au moins que tu as pu tirer ton coup, remarqua un autre, parce que l'occasion se représentera pas. »

Bobby regarda autour de lui. Les crapules les entouraient, épaule contre épaule, les enfermant dans leur odeur de sueur et de viande grouillant d'asticots, leur dissimulant complètement la vue de la rue avec leurs grands manteaux jaunes. Ils avaient la peau sombre, les yeux enfoncés dans les orbites, les lèvres rouges comme s'ils venaient de manger des cerises... mais ils n'étaient pas ce qu'ils avaient l'air d'être. N'étaient *pas du tout* ce qu'ils avaient l'air d'être. Leur visage n'arrivait pas à rester en place, pour commencer : joues, menton et cheveux ne cessaient de déborder de leurs limites (c'est du moins la seule manière d'interpréter le phénomène qui vint à l'esprit de Bobby). Sous la peau sombre, on en devinait une autre, aussi blanche que leurs chaussures à bout pointu. *Mais leurs lèvres sont toujours rouges,* pensa Bobby, *leurs lèvres sont toujours rouges.* De même que leurs yeux restaient toujours noirs et n'étaient pas des yeux, en réalité, mais des cavernes. *Et ils sont tellement grands !* constatat-il. *Tellement grands et minces ! Les pensées qu'ils ont dans la tête n'ont rien à voir avec les nôtres, les émotions qu'ils ressentent dans leur cœur n'ont rien à voir avec les émotions que nous ressentons.*

Depuis l'autre côté de la rue leur parvint une sorte de lourd grognement baveux. Bobby tourna la tête et vit que l'un des pneus de l'Oldsmobile s'était transformé en un tentacule d'un gris noirâtre. Il s'allongea, s'enroula autour d'un paquet de cigarettes vide et le ramena à lui. Le tentacule redevint alors pneu, mais l'emballage en dépassait comme une proie à demi engloutie.

« Prêt à revenir, tête de mule ? » demanda l'une des crapules à Ted. Il se pencha vers lui dans le bruissement rêche des plis de son manteau, tandis que l'œil rouge en sautoir paraissait fixer le vieil homme. « Prêt à revenir faire ton devoir ?

— Je vais vous suivre, répondit Ted, mais le garçon restera ici. »

D'autres mains se posèrent sur Bobby, et quelque chose faisant penser à une branche vivante vint lui caresser la nuque. Cela déclencha à nouveau le bourdonnement, sorte de signal d'alarme perverti et écœurant. Il montait dans sa tête, rappelant celui d'une ruche. Et dans ce bourdonnement dément, il entendit une cloche se mettre à tinter rapidement, rejointe bientôt par plusieurs autres. Un monde de cloches dans quelque nuit noire terrible où soufflait un vent brûlant de la force d'un ouragan. Il supposa que c'était l'univers d'où provenaient les individus de bas étage, un lieu exotique à des millions d'années-lumière du Connecticut et de sa mère. Des villages incendiés sous des constellations inconnues, des gens qui hurlaient, et ce contact sur son cou... cet affreux contact...

Il gémit et enfouit de nouveau son visage contre la poitrine de Ted.

« Il désire vous accompagner, coassa une voix immonde. Je pense qu'on va l'emmener, Ted. Il ne présente pas d'aptitudes naturelles comme Briseur, mais néanmoins... tout peut servir le Roi, tu sais. »

Les doigts innommables le caressèrent à nouveau.

« Toute chose sert le Rayon, répliqua Ted d'un ton sec de réprimande, de sa voix de prof.

— Pas pour très longtemps », dit la crapule en riant.

Le bruit qu'il fit tordit les entrailles de Bobby.

Une autre voix intervint, sur un ton de commandement : « Emmenons-le. » Ces voix se ressemblaient toutes plus ou moins, mais c'était à celle-ci qu'il avait parlé au téléphone, il en était sûr.

« Non ! dit Ted, dont les mains se raidirent dans le dos de Bobby. Il reste ici !

— Qui es-tu pour nous donner des ordres ? lui demanda la crapule qui paraissait diriger les opérations. Comme tu es devenu orgueilleux pendant ces quelques mois de liberté, Ted ! Hautain ! Tu vas bientôt te retrouver avec les autres dans la pièce où tu as déjà passé tant d'années ; et si je dis que le garçon vient, il vient.

— Si vous l'emmenez, vous allez être obligés de prendre de force ce que vous attendez de moi », répliqua Ted d'une voix très calme, mais très ferme.

Bobby l'étreignit de toutes ses forces, et ferma les yeux. Il refusait de regarder plus longtemps les crapules de bas étage ; il ne voulait plus jamais les revoir. La pire chose était que leur contact, d'une certaine manière, ressemblait à celui de Ted ; il ouvrait une fenêtre. Mais qui pourrait désirer regarder par une telle fenêtre ? Qui pourrait avoir envie de contempler ces silhouettes effilées comme des ciseaux, aux lèvres rouges, sous leur véritable aspect ? Qui pourrait souhaiter voir le propriétaire de ce grand œil rouge ?

« Tu es un Briseur, Ted. Tu as été fait pour ça, tu

es né pour ça. Et si l'on te dit de briser, tu briseras, t'entends ?

— Vous pourrez toujours me forcer, je ne me fais pas d'illusion là-dessus... mais si vous le laissez ici, je vous donnerai de moi-même ce que vous voulez. Et j'ai plus à vous donner que ce que vous pouvez... non, peut-être pouvez-vous l'imaginer.

— Je veux ce garçon, dit la crapule en chef, d'un ton cependant un peu plus songeur, sinon dubitatif. Je le veux parce que cela fera un joli cadeau pour le Roi.

— Cela m'étonnerait que le Roi écarlate apprécie un cadeau qui n'a aucun sens, surtout s'il interfère avec ses plans, fit observer Ted. Il y a un porte-flingue...

— Porte-flingue, tu parles !

— N'empêche, avec ses amis, il a atteint les limites d'Ultra-Monde... » À présent, c'était Ted qui paraissait songeur. « Si je vous donne ce que je détiens au lieu de vous obliger à me l'arracher, cela pourra accélérer les choses de cinquante ans ou plus. Comme vous l'avez dit, je suis un Briseur, né pour cela, fait pour cela. Nous ne sommes pas si nombreux. Vous avez besoin de chacun de nous et de moi plus que de n'importe qui d'autre. Parce que je suis le meilleur.

— Vous vous surestimez... et vous surestimez votre importance aux yeux du Roi.

— Vraiment ? Pas si sûr. Jusqu'au jour où le Rayon se brisera, la Tour Sombre continuera... mais je n'ai pas besoin de vous rappeler cela. Un petit garçon vaut-il la peine de courir ce risque ? »

Bobby n'avait pas la moindre idée de ce qu'avait voulu dire Ted et, de toute façon, il s'en fichait. Tout ce qu'il comprenait, c'est qu'on décidait de son sort sur un trottoir des bas quartiers de Bridgeport, devant une académie de billard. Il entendait le froissement des manteaux jaunes, il percevait l'odeur des crapules ; et il sentait plus clairement leur présence depuis que Ted l'avait à nouveau touché. L'horrible démangeaison derrière les yeux avait aussi recommencé. D'une manière bizarre, elle s'accordait assez bien avec le bourdonnement qu'il avait dans la tête. Les points noirs défilaient dans son champ de vision et il eut soudain la certitude de savoir ce qu'ils signifiaient, à quoi ils servaient. Dans le livre de Clifford Simak, *Chaîne autour du Soleil*, c'est grâce à une toupie que l'on passe d'un monde à l'autre, en suivant les spirales qui s'en élèvent. Bobby soupçonnait qu'en réalité c'étaient ces points noirs qui provoquaient le phénomène. Ces points noirs filamenteux. Ils étaient vivants...

Et affamés.

« Le garçon n'a qu'à décider », dit finalement le chef des crapules de bas étage. La branche vivante qu'était son doigt lui caressa à nouveau la nuque. « Ils vous aime tellement, Teddy. Vous êtes son *te-ka*. N'est-ce pas ? Cela signifie amis par le destin, Bobby-O. N'est-ce pas ce qu'est pour toi ce vieux nounours d'ami, ce *Teddy-bear* de Ted ? Ton ami par le destin ? »

Bobby ne répondit rien, se contentant de presser son visage glacé et agité de pulsations contre la chemise de Ted. Il se repentait amèrement d'être venu ; il serait resté planqué sous son lit, s'il avait connu la vérité sur les crapules de bas étage. Cependant, il supposait qu'en effet Ted était son *te-ka*. Il ne comprenait pas grand-chose à ces histoires de destin, il n'était qu'un gosse, mais Ted était son ami. *Des gens comme nous*, pensa Bobby, au désespoir. *Des gens comme nous*.

« Alors, comment te sens-tu, maintenant que tu nous as vus ? demanda la crapule. Préfères-tu venir avec nous pour rester en compagnie de ce bon vieux Ted ? Pour le voir peut-être un week-end sur deux ? Pour discuter littérature avec ton vieux *te-ka* ? Apprendre à manger ce que nous mangeons et à boire ce que nous buvons ? » Les doigts abominables, à nouveau, le caressaient. Le bourdonnement enfla dans la tête de Bobby. Les points noirs grossirent ; ils se mirent à ressembler à des doigts, des doigts faisant signe d'approcher. « Nous mangeons nos plats brûlants, Bobby, murmura la crapule. Et ce que nous buvons est également brûlant. Brûlant... et doux. Brûlant... et doux.

— Ça suffit ! le coupa Ted.

— Ou bien préfères-tu rester avec ta mère ? enchaîna la voix enjôleuse, sans tenir compte de l'interruption. Sûrement pas. Pas un garçon ayant tes principes. Pas un garçon qui vient de découvrir les joies de l'amitié et de la littérature. Tu vas venir avec ce vieux *ka-mai* asthmatique, évidemment, n'est-ce pas ? Ou bien non ? Décide, Bobby. Fais-le tout de suite, en sachant bien que ce que tu décides est ce que tu auras. C'est maintenant, et c'est pour toujours. »

Un souvenir délirant lui vint à l'esprit, celui des cartes à dos rouge se brouillant sous les longs doigts de McQuown : *Elles tournent et glissent, ensuite elles ralentissent, quand elles s'arrêtent, pense dans ta tête...*

J'ai échoué, pensa-t-il. *J'ai pas pensé dans ma tête...*

« Lâchez-moi, monsieur, dit-il d'une voix pitoyable. Je vous en prie, ne m'emmenez pas avec vous.

— Même si cela signifie que ton *te-ka* doit partir sans pouvoir bénéficier de tout ce que ta compagnie aurait de merveilleux et de revivifiant pour lui ? »

Il y avait un sourire dans cette voix, mais Bobby pouvait presque sentir le goût du mépris roublard sous ce vernis joyeux, et il frissonna. Avec soulagement, parce qu'il comprenait qu'il allait sans doute être libre, en fin de compte, et avec honte, parce qu'il avait conscience de ce qu'il faisait : il rampait lamentablement, il se dégonflait. Tout ce que les héros des films et des livres qu'il aimait ne faisaient jamais. Mais voilà, les héros en question ne s'étaient jamais trouvés en face de choses comme les crapules de bas étage en manteau jaune, ou confrontés à l'horreur des points noirs filamenteux. Et ce que Bobby voyait là, devant le Corner Pocket, n'était pas le pire, en plus. Et s'il accédait au reste ? Et si jamais les points noirs l'entraînaient dans un univers où il verrait les individus de bas étage comme ils étaient réellement ? Où il verrait la véritable forme de ce qu'ils cachaient sous leur manteau, dans ce monde-ci ?

« Oui, dit-il en se mettant à pleurer.

— Oui quoi ?

— Même s'il doit partir sans moi.

— Ah. Et même si cela signifie que tu devras retourner auprès de ta mère ?

— Oui.

— Peut-être commences-tu à comprendre un peu mieux ce qu'est ta salope de mère, à présent ?

— Oui, répondit Bobby pour la troisième fois, sur un ton proche du gémissement. Je crois que oui.

— Ça suffit, dit Ted. Arrêtez. »

Mais la voix ne voulait pas. Pas encore. « Tu as appris comment on devenait un froussard, Bobby... n'est-ce pas ?

— Oui ! cria-t-il, le nez encore dans la chemise de Ted. Un trouillard de petit bébé, oui, oui, oui ! Je m'en fiche ! Laissez-moi rentrez chez moi ! » Il prit une grande bouffée d'air chevrotante et la relâcha sous forme de cri : « *Je veux ma maman !* »

C'était le hurlement d'un petit enfant terrifié ayant finalement vu la bête surgie de l'eau, la bête surgie de l'air.

« Parfait, dit la crapule. Puisque tu vois les choses comme ça... mais à condition que ton nounours nous confirme qu'il se mettra au travail sans rechigner, sans qu'il faille l'enchaîner à son banc, comme avant.

— Je le promets. »

Ted lâcha Bobby. Le garçon resta où il se trouvait, agrippant frénétiquement son ami, se collant contre sa poitrine, jusqu'à ce que Ted, doucement, le repousse.

« Entre au Corner Pocket, Bobby. Demande à Files de te raccompagner chez toi. Dis-lui que s'il fait ça, mes amis lui ficheront la paix.

— Je suis désolé, Ted. Je voulais venir avec vous. Je voulais vraiment. Mais je peux pas. Je suis désolé...

— Il ne faut pas trop t'en vouloir. »

Le regard de Ted était lourd, cependant, comme s'il

savait qu'à partir de ce soir le garçon ne pourrait rien faire d'autre.

Deux autres manteaux jaunes prirent Ted par les bras. Ted regarda celui qui se tenait derrière Bobby (le chef, qui avait caressé la nuque du garçon et provoqué cette sensation horrible de doigts semblables à des bâtonnets). « Ce n'est pas la peine, Cam. Je peux marcher tout seul.

— Lâchez-le », dit Cam.

Les deux crapules obéirent. Puis, pour la dernière fois, Cam toucha la nuque de Bobby, qui émit un gémissement étouffé. *S'il recommence, je vais devenir cinglé, je pourrai pas m'en empêcher. Je vais me mettre à hurler et je n'arriverai pas à m'arrêter. Même si ma tête explose à force de hurler.* « Entre là, petit garçon. Pars avant que je change d'avis et t'emmène. »

Bobby partit en trébuchant vers le Corner Pocket. La porte était ouverte, mais personne ne se tenait dans l'encadrement. Il monta l'unique marche et se retourna. Trois des manteaux jaunes entouraient Ted, mais celui-ci se dirigeait tout seul vers la DeSoto couleur caillot de sang.

« Ted ! »

Le vieil homme se retourna, sourit, lui adressa un petit salut. Puis celui qui s'appelait Cam bondit, lui fit faire volte-face et le propulsa dans la voiture. Au moment où Cam faisait claquer la porte arrière, Bobby vit, pendant un bref instant, un être d'une taille incroyable, d'une maigreur incroyable à l'intérieur du manteau jaune ; une chose dont la peau était aussi blanche que la neige et les lèvres aussi rouges que du sang frais. Tout au fond d'orbites très profondes s'agitaient de féroces points de lumière et des flocons de ténèbres formant des pupilles qui se dilataient et se contractaient comme l'avaient fait celles de Ted. Les lèvres rouges s'écartèrent, révélant des dents effilées qui ridiculisaient celles du chat, dans l'allée. Une langue noire se mit à pendre entre ces dents et s'agita dans un au revoir obscène. Puis la créature en manteau jaune fit en courant le tour de la DeSoto violette, sur des jambes comme des bâtons, des genoux comme des pistons, et plongea derrière le volant. De l'autre côté de la rue le moteur de l'Olds démarra, avec un bruit évoquant un dragon qui s'éveillerait. Mais peut-être était-ce vraiment un dragon. Le moteur de la Cadillac à demi grimpée sur le trottoir fit de même. Des faisceaux d'une lumière vivante illuminèrent cette partie de Narragansett Avenue de leur éclat pulsatile. La DeSoto fit demi-tour en dérapant et des étincelles jaillirent quand le bas de caisse frotta le revêtement. Un instant, Bobby vit le visage de Ted par la vitre arrière ; il leva la main et l'agita. Il eut l'impression que Ted lui rendait son salut, sans pouvoir en être sûr. Une fois de plus, sa tête se remplit d'un bruit de sabots lancés au galop.

Jamais il ne revit Ted Brautigan.

« Tire-toi, morpion », lança Len Files. Son visage était blanc comme du fromage frais et paraissait pendre de son crâne comme pendaient les chairs sous les bras de sa sœur. Derrière lui, les lumières des billards électriques clignotaient et lançaient des éclairs sans personne pour faire zigzaguer les billes ; les caïds, dont la spécialité était de passer la soirée à se démener devant les machines Gottlieb du Corner Pocket, étaient regroupés derrière Len comme des petits enfants. À la droite de Len, s'ouvrait la salle de billard où les joueurs s'étaient immobilisés ; beaucoup étreignaient leur queue comme si c'était une massue. Le vieux Gee se tenait tout à droite, à côté d'un distributeur de cigarettes. Lui n'agrippait pas de queue de billard ; au bout de sa main déformée par les rhumatismes pendait un petit automatique. Il ne fit pas peur à Bobby. Après Cam et ses copains en manteau jaune, il ne pensait pas que quelque chose puisse encore lui faire peur, pour le moment. Pour le moment, il avait épuisé ses réserves de frousse.

« Prends tes cliques et tes claques et fiche-le camp, mon gars. Tout de suite.

— T'as intérêt, le gosse. »

C'était Alanna, qui se tenait derrière le bureau. Bobby lui jeta un coup d'œil et pensa, *Si j'étais plus vieux, je crois que je m'occuperais de toi, ma belle.* Elle vit son regard et ce qu'il y avait dedans, et elle détourna les yeux, rougissante, confuse, apeurée.

Bobby revint au frère. « Vous tenez peut-être à voir ces types revenir ? »

La figure de Len s'affaissa encore. « Tu blagues ?

— Écoutez, donnez-moi ce que je veux et je m'en irai. Vous ne me reverrez jamais... *ni eux.*

— Qu'est c'est que tu veux, môme ? » demanda le vieux Gee de sa voix chevrotante.

Bobby allait l'avoir, ce qu'il voulait ; cela se lisait dans l'esprit de Gee comme si c'était écrit en grandes lettres brillantes. Un esprit aussi clair que lorsque le vieillard avait vingt ans : clair, mais aussi froid, calculateur et peu amène, paraissant néanmoins innocent après Cam et ses régulateurs. Innocent comme l'enfant qui vient de naître.

« Première chose, une voiture pour me ramener chez moi. »

Puis, s'adressant plutôt au vieux Gee qu'à Len, il demanda la seconde.

La voiture de Len était une Buick : grosse, longue et flambant neuve. Vulgaire, mais pas de bas étage. Ils roulèrent au son d'un orchestre de danse des années quarante. Len n'ouvrit la bouche qu'une fois pendant le trajet jusqu'à Harwich. « Ne va pas changer de station pour me mettre du rock and roll. J'entends bien assez de cette connerie pendant que je bosse. »

Ils passèrent devant l'Asher Empire, et Bobby aperçut une photo de Brigitte Bardot grandeur nature, découpée et montée sur carton, à la gauche du guichet des billets. Il n'eut pour elle qu'un coup d'œil

dépourvu d'intérêt. Il se sentait trop vieux pour B.B.,
à présent.

Puis la Buick s'engagea dans Broad Street Hill,
silencieuse comme un murmure sous cape. Bobby
montra son immeuble. L'appartement était à présent
éclairé, entièrement éclairé ; jusqu'à la dernière
ampoule qui brillait. Bobby consulta l'horloge du
tableau de bord et constata qu'il était onze heures du
soir.

Au moment où la Buick se gara le long du trottoir,
Len Files retrouva sa langue. « Qui c'était, mon gars ?
qui c'était, ces voyous ? »

Bobby sourit presque. Cela lui rappela comment, à
la fin de la plupart des épisodes du *Lone Ranger*, il y
avait quelqu'un pour demander : *Mais qui était cet
homme masqué ?*

« Des crapules de bas étage, répondit-il. Des crapules de bas étage en manteau jaune.

— J'aimerais autant pas être ton pote en ce moment.

— Non. » Le garçon fut traversé d'un frisson
comme une rafale de vent. « Moi non plus, d'ailleurs.
Merci pour la promenade.

— Y a pas de quoi. Simplement, que je te revoie
plus jamais dans ma boîte. T'es tricard de chez moi à
vie, Bobby. »

La Buick (une péniche *made in Detroit*, d'accord,
mais pas de bas étage) s'éloigna. Bobby la suivit des
yeux pendant qu'elle faisait demi-tour dans une allée,
de l'autre côté de la chaussée, et repartait vers le haut
de la rue en passant devant l'immeuble où habitait
Carol. Lorsqu'elle eut disparu au carrefour, Bobby leva
les yeux vers les étoiles, la profusion d'étoiles qui formait un pont de lumière dans le ciel. Des étoiles, et
d'autres encore plus loin, tournoyant dans les ténèbres.

*Il y a une tour... une tour qui maintient la cohésion
de tout... il y a des rayons qui la protègent, quelque
chose comme ça. Et un Roi écarlate, et des Briseurs
qui travaillent à détruire les Rayons... non pas parce*

qu'ils le veulent, mais parce que ça *le veut...le Roi écarlate.*

Ted était-il déjà de retour parmi les autres Briseurs ? se demandait Bobby. De retour et tirant de nouveau sur sa rame de galérien ?

Je suis désolé, pensa-t-il en se dirigeant vers le porche. Il se rappela comment il avait été assis là avec Ted, lui lisant des articles de journaux. Rien que deux types. *Je voulais partir avec vous, mais j'ai pas pu. À la fin, j'ai pas pu.*

Il s'arrêta en bas de l'escalier, prêtant un instant l'oreille pour entendre les aboiements de Bowser, sur Colony Street. Il n'y avait rien. Le chien devait dormir. C'était un miracle. Avec un sourire vague, il attaqua les marches. Sa mère dut entendre le craquement de la seconde (celle qui était bruyante) parce qu'elle cria son nom et il y eut un bruit de pas précipités. Il était sous le porche lorsque la porte s'ouvrit brutalement sur Liz, qui portait toujours la robe avec laquelle elle était revenue de Providence. Ses cheveux pendaient autour de son visage en mèches désordonnées.

« Bobby ! s'écria-t-elle. Bobby, oh, Bobby ! Merci mon Dieu ! Merci mon Dieu ! »

Elle le serra dans ses bras, le faisant tournoyer dans une sorte de danse maladroite, et ses larmes vinrent mouiller la joue de son fils.

« Je n'ai pas voulu de leur argent, bafouilla-t-elle. Ils m'ont rappelée pour me demander mon adresse, ils voulaient m'envoyer un chèque et j'ai dit laissez tomber, c'était une erreur, j'en étais malade, Bobby, j'ai dit non, non, que je voulais pas de leur argent. »

Bobby vit qu'elle mentait. On avait glissé une enveloppe à son nom sous la porte qui donnait sur le vestibule. Ce n'était pas un chèque, mais trois cents dollars en liquide. Trois cents dollars pour récupérer leur meilleur Briseur ; trois cents *rocks*. Minable. En tant que radins, ils étaient pires qu'elle.

« Je t'ai dit que j'en n'ai pas voulu, tu m'as entendue ? »

Et voilà qu'elle le portait jusque dans l'appartement. Il pesait presque quarante kilos et il était trop lourd pour elle, mais elle le portait tout de même. Elle continuait à parler à tort et à travers, et Bobby finit par comprendre qu'au moins ils n'auraient pas affaire à la police, qu'elle ne l'avait pas appelée. Elle avait passé tout son temps assise là, à tirer des fils de sa robe froissée et à prier de manière incohérente pour que son fils revienne à la maison. Elle l'aimait. Cette idée avait voleté en tout sens dans sa tête comme un oiseau prisonnier d'une grange. Elle l'aimait. Cela ne changeait pas grand-chose... si, un peu, tout de même. Même si c'était un piège, cette idée faisait du bien.

« J'ai dit que je n'en voulais pas, qu'on n'en avait pas besoin, qu'ils pouvaient garder leur argent... Je leur ai dit...

— Ça suffit, m'man, ça suffit. Repose-moi.

— Où tu étais ? Tu vas bien ? Tu n'as pas faim ? »

Il répondit dans l'ordre inverse des questions. « J'ai faim, oui, mais je vais bien. J'étais à Bridgeport. J'ai eu ça. »

Il glissa la main dans la poche de son pantalon et en retira ce qui restait de la BÉCANE BANK. Mais ses pièces et ses billets de un dollar se perdaient au milieu d'un magma vert de coupures de dix, de vingt et de cinquante. Sa mère regardait cette pluie d'argent s'accumuler sur la table basse, à côté du canapé ; son œil en bon état s'exorbitait tellement que Bobby en vint à craindre qu'il ne jaillisse de son orbite. Quant à l'autre, il demeurait prisonnier des chairs tuméfiées, d'un bleu-noir de cumulus d'orage. Elle avait la tête d'un vieux pirate borgne exultant à la vue du trésor qu'il vient de déterrer, spectacle dont Bobby se serait volontiers passé... mais qu'il ne put jamais tout à fait oublier pendant les quinze ans qui s'écoulèrent entre cette soirée et la mort de sa mère. Et cependant, il y avait quelque chose en lui (un quelque chose tout neuf et pas spécialement sympathique) qui jubilait de la voir ainsi, vieille, laide et comique, apparaissant comme ce qu'elle était : une femme stupide et avare. *C'est ma maternelle*, pensa-t-il avec la voix de Jimmy Durante. *C'est ma mater... On l'a vendu tous les deux, mais j'ai été mieux payé que toi, m'man, pas vrai ? Ouais, et comment !*

« Bobby », murmura-t-elle d'une voix tremblotante. Elle avait une tête de pirate et la même voix que la gagnante d'un jeu télévisé – *Le Juste Prix* de Bill Cullen, par exemple. « Oh, Bobby, tout cet argent ! D'où vient-il ?

— C'est le pari de Ted. L'argent qu'il a gagné.

— Mais Ted... Est-ce qu'il ne va pas...

— Il n'en aura plus jamais besoin. »

Elle grimaça, comme si l'une de ses ecchymoses s'était soudain mise à l'asticoter. Puis elle commença à ramasser l'argent, triant les billets au fur et à mesure. « Je vais t'acheter cette bicyclette », dit-elle. Ses doigts allaient à la vitesse de ceux d'un joueur de bonneteau expérimenté. *Personne n'est capable de gagner contre cette battue,* pensa Bobby. *Personne ne m'a jamais eu dans cette battue.* « C'est la première chose qu'on fera, demain matin. Dès que le magasin sera ouvert. On ira.

— Je ne veux pas de cette bicyclette, la coupa-t-il. Pas de cette façon. Et pas de toi. »

Elle resta pétrifiée, la main pleine de billets, et il sentit sa rage monter instantanément, une fureur rouge, électrique. « Ça t'écorcherait la bouche de dire merci, hein ? Quelle idiote je suis ! Bon Dieu, t'es bien le portrait tout craché de ton père ! » Elle leva la main qui ne tenait pas les billets, doigts écartés. La différence, cette fois, était qu'il savait ce qui allait venir. Elle l'avait hypnotisé pour la dernière fois.

« Comment peux-tu le savoir ? rétorqua Bobby. Tu as raconté tellement de mensonges sur son compte que tu ne te souviens même pas de la vérité. »

Rien n'était plus juste. Il avait regardé en elle et n'y avait presque rien trouvé de Randall Garfield, sinon une boîte avec un nom dessus... son nom, et une image qui s'estompait, qui aurait pu représenter n'importe qui. La boîte dans laquelle elle conservait ce qui lui faisait mal. Elle ne se rappelait pas à quel point il aimait cette chanson de Jo Stafford ; elle ne se rappelait pas (mais l'avait-elle jamais su ?) que Randie Garfield avait été un type adorable qui aurait donné jusqu'à sa chemise. Il n'y avait pas place pour ce genre de chose dans la boîte. Il se dit que ce devait être affreux d'avoir besoin d'une pareille boîte.

« Il n'aurait pas payé un verre à un ivrogne. Tu le savais, ça ?

— Qu'est-ce que tu racontes ?

— Tu ne pourras pas me le faire haïr... et tu ne pourras pas faire que je sois comme lui. » Il brandit son poing droit. « Je ne serai pas son fantôme ! Raconte-toi tous les mensonges que tu veux, ces soi-disant factures qu'il n'aurait pas payées, cette soi-disant police d'assurance qu'il n'aurait pas renouvelée, et toutes les parties de poker qu'il aurait perdues, mais pas à moi. Plus jamais.

— Ne lève pas ta main sur moi, Bobby-O. Ne lève jamais la main sur ta mère ! »

En réaction Bobby brandit son poing gauche. « Vas-y. T'as envie de me battre ? Je me laisserai pas faire. Tu pourras en avoir encore. Sauf que cette fois, ce sera mérité. Allez, viens ! »

Elle hésita. Il sentit que la rage qui habitait sa mère se dissipait aussi vite qu'elle avait surgi, remplacée par d'affreuses ténèbres. Des ténèbres qu'habitait la peur. La peur de son fils, la peur que son fils ne lui fasse mal. Pas ce soir, non, pas avec ces deux poings crasseux de petit garçon. Mais les petits garçons grandissent.

Et valait-il mieux qu'elle, qu'il puisse ainsi la regarder de haut et lui faire la leçon ? Était-il vraiment mieux ? Dans sa tête, il entendit la voix innommable et roucoulante qui lui demandait s'il ne préférait pas retourner chez lui, même si cela signifiait que Ted allait partir seul. Oui, avait-il répondu. Même si cela signifiait retourner auprès de sa salope de mère ? Oui, avait répondu Bobby. Tu la comprends un peu mieux à présent, n'est-ce pas ? avait demandé Cam. Et une fois de plus, il avait répondu oui.

Et lorsqu'elle avait reconnu son pas sur les marches, il n'y avait rien eu, dans son esprit, que son amour pour lui et du soulagement. La réalité de ces choses avait été indéniable.

Il desserra les poings. Il prit dans la sienne la main de sa mère – encore brandie pour frapper, même si c'était avec beaucoup moins de conviction. Elle résista, tout d'abord, puis Bobby sentit la tension se dissiper dans les doigts. Il les embrassa. Il releva les yeux sur le visage tuméfié de sa mère, et lui embrassa à nouveau la main. Il la connaissait si bien, lui qui aurait mieux aimé rester dans l'ignorance. Il lui tardait que se referme cette fenêtre dans son esprit, il lui tardait de retrouver l'opacité qui rendait non seulement l'amour possible, mais indispensable. Moins on en sait, plus on peut croire.

« C'est rien qu'une bicyclette, dit-il, d'accord ? Rien qu'une bicyclette dont je veux pas.

— Mais qu'est-ce que tu veux, alors ? demanda-t-elle d'une voix incertaine et morne. Qu'est-ce que tu attends de moi, Bobby ?

— Des crêpes. Des tonnes de crêpes. » Il essaya de sourire. « J'ai *tellement* faim ! »

Elle prépara une fournée de crêpes et ils prirent ainsi un petit déjeuner à minuit, assis face à face à la table de la cuisine. Il insista pour l'aider à faire la vaisselle alors qu'il était déjà près d'une heure du matin. Pourquoi pas ? observa-t-il. Il n'avait pas école, le lendemain, et il pourrait dormir autant qu'il voudrait.

Tandis qu'elle laissait s'écouler l'eau de l'évier et que Bobby rangeait les couverts, Bowser se remit à aboyer, *roop-roop-roop*, aux petites heures sombres d'un nouveau jour. Leurs regards se croisèrent et ils éclatèrent de rire tous les deux ; un instant, savoir ne fut pas désagréable.

Il se mit tout d'abord dans sa position habituelle, dans le lit : sur le dos, les talons plantés aux deux angles du matelas. Mais sa position habituelle ne lui convenait plus. Il se sentait vulnérable, comme si quelque être malfaisant, avide d'enfants, pouvait jaillir du placard pour lui ouvrir le ventre d'un coup de griffe. Il se mit sur le côté, se demandant où Ted se trouvait. Il tâtonna, à la recherche de quelque chose qui pourrait être Ted, mais il n'y eut rien. Tout comme il n'y avait rien eu non plus dans cette saleté de Gansett Street. Il aurait voulu pleurer la disparition de Ted, mais il ne pouvait pas. Pas encore.

Dehors, voguant sur la nuit comme un rêve, retentit l'horloge, sur la place de l'hôtel de ville. Il n'y eut qu'un seul *bong*. Il regarda les aiguilles lumineuses de Big Ben, sur sa table de nuit, et vit qu'elles indiquaient une heure. Tout allait bien.

« Ils sont partis, murmura-t-il. Les crapules de bas étage sont parties. »

Il n'en dormit pas moins sur le côté, les genoux ramenés contre la poitrine. Plus jamais il ne dormirait étalé sur le dos.

XI. *Wolves* et *Lions*. Bobby à la batte. L'officier Raymer. Bobby et Carol. Mauvais moments. Une enveloppe.

Sully-John revint de son camp d'été bronzé, couvert de mille piqûres de moustique et avec un million d'histoires à raconter... si ce n'est que Bobby n'en écouta que quelques-unes. Ce fut l'été qui mit un terme à la vieille amitié sans contrainte qui régnait entre Bobby, Sully-John et Carol. Il leur arrivait parfois de partir ensemble pour la Sterling House, mais une fois sur place chacun se livrait à une activité différente. Carol et ses copines fabriquaient des objets, ou jouaient au softball ou au badminton, Bobby et Sully étaient inscrits aux safaris et au base-ball.

Sully-John, dont les capacités s'amélioraient, était passé des Wolves aux Lions ; et quand les garçons partaient tous ensemble pour les randonnées ou la plage, assis à l'arrière de la vieille camionnette de la Sterling House, avec leur maillot de bain et leurs sandwichs dans des sacs de papier, S-J s'asseyait de plus en plus souvent avec Ronnie Olmquist et Duke Wendell, deux garçons dont il avait fait la connaissance au camp. Ils racontaient les mêmes histoires de lits en portefeuille, de petits envoyés à la chasse au dahut, et Bobby en eut rapidement assez. On avait l'impression que Sully-John avait passé cinquante ans dans son camp de vacances.

Le 4 Juillet, les Wolves et les Lions s'affrontèrent pour la partie traditionnelle qu'ils donnaient lors de la fête nationale ; jamais, depuis quinze ans, les Wolves n'avaient triomphé des Lions. Mais en 1960, ils firent une partie honorable qui n'eut rien d'une déroute, et ceci en grande partie grâce à Bobby Garfield. Il réussit des coups grandioses, dont un arrêt plongeant spectaculaire en centre de terrain (se relevant sous les applaudissements, il regretta que sa mère ne soit pas venue pour cette sortie annuelle au lac Canton).

Son ultime coup gagnant eut lieu lors du dernier tour des Wolves à la batte. Ils étaient en retard de deux points et avaient un joueur à la deuxième base. Bobby renvoya la balle très loin champ gauche, et, tandis qu'il fonçait vers la première base, il entendit Sully-John grommeler « Joli coup, Bobby ! » de sa position de receveur, derrière la plaque. C'était un joli coup, en effet, mais il aurait été plus prudent pour lui de ne pas dépasser la deuxième base. Il préféra tenter sa chance. Quand on a moins de treize ans, il est rare qu'on arrive à renvoyer correctement la balle vers la base, mais cette fois-ci Duke Wendell (le copain de camp de S-J) envoya un vrai boulet de canon à Ronnie Olmquist (l'autre copain de camp de S-J). Bobby glissa, mais sentit le gant de Ronnie le toucher une fraction de seconde avant que sa chaussure ait atteint la plaque.

« Éliminé ! » cria l'arbitre qui s'était entre-temps rapproché pour suivre les opérations. Sur les côtés du terrain, les amis et supporters des Lions hurlèrent de joie, hystériques.

Bobby se leva, foudroyant l'arbitre des yeux ; c'était un conseiller d'éducation de la Sterling House, âgé d'une vingtaine d'années, pourvu d'un sifflet et d'une trace blanche d'oxyde de zinc sur le bout du nez. « J'étais arrivé avant !

— Désolé, Bobby, dit le jeune homme, abandonnant sa casquette d'arbitre pour reprendre celle de conseiller. C'était un coup superbe et une glissade épatante, mais tu es tout de même éliminé.

— C'est pas vrai ! C'est de la triche ! Qu'est-ce qui te prend de tricher ?

— Virez-le-moi ! cria le père de quelqu'un. Il n'y a pas de place ici pour des zigues de ce genre !

— Va t'asseoir, Bobby, dit le conseiller.

— J'avais touché ! hurla Bobby. J'avais largement touché ! » Il montra du doigt l'homme qui avait conseillé qu'on le vire de la partie. « C'est lui qui t'a payé pour nous faire perdre, hein ? Cette espèce de gros lard ?

— Arrête ça, Bobby. » Qu'est-ce qu'il pouvait avoir l'air crétin, avec son sifflet et son espèce de chapeau à la noix d'on ne savait quelle fraternité de collège ! « Je t'avertis...

— T'es rien qu'un tricheur, persista Bobby, qui arrivait à retenir les larmes qu'il sentait s'accumuler dans le coin des yeux, mais pas le chevrotement de sa voix.

— Dernier avertissement, Bobby. Va t'asseoir tout de suite sur le banc. Tu...

— Tricheur ! T'es qu'un trou de pine, voilà ce que t'es ! »

Une femme, qui se trouvait à proximité de la troisième base, poussa un hoquet indigné et se détourna.

« Cette fois-ci, ton compte est bon, fit le conseiller d'une voix sans timbre. Sors du terrain. Tout de suite. »

Bobby parcourut la moitié du chemin qui séparait la troisième base de la plaque, traînant des pieds, puis il se retourna. « Au fait, un oiseau t'a chié sur le nez et t'es même pas foutu de t'en rendre compte. Va donc te nettoyer. »

La remarque lui avait paru drôle dans sa tête, mais lui fit l'effet d'être stupide quand il la prononça, et personne ne rit. Sully occupait la plaque de but, carré comme une armoire et sérieux comme une crise cardiaque dans son lourd attirail de receveur. Il tenait à la main son masque aux multiples réparations à l'adhésif noir. Il était rouge et paraissait en colère. Il avait aussi l'air d'un gosse qui ne redeviendrait jamais un Wolf. Sully-John avait « fait » le camp Winnie, fait des lits en portefeuille, veillé tard autour d'un feu de camp pour raconter des histoires de fantômes. Il serait un Lion pour l'éternité, et Bobby le haïssait.

« Qu'est-ce qui te prend ? » demanda Sully lorsque Bobby passa près de lui. Le silence s'était fait sur les deux bancs. Tout le monde le regardait, les enfants comme les parents. Le regardait comme s'il était quelque chose de dégoûtant. Ce qui devait être le cas, se dit-il. Mais pas pour les raisons qu'ils imaginaient.

Tu me croiras jamais, S-J... t'as peut-être été au camp Winnie, mais moi j'ai été là-bas en bas. Là-bas très *en bas.*

« Bobby ?

— Rien du tout, répondit-il sans lever les yeux. Qu'est-ce que t'en as à foutre ? Je vais aller habiter dans le Massachusetts. Y a peut-être moins d'abrutis de tricheurs là-bas.

— Écoute, vieux...

— Oh, la ferme ! » le coupa Bobby, toujours sans regarder son ami.

Il restait dans la contemplation des ses chaussures de sport. Rien que de ses chaussures de sport. Et c'est ainsi qu'il continua à avancer.

Liz Garfield n'était pas du genre à se faire des amies (« je ne suis qu'un papillon de nuit solitaire couleur muraille », disait-elle parfois à Bobby), mais, au cours des deux premières années qu'elle avait passées comme secrétaire au Home Town Real Estate, elle avait été en bons termes avec une femme du nom de Myra Calhoun (en liz-garfieldien dans le texte, elle et Myra voyaient les choses du même œil, avançaient au même rythme, étaient branchées sur la même longueur d'onde, etc.). À l'époque, Myra était la secrétaire de Don Biderman et Liz celle de tous les autres agents, entre lesquels elle faisait la navette, prenant leurs rendez-vous et leur préparant le café, tapant leur correspondance. Myra avait quitté brusquement l'agence en 1955, sans guère d'explication, et Liz était devenue la secrétaire particulière de Mr Biderman au début de 1956.

Les deux femmes étaient restées en contact, échangeant des cartes de vœux à Noël, et une lettre de temps en temps. Myra – qui était « restée fille », comme le disait Liz – était partie ouvrir sa propre agence immobilière dans le Massachusetts. Fin juin 1960, Liz lui écrivit pour lui demander si elle ne pouvait pas devenir son associée (minoritaire pour commencer, bien entendu) chez Calhoun Real Estate Solutions. Elle avait un peu de capital à mettre dans l'affaire ; ce n'était pas énorme, mais trente-cinq mille dollars n'étaient pas non plus des clopinettes.

Miss Calhoun avait peut-être subi les mêmes épreuves que la mère de Bobby, ou peut-être pas. Peu importait : toujours est-il qu'elle répondit oui, envoyant même un bouquet de fleurs à sa mère – laquelle fut heureuse pour la première fois depuis des semaines. Peut-être même vraiment heureuse pour la première fois depuis des années. Ce qui importait, aux yeux de Bobby, était qu'ils allaient quitter Harwich pour Danvers, dans le Massachusetts, au mois d'août ; Liz aurait ainsi tout le temps d'inscrire son fils, son

Bobby-O devenu depuis peu silencieux et souvent sombre, dans une nouvelle école.

Ce qui importait aussi était qu'il y avait une question que le Bobby-O de Liz Garfield voulait régler avant de quitter Harwich.

Il était trop jeune et trop petit pour réaliser ce qu'il avait en tête par la voie directe. Il lui fallait se montrer prudent, faire preuve de dissimulation. La dissimulation, voilà qui ne le gênait plus ; il n'avait plus aucun désir de se comporter comme Audie Murphy ou Randolph Scott dans les films du samedi, en matinée, sans compter qu'il était curieux d'éprouver ce qu'on ressentait lorsqu'on tendait une embuscade. Il choisit pour cachette le petit bosquet dans lequel Carol l'avait entraîné le jour où il avait lâché la bonde et s'était mis à pleurer comme une madeleine ; un endroit qui convenait particulièrement bien pour y attendre Harry Doolin, ce bon vieux Mr Robin des Bois, quand il passerait par la clairière.

Harry avait décroché un petit boulot comme grouillot à temps partiel, au Total Grocery. Ce que savait Bobby depuis des semaines : il l'avait vu là-bas en allant faire des courses avec sa mère. Il l'avait vu aussi quitter l'épicerie à la fin de son service, à trois heures. Il repartait en général accompagné de l'un ou l'autre de ses copains, Richie O'Meara la plupart du temps ; Willie Shearman paraissait être sorti de la vie de Robin des Bois, tout comme Sully était sorti, pour l'essentiel, de celle de Bobby. Mais seul ou accompagné, Harry Doolin passait toujours par Commonwealth Park pour rentrer chez lui.

Bobby prit l'habitude de traîner dans le secteur, l'après-midi. On ne jouait plus au base-ball que le matin, avec la chaleur devenue accablante ; en plein après-midi, les terrains A, B et C étaient désertés. Un jour ou l'autre, Harry finirait bien par passer à côté, sans Richie ni aucun de ses Joyeux Compagnons pour lui tenir compagnie. En attendant, Bobby restait entre trois et quatre au milieu du bosquet où il avait pleuré, la tête sur les genoux de Carol. Parfois il emportait un livre. Celui qui racontait l'histoire de George et Lennie le fit pleurer une deuxième fois. *Les gens comme nous, les gens qui travaillent dans les fermes, sont les plus solitaires au monde.* C'était ainsi que George voyait les choses. *Les gens comme nous n'ont rien à espérer.* Lennie croyait qu'ils allaient s'installer sur une ferme et y élever des lapins, tous les deux, mais bien longtemps avant la fin, Bobby avait compris qu'il n'y aurait ni ferme ni lapins pour George et Lennie. Pourquoi ? Parce que les gens avaient besoin d'une bête à pourchasser. Alors ils se trouvaient un Ralph, ou un Piggy, ou une armoire à glace stupide comme Lennie, et se transformaient en individus de bas étage. Ils endossaient leur manteau jaune, ils effilaient un bâton aux deux bouts, et ils partaient à la chasse.

Mais les gens comme nous en ont parfois plein le dos, pensa Bobby pendant qu'il attendait le jour où Harry se présenterait seul. *Oui, on en a parfois plein le dos.*

Ce fut le 6 août, en fin de compte. Harry pénétra d'un pas nonchalant dans le parc par l'entrée située à l'angle de Broad et Commonwealth, toujours attifé de son tablier rouge Total Grocery – quel enfoiré, quelle brute ! — et en chantant le refrain de *Mack the Knife*, d'une voix qui aurait fait fondre des boulons. Prenant bien soin de ne pas effleurer une seule des branches qui s'entremêlaient dans le bosquet, Bobby lui emboîta le pas et se rapprocha, marchant à pas de loup ; il ne brandit sa batte de base-ball que lorsqu'il fut sûr d'être assez près. Et tandis qu'il la soulevait, il pensa à Ted disant : *Trois garçons contre une petite fille... Ils ont dû te prendre pour une lionne.* Mais évidemment, Carol n'était pas plus une lionne qu'il n'était un lion. C'était Sully le Lion, à présent, et Sully n'avait pas été là, et n'était pas là aujourd'hui non plus. Celui qui s'avançait en douce derrière Harry Doolin ne marchait même pas à pas de loup, mais de hyène. Et alors ? Harry Doolin méritait-il mieux ?

Sûrement pas, pensa Bobby en abattant la batte. Elle entra en contact avec sa cible avec le même bruit satisfaisant que le jour où il avait renvoyé ce boulet de canon au lac Canton, quand il avait fait son troisième et meilleur coup, celui parti champ gauche. Mais frapper Harry Doolin dans les reins était encore plus chouette.

Harry poussa un cri de douleur et de surprise, et s'étala. Quand il se retourna, ce fut pour recevoir un nouveau coup, à la jambe cette fois, juste en dessous du genou gauche. « Ouuuuuu ! » hurla Harry. Qu'est-ce que c'était agréable d'entendre Harry Doolin crier de douleur ! Quasiment extatique. « Ouuuu, j'ai mal, j'ai mal ! »

Pas question de le laisser se relever, pensa Bobby, choisissant avec sang-froid le troisième endroit où frapper. *Il est deux fois plus grand que moi et si je le manque et le laisse se relever, il va me mettre en pièces. Il est même capable de me tuer, ce salopard.*

Harry s'efforçait de battre en retraite, poussant des talons dans le gravier du sentier ; ses fesses y laissaient un sillon, ses coudes travaillaient comme des pagaies. Bobby abattit la batte sur l'estomac du garçon qui s'effondra de tout son long, soudain privé d'air et de l'appui de ses coudes. Il avait le regard hébété, les yeux pleins de larmes que le soleil faisait scintiller. Ses boutons ressortaient, violacés et rouges. Sa bouche – pincée et mauvaise le jour où Rionda Hewson les avait tirés de ses griffes, Carol et lui – était à présent agitée de tressaillements violents. « Ouuuuu ! Arrête ! Je me rends, oh bordel ! »

Il ne m'a pas reconnu, comprit Bobby. *Il a le soleil dans les yeux et il ne sait même pas qui je suis.*

Le compte n'y était pas. « Insuffisant, les gars ! » disaient les moniteurs du camp Winnie après une inspection de chambrée – d'après des explications données par Sully et dont Bobby se fichait pas mal.

Qu'est-ce qu'il en avait à foutre, des inspections de chambrées et des lits en portefeuille ?

Mais *ça*, il en avait quelque chose à foutre, et comment ! Il se pencha sur le visage mort d'angoisse de Harry : « Hé ! Tu te souviens de moi, Robin des Bouts de Bois ? Tu sais, le Baby Maltex. »

Harry s'arrêta de crier et regarda son assaillant. Il le reconnut enfin. « Je vais te... faire..., réussit-il à dire.

— Tu me feras rien du tout », rétorqua Bobby, lui donnant un coup de pied dans les côtes quand l'autre voulut le saisir par la cheville.

« Ouuuuuuuu ! » hurla Harry, reprenant son précédent refrain. Quel abruti ! Ah, il était beau, le rouleur de mécaniques ! *Ça m'a probablement fait plus mal qu'à toi*, pensa Bobby. *Faut être idiot pour donner un coup de pied à quelqu'un avec des baskets.*

Harry roula sur lui-même, mais au moment où il commençait à se relever, Bobby délivra un swing à envoyer une balle par-dessus le stade qui l'atteignit en plein dans les fesses. Cela fit le même bruit — un bruit merveilleux ! — que s'il avait frappé un tapis, un très gros tapis. Une seule chose aurait pu rendre cet instant encore meilleur : que Mr Biderman soit aussi étalé de tout son long sur le sentier. Bobby savait très bien où il aurait aimé le frapper, *lui*.

La moitié d'un pain était cependant mieux que pas de pain du tout, comme aurait sans doute dit sa mère.

« Ça, c'était pour Baby Gerber », lança Bobby. Gisant de tout son long sur le gravier, Harry sanglotait. Des filets verdâtres de morve lui coulaient du nez. D'une main, il essayait de redonner un peu de sensibilité à son derrière engourdi par le coup.

La main de Bobby étreignit à nouveau l'adhésif enroulé autour de la poignée. Il n'avait qu'une envie, brandir une dernière fois la batte et l'abattre, non pas sur le tibia de Harry, ou sur le dos de Harry, mais sur la tête de Harry. Qu'une envie, entendre craquer le crâne de Harry et sincèrement, est-ce que le monde ne serait pas un endroit plus agréable à vivre sans ce type ? Petit merdeux d'Irlandais. Lamentable petit...

Calme-toi, Bobby, fit soudain la voix de Ted. *Il a son compte, alors calme-toi. Contrôle-toi.*

« Touche-la encore une fois, dit Bobby, et je te tue. Touche-moi encore une fois, et je fous le feu à ta baraque. Salopard de grande gueule. »

Il s'était accroupi à côté de Harry pour lui lancer cette dernière insulte. Il se releva, regarda autour de lui et s'éloigna. Lorsqu'il croisa les jumelles Sigsby, à mi-chemin de Broad Street Hill, il sifflotait.

Dans les années qui suivirent, Liz Garfield prit l'habitude de voir des flics venir sonner à sa porte. Le premier à se présenter fut l'officier Raymer, le gros flic du coin, celui-là même qui achetait parfois des cacahuètes aux enfants, dans le parc. Lorsqu'il appuya sur la sonnette de l'appartement du rez-de-chaussée, au 149 Broad Street, le soir du 6 août, l'officier Raymer n'avait pas l'air content. Il était accompagné de Harry Doolin, un garçon qui ne pourrait s'asseoir sur un siège sans coussin pendant au moins une semaine, sinon plus, et de la mère de celui-ci, Mary Doolin. Harry avait monté les marches du porche comme un vieillard, se tenant le bas du dos à deux mains.

Lorsque Liz ouvrit, Bobby était à ses côtés. Mary le montra du doigt et s'écria : « C'est lui ! C'est le garçon qui a battu mon Harry ! Arrêtez-le ! Faites votre devoir !

— Qu'est-ce qui se passe, George ? » demanda Liz.

L'officier Raymer resta un instant sans répondre. Il regarda tour à tour Bobby (un mètre soixante, quarante-deux kilos) et Harry (un mètre quatre-vingt-cinq, presque quatre-vingts kilos). Ses grands yeux humides avaient une expression dubitative.

Harry Doolin était stupide, mais pas au point de ne pas comprendre ce que signifiait ce regard. « Il m'a attaqué par surprise. Dans le dos. »

Raymer pencha sa grande carcasse vers Bobby, ses

mains rouges et noueuses posées sur les genoux lustrés de son pantalon d'uniforme. « Harry Doolin, ici présent, prétend que tu l'as battu dans le parc, pendant qu'il rentrait chez lui, après son travail. » Raymer avait une manière curieuse de prononcer « travail » que Bobby n'oublia jamais. « Il dit que tu t'étais caché et que tu lui es tombé dessus avec ta batte de base-ball avant qu'il ait pu se retourner. Qu'est-ce que tu réponds à ça, mon garçon ? Est-ce qu'il dit la vérité ? »

Bobby, qui, lui, n'était pas stupide du tout, avait déjà envisagé ce scénario. Il aurait aimé pouvoir dire à Harry, dans le parc, que les pendules étaient remises à l'heure et que l'affaire était close ; que s'il allait raconter qu'il avait été battu par Bobby, Bobby irait de son côté raconter ce que Harry et ses amis avaient fait à Carol, ce qui apparaîtrait comme bien pire. L'ennui était que les amis de Harry nieraient les faits. Ce serait la parole de Carol contre celles des trois garçons, Harry, Richie et Willie. C'est pourquoi Bobby était parti sans rien dire, en espérant que l'humiliation subie par Harry – recevoir une correction de quelqu'un faisant la moitié de son poids – suffirait à le tenir coi. Ce qui n'avait pas été le cas, et à voir le visage étroit de Mrs Doolin, ses lèvres décolorées et pincées, son expression de fureur, Bobby comprit pourquoi. Elle lui avait tiré les vers du nez (ce n'était pas le boulot qui manquait), un point c'est tout.

« Moi ? Je ne l'ai jamais touché », répondit Bobby, soutenant le regard de Raymer sans faiblir.

Mary Doolin poussa un hoquet d'indignation. Même Harry, pour qui mentir était depuis longtemps une seconde nature, parut surpris.

« Oh, quel aplomb, quel culot ! s'écria Mrs Doolin. Laissez-moi lui parler, monsieur l'agent ! Je vais lui faire cracher la vérité, moi, vous allez voir ! »

Elle avança d'un pas, mais Raymer l'arrêta en interposant son bras, sans quitter Bobby un seul instant des yeux.

« Écoute, mon garçon... pourquoi un empoté du

gabarit de Harry Doolin irait raconter qu'une crevette comme toi lui a flanqué une raclée si c'était pas vrai, hein ?

— Je vous interdis de traiter mon fils d'empoté ! glapit Mrs Doolin. Vous trouvez pas que ça suffit, que cette espèce de trouillard ait failli le tuer ? Est-ce que...

— La ferme », intervint la mère de Bobby. C'était la première fois qu'elle parlait depuis qu'elle avait demandé à l'officier Raymer de quoi il retournait, et elle s'était exprimée avec un calme mortel. « Laissez-le répondre.

— Parce qu'il est encore en colère contre moi à cause de ce qui s'est passé l'hiver dernier, voilà pour-quoi, dit Bobby. Avec d'autres grands de St. Gabe, il m'a poursuivi en bas de la colline. Harry a glissé sur la glace. Il était tout trempé. Il a juré qu'il m'aurait. À mon avis, il croit que c'est la bonne façon de s'y prendre.

— Espèce de menteur ! rugit Harry. Ce n'est pas moi qui te courais après, c'était Billy Donahue ! C'est même... »

Il s'interrompit et regarda autour de lui. Il avait mis le pied là où il ne fallait pas, et on lisait sur son visage qu'il en prenait vaguement conscience.

« Non, ce n'était pas moi, répéta Bobby, parlant d'un ton calme et soutenant toujours le regard du poli-cier. Si jamais j'essayais de m'attaquer à quelqu'un comme lui, c'est moi qui en prendrais pour mon grade.

— Les menteurs vont en enfer ! hurla Mrs Doolin.

— Où étais-tu cet après-midi vers trois heures et demie, Bobby, demanda Raymer. Tu peux me le dire ?

— Ici.

— Miz Garfield ?

— Tout à fait vrai, répondit-elle tranquillement. Il a passé tout l'après-midi avec moi. J'ai lavé le sol de la cuisine et Bobby s'est occupé des plinthes. Nous nous apprêtons à déménager, et je tiens à laisser l'apparte-ment impeccable avant de partir. Bobby a bien un peu protesté, ce n'est pas un garçon pour rien, mais il a tout de même fait sa corvée. Après quoi, on a bu du thé glacé.

— Menteuse ! » s'étrangla Mrs Doolin. Harry paraissait au comble de la stupéfaction. « C'est dégoûtant de mentir comme ça ! »

Elle se précipita toutes griffes dehors, en direction du cou de Liz. Une fois de plus, l'officier Raymer lui barra le chemin sans la regarder. Un peu plus brutalement, cette fois.

« Vous me jurez qu'il était avec vous ? demanda Raymer à Liz.

— Je vous le jure.

— Tu ne l'as jamais touché, Bobby ? Tu le jures ?

— Je le jure.

— Tu le jures devant Dieu ?

— Je le jure devant Dieu.

— Je t'aurai un jour, Garfield, gronda Harry. Je vais t'arranger ta sale tignasse rou... »

Le policier pivota si rapidement que si Mrs Doolin n'avait pas rattrapé son fils, celui-ci aurait sans doute basculé sur les marches du porche, ravivant ses blessures et s'en créant de nouvelles.

« Ferme ta sale grande gueule de crétin, dit Raymer, pointant un doigt accusateur sur Mrs Doolin lorsque celle-ci voulut protester. Et vous aussi, fermez-la, Mary Doolin. Le jour où vous voudrez accuser quelqu'un de violences, commencez donc par votre salopard de mari. On aura davantage de témoins. »

Elle resta bouche bée, furieuse, morte de honte.

Raymer laissa retomber sa main, comme si elle lui paraissait soudain pesante. Son regard passa de Mary et Harry (lesquels faisaient une sale tête), sous le porche, à Bobby et Liz, dans le vestibule. Il s'éloigna d'un ou deux pas, retira sa casquette, gratta son crâne luisant de sueur et remit son couvre-chef. « Il y a quelque chose de pourri au royaume de Danemark, dit-il finalement. Il y a ici quelqu'un qui ment plus vite que court un canasson. »

Bobby et Harry voulurent parler en même temps,

mais l'officier George Raymer n'avait aucune envie de savoir de quoi. « La ferme ! » rugit-il avant qu'ils aient pu prononcer le quart d'un mot. Un vieux couple qui avançait à pas lents de l'autre côté de la rue se retourna pour regarder ce qui se passait. « Je déclare l'affaire close. Mais si jamais les histoires recommencent entre vous deux (il montra les deux garçons) ou vous deux (il montra les deux mères), je peux vous dire que ça bardera pour quelqu'un. Il paraît qu'il suffit de dire un mot au sage pour qu'il comprenne. Harry, es-tu prêt à serrer la main de Bobby et à dire qu'on n'en parle plus ? À te comporter en homme ?... Ah, je me disais bien, aussi. Le monde est pas bien beau, pas bien gai. Amenez-vous, les Doolin, je vous reconduis. »

Bobby et Liz regardèrent le trio descendre les marches, Harry exagérant sa claudication au point d'avancer comme un marin ivre. Au pied des marches, Mrs Doolin lui flanqua brusquement une claque sur la nuque. « N'en rajoute pas, petit merdeux ! » rageat-elle. Harry fit un peu mieux, après ça, mais il continuait néanmoins à rouler de tribord à bâbord. Bobby buvait du petit-lait à le voir boiter. L'adolescent ne simulait probablement pas. La dernière châtaigne, le coup sur les fesses, avait rudement porté.

De retour à l'appartement, s'exprimant toujours de la même voix calme, Liz demanda : « C'est lui qui a frappé Carol ?

— Oui.

— Tu penses pouvoir rester hors de son chemin jusqu'à notre départ ?

— Je crois.

— Bien. »

Et elle l'embrassa. La chose était rare, et c'était d'autant plus merveilleux.

Moins d'une semaine avant la date prévue pour le déménagement (l'appartement avait commencé à se remplir de cartons et à prendre un aspect dénudé étrange), Bobby rattrapa Carol Gerber dans le parc.

Pour une fois, elle était seule. Il l'avait souvent vue en compagnie de ses copines, mais ce n'était pas ce qui lui convenait, ce n'était pas ce qu'il voulait. Aujourd'hui, il la trouvait enfin seule, et ce n'est que lorsqu'elle regarda par-dessus son épaule et qu'il lut de la peur dans son regard qu'il comprit qu'elle l'avait évité.

« Bobby... comment ça va ?

— Je ne sais pas très bien... Je crois que ça va. Je ne t'ai pas beaucoup vue.

— T'es jamais venu chez moi.

— Non... non, je... » Quoi, comment devait-il finir sa phrase ? « J'ai été pas mal occupé, dit-il, assez lamentablement.

— Ah, bon... »

Il aurait pu faire fondre la froideur de son accueil ; mais il se sentait désarmé face à la peur qu'elle essayait de lui cacher. Car elle avait peur de lui. Comme s'il avait été un chien, capable de la mordre. Une image démente lui traversa l'esprit : il se jetait à quatre pattes et se mettait à aboyer, *roop-roop-roop...*

« On déménage.

— Sully me l'a dit. Mais je n'ai pas bien compris où. J'ai l'impression que vous n'êtes plus copains comme avant.

— Non, c'est plus comme avant. Tiens. »

Il mit la main dans sa poche-revolver et en retira un bout de papier plié. Il venait d'un cahier scolaire. Carol le regarda, dubitative, tendit la main, puis reprit son geste.

« C'est juste mon adresse, dit-il. On va dans le Massachusetts. Dans un patelin qui s'appelle Danvers. »

Il tendait toujours le morceau de papier, elle ne le prenait toujours pas, et il avait envie de pleurer. Il se souvenait du jour où ils s'étaient retrouvés tous les deux en haut de la grande roue, de l'impression qu'il avait eue d'être au sommet de tout l'univers éclairé. Il se souvint d'une serviette s'ouvrant comme des ailes, de pieds aux orteils minuscules et aux ongles vernis, de l'odeur d'un parfum. « *She's dancing to the drag, the cha-cha rag-a-mop* », chantait Freddy Cannon à la radio, dans l'autre pièce, et c'était Carol, c'était Carol, c'était Carol.

« J'ai pensé que tu pourrais m'écrire. Je vais avoir le mal du pays, sans doute. Une nouvelle ville, tout ça... »

Carol prit finalement le papier et le glissa dans la poche de son short sans le regarder. *Elle va probablement le jeter dès qu'elle sera rentrée chez elle*. Mais il s'en fichait. Elle l'avait pris, au moins. Cela suffirait à lui permettre de rebondir les jours où il lui faudrait penser à autre chose... et il n'y avait pas forcément besoin de crapules de bas étage pour cela, avait-il découvert.

« Sully dit que tu as changé. »

Bobby ne répondit rien.

« En fait, il y en a beaucoup qui le disent. »

Bobby ne répondit rien.

« Est-ce que c'est toi qui as flanqué une rouste à Harry Doolin ? demanda-t-elle alors, agrippant le poignet de Bobby d'une main froide. C'est toi ? »

Il hocha lentement la tête.

Elle lui jeta les bras autour du cou et l'embrassa si brutalement que leurs dents s'entrechoquèrent. Il y eut un bruit de bouchon parfaitement audible quand leurs lèvres se séparèrent. Bobby dut attendre trois ans avant d'embrasser à nouveau une fille sur la bouche... et plus jamais de sa vie on ne l'embrassa de cette façon.

« C'est bien, dit-elle d'une voix basse, intense, presque un grognement. Très bien ! »

Sur quoi elle s'enfuit en courant vers Broad Street dans l'éclat de ses jambes bronzées et couvertes des égratignures qu'elle s'était faites au cours des jeux, ou contre les trottoirs.

« Carol ! Attends, Carol ! »

Elle continua de courir.

« Je t'aime, Carol ! »

Cette fois-ci elle s'arrêta ; mais peut-être était-ce seulement parce qu'elle venait d'atteindre la rue et qu'elle devait faire attention à la circulation. Toujours est-il qu'elle marqua une pause, tête baissée, et se retourna. Elle ouvrait de grands yeux et avait les lèvres écartées.

« Carol !

— Je dois rentrer à la maison, j'ai la salade à préparer. »

Et elle s'éloigna en courant. Elle traversa ainsi la rue, sortant en même temps de sa vie sans un autre regard en arrière. Peut-être était-ce aussi bien ainsi.

Liz et Bobby Garfield déménagèrent donc pour Danvers. Bobby alla à l'école de Danvers, où il se fit quelques amis, mais plus encore d'ennemis. Il y eut les premières bagarres et, peu de temps après, les premières classes manquées. Dans la partie *Commentaires* de son premier bulletin scolaire, Mrs Rivers écrivit : « Robert est un garçon extrêmement brillant. Mais il est aussi extrêmement perturbé. Pouvez-vous venir pour que nous en parlions, Mrs Garfield ? »

Mrs Garfield se déplaça, et Mrs Garfield fit ce qu'elle put, mais il y avait trop de choses dont elle était incapable de parler : Providence, une certaine affichette de chien perdu, et comment elle avait obtenu les fonds qui lui avaient permis d'investir dans une affaire et de changer de vie. Les deux femmes tombèrent d'accord pour dire que Bobby se sentait de plus en plus malheureux ; que son ancienne ville et ses anciens amis lui manquaient aussi. Et qu'il finirait bien par surmonter ces difficultés. Il était trop brillant et riche de trop de potentiel pour ne pas y parvenir.

Liz connut la réussite dans sa nouvelle carrière d'agent immobilier. Bobby s'en sortit bien en anglais (il eut une excellente note pour une dissertation dans laquelle il comparait *Des souris et des hommes* de Steinbeck à *Sa Majesté des Mouches* de Golding), mais très mal dans les autres cours. Il commença à fumer.

Carol écrivit effectivement, de temps en temps ; elle s'exprimait sur un mode hésitant, presque expérimental ; elle parlait de l'école, de ses amies, ou d'un week-end à New York avec Rionda. En bas d'une lettre arrivée en mars 1961 (lettres toujours écrites sur du papier à bords irréguliers orné d'une ribambelle d'ours dans les marges), figurait un PS très direct : *Je crois que mes parents vont divorcer. Il a signé pour un nouvel engagement, et elle n'arrête pas de pleurer.* La plupart du temps, cependant, elle s'en tenait à des événements plus amusants ; elle avait appris à manier le bâton de twirling des majorettes, elle avait reçu de nouveaux patins à glace pour son anniversaire, elle trouvait toujours Fabian mignon (en dépit de l'avis contraire d'Yvonne et de Tina) et elle avait été à une surprise-partie où elle avait dansé le twist et toutes les autres danses.

Chaque fois qu'il ouvrait une de ses lettres, Bobby se disait : *C'est la dernière. Après, je n'entendrai plus parler d'elle. Les enfants ne continuent pas d'écrire bien longtemps, même s'ils l'ont promis. Trop de nouvelles choses arrivent. Le temps passe si vite... Elle m'oubliera.*

Pas question de la pousser dans cette voie, cependant. Il lui répondait scrupuleusement. Il lui parla de la maison de Brookline que sa mère avait vendue vingt-cinq mille dollars, avec une commission équivalente à six mois de son ancien salaire. Il lui parla de sa note faramineuse en anglais. Il lui parla de son ami Morrie, qui lui enseignait les échecs. Il ne lui raconta pas, toutefois, comment lui et son ami Morrie se lançaient parfois dans des expéditions de brise-fenêtres ; à bicyclette (Bobby avait finalement fait assez d'économies pour s'en offrir une) et pédalant comme des forcenés, ils fonçaient dans les rues bordées de vieux immeubles délabrés, du côté de Plymouth Street, jetant dans les vitres des cailloux dont ils avaient rempli un panier. Il ne lui raconta pas non plus comment il avait rétorqué à Mr Hurley, le directeur adjoint de la Danvers Elementary, qu'il pouvait lui baiser son joli petit cul rose, ni comment Mr Hurley avait réagi en le giflant et en le traitant de morveux insolent et insupportable. Il ne lui confia pas davantage qu'il s'était lancé dans le vol à l'étalage, ni qu'il s'était déjà enivré quatre ou cinq fois (une fois avec Morrie, les autres fois tout seul), ni qu'il lui arrivait de marcher sur la voie ferrée en se demandant si se faire passer dessus par le South Shore Express ne serait pas la manière la plus rapide d'en finir. Rien qu'une bouffée de diesel brûlé, une ombre se projetant sur votre visage, et hop ! terminé. Peut-être pas si rapide que ça, en fin de compte.

Il achevait chacune de ses lettres de la même façon :

> *Tu manques énormément à*
> *Ton ami,*
> *Bobby*

Des semaines passaient sans qu'il y ait de courrier (pour lui) puis un jour arrivait une enveloppe avec des cœurs et des oursons collés au dos, contenant toujours une feuille de papier non ébarbé, et de nouveaux trucs sur ses exploits de patineuse et de majorette, sur ses nouvelles chaussures et ses difficultés avec les fractions. Chacune de ces lettres était comme la bouffée d'air laborieuse d'un être cher dont la mort paraît inévitable. Encore une...

Même Sully-John lui envoya quelques lettres. Elles s'arrêtèrent au début de 1961, mais Bobby fut touché et stupéfait que Sully eût pris la peine de les composer. À travers sa grande écriture enfantine et ses fautes d'orthographe à faire grincer les dents, Bobby voyait se profiler un adolescent à la bonne nature, qui allait faire beaucoup de sport et baiserait les majorettes avec le même enthousiasme, un garçon qui se perdrait dans les arcanes de la ponctuation avec autant de facilité qu'il serait capable de se faufiler, au football, au milieu de la défense adverse. Bobby avait même l'impression d'entrevoir l'homme qu'il serait dans les années soixante-dix et quatre-vingt, un homme qui l'attendait comme on attend un taxi : un vendeur de voitures qui finirait par devenir propriétaire de sa concession. La Honest John's, évidemment. Honest John's Harwich Chevrolet, par exemple. Il aurait une solide bedaine débordant de la ceinture, une foule de plaques accrochées au mur de son bureau, entraînerait les jeunes sportifs, débuterait tous les speechs qu'il leur adresserait par *Écoutez, les gars*, irait à l'église, participerait aux défilés des associations, deviendrait conseiller municipal et tout le bazar. Une bonne vie, Bobby l'admettait, avec la ferme et les lapins au lieu du bâton effilé aux deux bouts. Bien que pour Sully, en fin de compte, c'était le bâton en question qui l'attendait ; il l'attendait dans une province du nom de Dong Ha ainsi qu'une vieille *mamasan*, celle qui ne le lâcherait jamais complètement.

Bobby avait quatorze ans lorsque le flic le chopa à la sortie d'un magasin avec un pack de six bières (de la Narragansett) et trois cartons de cigarettes (des Chesterfield, naturellement, avec son slogan, *vingt et un tabacs de premier choix pour vingt merveilleuses cigarettes*). Tout à fait le flic blond du *Village des damnés*.

Bobby raconta qu'il n'avait pas pénétré par effraction dans le magasin, qu'il avait trouvé la porte ouverte, à l'arrière, et qu'il était simplement entré ; mais lorsque le flic braqua sa lampe torche sur la serrure, celle-ci pendait de travers et le vieux bois du battant était tout entaillé. *Et ça, c'est quoi ?* demanda le flic. Bobby haussa les épaules. Dans la voiture (le flic laissa l'adolescent s'asseoir à l'avant à côté de lui, mais refusa de lui donner une clope quand Bobby en mendia une), le policier commença à remplir un formulaire. Il demanda au gamin monté en graine et boudeur quel était son nom. Ralph, répondit Bobby. Ralph Garfield. Cependant, lorsqu'ils s'arrêtèrent devant la maison où il habitait à présent avec sa mère – une maison entièrement à eux, premier étage compris, les temps étaient bons –, il avoua au flic qu'il avait menti.

« En réalité, je m'appelle Jack.

— Ah, vraiment ? » dit le flic blond du *Village des damnés*.

Bobby acquiesça.

« Oui. Jack Merridew Garfield. »

Les lettres de Carol cessèrent d'arriver en 1963, l'année où Bobby fut mis pour la première fois à la porte du lycée, l'année, aussi, où il séjourna pour la première fois dans la maison de correction pour adolescents du Massachusetts, à Bedford. Il devait ce séjour à la possession de cinq cigarettes de marijuana, que Bobby et ses amis surnommaient des *joysticks*. Il avait écopé de trois mois, mais n'en fit que deux, pour bonne conduite. Il lut beaucoup de livres. Certains de ses camarades le surnommèrent le Prof, mais cela lui était égal.

Quand il sortit de la Bedbug[1] Correctional, comme les ados appelaient entre eux l'institution, Mr Grandelle, le surveillant général de Danvers Elementary, le fit venir dans son bureau et lui demanda s'il était prêt à filer doux à présent. Bobby lui répondit que oui, qu'il avait compris la leçon ; et pendant un certain temps, on aurait pu croire que c'était vrai. Puis, à l'automne de 1964, il donna une correction tellement sévère à un autre garçon que celui-ci dut être hospitalisé et qu'on se demanda, un temps, s'il récupérerait complètement. Le gamin avait refusé de donner sa guitare à Bobby ; Bobby l'avait donc frappé et la lui avait prise. Il était en train d'en jouer (assez mal) dans sa chambre quand on l'arrêta. Il avait raconté à sa mère qu'il avait acheté l'instrument, une Silvertone acoustique, chez un prêteur sur gages.

Liz se tenait sur le pas de la porte, en larmes, lorsque Mr Grandelle conduisit Bobby à la voiture de police garée dans la rue. « Toi et ton avenir, je vais finir par m'en laver les mains, si tu n'arrêtes pas ! lui cria-t-elle. Je parle sérieusement !

— Vas-y m'man ! répliqua-t-il en montant à l'arrière du véhicule. Va te les laver tout de suite, ça te fera gagner du temps. »

---

1. *Bed-bug* : punaise de lit (*N.d.T.*).

Pendant le trajet, Mr Grandelle observa : « Je pensais que tu allais filer doux, Bobby.

— Moi aussi », répondit-il.

Cette fois-ci, il passa six mois à Bedbug.

En sortant, il alla se faire rembourser le billet de retour du Trailways et rentra chez lui en auto-stop. Lorsqu'il arriva à la maison, sa mère ne sortit pas pour l'accueillir. « Il y a une lettre pour toi, lui dit-elle. Je l'ai posée sur ton bureau. »

Le cœur de Bobby se mit à battre très fort sous ses côtes dès qu'il vit l'enveloppe. Si les cœurs et les nounours avaient disparu (elle n'en avait plus l'âge, maintenant), il n'en avait pas moins reconnu sur-le-champ l'écriture de Carol. Il l'ouvrit fébrilement. Elle contenait une seule feuille de papier (toujours non ébarbé) ainsi qu'une enveloppe plus petite. Bobby lut rapidement le mot de Carol, le dernier qu'il allait recevoir d'elle.

Cher Bobby,

Comment vas-tu ? Je viens de recevoir pour toi quelque chose de la part de ton vieil ami, celui qui m'avait remis le bras en place, ce jour-là. Il a dû me l'envoyer parce qu'il ne savait pas où tu étais. Il avait mis un mot me demandant de faire suivre. Voilà, c'est fait. Donne le bonjour à ta mère.

Carol

Pas de nouvelles de ses exploits au twirling, ni de ses progrès en maths. Pas plus que de ses petits amis, mais il se disait qu'elle devait en avoir plusieurs.

C'est avec des mains tremblantes, engourdies, qu'il s'empara de l'enveloppe scellée, sur laquelle figurait seulement son nom. C'était l'écriture de Ted ; il l'avait reconnue tout de suite. Son cœur battait plus fort que jamais. La bouche sèche, les yeux pleins de larmes sans en avoir conscience, il déchira l'enveloppe, un petit modèle comme ceux destinés aux cartes de visite.

Ce qu'il en sortit en premier fut un parfum, le parfum le plus exquis qu'il ait jamais senti. Comme lorsqu'il embrassait sa mère quand il était petit et qu'il s'enivrait du mélange de son eau de toilette, de son déodorant et du truc qu'elle mettait dans ses cheveux ; comme l'odeur de Commonwealth Park en été ; comme les effluves à la fois épicés, clandestins et explosifs qui montaient des empilements de livres, à la bibliothèque de Harwich. Les larmes débordèrent et coulèrent sur ses joues. Il s'était habitué à se sentir vieux ; se sentir jeune tout d'un coup, *savoir* qu'il pouvait se sentir jeune encore, fut un choc qui le laissa complètement désorienté.

Pas de lettre, même pas un mot, rien d'écrit. Lorsque Bobby inclina l'enveloppe, c'est une averse de pétales de rose qui tomba sur son bureau, des pétales du rouge le plus profond et le plus sombre qu'il ait jamais vu.

Le sang du cœur, pensa-t-il, exalté sans savoir pourquoi. Tout d'un coup, et pour la première fois depuis des années, il se souvint comment on arrivait à se couper de son esprit, comment on arrivait à le mettre en veilleuse. Et alors même qu'il se faisait cette réflexion, il sentit ses pensées s'envoler. Sur le bois couturé de cicatrices du meuble, les pétales de rose luisaient comme des rubis, comme une lumière secrète en provenance du cœur intime du monde.

Non, pas d'un seul monde, se dit Bobby. *Pas d'un seul. Il existe d'autres mondes que celui-ci, des millions de mondes qui tournent tous autour du fuseau de la Tour.*

Puis il pensa : *Il leur a encore échappé. Il est de nouveau libre.*

Les pétales ne permettaient pas d'en douter. Ils valaient tous les *oui* dont on pouvait avoir besoin ; tous les *peut-être*, tous les *c'est vrai*.

Elles tournent et glissent, ensuite elles ralentissent, pensa Bobby, sachant qu'il avait déjà entendu ce refrain, mais sans savoir où, ni pour quelle raison il lui venait à présent à l'esprit. Il s'en moquait, d'ailleurs.

Ted était libre. Pas dans ce monde, pas dans ce temps ; cette fois il avait couru dans une autre direction... mais néanmoins dans un monde.

Il ramassa les pétales, autant d'impalpables piécettes de soie. Il les tint dans ses paumes comme du sang et les porta à son visage. Il aurait pu se noyer dans la douceur de leurs exhalaisons. Ted s'y trouvait, aussi limpide que le jour, Ted et sa drôle de façon de marcher le dos voûté, ses cheveux blancs fins comme ceux d'un bébé et les deux taches de nicotine tatouées sur l'index et le majeur de la main droite. Ted avec ses sacs de commissions à poignées...

Comme le jour où il avait puni Harry Doolin pour avoir battu Carol, il entendit la voix de Ted ; la première fois, il l'avait surtout imaginée ; mais cette fois-ci, il eut l'impression qu'elle était réelle, comme si elle était restée enfouie au milieu des pétales, n'attendant que lui.

Calme-toi, Bobby. Il a son compte, alors calme-toi. Contrôle-toi.

Il demeura ainsi longtemps, assis à son bureau, pressant les pétales de rose contre son visage. Finalement, prenant grand soin de ne pas en perdre un seul, il les remit dans la petite enveloppe qu'il referma en repliant la partie déchirée.

Il est libre. Il est... quelque part. Et il n'a pas oublié.

« Il se souvient de moi, murmura-t-il. Il se souvient de moi... »

Il se leva, alla dans la cuisine et mit la bouilloire à chauffer. Puis il se rendit dans la chambre de sa mère. Elle était allongée sur son lit, en slip, les pieds relevés, et il se rendit compte qu'elle commençait à paraître vieille. Elle détourna le visage quand le garçon qui avait maintenant presque la taille d'un homme s'assit à côté d'elle, mais elle le laissa lui prendre la main. Il la tint et la caressa en attendant d'entendre siffler la bouilloire. Au bout d'un moment, elle se tourna pour le regarder. « Oh, Bobby... quel gâchis nous avons fait, tous les deux. Comment allons-nous nous en sortir, à présent ?

— Du mieux que nous pourrons », répondit-il, lui caressant toujours la main, qu'il porta à ses lèvres.

Il déposa un baiser dans la paume, là où ligne de vie et ligne de cœur se confondaient brièvement avant de s'éloigner de nouveau l'une de l'autre.

« Du mieux que nous pourrons. »

CHASSE-CŒURS
EN ATLANTIDE

1

Lorsque je me présentai à l'université du Maine, en 1966, il y avait encore un autocollant Goldwater, en lambeaux et décoloré mais cependant tout à fait lisible (AuH_2O-4-USA [1]), sur le pare-chocs de la vieille Oldsmobile familiale dont mon frère m'avait fait cadeau. En 1970, lorsque je quittai l'université, je ne possédais plus de voiture ; j'avais par contre une barbe et des cheveux qui me descendaient jusqu'aux épaules, ainsi qu'un sac à dos avec un autocollant qui proclamait : RICHARD NIXON EST UN CRIMINEL DE GUERRE. Au col de mon blouson en toile de jean, j'avais un badge sur lequel on pouvait lire : JE SUIS PAS FILS D'ARCHEVÊQUE. Je suppose que le temps des études supérieures est celui des changements, celui où se produisent les dernières convulsions de la jeunesse, mais je doute qu'il y en ait jamais eu d'une ampleur comparable à ceux que connurent les étudiants qui débarquèrent dans leur campus à la fin des années soixante.

La plupart d'entre nous n'évoquent guère ces années, aujourd'hui ; non pas parce que nous en avons perdu le souvenir, mais parce que le langage dans lequel nous nous exprimions a été perdu. Quand j'essaie de parler des *sixties*, quand j'essaie seulement d'y penser, même, je suis submergé par l'horreur et l'hila-

---

1. Barry Goldwater, candidat ultraconservateur à la présidence des États-Unis, dont le nom peut se traduire par *eau d'or* ; Au : symbole de l'or ; H_2O : symbole de l'eau ; le chiffre 4 (*four*) est là pour *for*, c'est-à-dire *pour* (*N.d.T.*).

rité. Je revois des pantalons pattes'd'éf et des grosses chaussures de marche. Je sens l'odeur du hasch et du patchouli, de l'encens et de la menthe. Et j'entends Donovan Leitch qui chante sa chanson douce et stupide sur le continent perdu de l'Atlantide, des paroles qui me paraissent toujours profondes aux petites heures, quand je n'arrive pas à m'endormir. Plus je vieillis, plus il m'est difficile d'ignorer la stupidité de cet air et de n'en retenir que la douceur. Je dois faire l'effort de me rappeler que nous n'étions que des gamins, encore assez petits pour mener notre existence aux brillantes couleurs sous les champignons, les ayant toujours pris pour des arbres, des abris sous l'abri du ciel. Je sens bien que tout cela n'a pas vraiment de sens, mais c'est le mieux que je puisse faire : Vive l'Atlantide.

2

J'achevai ma dernière année n'habitant plus sur le campus, mais à LSD Acres, dans les cabanes en voie de décomposition édifiées le long de la rivière Stillwater ; cependant, lorsque j'arrivai à l'université du Maine, en 1966, je m'installai à Chamberlain Hall, qui faisait partie d'un complexe de trois dortoirs : Chamberlain (garçons), King (garçons) et Franklin (filles). Il y avait aussi un réfectoire, Holyoke Commons, situé un peu à l'écart des dortoirs ; il n'était pas très loin, à quelque chose comme deux cents mètres, mais paraissait au bout du monde les soirs d'hiver, quand le vent était violent et que la température descendait autour de moins dix. Assez loin, en tout cas, pour que Holyoke soit connu sous le nom de Palais des Plaines.

J'ai beaucoup appris à la fac, mais ce fut rarement en classe. J'ai par exemple appris comment embrasser une fille et enfiler une capote en même temps (talent indispensable et trop souvent négligé), comment descendre un distingué de bière sans dégobiller, comment me faire un peu d'argent pendant mon temps libre (en rédigeant les devoirs de gosses plus friqués que moi, c'est-à-dire la majorité), comment ne pas voter républicain, même si j'appartenais à une longue lignée qui n'avait jamais fait autrement, comment défiler dans la rue en brandissant une pancarte au-dessus de ma tête et en hurlant : *Un deux trois, ta putain d'guerre on la f'ra pas !* et *Hé hé, LBJ[1], combien de mômes t'as tués aujourd'hui ?* J'ai appris qu'il était imprudent de se mettre dans le vent des gaz lacrymogènes et que, sinon, il fallait respirer lentement à travers un mouchoir ou un foulard. J'ai appris que quand les matraques commencent à tournoyer, il faut se laisser tomber de côté, remonter les genoux contre la poitrine et se couvrir la nuque avec les mains. À Chicago, en 1968, j'ai aussi appris que les flics étaient capables de vous battre pratiquement à mort, en dépit de ces précautions.

Mais avant d'apprendre tout cela, j'avais été initié aux plaisirs et aux dangers du chasse-cœurs. On comptait seize chambres de deux lits et donc trente-deux étudiants au deuxième étage du Chamberlain Hall, en 1966 ; en janvier 1967, dix-neuf d'entre eux avaient soit déménagé, soit laissé tomber leurs études, victimes du chasse-cœurs. Sa folie nous balaya, cet automne-là, comme une méchante épidémie de grippe. Seuls trois des jeunes hommes du second se montrèrent complètement immunisés, je crois. L'un d'eux était mon compagnon de chambre, Nathan Hoppenstand ; le deuxième était David Dearborn, dit Dearie, le responsable de l'étage ; et le troisième Stokely Jones III, qui n'avait pas tardé à être connu par les citoyens de Chamberlain sous le sobriquet de Rip-Rip. C'est parfois de Rip-Rip qu'il me semble avoir envie de vous parler ; à d'autres moments, j'ai plutôt l'impression que c'est de Skip Kirk (que l'on appela bientôt, évidemment, Captain Kirk), qui fut mon meilleur ami pendant ces années-

---

1. LBJ : Lyndon B. Johnson (*N.d.T.*).

là ; à d'autres encore, que c'est de Carol. Mais je me dis souvent que ce sont les *sixties* elles-mêmes qu'il me plaît d'évoquer, bien que la tâche m'ait toujours paru impossible. Cependant, avant d'en venir à tout cela, il faut que je vous parle du chasse-cœurs.

Skip a une fois observé que le whist était le bridge des crétins et le chasse-cœurs celui des *vrais* crétins. Je ne vais pas polémiquer là-dessus, d'autant que là n'est pas la question. Le chasse-cœurs est un jeu marrant, c'est là la question, et quand on y joue pour de l'argent (un *nickel* le point était le taux habituel à Chamberlain Deuxième Étage), il devient rapidement une drogue. Le nombre idéal de joueurs est de quatre. Toutes les cartes sont distribuées puis jouées par levées successives. Le total maximum des points est de vingt-six : les treize cœurs à un point chacun, et la reine de pique (que nous surnommions la Gueuse), qui compte pour treize points à elle toute seule. La partie se termine quand l'un des joueurs dépasse cent points. Le gagnant est celui qui totalise le moins de points.

Dans nos marathons, chacun des trois autres casquait en fonction de la différence de points entre lui et le gagnant. Si, par exemple, je comptais vingt points de plus que Skip à la fin d'une partie, à un *nickel* le point, je lui devais un dollar. Trois fois rien, dites-vous ? Mais c'était en 1966, et un dollar n'était pas de la menue monnaie pour la faune des travailleurs-étudiants qui hantait Chamberlain Deuxième (Étage).

3

Je me souviens très bien du début de l'épidémie de chasse-cœurs : le premier week-end d'octobre. Je m'en souviens d'autant mieux que les premiers examens préliminaires du semestre venaient juste de s'achever, et que j'y avais survécu. Survivre était d'ailleurs un vrai problème pour la plupart des gars de Chamberlain

Deuxième ; nous étions en fac grâce à toutes sortes de prêts ou de bourses (je devais la mienne, comme la majorité des autres, au National Education Defense Act) et à ces petits boulots qui nous valaient le titre de travailleurs-étudiants. Cela revenait à peu près à faire la course dans des caisses à savon dont les clous auraient été remplacés par de la pâte à modeler ; et si nos cas n'étaient pas semblables (dans le détail, ils dépendaient avant tout de notre habileté à remplir les formulaires ou du bon boulot qu'avaient fait pour nous les conseillers d'éducation de nos lycées d'origine), ils étaient tous soumis à la même loi d'airain. Loi résumée par une banderole qui pendait dans le salon du second, là où se déroulaient nos tournois-marathons de chasse-cœurs. Elle avait été brodée par la mère de Tony DeLucca, qui lui avait intimé l'ordre de l'accrocher dans un endroit où il la verrait tous les jours (c'était muni de ce viatique qu'elle l'avait envoyé à la fac). Au fur et à mesure que l'automne laissait la place à l'hiver, en cette année 1966, la banderole de Mrs DeLucca paraissait flamboyer de manière plus violente et inquiétante avec chaque main distribuée, avec chaque tombée de la Gueuse, avec chaque soir où je me couchais sans avoir ouvert un manuel, sans avoir étudié mes notes ou sans avoir écrit la première ligne d'une dissertation. Une ou deux fois, j'en ai même rêvé :

2,5.

C'était tout ce qu'il y avait sur la banderole, en grands chiffres rouges brodés. Mrs DeLucca avait parfaitement bien compris ce qu'ils signifiaient, et nous aussi. Si on logeait dans les dortoirs ordinaires (Franklin, ou Dunn, ou Pease, ou Chadbourne), on pouvait arriver à se maintenir dans la classe 1970 avec une moyenne de 1,6... à condition, bien entendu, que papa et maman soient d'accord pour continuer à payer les frais. C'est de l'université d'État dont je vous parle, n'oubliez pas, nous n'étions ni à Harvard ni à Wellesley. Mais pour les étudiants qui essayaient de négocier le difficile circuit des prêts et bourses, 2,5 était la frontière tracée dans la poussière. Des notes inférieures à 2,5, autrement dit une chute de C à C moins, et votre malheureuse caisse à savon avait toutes les chances de verser dans le fossé. « Perds pas le contact, ma poule », comme Skip Kirk aimait à le dire.

Je m'en sortis bien au cours de ces examens préliminaires, en particulier pour quelqu'un que le mal du pays ravageait (je n'étais jamais parti de chez moi de toute ma vie, sauf une semaine dans un camp de vacances pour basketteurs, dont j'étais revenu avec un poignet foulé et une drôle de mycose entre les doigts de pieds et sous les testicules). J'étais inscrit dans cinq matières et j'obtins partout B, sauf en anglais. En anglais, je décrochai un A. Mon conseiller pédagogique, lequel, après avoir divorcé, allait se retrouver chanteur de rue sur le campus de Berkeley, écrivit : « Les exemples d'onomatopées que vous donnez sont particulièrement brillants », en marge d'une de mes réponses. J'envoyai ce travail annoté à mes parents, et ma mère répondit par une carte postale où ne figurait qu'un mot : *Bravo !* griffonné avec ferveur. En vérité me rappeler cela provoque une douleur inattendue, quasiment physique. Ce fut sans doute la dernière fois que je ramenai à la maison un devoir avec une étoile d'or collée dans le coin.

Après cette première rafale d'examens, je calculai avec complaisance ma moyenne et arrivai au chiffre de 3,3. Plus jamais je ne m'en approchai, et il devint clair à la fin décembre que le choix était devenu très simple : soit je mettais un terme aux parties de cartes et me donnais ainsi une mince chance de survivre encore un semestre en chouchoutant ma fragile caisse à savon, soit je continuais la traque à la Gueuse sous la banderole de Mrs DeLucca, dans la salle commune du second, et je repartais définitivement à Gates Falls pour la Noël.

Je pourrais toujours décrocher un emploi à l'usine

de textile (Gates Falls Mills & Weaving) ; mon père y avait passé vingt ans, jusqu'à l'accident qui lui avait coûté la vue, et il me pistonnerait. Ma mère aurait cette perspective en horreur, mais elle ne m'en empêcherait pas si je lui disais que telle était ma volonté. En dernière analyse, elle se montrait toujours la plus réaliste de la famille. Même lorsque l'accumulation de ses espoirs déçus l'eut rendue à moitié folle, elle demeura une réaliste. Elle resterait pendant un temps douloureusement affectée par mon échec à l'université ; je resterais pendant un temps bourrelé de remords pour la même raison, mais on surmonterait cela, tous les deux. Je voulais être écrivain, après tout, et non un vulgaire prof d'anglais, et mon impression était que seuls les écrivains prétentieux avaient besoin de passer par le collège pour écrire comme ils le faisaient.

Je n'avais cependant pas envie de me planter. Voilà qui ne me paraissait pas une bonne façon de commencer ma vie d'adulte. Il y avait là un parfum d'échec et j'avais beau m'abriter derrière Whitman et me dire qu'un écrivain devait vivre la même vie que les personnages qu'il décrivait, cela sentait rudement la rationalisation après coup. Malgré tout, je subissais l'appel du deuxième étage de Chamberlain ; le claquement des cartes, quelqu'un demandant à qui c'était le tour, un autre voulant savoir qui avait la Douche (on commence une partie de chasse-cœurs en jouant le deux de trèfle, carte connue des accros du second sous ce surnom). Je faisais des rêves dans lesquels Ronnie Malenfant, le premier enfant de salaud intégral que je rencontrai depuis que j'avais échappé aux brutes du lycée, commençait à sortir ses piques les unes après les autres en hurlant : « C'est parti pour la course à la Gueuse ! Où c'est qu'elle est, la Conne ? » de sa voix de tête haut perchée. J'admets que nous comprenons très bien où se situe notre véritable intérêt, la plupart du temps, mais ce que nous comprenons intellectuellement n'a guère de poids, parfois, comparé à ce que nous ressentons. Dure vérité.

4

Mon copain de piaule ne jouait pas au chasse-cœurs. Mon copain de piaule n'avait aucune sympathie pour la guerre non-déclarée du Viêt-nam. Mon copain de piaule écrivait tous les jours à sa petite amie, élève en dernière année à la Wisdom Consolidated High School. Si l'on posait un verre d'eau à côté de Nate Hoppenstand, c'était l'eau qui paraissait agitée.

Nous occupions la 302, cambuse située à côté de la cage d'escalier, juste en face de la « suite » réservée au chef d'étage (antre du détestable Dearie), et à l'autre bout du couloir, par rapport à la salle commune et à ses tables de jeu, à ses cendriers sur pied et à sa vue sur le Palais des Plaines. Le fait qu'on nous ait mis ensemble inclinait fortement à penser, du moins à mon avis, que les divagations les plus macabres sur le service pensionnat de l'université pouvaient très bien être vraies. Sur le questionnaire que je lui avais retourné en avril 66 (époque où ma préoccupation majeure était de savoir où emmener Annmarie Soucie souper après la soirée de la promotion), j'avais déclaré que j'étais, A. un fumeur ; B. un jeune républicain ; C. un futur guitariste folk ; et D. un couche-tard. Dans sa discutable sagesse, le service pensionnat m'avait apparié à Nate, futur dentiste non-fumeur dont les parents étaient inscrits au parti démocrate d'Aroostook County (que Lyndon Johnson soit démocrate ne changeait rien à ce que Nate pensait de l'envoi de soldats américains au Sud-Viêt-nam). J'avais un poster de Humphrey Bogart punaisé au-dessus de mon lit ; au-dessus du sien, Nate avait accroché une photo de sa fiancée et une autre de son chien. La fiancée était une créature au teint olivâtre, portant la tenue de majorette de la Wisdom High et agrippée à son bâton de majorette comme si c'était un gourdin. Elle s'appelait Cindy. Et le chien, Rinty. La fille et le chien arboraient le même sourire. Carrément surréaliste.

Ce qu'il y avait de pire chez Nate, à mes yeux et à ceux de Skip en tout cas, était la collection de disques qu'il conservait soigneusement rangés par ordre alphabétique, juste en dessous de Cindy et Rinty et juste au-dessus de son petit — et pratique — phonographe RCA Swingline. Il possédait notamment trois enregistrements de Mitch Miller (*Sing Along with Mitch, More Sing Along with Mitch, Mitch and the Gang Sing John Henry and Other American Folk Favorites*), *Meet Trini Lopez*, un Dean Martin (*Dino Swings Vegas !*), un *Gerry and the Pacemakers*, le premier album de *Dave Clark Five* (qui est peut-être le plus nul des disques de rock jamais gravés) et quantité d'autres du même tonneau. J'en oublie quelques-uns, ce qui vaut certainement mieux.

« Non, Nate, dit Skip un soir. Je t'en prie, non. » C'était peu de temps avant que ne se déclenche la folie du chasse-cœurs ; à peine quelques jours, peut-être.

« Quoi, *je t'en prie non* ? » demanda Nate sans lever les yeux de ce qu'il faisait, assis à son bureau. Il paraissait passer tout son temps, entre son lever et son coucher, soit en classe, soit à ce bureau. Il m'arrivait parfois de le surprendre qui se curait le nez et se débarrassait subrepticement de sa cueillette (après inspection minutieuse) sous le tiroir du milieu. C'était son seul vice... mis à part, bien sûr, ses goûts épouvantables en matière de musique.

Skip venait de passer en revue les disques de Nate, chose qu'il faisait machinalement dans chacune des piaules où il passait. Il en tenait un à la main et avait l'expression d'un médecin qui étudie une radiographie catastrophique, de celles qui trahissent une tumeur bien opulente (et très probablement cancéreuse). Il se tenait entre le lit de Nate et le mien, dans son blouson de l'université, une casquette de base-ball de la Dexter High School vissée sur la tête. Jamais à la fac et bien rarement après je n'ai rencontré un type aussi représentatif, en termes de canons de beauté, de l'Américain idéal. Captain Skip paraissait ne pas avoir conscience de sa bonne mine, mais il devait bien s'en faire une idée, tout de même ; sans quoi il n'aurait pas couché avec autant de filles. Certes, c'était une époque où presque tout le monde avait une chance de tirer son coup, évidemment, mais même si l'on tient compte des mœurs de l'époque, Skip était particulièrement occupé. Rien de tout cela n'avait commencé, à l'automne 66. À l'automne 66, le cœur de Skip, comme le mien, allait appartenir au chasse-cœurs.

« C'est franchement l'horreur, mon pote, dit Skip d'une voix douce et pleine de reproches. Désolé, mais ce putain de truc-là, c'est nul. »

Assis à mon bureau, je tirais sur une Pall Mall tout en cherchant ma carte de restaurant. Je n'arrêtais pas de perdre ce foutu machin.

« Qu'est-ce qui est nul ? Et qu'est-ce que t'as à fouiller dans mes disques ? » Nate avait devant lui un manuel de botanique ouvert et reproduisait une feuille d'arbre sur du papier calque. Il avait repoussé sa casquette bleue de première année loin sur sa tête. Je garde l'impression que Nate Hoppenstand fut le seul, de tous les types de première année, à porter ce stupide torchon jusqu'au jour où la pitoyable équipe de football du Maine marqua son premier but... une semaine ou deux avant Thanksgiving.

Skip continua d'examiner le disque. « Voilà qui est à faire débander ce putain de Satan lui-même. Vraiment.

— J'ai horreur de t'entendre parler comme ça ! » s'exclama Nate, s'entêtant à ne pas lever les yeux. Skip savait parfaitement que mon coturne détestait cette façon de s'exprimer, raison pour laquelle il l'employait. « Et d'ailleurs, de quoi tu parles ?

— Je suis désolé que mon langage t'ait offensé, mais je ne retire pas mon commentaire. Peux pas. Parce que truc est trop nul. Ça me fait mal, mon pote. Ça me fait fichtrement mal.

— Quoi ? » Nate leva enfin les yeux, l'irritation le détournant du dessin de sa feuille, reproduite aussi soi-

336

gneusement qu'une carte dans l'atlas routier Rand McNally. « QUOI ?

— Ça. »

Sur la couverture de l'album, on voyait une fille provocante, aux petits seins provocants sous sa marinière, qui paraissait danser sur le pont d'une vedette de la Navy. Elle levait une main, paume ouverte, dans un petit salut provocant. Incliné sur sa tête, il y avait un petit béret de marin provocant.

« Je suis prêt à parier que tu es le seul étudiant de toute l'Amérique, le seul, à être venu en fac avec le putain d'album *Diane Renee Sings Navy Blue*, répondit Skip. Quelle erreur, Nate ! Ce truc est bon à mettre au grenier, avec les pantalons de golf que tu as dû porter, je le parie aussi, à toutes les fêtes du lycée et à toutes les soirées de bienfaisance. »

Si par pantalon de golf Skip entendait des falzars Sansabelt avec cette espèce de boucle bizarre et inutile dans le dos, j'avais bien l'impression que mon coturne en avait apporté une collection complète avec lui... et qu'il en portait même un en ce moment. Je ne dis rien, cependant. Je soulevai la photo encadrée de ma petite amie et trouvai enfin ma carte de resto planquée dessous. Je la pris et la fourrai dans la poche de mon Levi's.

« C'est un bon disque, protesta Nate avec dignité. C'est un très bon disque. Il... swingue.

— Ah, il swingue ? Vraiment ? » demanda Skip en jetant le disque sur le lit de Nate au lieu de le remettre à sa place, ce qui avait le don de rendre l'autre fou furieux, comme il le savait bien. « *My steady boy said ship ahoy and joined the Nay-yay-vee* ? Si c'est ça ta définition d'un bon morceau, rappelle-moi de ne jamais me laisser ausculter par toi.

— Je suis en chirurgie dentaire, pas en médecine », répliqua Nate, détachant chaque mot. Les tendons de son cou commençaient à ressortir. Skip Kirk était le seul type capable, de tout Chamberlain Hall et peut-être même de tout le campus, de faire sortir de ses gonds ce Yankee au cuir épais. « Je suis en première année de dentaire, et sais-tu au moins ce que *dent* veut dire, dans *dentaire* ? Une *dent*, ça sert à...

— Dans ce cas, ne me laisse jamais te demander de me plomber l'une de mes putains de caries.

— Pourquoi faut-il que tu dises toujours ça ?

— Quoi donc ? » demanda Skip, sachant très bien ce que Nate voulait dire, mais voulant l'entendre prononcer le mot lui-même.

Ce que mon copain de piaule allait finir par faire en rougissant jusqu'aux oreilles, comme à chaque fois. Le phénomène fascinait Skip. D'ailleurs, tout ce qui concernait Nate fascinait Skip ; il m'affirma une fois avoir la certitude que Nate était un extraterrestre, envoyé par téléportation de la planète Bon-gars.

« Putain », dit Nate Hoppenstand, dont les joues devinrent immédiatement roses. Encore quelques secondes, et il aurait la tête d'un personnage de Dickens dessiné par Boz. « *Ça*.

— On m'a donné le mauvais exemple, que veux-tu ! Je crains le pire pour ton avenir, Nate. Et si jamais Paul Anka revenait sur la putain de scène, hein ?

— Tu n'as jamais écouté ce disque », observa Nate en récupérant *Diane Renee Sings Navy Blue* sur son lit pour le remettre entre Mitch Miller et *Stella Stevens Is in Love !*

« Faut dire que j'en ai jamais eu envie, répliqua Skip. Allez, amène-toi, Pete. Allons bouffer. Je crève de faim... Putain. »

Je pris mon manuel de géologie ; il devait y avoir une interro écrite le mardi suivant. Skip me l'enleva des mains et le jeta sur mon bureau, où il renversa la photo de ma petite amie, laquelle refusait de baiser mais qui savait me branler avec une lenteur délicieusement exaspérante, quand elle était d'humeur. Pas de meilleures branleuses qu'une catholique. J'ai changé d'avis sur beaucoup de questions, au cours de ma vie, mais jamais là-dessus.

« Qu'est-ce qui te prend ? protestai-je.

— On ne lit pas à la putain de table. Même si c'est pour bouffer les saloperies du réfectoire. Ma parole, tu es né dans une grange, ou quoi ?

— Pour tout te dire, Skip, je suis né dans une famille où les gens lisent à table. Je sais qu'il est particulièrement difficile pour toi d'admettre qu'il existe d'autres façons de faire les choses que celles des Kirk, mais telle est la dure vérité. »

Il prit une expression grave inattendue et, me saisissant par les bras, me regarda droit dans les yeux. « Au moins, n'étudie pas en mangeant. D'accord ?

— D'accord. »

Cependant, je me réservai mentalement le droit d'étudier chaque fois qu'il m'en prendrait la putain d'envie, ou que je sentirais qu'il le fallait bien.

« Commence à adopter ce comportement de mule obstinée et tu vas choper un ulcère. C'est un ulcère qui a eu la peau de mon vieux. Il arrêtait pas de s'obstiner sur tout.

— Oh, désolé.

— T'en fais pas, c'était il y a longtemps. Et maintenant, amène-toi. Avant qu'il ne reste plus rien de la putain de surprise du chef. Tu viens, Natebo ?

— Faut que je finisse cette feuille.

— Qu'elle aille se faire foutre, ta feuille. »

Si quelqu'un d'autre lui avait parlé de cette façon, Nate l'aurait regardé comme la vermine qu'on trouve sous une branche pourrie et se serait remis au travail sans un mot. Au lieu de ça, il réfléchit un instant, puis se leva et enleva avec soin son blouson de la patère où il l'accrochait toujours, derrière la porte. Il l'enfila. Il ajusta l'espèce de casquette, sur sa tête. Skip lui-même n'avait pas osé lui faire de remarques sur son entêtement à porter sa casquette de première année. (Lorsque j'avais demandé à Skip ce qu'il avait fait de la sienne, le troisième jour après notre arrivée à la fac, et le lendemain de celui où je l'avais rencontré, il m'avait répondu qu'il s'était torché le cul avec et l'avait ensuite balancée dans un arbre. C'était probablement une invention, mais je n'en ai jamais été complètement sûr.)

Nous dégringolâmes les deux volées de marches pour nous retrouver dans l'agréable température d'un crépuscule d'octobre. Depuis les trois dortoirs, des étudiants se dirigeaient vers Holyoke Commons, où j'étais de service neuf repas par semaine. J'avais commencé par la plonge de la vaisselle et je venais de recevoir ma première promotion : j'étais passé aux couverts. Si j'étais bien sage, je serais empileur d'assiettes avant la coupure de Thanksgiving. Les trois bâtiments de Chamberlain, King et Franklin se trouvaient sur une butte, de même que le Palais des Plaines. Si bien que pour l'atteindre, on empruntait des allées asphaltées qui plongeaient dans une sorte de creux tout en longueur, comme une auge, et venaient rejoindre une allée plus large en brique avant de remonter. Holyoke était le plus grand des quatre édifices et il brillait dans la pénombre comme un bateau de croisière en haute mer.

Le carrefour où se rejoignaient les allées asphaltées portait le nom de Bennett's Run — j'ai oublié depuis longtemps pour quelle raison, si je l'ai jamais sue. Les garçons de Chamberlain et King arrivaient par deux de ces allées et les filles de Franklin par la troisième. Si bien qu'à cet endroit les deux sexes se mêlaient comme les chemins, se parlaient, riaient et échangeaient des regards mêlant franchise et timidité. De là, nous partions ensemble sur l'allée de brique, appelée Bennett's Walk, pour rejoindre le Commons.

Arrivant dans l'autre sens, s'ouvrant un chemin dans la foule, tête penchée, et arborant sur son visage pâle et dur son expression fermée habituelle, je vis Stokely Jones III. Il était grand, mais on ne s'en rendait pas très bien compte parce qu'il était toujours penché sur ses béquilles. Ses cheveux lustrés, d'un noir absolu, sans la moindre mèche légèrement plus claire, retombaient en pointes sur son front et lui cachaient les oreilles ; quelques-uns, rebelles, griffaient ses joues exsangues comme d'une trace à l'encre.

La mode de la coupe des cheveux à la Beatles battait alors son plein ; pour la plupart des garçons, cela consistait tout bêtement à peigner ses cheveux en les rabattant avec soin au lieu de les relever avec soin, ce qui cachait le front (ainsi qu'une ribambelle de boutons, à l'occasion). La tignasse de Stoke Jones n'avait rien d'aussi recherché ; ses cheveux descendaient simplement jusqu'où ils avaient envie de descendre. Il avait le dos voûté d'une manière qui n'allait pas tarder à devenir permanente, si elle ne l'était pas déjà. Il se tenait en général les yeux baissés, paraissant suivre l'arc décrit par ses béquilles. Si par hasard il relevait la tête et croisait votre regard, on risquait d'être surpris par l'intelligence débridée qu'on y lisait. Un vrai Heathcliff de la Nouvelle-Angleterre, à ceci près que son corps était, à partir de la ceinture, ravagé comme celui d'un épouvantail. Ses jambes, d'ordinaire prisonnières d'énormes colliers de fer quand il allait en classe, arrivaient à se mouvoir, mais faiblement, comme les tentacules d'une seiche mourante. Le haut de son corps paraissait musclé, en comparaison, ce qui donnait une combinaison bizarre. Stoke était comme une pub pour le culturisme dans laquelle les images AVANT et APRÈS auraient été mélangées. Il prenait son repas dès l'ouverture du réfectoire, et moins de trois semaines après le début des cours, tout le monde savait déjà que ce n'était pas à cause de son handicap mais parce qu'il préférait, comme Greta Garbo, être seul.

« Qu'il aille se faire foutre », dit Ronnie Malenfant, un matin où nous allions prendre le petit déjeuner ; il venait juste de dire « Hello » à Jones et celui-ci avait poursuivi son chemin en clopinant, sans même un signe de tête. Il marmonnait dans sa barbe, pourtant ; nous l'avions tous entendu. « Trou-du-cul de béquillard de mes deux. » Ronnie, toujours aussi sympa. Je crois que c'était d'avoir grandi au milieu des immondes débits de bière de Lisbon Street, à Lewiston, qui lui avait donné autant de grâce, de charme et de *joie de vivre**.

« Alors, Stoke, comment ça va ? » demanda Skip ce soir-là, alors que Jones plongeait vers nous sur ses béquilles. Stoke avançait toujours dans ce style plongé, où qu'il aille, son buste de gymnaste penché en avant comme une figure de proue ; Stoke marmonnait continuellement des *va te faire foutre* sans doute adressés à la chose qui lui avait mis la partie inférieure du corps dans cet état ; Stoke lui tendait en permanence un doigt obscène ; Stoke vous regardait avec ses yeux intelligents et fous et vous disait d'aller vous faire foutre vous aussi, de vous mettre le majeur dans le cul et de tourner et *vous pouvez me bouffer tout cru avec une paille*.

Il ne répondit rien, se contentant de relever la tête un moment et de regarder Skip fixement. Puis il laissa plonger son menton et reprit son chemin. De la sueur lui coulait des cheveux sur la figure. Dans sa barbe, il marmonnait : « Rip-rip, rip-rip, rip-rip[1] », comme s'il égrenait les secondes... ou comme si c'était ce qu'il aurait aimé nous faire à tous, à nous qui marchions sur nos jambes... ou peut-être les deux. On sentait son odeur : l'odeur amère et âcre de la sueur qui se dégageait de lui car jamais il n'allait lentement, comme si cela l'aurait offensé de prendre son temps ; il y avait cependant autre chose. L'odeur de la sueur était aigre, mais pas agressive. Les effluves qui mijotaient en dessous étaient beaucoup moins agréables. J'avais fait de l'athlétisme au lycée (obligé par l'université, en tant que première année, de devoir choisir entre les Pall Mall et le quatre cents mètres, j'avais opté pour les clous de cercueil) et connaissais déjà cette combinaison, émanant en général d'un gosse ayant la grippe ou une infection quelconque et s'obligeant à courir tout de même. La seule odeur semblable est celle d'un transformateur de train électrique surchauffé à force d'être sollicité.

Puis il nous dépassa. Stoke Jones, qui n'allait pas

---

1. *To rip up* : éventrer (*N.d.T.*).

tarder à recevoir le surnom de Rip-Rip par Ronnie Malenfant, débarrassé de ses énormes brodequins de fer, en route pour son dortoir.

« Hé, c'est quoi ce truc ? » demanda Nate. Il s'était arrêté et regardait par-dessus son épaule. Skip et moi nous nous arrêtâmes pour faire comme lui. Jones portait une veste en toile de jean. Dans le dos, dessiné avec ce qui paraissait être un marqueur noir et à peine visible dans la lumière déclinante, en cette soirée du début de l'automne, on devinait une forme enfermée dans un cercle.

« Chai'pas, répondit Skip. On dirait une empreinte de piaf. »

Le type aux béquilles disparut au milieu d'un groupe d'étudiants en route pour le Commons. La plupart des garçons étaient rasés de près ; la plupart des filles portaient des jupes et des blouses à col claudine. Une lune presque pleine se levait, projetant sur eux sa lumière orangée. La grande époque hippie était encore à deux ans de là, et aucun de nous ne comprit qu'il venait de voir, pour la première fois, le signe de la paix.

5

J'étais de corvée de vaisselle à Holyoke pour le petit déjeuner du samedi matin ; c'était un bon horaire, car l'activité du Commons était toujours réduite ce jour-là. Carol Gerber, la fille qui s'occupait des couverts, se tenait à la tête du tapis roulant. Je venais après ; mon boulot consistait à saisir les assiettes au fur et à mesure qu'elles arrivaient sur leur plateau, puis je les rinçais et les empilais sur un chariot spécial. Lorsque les plateaux se présentaient sans interruption sur le tapis, comme c'était presque toujours le cas pour les dîners, en semaine, je me contentais d'entasser les assiettes, avec tous les restes qu'elles contenaient, et je les rinçais plus tard quand le défilé ralentissait. À ma suite se trouvait le (ou la) responsable des verres, chargé d'attraper verres et tasses et de les disposer dans les grilles spéciales du lave-vaisselle. Ce n'était pas désagréable de travailler à Holyoke. De temps en temps, un petit futé genre Ronnie renvoyait une saucisse intacte sur laquelle il avait enfilé une capote anglaise ; ou alors une platée de porridge nous revenait avec JE VAIS TE BAISER écrit dessus à l'aide de bouts de serviette en papier soigneusement déchirés (une fois, à la surface d'un bol rempli de sauce sur le point de se fixer, je tombai sur le message, AIDEZ-MOI, JE SUIS PRISONNIER DANS UN COLLÈGE DE GONZESSES), et c'est à ne pas croire à quel point ces morveux pouvaient être souillons ; des assiettes pleines de ketchup, des verres de lait remplis de purée, des plateaux barbouillés de légumes, mais ce n'était pas un si mauvais boulot, en particulier les samedis matin.

Regardant à un moment donné un peu plus loin que Carol (elle était incroyablement jolie, en dépit de l'heure matinale), je vis Stoke Jones. Il tournait le dos au guichet, mais on ne pouvait ignorer les béquilles appuyées à côté de lui, ni le dessin bizarre qu'il avait dans le dos de son blouson. Skip avait raison ; on aurait bien dit une empreinte de moineau (c'est pratiquement un an plus tard que j'entendis pour la première fois un type à la télé en parler comme de « l'empreinte du grand poulet américain [1] »).

« Tu sais ce que c'est ? » demandai-je à Carol avec un geste.

Elle regarda longtemps le dessin, puis secoua la tête. « Aucune idée. Sans doute une moquerie personnelle.

— Stoke ? Jamais il ne se moque.

— Oh, wow, et poète avec ça.

— Laisse tomber, Carol, tu me tues. »

Notre service terminé, je la raccompagnai jusqu'à son dortoir (en me racontant que c'était pure gentillesse de ma part, et que raccompagner Carol Gerber à

---

1. Le poulet est synonyme de couardise en anglais (*N.d.T.*).

Franklin Hall n'était nullement faire une infidélité à Annmarie Soucie, de Gates Falls), puis retournai à Chamberlain, me demandant qui pourrait savoir ce que signifiait cette empreinte de moineau. Je me rends compte seulement aujourd'hui que jamais l'idée ne m'est venue de poser la question à Jones lui-même. Et lorsque j'atteignis mon étage, je vis quelque chose qui changea complètement le cours de mes pensées. Depuis que j'étais parti à six heures et demie pour aller prendre ma place à côté de Carol, près du tapis roulant, quelqu'un avait passé la porte de David Dearborn à la crème à raser : tout le long du chambranle, sur la poignée, sans compter une couche bien épaisse au bas. Dans ce dépôt inférieur, je vis une empreinte de pied nu qui me fit sourire. J'imaginai la scène : Dearie ouvre la porte, ceint d'une simple serviette de bains, en route pour la douche et *pouuush !* ouais...

Le sourire encore aux lèvres, j'entrai dans la 302. Nate était à son bureau. À voir la manière dont il protégeait du bras le papier sur lequel il griffonnait, j'en déduisis que c'était sa lettre du jour à Cindy.

« On a passé la porte de Dearie à la crème à raser », dis-je en allant prendre le manuel de géologie sur mon étagère. J'avais prévu de me rendre dans la salle commune et de faire quelques révisions en vue de l'interro du mardi suivant.

Nate fit de son mieux pour prendre un air sérieux et désapprobateur, mais ne put cependant s'empêcher de sourire à son tour. Il s'efforçait en permanence de prendre la pose du parfait pharisien, à cette époque, sans y parvenir jamais tout à fait. Je me dis qu'il a dû finir par y arriver, avec le temps, le pauvre vieux.

« T'aurais dû l'entendre hurler ! » dit Nate. Il eut un rire hennissant, puis porta un petit poing à sa bouche pour contenir toute nouvelle manifestation inappropriée. « Et jurer ! Un moment, il a fait partie du club de Skip.

— Question jurons, personne n'est à la hauteur de Skip, à mon avis. »

Nate me regarda soudain avec un froncement inquiet des sourcils. « C'est pas toi qui l'as fait, au moins ? Étant donné l'heure à laquelle tu t'es levé...

— Si j'avais eu l'intention de décorer la porte de Dearie, j'aurais utilisé du papier hygiénique. Ma crème à raser, c'est pour ma pomme. Je suis un étudiant fauché, tout comme toi. T'aurais oublié ? »

Le froncement de sourcils disparut et Nate reprit son air d'enfant de chœur. Pour la première fois, je me rendis compte qu'il était assis habillé seulement de son caleçon et de sa fichue casquette bleue. « J'aime autant, dit-il, parce que David a gueulé qu'il découvrirait le type qui lui avait fait ça et qu'il le ferait passer en conseil de discipline.

— Le conseil de discipline pour avoir barbouillé sa foutue porte de crème à raser ? Je rêve, Nate.

— Et pourtant, je crois qu'il était sérieux. Parfois, Dearborn me rappelle ce film où il y a un capitaine de bateau complètement cinglé. Avec Humphrey Bogart. Tu vois celui que je veux dire ?

— Ouais, c'est *Ouragan sur le Caine*.

— C'est ça. Et David... disons simplement que dans sa conception des choses, nous menacer du conseil est l'essentiel de son rôle de responsable d'étage. »

Selon le code de conduite en règle dans l'université, l'expulsion était l'artillerie lourde, réservée à des délits graves comme le vol, l'agression physique et la possession ou l'utilisation de drogues. Le conseil de discipline était un degré en dessous et punissait des délits mineurs : être surpris avec une fille dans sa chambre (le fait qu'elle y soit après l'heure du couvre-feu pouvait même vous valoir l'expulsion, aussi difficile que cela soit à croire aujourd'hui), possession d'alcool, tricher aux examens, copier. Tous ces délits pouvaient vous conduire à l'expulsion, dans les cas de tricherie aux examens, par exemple, en particulier s'il s'agissait d'un examen de fin d'année important ; mais la plupart du temps, l'avertissement suffisait, maintenu comme une épée de Damoclès pendant tout le semestre au-dessus de la tête du fautif. Je trouvais désagréable l'idée d'un responsable d'étage essayant d'obtenir un avertissement de Garretsen, le doyen des garçons, tout ça pour quelques giclées de crème à raser... mais c'était de Dearie que nous parlions, un petit con qui avait tenu à instaurer, convaincu que la responsabilité lui en incombait, des inspections hebdomadaires qu'il conduisait en emportant un tabouret, de manière à pouvoir vérifier ce qu'il y avait sur les étagères supérieures des trente-deux placards. Sans doute une idée qu'il avait ramenée de sa préparation militaire universitaire, programme auquel il vouait un amour aussi fervent que celui que Nate portait à Cindy et Rinty. Il distribuait également des réprimandes aux gars (pratique qui était encore officiellement en vigueur sur le campus, mais qu'on n'utilisait guère en dehors de la prépa militaire) qui ne faisaient pas leurs corvées. Au bout de quelques réprimandes, c'était l'avertissement. En théorie, on aurait très bien pu se faire virer de la fac, perdre sa bourse, être enrôlé et se retrouver à courir entre les balles au Viêt-nam, tout ça parce qu'on avait oublié de vider la poubelle ou de balayer sous son lit.

David Dearborn était lui-même boursier et son boulot de responsable d'étage n'était pas différent du mien à la plonge : du moins en théorie, là aussi. Ce n'était cependant pas la conception qu'il s'en faisait. Dearie considérait qu'il se trouvait un « degré au-dessus des autres », et faisait partie des élus, des fiers, des courageux. Vous comprenez, sa famille était originaire de la côte ; de Falmouth, exactement, où sévissaient encore en 1996 plus de cinquante *Blue Laws*, ces lois désuètes et répressives héritées des puritains. Il était arrivé quelque chose à sa famille, quelque chose qui l'avait fait dégringoler au bas de l'échelle et en avait fait une « famille déchue », comme dans un vieux mélodrame, mais Dearie continuait néanmoins à être tiré à quatre épingles, tel un véritable étudiant de Falmouth, allait en classe avec un blazer et une cravate et portait un costume le dimanche. Nul n'aurait pu être plus diffé-

rent de Ronnie Malenfant, avec son langage du caniveau, ses préjugés, sa virtuosité avec les chiffres. S'ils
se croisaient dans le hall, on avait l'impression de voir
Dearie rentrer dans sa coquille devant un Ronnie à la
tignasse rousse dont le visage au front proéminent
s'achevait sur un menton pratiquement inexistant. Au
milieu, des yeux perpétuellement bordés de caca et un
nez perpétuellement morveux... sans parler de lèvres
tellement écarlates qu'on aurait pu croire qu'il se mettait un rouge vulgaire et bon marché.

Dearie n'aimait pas Ronnie, mais Ronnie n'était pas
le seul à devoir faire face à la réprobation du responsable d'étage ; celui-ci paraissait n'aimer aucun des
garçons qu'il avait la charge de surveiller. Nous ne
l'aimions pas davantage ; quant à Ronnie, il le haïssait
carrément. Si les sentiments de Kirk à l'égard de Dearie n'étaient pas aussi extrêmes, il s'y ajoutait du
mépris ; inscrit à la préparation militaire (où, en fait, il
ne resta que jusqu'en novembre), il disait que Dearie
était mauvais en tout, sauf pour ce qui était de lécher
le cul aux gradés. Skip, qui avait de peu manqué faire
partie de l'équipe de base-ball d'État, en dernière
année de secondaire, avait une dent particulière contre
notre responsable d'étage : Dearie, disait-il, ne se donnait jamais à fond. À son avis, c'était le pire des
péchés. Il fallait savoir se donner à fond. Même si
c'était simplement pour aller nourrir les cochons.

Comme tout un chacun, je détestais Dearie. Je peux
m'accommoder de nombre de faiblesses humaines,
mais j'ai les hypocrites en horreur. J'éprouvais néanmoins un zeste de sympathie pour lui ; il n'avait aucun
sens de l'humour, pour commencer, et j'estime que
c'est là une faiblesse tout aussi incapacitante que ce
qui était arrivé à la partie inférieure de Stoke Jones ;
et de plus, je crois que Dearie ne s'aimait pas beaucoup
lui-même.

« Il ne pourra faire passer personne en conseil de
discipline tant qu'il ne connaîtra pas le coupable, fis-
je observer à Nate. Et même s'il le trouve, ça m'éton-

nerait beaucoup que le doyen Garretsen accepte de donner un avertissement pour une histoire de crème à raser sur une porte. » Dearie, néanmoins, pouvait se montrer persuasif. Il avait beau appartenir à une « famille déchue », il avait conservé quelque chose des manières de la haute. Ce qui n'était qu'une raison de plus de le détester pour nous. « Trottinette », l'avait surnommé Skip, qui avait remarqué qu'il ne courait jamais vraiment pendant les entraînements de football, à la prépa militaire, mais qu'il se contentait de trotter rapidement.

« Du moment que ce n'est pas toi qui l'as fait », dit Nate. Je faillis éclater de rire. Nate Hoppenstand, assis là, en caleçon court, son petit couvre-chef vissé sur la tête, avec sa poitrine étroite et glabre saupoudrée de taches de rousseur ; Nate me regardant de son air le plus sérieux, du haut de sa petite cage thoracique aux os saillants ; Nate paternaliste...

Abaissant la voix, il me dit : « Crois-tu que c'est Skip ?

— Non. Si je cherche quel est le type, à cet étage, qui peut s'imaginer que ce genre de blague est le fin du fin, je penserais plutôt à...

— Ronnie Malenfant.

— Tout juste. »

Je pointais un doigt sur Nate et lui fis un clin d'œil.

« Je t'ai vu qui raccompagnais une fille à Franklin. Carol, la jolie blonde.

— Juste histoire de lui tenir compagnie », répondis-je.

Et mon Nate, toujours en caleçon et bachouse ridicule, qui se met à sourire comme pour me faire comprendre qu'on ne la lui faisait pas. Peut-être avait-il raison. Elle me plaisait, c'est vrai, même si je ne savais pas grand-chose d'elle, sinon qu'elle était du Connecticut. Rares étaient les travailleurs-étudiants à venir d'un autre État que le Maine.

Je remontai le couloir jusqu'à la salle commune, le manuel de géologie sous le bras. Ronnie était là, portant sa casquette avec la visière relevée, ce qui la faisait vaguement ressembler à un chapeau de reporter, comme dans les films. Deux autres types de l'étage, Hugh Brennan et Ashley Rice, étaient assis à la même table. Aucun, dans ce trio, n'avait l'air de passer le samedi matin le plus merveilleux de sa vie, mais lorsque Ronnie me vit, son regard s'éclaira.

« Pete Riley ! s'exclama-t-il. Exactement le type que je cherchais ! Tu sais jouer au chasse-cœurs ?

— Oui. Je sais aussi quand il faut bosser. »

Je brandis mon livre de géologie, me disant déjà que j'allais devoir me replier sur la salle commune du premier... si, bien entendu, j'avais vraiment l'intention de faire quelque chose. Parce que Ronnie ne la fermait jamais. Était apparemment *incapable* de jamais la fermer. Ronnie Malenfant était moulin à paroles de naissance.

« Allez, juste une partie en cent points, m'aguicha-t-il. On joue à un *nickel* le point, et ces deux cocos-là jouent aux chasse-cœurs comme baisent des vieux. »

Hugh et Ashley sourirent d'un air idiot, comme s'ils venaient de recevoir un compliment. Les insultes de Ronnie étaient tellement crues et explicites, tellement débordantes de vitriol, que la plupart des types les interprétaient au second degré, voire même comme des propos flatteurs. Ce qui n'était pas le cas. Toutes les méchancetés que débitait Ronnie étaient parfaitement sincères.

« Écoute, Ronnie, j'ai une interro mardi prochain, et je comprends encore rien à tous ces trucs de géosynclinaux...

— Je chie sur les géosynclinaux », dit Ronnie. Ashley Rice pouffa. « Tu auras tout le reste de la journée, tout demain et tout lundi pour tes foutus géo-inclinés.

— J'ai cours lundi, et demain je dois aller en ville avec Skip. Il va y avoir un truc sympa à l'église méthodiste, et...

— Arrête ! Ça suffit ! Épargne mon cul souffreteux et ne me parle plus de tes danses folkloriques ! Il peut se les mettre où il veut le révérend Machin ! D'accord ? Écoute, Pete...

— Ronnie, vraiment, je...

— Vous autres, les deux débiles, restez assis où vous êtes, putain ! » lança Ronnie à Ashley et Hugh, leur adressant en même temps un regard sévère.

Aucun des deux ne protesta. Ils avaient probablement dix-huit ans, comme nous tous, mais tous ceux qui ont été en fac savent bien qu'on voit débarquer des types de dix-huit ans *très jeunes*, à chaque rentrée, venus en particulier des États ruraux. C'est auprès de cette catégorie-là que Ronnie réussissait. Ils étaient bouche bée d'admiration devant lui. Il leur barbotait des tickets de restaurant, leur donnait des coups de serviette dans les douches, les accusait de soutenir les prétentions de Martin Luther Singe (lequel, à en croire Ronnie, se rendait dans les manifestations de protestation au volant d'une « Jiguar »), leur empruntait de l'argent, et répondait toujours, pour peu qu'on lui demande une allumette : « Parle à mon cul, ma tête est malade, tête de nœud. » Ils aimaient Ronnie en dépit de tout ça... ou plutôt *à cause* de tout ça. Ils l'aimaient parce qu'il était tellement... *étudiant*.

Ronnie m'attrapa par le cou et chercha à m'entraîner dans le couloir pour me parler en aparté. Mais je n'étais nullement pétrifié d'admiration devant lui et me sentais quelque peu dégoûté par l'odeur de fauve qui montait de ses aisselles ; je lui saisis les doigts, les tordis et repoussai sa main. « Lâche-moi, Ronnie.

— Oh ! Wow ! D'accord, d'accord, d'accord ! Viens juste une minute, tu veux ? Et arrête ça, tu me fais mal ! Sans compter que c'est avec cette main que je me branle ! Bordel ! Putain ! »

Je lui lâchai la main (non sans me demander s'il se l'était lavée depuis sa dernière branlette), mais le laissai m'entraîner dans le couloir. Cette fois, il me prit seulement par le bras et me parla d'un ton sérieux, écarquillant ses yeux larmoyants.

« Ces types savent pas jouer, me confia-t-il dans un

murmure haletant. C'est une paire de mongoliens, mon petit Petesky, mais ils *adorent* le jeu. Ces deux cons l'adorent, t'entends ça ? Moi je l'aime pas particulièrement, mais contrairement à eux, je *sais* y jouer. En plus, je suis fauché et on passe deux films avec Bogart ce soir, au Hauck. Si je peux leur piquer deux billets...

— Des films avec Bogart ? Est-ce qu'ils donnent *Ouragan sur le Caine* ?

— Ouais, exact, *Ouragan sur le Caine* et *Le Faucon maltais*, Bogie au sommet de sa forme, qui n'attend que toi, mon joli coco. Si je peux extorquer deux billets à ces sous-produits de fausse couche, j'irai. Et si je peux leur en piquer quatre, je passe prendre une gonzesse à Franklin et peut-être qu'avec un peu de chance, elle me fera un pompier, après. »

Tel était Ronnie, toujours romantique. Je me le représentai un instant dans le rôle de Sam Spade, dans *Le Faucon maltais*, disant à Mary Astor de se mettre à genoux et de le sucer. À cette seule idée, mes sinus se refermèrent complètement.

« Mais voilà, Pete, y a un gros problème. Le chasse-cœurs à trois, c'est risqué. Comment sortir l'artillerie lourde quand tu as cette putain de carte qui traîne encore quelque part ?

— Comment tu joues ? Partie à cent points, tous les perdants paient le gagnant ?

— Ouais. Et si tu joues avec nous, je te refilerai la moitié de ce que j'aurai gagné. Et en plus, je te rembourserai ce que t'auras perdu. »

Il m'adressa un sourire rayonnant de sainte-nitouche.

« Et si c'est moi qui gagne ? »

Il parut un instant pris au dépourvu, puis son sourire s'élargit encore. « Jamais de la vie, mon mignon. Aux cartes, je suis imbattable. »

Je jetai un coup d'œil à ma montre, puis un autre à Ashley et Hugh. Ils n'avaient vraiment pas l'air dangereux, les pauvres — Dieu les garde ! « Bon, écoute-moi, dis-je. Une seule partie, en cent points. Personne rembourse personne. On joue, et ensuite j'étudie, et tout le monde passe un agréable week-end. D'accord ?

— Vendu. » Comme nous retournions dans la salle, il ajouta : « Je t'aime bien, Pete, mais les affaires sont les affaires, et ton petit copain pédé de quand t'étais au lycée ne t'a sûrement jamais enculé comme je vais t'enculer ce matin.

— Je n'avais pas de copain homo quand j'étais au lycée. Je passais le plus clair de mes week-ends à me rendre en stop à Lewiston pour y baiser ta frangine. »

Ronnie eut un grand sourire, s'assit, prit les cartes et commença à les distribuer. « Je l'avais vachement bien dépucelée, pas vrai ? »

Impossible d'aller plus bas dans l'ignominie que le fils de Mrs Malenfant, c'était clair. Beaucoup ont essayé, mais, pour autant que je sache, aucun n'a vraiment réussi.

6

Ronnie était un fanatique, une grande gueule à la personnalité repoussante, sans parler de cette puanteur de singe qu'il dégageait constamment, mais il savait jouer aux cartes, il faut bien le reconnaître. Pas le génie qu'il proclamait être, en tout cas pas au chasse-cœurs, où la chance joue un rôle important, mais il était bon. Bien concentré, il arrivait à se souvenir de pratiquement toutes les cartes qui avaient été jouées... raison pour laquelle, je crois, il n'aimait pas le chasse-cœurs à trois, avec sa carte surprise. Mais sans ce joker, Ronnie était coriace.

Cela ne m'empêcha pas de bien m'en sortir, ce premier matin-là. Lorsque Hugh Brennan arriva à plus de cent points, j'en comptais trente-trois et Ronnie seulement cinq de moins. Cela faisait deux ou trois ans que je n'avais pas joué au chasse-cœurs, c'était la première fois de ma vie que j'y jouais pour de l'argent, et je trouvais qu'un *quarter* n'était pas trop cher payé pour s'amuser autant. La partie coûta deux dollars et cinquante *cents* à Ashley ; quant au malheureux Hugh, il dut cracher trois dollars soixante au bassinet. Ronnie paraissait donc avoir de quoi inviter une fille, en fin de compte, même s'il fallait qu'elle soit une très grande fan de Bogart pour accepter de lui tailler une pipe. Ou seulement de l'embrasser, d'ailleurs.

Ronnie gonfla ses plumes comme un corbeau montant la garde près d'un hérisson écrasé. « J'ai le truc, les gars, dit-il. Désolé pour vous les mecs qui l'avez pas, mais je l'ai, Riley. C'est comme on dit dans la chanson des Doors, les mecs savent pas, mais les petites filles comprennent.

— T'es un vrai malade, Ronnie, remarquai-je.

— On en refait une », intervint Hugh. La sagesse des nations doit sans doute avoir raison : il naît *vraiment* un pigeon comme Hugh toutes les minutes. « Je tiens à récupérer ma mise.

— Eh bien, répondit Ronnie en exhibant ses dents de guingois dans un grand sourire, je veux bien te donner au moins une chance. (Il me regarda.) Qu'est-ce que t'en dis, mon pote ? »

Mon manuel de géologie gisait, oublié, sur le canapé voisin. J'avais moi aussi envie de récupérer mes vingt-cinq *cents*, et si possible deux ou trois de plus, en prime. Mais ce dont j'avais le plus envie était de donner une petite leçon à Ronnie Malenfant. « Distribue », répondis-je. Puis, pour la première fois (il allait y en avoir des milliers d'autres), je prononçai les paroles qui reviendraient comme une rengaine au cours des difficiles semaines à venir : « La passe est à gauche ou à droite ?

— Nouvelle partie, la passe à droite. Quel abruti ! »

Ronnie se mit à caqueter, s'étira, et regarda les cartes virevolter, la mine réjouie.

« Bon Dieu, j'adore ce jeu ! »

7

C'est cette deuxième partie qui fit de moi un accro, en fait. Ce coup-ci, ce fut Ashley et non Hugh qui partit comme une fusée vers la barre des cent points, avec l'aide enthousiaste de Ronnie, qui balança la Gueuse sur la tête d'un Ash impuissant à chaque occasion. Je n'eus la reine de pique que deux fois en main pendant la partie. La première, je la gardai pendant quatre levées successives alors que j'aurais pu bombarder Ashley avec. Finalement, au moment où je commençais à me dire qu'elle allait être pour ma pomme, Ashley perdit la main en faveur de Hugh Brennan, qui joua aussitôt carreau. Il aurait pourtant dû savoir que je n'en avais pas un seul, que je n'en avais pas eu en main depuis le début de cette donne, mais les Hugh de ce bas-monde ne savent pas grand-chose. Raison pour laquelle, fort probablement, les Ronnie de ce bas-monde adorent jouer aux cartes avec eux. J'abattis la Gueuse sur la levée, redressai le menton et poussai un ricanement chevalin. Telle était notre façon de proclamer notre triomphe, au bon vieux temps des *sixties*.

Ronnie fit la gueule. « Pourquoi t'as joué comme ça ? T'aurais pu achever ce trou de bite ! » Il hocha la tête en direction d'Ashley, qui nous regardait d'un air stupide.

« Ouais, mais je ne suis pas idiot à ce point. » Je tapotai la feuille où l'on inscrivait les scores. Ronnie avait jusqu'ici accumulé trente points, et moi trente-quatre. Les deux autres étaient bien au-dessus. La question, pour moi, n'était pas de savoir lequel des deux pigeons de Ronnie allait perdre, mais qui des deux qui savaient jouer allait remporter la partie. « Je ne verrais pas d'inconvénient à aller voir moi aussi ces films avec Bogie, figure-toi. *Mon mignon*. »

Ronnie exhiba de nouveau ses dents douteuses. Il jouait aussi pour la galerie, à ce moment-là : nous avions attiré une demi-douzaine de spectateurs, dont Skip et Nate. « Ah, tu veux t'amuser à ce petit jeu-là ! Bon, d'accord. Écarte les fesses, crétin, tu vas te faire enculer. »

Deux levées plus tard, c'est moi qui l'enculais. Ashley, qui avait déjà accumulé quatre-vingt-dix-huit points avant cette donne, fit sans peine la culbute. Les spectateurs observaient un silence absolu, attendant de voir si j'allais réussir à en coller six à Ronnie — le nombre de cœurs qu'il fallait que je lui refile pour que je puisse le battre d'un.

Il s'en sortit pas mal au début, jouant en dessous de toutes les couleurs appelées, et se gardant bien de prendre lui-même la main. Quand vous avez une série de petites cartes, au chasse-cœurs, vous êtes pratiquement à l'abri des pépins. « Riley est cuit ! » déclarat-il à son public. « Archicuit, putain de sort ! »

C'était aussi ce que je me disais, mais il me restait toujours la reine de pique. Si je pouvais la lui coller, je gagnerais. Ronnie ne me devrait pas grand-chose, mais Ashley et Hugh se verraient obligés de cracher tripes et boyaux : plus de cinq dollars à eux deux. Et j'aurais le plaisir de voir la tête qu'allait faire Ronnie. C'était surtout de cela dont j'avais envie, de voir son expression de méchanceté réjouie céder la place à une mine déconfite. Je voulais l'obliger à la fermer, pour une fois.

Tout se joua dans les trois dernières levées. Ashley abattit le six de cœur. Hugh, le cinq. Moi, le trois. Je vis s'évanouir le sourire de Ronnie lorsque, avec son neuf, il fut obligé de rafler les cartes. Je n'étais plus qu'à trois points de lui. Mais mieux encore, c'était lui qui avait enfin la main. Il me restait le valet de trèfle et la dame de pique. Si jamais Ronnie avait un petit trèfle et le jouait, j'allais devoir bouffer la Gueuse et endurer ses cocoricos, qui n'allaient pas manquer d'être caustiques. Cependant, si par ailleurs...

Il joua le cinq de carreau. Hugh joua le deux, et Ashley, esquissant un sourire intrigué qui laissait entendre qu'il n'avait rien compris à ce qui se passait, joua une autre couleur.

Silence de mort dans la salle.

Tout sourires, je complétai la levée — la levée qu'allait ramasser Ronnie — en laissant tomber la reine de pique sur les trois autres cartes. Un murmure monta des spectateurs ; je levai les yeux, et constatai que leur nombre avait largement doublé. David Dearborn se tenait dans l'entrée, bras croisés, nous fusillant du regard. Derrière lui, dans le couloir, il y avait quelqu'un d'autre. Quelqu'un qui s'appuyait sur des béquilles.

Je suppose que Dearie devait avoir consulté son livre de chevet, à savoir le *Règlement du dortoir, université du Maine, 1966-1967*, et constaté, à sa grande déception, que les jeux de cartes n'y étaient pas mentionnés, même lorsqu'on jouait pour de l'argent. Il faut cependant me croire si je vous dis que son désappointement n'était rien, comparé à celui de Ronnie.

On trouve dans ce monde de bons perdants, de mauvais perdants, des perdants hargneux, des perdants qui pleurent... mais aussi des perdants qui se comportent comme de vrais sales cons. Ronnie était du modèle vrai sale con. Ses joues s'empourprèrent, devenant presque violacées autour de ses boutons. Sa bouche se réduisit à une ligne et on voyait ses mâchoires se contracter spasmodiquement, tandis qu'il se mordait les joues.

« Oh, bon sang, dit Skip, visez donc qui vient de ramasser la Gueuse !

— Pourquoi t'as fait ça ? explosa Ronnie, ignorant Skip, ignorant tout le monde dans la salle, en fait, moi mis à part. Pourquoi t'as fait ça, espèce d'enfoiré ? »

Si la question m'amusait, je dois avouer aussi que sa rage m'enchantait. « Eh bien, répondis-je, si j'en crois Vince Lombardi, une seule chose compte et rien qu'une seule, gagner. Allonge-toi, Ronnie.

— T'es qu'une tapette... t'es qu'un foutu bon Dieu de pédé. Qui a donné ?

— Ashley, dis-je. Et si tu veux me traiter de tricheur, ne te gêne pas. Il me faudra pas longtemps pour faire le tour de la table et t'alpaguer avant que tu te tires... et te flanquer la raclée de ta vie.

— Personne ne flanquera de raclée à personne à mon étage ! » lança Dearie d'une voix forte, depuis le seuil.

Pas un seul des étudiants ne lui prêta attention. Tous nous regardaient, Ronnie et moi.

« Je t'ai pas traité de tricheur, j'ai simplement voulu savoir qui avait donné. » Je le voyais faire des efforts pour se contenir, déglutir pour avaler la grosse couleuvre que je lui avais balancée et sourire tout de même, mais des larmes de rage brillaient dans ses yeux (grands et d'un beau vert, ses yeux étaient le seul de ses traits qui rachetait sa trogne) et sous le lobe de ses oreilles, ses maxillaires ne cessaient leur va-et-vient. On avait l'impression de voir battre deux cœurs jumeaux à ses joues. « Qu'est-ce que j'en ai à foutre ? Tu m'as battu de dix points. Ça fait cinquante *cents*. Tu parles d'une putain d'affaire ! »

Au lycée, je n'avais pas été un caïd comme Skip, par exemple (l'athlétisme et les groupes de débat avaient été mes deux seules activités extrascolaires), et c'était la première fois de ma vie que je menaçais quelqu'un d'une raclée. Pour mes débuts, Ronnie était très bien, et Dieu sait que ce n'était pas l'envie qui me manquait de passer à l'acte. Je crois que tout le monde l'avait senti, d'ailleurs. Il venait d'y avoir une colossale décharge d'adrénaline adolescente, dans la salle ; on la sentait, c'est tout juste si on n'arrivait pas à la goûter. Une partie de moi-même — la majeure partie — ne demandait pas mieux que d'être encore provoquée. Cette partie de moi-même ne désirait qu'une chose, en découdre, lui en foutre plein le cul.

De l'argent fit son apparition sur la table. Dearie se rapprocha d'un pas, fronçant les sourcils de manière encore plus prononcée, mais il ne dit rien. En tout cas, pas là-dessus. Il se contenta de demander si celui qui avait barbouillé sa porte de crème à raser était présent dans la salle, ou si quelqu'un savait qui l'avait fait. Tout le monde se tourna pour le regarder. Stoke Jones s'était avancé jusque dans l'embrasure de la porte lorsque Dearie avait rejoint la table. L'infirme s'appuyait lourdement sur ses béquilles et nous regardait de ses yeux brillants.

Il y eut un instant de silence, qui fut rompu par Skip : « Tu es bien sûr que t'es pas somnambule et que tu l'aurais pas fait toi-même, David ? » Une salve de rires accueillit la remarque, et ce fut au tour de Dearie de rougir. Cela commença par le cou et lui remonta jusqu'à la racine des cheveux, des cheveux coupés quasiment en brosse — pas de coiffure de pédé à la Beatles pour monsieur.

« Faites savoir qu'il vaut mieux que cela ne se reproduise pas, dit Dearie, lancé sans s'en rendre compte dans une petite imitation de Bogie. On ne se moquera pas impunément de mon autorité.

— Oh, arrête de nous gonfler, tu veux », marmonna Ronnie. Il avait ramassé les cartes et les battait machinalement, l'air déconfit.

Dearie avança de trois grands pas, saisit Ronnie par les épaules de son t-shirt *Ivy League* et le souleva. Ronnie accompagna le mouvement pour que le vêtement ne se déchire pas. Il n'en avait pas tellement de rechange, comme tout un chacun, ici.

« Qu'est-ce que tu viens de dire, Malenfant ? »

Ronnie regarda autour de lui et vit ce qu'il avait dû voir, j'imagine, pendant toute sa vie : aucune aide à attendre, aucune sympathie. Comme d'habitude, il devait se débrouiller tout seul. Et il ne savait pas comment.

« Mais j'ai rien dit, moi. Arrête ta putain de parano, Dearborn.

— Excuse-toi. »

Ronnie tenta de se dégager. « J'te dis que j'ai rien dit. Je vais pas m'excuser parce que j'ai rien dit !

— Excuse-toi tout de même. Et je veux t'entendre exprimer des regrets sincères.

— Oh, laissez tomber, intervint Stoke Jones. Laissez tomber, tous les deux. Vous devriez vous voir. Un déballage de stupidité à la puissance n. »

Dearie le regarda, surpris. Nous l'étions tous, je crois. Stoke lui-même était peut-être surpris.

« C'est simplement parce que tu es furieux qu'on ait salopé ta porte, David, observa Skip.

— Tu as raison. Je suis furax. Et je veux que tu t'excuses, Malenfant.

— Laisse-le, insista Skip. Ronnie a eu un coup de sang parce qu'il vient de perdre la partie, c'est tout. C'est pas lui qui a passé ta foutue porte à la crème à raser. »

Je regardai Ronnie afin de voir sa réaction, pour une des rarissimes fois que quelqu'un prenait sa défense ; j'aperçus un changement révélateur dans ses yeux verts, presque un tressaillement. J'eus la quasi-certitude, en cet instant, que c'était lui le coupable. Qui d'autre, parmi tous ceux que je connaissais, aurait pu vouloir passer la fichue porte à la crème à raser ?

Dearie aurait-il remarqué ce petit cillement coupable qu'il serait parvenu à la même conclusion, je crois. Mais il était tourné vers Skip, qui soutenait son regard calmement ; au bout de quelques secondes destinées à faire croire (surtout à lui) que c'était sa décision, il lâcha le t-shirt de Ronnie. Celui-ci s'ébroua, lissa les plis formés à ses épaules et commença à fouiller dans ses poches à la recherche de monnaie pour me payer.

« Je suis désolé, dit-il. Je sais pas ce qui t'a foutu en rogne comme ça, mais je suis désolé. Désolé comme le diable, désolé comme la merde, tellement désolé que j'en ai mal au cul. Ça va comme ça ? »

Dearie recula d'un pas. J'avais bien été capable de sentir la montée d'adrénaline ; je le soupçonnais de sentir tout aussi distinctement les vagues d'aversion qui roulaient dans sa direction. Jusqu'à Ashley Rice, lequel avait tout du nounours grassouillet d'un dessin animé pour gosses, qui regardait Dearie d'une manière froide et inamicale. C'était un exemple de ce que le poète Gary Snyder aurait appelé un mauvais karma style base-ball. Dearie était le responsable d'étage : première balle. Il cherchait à diriger son étage comme un des adjudants de sa prépa militaire chérie : deuxième balle. Et c'était un branleur de deuxième année, c'est-à-dire un sophomore, à une époque où les sophomores croyaient encore que bizuter les première année faisait partie de leurs devoirs les plus sacrés. Troisième balle, Dearie, retourne au banc.

« Faites aussi passer le mot : je ne vais pas tolérer longtemps ces conneries de potaches à mon étage », dit-il (*son* étage, voyez-vous ça ?). Il se tenait raide comme la justice, dans son sweatshirt UNIVERSITÉ DU MAINE et ses pantalons kaki, des pantalons kaki repassés, un samedi ! « Nous ne sommes plus au lycée, messieurs. Nous sommes à Chamberlain Hall, dans l'université du Maine. C'est fini de jouer à dégrafer les soutiens-gorge. Le moment est venu de vous comporter en véritables étudiants. »

Je crois savoir pour quelle raison j'avais été élu Clown de la Classe dans le livre de l'année 66 de Gates Falls. Je claquai les talons et me fendis d'un salut militaire à la britannique, celui où l'on tourne la paume vers l'extérieur. « Oui, Chef ! » criai-je. Il y eut des rires nerveux de la part des spectateurs et un ignoble gloussement de la part de Ronnie ; Skip sourit et se tourna vers Dearie avec un haussement d'épaules, mains ouvertes vers le ciel. *Tu vois ce que t'as gagné ?* avait-il l'air de dire. *Comporte-toi comme un trouduc, et on te traite comme un trouduc.* Il n'y a pas plus éloquent, je crois, qu'une telle communication muette.

Dearie regarda Skip sans rien dire, lui non plus. Puis il se tourna vers moi. Son visage était sans expression, presque mort, mais pour une fois, je regrettai cette manie incontrôlable qui me poussait à faire le mariole. Le problème, quand on est un mariole impulsif congénital, est qu'il y a neuf chances sur dix pour que l'impulsion commande avant que le cerveau puisse seulement engager la première. Je suis prêt à parier que dans l'ancien temps, à l'époque où les chevaliers étaient téméraires, plus d'un fou du roi a dû se retrouver pendu par les couilles, tête en bas, pour cette raison. On n'en parle pas dans *Les Chevaliers de la Table ronde*, mais c'est très probablement vrai. *Tiens, rigole un bon coup à celle-là, espèce d'enfoiré...* Toujours est-il que je venais de me faire un ennemi.

Dearie exécuta un demi-tour presque parfait et sortit à grands pas de la salle commune. La bouche de Ronnie se tordit en une grimace qui ne fit que l'enlaidir un peu plus — le ricanement d'un manant dans un mélo — et adressa un geste obscène de masturbation en direction du dos tourné et raide d'un Dearie battant en retraite. Hugh Brennan eut un petit rire, mais personne ne s'esclaffa vraiment. Stoke Jones avait disparu, apparemment écœuré par le spectacle que nous avions donné.

Ronnie regarda autour de lui, les yeux brillants. « Bon, dit-il, je suis toujours partant. Un *nickel* le point. Qui veut jouer ?

— Moi, dit Skip.

— Moi aussi, dis-je, sans même un regard pour mon manuel de géologie.

— Au chasse-cœurs ? » demanda Kirby McClendon. C'était le plus grand de l'étage, et peut-être même le plus grand de toute l'université ; il mesurait au moins un mètre quatre-vingt-quinze et avait un long visage mélancolique de chien courant. « Et comment ! Très bon choix.

— Et nous ? couina Ashley.

— Ouais, et nous ! » vint le soutenir Hugh.

Parlez-moi des gens qui ne demandent qu'à être châtiés.

« Vous êtes pas de taille à cette table, répliqua Ronnie d'un ton qui devait être, à ses oreilles, celui de la gentillesse. Vous n'avez qu'à ouvrir la vôtre. »

Et c'est exactement ce que firent Ashley et Hugh. À quatre heures de l'après-midi, toutes les tables de la salle commune étaient occupées par des quatuors de première année appartenant au deuxième étage, la racaille des étudiants boursiers qui devaient acheter leurs manuels d'occasion et qui jouaient au chasse-cœurs à cinq *cents* le point. Dans le dortoir, la folle saison venait de commencer.

8

J'étais également de service à Holyoke pour le dîner du samedi soir. En dépit de l'intérêt que je commençais à ressentir pour Carol Gerber, je demandai à Brad Witherspoon s'il ne voulait pas faire un échange avec moi ; il était de service pour le petit déjeuner de dimanche et détestait, presque autant que Skip, se lever de bonne heure. Mais Brad refusa. Il s'était mis au jeu, lui aussi, et en était déjà de deux dollars de sa poche. Le désir de se refaire le rendait fou. Il secoua la tête et sortit un pique de sa main. « Allons courir la Gueuse ! » s'écria-t-il d'une façon qui rappelait étrangement Ronnie Malenfant. La chose la plus perverse, avec Ronnie, était que les esprits faibles avaient envie de l'imiter.

J'abandonnai donc ma place à la première table, où j'avais passé l'essentiel de la journée ; elle fut immédiatement occupée par un jeune homme du nom de Kenny Auster. J'avais empoché en tout neuf dollars (surtout grâce au fait que Ronnie s'était mis à une autre table pour éviter ma concurrence) et j'aurais dû me sentir sur un petit nuage, mais il n'en était rien. Ce n'était pas l'argent, mais le jeu. Je ne désirais qu'une chose, continuer.

Je parcourus le couloir d'un pas mélancolique, passai la tête par l'entrebâillement de la porte de ma piaule et demandai à Nate s'il ne voulait pas venir manger plus tôt, avec l'équipe de service en cuisine. Il se contenta de secouer négativement la tête et de m'adresser un geste qui me chassait, sans même lever le nez de son livre d'histoire. Lorsque les gens parlent de l'activisme étudiant des années soixante, je dois faire un effort pour me rappeler que la majorité de ces mômes a traversé cette période de la même façon que Nate. Ils restaient plongés dans leurs livres d'histoire, sans lever le nez, pendant que l'histoire se produisait autour d'eux. Ce qui ne veut pas dire que mon coturne ne se rendait pas compte de ce qui se passait, ni qu'il se consacrait corps et âme à ses seules études, comme on le verra.

Je pris donc la direction du Palais des Plaines, remontant la fermeture de mon blouson, car l'air était devenu frisquet. Il était quatre heures et quart. Le Holyoke Commons n'ouvrait pas avant cinq heures, si bien que les allées conduisant au Bennett's Run étaient presque désertes. J'y vis cependant Stoke Jones, penché sur ses béquilles, qui paraissait contempler, sombre et mélancolique, quelque chose sur le sol. Je ne fus pas surpris de le voir ; quand on présentait un handicap physique quelconque, on avait le droit d'aller casser la croûte une heure avant les autres. Autant que je me souvienne, c'était là le seul et unique traitement de faveur que recevaient les handicapés : vous étiez physiquement bousillé ? Vous aviez le privilège de bouffer avec l'équipe des cuisines. L'empreinte de moineau se détachait très clairement dans son dos, très noire dans la lumière de fin d'après-midi.

En m'approchant, je vis ce qu'il regardait : *Introduction à la sociologie*. Il l'avait fait tomber sur les briques du Bennett's Walk et se demandait comment il pourrait ramasser le livre sans se casser la figure. Il lui donnait machinalement des petits coups avec le bout de l'une de ses béquilles. Stoke possédait deux, peut-être même trois jeux de béquilles ; celles-ci étaient le modèle comportant des colliers d'acier entourant les avant-bras. Je l'entendais qui murmurait : « rip-rip, rip-rip » à voix basse, tandis qu'il poussait inutilement le bouquin de-ci, de-là. Quand il était en position plongeante sur ses béquilles, ses « rip-rip » avaient une intonation bien précise. Mais là, ils exprimaient de la frustration. Stoke (je ne l'appellerai pas Rip-Rip, même si une bonne partie de ceux qui singeaient Ronnie s'y étaient mis avant la fin du semestre) m'avait fasciné, à l'époque, par les innombrables nuances que pouvaient prendre ses « rip-rip ». Mais c'était avant de découvrir que les Navajos disposaient de quarante manières différentes de prononcer le mot qui, chez eux, signifie *nuage*. Avant que je ne découvre des tas de choses, en vérité.

Il m'entendit arriver et tourna si soudainement la tête qu'il faillit finalement perdre l'équilibre. Je tendis la main pour le rattraper. Il eut un mouvement de recul, paraissant nager dans son vieux duffle-coat provenant des surplus militaires.

« Laisse-moi tranquille ! » s'écria-t-il comme si j'avais voulu le bousculer. Je levai les mains dans un geste d'apaisement, puis me baissai. « Et touche pas à mon livre ! »

Je ne lui fis pas l'honneur de tenir compte de son ordre, me contentant de ramasser le manuel et de le lui glisser sous le bras, comme un journal.

« J'ai pas besoin de ton aide ! »

J'étais sur le point de lui rétorquer quelque chose de vif, puis je remarquai, une fois de plus, à quel point ses joues, mis à part deux taches rouges, étaient blêmes et ses cheveux humides de transpiration. Je sentais également son odeur — ces relents de transformateur surchauffé — et me rendis compte que j'arrivais même à entendre sa respiration, râpeuse, enrhumée. Si Stoke Jones ne savait pas encore où se trouvait l'infirmerie, quelque chose me disait qu'il n'allait pas tarder à l'apprendre.

« Je ne t'ai pas proposé de te porter sur mon dos, que je sache. » Je m'efforçai de faire naître un sourire sur mes lèvres, et sans doute ai-je dû plus ou moins y parvenir. Hé, j'aurais pas dû sourire, peut-être ? J'avais, dans la poche, neuf billets qui n'y étaient pas le matin. Au regard des normes en vigueur à Chamberlain Hall Deuxième Étage, j'étais riche.

Jones me scruta de ses yeux sombres. Ses lèvres se pincèrent, mais au bout d'un instant il acquiesça. « D'accord. J'admets. Merci. » Puis il reprit sa progression à se rompre le cou dans la pente. Il commença par me distancer largement, mais le raidillon ne tarda pas à faire sentir sa présence et il ralentit. Sa respiration laborieuse d'enrhumé était plus rapide et plus bruyante ; je l'entendis clairement lorsque je le rattrapai.

« Pourquoi tu n'y vas pas plus tranquillement ? » demandai-je.

Il m'adressa un regard du genre, *encore dans mes jambes, celui-là*. « Et si tu me fichais la paix ? »

Je montrai le manuel. « Il est encore en train de glisser. »

Il s'arrêta, ajusta le livre sous son bras, puis s'installa de nouveau sur ses béquilles, l'air d'un héron mal luné, me foudroyant du regard à travers les mèches de sa tignasse noire qui lui retombaient sur les yeux. « Pars devant. J'ai pas besoin d'un gardien. »

Je haussai les épaules. « Je venais pas jouer les nou-nous, dis-je. J'avais juste envie d'un peu de compagnie.

— Pas moi. »

Je repris donc mon chemin, me sentant irrité en dépit de mes neuf dollars. Nous autres, les clowns de la classe, ne sommes pas du genre à nous faire des amis à tout prix (deux ou trois nous suffisent pour toute une vie, en général), mais nous ne réagissons cependant pas très bien quand nous nous faisons botter les fesses. Notre objectif est de connaître un maximum de personnes dont nous sommes capables de provoquer l'hilarité.

« Riley ! » dit-il dans mon dos.

Je me tournai. Il avait donc décidé de se dégeler un peu, en fin de compte. Je m'étais rudement planté.

« Il y a geste et geste, tu sais ? Balancer de la crème

à raser sur la porte du responsable, c'est un degré à peine au-dessus de tartiner de morve le bureau de la petite Suzie, simplement parce qu'on ne sait pas lui faire comprendre autrement qu'on est amoureux d'elle.

— Ce n'est pas moi qui ai mis de la crème à raser sur la porte de Dearie, répliquai-je, plus mortifié que jamais.

— Ouais, mais tu joues aux cartes avec le trou-du-cul qui l'a fait. Tu lui donnes de la crédibilité. »

Je crois que c'était la première fois que j'entendais ce mot, qui connut une fortune aussi incroyable que contestable au cours des années soixante-dix et quatre-vingt (les quatre-vingt encocaïnées). Surtout en politique. J'ai l'impression que *crédibilité* a dû mourir de honte en 1986, à l'époque où tous ces pacifistes et intrépides défenseurs de l'égalité raciale des sixties découvraient la Bourse et ses actions pourries, les émissions de Martha Stewart et les appareils de gym StairMaster.

« Pourquoi tu perds ton temps à ça ? »

La question était suffisamment directe pour m'irriter, et ce que je lui rétorquai me paraît aujourd'hui, avec le recul, d'une prodigieuse stupidité :

« Parce que j'ai plein de temps à perdre. »

Jones hocha la tête, comme s'il ne s'était attendu à rien de mieux. Il se remit en marche en prenant sa position plongeante habituelle, tête baissée, dos voûté, dans le balancement de ses cheveux collés par la sueur, serrant le livre sous son bras. J'attendis, espérant que le manuel allait encore lui échapper ; ce coup-ci, je le laisserais lui donner ses petits coups de béquille.

Mais il ne le perdit pas et, lorsque je l'eus vu atteindre la porte de Holyoke, sur laquelle il dut s'escrimer avant d'entrer dans le réfectoire, je repris ma route. Une fois mon plateau rempli, j'allai m'asseoir à côté de Carol Gerber et du reste de l'équipe de service ; soit aussi loin que possible de Stoke Jones, ce qui me convenait très bien. Je me rappelle qu'il se mettait

aussi à l'écart des autres handicapés ; il se mettait à
l'écart de tout le monde. Clint Eastwood embéquillé.

9

Les étudiants commencèrent à arriver à partir de
cinq heures ; à cinq heures et quart, l'équipe de la
plonge était en pleine activité et garda ce même rythme
pendant une heure. Beaucoup de pensionnaires partaient dans leur famille pour le week-end, mais ceux
qui restaient mangeaient tous à Holyoke le samedi soir,
car on y servait des saucisses aux haricots et du pain
de maïs. Le dessert était du Jell-O. Au Palais des
Plaines, le dessert était presque toujours de la gelée. Si
le cuistot était d'humeur folâtre, on pouvait même
avoir droit à du Jell-O avec de petits morceaux de fruits
en suspension dedans.
Carol était aux couverts ; juste au moment où la
cadence commençait à ralentir un peu, elle recula vivement du guichet, riant aux éclats. Elle avait les joues
écarlates. Ce qui s'avançait sur le tapis roulant était
l'œuvre de Skip. Il finit par le reconnaître un peu plus
tard, dans la soirée, mais je m'en étais douté tout de
suite. Bien qu'inscrit en pédagogie et destiné à enseigner l'histoire dans cette bonne vieille boîte de Dexter
High (y jouant également le rôle d'entraîneur de base-
ball), avant de mourir vers cinquante-neuf ans d'une
crise cardiaque à laquelle ses excès de boisson
n'étaient pas étrangers, Skip aurait dû faire les Beaux-
Arts... et les aurait probablement faits, s'il n'avait été
issu de cinq générations de paysans qui patoisaient et
disaient des choses comme *c'est ben sûr*, ou *cochon
qui s'en dédit*. Il n'était que le deuxième ou le troisième dans sa vaste famille (dont la religion, dit-il une
fois, était l'irlando-alcoolisme) à être jamais allé à
l'université. Le clan des Kirk pouvait à l'extrême
rigueur imaginer l'un des siens devenir enseignant,

mais certainement pas peintre ou sculpteur. Et à dix-huit ans, Skip ne voyait guère plus loin qu'eux. Il se rendait seulement compte qu'il avait du mal à rentrer dans le trou qu'on lui destinait, et cela le rendait nerveux. Il allait d'une chambre à une autre, lisait les pochettes de disques et critiquait les goûts musicaux d'à peu près tout le monde.

En 1969, il avait déjà une idée plus juste de ce qu'il était ; c'est l'année où il fabriqua ce tableau d'une famille vietnamienne en carton-pâte auquel on mit le feu ; cela se passait à la fin d'un rassemblement pour la paix qui s'était tenu devant la bibliothèque Fogler, pendant que les Youngbloods jouaient *Get Together* grâce à des amplis d'emprunt, et que des hippies à temps partiel marquaient la cadence comme des guerriers du néolithique après une chasse. Vous voyez à quel point tout cela se mélange dans ma tête ? Mais c'était l'Atlantide, voilà qui est indiscutable, l'Atlantide tout au fond de l'océan. La famille en carton brûla, les manifestants hippies entonnèrent « Napalm ! Napalm ! Célestes excréments ! » tout en dansant, et au bout d'un moment, les va-t-en-guerre et les types des associations se mirent à leur lancer des choses. Des œufs, pour commencer. Puis des pierres.

Ce n'était pas un objet en carton-pâte qui avait déclenché l'hilarité de Carol au point qu'elle n'avait pu tenir sur place, en cette soirée de l'automne 1966 ; mais un personnage tout en saucisses, assis sur un Matterhorn de haricots, et présentant les signes extérieurs de la plus grande excitation sexuelle grâce à un échantillon de charcuterie choisi pour sa taille et judicieusement placé. Il tenait dans une main le fanion de l'université du Maine, et avait sur la tête un bout de serviette en papier replié de manière à évoquer la casquette d'un première année. Sur le devant du plateau, soigneusement écrit en miettes de pain de maïs, on pouvait lire ces mots : MANGEZ PLUS DE HARICOTS DU MAINE !

Pas mal d'œuvres d'art en produits comestibles passèrent par le guichet des cuisines, pendant tout le temps où j'assurai le service le long du tapis roulant, mais je crois que celle-ci remportait le pompon. Stoke Jones aurait certainement déclaré que c'était une perte de temps, mais je crois qu'il se serait trompé, cette fois-ci. Une chose encore capable de vous faire rire plus de trente ans après ne peut pas avoir été une perte de temps. Je pense même qu'une telle chose frôle l'immortalité.

10

Je quittai mon service à six heures et demie et descendis la rampe, derrière la cuisine, pour aller jeter un dernier sac de détritus dans l'une des quatre grandes poubelles alignées derrière le Commons, comme des wagonnets compacts en acier.

Lorsque je fis demi-tour, j'aperçus Carol Gerber et deux autres étudiants à l'angle du bâtiment, qui fumaient et regardaient la lune se lever. Les deux garçons s'éclipsèrent au moment où je m'avançai vers eux, tout en sortant mon paquet de Pall Mall.

« Hé, Pete, faut manger plus de haricots ! me lança Carol en se mettant à rire.

— Ouais. » J'allumai ma cigarette. Puis, sans vraiment penser de manière précise à ce que je faisais, j'ajoutai : « On joue deux films avec Bogart au Hauck, ce soir. La séance commence à sept heures. On a le temps d'y aller à pied. Ça te dit ? »

Elle continua à fumer pendant un moment sans répondre, mais elle souriait toujours et je savais qu'elle allait répondre oui. Un peu plus tôt, je n'avais eu qu'une envie, retourner à la salle commune du Deuxième et jouer au chasse-cœurs. À présent que j'étais loin des tables de jeu, les cartes me semblaient beaucoup moins importantes. M'étais-je laissé emporter au point de menacer Ronnie Malenfant de lui flanquer la correction de sa vie ? J'avais bien l'impression que oui ; le souvenir était on ne peut plus clair. Mais ici, dans l'air frais du soir, en compagnie de Carol, j'avais du mal à comprendre ce qui m'avait pris.

« J'ai un petit ami dans mon patelin, me dit-elle enfin.

— Est-ce que cela veut dire non ? »

Elle secoua la tête, toujours sans se départir de son petit sourire. Ses cheveux, qui n'étaient plus emprisonnés dans le filet que les filles étaient obligées de porter en cuisine, voletaient légèrement sur son front. « C'est une information. Tu te souviens de cette série : *Le Prisonnier* ? *Numéro six, nous voulons... des informations*.

— Moi aussi, j'ai une petite amie dans mon patelin. Autre information.

— J'ai un deuxième boulot ; je donne des cours privés de maths. J'en ai un de prévu ce soir avec une fille du second. Algèbre, une heure. C'est sans espoir et elle n'arrête pas de geindre, mais je gagne six dollars de l'heure. » Elle rit. « C'est chouette, voilà qu'on échange des informations comme des fous.

— C'est moins chouette pour Bogie, on dirait. »

Mais je n'étais pas inquiet. Je savais que nous irions voir au moins un des deux films. Je crois que je me doutais aussi qu'il y avait de l'idylle dans l'air, entre elle et moi. J'en éprouvais une étrange sensation de légèreté, comme si quelque chose me soulevait par le milieu du corps.

« Je pourrais appeler Esther depuis le Hauck et lui dire que je lui donnerai son cours à dix heures au lieu de neuf. C'est un cas bien triste, cette fille. Elle ne sort jamais. Elle passe le plus clair de son temps assise dans son coin, avec des bigoudis sur la tête, à écrire chez elle pour se plaindre que la vie est dure sur le campus. On pourrait voir au moins le premier de ces films.

— C'est déjà pas si mal », dis-je.

Nous partîmes donc vers l'auditorium Hauck. C'était comme ça, à l'époque ; pas besoin d'attendre la baby-sitter, ni de promener le chien, ni de donner à manger au chat ou de brancher l'alarme. On y allait.

« Est-ce qu'on peut dire qu'on sort ensemble ? demanda-t-elle au bout d'un petit moment.

— Euh... on pourrait, oui. »

Nous passions à ce moment-là devant l'Annexe Est et d'autres étudiants se joignaient à nous, sur l'allée conduisant à l'auditorium.

« J'aime autant, parce que j'ai laissé mon sac à Franklin. Je pourrai pas payer ma place.

— Ne t'en fais pas, je suis riche. J'ai pas mal gagné aux cartes, aujourd'hui.

— Au poker ?

— Non. Au chasse-cœurs. Tu connais ?

— Tu blagues, ou quoi ? J'ai passé trois semaines au camp Winiwinaia, sur le lac George, quand j'avais douze ans. Un truc organisé par le YMCA — un camp pour pauvres, comme disait ma mère. Il a plu presque tous les jours, cet été-là, et on passait notre temps à jouer au chasse-cœurs et à courir la Gueuse. » Elle avait adopté une expression lointaine, comme on le fait toujours lorsqu'on tombe par inadvertance sur un souvenir comme on trébucherait sur une chaussure, dans le noir. « Trouver la dame noire. *Cherchez la femme noire* *.

— Oui, c'est bien ce jeu-là », répondis-je, sachant que, pendant un instant, elle avait complètement oublié ma présence.

Puis elle se reprit, me sourit et sortit son paquet de cigarettes. Nous fumions beaucoup, à l'époque. Tous. À l'époque, on pouvait fumer jusque dans les salles d'attente des hôpitaux. Quand j'ai raconté ça à ma fille, elle a eu beaucoup de mal à me croire.

Je sortis mon propre paquet et allumai sa cigarette et la mienne. Ce fut un agréable moment, celui où nous nous regardâmes à la lumière de la petit flamme du Zippo. Pas aussi doux qu'un baiser, mais agréable. Je ressentis de nouveau cette impression de légèreté, cette impression d'être soulevé. Parfois, c'est comme si votre champ visuel s'agrandissait, comme si l'optimisme vous gagnait ; parfois, on a l'impression de pouvoir voir au-delà des coins, et peut-être y parvenons-nous. Ce sont de bons moments. Je fis claquer le briquet et nous poursuivîmes notre chemin en fumant, nos mains étaient proches sans pourtant s'effleurer.

« Tu as gagné vraiment beaucoup ? me demanda-t-elle. Assez pour ficher le camp en Californie, ou moins que ça ?

— Neuf dollars. »

Elle rit et me prit la main. « Alors c'est bien un rancard. Tu pourras même m'acheter du pop-corn.

— Entendu. Est-ce qu'il y a un des films que tu préfères ? »

Elle secoua la tête. « Bogie, c'est toujours Bogie.

— C'est vrai. »

Cependant, je souhaitais que le premier à passer soit *Le Faucon maltais*.

Ce fut le cas. Au beau milieu, alors que Peter Lorre faisait son numéro homo quelque peu menaçant et que Bogie l'observait avec une expression d'incrédulité polie et amusée, je me tournai vers Carol. Elle me regardait. Je me penchai sur elle et posai un baiser sur ses lèvres où le pop-corn avait laissé un goût de beurre, dans le clair de lune en noir et blanc du premier chef-d'œuvre de John Huston. Des lèvres douces et complices. Je me reculai un peu. Elle me regardait toujours. Son petit sourire était revenu. Elle me tendit son sachet de pop-corn, je lui tendis ma boîte de Dots, et nous regardâmes le reste du film.

11

En revenant vers le complexe Chamberlain-King-Franklin, je lui pris la main sans presque y penser. Elle glissa ses doigts entre les miens sans hésitation, et pourtant je sentais à présent un peu de réserve de sa part.

« Est-ce que tu vas revenir pour *Ouragan sur le Caine* ? Je peux te donner mon billet, si tu n'as pas gardé le tien.

— Non, il faut que je potasse la géologie.

— Je parie que tu vas finir par jouer aux cartes toute la nuit.

— Je peux pas me le permettre », répondis-je.

Et j'en étais convaincu ; j'étais convaincu que j'allais retourner étudier. Sincèrement.

« *Combats solitaires*, ou encore *Vie d'un boursier*, dit Carol. Un roman de Charles Dickens à faire pleurer dans les chaumières. Les larmes vous viendront aux yeux lorsque le courageux Pete Riley se jette dans la rivière après avoir appris que le service des bourses vient de lui sucrer la sienne. »

Je ris. Elle ne manquait pas d'esprit.

« Je suis dans le même bateau que toi, reprit-elle. Si on se plante tous les deux, on pourra toujours se suicider ensemble. On se jettera dans la Penobscot. Adieu, monde cruel.

— Au fait, qu'est-ce qu'une fille du Connecticut fabrique à l'université du Maine ?

— C'est un peu compliqué. Et si jamais tu envisages de me demander à nouveau de sortir avec toi, il faut que tu saches que tu seras responsable d'un détournement de mineure. Je n'aurai dix-huit ans qu'en novembre. J'ai sauté une année, au lycée. À l'époque où mes parents ont divorcé et où j'étais très malheureuse. Ou bien j'étudiais comme une forcenée, ou bien j'allais rejoindre le club des nanas de Harwich Junior High. Le club des filles qui passent leur diplôme de roulage de patins à quinze ans et se retrouvent enceintes à seize. Tu vois ce que je veux dire ? »

Je voyais. À Gates, elles se pavanaient en petits groupes ricanants devant le Frank's Fountain ou le Dairy Delish, attendant l'arrivée des garçons dans leurs Ford et leurs Plymouth trafiquées ; des voitures rapides

374

à gros pare-chocs, avec des autocollants comme QUA-KER STATE à l'arrière. On retrouvait ces filles à l'autre bout de Main Street, âgées de dix ans de plus et ayant pris vingt kilos, devant des bières arrosées, à la Chucky's Tavern.

« Je suis devenue une machine à étudier. Mon père était dans la Navy. Il a été réformé pour raisons de santé et il est venu s'établir ici, dans le Maine... à Damariscotta, le long de la côte. Tu connais ? »

Je hochai la tête, pensant au bon gars de la chanson de Diane Renee, celui qui dit *Ohé du bateau !* et s'engage dans la Nay-yay-vee.

« J'habitais dans le Connecticut, chez ma mère, et j'allais au lycée de Harwich. J'ai posé ma candidature dans seize facs différentes et j'ai été acceptée par toutes sauf trois, mais...

— ... on te demandait de payer tes frais de scolarité et tu ne pouvais pas. »

Elle acquiesça. « Je crois que j'ai raté les bourses intéressantes de quelques points seulement. Une ou deux activités parascolaires m'auraient sans doute bien aidée, mais j'étais trop occupée à m'user les yeux sur les bouquins. Et à l'époque, j'en pinçais fichtrement pour Sully-John...

— Le petit ami ? »

Elle acquiesça de nouveau, mais pas comme si le Sully-John en question l'intéressait. « Les deux seules facs qui offraient une aide financière réaliste étaient les universités du Maine et du Connecticut. Je me suis décidée pour le Maine parce que je commençais à ne plus m'entendre très bien avec ma mère. C'était constamment la bagarre.

— Et tu t'entends mieux avec ton père ?

— C'est à peine si je le connais, répondit-elle d'un ton sec, parfaitement neutre. Il vit avec une bonne femme qui... pour résumer, ils picolent beaucoup et se tabassent. Mais il est résident de l'État, je suis sa fille, et j'ai donc pu obtenir une bourse ici. Celle de l'université du Connecticut était financièrement plus intéres-

375

sante, à vrai dire, mais je n'ai pas peur de faire un peu de boulot. Ça en valait la peine, rien que pour ficher le camp. »

Elle inspira profondément l'air de la nuit et il y eut une légère nuée blanche quand elle le relâcha. Nous étions presque arrivés à Franklin. Dans le hall d'entrée, des étudiants étaient assis sur des chaises en plastique moulées, attendant que leurs petites amies descendent des étages ; on aurait dit une bande de criminels avant une identification. *Ça en valait la peine, rien que pour ficher le camp*, avait-elle dit. Cela incluait-il la mère, le patelin et le lycée ? Mais aussi le petit ami ?

Lorsque nous arrivâmes aux doubles portes, je passai les bras autour de ses épaules et me penchai pour l'embrasser. Elle posa les mains contre ma poitrine et m'arrêta. Elle ne recula pas : elle se contenta d'interrompre mon mouvement. Et elle me regarda dans les yeux, affichant son petit sourire. Je me dis que je pourrais fort bien tomber amoureux de ce sourire, un genre de sourire sur lequel il peut être agréable de se réveiller, en pleine nuit. Des cheveux blonds et des yeux bleus aussi, mais surtout du sourire. Les lèvres s'incurvaient peu, mais deux fossettes se creusaient tout de même aux commissures.

« Le véritable nom de mon petit ami est John Sullivan, dit-elle. Comme le boxeur. Et toi, quel est le nom de ta petite amie ?

— Annmarie, répondis-je, indifférent à la manière dont j'avais prononcé ce nom. Annmarie Soucie. Elle est en dernière année au lycée de Gates Falls. »

Je lâchai Carol. Ses mains quittèrent leur appui sur ma poitrine, mais pour prendre l'une des miennes.

« Ce sont des informations, dit-elle. Rien que des informations. Tu as toujours envie de m'embrasser ? »

J'acquiesçai. J'en avais envie plus que jamais.

« Très bien. » Elle renversa la tête en arrière, ferma les yeux et entrouvrit les lèvres. Elle avait l'air d'une gamine qui attend d'embrasser son papa au bas des escaliers, juste avant de monter se coucher. C'était si mignon que j'ai failli rire. Je me penchai sur elle et l'embrassai. Elle réagit avec plaisir et enthousiasme. Il n'y eut pas de contact de langue, mais ce fut néanmoins un vrai baiser, un baiser exploratoire. Lorsqu'elle recula, elle avait les joues rouges et les yeux brillants. « Bonne nuit. Merci pour le cinéma.

— On recommencera ?

— Il faut que j'y réfléchisse. » Elle souriait, mais son regard était sérieux. Je suppose qu'elle pensait à son petit ami ; je sais pertinemment que, de mon côté, je pensais à Annmarie. « Et peut-être ferais-tu bien d'en faire autant. On se verra aux cuisines, lundi. De quels services es-tu ?

— Je fais le déjeuner et le dîner.

— Moi, c'est petit déjeuner et déjeuner. On se verra à midi.

— MANGEZ PLUS DE HARICOTS DU MAINE », dis-je, ce qui la fit rire.

Elle entra et je la suivis du regard, le col remonté, les mains dans les poches et une cigarette à la bouche, me sentant comme Bogie. Je la vis qui disait quelque chose à la fille de garde à la réception, puis elle s'engagea prestement dans l'escalier. Elle riait encore.

Je revins à Chamberlain au clair de lune, bien décidé à prendre les géosynclinaux au sérieux.

12

Je n'allai jusqu'à la salle commune du troisième que pour reprendre mon livre de géologie ; je jure que c'est vrai. Mais lorsque j'y arrivai, ce fut pour voir toutes les tables (plus deux ou trois autres que l'on avait dû barboter aux autres étages) occupées par des quatuors de barjots jouant au chasse-cœurs. Il y en avait même qui s'étaient installés dans un coin, assis en tailleur, le nez plongé dans leurs cartes. On aurait vaguement dit des yogis. « On chasse la Conne ! hurla Ronnie Malenfant à l'ensemble de la salle. On va te virer cette salope, les gars ! »

Je récupérai le manuel là où je l'avais laissé toute la journée (quelqu'un s'était assis dessus et l'avait presque entièrement enfoncé entre deux coussins, mais le bouquin était trop gros pour disparaître entièrement), et le contemplai comme s'il s'agissait d'un objet dont l'usage m'échappait. Dans l'auditorium Hauck, assis à côté de Carol Gerber, ces délirantes parties de cartes m'avaient paru aussi immatérielles qu'un rêve. C'était maintenant Carol qui semblait avoir perdu toute substance ; Carol avec ses fossettes et son copain au nom de boxeur. Il restait encore six billets au fond de ma poche, et il était absurde de se sentir déçu simplement parce qu'il n'y avait aucune place de libre autour des tables où des parties étaient en cours.

Étudier, voilà à quoi je devais me mettre. Faire ami-ami avec les géosynclinaux. J'irais m'installer dans la salle commune du premier, ou peut-être au rez-de-chaussée, dans la salle de récré, où je trouverais bien un coin tranquille.

Juste au moment où je quittais la salle, *Géologie historique* sous le bras, McClendon jeta ses cartes et s'écria : « Fais chier ! Je suis lessivé ! Et tout ça parce que je n'ai pas arrêté de tomber sur cette putain de dame de pique ! Je vais vous signer des reconnaissances de dettes, les gars, mais je jure devant Dieu que je suis fauché comme les blés ! » Il passa devant moi sans un regard en arrière, rentrant la tête dans les épaules lorsqu'il franchit la porte ; j'ai toujours pensé qu'atteindre une taille pareille devait être une malédiction. Un mois plus tard, Kirby allait être lessivé encore plus gravement : ses parents, affolés, le retirèrent en catastrophe de la fac après une dépression nerveuse qui s'était soldée par une tentative peu convaincante de suicide. Ce ne fut pas la première victime du chasse-cœurs, cet automne-là, mais la seule à avoir tenté de mettre fin à ses jours en engloutissant deux tubes d'aspirine pour enfants parfumée à l'orange.

Lennie Doria ne le suivit même pas des yeux. Au lieu de cela, il se tourna vers moi. « Tu veux pas t'asseoir, Riley ? »

S'ensuivit, au fond de mon âme, un combat de courte durée mais authentique. Il me fallait étudier. J'avais *prévu* d'étudier et, pour un étudiant boursier comme moi, c'était prudent et certainement plus raisonnable que d'aller m'asseoir dans cette salle enfumée et ajouter les émanations de mes Pall Mall à la tabagie générale.

« Pourquoi pas ? » est pourtant ce que je répondis en allant prendre place et jouer au chasse-cœurs jusqu'à près d'une heure du matin. Lorsque je finis par me traîner jusque dans ma piaule, Nate était allongé sur son lit et lisait la Bible. C'était le dernier rituel auquel il se livrait avant de s'endormir, tous les soirs. Son troisième parcours, d'après ce qu'il m'avait dit, dans ce qu'il appelait toujours la Parole de Dieu. Il en était au Livre de Néhémie. Il me regarda avec une expression interrogative et calme — celle qu'il arborait le plus souvent. Et maintenant que j'y pense, Nate ne changea jamais beaucoup. Il était venu faire chirurgie dentaire, il faisait dentaire, et dans la dernière carte de vœux de Noël qu'il m'envoya, il y avait la photo de son nouveau cabinet, à Houlton. On y voit les trois Rois mages autour d'un berceau rempli de paille, sur la pelouse enneigée du bâtiment. Derrière Marie et Joseph, sur la porte, on distingue le panneau qui annonce : NATHANIEL HOPPENSTAND, chirurgien-dentiste. Il a épousé Cindy. Ils sont toujours mariés, et leurs trois enfants sont aujourd'hui adultes. J'imagine que Rinty est mort et a été remplacé.

« Tu as gagné ? » me demanda-t-il. Il me dit cela sur le même ton que mon épouse allait utiliser, quelques années plus tard, lorsque je reviendrais à la maison à demi ivre, après une nuit passée à jouer au poker.

« En vérité, oui. » J'avais commencé à une table où Ronnie sévissait et où j'avais perdu trois de mes six dollars restants, puis m'étais mis à une autre où je les avais récupérés, en gagnant deux de plus. Mais je n'avais pas progressé d'un pouce dans la connaissance des géosynclinaux et des plaques tectoniques.

Nate portait un pyjama à rayures rouges et blanches. Je crois qu'il est resté le seul, de tous les types avec lesquels j'ai partagé une chambre pendant que j'étais étudiant, à porter un pyjama. Et aussi le seul, bien sûr, à posséder *Diane Renee Sings Navy Blue*. Lorsque je commençai à me déshabiller, Nate se glissa entre les draps et tendit le bras pour éteindre la lampe, sur son bureau.

« Tu as terminé ta révision de géologie ? me demanda-t-il, depuis la pénombre dans laquelle son côté était à présent plongé.

— Ça commence à rentrer », répondis-je.

Des années plus tard, revenant de ces parties de poker dont j'ai parlé, lorsque ma femme me demandait si j'avais bu, je répondais :

« Seulement un verre ou deux », du même ton guilleret.

Je me couchai à mon tour, éteignis et m'endormis presque aussitôt. Je rêvai que je jouais au chasse-cœurs. Ronnie Malenfant distribuait les cartes ; Stoke Jones se tenait dans l'encadrement de la porte, courbé sur ses béquilles et me surveillant — nous surveillant tous — d'un œil aussi désapprobateur qu'aurait eu un puritain fraîchement débarqué à Bay Colony, deux siècles plus tôt. Dans ce rêve, une énorme quantité d'argent s'était accumulée sur la table ; des centaines de dollars, en coupures froissées de un et cinq, des reconnaissances, et même un ou deux chèques. Je regardai le tas, puis me tournai à nouveau vers la porte. Carol Gerber se trouvait à présent à côté de Stokely. Nate, dans son pyjama en sucre d'orge, se tenait de l'autre côté.

« Nous voulons des informations, dit Carol.

— Tu n'en auras pas », répondis-je.

Dans la série télévisée *Le Prisonnier*, c'était la

réplique que Patrick McGoohan donnait toujours à la question Numéro Deux.

Nate dit : « Tu as laissé la fenêtre ouverte, Pete. On se gèle et tes papiers ont volé dans tous les sens. »

Je n'arrivai pas à trouver de réponses convenables, et me contentai donc de prendre les cartes qu'on venait de me distribuer. Treize cartes, et toutes étaient la reine de pique.

Toutes étaient *la femme noire* *. Toutes, la Gueuse.

13

Au Viêt-nam, la guerre tournait à notre avantage ; c'était du moins ce qu'avait déclaré Lyndon Johnson au cours d'une tournée du Pacifique. Il y avait bien quelques incidents regrettables, à vrai dire. Le Viêt-cong avait abattu trois hélicoptères Huey, pratiquement dans les faubourgs de Saigon ; un peu plus loin par rapport à la capitale du Sud, une unité de Viêt-cong, estimée à un millier d'hommes, avait flanqué une raclée sévère à des soldats de l'armée régulière vietnamienne du Sud deux fois plus nombreux. Dans le delta du Mékong, des canonnières américaines avaient coulé cent vingt bateaux de patrouilles Viêt-cong qui transportaient — aïe ! — un grand nombre d'enfants réfugiés. Les Américains perdirent leur quatre centième avion de guerre en ce mois d'octobre, un F-105 Thunderchief. Le pilote avait réussi à s'éjecter. À Manille, le Premier ministre du Viêt-nam du Sud, Nguyên Cao Ky, tint à affirmer solennellement qu'il n'était pas un escroc. Pas plus que les membres de son cabinet, ajouta-t-il, et le fait qu'une douzaine de ces derniers avaient donné leur démission pendant que Ky séjournait aux Philippines était une pure coïncidence.

À San Diego, Bob Hope donna un grand spectacle à l'intention des petits gars du contingent qui partaient là-bas. « J'ai voulu appeler Bing Crosby pour qu'il vous tienne compagnie, leur lança Bob, mais cet animal de fumeur de pipe a fait mettre son numéro en liste rouge — rouge, je vous demande un peu ! » Les petits gars rugirent de rire.

? & the Mysterians régnaient en maîtres sur la radio. Leur chanson, *96 Tears* [1], fut un succès colossal. Ce fut leur premier et leur dernier.

À Honolulu, les danseuses de hula-hula accueillirent le président Johnson.

À l'ONU, le secrétaire général, U Thant, supplia le représentant des États-Unis, Arthur Goldberg, de cesser, au moins temporairement, les bombardements du Nord Viêt-nam. Arthur Goldberg prit contact avec le Grand Chef Blanc à Hawaii pour relayer la requête de U Thant. Le Grand Chef Blanc, avec peut-être encore ses colliers de fleurs autour du cou, répondit pas question, on arrêtera quand le Viêt-cong arrêtera, et en attendant ils vont pleurer 96 larmes. *Au moins* 96 (Johnson fit un bref essai assez ridicule de hula-hula avec les filles, je me rappelle l'avoir vu dans le *Huntley-Brinkley Report* et m'être dit qu'il dansait comme tous les Blancs que je connaissais... pour m'apercevoir, tout d'un coup, que je ne connaissais que des Blancs).

À Greenwich Village, une marche pour la paix fut dispersée fort peu pacifiquement par la police. Les manifestants n'avaient pas d'autorisation, déclarat-elle. À San Francisco, d'autres manifestants, portant des crânes en plastique au bout de bâtons et des masques blancs de mimes furent dispersés, eux, à coups de gaz lacrymogène. À Denver, la police arracha des milliers d'affiches annonçant un rassemblement pour la paix au Viêt-nam au Chautauqua Park, à Boulder. Les flics avaient découvert un article de loi interdisant l'affichage de tels messages. Cet article n'interdisait cependant pas, déclara sans rire le chef de la police de Denver, ni de coller des affiches annonçant des films, des ventes de charité, des bals du Lion's

---

1. 96 larmes (*N.d.T.*).

Club, ni des avis de recherche de chiens perdus. Ces affiches-là, expliqua le pandore, n'étaient pas politiques.

Dans notre petit coin, un sit-in fut organisé à l'Annexe Est, le bâtiment où la société de produits chimiques Coleman conduisait ses entretiens d'embauche. Coleman, comme Dow, fabriquait du napalm. Coleman fabriquait également l'Agent Orange, des composés botuliques et des germes d'anthrax, ce que l'on ne découvrit cependant qu'en 1980, lorsque l'entreprise fit faillite. Dans le journal de l'université (*Maine Campus*) on publia une petite photo des manifestants que l'on emmenait. Une photo plus grande montrait l'un d'eux qu'un flic virait du campus, tandis qu'un autre flic regardait la scène, tenant les béquilles de l'étudiant protestataire ; celui-ci était bien entendu Stoke Jones, perdu dans les plis de son duffle-coat à l'empreinte de moineau dans le dos. Les policiers l'avaient traité avec ménagement, j'en suis sûr (à ce moment-là, les mouvements contre la guerre au Viêt-nam étaient une nouveauté dont on n'avait pas encore mesuré le pouvoir de nuisance), mais la combinaison de ce gros bras de flic et de ce garçon incapable de tenir sur ses jambes rendait cette photo mystérieusement angoissante. J'eus l'occasion d'y repenser souvent, entre 1968 et 1971, années au cours desquelles, comme l'a dit Bob Dylan, « la partie commença à être rugueuse ». La plus grande photo du reportage, la seule à apparaître sur le journal même plié, montrait les types de la prépa militaire, en uniforme, défilant au pas sur le terrain de football, sous les yeux de la foule. LES MANŒUVRES ATTIRENT UN PUBLIC RECORD, proclamait la légende.

Se rapprochant encore d'un retour anticipé à la maison, un certain Peter Riley ramassa un D à son interro écrite de géologie, et un D plus à celle de sociologie, deux jours plus tard. Le vendredi, on me rendit un « essai d'opinion » que j'avais griffonné à toute vitesse avant le cours d'anglais (écriture) du lundi matin. Le sujet était le suivant : Les hommes doivent-ils porter impérativement ou non une cravate dans les restaurants ? J'avais choisi de dire que non. Ce petit exercice rhétorique m'avait valu un grand C rouge, ma première mauvaise note en anglais depuis que j'étais arrivé à l'université, bardé de la brochette sans défaut de A obtenus au lycée et du score impressionnant de 740 au test d'aptitudes verbales. Ce crochet rouge fut un choc plus grand que le D en géologie, sans compter qu'il me mit en colère. Dans son commentaire, Mr Babcock avait écrit : « On retrouve votre clarté habituelle d'esprit, mais dans ce cas, elle ne sert qu'à mettre en valeur le manque de chair de votre travail. Votre humour aisé tombe ici à plat. Ce C est en réalité quelque chose comme un cadeau. Travail bâclé. »

J'envisageai d'aller le voir après la classe, puis y renonçai. Mr Babcock, qui portait des nœuds papillons et de grosses lunettes à monture de corne, nous avait fait clairement comprendre, en quatre semaines, qu'il n'avait qu'une considération très limitée pour les grappilleurs de notes. Sans compter qu'il était midi ; si je mangeais un morceau vite fait au Holyoke, je pouvais être de retour à Chamberlain Deuxième à une heure. Toutes les tables de la salle commune (et ses quatre coins) seraient occupées dès trois heures ; mais à une heure, j'avais une chance de trouver une place. Mes bénéfices atteignaient presque vingt dollars et j'avais prévu de passer le dernier week-end du mois à me bourrer les poches. J'avais également en vue la soirée dansante du samedi, au Lengyll Gym. Carol avait accepté de m'accompagner. C'était les Cumberlands, un groupe d'étudiants populaire sur les campus, qui devaient jouer. À un moment donné (et plus vraisemblablement à plusieurs), ils nous donneraient leur version de *96 Tears*.

La voix de la conscience, qui avait déjà adopté le ton de Nate Hoppenstand, me fit remarquer qu'il ne serait peut-être pas plus mal de passer au moins une partie de ce week-end à potasser. J'avais à étudier deux chapitres de géologie, deux autres de sociologie, et quatre pages d'histoire (le Moyen Âge en une fournée), sans compter toute une série de questions à clarifier sur les routes commerciales.

Je vais m'y mettre, te fais pas de souci, je vais m'y mettre, répondis-je à cette voix. J'étudierai dimanche. Tu peux compter là-dessus, dimanche je bosse, sûr et certain. Et effectivement, le dimanche, j'explorai les notions de groupes internes, groupes externes et groupes de sanction. Tout ça entre deux donnes de cartes. Puis les choses commencèrent à devenir intéressantes, et le manuel se retrouva au sol, sous le canapé. Lorsque j'allai me coucher le dimanche soir (très tard) je fus bien obligé de constater que non seulement mes gains s'étaient réduits au lieu de s'arrondir (Ronnie paraissait vraiment décidé à avoir ma peau), mais que je n'avais guère avancé dans mon travail. En outre, je n'avais pas donné un certain coup de téléphone.

Si tu tiens vraiment à mettre la main là, avait dit Carol, affichant en même temps ce petit sourire marrant, ce sourire essentiellement composé de deux fossettes et d'une expression du regard. *Si tu tiens vraiment à mettre la main là...*

Alors que la soirée battait son plein, le samedi soir, nous étions sortis tous les deux pour fumer. La nuit était douce, et le long du mur nord du gymnase il devait bien y avoir une vingtaine de couples occupés à s'étreindre et à s'embrasser, dans la lumière de la lune qui montait au-dessus de Chadbourne Hall. Nous nous joignîmes à eux. Ma main ne tarda pas à se glisser sous son chandail. Je fis passer le pouce sur le tissu, doux au toucher, de son soutien-gorge, et sentis le téton se raidir et croître. Ma température croissait aussi. Comme celle de Carol, je m'en rendais compte. Elle me regarda dans les yeux, les bras toujours noués autour de mon cou et dit : « Si tu tiens vraiment à mettre ta main là, je crois qu'il serait honnête de donner un coup de fil à quelqu'un, non ? »

J'ai tout mon temps, pensai-je tandis que le sommeil me gagnait. *J'ai tout mon temps pour étudier, tout mon temps pour donner ce coup de fil. Tout le temps que je veux.*

14

Skip Kirk rata une interro écrite d'anthropologie, finissant par répondre au petit bonheur la chance à la moitié des questions et n'obtenant que 58. Il ramassa un C moins en arithmétique avancée, et encore n'arriva-t-il à cette note que parce que son cours de maths, en dernière année de secondaire, recouvrait une partie du programme. Nous étions dans le même cours de sociologie et il n'eut qu'un D moins à l'interro, totalisant un pitoyable 70.

Nous n'étions pas les seuls à avoir des problèmes. Si Ronnie triomphait au chasse-cœurs, ayant accumulé plus de cinquante billets en dix jours à l'en croire (nous étions tous un peu sceptiques, mais il n'en était pas moins vrai qu'il gagnait), il se ramassait en classe. Il ne rendit pas une interro de français, sabota le petit devoir d'anglais dans le cours où nous nous retrouvions (« Qu'est-ce qu'on en a à foutre des cravates ? De toute façon, je bouffe au McDonald's »), et réussit à s'en sortir dans une interro écrite d'histoire en parcourant les notes d'un admirateur juste avant d'entrer dans la salle de cours.

Kirby McClendon avait arrêté de se raser et s'était mis à se ronger les ongles entre les levées. Il commença aussi à sauter de plus en souvent les cours. Jack Frady parvint à convaincre son conseiller pédagogique qu'il devait laisser tomber les statistiques, alors que la période des abandons était officiellement close. « J'ai un peu pleuré », me dit-il tranquillement un soir, alors que nous étions toujours en pleine course à la Gueuse aux petites heures de la nuit. « C'est un truc que j'ai appris au club d'art dramatique. » Lennie Doria vint frapper à ma porte une ou deux nuits plus tard pendant que je potassais à toute vitesse (Nate était dans les toiles depuis une bonne heure et dormait du sommeil du juste et de celui qui n'est pas à la bourre) et me demanda si je ne pourrais pas lui rédiger un petit essai sur Crispus Atticus ; il avait entendu dire que j'avais un certain talent pour ça. Il me paierait bien ; il avait empoché dans les dix dollars au chasse-cœurs, ces derniers temps. Je lui dis que j'étais désolé, mais que je ne pouvais pas, étant moi-même en retard de deux devoirs. Il hocha la tête et s'en alla.

Ashley Rice fut la proie d'une horrible poussée d'acné purulente sur tout le visage, Mark St Pierre eut une crise de somnambulisme après avoir perdu presque vingt billets en une soirée-catastrophe, et Brad Witherspoon se bagarra avec un étudiant du premier étage. Le type avait fait je ne sais quelle remarque inoffensive, ce que Witherspoon admit lui-même quelque temps plus tard, mais il venait de tomber sur la Gueuse trois fois de suite en quatre donnes ; il voulait simplement prendre un coke dans le distributeur du premier pour humecter son gosier desséché par les clopes, et il se sentait d'humeur massacrante. Il fit demi-tour, laissa tomber la bouteille encore capsulée dans le sable d'un cendrier sur pied, et commença à cogner. Il cassa les lunettes de l'autre et lui ébranla une dent. C'est ainsi que Brad Witherspoon, d'ordinaire aussi dangereux qu'une photocopieuse en panne, fut le premier d'entre nous à passer en conseil de discipline.

Je songeai bien à appeler Annmarie pour lui dire que je sortais avec une autre fille, mais cela me paraissait beaucoup de travail, un trop gros effort psychologique venant s'ajouter à tout le reste. Je me pris à espérer une lettre d'elle dans laquelle elle suggérerait qu'il était temps, pour nous, de commencer à voir d'autres personnes. Au lieu de cela, sa bafouille suivante disait à quel point je lui manquais, et qu'elle me préparait « quelque chose de spécial » pour la Noël. Ce qui voulait probablement dire qu'elle me tricotait un pull-over avec un renne dessus. Les pull-overs ornés de rennes étaient la spécialité d'Annmarie (ses branlettes au ralenti et caressantes en étant une autre). Elle avait joint une photo d'elle en mini-jupe. Loin de bander devant son image, je me sentis fatigué, coupable et exploité. Carol aussi me faisait me sentir exploité. J'avais eu envie de m'amuser un peu, c'était tout ; pas de changer toute ma putain de vie. Ni la sienne, d'ailleurs. Cela dit, elle me plaisait, je ne pouvais le nier. Beaucoup. Ce sourire qu'elle avait, son humour. *C'est chouette*, avait-elle dit, *voilà qu'on échange des informations comme des fous*.

Environ une semaine plus tard, alors que je revenais de Holyoke après avoir assuré le service du déjeuner avec elle, je tombai sur Frank Stuart qui avançait lentement dans le couloir, tirant sa malle derrière lui. Frank était de l'ouest du Maine, de l'un de ces petits patelins sans administration locale où on ne trouve pratiquement que des arbres, et il avait un accent yankee tellement épais qu'on aurait pu le débiter en tranches. C'était un joueur de chasse-cœurs assez moyen, qui se retrouvait en général en seconde ou troisième position lorsqu'un autre basculait au-dessus des cent points, mais un garçon diablement sympathique par ailleurs. Toujours souriant... sauf jusqu'à ce jour où je le vis se diriger vers l'escalier avec sa cantine.

« Tu changes de piaule, Frank ? » demandai-je. Mais je savais déjà ce qu'il en était, je crois. Cela tenait à l'expression sérieuse et abattue que je lisais sur son visage, qu'il tenait baissé.

Il secoua la tête. « Non, je rentre chez moi. Ma mère m'a écrit. Ils ont besoin d'un gardien pour l'un des villages d'été au bord d'un lac, dans not' coin. J'ai dit d'accord. J'fais rien que perdre mon temps, dans c'te fac.

— Tu déconnes ! m'écriai-je, un peu choqué. Bon sang, Frankie, tu reçois une éducation supérieure, ici !

— Justement, non. C'est ça le problème. »

Le couloir était plongé dans une pénombre aux ombres mouvantes. Dehors, il pleuvait. Néanmoins, j'ai bien l'impression d'avoir vu le rouge lui monter aux joues ; je crois qu'il avait honte. Sans doute avait-il pris ses dispositions pour partir en milieu de semaine, à un moment où Chamberlain était pratiquement vide. « J'fais pas aut'chose que jouer aux cartes. Et pas très bien, en plus. Et j'suis en retard partout, aux cours.

— Tu peux pas être aussi en retard que ça ! On n'est que le 25 octobre ! »

Frank hocha la tête. « Je sais. Mais j'suis pas un rapide, comme y en a. J'tais pas un rapide au lycée, déjà. Faut que j'me cale les pieds et que j'creuse, comme pour faire un trou dans la glace. C'est pas c'que j'ai fait, et si t'as pas ton trou dans la glace, tu pourras rien pêcher. J'me casse, Pete. Je préfère partir avant qu'on me vire, en janvier. »

Il repartit de son pas pesant et attaqua la première des deux volées de marches en tenant sa cantine à pleins bras, par les poignées. Je voyais son t-shirt blanc flotter dans la pénombre ; il passa devant une fenêtre battue de pluie et sa coupe en brosse brilla comme de l'or.

Alors qu'il atteignait le palier du premier et que le bruit de ses pas commençait à se doubler d'un écho, je me précipitai dans l'escalier et, penché sur la rampe, regardai vers le bas. « Frankie ! Hé, Frankie ! »

Les pas s'arrêtèrent. Je distinguais dans l'ombre son visage rond tourné vers moi et la forme massive de sa cantine.

« T'as pensé au service militaire, Frank ? Si tu laisses tomber tes études, ton sursis va être résilié ! »

Il y eut un long silence, comme s'il réfléchissait à la réponse qu'il allait me donner. Mais ce n'est pas avec des mots qu'il me répondit ; c'est avec ses pieds. Le bruit de pas doublé d'un écho reprit. Je ne l'ai jamais revu.

Je me rappelle être resté dans cette cage d'escalier, effrayé, à me dire *Ça pourrait m'arriver... c'est même peut-être ce qui m'arrive*, avant de repousser cette pensée.

La vue de Frank et de sa cantine était un avertissement que je devais prendre au sérieux, décidai-je. J'allais me reprendre. Je m'étais laissé aller en roue libre, mais j'allais mettre les gaz, allumer la postcombustion. Il était temps. D'où j'étais, me parvenait cependant la voix de Ronnie, hurlant sur le ton de la jubilation qu'il courait la Gueuse, qu'il allait te la coincer, cette pute, la faire sortir de sa planque, et je décidai alors d'attendre le soir. Il serait encore temps, dans quelques heures, d'allumer cette fameuse postcombustion. Pour ce qui était de cet après-midi, j'allais faire ma partie d'adieux au chasse-cœurs. Une partie. Ou deux. Ou quarante.

15

Ce n'est que des années plus tard que je compris quel avait été le point capital, dans ma conversation avec Frank Stuart. Je lui avais fait remarquer qu'il ne pouvait avoir pris autant de retard en aussi peu de temps, et il m'avait répondu que cela tenait à sa lenteur. Nous nous trompions tous les deux. Il était possible de prendre un retard catastrophique en une courte période de temps, aussi bien quand on était un rapide, comme Skip, Mark St Pierre ou moi, que lorsqu'on était un laborieux. Nous devions nous dire, quelque part au fond de nos crânes, que nous serions capables d'alterner les périodes où on glanderait avec les coups d'étrier — glander, bachoter —, technique qui ne nous avait pas trop mal réussi, aux uns et aux autres, dans les lycées de nos patelins assoupis. Mais comme nous l'avait fait remarquer Dearie Dearborn, nous n'étions plus au lycée.

J'ai déjà dit que sur les trente-deux étudiants inscrits au début du semestre d'automne, au deuxième étage de Chamberlain (trente-trois, si l'on compte Dearie, mais il était immunisé contre les séductions du chasse-cœurs), seuls quinze étaient encore là au début du semestre de printemps. Cela ne signifie pas que les dix-neuf qui partirent étaient des crétins, loin de là. En fait, cet automne-là, les types les plus malins de Chamberlain Deuxième furent probablement ceux qui demandèrent leur transfert à la fin du semestre avant que la possibilité d'être recalés ne se profile sérieusement à leur horizon. Steve Ogg et Jack Frady, qui occupaient la chambre voisine de la mienne et de Nate, déménagèrent à Chadbourne en novembre, invoquant comme raison, sur le formulaire, des « distractions ». Lorsque le responsable de l'administration leur demanda d'être plus précis, ils répondirent que c'étaient les choses habituelles : des soirées passées à raconter des bêtises, des embuscades au dentifrice dans les lavabos, des relations rugueuses avec un ou deux étudiants. Comme si l'idée venait juste de les effleurer, ils ajoutèrent qu'ils passaient sans doute un peu trop de temps à jouer aux cartes dans la salle commune. Ils avaient entendu dire que Chad offrait un environnement plus calme, que c'était l'un des dortoirs « à grosses têtes » du campus.

Ils s'étaient attendus aux questions de l'administrateur et avaient préparé leurs réponses avec autant de soin que pour un exposé devant une classe. Ni Steve ni Jack ne voulaient être à l'origine d'une interdiction des interminables parties de chasse-cœurs ; ils ne voulaient pas courir le risque de provoquer des ressentiments de la part de personnes estimant que chacun devait s'occuper de ses affaires. Ils n'avaient qu'un désir, ficher le camp de ce putain de Chamberlain Deuxième Étage tant qu'il était encore temps de sauver leur situation de boursiers.

16

Les interros écrites ratées et les petits devoirs sabotés n'étaient rien d'autre que de désagréables escarmouches. Pour Skip, moi et trop de nos potes accros au chasse-cœurs, la deuxième salve d'examens préliminaires tourna au désastre. Certes, je décrochai un A moins en thème anglais et un D en histoire européenne, mais je ratai les grilles à choix multiples de sociologie et de géologie — de peu la première, mais complètement la seconde. Skip se planta en anthropologie, histoire coloniale et géologie. Il obtint un C en arithmétique (mais la glace commençait à être fine là aussi, m'avoua-t-il) et un B dans son devoir sur table. Nous tombâmes d'accord pour admettre que la vie serait beaucoup plus simple s'il n'y avait que des devoirs sur table, des travaux prenant place, par définition, loin de la salle commune de Chamberlain Deuxième (Étage). Nous regrettions le temps du lycée, en d'autres termes, sans même nous en rendre compte.

« Bon, ça suffit comme ça, me dit Skip, le vendredi soir. Je déclare forfait, Peter. J'en ai rien à foutre d'être une grosse tête et de pouvoir accrocher un diplôme au-dessus de la cheminée, au milieu du bordel de ma piaule, mais que le cul me pèle si je dois revenir à Dexter et traîner mes guêtres au putain de bowling avec toute la bande de débiles, en attendant que l'Oncle Sam m'appelle. »

Il était assis sur le lit de Nate. Ce dernier était au Palais des Plaines et se tapait le poisson du vendredi soir. Toujours agréable de savoir qu'il y avait au moins quelqu'un, à Chamberlain, avec assez d'appétit pour ça. C'était une conversation que nous n'aurions pu avoir en présence de Nate, de toute façon ; ma petite souris des champs de coturne pensait s'en être assez bien sortie pendant les derniers contrôles, avec rien que des C et des B. Il n'aurait certes pas moufté en nous entendant parler, mais il nous aurait regardés avec l'air de dire que nous manquions de bon sens. Que, même si cela n'était pas de notre faute, nous étions moralement faibles.

« Je suis d'accord avec toi », dis-je. C'est alors que, venant de l'autre bout du couloir, nous parvint un grand cri d'angoisse (« Ooooooh !... Bordel de merde ! ») que nous reconnûmes sur-le-champ : quelqu'un venait d'écoper de la Gueuse. Nos regards se croisèrent. J'ignore ce qui se passa dans la tête de Skip (même s'il était alors mon meilleur ami), mais je me dis que j'avais encore le temps... Et pourquoi ne l'aurais-je pas pensé ? J'avais toujours eu le temps, jusqu'ici.

Skip commença à sourire. Puis il partit d'un petit rire. Je me mis aussitôt à rire avec lui.

« Qu'est-ce que ça peut foutre ? dit-il.

— Juste ce soir. On ira ensemble à la bibliothèque, demain.

— On gardera le nez dans les bouquins.

— On y passera la journée. Mais pour le moment... »

Il se leva. « On va courir la Gueuse. »

Ce que nous fîmes. Et nous n'étions pas les seuls. Il n'y a aucune explication, je m'en rends bien compte ; c'est simplement ce qui s'est passé.

Au petit déjeuner, le lendemain, je me retrouvai de service en compagnie de Carol, près du tapis roulant. « J'ai entendu dire qu'il y avait de grandes parties de cartes dans ton dortoir. C'est vrai ? me demanda-t-elle.

— C'est pas faux. »

Elle me regarda par-dessus son épaule et m'adressa son petit sourire, celui auquel je pense toujours lorsque j'évoque Carol. Celui que je n'ai jamais oublié. « Vous jouez au chasse-cœurs ? Vous courez la Gueuse ?

— Oui, au chasse-cœurs. On chasse la Salope.

— J'ai entendu dire qu'il y en avait qui ne pensaient plus qu'à ça. Et que ça se voyait dans leurs notes, qu'ils allaient avoir des ennuis.

— C'est pas impossible », concédai-je.

Ça m'aurait bien arrangé que des plateaux arrivent sur le tapis roulant, mais rien, pas la moindre assiette. C'est toujours comme ça : quand on a besoin de quelque chose...

« Et toi, comment sont-elles, tes notes ? Je sais bien que ça ne me regarde pas, mais...

— Rien qu'une information, oui, je sais. De toute façon, je vais arrêter de jouer. »

Elle se contenta de me sourire et c'est vrai, j'y pense encore de temps en temps ; vous feriez comme moi. Les fossettes, la lèvre inférieure qui s'incurvait légèrement et savait tant de jolies choses en matière de baiser, les yeux bleus qui dansaient. C'était une époque où les filles n'allaient jamais plus loin que le hall d'entrée, dans les dortoirs des garçons... et *vice versa*, évidemment. Cependant, quelque chose me dit qu'en ces mois d'octobre et novembre 1966, Carol arrivait à voir plus loin que le hall, et voyait beaucoup plus de choses que moi. Évidemment, elle n'était pas folle ; en tout cas, pas encore. C'est la guerre du Viêt-nam qui l'a rendue folle. Comme moi. Et comme Skip. Et Nate. Le chasse-cœurs n'était rien, en réalité, rien qu'un léger frémissement de la terre, du genre à faire battre une porte sur ses gonds et cliqueter les verres sur les étagères. Le séisme mortel, l'engloutisseur de continent apocalyptique — celui-là venait à peine de s'ébranler.

17

Barry Margeaux et Brad Witherspoon se faisaient tous les deux livrer le *Derry News* dans leur chambre et, en général, les deux exemplaires avaient fait le tour du deuxième étage à la fin de la journée ; on retrouvait leurs dépouilles sur les sièges de la salle commune, lorsqu'on arrivait pour commencer nos parties vespérales de chasse-cœurs, les pages déchirées ou replacées dans le désordre, la grille des mots croisés remplie de trois ou quatre écritures différentes. Quelqu'un avait dessiné des moustaches aux photos pointillistes de Lyndon Johnson, Ramsey Clark et Martin Luther King (l'un de nous, que je n'ai jamais pu identifier, ornait systématiquement le front du vice-président Humphrey de grandes cornes fumantes et écrivait dessous, en caractères d'imprimerie minuscules comme des pattes de mouche : HUBERT LE DIABLE). Le *Derry News* se situait sans ambiguïté dans le clan des faucons, et mettait l'accent sur les événements militaires quotidiens de la guerre du Viêt-nam, tandis que les manifestations de protestations étaient reléguées dans les profondeurs du journal, en général après le calendrier des événements locaux.

Il n'empêche que, de plus en plus, nous nous retrouvions en train de discuter, pendant que l'on battait les cartes et qu'on les distribuait, non pas de cinéma, de filles ou de cours, mais du Viêt-nam. Peu importait que les nouvelles soient excellentes et que le nombre des victimes, parmi le Viêt-cong, soit faramineux, il y avait toujours une photo montrant des soldats américains morts de trouille après une embuscade ou des petits Vietnamiens en larmes, regardant leur village partir en fumée. Toujours quelque détail dérangeant au bas de ce que Skip appelait la « colonne quotidienne des tués », comme par exemple l'histoire des enfants qui se trouvaient à bord des bateaux coulés par nos canonnières, dans le delta du Mékong.

Nate, bien entendu, ne jouait pas aux cartes. Il ne se mêlait pas davantage aux débats pour ou contre la guerre, et je pense qu'il ignorait, tout comme moi, que le Viêt-nam avait autrefois été aux mains des Français, ou ce qui était arrivé aux malchanceux *monsieurs** qui s'étaient retrouvés dans le camp retranché de Diên Biên Phû en 1954, et encore plus qui avait décidé qu'il était temps pour le président Diêm d'être évacué vers les vastes rizières célestes afin que Nguyên Cao Ky et ses généraux puissent prendre le pouvoir. Nate savait seulement qu'il n'avait rien à reprocher à ces Cong, personnellement, et qu'ils n'allaient pas débarquer sur Mars Hill ou Presque Isle dans un futur proche.

« T'as jamais entendu parler de la théorie des dominos, tête de piaf ? » demanda un première année insolent du nom de Nicholas Prouty à Nate, un après-midi. Mon compagnon de chambre ne se montrait pratiquement jamais dans la salle commune de notre étage, préférant celle du premier, plus calme, mais ce jour-là il était venu y faire un petit tour.

Nate regarda Nick Prouty, fils d'un pêcheur de homards devenu un disciple inconditionnel de Ronnie Malenfant, et soupira. « Quand on commence à sortir les dominos, je préfère quitter la salle. Je trouve que c'est un jeu barbant. C'est ça, ma théorie des dominos. » Il me jeta un coup d'œil. Je détournai le regard aussi vite que je pus, mais pas assez pour éviter de lire le message : mais qu'est-ce que vous avez, vous tous ? Sur quoi, il s'en alla en traînant des pieds dans ses savates éculées, pour retourner chambre 302 et se remettre à étudier ; afin de passer, comme prévu, de première année de chir-dent en deuxième.

« Hé, Riley, ton coturne déconne complètement, tu sais ? » observa Ronnie. Il avait une cigarette collée au coin de la bouche. Il fit craquer une allumette avec l'ongle du pouce (les étudiants trop moches ou trop brutaux pour avoir une chance avec les filles présentent toutes sortes de spécialités) et l'alluma.

Eh non, mon vieux, pensai-je. *Nat va très bien. C'est nous qui déconnons complètement.* Pendant une seconde, je ressentis un authentique désespoir, prenant conscience que j'étais dans une merde terrible, et que je n'avais aucune idée de la façon de m'en sortir. Skip me regardait, je le voyais bien, et il me vint à l'esprit que si je raflais le paquet de cartes pour le balancer à la tête de Ronnie et sortais de la salle, mon ami me suivrait. Sans doute avec soulagement. Puis l'impression passa. Passa aussi rapidement qu'elle était venue.

« Nate va très bien, dis-je. Il a simplement des idées curieuses, c'est tout.

— Des idées *communistes* curieuses, voilà ce qu'il a, oui », intervint Hugh Brennan.

Son frère aîné était dans la Navy et, aux dernières nouvelles, naviguait quelque part en mer de Chine méridionale. Hugh était sans merci avec les pacifistes. En tant que républicain tendance Goldwater, j'aurais dû ressentir la même chose, mais mon coturne avait commencé à me faire douter. J'avais toutes sorte d'arguments en boîte à sortir, le cas échéant, sans qu'aucun, cependant, soit réellement en faveur de la guerre... et je n'avais pas le temps d'en trouver. J'étais trop occupé à étudier la sociologie, alors qu'on ne vienne pas me demander un exposé sur la politique étrangère des États-Unis.

Je suis à peu près sûr que c'est ce soir-là que j'ai failli appeler Annmarie Soucie. De l'autre côté de la salle commune, la cabine téléphonique était libre ; j'avais la poche pleine de monnaie, à la suite de ma dernière victoire au chasse-cœurs, et je décidai tout d'un coup que le Moment Était Venu. Je composai le numéro de mémoire (je dus cependant réfléchir un instant sur l'ordre dans lequel se présentaient les quatre derniers chiffres : était-ce 8146 ou bien 8164 ?) et enfonçai mes trois *quarters* quand l'opératrice me dit de le faire. Je ne laissai sonner qu'une fois. Je raccrochai brutalement le combiné et récupérai mes sous quand je les entendis tinter dans la sébile.

18

Un jour ou deux plus tard, peu avant Halloween, Nate se procura un album d'un chanteur dont je n'avais que vaguement entendu parler : Phil Ochs. Un musicien folk, mais pas du genre banjo couinant comme il en passait à l'émission « Hootenanny ». La couverture, sur laquelle on voyait une sorte de troubadour déguenillé assis sur un trottoir de New York, jurait passablement avec celles des autres disques de Nate : Dean Martin, l'air ivre dans son smoking, Mitch Miller et son sourire chantez-avec-moi, Diane Renee avec sa vareuse de marin et son béret à pompon coquinement incliné. Le titre de l'album d'Ochs était *I Ain't Marchin' Anymore* [1], et Nate le fit beaucoup passer, alors que les jours raccourcissaient et que le froid s'installait pour de bon. Je me mis aussi à le faire jouer, et Nate ne paraissait pas s'en formaliser.

Il y avait une sorte de colère mêlée de stupéfaction dans la voix de Phil Ochs. Je suppose qu'elle me plaisait parce que je me sentais moi-même passablement sidéré, la plupart du temps. Il faisait penser à Dylan, mais en moins compliqué dans sa manière de s'exprimer, en plus direct dans sa rage. La meilleure chanson de l'album, mais également la plus troublante, était celle qui lui donnait son titre. Ochs n'y allait pas par quatre chemins et disait que la guerre ne valait pas le coup, que la guerre ne valait jamais le coup. Que même quand elle en valait le coup, elle ne valait pas le coup. Cette idée, s'ajoutant à l'image de jeunes gens s'éloignant de Johnson et de son obsession du Viêt-nam par milliers, par dizaines de milliers, excitait mon imagination d'une manière qui n'avait rien à voir avec l'histoire, la politique, ou une réflexion rationnelle. Ils m'ont fait tuer un million d'hommes et voilà qu'ils veulent que j'y retourne, mais je ne marche plus, chantait Phil Ochs grâce aux haut-parleurs du mignon petit phono Swingline de Nate. Autrement dit, arrêtez tout ça. Arrêtez de faire ce qu'ils disent, arrêtez de faire ce qu'ils veulent, arrêtez de jouer leur jeu. C'est un jeu ancien, dans lequel c'est la Gueuse que vous avez aux trousses.

Et pour montrer que vous êtes sérieux, vous pourriez par exemple commencer par arborer le symbole de votre résistance : un symbole qui laissera tout d'abord les autres perplexes, mais auquel ils se rallieront peut-

---

1. *Je ne marche plus* (sous-entendu, *au pas*) (*N.d.T.*).

être. C'est un ou deux jours après Halloween que Nate Hoppenstand nous montra ce qu'allait être ce symbole. Mais la découverte commença avec l'un de ces restes de journaux froissés qui traînaient dans la salle commune de Chamberlain.

19

« Oh, fils de pute, regardez-moi ça ! » s'exclama Billy Marchant.

Harvey Twiller battait les cartes à la table de Billy, Lennie était en train de vérifier le compte des points et Billy en profitait pour parcourir rapidement la section locale du *Derry News*. Kirby McClendon — hirsute, agité de tressaillements et se rapprochant de son rancard avec tous ces tubes d'aspirine pour bébés — se pencha pour regarder.

Billy eut un mouvement de recul, agitant la main comme un éventail devant son visage. « Bordel, Kirby, à quand remonte ta dernière douche ? Au jour de la fête de Colomb ? Au 4 Juillet ? »

— Laisse-moi voir », répondit Kirby, ignorant la remarque. Il piqua le journal des mains de Billy. « Merde, c'est Rip-Rip ! »

Ronnie Malenfant se leva si brusquement qu'il renversa sa chaise, fasciné à l'idée que Stoke se retrouvait dans les journaux. Quand cela arrivait aux étudiants (sauf dans les pages sportives, évidemment), c'était toujours parce qu'ils avaient des ennuis. On se rassembla autour de Kirby ; Skip et moi étions du lot. C'était bien notre Stokely Jones III, pas de doute, mais il n'était pas seul. À l'arrière-plan, le visage encore reconnaissable dans le fourmillement des points...

« Bordel, dit Skip, on dirait que c'est Nate. »

Il paraissait amusé et étonné.

« Et c'est Carol Gerber, juste devant lui », dis-je d'une drôle de voix, sous le choc.

Je reconnaissais le blouson dans le dos duquel on lisait HARWICH HIGH SCHOOL ; je reconnaissais la chevelure blonde retombant en queue-de-cheval sur le col ; je reconnaissais les jeans délavés. Et je reconnaissais le visage. Même en profil perdu, et alors qu'il était dans l'ombre d'une pancarte sur laquelle était écrit U.S. HORS DU VIÊT-NAM !, je reconnaissais ce visage. « C'est ma petite amie. » C'était la première fois que je prononçais ces mots pour évoquer Carol, même si cela faisait bien deux semaines que je pensais à elle ainsi.

LA POLICE DISPERSE UNE MANIFESTATION CONTRE LA CONSCRIPTION, déclarait la légende. Aucun nom n'était donné dans l'article qui suivait ; d'après celui-ci, environ une douzaine d'étudiants de l'université du Maine se seraient rassemblés devant le bâtiment de l'administration fédérale, dans le centre de Derry. Ils brandissaient des pancartes et avaient fait le siège de l'entrée du Bureau de recrutement pendant à peu près une heure, chantant des chansons et criant des slogans « dont certains étaient obscènes ». La police, appelée, s'était tout d'abord contentée de veiller à ce que la manifestation suive son cours sans intervenir ; c'est alors qu'un groupe de contre-manifestants s'était présenté, essentiellement constitué d'ouvriers du bâtiment profitant de la pause-repas. Ils avaient commencé à entonner leurs propres slogans, et bien que le *Derry News* n'ait pas spécifié s'ils avaient été obscènes ou non, je crus deviner qu'ils contenaient des invitations musclées à retourner à Moscou, des précisions sur l'endroit où les étudiants pourraient remiser leurs pancartes après la manif, et des renseignements sur le salon de coiffure le plus proche.

Les manifestants se mirent à répondre sur le même ton aux ouvriers du bâtiment ; les ouvriers ripostèrent en leur lançant des morceaux de fruit pris dans leur boîte à lunch. C'est alors que la police intervint. Arguant du fait que les manifestants n'avaient pas de permis (les flics de Derry n'avaient apparemment jamais entendu parler du droit des citoyens américains de s'assembler pacifiquement), elle interpella les jeunes gens et les conduisit au poste de police de Witcham Street. Après quoi, on les relâcha. « Nous voulions seulement les protéger, l'atmosphère commençait à devenir malsaine », aurait déclaré l'un des policiers, ajoutant : « Il faudrait qu'ils soient encore plus stupides qu'ils en ont l'air pour retourner là-bas. »

La photo n'était guère différente, en fait, de celle prise à l'Annexe est pendant la manifestation contre Coleman Chemicals. On voyait les policiers qui entraînaient les étudiants, tandis que les ouvriers du bâtiment (qui tous, d'ici peu, allaient arborer un petit drapeau américain sur leur casque) leur lançaient des quolibets, riaient et brandissaient le poing. On voyait un flic, immobilisé dans son geste au moment où il tendait la main pour attraper Carol par le bras ; Nate, qui se tenait derrière elle, n'avait apparemment pas attiré son attention. Deux autres flics escortaient Stoke Jones ; il tournait le dos à l'objectif, mais avec les béquilles, on ne pouvait s'y tromper. Et de toute façon, il y avait en plus l'empreinte d'oiseau dessinée à la main sur son blouson.

« Regarde moi ce pauv' connard ! » ricana Ronnie. Malenfant venait de se faire étendre dans deux des quatre derniers examens qu'il venait de passer, ce qui ne l'empêchait pas d'avoir le toupet de traiter tout le monde de *pauv' connard*. « Comme s'il avait rien de mieux à foutre ! »

Skip l'ignora. Moi aussi. À nos yeux, les rodomontades de Ronnie sombraient déjà dans l'insignifiance, quel qu'en soit le sujet. Nous étions fascinés par la vue de Carol... et de Nate Hoppenstand derrière elle, regardant les manifestants que la police entraînait. Nate, toujours impeccable dans son t-shirt *Ivy League* et ses jeans parfaitement repassés, Nate qui se tenait à côté de la meute hurlante et agitée des ouvriers sans que ceux-ci le remarquent. Les flics ne l'avaient pas davantage remarqué. Ni les uns ni les autres ne se doutaient que mon coturne était depuis peu un admirateur du subversif Phil Ochs.

J'allai jusqu'à la cabine téléphonique et appelai Franklin Hall. Une fille décrocha et me répondit que Carol n'était pas là, qu'elle s'était rendue à la bibliothèque avec Libby Sexton pour étudier. « Tu ne serais pas Pete, par hasard ?

— Si.

— Elle a laissé un mot pour toi. Sur la vitre. » C'était pratique courante à l'époque, dans les dortoirs. « Elle dit qu'elle t'appellera plus tard.

— Entendu. Merci. »

Skip, à l'extérieur de la cabine, me faisait signe avec impatience de venir. Nous parcourûmes tout le couloir pour aller voir Nate, sachant parfaitement que nous avions perdu nos places à la table de chasse-cœurs ; mais pour une fois, notre curiosité fut plus forte que notre obsession.

L'expression de Nate ne changea guère lorsque nous lui montrâmes le journal et lui demandâmes comment s'était passée la manifestation, la veille, mais son expression ne changeait jamais beaucoup. J'eus cependant le sentiment qu'il n'était pas content ; qu'il se sentait peut-être même malheureux. Je n'arrivais pas à comprendre pourquoi : après tout, l'affaire ne s'était pas mal terminée ; personne n'avait été jeté en prison et il n'y avait même pas un seul nom cité dans le journal.

J'étais sur le point de me dire que j'interprétais mal ce qui n'était en fin de compte que son calme habituel, lorsque Skip lui demanda : « Qu'est-ce qui te tracasse ? »

Il y avait une note d'inquiétude bourrue dans sa voix. La lèvre inférieure de Nate trembla, puis se raffermit sous l'injonction. Il se pencha sur son bureau (aussi impeccablement rangé que le mien était en désordre, disparaissant déjà sous dix-neuf couches de trucs divers) et retira un Kleenex de la boîte rangée près du tourne-disque. Il se moucha longtemps et copieusement. Lorsqu'il eut fini et repris le contrôle de lui-même, on voyait toujours, dans ses yeux, cette même expression de stupéfaction malheureuse. Quelque chose en moi — pas ce qu'il y a de plus beau — se réjouissait de la voir. Se réjouissait de constater qu'il n'y avait nul besoin de devenir accro au chasse-cœurs pour avoir des problèmes. Parfois, la nature humaine peut être vraiment dégueulasse.

« Nous y sommes allés en voiture avec Stoke et Harry Swidrowski, et quelques autres types, expliqua Nate.

— Carol était-elle avec vous ? » demandai-je.

Il secoua la tête. « Je crois qu'elle est venue avec le groupe de George Gilman. Nous étions cinq voitures en tout. » Je ne connaissais ce George Gilman ni d'Ève ni d'Adam, ce qui ne m'empêcha pas de lui expédier mentalement une flèche — assez ignoble — empoison-née à la jalousie. « Harry et Stoke font partie du Comité de Résistance. Gilman aussi. Bref, nous...

— Le Comité de Résistance ? s'étonna Skip. Qu'est-ce que c'est que ça ?

— Un club, répondit Nate avec un soupir. Ils s'ima-ginent que c'est plus que cela, en particulier Harry et George, qui sont de vrais excités, mais en réalité ce n'est rien qu'un club, comme le Maine Masque ou celui des majorettes. »

Il nous expliqua ensuite qu'il y était allé parce que c'était un mardi et qu'il n'avait pas cours de l'après-midi. Personne ne donnait d'ordres ; personne ne fai-sait circuler des pétitions à signer ou de déclaration de principes ; pas de pression particulière pour aller à la manifestation. Il n'y avait pas non plus cette ferveur paramilitaire avec insignes et béret qui envahit sournoi-sement le mouvement contre la guerre, par la suite. Carol et les étudiants qui l'accompagnaient avaient ri et s'étaient menacés de leur pancarte lorsqu'ils avaient quitté le campus, d'après le récit de Nate. (Elle avait ri. Elle avait ri avec George Gilman. J'expédiai une deuxième flèche chargée des bacilles de la jalousie.)

Une fois arrivée au bâtiment de l'administration fédérale, une partie d'entre eux s'était mise à manifester, tournant en rond devant l'entrée du Service de recrutement, mais pas tous. Nate faisait partie de ceux qui s'étaient abstenus. Lorsqu'il nous avoua cela, sa figure d'ordinaire lisse et détendue se contracta brièvement, trahissant ce qui aurait été une véritable souffrance chez tout autre garçon moins flegmatique.

« J'avais pourtant bien eu l'intention de manifester avec eux. En chemin, je ne pensais qu'à ça. C'était excitant, on s'était entassés à six dans la Saab de Harry. Une vraie aventure. Hunter McPhail... vous le connaissez ? »

Nous secouâmes la tête, Skip et moi. Je crois que nous étions tous les deux quelque peu frappés de stupéfaction et impressionnés en découvrant que le garçon qui écoutait *Meet Trini Lopez* et *Diane Renee Sing Navy Blue* menait l'équivalent d'une vie secrète, dans laquelle il se retrouvait avec le genre de personnes qui attiraient à la fois la police et les journalistes.

« C'est lui et George Gilman qui ont lancé le comité. Bref, Hunter tenait les béquilles à l'extérieur de la Saab, par la fenêtre, parce qu'on n'arrivait pas à les caser à l'intérieur, on chantait *I Ain't Marchin' Anymore*, et on se disait que l'on pourrait peut-être finir par arrêter la guerre, si on était assez nombreux à manifester... on parlait tous de trucs comme ça, sauf Stoke. Il ne desserrait pratiquement pas les dents. »

Tiens, me dis-je. Même avec eux il la fermait... sauf, sans doute, lorsqu'il estimait qu'un petit sermon sur la crédibilité s'imposait. Mais Nate ne pensait pas à Stoke ; Nate pensait à Nate. Songeait mélancoliquement à l'inexplicable refus de ses pieds de le porter là où son cœur voulait aller.

« Pendant tout le chemin, je n'arrêtais pas de me dire que j'allais manifester avec eux, parce que c'est une cause juste... en tout cas, je pense qu'elle est juste... et que si quelqu'un cherchait à me frapper, je resterais non-violent, comme les types qui ont fait le sit-in dans le resto ; ils ont gagné, peut-être qu'on gagnera, nous aussi. » Il nous regarda. « Vous comprenez, je ne me posais même pas la question. Vous voyez ce que je veux dire ?

— Oui, dit Skip, je vois.

— Mais une fois là-bas, je n'ai pas pu. J'ai aidé à distribuer les pancartes ARRÊTEZ LA GUERRE et U.S. HORS DU VIÊT-NAM, et RAMENEZ LES GARS À LA MAISON... avec Carol, on a donné un coup de main à Stoke pour qu'il fixe la sienne de manière à ce qu'il puisse marcher avec ses béquilles... mais j'ai pas pu en prendre une moi-même. Je suis resté sur le trottoir, avec Kerry Morin et une fille qui s'appelle Lorlie McGinnis... on fait équipe ensemble au labo de botanique... »

Il prit la page de journal que tenait encore Skip et l'étudia, comme pour y chercher la confirmation qu'en effet tout cela était bien arrivé ; le maître de Rinty et fiancé de Cindy s'était effectivement rendu à une manifestation contre la guerre au Viêt-nam. Il poussa un soupir et laissa tomber la page au sol. Cela lui ressemblait tellement peu que c'en était presque douloureux pour moi.

« J'avais cru que je manifesterais avec eux. Sinon, pourquoi y aller ? J'en ai pas douté un seul instant, pendant tout le chemin. »

Il me regarda, avec quelque chose de proche de la supplication dans les yeux. Je hochai la tête, comme si je comprenais.

« Mais finalement, j'ai pas bougé. Je sais pas pourquoi. »

Skip s'assit à côté de lui sur le lit. Je trouvai l'album de Phil Ochs et le mis sur le tourne-disque. Nate regarda Skip, puis détourna les yeux. Il avait des mains petites et soignées, comme tout le reste de sa personne — mis à part les ongles. Ils étaient déchiquetés et rongés jusqu'aux lunules.

« D'accord, dit-il comme si Skip venait de lui poser la question, je sais pourquoi. J'avais peur qu'ils soient arrêtés, et moi avec eux. Que ma photo en état d'arrestation paraisse dans le journal, et que mes parents la voient. » Il y eut un long silence. Ce pauvre vieux Nate essayait de dire le reste. Je tenais l'aiguille du phono au-dessus du disque, attendant de voir s'il allait pouvoir. Finalement, il put. « Que ma mère la voie.

— Rien de plus normal, Nate, dit Skip.

— Je crois pas. Je crois vraiment pas. »

Il avait répondu d'une voix qui tremblait, évitant de croiser le regard de Skip, et il restait assis là, ses côtes de poulet bien visibles sur son torse nu et blanc de Yankee, en pantalon de pyjama et casquette de première année, à examiner ses ongles ravagés. « Je n'aime pas discuter de la guerre. Harry aime bien, lui... Lorlie aussi... Mais George Gilman, c'est terrible, pas moyen de l'arrêter quand il se lance et la plupart des autres, au comité, sont pareils. Moi, quand il s'agit de parler, je suis davantage comme Stoke que comme eux.

— Personne n'est comme Stoke », observai-je.

Je me souvenais du jour où je l'avais rencontré en allant à Holyoke ; je lui avais demandé pourquoi il n'y allait pas plus tranquillement et Mr Crédibilité m'avait répondu de lui ficher la paix.

Nate étudiait toujours ses ongles en lambeaux. « Ce que *je pense*, c'est que Johnson envoie de jeunes Américains se faire tuer là-bas pour rien. Ce n'est pas une histoire d'impérialisme ou de colonialisme, comme le croit Harry Swidrowski, pas une histoire d'*isme* quelconque. Johnson a tout mélangé dans sa tête, Davy Crockett, Daniel Boone, Fort Alamo et l'équipe des Yankees de New York — c'est pas autre chose. Et si c'est ce que je pense, c'est ce que je devrais dire. Je devrais essayer de l'arrêter. C'est ce qu'on m'a appris au catéchisme, à l'école et même dans ce fichu bouquin, *Boy Scouts of America*. On est supposé résister. Quand on voit se produire quelque chose qui est mal, on attend de toi que tu t'y opposes, que tu essaies au moins de l'empêcher, comme quand on voit un gros costaud qui bat un petit. Mais j'avais peur que ma mère voie une photo de moi entre les flics dans le journal et se mette à pleurer. »

Nate releva la tête ; il avait lui-même les larmes aux yeux. Seulement aux yeux, les paupières et les cils humectés, pas plus. Mais chez lui, c'était quelque chose.

« J'ai découvert un truc, ajouta-t-il. Ce qu'il y a dans le dos du blouson de Stoke Jones.

— Et c'est quoi ? demanda Skip.

— Une combinaison de deux signes de sémaphore de la marine britannique. Regardez. »

Nate se leva et se mit au garde-à-vous ; puis il leva le bras gauche verticalement, laissant tomber le droit vers le plancher, pour former une ligne droite. « Ça, c'est le N. » Ensuite, il écarta les bras à quarante-cinq degrés par rapport à son corps. Je compris alors comment les deux attitudes, une fois superposées, formaient le signe que Stoke avait tracé à l'encre sur son vieux duffle-coat. « Et ça, c'est le D.

— N-D, dit Skip. Et alors ?

— Ce sont les deux premières lettres de *Nuclear Disarmament*. C'est Bertrand Russell qui a inventé le symbole, dans les années cinquante. » Il le dessina au dos de son carnet de notes : ☮ « C'est le signe de la paix.

— Génial », dit Skip.

Nate sourit et s'essuya sous les yeux du bout du doigt. « C'est ce que j'ai pensé, un truc vraiment emballant. »

Je laissai tomber l'aiguille sur le disque et nous écoutâmes Phil Ochs chanter. Ça nous emballait, comme nous autres, Atlantidiens, le disions.

20

La salle commune de Chamberlain Deuxième était devenue mon Jupiter : une planète redoutable, dotée d'une monstrueuse attraction gravitationnelle. J'y résistai cependant, ce soir-là, et retournai dans la cabine téléphonique pour rappeler Franklin. Cette fois, je pus avoir Carol.

« Moi ? Je vais très bien, dit-elle avec un petit rire. Très bien. L'un des flics m'a même donné du *ma petite dame*... Hou la, la ! Pete, que de sollicitude ! »

Et de combien de sollicitude ce type, ce Gilman, fait-il preuve pour toi ? avais-je envie de demander. Mais, même à dix-huit ans, je savais déjà que c'était la mauvaise méthode.

« Tu aurais dû m'appeler. Je serais peut-être allé avec vous. On aurait pris ma voiture. »

Elle se mit à pouffer ; c'était agréable à entendre, mais me laissait perplexe.

« Qu'est-ce qu'il y a ?

— Je viens de m'imaginer en train d'aller à une manif contre la guerre au Viêt-nam dans une voiture avec un autocollant de Goldwater à l'arrière. »

Il y avait sans doute quelque chose de drôle là-dedans.

« Sans compter que tu avais certainement autre chose à faire.

— Qu'est-ce que tu sous-entends par là ? »

Comme si je ne le savais pas. À travers la vitre de la cabine, je voyais la plupart de mes camarades de Chamberlain Deuxième qui jouaient aux cartes dans une atmosphère lourde de fumée. Et même ici, avec la porte refermée, j'entendais le caquet haut perché de Ronnie Malenfant proclamant qu'ils cherchaient la Gueuse, qu'ils faisaient la chasse à *la femme noire* *, à cette conne, et on va te la faire sortir des buissons...

« Étudier, ou jouer au chasse-cœurs, répondit-elle. Étudier, j'espère. Une des filles de l'étage sort avec Lennie Doria — ou plutôt, sortait avec lui, quand il en avait encore le temps. Elle appelle ça le jeu d'Enfer. Est-ce que je ne commence pas à te casser les pieds ?

— Non », dis-je, ne sachant pas très bien si elle me les cassait ou pas. J'avais peut-être besoin que quelqu'un me casse les pieds, au fond. « Tu vas vraiment bien, Carol ? »

Il y eut un long silence. « Ouais, répondit-elle enfin. Tout à fait bien.

— Les ouvriers qui sont arrivés...

— Rien que des grandes gueules. Ne t'en fais pas. Vraiment. »

Mais j'avais l'impression que tout n'allait pas parfaitement bien, que quelque chose clochait... et il y avait ce George Gilman qui m'inquiétait. Il m'inquiétait comme Sully-John, le petit gars de son patelin, ne m'avait jamais inquiété.

« Est-ce que tu fais partie de ce comité dont Nate m'a parlé ? Ce Comité de Résistance j'sais pas quoi ?

— Non. En tout cas, pas encore. George m'a demandé de me joindre à eux. Il suit le même cours de sciences que moi. George Gilman. Tu le connais ?

— J'en ai entendu parler. »

Je serrai trop fort le combiné, et on aurait dit que ma main refusait de se décrisper.

« C'est lui qui m'a parlé de la manifestation. On y est allés à cinq ou six dans sa voiture. Je... » Elle s'interrompit un instant, pour demander, avec une note de curiosité sincère : « Tu n'es tout de même pas jaloux de lui, si ?

— Eh bien, j'aimerais beaucoup passer tout un après-midi avec toi, moi aussi. Je suis jaloux de ça, sans doute.

— Il ne faut pas. C'est une tête, ce type, d'accord, mais il a une coupe de cheveux ignoble et de gros yeux globuleux. Il se rase, mais on dirait qu'il oublie toujours un coin. Ce n'est pas lui l'attraction, crois-moi.

— Alors c'est quoi ?

— Est-ce qu'on peut se voir ? J'aimerais te montrer quelque chose. Il n'y en aura pas pour longtemps. Mais cela nous aidera peut-être, si je peux arriver à expliquer... »

Sa voix se mit à chevroter et je compris qu'elle était au bord des larmes.

« Qu'est-ce qui ne va pas ?

— Oh, rien, sauf que mon père ne me laissera probablement plus remettre les pieds chez lui quand il aura vu ma photo dans le *Derry News*. Je te parie qu'il aura fait changer les serrures d'ici la fin de la semaine. Si ce n'est pas déjà fait. »

Je pensai à Nate et à ses craintes que sa mère ne voie une photo de lui en état d'arrestation. Le bon petit étudiant en dentaire à sa maman qui se fait pincer à Derry en train de parader devant le bâtiment de l'administration fédérale sans permis ! Ah, quelle honte, quelle honte ! Et le père de Carol ? Pas tout à fait le même genre, mais pas loin. Le père de Carol était un bon gars qui criait *ohé du bateau* et s'était engagé dans la *Nay-yay-vee*, après tout.

« Il ne verra pas forcément cet article, objectai-je. Sans compter que le journal n'a publié aucun nom.

— Oui, mais la *photo*... » Elle s'était mise à parler lentement, comme si elle s'adressait à un demeuré. « Tu n'as pas vu la photo ? »

Je m'apprêtai à lui faire remarquer que, sur ce cliché, elle détournait presque complètement le visage et qu'en plus elle se trouvait dans l'ombre. Puis je me souvins de son blouson avec HARWICH HIGH SCHOOL qui claironnait ses origines à tue-tête dans son dos. Sans compter, bonté de sort, qu'il était son père ! Même de profil perdu, il la reconnaîtrait.

« Il ne verra pas forcément la photo non plus, objectai-je assez lamentablement. Les événements de Damariscotta sont à la fin du *Derry News*.

— Est-ce que c'est comme ça que tu veux vivre ta vie, Pete ? » Il y avait encore de la patience dans sa voix, mais on sentait que ça n'allait pas durer. « Faire des trucs et espérer ensuite que personne ne s'en apercevra ?

— Non. »

Et pouvais-je lui en vouloir de me dire cela alors qu'Annmarie Soucie n'avait toujours aucune idée qu'il existait une certaine Carol Gerber ? J'avais bien peur que non. Carol et moi n'étions pas mariés, ni rien d'approchant, mais là n'était pas le problème. « Non, repris-je, pas comme ça. N'empêche, tu n'es pas obligée de lui coller ce foutu canard sous le nez, n'est-ce pas ? »

Elle se mit à rire. Un rire dépourvu de la gaieté spontanée que j'y avais toujours trouvée, jusqu'ici, mais je me dis qu'un rire un peu triste valait mieux que pas de rire du tout. « Ce ne sera pas la peine. Il finira par le trouver. C'est toujours comme ça. Mais il fallait que j'y aille, Pete. Et je vais probablement m'inscrire à leur Comité de Résistance. Même si George Gilman a la tête d'un môme qu'on vient de surprendre à bouffer ses crottes de nez et si Harry Swidrowski a une haleine épouvantable. Parce que vois-tu, c'est... tu comprends... » J'entendis un soupir de frustration dans mon oreille. « Écoute, tu sais, le coin où nous allons pour fumer pendant la pause ?

— À Holyoke ? À côté des bennes à ordures ? Oui, bien sûr.

— Retrouve-moi là-bas, dit-elle. Dans un quart d'heure. C'est possible ?

— Oui.

— J'ai pas mal de révisions à faire et je ne pourrai pas rester longtemps, mais je... je voudrais juste...

— J'y serai. »

Je raccrochai et sortis de la cabine. Ashley Rice se tenait à l'entrée de la salle commune ; il fumait et dansait d'un pied sur l'autre, et j'en déduisis qu'il était entre deux parties. Il avait le visage trop pâle, le chaume noir qui poussait sur ses joues paraissait avoir été dessiné au crayon et sa chemise avait franchi ce degré dans la crasse où elle semble un prolongement du corps. Il avait aussi ce regard *Danger Voltage Élevé* que j'ai retrouvé plus tard chez les cocaïnomanes. Et c'était bien là la réalité du chasse-cœurs : une sorte de drogue. Et pas du genre qui vous rend tout mou.

« Qu'est-ce que t'en dis, Pete ? me demanda-t-il. Tu veux pas faire une ou deux parties ?

— Plus tard, peut-être. »

Je passai dans le couloir et m'éloignai. Stoke Jones, dans une robe de chambre élimée, sortait des toilettes et retournait en clopinant dans sa chambre. Ses béquilles laissaient des ronds d'humidité sur le lino rouge sombre. Sa tignasse longue et hirsute était encore mouillée. Je me demandai comment il s'y prenait, sous la douche ; à l'époque, elles ne comportaient pas ces poignées et ses rampes qui sont depuis devenues de rigueur dans les toilettes accessibles au public. À sa tête, on comprenait que c'était un sujet dont il n'avait pas envie de discuter. Pas plus que d'un autre, d'ailleurs.

« Comment ça va, Stoke ? » demandai-je.

Il poursuivit son chemin sans répondre, la tête inclinée, des mèches dégoulinantes collées aux joues, la serviette calée sous un bras et marmonnant ses « rip-rip, rip-rip ». Il ne me regarda même pas. On pouvait dire ce qu'on voulait de Stoke Jones, mais il n'avait pas son pareil pour vous filer un petit coup de bourdon.

21

Carol était déjà à Holyoke quand j'arrivai. Elle avait tiré deux caisses de bouteilles de lait un peu à l'écart des bennes à ordures et était assise sur l'une d'elles, jambes croisées, tirant sur une cigarette. Je m'installai sur l'autre, passai un bras autour de ses épaules et l'embrassai. Elle posa quelques instants la tête contre mon cou sans rien dire. Ce n'était pas tellement son style, mais cela me plut. La tenant toujours, je regardai les étoiles. Il faisait une nuit particulièrement douce, pour cette époque de la saison, et nombreux étaient ceux (surtout des couples) qui se promenaient afin d'en profiter. On entendait le murmure de leurs conversations. De la salle à manger des Commons, au-dessus de nous, nous parvenait de la musique : *Hang On,*

Sloopy. Sans doute un des concierges qui écoutait la radio.

Finalement, elle releva la tête et s'écarta légèrement de moi, juste assez pour que je comprenne que je pouvais récupérer mon bras. Voilà qui lui ressemblait davantage, à la vérité. « Merci, dit-elle. J'avais besoin d'un petit câlin.

— À ton service.

— J'ai un peu la frousse d'affronter mon père. Pas une grande frousse, mais la frousse tout de même.

— Ça se passera bien. »

Je répondis cela non pas parce que je le pensais vraiment — comment aurais-je pu le savoir ? —, mais parce que c'est toujours ce qu'on dit dans ces cas-là, n'est-ce pas ? Toujours ce qu'on dit.

« Ce n'est pas à cause de mon père que je suis allée avec Harry, George et le reste de la bande. C'est pas du tout une grande rébellion freudienne, ni rien de ce genre. »

Elle se débarrassa de sa cigarette d'une pichenette et nous regardâmes les étincelles se disperser lorsque le mégot toucha les briques de la Bennett's Walk. Puis elle prit son petit sac à main, resté sur ses genoux, et l'ouvrit. Elle fouilla, trouva son portefeuille et passa en revue les photos glissées dans les petites fenêtres en Celluloïd dont il était équipé. Elle en retira finalement une et me la tendit. Je dus me pencher, pour mieux voir, vers la lumière qui tombait des fenêtres du réfectoire où les concierges devaient faire le ménage.

Je vis trois mômes d'environ onze ou douze ans, une fille et deux garçons. Ils portaient des t-shirts bleus sur lesquels étaient imprimés les mots STERLING HOUSE en grosses lettres rouges carrées. Le cliché avait été pris quelque part dans un parking et ils se tenaient par les épaules, dans une pause copains-pour-la-vie décontractée qui avait quelque chose de touchant. La fille était au milieu ; c'était Carol, évidemment.

« Lequel est Sully-John ? » demandai-je. Elle me regarda, un peu surprise... mais avec *le* sourire. De toute façon, j'avais déjà deviné. Sully-John devait être sans doute le gosse aux larges épaules, au grand sourire et à l'abondante chevelure noire. Elle me rappelait un peu celle de Stoke, cette chevelure, même si le garçon avait de toute évidence donné un coup de peigne à sa tignasse. « C'est lui, hein ? dis-je en le tapotant.

— Oui, c'est Sully. »

Elle toucha le visage de l'autre garçon du bout du doigt. Il paraissait avoir reçu un coup de soleil plutôt qu'être bronzé. Il avait le visage plus étroit, les yeux un peu plus rapprochés et ses cheveux couleur carotte étaient coupés en brosse, comme ceux d'un gamin peint par Norman Rockwell pour une couverture du *Saturday Evening Post*. Un léger pli se dessinait sur son front. Les bras de Sully étaient déjà musclés, pour ceux d'un enfant ; ceux de l'autre étaient fins, de vraies allumettes. Il avait probablement encore des bras fins, aujourd'hui. La main qui ne passait pas autour des épaules de Carol tenait un gros gant de base-ball brun.

« Celui-ci, c'est Bobby », dit-elle.

Sa voix avait changé. Je décelai quelque chose que je n'y avais jamais entendu. De la peine ? Mais elle souriait toujours. Si elle éprouvait de la peine, pourquoi souriait-elle ? « Bobby Garfield. Ce fut lui, mon premier petit ami. Mon premier amour, je crois que ce ne serait pas exagéré. Lui, Sully et moi étions de vrais amis, à l'époque. Il n'y a pas si longtemps, puisque c'était en 1960... mais ça me fait l'effet de remonter à une éternité.

— Qu'est-ce qui lui est arrivé ? »

Je ne sais pourquoi, j'étais sûr qu'elle allait me répondre qu'il était mort, ce petit garçon poil de carotte à la coupe en brosse et au visage étroit.

« Lui et sa mère ont déménagé. Nous nous sommes écrit pendant quelque temps, puis nous avons perdu le contact. Tu sais comment sont les gosses.

— Chouette, le gant de base-ball. »

Carol, toujours avec le sourire. Les larmes lui étaient montées aux yeux pendant que nous regardions la photo, mais elle avait gardé son sourire. Dans la lumière des néons qui tombait des fenêtres, ces larmes paraissaient argentées comme celle des princesses dans les contes de fées.

« C'était son objet le plus précieux. Il y a bien un joueur de base-ball qui s'appelle Alvin Dark, c'est ça ?

— Il y en a eu un, oui.

— C'était le gant de Bobby. Un Alvin Dark.

— Moi, j'avais un Ted Williams. J'ai l'impression que ma mère l'a revendu il y a un an ou deux.

— On a volé celui de Bobby. »

Je me demandais, à la manière dont elle avait parlé, si Carol avait encore conscience de ma présence. Elle ne cessait de toucher du bout du doigt ce visage étroit et fronçait légèrement les sourcils. On avait l'impression qu'elle régressait dans son passé. J'ai entendu dire que les hypnotiseurs y parviennent avec de bons sujets. « Willie l'a pris.

— Willie ?

— Willie Shearman. Je l'ai vu jouer avec un an plus tard, à la Sterling House. J'étais dans un état... À l'époque, mon père et ma mère n'arrêtaient pas de se bagarrer, leur manière à eux de préparer le terrain pour le divorce, sans doute. Moi, j'étais tout le temps furieuse. Furieuse contre eux, furieuse contre mon prof de maths, furieuse contre le monde entier. J'avais toujours peur de Willie, mais j'étais surtout furieuse contre lui... sans compter que ce jour-là, je n'étais pas toute seule. Je lui ai donc fondu dessus et je lui ai dit que c'était le gant de Bobby qu'il avait là, qu'il devait me le rendre, que j'avais l'adresse de Bobby dans le Massachusetts et que je le lui enverrais. Il m'a répondu que j'étais cinglée, que c'était *son* gant, et il m'a montré son nom, sur le côté. Il avait effacé celui de Bobby du mieux qu'il avait pu, et il avait mis le sien par-dessus. Mais on devinait encore les dernières lettres, *b-b-y*, dessous. »

Une sorte d'indignation qui faisait froid dans le dos s'était peu à peu glissée dans sa voix, laquelle parais-

sait tout d'un coup plus jeune. Elle-même avait *l'air*
plus jeune. Certes, ma mémoire me joue peut-être des
tours, mais je ne crois pas. Assis sur nos caisses, dans
la lumière blanche qui tombait de Holyoke, Carol me
donnait l'impression d'avoir douze ans. Treize tout au
plus.

« Il n'avait pas pu effacer la signature d'Alvin Dark,
cependant, ni écrire par-dessus... et il a rougi. Violemment. Il était rouge comme une pivoine. Et alors, tu ne
devineras jamais : il m'a demandé pardon pour ce que
lui et ses deux copains m'avaient fait. C'est le seul des
trois à s'être excusé, et je crois qu'il était sincère. Mais
pour le gant, il a menti. Je n'ai pas l'impression qu'il y
tenait tellement ; c'était un vieux gant dont les coutures
s'effilochaient partout et qui lui pendait de travers sur
la main, mais il a tout de même menti pour le garder.
Je ne comprenais pas pourquoi. Et je n'ai toujours pas
compris.

— Il y a quelque chose qui m'échappe, dis-je.

— Pas étonnant. Tout ça se mélange dans ma tête,
alors que j'y étais. Ma mère m'a dit une fois que cela
arrive aux gens qui ont été pris dans un accident ou
une bagarre. Il y a des détails dont je me souviens
parfaitement, surtout dans la partie où Bobby entre en
scène, mais je tiens presque tout le reste de ce que les
uns et les autres m'ont dit après.

» J'étais dans le parc, au bas de la rue où j'habitais,
et ces trois garçons sont arrivés — Harry Doolin, Willie Shearman et un autre. J'ai oublié le nom du dernier,
mais ça n'a pas d'importance. Ils m'ont battue. Je
n'avais que onze ans, mais ce n'est pas cela qui les a
retenus. Harry Doolin m'a tapé dessus avec sa batte de
base-ball. Willie et l'autre me tenaient pour m'empêcher de m'enfuir.

— Avec une batte de base-ball ? Tu te fiches de
moi ? »

Elle secoua la tête. « Je crois que pour eux, tout avait
commencé comme une plaisanterie, et puis, à un
moment donné... ils ne rigolaient plus. Ils m'ont

déboîté l'épaule. J'ai hurlé et je crois qu'ils se sont enfuis. Je suis restée assise où j'étais, me tenant le bras ; j'avais trop mal et j'étais... trop choquée, sans doute... pour savoir ce que je devais faire. J'ai peut-être essayé de me lever et d'aller chercher de l'aide, sans y parvenir. C'est alors que Bobby est arrivé. Il m'a raccompagnée hors du parc, après quoi il m'a prise dans ses bras et m'a portée jusque chez lui. Il a remonté tout Broad Street Hill alors qu'il faisait une chaleur écrasante. Il m'a portée dans ses bras. »

Je lui pris la photo des mains et la tins dans la lumière pour examiner de près le garçon à la coupe en brosse ; pour étudier ses bras comme des allumettes, et regarder la fillette, à côté de lui. Elle était plus grande que lui de plusieurs centimètres, et plus large d'épaules. Je regardai l'autre garçon, Sully, celui avec la tignasse luxuriante et son sourire de petit Américain typique. Les cheveux de Stoke Jones, le sourire de Skip. Je pouvais imaginer Sully portant Carol, oui, mais l'autre gosse...

« Je sais, reprit-elle. Il n'a pas l'air de faire le poids, hein ? Et pourtant, il m'a portée. J'ai commencé à perdre connaissance, et il m'a portée. » Elle me reprit la photo des mains. « Et pendant ce temps, l'autre, le Willie, en profitait pour lui piquer son gant ? »

Elle acquiesça. « Bobby m'a portée jusque dans son appartement. Il y avait un bonhomme âgé qui vivait un étage ou deux au-dessus, Ted, un type qui paraissait savoir des choses dans plein de domaines. Il m'a remis le bras en place. Je me rappelle qu'il m'a donné sa ceinture pour que je morde dedans. Ou c'était peut-être la ceinture de Bobby. Il m'a dit que j'allais attraper la douleur avec les dents, et c'est ce que j'ai fait. Après ça... après ça, il s'est passé quelque chose d'affreux.

— Pire que de se faire taper dessus à coups de batte ?

— D'une certaine manière, oui. Je n'ai pas envie d'en parler. » D'une main, elle essuya ses larmes, un côté après l'autre, regardant toujours la photo. « Plus tard, avant que lui et sa mère ne quittent Harwich, Bobby a fichu une raclée au type qui tenait la batte. Harry Doolin. »

Elle remit la photographie en place dans son portefeuille.

« Ce dont je me souviens le mieux de cette journée, la seule chose qui mérite que je m'en souvienne, à vrai dire, c'est que Bobby Garfield a pris fait et cause pour moi. Sully était plus fort, et il aurait pu lui aussi prendre fait et cause pour moi s'il avait été là, mais il n'y était pas. Bobby était là, lui, et il m'a portée jusqu'en haut de la colline. Il a fait ce qui était bien. C'est la meilleure chose, la chose la plus importante que quelqu'un ait jamais faite pour moi de toute ma vie. Comprends-tu cela, Pete ?

— Oui, je vois. »

Je voyais aussi autre chose : elle me disait presque la même chose que Nate, une heure avant à peine... sauf qu'elle avait été manifester. Elle avait pris l'une des pancartes et avait défilé avec. Mais évidemment, jamais Nate Hoppenstand n'avait été battu par trois garçons qui avaient voulu s'amuser et avaient fini par être sérieux. Là était peut-être la différence.

« Il m'a portée jusqu'en haut de la colline, répétat-elle. J'ai toujours voulu lui dire combien je l'aimais pour ça, et combien je l'aimais pour avoir montré à Harry Doolin qu'on ne s'en tirait pas comme ça quand on s'en prenait aux gens, en particulier à ceux qui sont plus petits que vous et qui ne vous veulent pas de mal.

— Et tu es donc allée à cette manifestation.

— J'y suis allée. Il fallait que j'en parle à quelqu'un. À quelqu'un qui puisse comprendre. Mon père en serait incapable, ma mère n'en aurait eu aucune envie. Son amie Rionda m'a appelée et m'a dit... »

Elle ne finit pas sa phrase et resta assise sur sa caisse, tripotant son petit sac à main.

« Elle t'a dit quoi ?

— Rien. »

Je la sentais épuisée, perdue. J'avais envie de l'embrasser, de la prendre dans mes bras, au moins, mais je craignais de gâcher ce qui venait de se produire. Car quelque chose venait de se produire. Son histoire avait un côté magique. Pas tellement par son contenu, mais par ce qui s'en dégageait. Je le sentais.

« Oui, j'ai été manifester, et je crois que je vais rejoindre ce Comité de Résistance. Ma coturne dit que je suis cinglée, que jamais je ne trouverai de travail après avoir fait partie d'un groupe de cocos pendant mes études, mais je crois que je vais le faire tout de même.

— Et ton père, là-dedans ?

— Qu'il aille se faire enculer. »

Il y eut un instant pendant lequel nous restâmes l'un et l'autre légèrement choqués par ce qu'elle venait de dire. Puis Carol pouffa. « Ça, par contre, c'est freudien. » Elle se leva. « Il faut que je retourne étudier. Merci d'être venu, Pete. Je n'avais jamais montré cette photo à personne, et cela faisait bien longtemps que je ne l'avais pas regardée. Je me sens mieux. Beaucoup mieux.

— Parfait, répondis-je en me levant à mon tour. Avant que tu partes, m'aiderais-tu à faire quelque chose ?

— Bien sûr. Quoi donc ?

— Je vais te montrer. Il n'y en aura pas pour long-temps. »

Nous longeâmes le bâtiment du Holyoke avant d'attaquer l'éminence qui s'élève derrière. À environ deux cents mètres de là se trouvait un parking, à côté de la chaufferie ; c'était là que les étudiants et tous ceux qui n'avaient pas droit aux autres places de parking devaient garer leur véhicule, et l'endroit de choix, sur le campus, pour venir tirer son coup quand il commençait à faire froid. Mais tirer un coup dans ma voiture n'était pas ce que j'avais en tête ce soir-là.

« Est-ce que tu as jamais raconté à Bobby ce qu'était devenu son gant de base-ball ?

— Je n'en ai pas vu la nécessité. »

Nous marchâmes en silence pendant quelques instants. Puis je repris la parole : « Je vais rompre avec Annmarie pour Thanksgiving. J'ai commencé à lui téléphoner, puis j'ai raccroché. Si je dois le faire, il faut que je trouve le courage de le lui dire en face. » Je ne savais pas que j'avais pris cette décision, du moins consciemment, mais elle était pourtant prise, semblait-il. Toujours est-il que ce n'était absolument pas quelque chose que je disais pour faire plaisir à Carol.

Elle acquiesça sans me regarder, chassant les feuilles à chaque pas, tenant son petit sac d'une main. « Moi, je me suis sentie obligée de téléphoner. J'ai appelé Sully-John et je lui ai dit que je voyais quelqu'un. »

Je m'arrêtai. « Quand ça ?

— La semaine dernière. »

Elle leva alors les yeux sur moi. Les fossettes se creusèrent, la lèvre inférieure s'arqua légèrement. Le sourire.

« La semaine dernière ? Et tu ne me l'as pas dit ?

— Cela ne regardait que moi. Moi et Sully. Ce que je veux dire, ce n'est pas comme s'il allait t'arriver dans le dos avec... » Elle se tut, le temps que nous complétions mentalement tous les deux, *une batte de base-ball*, puis reprit : « Il ne va pas s'en prendre à toi, ni rien de tel. Allons, Pete... si nous devons faire quelque chose ensemble, faisons-le. Mais nous n'irons pas faire un tour en voiture ce soir. Il faut vraiment que je révise.

— Ce n'est pas un tour en voiture que j'avais en tête. »

Nous nous remîmes en marche. À l'époque, le parking de la chaufferie me paraissait gigantesque, au clair de lune, avec ses quelques centaines de voitures réparties sur plusieurs douzaines de rangées. J'avais toujours le plus grand mal à me rappeler où j'avais garé la vieille Ford familiale de mon frère. La dernière fois que je suis revenu sur le campus, ce parking était trois, sinon quatre fois plus grand et pouvait contenir plusieurs milliers de véhicules. Le temps passe et tout devient plus grand, sauf nous.

« Dis-moi, Pete... » les yeux baissés toujours sur ses chaussures, alors que nous marchions sur une allée asphaltée où il n'y avait pas de feuilles à chasser.

« Ouais ?

— Je ne voudrais pas que tu rompes avec Annmarie à cause de moi. Parce qu'il me semble que nous deux... c'est temporaire. T'es pas d'accord ?

— Si. » Ce qu'elle venait de dire me rendait malheureux — c'était ce que les citoyens de l'Atlantide appelaient un *manque de pot*, mais pas vraiment une surprise. « Je crois qu'il faudra faire avec.

— Je t'aime beaucoup et j'aime bien être avec toi, en ce moment, mais ce n'est pas autre chose, et il vaut mieux être honnête. Et donc, si tu préfères ne rien dire quand tu partiras chez toi pour les vacances...

— Histoire de me la garder à la maison ? Une roue de secours, en somme, au cas où on aurait une crevaison ici ? »

Elle parut surprise, puis se mit à rire. « *Touché** !

— *Touché* * pourquoi ?

— Je ne sais même pas, Pete... mais je sais que je t'aime beaucoup. »

Elle s'arrêta, se tourna vers moi et passa les bras autour de mon cou. On se bécota pendant un moment entre deux rangées de voitures, jusqu'au moment où je commençai à avoir la trique, une trique qu'elle ne pouvait pas ne pas sentir. Puis elle me colla un dernier bécot sur la bouche et nous repartîmes.

« Et qu'est-ce que Sully t'a répondu ? Je ne sais pas si je peux me permettre de te poser la question, mais...

— Tu aimerais pourtant bien avoir *l'information* », me coupa-t-elle de son ton de voix Numéro Deux. Puis elle rit, mais c'était son rire triste. « Je m'attendais à ce qu'il soit en colère, peut-être même à ce qu'il pleure. Sully est un grand costaud qui fiche une sainte frousse à tous les joueurs de football de l'équipe adverse, mais c'est aussi un grand sentimental. S'il y a bien une chose à laquelle je ne m'étais pas attendue de sa part, c'était du soulagement.

— Du soulagement ?

— Oui, du soulagement. Cela faisait un bon mois qu'il voyait une fille à Bridgeport... sauf que d'après ce que m'a dit Rionda — tu sais, l'amie de ma mère —, c'est en fait une femme, elle a vingt-quatre ou vingt-cinq ans.

— Une bonne méthode pour courir au désastre », dis-je, espérant avoir répondu d'un ton mesuré et réfléchi.

En réalité, j'étais ravi. Et comment ! Et si ce pauvre vieux grand sentimental au cœur tendre de John Sullivan allait s'empêtrer dans le scénario d'une chanson country-western de Merle Haggard, les quatre cents millions de cocos chinois n'en avaient rien à foutre, et moi encore moins.

Nous étions presque arrivés à ma voiture. Elle n'était rien qu'un tas de ferraille au milieu d'autres tas de ferraille, mais, merci frangin, elle m'appartenait. « En fait, reprit Carol, il a d'autres préoccupations en tête que sa nouvelle conquête. Il va entrer dans l'armée quand il aura fini ses études secondaires, l'année prochaine, en juin. Il a déjà eu des entretiens avec le service de recrutement et tout est arrangé. Il trépigne d'impatience à l'idée de partir pour le Viêt-nam et de faire progresser la démocratie dans le monde.

— Vous vous êtes disputés à propos de la guerre ?

— Pas du tout. Cela n'aurait servi à rien. Et d'ailleurs, qu'est-ce que j'aurais pu lui dire ? Que pour moi, c'était à cause de Bobby Garfield ? Que toutes les grandes déclarations de Harry, George et Hunter n'étaient que poudre aux yeux, comparées à ce que Bobby avait fait quand il m'avait portée dans ses bras ? Il aurait pensé que j'étais cinglée. Ou dit que j'étais trop maligne pour lui. Sully est plein de commisération pour les gens qui sont trop intelligents. Pour lui, c'est une vraie calamité. Il n'a peut-être pas tort. Je l'aime bien, tu sais. Il est touchant. C'est aussi le genre de type qui a besoin que quelqu'un s'occupe de lui. »

Et j'espère qu'il trouvera ce quelqu'un, pensai-je, pourvu que ce ne soit pas toi.

Elle examina ma bagnole d'un œil critique. « D'accord, dit-elle, elle est moche, elle est tellement crasseuse que même en plein jour on ne doit pas pouvoir dire sa couleur, mais c'est un moyen de transport. Ma question est, qu'est-ce que je fabrique ici, alors que je devrais être en train de lire Flannery O'Connor ? »

Je sortis mon canif et l'ouvris. « Tu n'aurais pas une lime à ongles, par hasard ?

— Il se trouve que si. Est-ce qu'on va se battre ? Numéro Deux et Numéro Six s'affrontent dans le parking de la chaufferie ?

— Arrête de faire ta maligne. Prends ta lime et suis-moi. »

Le temps de faire le tour de la familiale, elle riait déjà, mais pas de ce rire mélancolique de tout à l'heure ; elle s'esclaffait avec jubilation, comme lorsqu'elle avait vu arriver le bonhomme en hot-dog en pleine érection de Skip, sur le tapis roulant. Elle avait finalement compris ce que nous étions venus faire.

Elle attaqua l'autocollant par un côté, moi par l'autre ; nous nous retrouvâmes au milieu. Puis nous regardâmes les débris que le vent emportait sur le macadam. *Au revoir*, AuH$_2$O-4-USA. Salut, Barry. Et nous éclatâmes de rire. Bon Dieu, on n'arrivait pas à s'arrêter.

22

Un jour ou deux plus tard, mon ami Skip, arrivé en fac avec le niveau de conscience politique d'un mollusque, afficha un poster dans son coin de la chambre qu'il partageait avec Brad Witherspoon. Dessus, on voyait un homme d'affaires en costume trois-pièces. Il tendait cordialement la main droite. Il tenait la gauche dans son dos, mais du sang dégoulinait de ce qu'elle agrippait. LA GUERRE EST BONNE POUR LES AFFAIRES, lisait-on en dessous. INVESTISSEZ VOTRE FILS.

Dearie fut horrifié.

« Tu es contre la guerre du Viêt-nam, à présent ? » demanda-t-il à Skip lorsqu'il la vit. Il avait beau relever le menton avec toute la morgue dont il était capable, on sentait notre responsable d'étage sérieusement choqué à la vue de ce poster. Car Skip, tout de même, avait été un joueur de base-ball de première bourre au lycée. On s'attendait à ce qu'il continue pendant ses études supérieures et il avait déjà reçu des propositions des deux fraternités sportives, Delta Tau Delta et Phi Gamma. Skip n'était ni une demi-portion estropiée comme Stoke Jones (que Dearie avait pris l'habitude d'appeler Rip-Rip, lui aussi), ni un barjot à tête de crapaud comme George Gilman.

« Hé, répondit-il, tout ce que ce poster veut dire, c'est qu'il y a des tas de gens qui profitent de ce sanglant massacre pour s'en mettre plein les poches. McDonnell-Douglas, Boeing, General Electric, Dow Chemicals et Coleman Chemicals, Pepsi bon Dieu d'Cola. Et des tas d'autres. »

Avec son regard en vrille, Dearie voulut nous faire croire qu'il avait pensé à ces questions beaucoup plus profondément que Skip Kirk en serait jamais capable. « Permets-moi de te demander quelque chose. Crois-tu qu'on devrait rester les bras croisés et laisser l'Oncle Hô envahir tout le pays ?

— Je ne sais pas encore ce que je pense, répliqua Skip. Cela ne fait qu'une quinzaine de jours que j'ai commencé à m'intéresser au problème. J'ai pas fini le cours de rattrapage. »

Il était sept heures et demie du matin, et un petit groupe d'étudiants, en route pour le cours de huit heures, s'était formé devant la porte de Skip. Je vis Ronnie (escorté de Nick Prouty ; à ce moment-là, ils étaient devenus inséparables), Ashley Rice, Lennie Doria, Billy Marchant et peut-être quatre ou cinq autres. Nate se tenait appuyé contre l'encadrement de notre porte, en t-shirt et pantalon de pyjama. Dans l'escalier, Stoke Jones s'était immobilisé, penché sur ses béquilles ; apparemment, il s'était arrêté et retourné pour prêter l'oreille à la conversation.

« Chaque fois que les Viêt-công envahissent une ville du Sud, dit Dearie, la première chose qu'ils font est de chercher les gens qui portent des crucifix, des médailles de Saint-Christophe, de Marie, des choses dans ce genre. On tue les catholiques. On tue des gens qui croient en Dieu ! Et toi, tu prétends qu'on devrait rester les bras croisés pendant que les cocos tuent des croyants ?

— Et pourquoi pas ? lança Stoke depuis l'escalier. On est bien restés les bras croisés pendant six ans alors que les nazis assassinaient les Juifs. Les Juifs croient en Dieu, d'après ce que j'ai entendu dire.

— Connard de Rip-Rip ! s'égosilla Ronnie. On t'a pas sonné ! »

Mais déjà Stoke Jones, *alias* Rip-Rip, avait repris sa progression dans l'escalier. L'écho de ses béquilles me fit penser à Frank Stuart, notre récent disparu.

Dearie se tourna de nouveau vers Skip, les poings sur les hanches. Sur son t-shirt, il arborait toute une série de plaques et d'insignes divers. Il nous expliqua que son père les avait portés pendant la campagne de France et d'Allemagne ; qu'il les portait entre autres le jour où il s'était trouvé coincé derrière un arbre, sous le feu d'une mitrailleuse ennemie qui avait tué deux hommes de sa compagnie et en avait blessé quatre autres. Le rapport que ce fait d'armes pouvait avoir avec le Viêt-nam ne nous sautait pas aux yeux ; mais pour Dearie c'était manifestement fondamental, si bien qu'aucun de nous n'osa lui poser la question. Même Ronnie eut assez de bon sens pour ne pas l'ouvrir.

« Si nous les laissons prendre le Viêt-nam, ils prendront ensuite le Cambodge. » Les yeux de Dearie passèrent de Skip à Ronnie, puis à moi, puis à tous les autres. « Après quoi, le Laos. Et les Philippines. Un pays après l'autre.

— S'ils en sont capables, dis-je, ils méritent peut-être de gagner. »

Dearie me regarda, scandalisé. J'étais moi-même vaguement scandalisé, mais je ne baissai pas les yeux.

23

Il y eut, avant les vacances de Thanksgiving, une nouvelle série de contrôles qui tourna au désastre pour les étudiants de Chamberlain Deuxième. À ce stade, la majorité d'entre nous avait compris que *nous* étions un désastre, que nous nous livrions à une sorte de suicide collectif. Kirby McClendon nous fit son numéro macabre et disparut comme un lapin entre les mains d'un prestidigitateur. Kenny Auster, un des habitués des angles de la salle, pendant nos parties-marathons, qui se curait le nez quand il ne savait quelle carte jouer, prit carrément la poudre d'escampette, un beau matin. En nous laissant sur son oreiller une reine de pique sur laquelle était écrit en travers : « Je me tire. » George Lessard alla rejoindre Steve Ogg et Jack Frady au Chad, le dortoir des grosses têtes.

Moins six, restaient treize.

Cela aurait dû nous suffire. Bon Dieu, rien que ce qui était arrivé à ce malheureux Kirby aurait dû nous suffire ; pendant les quelques jours qui avaient précédé le soir où il avait pété les plombs, ses mains tremblaient tellement qu'il avait du mal à ramasser ses cartes, et il bondissait sur sa chaise à chaque fois qu'une porte claquait. L'exemple de Kirby aurait dû nous suffire, oui. Et pourtant, rien n'y fit. Pas même le temps que je passais avec Carol. Quand j'étais avec elle, je me sentais bien. En sa compagnie, je ne désirais que des informations (et peut-être aussi la faire grimper aux rideaux). Lorsque je me trouvais à Chamberlain, en revanche, et en particulier dans cette maudite salle commune, je devenais un autre Peter Riley, la version hydienne. A Chamberlain Deuxième Étage, j'étais un étranger pour moi-même.

Avec l'approche de Thanksgiving, s'instaura parmi nous une sorte de fatalisme aveugle. Personne n'abordait jamais le sujet, pourtant. Nous parlions cinéma, sexe (« Je me tape plus de culs qu'un étalon d'élevage ! » se mettait parfois à hurler Ronnie, en général sans avertissement et sans qu'il y ait le moindre rapport avec la conversation en cours), mais surtout nous discutions du Viêt-nam et... du chasse-cœurs. Quand nous parlions chasse-cœurs, c'était pour déterminer qui gagnait, qui perdait et qui parvenait à maîtriser les quelques stratégies élémentaires du jeu : se débarrasser le plus vite possible d'une couleur, passer les cœurs de valeur moyenne à celui qui aimait prendre des risques insensés, et si vous étiez obligé de prendre une levée, jouer sa plus forte carte possible.

La seule véritable réaction que nous eûmes, alors que se rapprochait dangereusement la date des contrôles, fut d'organiser le jeu de manière à en faire une sorte de tournoi permanent et sans fin. Nous misions toujours un nickel le point, mais jouions aussi, à présent, pour des « points de match ». Le système d'attribution de ces points supplémentaires était fort compliqué, mais Randy Echolls et Hugh Brennan avaient élaboré une bonne formule en deux nuits d'un labeur fiévreux. Soit dit en passant, ils se firent tous les deux étendre dans leur cours d'introduction aux mathématiques et ils ne furent pas invités à revenir à l'issue du semestre.

Trente-trois années ont passé depuis ces examens d'avant Thanksgiving, et l'homme qu'est devenu l'adolescent d'alors grimace encore à leur seule évocation. Je les ratai tous, sauf sociologie et anglais. Je n'avais même pas eu besoin d'aller consulter les résultats pour le savoir. Skip me dit qu'il avait coulé corps et biens partout, sauf en maths, et que même là il s'en était sorti de justesse. Je devais aller avec Carol au cinéma ce soir-là (c'était notre dernière sortie d'avant les vacances, mais ce fut aussi la dernière tout court, ce que j'ignorais alors), et je croisai Ronnie Malenfant en allant au parking. Je lui demandai s'il avait l'impression de s'en être bien tiré avec ses exams ; il sourit, me fit un clin d'œil et me répondit : « J'ai tout bon partout, champion. Exactement comme le type de *College Bowl*, à la télé. Je m'en fais pas. » Mais à la lumière chiche du parking, je voyais le sourire vaciller au coin de ses lèvres. Sa peau était trop pâle, et son acné, déjà prononcée à la rentrée, était pire que jamais. « Et toi ?

— Moi ? On va me nommer doyen ès sciences, mon vieux. C'est pas quelque chose, ça ? »

Il éclata de rire. « Sacré branleur, va ! » dit-il en me tapant sur l'épaule. Son expression effrontée avait laissé la place à de la peur, et il en paraissait plus jeune. « Tu sors ?

— Ouais.

— Carol ?

— Ouais.

— T'as du bol. Elle est chouette, cette nana. » C'était ce que Ronnie pouvait dire de plus déchirant en matière de sincérité. « Et si je ne te revois pas tout à l'heure au Deux, bonne dinde !

— À toi aussi, Ronnie.

— Ouais, merci. »

Il dit tout cela en me regardant davantage du coin de l'œil qu'en face. S'efforçant de continuer à sourire. « D'une manière ou d'une autre, je pense qu'on va en prendre plein la gueule, tu crois pas ?

— Ouais. J'ai bien l'impression que ça résume tout. »

24

Il faisait chaud, même avec le moteur coupé et sans le chauffage, il faisait chaud, nous avions réchauffé tout l'intérieur de la voiture avec nos corps, la lumière du parking était atténuée par la buée qui s'était déposée sur les vitres, des vitres comme si elles étaient du verre cathédrale, la radio était branchée, Mighty John Marshall nous faisant passer tous les vieux refrains, les Humble pas si humbles que ça dans les *Quatre Saisons*, et les Dovells, et Jack Scott, et Little Richard, et Freddie « Boom Boom » Cannon, tous les bons vieux classiques, son cardigan était ouvert, le soutien-gorge pendait au dossier d'un siège, avec son grand crochet, la technologie soutien-gorgesque n'avait pas encore fait son grand bond en avant, et oh Seigneur, comme elle avait la peau chaude, comme le bout de son sein était dur dans ma bouche, elle avait encore son slip, d'accord, si l'on veut, mais il était tout repoussé d'un côté et j'eus tout d'abord un doigt en elle, puis deux, Chuck Berry chantait *Johnny B. Goode* et le Royal Teens chantait *Short Shorts*, sa main passait dans ma braguette, je sentais son odeur, le parfum de son cou, la sueur à ses tempes, juste en dessous des premiers cheveux, je l'entendais, j'entendais le souffle vivant de sa respiration, les murmures inarticulés dans ma bouche quand je l'embrassais, tout cela sur le siège avant de la Ford repoussé au maximum, moi oublieux des examens ratés, de la guerre au Viêt-nam, de LBJ jurant comme un charretier, du chasse-cœurs, de tout, n'ayant qu'un désir, la prendre, la prendre, là tout de suite, mais, soudain, elle se redressa, ses mains plaquées contre ma poitrine, ses doigts écartés me repoussant vers le volant. Je voulus revenir vers elle, glissai une main vers le haut de ses cuisses, et elle s'écria, « Non, Pete ! » d'un ton violent, referma les cuisses si fort que j'entendis le bruit que firent ses genoux en se heurtant, un bruit qui signifiait tu la baiseras pas mon vieux, que ça te plaise ou non. Le bruit ne me plut pas, en effet, mais je m'arrêtai.

J'appuyai ma tête contre la vitre embuée, côté conducteur, respirant fort. Ma queue était une barre de fer coincée dans mon slip, tellement dure qu'elle me faisait mal. Ça n'allait pas durer — une trique n'est pas éternelle, je crois que c'est Benjamin Disraeli qui l'a dit — mais même une fois l'érection disparue, le mal aux couilles persistait. C'est comme ça, chez les mecs, on n'y peut rien.

Nous avions quitté le cinéma (le film était un authentique nanar style bon vieux gars avec Burt Reynolds) en avance et étions revenus nous garer dans le parking de la chaufferie avec la même idée en tête... du moins était-ce ce que j'espérais. Il me *semble* que ce devait être la même idée, à ceci près que j'avais espéré obtenir un peu plus que ce que j'avais reçu.

Carol avait refermé les pans de son cardigan, mais son soutien-gorge pendait toujours au dossier, et elle avait l'air diaboliquement désirable, avec ses seins qui paraissaient prêts à jaillir, l'aréole de l'un d'eux commençant même à poindre dans la lumière diffuse. Elle fouillait d'une main mal assurée dans son sac, à la recherche de cigarettes.

« Houla... » Sa voix tremblotait autant que sa main. « Sainte merde...

— Tu ressembles à Brigitte Bardot, avec ton cardigan ouvert comme ça », lui dis-je.

Elle leva la tête, l'air étonné et (je crois) contente. « Tu trouves vraiment ? Ou c'est juste à cause des cheveux blonds ?

— Les cheveux ? Bon Dieu, non. C'est surtout... »

De la main, je montrai sa poitrine. Elle abaissa les yeux et rit. Elle ne reboutonna cependant pas le cardigan, ni n'essaya d'en rapprocher davantage les bords. Je ne sais pas si elle y serait parvenue, de toute façon : si je me souviens bien, ce chandail était merveilleusement juste.

« Il y avait un cinéma pas loin de chez moi quand

j'étais môme, dit-elle. L'Asher Empire. On l'a démoli depuis, mais à l'époque, quand j'étais avec Sully-John et Bobby, j'avais l'impression qu'on ne voyait pas d'autres films que les siens. J'ai l'impression que l'un d'eux, *Et Dieu créa la femme*, a dû passer pendant mille ans. »

J'éclatai de rire et pris mes propres cigarettes, posées sur le tableau de bord. « C'était toujours le troisième film à passer, au drive-in de Gates Falls, les vendredis et samedis soir.

— Tu l'as vu ?

— Tu rigoles, non ? Je n'étais même pas autorisé à aller au drive-in, sauf si c'était une soirée Walt Disney. Je crois que j'ai dû voir *Tonka,* avec Sal Mineo, au moins sept fois. Mais je me souviens des bandes-annonces. Brigitte Bardot dans sa serviette de bains...

— Je ne reviendrai pas à la fac », dit-elle en allumant sa cigarette.

Elle avait parlé si calmement que je crus tout d'abord qu'il était toujours question de vieux films, ou de minuit à Calcutta, ou de tout ce que vous voudrez qui puisse convaincre nos corps qu'il est temps de se rendormir, que l'action est terminée. Puis le déclic se fit sous mon crâne.

« Tu... qu'est-ce que tu as dit ?

— J'ai dit que je ne reviendrais pas après les vacances. Et pour ce qui est de Thanksgiving, ça ne va pas vraiment être la fête, à la maison, mais qu'est-ce que ça peut foutre...

— Ton père ? »

Elle secoua la tête et tira sur sa cigarette. À la lueur du brasillement, son visage se transforma en un puzzle de croissants orange lumineux et d'ombres grises. Elle paraissait plus âgée. Toujours belle, mais plus âgée. À la radio, Paul Anka chantait *Diana*. Je coupai le son.

« Mon père n'a rien à voir avec ça. Je retourne à Harwich. Tu te souviens de l'amie de ma mère dont je t'ai déjà parlé, Rionda ? »

Plus ou moins, et j'acquiesçai.

« C'est Rionda qui a pris la photo, celle où je suis avec Bobby et Sully-John.... » Là-dessus, elle se mit à regarder sa jupe, qui était encore remontée pratiquement jusqu'à sa taille, et commença à tirer dessus. Il est toujours difficile de prévoir ce qui va mettre les gens dans l'embarras ; parfois, ce sont des histoires de fonctions intestinales, parfois ce sont les bizarreries sexuelles d'un proche, parfois un comportement exhibitionniste. Et parfois, évidemment, c'est la boisson.

« Pour tout te dire, mon père n'est pas le seul représentant de la famille Gerber à avoir un problème avec l'alcool. C'est lui qui a appris à ma mère à lever le coude, et elle s'est montrée bonne élève. Elle est restée longtemps abstinente — je crois qu'elle allait aux rencontres des Alcooliques Anonymes — mais, d'après Rionda, elle a recommencé. Alors je rentre à la maison. Je ne sais pas si je pourrai ou non m'occuper d'elle, mais je vais essayer. Pour mon frère autant que pour elle. Rionda dit de lui qu'il est tellement paumé qu'il ne sait même pas s'il entre ou s'il sort. À la vérité, il ne l'a jamais su. »

Elle sourit.

« Ce n'est peut-être pas une très bonne idée, Carol. Ficher en l'air tes études comme ça... »

Elle me regarda, en colère. « Quoi ? C'est toi qui me reproches de foutre mes études en l'air ? Tu sais ce qu'on raconte en ce moment, à propos de ce putain de jeu de chasse-cœurs à Chamberlain Deuxième ? Que tous les étudiants de l'étage, *tous*, vont se ramasser en fin de semestre, toi y compris. D'après Penny Lang, pas un seul d'entre vous ne sera encore là au début du semestre de printemps, mis à part cette tête de nœud qui vous sert de responsable d'étage.

— Mais non, c'est une exagération. Nate passera. Et aussi Stokely Jones, s'il ne se casse pas le cou un soir en descendant les escaliers.

— Tu en parles comme si c'était drôle.

— Non, ce n'est pas drôle. »

Et effectivement, ça ne l'était pas.

« Dans ce cas, pourquoi tu n'arrêtes pas ? »

C'était maintenant à mon tour de me sentir en colère. Elle m'avait repoussé et avait refermé ses genoux, elle venait de me dire qu'elle partait juste au moment où je commençais non seulement à avoir envie de sa présence, mais besoin d'elle. Elle me laissait avec une congestion testiculaire monumentale... et à présent, tout était de ma faute. À présent, tout était la faute des cartes.

« Je ne sais pas pourquoi, avouai-je. Est-ce qu'il n'y a pas quelqu'un d'autre qui pourrait s'occuper de ta mère ? Est-ce que son amie, Rawanda...

— Ri-on-da.

— ... ne pourrait pas le faire ? Ce n'est quand même pas de ta faute si ta mère est une soûlarde.

— *Ma mère n'est pas une soûlarde ! Je t'interdis de l'appeler comme ça !*

— En tout cas, elle est sûrement quelque chose pour que tu abandonnes la fac à cause d'elle. Si c'est sérieux à ce point, Carol, elle *est* sûrement quelque chose.

— Rionda travaille, sans compter qu'elle a sa mère dont il faut qu'elle s'occupe », me répondit-elle.

Sa colère avait disparu. Elle avait parlé d'un ton abattu, démoralisé. Je n'avais pas de mal à me souvenir de la fille rieuse qui m'avait aidé à déchirer l'autocollant Goldwater mais on aurait dit que j'avais affaire à quelqu'un d'autre, maintenant. « Ma mère est ma mère. Il n'y a que Ian et moi pour s'occuper d'elle, et Ian a déjà le plus grand mal à faire ses études. D'autant que je pourrais toujours aller à l'université du Connecticut.

— Veux-tu que je te donne une *information* ? » Ma voix tremblait et s'étranglait. « Je vais te la donner, que tu le veuilles ou non. D'accord ? Tu me brises le cœur. C'est l'*information*. Tu me brises mon foutu cœur.

— Mais non. C'est solide, les cœurs, Pete. En règle générale, ils ne se brisent pas. Les cœurs, ça plie sans se rompre. »

Ouais, ouais, et Confucius a dit que la femme qui

volait à l'envers avait pété les plombs. Je me mis à pleurer. Pas beaucoup, mais de vraies larmes, néanmoins. Je crois surtout que ça tenait à ce que je ne m'y attendais absolument pas. Et d'accord, c'était peut-être aussi sur mon sort que je pleurais. Parce que j'avais la frousse. J'étais en passe de me faire étendre dans toutes les matières sauf une, un de mes amis était sur le point d'appuyer sur le bouton ÉJECTION, et on aurait dit que j'étais incapable d'arrêter de jouer aux cartes. Rien ne se passait comme je l'avais prévu, depuis mon arrivée en fac, et j'étais terrifié.

« Je ne veux pas que tu partes, dis-je. Je t'aime. » J'essayai de sourire. « Rien qu'encore un peu d'information, d'accord ? »

Elle me regarda avec une expression indéchiffrable, puis elle abaissa la vitre, jeta sa cigarette, remonta la vitre. « Viens », dit-elle en me tendant les bras.

J'écrasai ma cigarette dans le cendrier qui débordait et me glissai à côté d'elle, sur la banquette. Dans ses bras. Elle m'embrassa, puis me regarda dans les yeux. « Peut-être que tu m'aimes, peut-être que tu ne m'aimes pas. Je n'ai jamais essayé de convaincre quiconque de ne pas m'aimer, Pete, tu dois le savoir ; ce n'est pas d'un trop-plein d'amour dont j'ai souffert, jusqu'ici. Mais tu ne sais pas où tu en es, tu es paumé. Que ce soit pour tes études, pour le chasse-cœurs, pour Annmarie, et pour moi aussi. »

Je voulus protester, mais évidemment, elle avait raison. J'étais paumé.

« Je pourrai toujours aller à l'université du Connecticut, reprit-elle. Si ma mère s'en sort, *j'irai* à UConn. Et si ça ne marche pas, je peux m'inscrire à temps partiel à Pennington, à Bridgeport, ou même suivre des cours du soir à Stratford ou à Harwich. C'est possible. C'est un luxe que je peux m'offrir parce que je suis une fille. En ce moment, c'est beaucoup mieux d'être une fille, crois-moi. On peut dire que Lyndon Johnson nous chouchoute.

— Carol, je... »

Elle me mit doucement une main devant la bouche. « Toi, si tu ne passes pas en fin de semestre, tu as toutes les chances de te retrouver au fin fond de la jungle dans moins d'un an. Il faut que tu y réfléchisses, Pete. Pour Sully, ce n'est pas pareil ; il pense que c'est bien, et il veut y aller. Tu ne sais même pas ce que tu veux ou ce que tu penses, et tu n'y arriveras pas tant que tu continueras à jouer aux cartes.

— Hé, j'ai tout de même enlevé l'autocollant Goldwater de ma bagnole, non ? »

Je fus le premier à trouver cette réplique idiote.

Elle ne répondit rien.

« Quand pars-tu ?

— Demain après-midi. J'ai un billet pour le car de New York, celui de quatre heures. L'arrêt de Harwich est à quatre cents mètres de ma porte.

— C'est de Derry que tu dois partir ?

— Oui.

— Est-ce que je pourrai au moins te conduire jusqu'à la gare routière ? Je pourrais passer te prendre au dortoir à trois heures. »

Elle réfléchit un instant, puis acquiesça... mais il y avait une ombre dans son regard. Difficile de ne pas la voir, elle qui ouvrait d'ordinaire de grands yeux sans la moindre trace de culpabilité. « Ce serait bien, dit-elle, merci. Et tu dois admettre que je ne t'ai pas menti, n'est-ce pas ? Je t'avais averti que c'était temporaire, nous deux. »

Je poussai un soupir. « C'est vrai. » Sauf que ça me paraissait bigrement plus temporaire que je l'avais prévu.

« Numéro Six : Nous voulons... des informations.

— Tu n'en auras pas », répondis-je.

Ce n'est pas facile de prendre un ton aussi impitoyable que celui de Patrick McGoohan dans *Le Prisonnier* quand on se sent surtout l'envie de pleurer, mais je fis de mon mieux.

« Même si je te le demande très gentiment ? » Elle me prit la main et la glissa sous le pan du cardigan, la plaçant sur son sein gauche. La partie de mon anatomie qui avait commencé à donner des signes de faiblesses se remit sur-le-champ au garde-à-vous.

« Eh bien...

— Est-ce que tu l'as déjà fait ? Je veux dire... jusqu'au bout ? C'est l'information que je voudrais avoir. »

J'hésitai. C'est une question à laquelle la plupart des garçons ont du mal à répondre non, j'imagine, et qui doit appeler un maximum de réponses mensongères. Mais je ne voulais pas mentir à Carol. « Non », dis-je.

Elle se débarrassa avec grâce de sa petite culotte, la jeta sur la banquette arrière et entrecroisa les doigts derrière ma nuque. « Moi si. Deux fois. Avec Sully. Je crois qu'il n'a pas été très adroit... mais il n'avait jamais été en fac, lui. Toi, si. »

Je me sentais la gorge très sèche, mais sans doute était-ce une illusion, car lorsque nous nous embrassâmes, nos bouches étaient humides ; tout glissait, nos lèvres, nos langues, nos dents qui s'entrechoquaient. Lorsque je pus parler, je murmurai : « Je vais faire de mon mieux pour te faire partager ce que j'ai appris.

— Mets la radio, dit-elle en défaisant la boucle de ma ceinture. Mets la radio, Pete, j'aime bien tous ces vieux airs. »

Je mis donc la radio, je l'embrassai, il y avait un endroit, un certain endroit vers lequel me guidèrent ses doigts, il y eut un moment pendant lequel je fus mon bon vieux moi, puis quelque chose changea. Je fus ailleurs. Dans un endroit très chaud. Très chaud et très serré. Elle me murmura à l'oreille, ses lèvres me chatouillant le lobe : « Lentement. Mange tous tes légumes et tu auras peut-être du dessert. »

Jackie Wilson chanta une histoire de *larmes solitaires*, et j'allai lentement. Roy Orbison chanta *Seul le solitaire*, et j'allai lentement. Wanda Jackson chanta qu'il fallait *Faire la fête*, et j'allai doucement. Mighty John, le speaker, passa une pub pour Brannigan's, le bar à la mode de Derry, et j'allai doucement. Puis elle commença à gémir et ce ne furent plus ses doigts que je sentis s'enfoncer dans ma nuque mais ses ongles, et lorsqu'elle se mit à m'éperonner à petits coups de hanche durs je ne fus plus capable d'aller doucement, les Platters passèrent alors à la radio, chantant *L'Heure du crépuscule*, et elle gémit plus fort qu'elle ne savait pas, qu'elle ne se serait jamais doutée, oh, mon Dieu, Pete, oh, mon Dieu, mon Dieu, Pete ! Ses lèvres étaient partout, sur ma bouche, mon menton, mes mâchoires, une frénésie de baisers. J'entendais la banquette grincer, je sentais l'odeur de tabac et celle de pin venant du désodorisant accroché au rétroviseur, à présent je gémissais moi aussi, sans savoir ce que je marmonnais, les Platters chantaient qu'ils priaient *tous les soirs pour être avec toi*, et c'est alors que ça commença à se produire. La pompe à extase s'enclencha. Je fermai les yeux, la tins contre moi les yeux fermés, et continuai ainsi, comme on fait, tremblant de partout, le talon de ma chaussure tambourinant spasmodiquement contre la porte côté conducteur, me disant que je pourrais le faire même si je mourrais, même si je mourrais, même si je mourrais ; me disant aussi que c'était de l'information. La pompe à extase tourne à plein régime, les cartes retombent où elles veulent, pas un battement de cœur du monde de sauté, la reine se cache, la reine est trouvée, et tout était information.

25

J'eus le lendemain matin un bref entretien avec mon tuteur de géologie, qui me dit que « ma situation commençait à devenir grave ». *L'information n'est pas franchement nouvelle, Numéro Six*, eus-je envie de répondre, me gardant de le faire. Le monde paraissait différent, ce matin, meilleur et pire à la fois.

De retour à Chamberlain, je trouvai Nate sur le point de partir. Sur la valise qu'il tenait à la main, un autocollant proclamait : J'AI FAIT L'ASCENSION DU MONT WASHINGTON. Il tenait à l'épaule un sac de marin bourré de linge sale. Comme tout le reste, il me paraissait différent, à présent.

« Bonne fête de Thanksgiving, Nate », dis-je en ouvrant mon placard et me mettant à balancer des vêtements au hasard sur mon lit. « Bourre-toi de farce. Tu es foutrement trop maigre !

— Promis. Avec de la sauce aux airelles, aussi. La première semaine ici, j'étais tellement cafardeux qu'il n'y avait qu'à la sauce aux airelles de ma mère que j'arrivais à penser. »

Je remplis ma valise, songeant que je n'avais qu'à conduire Carol à la gare routière et poursuivre ma route. Si la circulation n'était pas trop dense sur la nationale 136, je pouvais être chez moi avant la nuit. J'aurais peut-être même le temps de passer boire une chope de *rootbeer* au Frank's Fountain, avant de m'engager sur Sabattus Road et de gagner la maison. Tout d'un coup, ficher le camp d'ici — être loin de Chamberlain Hall, loin du Holyoke Commons, loin de toute cette foutue université — devint une priorité absolue.... *Tu ne sais pas où tu en es*, m'avait dit Carol la nuit précédente. *Tu ne sais même pas ce que tu veux ou ce que tu penses, et tu n'y arriveras pas tant que tu continueras à jouer aux cartes.*

Eh bien, c'était l'occasion ou jamais de fuir ces cartes. L'idée que Carol partait était douloureuse, mais prétendre que c'était mon plus grand souci, à ce moment-là, serait mentir. Mon plus grand souci était de m'évader de Chamberlain Deuxième et de sa salle commune. De fuir la chasse à la Gueuse. *Toi, si tu ne passes pas en fin de semestre, tu as toutes les chances de te retrouver au fin fond de la jungle dans moins d'un an.* On perd pas le contact, mon lapin, à la revoyure, comme aurait dit Skip.

Ma valise bouclée et sanglée, je levai les yeux. Nate se tenait toujours dans l'embrasure de la porte. Je sursautai et laissai échapper un petit cri de surprise.

J'avais eu l'impression de voir surgir le foutu fantôme de Banquo à la table du festin, dans *Macbeth*.

« Hé, qu'est-ce t'attends ! Tire-toi, dis-je. Le temps et la marée n'attendent personne, même pas un apprenti dentiste. »

Nate ne bougea pas et continua de m'observer. « Tu vas être recalé », répondit-il.

Je me fis une fois de plus la réflexion qu'il existait une ressemblance étrange entre Carol et Nate, presque comme s'ils étaient l'avers et le revers, l'un masculin, l'autre féminin, d'une même pièce. Son petit visage était blanc et pincé. Une tête parfaite de Yankee. Imaginez un type qui attrape des coups de soleil sans jamais bronzer, dont la conception de l'élégance se résume au port d'une cravate-ficelle et à l'application de flots de brillantine sur ses cheveux, qui n'a jamais pu couler un bronze facile en trois ans, et que ce type est né au nord de White River, dans le New Hampshire. Sur son lit de mort, ses dernières paroles avaient quelque chance d'être *sauce aux airelles*.

« Mais non, Natie, t'en fais pas. Tout se passera bien.

— Non, mal. Tu vas te faire étendre », insista-t-il. Une nuance rouge brique commençait à lui envahir les joues. « Toi et Skip, vous êtes les deux mecs les plus sensationnels que je connais, j'ai jamais vu des types comme vous quand j'étais au lycée, en tout cas pas dans mon lycée, et vous allez être recalés. Et c'est *complètement stupide*.

— Mais non, je ne serai pas recalé. » Et cependant, depuis la nuit dernière, je me rendais compte que j'acceptais l'idée de cette possibilité. Ma situation ne commençait pas seulement à être grave : elle l'était déjà depuis un bon moment. « Et Skip non plus. On contrôle la situation.

— Le monde s'écroule, et toi et lui, vous allez vous faire virer de la fac à cause du chasse-cœurs ! À cause d'un *con de jeu de cartes* ! »

Avant que j'aie le temps de répondre quelque chose,

il avait fait demi-tour et partait à grands pas vers le pays de la dinde à la sauce aux airelles de sa maman. Peut-être même vers le pays d'une petite branlette discrète aux mains de la chère Cindy. Hé, pourquoi pas ? On fêtait Thanksgiving, non ?

26

Je ne lis jamais mon horoscope, je n'ai regardé que quelques rares épisodes de *X-Files*, et je n'ai jamais, jamais appelé SOS-Amitié ; cependant, je crois tout de même qu'il nous arrive à tous, de temps en temps, d'entr'apercevoir notre avenir. J'eus l'une de ces intuitions ce même après-midi, lorsque je garai la vieille familiale de mon frère devant Franklin Hall : Carol était déjà partie.

J'entrai. Le grand vestibule, où l'on voyait d'ordinaire huit ou neuf visiteurs de sexe masculin attendant sur les chaises en plastique, paraissait étrangement vide. Une femme de ménage en uniforme bleu passait l'aspirateur sur la moquette haute résistance. La fille de service derrière le comptoir lisait *McCall's* tout en écoutant ? & the Mysterians à la radio, comme par hasard. Pleure, mon cœur, pleure tes 96 larmes...

« Pete Riley pour Carol Gerber, lui dis-je. Vous pouvez lui passer un coup de fil ? »

Elle leva les yeux, mit la revue de côté et m'adressa un regard amical et chargé de sympathie. Le regard d'un médecin qui vous dit désolé, mais la tumeur est inopérable. Pas de chance, mon vieux, autant faire ami-ami avec Jésus. « Carol a dû partir plus tôt. Elle a pris la navette pour Derry, le Black Bear. Mais elle m'a dit que vous passeriez et de vous remettre ceci. »

Elle me tendit une enveloppe portant mon nom. Je la remerciai et quittai Franklin en tenant le mot à la main. Je traversai le trottoir et restai planté un moment à côté de ma voiture, regardant en direction de

Holyoke Commons, le mythique Palais des Plaines, royaume de l'ineffable saucisse'man en érection. En contrebas, sur Bennett's Run, les feuilles mortes tourbillonnaient, crissantes, chassées par le vent. Elles avaient perdu leurs couleurs éclatantes ; seul leur restait le brun foncé de novembre. Nous étions la veille de Thanksgiving, date de l'entrée en scène de l'hiver en Nouvelle-Angleterre. Le monde n'était plus que vent glacé et soleil froid. Je m'étais remis à pleurer. Je le sentais à la chaleur de mes joues. 96 larmes, mon cœur, pleure pleure pleure...

Je montai dans la voiture où j'avais perdu ma virginité la veille et ouvris l'enveloppe. Elle ne contenait qu'une feuille de papier. La concision est l'âme de l'esprit, selon Shakespeare. S'il a raison, la lettre de Carol était spirituelle en diable.

Cher Pete,

Je crois que nous devrions considérer que nous nous sommes fait nos adieux hier au soir. Comment pourrions-nous faire mieux ? Je t'écrirai peut-être à la fac, ou peut-être pas ; pour l'instant, je me sens trop perdue pour le savoir (hé ! il n'est même pas impossible que je change d'avis et que je revienne !). S'il te plaît, laisse-moi le choix de reprendre contact ou non. Tu as dit que tu m'aimais. Si c'est vrai, laisse-moi le choix. Je te promets que je le ferai.

Carol

PS. Ce qui m'est arrivé cette nuit est la chose la plus délicieuse que j'aie jamais vécue. Si ça peut être mieux, je ne sais pas comment font les gens pour y survivre.

PPS. Arrête ces stupides parties de cartes.

Elle avait beau dire que c'était la chose la plus délicieuse qu'elle ait jamais vécue, elle n'avait pas écrit

Je t'aime ou *Avec amour* avant de signer. Et pourtant...
Si ça peut être mieux, je ne sais pas comment font les gens pour y survivre, avait-elle ajouté. Je comprenais ce qu'elle voulait dire. Je posai la main sur la partie de la banquette où elle s'était allongée. Où nous nous étions allongés tous les deux.

Mets la radio, Pete, j'aime bien ces vieux airs...

Je consultai ma montre. J'étais arrivé de bonne heure à Franklin (sans doute l'effet d'une vague prémonition) et il était à peine plus de trois heures. Je n'aurais eu aucun mal à me trouver à la gare routière des Trailways avant le départ de son car pour le Connecticut... Et cependant, je n'en fis rien. Elle avait raison. Nous nous étions fait des adieux sensationnels, dans ma vieille bagnole ; tout ce qu'on aurait pu y ajouter aurait été inférieur. Dans le meilleur des cas, nous nous serions retrouvés au même niveau ; dans le pire, nous aurions jeté la boue d'une querelle sur ce qui s'était passé la veille.

Nous voulons des informations.

Oui. Et nous les avions eues. Dieu sait que nous les avions eues.

Je repliai la lettre, la fourrai dans la poche-revolver de mon jean et pris la direction de Gates Falls. De la maison. Ma vue ne cessait de se brouiller, au début, et je passai mon temps à m'essuyer les yeux. Puis je branchai la radio, et la musique améliora un peu les choses. Ce que fait toujours la musique. J'ai plus de cinquante ans, aujourd'hui, et la musique continue d'améliorer les choses. La botte secrète mythique.

27

J'arrivai à Gates vers cinq heures et demie, ralentis en passant devant le Frank's, puis accélérai à nouveau. J'avais bien plus envie de me retrouver chez moi que d'une bière-pression et d'une conversation avec Frank

Parmeleau. En manière d'accueil, ma mère me dit que j'étais trop maigre et que j'avais les cheveux trop longs, et se demanda si je n'avais pas perdu mon rasoir. Sur quoi elle se laissa tomber dans son rocking-chair et se mit à verser quelques larmes sur le retour du fils prodigue. Mon père m'embrassa sur la joue et me serra contre lui d'un seul bras ; puis il alla d'un pas traînant jusqu'au frigo et se servit un verre du thé rouge que prépare ma mère ; sa tête jaillissait du col de son vieux chandail brun comme celui d'une tortue prise de curiosité.

Nous pensions (ma mère et moi, pour être précis) que sa vision était réduite à vingt pour cent, peut-être légèrement moins. C'était difficile de le savoir, parce qu'il ne parlait que très rarement. Il avait été victime d'un accident dans une salle d'ensachage, une terrible chute de deux étages. Il en portait les cicatrices sur le côté gauche de la figure et au cou ; il avait eu un trou dans le crâne, à cet endroit les cheveux n'avaient pas repoussé. L'accident lui avait fait perdre non seulement une bonne partie de la vue, mais avait aussi touché son cerveau. Il n'était cependant pas un « crétin total », comme je l'avais une fois entendu dire par un trou-du-cul chez le coiffeur — Gendron's Barber Shop —, et il n'était pas muet non plus, comme d'autres paraissaient le penser. Il était resté dix-neuf jours dans le coma. À son réveil, il avait sombré dans un silence presque permanent, il est vrai, et il était souvent en proie à une terrible confusion d'esprit ; mais parfois on le retrouvait, bien présent et impossible à ignorer. Il avait été assez présent, à mon retour à la maison, pour venir m'embrasser et me serrer avec un seul bras, comme il l'avait toujours fait, autant que je m'en souvenais. J'aimais infiniment mon vieux papa... et après un semestre passé à jouer aux cartes avec Ronnie Malenfant, j'avais appris que le talent oratoire était quelque chose de monstrueusement surestimé.

Je passai un moment avec eux, leur racontant quelques histoires de la vie de fac (mais pas celle de la course à la Gueuse, cependant), puis je sortis. Je pris le râteau et ramassai les feuilles mortes (l'air glacé me mordant merveilleusement les joues), échangeai des bonjours avec les voisins qui passaient et, au dîner, dévorai trois hamburgers préparés par ma mère. Elle devait ensuite se rendre à l'église, où l'association féminine à laquelle elle appartenait préparait des repas de Thanksgiving pour les invalides. Elle pensait que je n'avais pas envie de passer ma première soirée avec tout un poulailler de vieilles caqueteuses, comme elle le dit, mais j'étais néanmoins le bienvenu, si je voulais venir. Je la remerciai, et lui dis que j'allais plutôt appeler Annmarie.

« Je me demande pourquoi cela ne me surprend pas davantage », dit-elle en sortant. J'entendis la voiture qui démarrait et c'est sans le moindre enthousiasme que je me traînai jusqu'au téléphone et composai le numéro des Soucie. Une heure après, elle arrivait dans le pick-up de son père, souriante, les cheveux retombant sur les épaules, la bouche écarlate de rouge à lèvres. Le sourire ne tint pas longtemps, comme vous devez déjà vous en douter ; un quart d'heure après être entrée dans la maison, Annmarie Soucie en ressortait et s'éclipsait de ma vie par la même occasion. À la revoyure, mon cœur... Alors que le festival de Woodstock battait son plein, elle épousa un agent d'assurances de Lewiston et devint Annmarie Jalbert. Ils ont trois gosses, et sont toujours mariés. Pas si mal, au fond, non ? Même si l'on n'est pas d'accord, c'est fichtrement américain.

Je restai devant la fenêtre de la cuisine et regardai les feux arrière du pick-up de Mr Soucie disparaître dans la nuit. J'avais honte de moi — bon Dieu, la manière dont ses yeux s'étaient écarquillés, la manière dont son sourire s'était effacé et dont ses lèvres s'étaient mises à trembler — mais me sentais également bassement heureux, soulagé d'une façon dégoûtante ; léger au point d'être capable de danser sur les murs et le plafond, comme Fred Astaire.

Il y eut un pas traînant derrière moi. Je me tournai et vis mon père, en pantoufles, qui avançait sur le lino de son pas lent de tortue. Il tendait une main devant lui ; une main dont la peau commençait à s'affaisser, comme s'il avait porté un gros gant.

« Est-ce que je n'aurais pas entendu une jeune demoiselle traiter un jeune homme de parfait salopard ? demanda-t-il, comme s'il parlait de la pluie et du beau temps.

— Euh... oui, répondis-je, me dandinant sur place. Ce n'est pas impossible.

— La petite Soucie, hein ?

— Oui, p'pa. Annmarie.

— Tous ces Soucie ont mauvais caractère, Pete. C'est bien elle qui a claqué la porte, pas vrai ? »

Je souriais. Je ne pouvais pas m'en empêcher. C'était un miracle que la vitre soit encore intacte, sur cette pauvre vieille porte. « J'en ai peur.

— Tu l'as échangée contre un modèle plus récent que t'as trouvé en fac, pas vrai ? »

Question passablement compliquée. La réponse la plus simple — et peut-être en fin de compte la plus vraie — était de dire que non. C'est celle que je donnai.

Il hocha la tête, sortit le plus gros verre du placard, juste à côté du frigo ; néanmoins, on aurait dit qu'il allait renverser la moitié du thé sur le comptoir et sur ses pieds, tel qu'il était parti.

« Laisse-moi te servir, p'pa. D'accord ? »

Il ne répondit pas mais recula un peu pour me laisser faire. Je lui glissai le verre rempli aux trois quarts entre les mains et remis la cruche de thé au frigo.

« C'est bon, p'pa ? »

Rien. Il n'avait pas bougé d'où il était et buvait à petites gorgées, tenant son verre à deux mains comme les enfants. J'attendis, arrivai à la conclusion qu'il ne répondrait pas, et partis chercher ma valise. J'avais empilé mes bouquins de cours sur mes vêtements et venais de décider de les sortir.

« Se mettre à étudier le premier jour des vacances... », fit la voix de mon père, me faisant sursauter. J'avais presque oublié sa présence. « C'est écœurant.

— C'est-à-dire... j'ai un peu de retard dans quelques cours. Les profs vont beaucoup plus vite qu'au lycée, tu sais.

— La fac. » Il y eut un long silence. « Tu es en fac. »

Cela ressemblait presque à une question et je répondis donc : « En effet, p'pa, je suis en fac. »

Il resta là encore un moment, ayant l'air de m'observer pendant que j'empilais manuels et carnets de notes. Peut-être m'observait-il vraiment. Ou peut-être restait-il simplement planté là. On ne pouvait jamais le dire avec certitude. Finalement, il repartit de son pas traînant vers la porte, le cou tendu, une main protectrice légèrement levée, l'autre, celle qui tenait le verre de thé, repliée contre sa poitrine. Il s'arrêta à la porte. C'est sans se retourner qu'il dit : « C'est bien que tu aies rompu avec cette fille. Tous les Soucie ont mauvais caractère. On peut les corriger un peu, mais il y a toujours quelque chose qui reste. Tu mérites mieux. »

Et il sortit, serrant le verre contre lui.

28

Et j'étudiai, en effet, du moins jusqu'à l'arrivée de mon frère et de sa femme, venus de New Gloucester ; je rattrapai un peu de mon retard en sociologie et me farcis quarante pages de géologie, tout cela en trois heures à me malmener les neurones. Le temps de faire une pause pour prendre un café, et je sentis naître en moi une première petite lueur d'espoir. J'étais à la bourre, désastreusement à la bourre, mais peut-être pas *mortellement* à la bourre. Je me sentais un peu dans la position d'un joueur de base-ball, un *outfielder*, qui a couru pour rattraper une balle qui va sans doute franchir le mur ; il est là, tourné vers le ciel, mais ne désespérant pas, sachant qu'elle va être trop longue mais aussi que s'il saute au bon moment, il a une chance de l'attraper. Telle était ma situation.

Si, à vrai dire, j'évitais de me faire piéger par la salle commune de Chamberlain, à l'avenir.

C'est à dix heures et quart que mon frère — qui n'arrive jamais nulle part tant que le soleil est levé, s'il peut faire autrement — débarqua à la maison. Sa femme, Katie, était tout à fait séduisante, avec son manteau au col en vison véritable ; ils étaient mariés depuis huit mois. Elle se présenta avec un *bread pudding* de sa fabrication, Dave avec un saladier de haricots blancs. Mon frère est certainement la seule personne au monde à avoir l'idée de franchir les États avec un saladier de haricots blancs destiné à fêter Thanksgiving. Mon aîné de six ans, Dave n'en est pas moins le meilleur des hommes ; en cette année 1966, il tenait la comptabilité d'une petite chaîne de restaurants à hamburgers totalisant une douzaine d'établissements, les *boutiques*, comme il disait, dans le Maine et le New Hampshire. En 1996, les boutiques étaient au nombre de quatre-vingts et il était propriétaire de la société avec trois associés. Il « pèse » actuellement trois millions de dollars (sur le papier, du moins) et a subi un triple pontage coronarien. Un pontage par million, pourrait-on dire.

Ma mère arriva sur les talons de Dave et Katie, enfarinée, d'excellente humeur d'avoir accompli ses bonnes œuvres, et encore plus ravie d'avoir ses grands fils à la maison. Nous bavardâmes longtemps et joyeusement ; notre père, assis dans son coin, nous écoutait sans rien ajouter... mais il souriait, ses grands yeux étranges aux pupilles dilatées allant du visage de Dave au mien pour revenir à celui de Dave. C'était en réalité à nos voix qu'il réagissait, j'imagine. Dave voulut savoir ce que devenait Annmarie. Je lui répondis qu'elle et moi, nous avions décidé de moins nous voir pendant quelque temps. Il commença à me demander si cela signifiait que nous étions...

Mais avant qu'il ait pu finir sa question, et sa mère et sa femme lui avaient donné quelques-uns de ces solides coups de coude, aussi discrets que féminins, destinés à rappeler que le moment était mal choisi. En voyant les grands yeux qu'ouvrait ma mère, je me dis qu'elle aurait son propre lot de questions à me poser, plus tard. Maman veut toujours des *informations*. Toutes les mères sont comme ça.

Si j'excepte le fait que j'avais été traité de parfait salopard par Annmarie et que je ne pouvais m'empêcher de me demander de temps en temps ce que faisait Carol Gerber (et surtout si elle n'aurait pas changé d'avis, quant à la poursuite de ses études, ou si elle ne passait pas Thanksgiving avec son bon vieux Sully-John, le futur soldat), ce furent des vacances parfaites. Toute la famille défila à un moment ou un autre, les jeudi et vendredi, et on voyait cousins et cousines déambuler dans la maison en grignotant une cuisse de dinde, ou regarder à la télé une partie de football qu'ils ponctuaient de leurs rugissements, ou encore fendre des bûches pour la cuisinière (le dimanche soir, maman avait assez de provisions de bois pour chauffer la maison tout l'hiver avec son seul gros fourneau Franklin, si elle avait voulu). Après dîner, nous mangions des tartes en jouant au Scrabble. Le plus distrayant fut cependant une dispute homérique entre Dave et Katie au sujet de la maison qu'ils envisageaient d'acheter. Kate lança un Tupperware plein de restes à la tête de mon frère. Dave m'en avait allongé quelques-unes de sévères, quand nous étions plus jeunes, et ce n'est pas sans plaisir que je vis le récipient de plastique rebondir contre son crâne. Bon sang, que c'était drôle !

Mais, sous-jacente à ces bonnes choses, sous la joie toute simple que l'on éprouve dans ces réunions de famille, rôdait une angoisse : qu'allait-il arriver, lorsque je retournerais à la fac ? Je trouvai une heure pour travailler, le jeudi soir, une fois le frigo bourré jusqu'à la gueule de restes et tout le monde couché, et deux heures le vendredi après-midi, lorsqu'il se produisit une accalmie complète dans les allées et venues des parents et amis et que Dave et Katie, leur querelle mise temporairement entre parenthèses, se retirèrent pour une « sieste » qui me parut singulièrement bruyante.

J'avais toujours l'impression que je pouvais rattraper mon retard, j'en étais même sûr ; mais je savais aussi que je n'y parviendrais pas seul, ni même avec Nate. Il me fallait faire équipe avec quelqu'un qui comprenait l'attraction suicidaire qu'exerçait la salle commune du deuxième et ce qu'étaient nos poussées d'adrénaline, lorsque l'un de nous jouait du pique en vue de faire tomber la Gueuse. Quelqu'un qui soit capable de comprendre la joie primitive éprouvée à coller la *femme noire* à Ronnie.

Ce ne pouvait être que Skip, telle fut la conclusion à laquelle je parvins. Même si Carol revenait, elle ne pourrait jamais comprendre les choses comme lui. Il fallait que nous fassions équipe, Skip et moi, que nous remontions ensemble à la surface pour regagner la rive. Je me dois d'ajouter que je ne m'en faisais pas spécialement pour lui. Cela peut paraître assez dégueulasse, mais c'est la vérité. Le samedi soir, j'avais passablement avancé mon examen de conscience et compris que c'était avant tout pour moi que je m'inquiétais, que c'était avant tout Numéro Six que je cherchais. Si Skip voulait m'utiliser, pas de problème. Parce que je n'allais pas me gêner pour l'utiliser, lui.

Le samedi à midi, j'avais suffisamment révisé de géologie pour me rendre compte que j'avais besoin d'un coup de main pour certains concepts, et vite. Il n'y avait plus que deux séries de contrôles d'ici la fin du semestre, avant l'examen final. Il me fallait décrocher de bonnes notes aux deux si je voulais conserver ma bourse.

Dave et Katie repartirent le soir même vers sept heures, s'asticotant toujours (mais de manière moins agressive) à propos de la maison de leurs rêves, à Pownal. Je m'assis à la table de la cuisine et commençai à lire ce qui concernait les groupes extérieurs de sanction, dans mon manuel de sociologie. J'avais l'impression que tout cela revenait à dire que même le dernier des crétins avait besoin de chier sur la tête de quelqu'un. Une idée déprimante.

À un moment donné, je me rendis compte que je n'étais pas seul. Je levai les yeux et vis ma mère debout devant moi, dans sa vieille robe d'intérieur rose, le visage fantomatique sous la couche de Cold Cream Pond's. Je n'étais pas surpris de ne pas l'avoir entendue arriver ; au bout de vingt-cinq ans passés dans la même petite maison, elle connaissait par cœur tous les endroits du plancher qui craquaient. Je crus qu'elle avait fini par se résoudre à me poser les questions qui la démangeaient sur Annmarie, mais il s'avéra que l'amour de ma vie était le dernier de ses soucis.

« Tu es dans le pétrin, Pete... mais jusqu'à quel point ? » demanda-t-elle.

J'envisageai une bonne centaine de réponses différentes, avant de me décider pour la vérité. « En fait, je ne sais pas exactement.

— Est-ce qu'il y a une raison particulière ? »

Cette fois-ci, je ne lui répondis pas la vérité ; et en y repensant aujourd'hui, je me rends compte à quoi servait ce mensonge : une partie de moi-même, étrangère à ce qui était mon véritable intérêt mais très puissante, se réservait encore le droit de me faire crapahuter jusqu'à la falaise... et sauter dans le vide.

Ouais, m'man, il y a une raison particulière, elle est dans la salle commune du deuxième étage, elle s'appelle les cartes — rien que quelques parties, c'est ce que je me dis à chaque fois et quand je lève enfin les yeux sur l'horloge, il est minuit et quart et je suis trop crevé pour étudier. Bon Dieu, trop tendu *pour étudier. Mis à part jouer au chasse-cœurs, je n'ai accompli qu'une seule autre chose, cet automne, perdre ma virginité.*

Si j'avais pu lui tenir seulement la première partie

de ce discours, je crois que cela aurait constitué un exploit — comme dire le nom des Rompelstilzschen de Grimm à haute voix sans se tromper. Mais je n'en fis rien. Je lui dis que c'était simplement une question de rythme ; qu'il me fallait redéfinir mes méthodes d'apprentissage, prendre de nouvelles habitudes. Mais que j'y arriverais. Que j'y arriverais certainement.

Elle resta là encore quelques instants, les bras croisés, les mains enfoncées profondément dans les manches ; elle avait l'air d'un mandarin chinois quand elle se tenait ainsi. « Je t'ai toujours aimé, Pete. Ton père aussi. Il ne le dit pas, mais c'est ce qu'il éprouve. Nous t'aimons tous les deux, tu le sais.

— Oui, dis-je, je le sais. »

Je me levai et la serrai dans mes bras. C'est un cancer du pancréas qui l'a eue. Une forme rapide au moins, celle-là, mais pas assez rapide. Je crois que ce n'est jamais assez rapide, lorsque c'est quelqu'un que nous aimons.

« Mais il faut que tu travailles dur, très dur. Les garçons qui n'ont pas travaillé assez dur meurent, parfois. » Elle sourit, mais sans guère d'humour. « Tu en as sans doute entendu parler.

— Oui, plus ou moins.

— Tu as encore grandi ! observa-t-elle en levant la tête.

— Je ne crois pas.

— Si. Tu as pris au moins trois centimètres, depuis l'été dernier. Et ces cheveux ! Pourquoi ne vas-tu pas chez le coiffeur ?

— Ils me plaisent comme ils sont.

— Ils sont aussi longs que ceux d'une fille. Suis mon conseil, Pete. Fais-toi couper les cheveux. Aie l'air correct. Tu n'es pas un Rolling Stones, tout de même. »

J'éclatai de rire. Je ne pus m'en empêcher. « Je vais y penser, m'man, d'accord ?

— S'il te plaît. » Elle me serra une dernière fois très fort, puis me relâcha. Elle paraissait fatiguée, mais je la trouvai aussi plutôt belle. « On tue des gosses, de l'autre côté de la mer, reprit-elle. J'ai tout d'abord pensé qu'il y avait une bonne raison à cela, mais ton père prétend que c'est de la folie, et je me demande s'il n'a pas raison. Travaille dur, étudie. Si tu as besoin d'un petit supplément pour tes livres, ou pour des cours particuliers, on se débrouillera.

— Merci, m'man. Tu es un amour.

— Pas du tout. Rien qu'une vieille jument qui a mal aux pieds. Je vais me coucher. »

Je travaillai encore une heure, puis les mots se mirent à se dédoubler et à se détripler devant mes yeux. J'allai à mon tour me mettre au lit, mais je n'arrivai pas à trouver le sommeil. À chaque fois que je commençais à sombrer, je me voyais ramasser mes cartes, dans une partie de chasse-cœurs, et les disposer par couleurs. Je finis par garder les yeux ouverts et contempler le plafond. *Les garçons qui n'ont pas travaillé assez dur meurent, parfois*, m'avait fait observer ma mère. Et Carol m'avait dit que c'était une bonne période pour être une fille, que Lyndon Johnson y avait veillé.

On court la Gueuse !

La main passe à gauche ou à droite ?

Bordel de Dieu, ce con de Riley qui veut décrocher la lune !

Des voix dans ma tête. Des voix paraissant émaner de nulle part.

Renoncer au jeu était la seule solution sensée à mes problèmes, mais alors même que Chamberlain Deuxième Étage se trouvait à deux cents bornes au nord de mon lit, il gardait son emprise sur moi, une emprise qui n'avait pas grand-chose à voir avec ce qu'il aurait été sensé, rationnel de faire. J'avais accumulé douze points dans notre super-tournoi ; seul Ronnie, qui en comptait quinze, me dépassait. Je ne voyais pas comment j'aurais pu renoncer à ces douze points, m'en aller comme ça, en laissant le champ libre à ce moulin à paroles de Malenfant. Carol m'avait permis de le voir sous un autre jour, c'est-à-dire comme l'espèce de gnome inquiétant, à l'esprit étroit et au caractère de cochon, qu'il était. Maintenant qu'elle était partie...

Ronnie ne va pas tarder à disparaître, lui aussi, me fit remarquer la voix de la raison. *S'il tient jusqu'à la fin du semestre, ce sera déjà un pur miracle. Tu le sais bien.*

Exact. Et en attendant, Ronnie n'avait pas d'autres atouts que le chasse-cœurs, n'est-ce pas ? Il était empoté, bedonnant et pourtant maigrichon, comme si le vieil homme en lui n'attendait que d'apparaître. S'il cherchait querelle à tout le monde, c'était, au moins en partie, pour dissimuler un énorme complexe d'infériorité. Ses vantardises, quand il parlait de filles, étaient grotesques. Et, de plus, il n'était pas réellement intelligent, comme certains de mes condisciples sur le point de rater leurs examens : Skip Kirk, par exemple. Le chasse-cœurs et les hâbleries sans fondement étaient les seules choses où Ronnie excellait, pour autant qu'on pouvait en juger. Dans ce cas, pourquoi ne pas faire marche arrière et le laisser jouer aux cartes et raconter ses conneries tant qu'il le pouvait encore ?

Parce que je ne le voulais pas, pardi. Parce que je n'avais qu'une envie, le moucher, faire disparaître le ricanement de sa tronche creuse et boutonneuse et faire taire ces hennissements rouillés qui lui servaient de rire. Ignoble, mais vrai. C'était quand il faisait la gueule que je l'aimais le mieux, quand il me foudroyait du regard sous sa tignasse graisseuse qui lui retombait sur le front et qu'il avançait une lèvre inférieure boudeuse que je le préférais.

Et puis, il y avait le jeu lui-même. Je l'adorais. Je ne parvenais même pas à l'oublier ici, dans mon lit d'enfant ; dans ce cas, comment arriverais-je à ne pas replonger une fois de retour à Chamberlain Hall ? Comment ferais-je pour ne pas entendre Mark St. Pierre me hurler de me grouiller, qu'il y avait une place libre, que tous les compteurs étaient à zéro et la partie sur le point de commencer ? Bordel !

J'étais encore réveillé lorsque le coucou de l'entrée,

au rez-de-chaussée, sonna deux heures du matin. Je me levai, enfilai ma vieille robe de chambre écossaise pardessus mon calcif et descendis. Je me servis un verre de lait et m'assis à la table de la cuisine pour le boire. Je n'avais rien allumé, mis à part le néon au-dessus de la cuisinière, et il n'y avait aucun bruit, sinon les soupirs de la chaudière passant par les bouches de chaleur et les ronflement atténués de mon père venant de la chambre du fond. Je me sentais un peu marteau, comme si la combinaison de dinde et de bachotage avait déclenché un mini-séisme dans ma tête. Et comme si je n'allais pas pouvoir retrouver le sommeil avant, disons, la Saint-Patrick.

Mon regard tomba sur l'entrée, où je remarquai, accroché à l'une des patères qui surplombaient la caisse à bois, le blouson que je portais au lycée, celui qui comporte deux grandes lettres, GF, entrelacées sur la poitrine. Il n'avait aucun autre ornement ; je ne suis pas du genre à en rajouter. Lorsque Skip m'avait demandé, peu de temps après que nous avions fait connaissance à l'université, si j'allais arborer des initiales quelconques, je lui avais répondu oui, une seule, un grand M pour masturbation, vu que j'étais en première équipe, spécialiste du coup de poignet renversé court. Skip avait ri à en pleurer, et c'est peut-être de ce moment-là que datait notre amitié. En vérité, il me semble que j'aurais pu revendiquer un D pour *débats* ou un C pour *comédie*, mais on n'attribuait pas de lettres dans ces domaines, et on n'en attribue toujours pas.

Le lycée me parut avoir reculé très loin dans le passé, cette nuit-là, presque comme s'il faisait partie d'un autre système planétaire.... Mais il y avait ce blouson que mes parents m'avaient offert pour l'anniversaire de mes seize ans. J'allai le décrocher. J'y plongeai le visage pour en sentir l'odeur, et me revint l'image de la salle d'études que surveillait Mr Mezensik : l'arôme âpre des copeaux, lorsqu'on taillait son crayon, les filles chuchotant et pouffant derrière leur main, les cris atténués en provenance de l'extérieur, où les gosses jouaient à ce que les types comme il faut appelaient le « volley-ball correctif ». Le col du vêtement restait déformé par une sorte de bosse à l'endroit où il avait été pendu à la patère ; ce fichu blouson n'avait pas été porté une seule fois, j'étais prêt à le parier, depuis que je l'avais accroché là en avril ou mai, même pas par ma mère lorsqu'elle allait chercher son courrier en chemise de nuit.

Je me rappelai Carol, immobilisée par l'objectif, son image rendue granuleuse par le bélino, le visage dans l'ombre de la pancarte où on lisait U.S. HORS DU VIÊT-NAM !, sa queue-de-cheval balayant le col de son propre blouson de lycée... et j'eus une idée.

Notre téléphone, un dinosaure à cadran en bakélite, se trouvait posé sur une table du salon. Le tiroir contenait l'annuaire de Gates Falls, le carnet d'adresses de ma mère et de quoi écrire ; notamment, un crayon noir spécial pour marquer le linge. Je ramenai cet ancêtre de nos marqueurs à la cuisine et, étendant le blouson sur mes genoux, je m'en servis pour dessiner une grande empreinte de moineau dans le dos. Tandis que je travaillais, je sentis la tension nerveuse disparaître de mes muscles. Il m'était venu à l'esprit que je pouvais me décerner mon propre symbole, si je voulais, et en quelque sorte c'était ce que je faisais.

Le dessin une fois terminé, je tins le blouson à bout de bras pour l'examiner. Dans la lumière blanche et faible de l'unique néon allumé, il avait un côté dur et ostentatoire tout en présentant quelque chose d'enfantin :

Mais il me plaisait. J'aimais bien cette connerie. Je n'étais pas trop sûr de ce que je pensais de la guerre, même alors, mais l'empreinte de moineau me plaisait beaucoup. Je sentis que j'allais pouvoir me rendormir ; exécuter ce dessin avait au moins eu cette conséquence. Je rinçai le verre et montai dans ma chambre, le blouson sous le bras. Je le rangeai dans le placard et allai me coucher. Je pensai à Carol me prenant la main pour la poser sur son sein, au goût de son haleine dans ma bouche. Je pensai à quel point nous avions été nous-mêmes et seulement nous-mêmes, derrière les vitres embuées de ma vieille familiale, peut-être nous-mêmes dans ce que nous étions de mieux. Et je pensai à nos rires, lorsque nous avions vu les lambeaux de l'autocollant Goldwater emportés par le vent, dans le parking de la chaufferie. Je pensais à tout cela lorsque je m'endormis.

En repartant pour la fac, le dimanche, j'emportai le blouson modifié dans ma valise ; en dépit des doutes émis par ma mère sur la politique suivie par messieurs Johnson et McNamara, elle aurait eu beaucoup de questions à me poser sur l'empreinte de moineau, et je n'aurais pas très bien su quoi lui répondre ; c'était encore trop tôt.

Je me sentais cependant prêt à porter ce blouson, et c'est ce que je fis. Je renversai de la bière et de la cendre de cigarette dessus, je vomis dessus, je saignai dessus ; je l'avais sur le dos à Chicago, lorsque, au milieu des gaz lacrymogènes, je hurlais à pleins poumons : « Le monde entier nous regarde ! » Des filles ont pleuré sur les initiales entrelacées à hauteur de mon cœur (en dernière année, ces lettres étaient d'un gris douteux et non plus blanches), et c'est sur lui que j'ai fait l'amour avec l'une d'elles. Nous n'avions pas utilisé de protection et il doit donc y avoir des traces de sperme sur la doublure molletonnée. À l'époque où je fis ma valise pour quitter LSD Acres, en 1970, le signe de la paix que j'avais dessiné dans la cuisine de ma mère n'était plus qu'une ombre. Mais cette ombre est demeurée. Certains ne la voient peut-être pas, mais j'ai toujours su ce que c'était.

29

Notre retour à la fac, en ce dimanche d'après Thanksgiving, se fit dans l'ordre suivant : Skip arriva à cinq heures (de nous trois, c'était lui qui habitait le plus près, à Dexter), moi à sept heures, et Nate sans doute vers neuf heures.

Je passai un coup de fil à Franklin Hall avant même de défaire ma valise. Non, me répondit la fille de service dans le hall, Carol Gerber n'était pas revenue. Il lui répugnait manifestement d'en dire davantage, mais je la harcelai jusqu'à ce qu'elle m'avoue qu'il y avait deux cartons roses A QUITTÉ LA FAC sur son bureau. L'un d'eux portait le nom de Carol et le numéro de sa chambre.

Je la remerciai et raccrochai. Je restai une minute sans bouger, enfumant la cabine téléphonique avec ma cigarette, puis me retournai. De l'autre côté du couloir, je vis Skip assis à l'une des tables de jeu, occupé à ramasser les cartes.

Je me dis parfois que les choses auraient peut-être été différentes si Carol était revenue, ou même si j'avais battu Skip au poteau, si j'avais eu la chance de le coincer avant qu'il ne se fasse coincer par la salle commune. Mais ce n'est pas ainsi que les choses se sont passées.

Je restai là, dans la cabine du téléphone, à tirer sur une Pall Mall en m'affligeant sur mon sort. Puis de quelque part dans la salle, quelqu'un hurla : « Oh, merde, non ! C'est pas vrai, bordel ! »

À quoi Ronnie Malenfant (je ne le voyais pas d'où j'étais, mais sa voix était aussi facilement reconnaissable que les crissements d'une tronçonneuse tombée sur un nœud dans une branche de pin) répondit par un rugissement joyeux : « Eh ! Regardez-moi ça ! Randy Echolls qui se tape la première Gueuse de la fin de semestre ! »

Ne va pas là-dedans, me dis-je. *Tu es bel et bien foutu si tu y vas, définitivement foutu.*

Mais bien entendu, j'y allai. Les tables étaient toutes prises ; trois autres types, cependant, Billy Marchant, Tony DeLucca et Hugh Brennan, tournaient autour. On pouvait s'installer dans un coin de la salle, cela ne tenait qu'à nous.

Skip leva les yeux de son jeu et m'adressa un signe de la main, dans l'air enfumé. « Bienvenu pour ton retour chez les dingues, Pete !

— Hé ! s'écria Ronnie en se tournant. Regardez qui vient de débarquer ! Le seul trouduc de la fac qui arrive presque à savoir jouer ! Où t'étais, grand couillon ?

— À Lewiston, j'enculais ta grand-mère. »

Ronnie se mit à caqueter et ses joues boutonneuses virèrent au rouge.

Skip me regardait, la mine sérieuse, et peut-être y avait-il quelque chose dans ses yeux. Je ne saurais le dire avec certitude. Le temps fuit, l'Atlantide s'enfonce de plus en plus profondément dans l'océan et on a tendance à enjoliver les choses. À les mythifier. Peut-être ai-je vu qu'il avait renoncé, qu'il avait l'intention de rester ici et de jouer aux cartes, après quoi il verrait bien ce qui arriverait ; peut-être me donnait-il la permission de suivre ma propre voie. Mais j'avais dix-huit ans et ressemblais davantage à Nate que j'aurais aimé le reconnaître. Par ailleurs, jamais je n'avais eu un ami comme Skip. Skip était intrépide, Skip disait *fuck* tous les trois mots, quand Skip mangeait au Palais des Plaines, les filles ne pouvaient pas s'empêcher de le regarder. Il était le genre d'attrape-gonzesse que Ronnie ne pouvait être que dans ses rêves les plus mouillés. Mais Skip avait aussi quelque chose qui dérivait en lui ; quelque chose comme un fragment d'os qui, après des années d'errance inoffensive, lui percerait le cœur ou lui boucherait le cerveau. Et il le savait.

Déjà à ce moment-là, alors que le lycée lui collait encore à la peau comme des résidus amniotiques et qu'il pensait toujours qu'il finirait par devenir professeur et entraîner l'équipe de base-ball de sa boîte, il le savait. Et je l'aimais. Son allure, son sourire, sa manière de marcher et de parler... Je l'aimais et ne voulais pas le quitter.

« Alors, les gars, dis-je à Billy, Tony et Hugh. Vous voulez prendre une leçon ?

— Un *nickel* le point ! » s'exclama Hugh, riant comme un dingo. Merde, c'était un vrai dingo. « Allons-y, bats les cartes et distribue ! »

Et nous nous retrouvâmes dans le coin de la pièce, fumant tous les quatre furieusement tandis que les cartes volaient. Je me rappelais le bachotage désespéré auquel je m'étais livré pendant ces courtes vacances ; je me rappelais ma mère me disant que les gars qui ne travaillaient pas dur finissaient par se faire tuer ces temps-ci. Je me rappelais toutes ces choses, mais elles me faisaient l'effet d'être aussi lointaines que le soir où j'avais fait l'amour avec Carol dans la voiture, tandis que les Platters chantaient *Twilight Time*.

À un moment donné, je levai les yeux et vis Stoke Jones dans l'encadrement de la porte, penché sur ses béquilles et nous observant avec son mépris distant habituel. Sa tignasse noire était plus épaisse que jamais et tire-bouchonnait, anarchique, sur ses oreilles et jusque sur le col de son sweat-shirt. Il reniflait régulièrement, son nez coulait et il avait les yeux larmoyants, mais sinon, il ne paraissait pas aller plus mal qu'avant les vacances.

« Stoke, m'écriai-je. Comment ça va ?

— Oh, qui sait ? répondit-il. Peut-être mieux que toi.

— Entre un peu, Rip-Rip, prends-toi un tabouret, lui lança Ronnie. On va t'apprendre à jouer.

— Tu ne sais rien de ce que je veux apprendre », rétorqua Stoke avant de repartir en tapant de ses béquilles.

Nous écoutâmes le bruit qui s'éloignait, ponctué, à un moment donné, d'une brève quinte de toux.

« Cette espèce de pédé estropié m'adore, ricana Ronnie. Simplement, il n'arrive pas à le montrer.

— Moi, je vais te montrer quelque chose, si tu balances pas une carte vite fait, lui dit Skip.

— Je suis mort, absolument mort de trouille », répliqua Ronnie en prenant sa voix à la Elmer Fudd, que lui seul trouvait amusante.

Pour montrer à quel point il était terrifié, il appuya la tête contre le bras de Mark St. Pierre.

Mark leva le bras, sèchement. « Fais chier ! Dégage, c'est une chemise neuve, Malenfant. Je tiens pas à la saloper avec le pus de tes boutons. »

Avant que Ronnie ne prenne un air amusé et qu'il ne se mette à croasser de rire, je vis, un instant, une expression désespérée se peindre sur ses traits. Je n'en fus pas ému. Ses problèmes étaient peut-être réels, mais ça ne le rendait pas plus sympathique pour autant. À mes yeux, il n'était qu'un vantard ne sachant faire qu'une chose : jouer aux cartes.

« Allez, grouille-toi de distribuer, dis-je à Billy Marchant. Je tiens à aller travailler plus tard. » Mais évidemment, aucun d'entre nous n'étudia ce soir-là. La fièvre qui nous tenait, loin de s'être éteinte pendant les vacances, nous brûlait plus fort que jamais.

Empruntant le couloir pour aller chercher un nouveau paquet de cigarettes, vers dix heures moins le quart, je sus que Nate était arrivé alors que je me trouvais encore à six portes de notre chambre. La chanson *Love Grows Where my Rosemary Goes* me parvenait de la chambre que Nick Prouty partageait avec Barry Margeaux, mais j'entendais aussi, venant d'un peu plus loin, Phil Ochs dans *The Draft Dodger Rag*.

Nate était au fond de son placard, où il accrochait ses vêtements. Non seulement c'était le seul étudiant que j'aie jamais vu porter un pyjama, mais le seul aussi à utiliser les cintres. L'unique chose que j'avais suspendue de cette façon était mon blouson du lycée, dont je fouillais les poches en ce moment même pour y trouver des cigarettes.

« Hé, Nate, comment ça va ? Alors, tu t'es bourré comme il faut de sauce aux airelles ?

— J'ai..., commença-t-il, puis il éclata de rire.

— Quoi ? C'est drôle à ce point ?

— Si l'on veut, oui », répondit-il en s'enfonçant encore plus loin dans son placard. « Regarde. »

Il réapparut en tenant un vieux caban de la Navy, qu'il tourna pour que j'en voie le dos. Imprimé dessus, mais tracé avec beaucoup plus de précision, je vis l'empreinte de moineau. Il avait utilisé un adhésif isolant argenté et brillant. Cette fois-ci, nous éclatâmes de rire ensemble.

« Toto et Jojo sont tous les deux marteaux.

— Pas du tout. Les grands esprits se rencontrent, c'est tout.

— Tu crois ça, toi ?

— Euh... j'aime autant cette version, de toute façon. Est-ce que cela signifie que tu as changé d'opinion sur la guerre, Pete ?

— D'opinion ? Quelle opinion ? »

30

Andy White et Ashley Rice ne revinrent pas à la fac. Huit de chute, à présent. Quant à ceux qui s'y étaient retrouvés, ils ne firent que changer pour le pire, de toute évidence, au cours des trois jours qui précédèrent la première tempête de neige de l'hiver. De toute évidence, mais seulement pour les autres. Si vous étiez partie prenante du phénomène, si la fièvre vous brûlait, tout cela ne semblait s'écarter de la normale que d'un ou deux degrés nord.

Avant l'interruption de Thanksgiving, les quatuors de joueurs de la salle commune avaient eu tendance à se disperser pendant le week-end et à se reformer ensuite ; il leur était même arrivé de rester quelque temps sans se reconstituer, pendant que les uns et les autres allaient en cours. Les groupes étaient à présent pratiquement statiques ; les seuls changements se produisaient quand un joueur partait en titubant pour son lit, ou quand un autre changeait de table pour fuir la virtuosité de Ronnie au jeu ou son incessant et virulent caquetage. Ils illustraient le fait que la plupart des étudiants du deuxième, à Chamberlain, n'étaient pas revenus en fac pour compléter leur éducation ; Barry, Nick, Mark Harvey et je ne sais combien d'autres avaient à peu près abandonné ce projet. Ils étaient revenus afin de reprendre la chasse aux mythiques « points de match », des points totalement dépourvus de valeur. Une bonne partie de notre étage, à présent, avait pour unique objet d'étude l'art du chasse-cœurs. Skip et moi, c'est bien triste à dire, faisions partie du lot. J'assistai à deux ou trois cours, le lundi, sur quoi je me dis *qu'ils aillent chier*, et séchai le reste. Je séchai tous les cours du mardi, jouai au chasse-cœurs jusque dans mes rêves la nuit suivante (de l'un d'eux, j'ai gardé le souvenir d'une carte que je faisais tomber : c'était la Gueuse, sous les traits de Carol), puis passai l'intégralité du mercredi à taper le carton pour de vrai. Géologie, sociologie, histoire... ces concepts avaient perdu toute signification.

Au Viêt-nam, une escadrille de B-52 réussit à pilonner un camp d'entraînement Viêt-cong du côté de Dong Ha. Elle s'arrangea aussi pour frapper une compagnie de marines américains, tuant douze soldats et en blessant quarante — oups ! merde, alors. Quant aux prévisions météo pour jeudi, elles nous annonçaient des chutes de neige abondantes se transformant en pluies verglaçantes dans l'après-midi. Rares furent ceux d'entre nous à en prendre note ; personnellement, je n'avais d'ailleurs aucune raison de soupçonner que la tempête allait changer le cours de ma vie.

J'allai me coucher à minuit, le mercredi, et m'endormis d'un sommeil pesant. Si j'ai rêvé du chasse-cœurs

462

et de Carol, je n'en ai gardé aucun souvenir. Lorsque je m'éveillai à huit heures, le jeudi matin, il neigeait tellement que c'est à peine si l'on distinguait les lumières du Franklin Hall, qui n'était pourtant pas très loin. Je pris une douche puis me rendis à l'autre bout du couloir, pour voir si les parties n'avaient pas recommencé. Une table s'était formée, comprenant Lennie Doria, Randy Echolls, Billy Marchant et Skip. Ils étaient pâles, le chaume au menton, et paraissaient fatigués, comme s'ils avaient passé la nuit à jouer. C'était probablement le cas. Je m'appuyai au chambranle et suivis la partie. Dehors, dans la tempête de neige, se déroulait quelque chose de nettement plus intéressant qu'une partie de cartes, mais ce n'est que plus tard que nous l'apprîmes.

31

Tom Huckabee habitait au King, l'autre dortoir de garçons du campus. Becka Aubert habitait au Franklin Hall. Ils étaient devenus presque inséparables, au cours des trois ou quatre dernières semaines, allant jusqu'à prendre leurs repas ensemble. Ils revenaient du petit déjeuner, en ce jeudi matin de tempête, lorsqu'ils remarquèrent quelque chose d'écrit sur la façade nord de Chamberlain Hall, celle qui fait face, autrement dit, à tout le reste du campus... et notamment à l'Annexe Est, là où se déroulent les entretiens d'embauche des grandes sociétés.

Ils se rapprochèrent, quittant le sentier pour marcher dans la neige fraîche ; à ce moment-là, il en était tombé une dizaine de centimètres.

« Regarde », dit Becka en montrant, sur le sol, des empreintes curieuses ; non pas des pas, mais des traces donnant l'impression qu'on avait tiré quelque chose, des traînées bordées de trous profonds à intervalles réguliers. Tom Huckabee déclara qu'elles lui avaient rappelé une piste de skieur de fond muni de bâtons. Aucun des deux n'imagina un instant que quelqu'un équipé de béquilles ait pu laisser ces empreintes. Pas à ce moment-là.

Ils se rapprochèrent du bâtiment. Les lettres étaient de grande taille et peintes en noir, mais la neige tombait tellement dru qu'ils durent attendre d'en être à trois mètres pour les déchiffrer. Elles avaient été tracées à la bombe, par une personne dans un état de fureur totale, à en juger par l'irrégularité du message. (Ici non plus, aucun des deux n'imagina que quand on peignait à la bombe tout en essayant de tenir en équilibre sur des béquilles, il n'était pas évident d'obtenir un résultat de qualité en matière de netteté.)

Le message disait :

☮ FUCK JOHNSON! KILLER PRESIDENT
U.S. OUT OF VIETNAM NOW! ☮

32

J'ai lu quelque part que certains criminels, et peut-être même beaucoup d'entre eux, désirent inconsciemment être pris. Cette analyse pouvait s'appliquer à Stoke Jones, je crois. Quoi que ce soit qu'il était venu chercher à l'université du Maine, il ne le trouvait pas. Sans doute avait-il décidé qu'il était temps de partir ; mais puisqu'il lui fallait décamper, il accomplirait auparavant le geste le plus grandiose que puisse faire un homme marchant avec des béquilles.

Tom Huckabee raconta ce qu'il venait de voir à une douzaine de ses condisciples, une fois arrivé dans son dortoir ; Becka Aubert en fit autant de son côté. L'une des filles qui entendit ce que rapportait Becka était la

responsable du deuxième étage de Franklin, une mai-
grichonne pète-sec du nom de Marjorie Stuttenheimer.
Cette Marjorie devint d'ailleurs un personnage sur le
campus, en 1969, en tant que fondatrice et présidente
de Chrétiens des universités américaines. Le CUA soutenait la guerre du Viêt-nam et vendait à son stand, le
jour du Memorial Union, les épinglettes représentant
le drapeau américain rendues si populaires par Richard
Nixon.

J'étais de service pour le déjeuner au Palais des
Plaines, ce jeudi, et si je séchais les cours, il ne m'était
jamais venu à l'idée de ne pas être à mon poste ; je
n'étais pas fait comme ça. Je laissai donc ma place à
Tony DeLucca, dans la salle commune, et pris la direction de Holyoke pour y accomplir mon devoir de plon-
geur. J'aperçus un rassemblement assez important
d'étudiants qui pataugeaient dans la neige, tournés vers
la façade nord de mon dortoir. J'allai les rejoindre, lus
le message, et sus aussitôt qui l'avait écrit.

Sur Bennett Road, une berline bleue de l'université
et l'un des deux véhicules de patrouille des services de
sécurité étaient garés devant l'allée conduisant à la
porte latérale de Chamberlain. Margie Stuttenheimer
se tenait là, au milieu d'un petit groupe constitué de
quatre des flics du campus, du doyen pour les étudiants
de sexe masculin et de Charles Ebersole, le censeur de
l'université chargé de la discipline.

Une cinquantaine d'étudiants, à peu près, étaient rassemblés au moment où je rejoignis l'attroupement ; il
augmenta bien de moitié pendant les cinq minutes où
je restai là, à faire le badaud. Le temps d'en avoir fini
avec la vaisselle, à une heure quinze, et de reprendre
le chemin de Chamberlain, c'était environ deux cents
personnes qui écarquillaient les yeux, rassemblées par
petits groupes. Je suppose qu'il doit être difficile de
croire, aujourd'hui, qu'un simple graffiti ait provoqué
une telle agitation, en particulier par une journée aussi
merdique, mais c'est d'un monde rudement différent
dont nous parlons, un monde dans lequel pas une seule

revue américaine (à l'exception, et très occasionnellement de toute façon, de *Popular Photography*) n'aurait publié une photo d'une personne tellement dénudée qu'on aurait pu voir ses poils pubiens, un monde où aucun journal n'aurait osé faire, même à mots on ne peut plus couverts, la moindre allusion à la vie sexuelle d'un homme politique. C'était avant que ne sombre l'Atlantide ; c'était il y a longtemps et très loin, dans un monde où l'on avait mis un comédien (au moins un) en prison pour avoir dit *fuck* en public, et où un autre avait remarqué que dans l'émission « Ed Sullivan Show », on pouvait s'asperger d'asticots mais pas s'astiquer l'asperge. Un monde dans lequel certains mots étaient encore considérés comme choquants.

Pourtant, nous connaissions le mot *fuck*. Bien entendu. On n'arrêtait pas de dire *fuck* tout le temps : *fuck* toi, *fuck* ton clebs, *fuck* ceci, *fuck* cela, *fuck* ta sœur... Mais là, écrit en lettres hautes d'un mètre cinquante, s'étalaient les mots FUCK JOHNSON. *Fuck* le président des États-Unis ! Et PRÉSIDENT ASSASSIN ! Quelqu'un avait traité le président des États-Unis d'assassin ! On n'arrivait pas à y croire.

Puis la troisième voiture de patrouille de la police du campus arriva ; on comptait maintenant six flics, autrement dit pratiquement toute la foutue brigade, si je calculais bien, s'efforçant de tendre un grand rectangle de toile jaune sur le message. Des murmures commencèrent à monter de la foule, puis certains se mirent à siffler. Les flics regardèrent les étudiants, ennuyés. L'un d'eux leur cria de se disperser, de partir, qu'ils avaient sûrement autre chose à faire. Ce qui était peut-être vrai, mais apparemment, ils avaient du plaisir à rester là, car rares furent ceux qui obtempérèrent.

Le flic qui tenait l'extrémité gauche de la toile glissa dans la neige et faillit tomber. Quelques badauds applaudirent. Le flic se tourna vers eux, et la haine la plus noire lui congestionna le visage pendant quelques instants ; pour moi, c'est ce jour-là que les choses ont véritablement commencé à changer, ce jour-là qu'a véritablement commencé à se creuser le fossé des générations.

Le flic maladroit tourna le dos aux spectateurs et se remit à batailler avec son morceau de toile. Ils finirent par couvrir laborieusement le premier symbole pacifiste et le mot FUCK de FUCK JOHNSON ! Et une fois ce très, très gros mot dissimulé, la foule commença à se disperser. La neige se transformait en grésil et la station debout devenait inconfortable.

« Il vaudrait mieux que les flics voient pas le dos de ton blouson », fit la voix de Skip. Je me retournai. Il se tenait derrière moi, dans un épais sweat-shirt à capuche, les mains complètement enfoncées dans la poche ventrale. Son haleine formait des volutes de condensation ; ses yeux ne quittèrent pas un instant le spectacle des flics du campus et du fragment de message qui restait : JOHNSON ! KILLER PRESIDENT ! OUT OF VIETNAM NOW ! « Ils vont croire que c'est toi qui l'as fait. Ou moi. »

Esquissant un sourire, il se tourna. Dans le dos de son sweat-shirt, tracée à l'encre rouge éclatante, je vis une autre empreinte de moineau.

« Bordel, quand t'as fait ça ?

— Ce matin. J'ai vu celui de Nate. » Il haussa les épaules. « C'était trop génial, il a fallu que je le copie.

— Non, ils ne vont pas croire que c'est nous. Pas une minute.

— Oui, y a des chances. »

On pouvait toutefois se demander pourquoi ils n'étaient pas déjà en train d'interroger Stoke... même s'ils n'auraient pas à lui poser tellement de questions pour lui arracher la vérité. Mais si Ebersole, le censeur, et le doyen, Garretsen, n'étaient pas déjà occupés à interroger Stoke...

« Où est Dearie ? demandai-je. Tu l'as vu ? » Le grésil tombait plus dru que jamais, crépitant dans les arbres et agressant de ses piqûres chaque centimètre carré de peau exposée.

« Le jeune et héroïque Mr Dearborn est en train de

sabler les trottoirs et les allées avec une douzaine de ses potes de la prépa militaire. On les a vus depuis la salle commune. Ils circulent dans un véritable camion de l'armée. Malenfant a dit qu'ils devaient bander si dur qu'ils n'allaient pas pouvoir dormir sur le ventre d'une semaine. De sa part, j'ai trouvé que ce n'était pas si mal.

— Quand il va revenir...

— Ouais, quand Dearie reviendra... » Skip haussa les épaules, comme pour dire que nous n'y pouvions rien. « Et en attendant, si on sortait de cette gadoue pour aller faire quelques parties ? Qu'est-ce que t'en dis ? »

Ce que j'en disais ? J'avais beaucoup à dire sur des tas de choses... mais une fois de plus, je m'abstins. Nous retournâmes à l'intérieur ensemble, et vers le milieu de l'après-midi les parties allaient bon train, une fois de plus. Les cinq tables occupées ne désemplissaient pas et la salle était bleue de fumée ; quelqu'un avait apporté un tourne-disque et nous écoutions les Beatles et les Rolling Stones. Un autre nous amena un quarante-cinq tours rayé de *96 Tears*, qui dut bien passer en boucle pendant une heure : pleure pleure pleure. Depuis les fenêtres, on avait une vue excellente sur Bennett's Run et Bennett's Walk, et j'y jetais fréquemment un coup d'œil, m'attendant à apercevoir David Dearborn et ses copains en treillis militaire contemplant la façade nord du dortoir, discutant peut-être pour savoir s'ils devaient pourchasser Stoke Jones avec leurs fusils ou se contenter de baïonnettes. Bien entendu, ils ne feraient rien de tel. Ils entonnaient des refrains comme « Tuez les Viêts ! » et « Allez l'Amérique ! » quand ils répétaient leurs manœuvres sur le terrain de football, certes, mais Stoke était un infirme. Ils seraient parfaitement satisfaits s'ils pouvaient le voir se faire virer manu militari de l'université du Maine, à coups de pompe dans son cul de copain des Viêts.

Je ne désirais rien de tel, mais je ne voyais pas comment cela aurait pu ne pas arriver. Stoke exhibait une empreinte de moineau dans son dos depuis le jour où il avait mis le pied (et la béquille) à la fac, bien longtemps avant que quiconque, ici, sache ce que ce symbole voulait dire, et Dearie ne l'ignorait pas. Sans compter que Stoke se ferait un plaisir de le reconnaître. Il allait se comporter, face aux questions du censeur et du doyen, comme il le faisait avec ses béquilles, bille en tête.

Et de toute façon, toute cette affaire commençait à paraître lointaine, non ? De la même manière que les cours. Tout comme Carol, aussi, maintenant que j'avais pris conscience qu'elle était réellement partie. Et comme paraissait lointaine l'idée qu'on pouvait être enrôlé dans l'armée et envoyé se faire tuer dans la jungle. Ce qui nous paraissait réel et concret se réduisait à ça : pourchasser cette maudite Gueuse, tenter de décrocher la lune, balancer d'un seul coup vingt-six points à n'importe lequel de nos adversaires. Le chasse-cœurs, voilà ce qui nous paraissait réel.

C'est alors que quelque chose se produisit.

33

Vers quatre heures, le grésil se transforma en pluie et, une demi-heure plus tard, lorsqu'il commença à faire sombre, Bennett's Run se retrouva sous près de dix centimètres d'eau. Quant à la Bennett's Walk, elle avait l'air d'un canal sur une bonne partie de sa longueur. Sous la surface, c'était un magma glacé, à la consistance de gelée, en train de fondre.

Le rythme des parties se ralentit au profit du spectacle des malheureux de service à la plonge se rendant au Palais des Plaines. Certains d'entre eux (les plus malins) coupaient par les pentes, s'ouvrant un chemin dans la neige qui fondait rapidement. Les autres empruntaient l'allée, glissaient et dérapaient sur ce revêtement perfide. Une brume épaisse montait à présent du sol gorgé de flotte, ce qui rendait encore plus difficile de voir où on allait. Un type arrivant de King retrouva une fille de Franklin à l'endroit où convergeaient leurs allées respectives. Ils attaquèrent Bennett's Walk ensemble, mais le garçon fit une embardée, se rattrapa à la fille, et c'est tout juste s'ils ne dégringolèrent pas tous les deux. Nous les applaudîmes quand ils retrouvèrent l'équilibre.

Une partie « cartes en main » commença à ma table. Nick, le copain chafouin de Ronnie qui avait tout de la belette, me donna un jeu incroyable ; la meilleure main que j'aie jamais eue, je crois. C'était l'occasion ou jamais de décrocher la lune : six cœurs élevés, aucun de vraiment faible, le roi et la reine de pique, sans compter de bonnes cartes dans les autres couleurs. J'avais certes le sept de cœur, une carte limite, mais on peut prendre les gens par surprise dans une partie main fermée ; personne n'imagine que vous allez tenter de décrocher la lune dans une situation où l'on ne peut pas changer son tirage original.

Lennie Doria commença classiquement en jouant la Douche (le deux de trèfle) et Ronnie en profita pour se débarrasser de son as de pique, se disant que c'était un excellent coup. Je le pensais aussi : mon couple royal était à présent gagnant. La reine valait treize points, certes, mais si je raflais tous les cœurs, ce n'était pas moi qui croquerais les points : ils reviendraient à Ronnie, Nick et Lennie.

Je laissai Nick prendre la main. Il y eut trois levées d'observation, Nick tout d'abord, ensuite Lennie à la recherche de carreaux ; sur quoi je récupérai le dix de cœur au milieu d'une main de trèfle.

« On vient de lâcher les cœurs et c'est Riley qui bouffe le premier ! claironna joyeusement Malenfant. Tu vas passer à la casserole, péquenot !

— Peut-être. »

Mais peut-être aussi, me dis-je, que ton sourire va prendre un virage à cent-quatre-vingts degrés, Ronnie Malenfant. Si mon décrochage réussissait, je pouvais expédier ce crétin de Nick Prouty au-dessus des cent points et subtiliser à Ronnie le gain d'une partie qu'il devait croire acquis.

Trois levées plus tard, ce que je cherchais à faire était devenu évident ou presque. Comme je l'avais espéré, l'expression ricanante de Ronnie avait cédé la place à celle que j'aimais tant le voir afficher : la moue déconfite.

« Tu pourras pas, dit-il. J'y crois pas. Pas avec une main fermée. T'as pas ces putains de bourrins. » Il savait cependant que c'était possible, et sa voix le trahissait.

« Eh bien, c'est ce qu'on va voir », répliquai-je en jouant l'as de cœur. J'avais à présent dévoilé mon objectif, mais pourquoi pas ? Si jamais les cœurs étaient distribués de manière égale, je pouvais gagner la partie tout de suite. « Voyons un peu ce que...

— Regardez ! » s'exclama Skip, qui jouait à une table proche des fenêtres. Il y avait de l'incrédulité et une sorte d'émerveillement dans sa voix. « Bordel de Dieu, c'est ce con de Stokely ! »

Les parties s'interrompirent. Tous nous fîmes pivoter nos chaises pour sonder le monde dégoulinant d'eau, en dessous de nous, que gagnait l'obscurité. Nos quatre camarades qui jouaient dans un coin, à même le sol, se levèrent pour regarder aussi. Les vieux lampadaires de fer forgé qui bordaient Bennett's Walk distribuaient une chiche lumière électrique au milieu des volutes de brume qui montaient du sol, me faisant penser au Londres de Tyne Street et de Jack l'Éventreur. Au sommet de sa colline, Holyoke Commons avait plus que jamais l'air d'un paquebot ; sa silhouette vacillait au gré des vagues d'eau qui s'écoulaient sur les vitres de la salle commune.

« Cet enfoiré de Rip-Rip... dehors par un temps de merde pareil, j'arrive pas à y croire », murmura Ronnie.

Stoke arrivait rapidement de l'allée qui conduit de l'entrée nord de Chamberlain au carrefour où se rejoignent toutes les voies goudronnées, à l'endroit le plus bas de Bennett's Run. Il portait son vieux duffle-coat mais il ne sortait visiblement pas du dortoir, car le vêtement était complètement trempé. Même à travers les vitres dégoulinantes, nous arrivions à voir le signe de la paix dans son dos, aussi noir que les lettres à présent partiellement couvertes par un bout de toile jaune (si celui-ci était toujours en place). L'eau avait aplati sa masse de cheveux rebelles.

Pas une fois il ne leva les yeux sur son graffiti tandis qu'il pataugeait en direction de Bennett's Walk. Jamais je ne l'avais vu foncer aussi vite, et il ne prêtait pas la moindre attention à la pluie battante, à la brume qui se levait, ou à la pente dans laquelle il enfonçait ses béquilles. Voulait-il tomber ? Mettait-il au défi le magma merdique qui tapissait le sol de l'avoir ? Je l'ignore. Peut-être était-il tellement plongé dans ses pensées qu'il ne se rendait pas compte qu'il allait trop vite ou que les conditions étaient épouvantables. D'une manière ou d'une autre, il ne pourrait aller bien loin s'il ne ralentissait pas.

Ronnie commença à pouffer, et son rire se propagea comme une petite flamme courant sur de l'amadou. Je refusai tout d'abord de céder, mais fus bientôt incapable de me retenir, tout comme Skip. En partie parce qu'il n'y a rien de plus contagieux qu'un fou rire, mais aussi parce que la scène était vraiment comique. Je me rends compte que cela n'était pas très charitable, évidemment, mais au point où j'en suis, autant dire toute la vérité sur cette journée-là... et sur cette journée-ci, près d'une demi-vie plus tard : car je la trouve encore comique aujourd'hui, car je souris encore lorsque j'évoque sa silhouette de pantin frénétique en duffle-coat qui s'ouvrait un chemin béquillant et claudiquant sous la pluie battante, ses prothèses soulevant des gerbes d'eau à chaque pas. On savait ce qui allait arriver, on en était absolument sûr, et c'était ce qu'il y avait de plus drôle. La question était : jusqu'où allait-il progresser avant de se casser, inévitablement, la figure ?

Lennie hurlait de rire, une main pressée sur le visage ; il regardait la scène entre ses doigts écartés, tandis que des larmes lui dégoulinaient sur les joues. Hugh Brennan tenait sa déjà respectable bedaine à deux mains et poussait des braiments d'âne pris dans une fondrière. Mark St. Pierre ululait sans pouvoir se retenir et hoquetait qu'il allait se pisser dessus, qu'il avait bu trop de Coke, qu'il allait saloper son foutu jean. Je riais moi-même tellement fort que je n'arrivais plus à tenir mes cartes ; les nerfs de ma main droite ne m'obéissaient plus, mes doigts se détendirent et les dernières cartes gagnantes qui me restaient voletèrent sur mes genoux. Un marteau cognait dans ma tête et mes sinus débordaient.

Stoke parvint jusqu'au bas de la dépression, à l'endroit où commence la Bennett's Walk. Là il s'arrêta et, pour une raison connue de lui seul, décrivit un cercle complet, apparemment en équilibre sur une seule béquille. Il tenait l'autre à l'horizontale, comme une mitrailleuse, à croire que dans son esprit il canardait tout le campus : Tuez les Viêts ! Massacrez les responsables d'étage ! Zigouillez-moi tous ces mecs de la haute !

« *Et... les juges du patinage olympique lui donnent... rien que des dix !* » lança Tony DeLucca dans une excellente imitation d'annonce sportive. Ce fut la touche finale, celle qui déclencha sur-le-champ un pandémonium indescriptible. Les cartes volèrent en tous sens. Des cendriers se renversèrent et un de ceux en verre (la plupart n'étaient rien d'autre que des moules à tarte en alu reconvertis) se brisa. Quelqu'un tomba de sa chaise et se mit à se rouler par terre, rugissant de rire et donnant des coups de pied. On ne pouvait tout simplement pas arrêter de rigoler.

« Ça y est ! hurla Mark. J'ai pissé dans mon froc ! J'ai pas pu me retenir ! » Derrière lui, Nick Prouty avançait à genoux vers la fenêtre, les joues ruisselantes de larmes, les mains tendues devant lui, dans le geste de supplication silencieux de celui qui crie pitié ! pitié ! Que cela cesse avant qu'un vaisseau me pète dans le crâne et que je tombe raide mort sur place !

Skip se leva, renversant sa chaise. Je me levai aussi. Riant à nous décrocher la mâchoire, c'est en nous tenant mutuellement par les épaules que nous nous approchâmes de la fenêtre. En dessous, n'ayant pas conscience d'être l'objet d'une hilarité incontrôlable pour deux douzaines de joueurs de cartes en plein délire, Stoke était toujours debout. C'était à ne pas y croire.

« Allez Rip-Rip, allez Rip-Rip ! » entonna Ronnie.

Nick se joignit à lui. Il avait atteint la fenêtre et appuyait son front dessus, s'esclaffant toujours.

« Allez Rip-Rip !

— Vas-y mon gars !

— Vas-y !

— Allez Rip-Rip, fouette tes huskies !

— Joue de la béquille, mon vieux !

— *Vas-y donc, enfoiré de Rip-Rip !* »

On se serait cru dans les dernières minutes d'un match de football, à ceci près que nous hurlions tous *vas-y Rip-Rip* au lieu de *fais la passe ! la passe !* ou de *shoote !* Presque tous ; je ne criais pas et Skip non plus, il me semble, mais nous riions comme les autres. Aussi fort qu'eux.

Soudain, je pensai à cette soirée où Carol et moi nous nous étions assis pour bavarder sur des caisses de lait, derrière le Holyoke, cette soirée où elle m'avait montré la photo sur laquelle elle se tenait, fillette, avec ses amis d'enfance... puis m'avait raconté l'histoire de ce que lui avaient fait les autres garçons. Avec une batte de base-ball. *Je crois que pour eux, tout avait commencé comme une plaisanterie*, avait dit Carol. Avaient-ils ri ? Oui, c'est probable. Parce que c'était ce qui se passait lorsqu'on faisait une blague, qu'on passait du bon temps : on riait.

Stoke resta où il était pendant quelques instants,

appuyé sur ses prothèses, tête pendante... puis il attaqua la colline comme les marines débarquant à Iwo Jima. Il l'attaqua à grands coups de ses béquilles qui soulevaient à chaque fois une gerbe d'eau ; on avait l'impression de voir un canard atteint de la rage.

Je crois que pour eux, tout avait commencé comme une plaisanterie, avait-elle dit pendant que nous fumions, assis sur nos caisses. À ce moment-là elle pleurait, et ses larmes avaient pris des reflets argentés dans la lumière blanche qui tombait du réfectoire, au-dessus de nous. *Et puis, à un moment donné... ils ne rigolaient plus.*

Cette pensée mit un terme à la plaisanterie pour moi — je jure que c'est vrai. Cependant, je ne pouvais pas m'arrêter de rire.

Stokely parvint à escalader environ un tiers de la pente, en direction de Holyoke, arrivant presque à rejoindre la partie de la chaussée où les briques redevenaient visibles, avant que la gadoue glissante n'ait enfin raison de lui. Il planta ses béquilles très loin devant lui, beaucoup trop loin, même dans les meilleures conditions, et lorsqu'il propulsa son corps en avant, ses deux appuis se dérobèrent sous lui. Ses jambes se contorsionnèrent comme celles d'un gymnaste faisant quelque figure fabuleuse sur la poutre, et il retomba sur le dos au milieu d'une formidable gerbe d'eau boueuse. Nous l'entendîmes, même depuis le deuxième étage. La touche finale, parfaite.

La salle commune avait tout d'un asile de fous dans lequel les pensionnaires auraient tous été victimes, en même temps, d'un empoisonnement d'origine alimentaire. Nous titubions de-ci, de-là, hurlant de rire et nous tenant les côtes, pleurant toutes les larmes de notre corps. Je m'accrochai à Skip, sentant que mes jambes n'arrivaient plus à me soutenir ; j'avais les genoux comme des nouilles. Jamais je n'avais ri aussi fort de toute ma vie et je crois que jamais, depuis, je n'ai ri aussi fort. Et cependant, je continuais à penser à Carol assise jambes croisées à côté de moi, sur sa caisse de bouteilles de lait, tenant sa cigarette d'une main et la petite photo de l'autre, Carol disant, *Harry Doolin m'a tapé dessus avec sa batte de base-ball... Willie et l'autre me tenaient pour m'empêcher de m'enfuir... Je crois que pour eux, tout avait commencé comme une plaisanterie, et puis, à un moment donné... ils ne rigolaient plus.*

En bas, sur Bennett's Walk, Stoke essayait de se relever. Il réussit à soulever le buste hors de l'eau... puis il retomba, de toute sa longueur, comme si cette eau glacée, épaisse, boueuse, était un lit. Il leva les deux bras au ciel en un geste qui avait quelque chose d'une invocation, puis les laissa retomber. C'était le résumé absolu, en trois mouvements, de toutes les formes que peut prendre une reddition : la chute sur le dos, les deux bras levés, la double gerbe d'eau soulevée quand ils retombèrent de part et d'autre de son corps. Un *Allez chier* définitif, faites ce que vous voulez, je renonce.

« Fonçons ! » lança Skip. Il riait encore, mais il était aussi tout à fait sérieux. J'entendais la note de sérieux qui se glissait à travers son rire, je la voyais qui se dessinait sur ses traits hystériquement déformés. J'étais content qu'il soit là, mon Dieu que j'étais content ! « Allons-y avant que cet enfoiré stupide se noie ! »

Nous nous bousculâmes, Skip et moi, en franchissant la porte de la salle commune et courûmes épaule contre épaule sur toute la longueur du couloir, nous heurtant comme les billes d'un billard électrique, zigzaguant d'une manière presque aussi incontrôlée que Stoke sur son allée. Tous les autres nous suivirent. Sauf Mark, peut-être ; il me semble qu'il s'arrêta dans sa chambre pour se débarrasser de son jean mouillé.

Nous tombâmes sur Nate en débouchant sur le palier du second, manquant de peu le renverser. Il se tenait là, les bras chargés de livres, et nous regardait avec inquiétude.

« Bon sang ! s'exclama-t-il (*bon sang* était son juron

le plus énergique, *bon sang... !*) Qu'est-ce qui vous prend ?

— Amène-toi ! » lui cria Skip.

Il avait la gorge tellement nouée qu'il avait émis, en fait, une sorte de grognement. Si nous n'avions pas été ensemble depuis un moment, j'aurais pensé qu'il venait d'avoir une crise de larmes. « C'est pas nous, c'est ce con de Jones. Il est tombé. Il a besoin... » Une nouvelle crise de fou rire l'interrompit, de grands gloussements qui le secouaient de la tête aux pieds. Il se laissa aller contre le mur, roulant des yeux, épuisé et hilare. Puis il secoua la tête comme pour dire que non, il ne riait pas, mais on ne nie pas son rire ; quand ça vous prend, on n'a plus qu'à se laisser tomber dans son fauteuil préféré et à y rester aussi longtemps que dure la crise. Au-dessus de nous, s'amplifiait la galopade des joueurs de cartes dégringolant la cage d'escalier. « Il a besoin d'aide », réussit à dire Skip en s'essuyant les yeux.

Nate me regarda, sa stupéfaction ne faisant que s'accroître. « Mais s'il a besoin d'aide, qu'est-ce que vous avez à vous marrer comme ça ? »

Il me fut impossible de le lui expliquer. Diable, je n'arrivais pas à me l'expliquer à moi-même. Je pris Skip par le bras et tirai. Nous nous engageâmes dans l'escalier. Nate nous suivit. Et tous les autres.

34

La première chose que je vis, lorsque nous surgîmes comme des boulets de canon de la porte nord, fut le morceau de toile jaune. Il gisait sur le sol, imbibé d'eau et d'une gadoue faite de neige fondue. Puis l'eau de l'allée commença à envahir mes baskets et j'oubliai tout du spectacle. Elle était glacée. La pluie me bombardait la peau de piqûres qui n'étaient pas tout à fait de glace, mais presque.

Sur Bennett's Run, l'eau me monta jusqu'aux chevilles et mes pieds cessèrent d'être froids pour s'engourdir complètement. Skip glissa, je le rattrapai par le bras, et Nate nous aida à retrouver l'équilibre par-derrière, nous empêchant de tomber sur le dos. J'entendais un bruit hideux, venant de devant nous : moitié toux, moitié étouffement. Stoke gisait de tout son long, comme une bûche détrempée, son duffle-coat flottant autour de son corps, et la masse de sa chevelure noire autour de sa tête. La toux était profonde, bronchitique. De fines gouttelettes jaillissaient à chacune de ses quintes, chacun de ses râles de suffocation. L'une de ses béquilles était plus ou moins coincée entre son bras et son corps, tandis que l'eau emportait l'autre en direction de Bennett Hall.

Des vaguelettes passaient sur son visage blême. Sa toux se fit étranglée, gargouillante. Il regardait droit dans la pluie et le brouillard. Il ne paraissait pas nous avoir entendus arriver, mais lorsque je m'agenouillai d'un côté de lui et Skip de l'autre, il tenta de nous chasser en agitant les mains. De l'eau rentra dans sa bouche et il se mit à se débattre. Il se noyait sous nos yeux. Je n'avais plus aucune envie de rire, mais peut-être riais-je encore. *Tout avait commencé comme une plaisanterie*, avait dit Carol. Comme une plaisanterie. *Mets la radio, Pete, j'aime bien ces vieux airs.*

« Relevons-le », dit Skip en le prenant par une épaule. Stoke réagit en le frappant faiblement d'une main de personnage en cire. Skip n'y prêta pas attention, ne sentit peut-être même rien. « Grouillons-nous, bon Dieu, grouillons-nous ! »

Je pris Stoke par son autre épaule. Il m'aspergea le visage d'eau, comme si nous étions des gosses en train de faire les cons dans une piscine, au fond d'un jardin. Je m'attendais à le trouver aussi glacé que moi, mais il se dégageait de sa peau une sorte de chaleur maladive. Je regardai Skip, par-dessus ce corps-bûche imbibé d'eau.

Il me répondit d'un hochement de tête. « Attention.... Prêt... allez ! »

Nous le soulevâmes. Stoke se dégagea de l'eau à partir de la taille, mais pas davantage. On aurait dit qu'il pesait des tonnes. Sa chemise était sortie de son pantalon et flottait autour de lui comme un tutu de ballerine ; j'aperçus sa peau blanche et le trou noir de son nombril. Je vis aussi des cicatrices, des cicatrices guéries qui se tortillaient comme un écheveau de fils emmêlés.

« Aide-nous, Natie ! grogna Skip. Soulève-le, bordel ! »

Nate se laissa tomber à genoux, nous éclaboussant tous les trois, et s'efforça de prendre Stoke à bras-le-corps, par le dos. Nous luttâmes pour dégager complètement l'infirme du magma boueux, mais cette soupe collante nous faisait constamment perdre l'équilibre et nous ne parvenions pas à conjuguer nos efforts. Quant à Stoke, toujours toussant et à moitié noyé, il se débattait du mieux qu'il pouvait pour se libérer de nos mains. Il voulait, lui, retourner dans la soupe glacée.

Les autres arrivèrent, Ronnie en tête. « Ce con de Rip-Rip », marmonna-t-il. Il pouffait toujours, mais paraissait légèrement déconcerté. « T'as sérieusement déconné ce coup-ci, Rip. Pas de doute.

— Reste pas planté là comme un taré ! lui cria Skip. Viens nous aider ! »

Ronnie attendit encore un instant, nullement en colère, mais évaluant simplement la situation ; puis il se tourna pour voir qui était derrière lui. Il glissa dans la gadoue et Tony DeLucca (qui pouffait encore, lui aussi) le rattrapa et l'empêcha de perdre l'équilibre. Ils étaient regroupés sur l'allée embourbée, tous mes potes du chasse-cœurs, et la plupart d'entre eux riaient encore, incapables de s'arrêter. Ils me firent penser vaguement à quelque chose, mais sans que je sache exactement à quoi. Je ne l'aurais peut-être jamais su, d'ailleurs, s'il n'y avait eu le cadeau de Noël de Carol... mais évidemment, celui-ci arriva plus tard.

« Toi, Tony, dit Ronnie. Brad, Lennie, Barry, prenez-le par les jambes.

— Et moi, Ronnie ? demanda Nick, qu'est-ce que je fais ?

— T'es trop gringalet pour le soulever. Mais ça lui rendrait peut-être le moral si tu le suçais. »

Nick recula.

Ronnie, Tony, Brad, Lennie et Barry Margeaux se répartirent de part et d'autre de notre groupe. Ronnie et Tony prirent Stoke par les mollets.

« Bordel de Dieu ! s'écria Tony, dégoûté et encore secoué par des accès de rire intermittents. Il a des quilles comme des allumettes ! Un vrai épouvantail !

— Un vrai épouvantail, un vrai épouvantail, le singea Ronnie d'un ton méchant. Soulève-moi ce con, espèce d'abruti de Rital, c'est pas le moment de faire le critique d'art. Lenny et Barry, vous passerez sous son cul de limande...

— Et nous le soulèverons en même temps que vous, acheva Lennie, pigé. Pas la peine de traiter mon pote de Rital pour ça.

— Fichez-moi la paix, toussa Stoke. Arrêtez, laissez-moi tranquille... bande d'enfoirés, bande de losers... »

Une quinte de toux l'empêcha de continuer, et il se mit à émettre des raclements de gorge absolument horribles. Dans la lumière des lampadaires, ses lèvres paraissaient grises et luisantes.

« Regardez un peu qui nous traite de losers, dit Ronnie. Cette espèce de pédé estropié à moitié noyé. » Il regarda Skip, l'eau dégoulinant dans ses cheveux ondulés et sur sa figure boutonneuse. « C'est toi qui comptes, Kirk.

— Un... deux... trois... allez ! »

Nous soulevâmes. Stoke Jones sortit de l'eau comme un bateau que l'on renfloue. Nous titubions sous son poids. L'un de ses bras retomba sous mon nez ; il resta dans sa position pendant pendant quelques instants, puis la main qui était au bout décrivit un arc tronqué et vint me frapper sèchement en plein visage. Bam ! Je me remis à rire.

« Reposez-moi ! Reposez-moi, tas d'enfoirés ! »

Nous décrivions des petits pas de danse erratiques dans la gadoue tandis que l'eau cascadait de lui comme de nous. « Echolls ! éructa Ronnie, Marchant ! Brennan ! Bordel de Dieu ! Vous allez un peu vous bouger le cul, bande de demeurés ! Vous avez un petit pois dans la tête ou quoi ? »

Randy et Billy se précipitèrent vers nous. Les autres, trois ou quatre étudiants qu'avaient attirés le tapage et les cris mais venant tous, pour la plupart, du deuxième étage, s'emparèrent à leur tour de Stoke. Nous le fîmes tourner maladroitement — nous devions avoir l'air de l'équipe sportive la plus empotée du monde, ayant décidé, pour quelque obscure raison, de répéter son numéro sous l'averse. Stoke avait renoncé à se débattre. Il était prisonnier de nos mains et ses bras pendaient, écartés ; de petites flaques l'eau s'accumulaient dans ses paumes tournées vers le ciel. Les cataractes qui s'échappaient de son duffle-coat et du fond de son pantalon allaient en diminuant. *Il m'a prise dans ses bras et m'a portée jusque chez lui*, avait dit Carol, parlant du garçon à la coupe en brosse, du garçon qui avait été son premier amour. *Il a remonté tout Broad Street Hill alors qu'il faisait une chaleur écrasante. Il m'a portée dans ses bras.* Je n'arrivais pas à me sortir sa voix de la tête. D'une certaine manière, elle y est toujours restée.

« On l'emmène au dortoir ? demanda Ronnie à Skip. Au dortoir ?

— Bon sang, non, dit Nate. À l'infirmerie. »

Étant donné que nous avions réussi à l'arracher à l'eau boueuse, le plus difficile était fait, et le conduire à l'infirmerie paraissait logique. C'était un petit bâtiment de briques, situé juste après Bennett Hall, à quatre cents mètres de là, tout au plus. Une fois que nous aurions quitté l'allée pour la route, la marche deviendrait facile.

C'est ainsi que nous le transportâmes jusqu'à l'infirmerie, à hauteur d'épaule, comme quelque héros tombé au combat que l'on ramène en grande cérémonie du champ de bataille. Il y en avait encore quelques-uns, parmi nous, qui riaient par petits accès de reniflements incontrôlables. J'en faisais partie. Je vis Nate qui me regardait, à un moment donné, comme si mon abjection n'était même pas digne de son mépris, et j'essayai de contenir les spasmes de rire que je sentais monter en moi. J'arrivais à tenir pendant quelques instants, puis je repensais à la manière dont il avait pivoté autour de sa béquille (*Et... les juges du patinage olympique lui donnent... rien que des dix !*) et ça repartait.

Stoke ne parla qu'une fois, pendant que nous le transportions. « Laissez-moi mourir... faites donc pour une fois quelque chose d'intelligent dans votre stupide vie d'égoïstes moi-moi-moi. Posez-moi et laissez-moi mourir. »

35

La salle d'attente était vide et la télévision, dans son coin, diffusait un vieil épisode de *Bonanza* à l'intention de personne. À cette époque, on ne maîtrisait pas encore très bien la couleur, et le visage de Pa Cartwright avait des nuances d'avocat frais. Sans doute devions-nous faire autant de tapage qu'un troupeau d'hippopotames sortant de son marigot, car l'infirmière de service arriva en courant. Une aide-soignante (probablement travailleuse-étudiante comme je l'étais moi-même) se présenta dans sa foulée, ainsi qu'un type de petite taille en blouse blanche. Un stéthoscope pendait à son cou et il avait un mégot calé dans le coin de la bouche. En Atlantide, même les toubibs fumaient.

« Qu'est-ce qui lui est arrivé ? demanda le médecin à Ronnie, soit parce que celui-ci avait l'air de diriger les opérations, soit parce qu'il était le plus près de lui.

« — Il a piqué une tête dans Bennett's Run en voulant aller à Holyoke. Il a bien failli se noyer. » Il marqua un temps d'arrêt et ajouta : « Il est infirme. »

Comme pour confirmer cette assertion, Billy Marchant brandit l'une des béquilles de Stoke. Apparemment, personne ne s'était chargé de récupérer la deuxième.

« Tu veux bien poser ce truc avant de me faire sauter la cervelle ? protesta Nick Prouty avec animosité, s'écartant d'un bond.

— Quelle cervelle ? répliqua Brad, ce qui nous fit tous rire tellement fort que nous fîmes tanguer Stoke.

— Lâche-moi un peu, pet foireux », protesta Nick, pouffant malgré lui.

Le médecin fronça les sourcils. « Amenez-le par ici et épargnez-moi vos concours de jurons, vous voulez bien ? » Stoke se remit à tousser d'une toux profonde, rauque. Une toux si caverneuse qu'on s'attendait à le voir cracher ses poumons et du sang.

Nous le transportâmes par le couloir de l'infirmerie, en rang par deux, mais nous ne pouvions pas le faire franchir la porte de cette façon. « Laissez-moi faire, dit Skip.

— Tu vas le laisser tomber, avertit Nate.

— Non. Pas si je peux avoir une bonne prise. »

Il se mit sur le côté de Stoke, me fit signe de la tête (j'étais à sa droite) et en fit autant à Ronnie, sur sa gauche.

« Baissez-le », dit Ronnie. Nous lui obéîmes. Skip poussa un grognement lorsque tout le poids de Stoke pesa dans ses bras, et je vis les veines saillir à son cou. Puis nous reculâmes et il transporta l'infirme dans la salle, où il l'allongea sur la table d'examen. La feuille de papier qui recouvrait celle-ci, pas bien épaisse, fut immédiatement imbibée d'eau. Skip recula d'un pas. Stoke le regardait fixement, le visage d'une blancheur mortelle, mis à part deux taches rouges, en haut de ses pommettes, rouge vif, même. Des filets d'eau dégoulinaient encore de ses cheveux.

« Désolé, mon vieux », lui dit Skip.

Stoke détourna la tête et ferma les yeux.

« Dehors », dit le médecin à Skip. Il s'était débarrassé entre-temps de sa cigarette. Il parcourut notre groupe des yeux — une douzaine de gaillards, la plupart affichant encore un sourire, en train de créer une belle flaque sur le sol. « Quelqu'un sait-il quelle est la nature de son infirmité ? Cela peut changer la manière de le traiter. »

Je pensai aux cicatrices que j'avais aperçues, à cet écheveau de fils désordonnés, mais ne dis rien. En fait, j'ignorais à peu près tout de Stoke. Et maintenant qu'était passé ce besoin incontrôlable de rire, je me sentais bien trop honteux pour oser prendre la parole.

« C'est juste un de ces trucs qui vous rendent infirme, non ? » fit Ronnie, interrogatif. En face d'un adulte, il perdait toute son arrogance exaspérante. Il paraissait peu sûr de lui, mal à l'aise, même. « Paralysie musculaire ou dystrophie cérébrale ?

— Espèce de comique, lança Lennie. C'est la dystrophie musculaire et la paralysie...

— Il a eu un accident de voiture », intervint Nate.

Nous nous tournâmes tous vers lui. Mon coturne paraissait toujours aussi impeccable et maître de lui, en dépit du bain glacé qu'il avait pris, comme tout le monde. Cet après-midi-là, il arborait un bonnet de ski de la Fort Kent High School. L'équipe de football du Maine avait fini par réussir un *touch-down*, libérant ainsi Nate de sa casquette de bleu. « Il y a quatre ans. Il a perdu son père, sa mère et sa grande sœur. Il était le seul survivant de la famille. »

Il y eut un silence. Je regardai dans la salle, entre les épaules de Skip et de Tony. Stoke, allongé sur la table, continuait à dégouliner, tourné de côté, les yeux fermés. L'infirmière lui prenait sa tension. Ses pantalons lui collaient aux jambes, ce qui évoqua dans mon esprit la parade du 4-Juillet telle qu'elle se déroulait à Gates Falls, quand j'étais petit. On voyait l'Oncle Sam se déplacer à grandes enjambées entre la fanfare de l'école et les types de l'Anah Temple Shrine sur leurs motos miniatures, donnant l'impression de mesurer plus de trois mètres de haut sous son chapeau bleu étoilé ; mais lorsque le vent rabattait ses jambes de pantalon, on devinait l'astuce. C'était à ces échasses que ressemblaient les jambes de Stoke, dans son pantalon mouillé : à une astuce, à une mauvaise plaisanterie, deux bouts de bois sciés aux extrémités desquels on aurait attaché des chaussures de sport.

« Comment tu sais ça ? demanda Skip. Il te l'a dit ?

— Non, répondit Nate, l'air penaud. Il l'a raconté à Harry Swidrowski, après une réunion du Comité de Résistance. Ils... nous étions au Bear's Den. Harry lui a demandé de but en blanc ce qui lui était arrivé, et Stoke le lui a dit. »

Je crois avoir compris l'expression qu'il y eut alors sur le visage de Nate. Après la réunion, avait-il dit. *Après.* Nate ignorait ce qui s'était dit au cours de cette réunion, parce qu'il n'y avait pas assisté. Nate n'était pas membre du Comité de Résistance ; Nate faisait définitivement partie des sympathisants. Il était peut-être d'accord avec les objectifs et la stratégie du CR... mais il devait penser à sa mère. Et à son avenir de dentiste.

« Blessure à la colonne ? demanda le médecin, plus sèchement que jamais.

— Je crois, oui.

— Très bien. » Le toubib se mit à faire des gestes dans notre direction, comme s'il chassait un troupeau d'oies. « Retournez dans vos dortoirs. Nous nous occuperons très bien de lui sans vous. »

Nous commençâmes à battre en retraite vers l'entrée.

« Qu'est-ce que vous aviez tous à rire comme ça, lorsque vous l'avez amené ? » demanda soudain l'infirmière. Elle se tenait à côté du médecin, l'appareil de prise de tension à la main. « Et qu'est-ce qui vous fait sourire maintenant ? » ajouta-t-elle d'un ton où perçait de la colère — sinon de la fureur. « Qu'est-ce que les malheurs de ce garçon ont de si drôle ? »

Je ne pensais pas qu'il s'en trouverait un parmi nous pour répondre. Nous restions plantés là, dans la contemplation de nos pieds, nous dandinant sur place, prenant conscience que nous n'étions pas si loin que ça de la maternelle, en fin de compte. Il y eut cependant quelqu'un pour répondre. Skip. Il réussit même à le faire en la regardant dans les yeux.

« Ses malheurs, madame. C'est exactement cela, vous avez raison. Ce sont ses malheurs que nous trouvions drôles.

— Vous êtes ignobles, dit-elle, la rage lui faisant monter les larmes aux yeux. Vraiment ignobles.

— Oui, madame... Je crois que, là aussi, vous avez raison. »

Et Skip fit demi-tour. Nous le suivîmes jusqu'à l'entrée, en un petit groupe dégoulinant à la mine contrite. Je ne saurais dire si avoir été traité d'« ignoble » fut le point le plus bas de ma carrière d'étudiant (« Si vous arrivez à vous souvenir de beaucoup de choses des *sixties*, c'est que vous n'y étiez pas », a déclaré une fois Wavy Gravy), mais ce n'est pas impossible. Toujours personne dans la salle d'attente. C'était le petit Joe Cartwright qu'on voyait maintenant à l'écran, aussi vert que son papa. Un cancer du pancréas allait finir par avoir Michael Landon, au fait ; lui et ma mère eurent cela en commun.

Skip s'arrêta. Ronnie, tête baissée, passa devant lui pour gagner la sortie, suivi de Nick, Billy, Lennie et les autres.

« Attendez », dit Skip. Ils se retournèrent. « J'ai quelque chose à vous dire, les gars. »

Nous nous rassemblâmes autour de lui. Il jeta un coup d'œil en direction de la salle d'examen pour vérifier que nous étions seuls, et commença à parler.

36

Dix minutes plus tard, Skip et moi retournâmes au dortoir ensemble. Les autres étaient partis devant. Nate traîna un moment avec nous, puis il dut sentir une vibration quelconque et comprendre que je voulais parler seul à seul avec Skip. Question sentir les vibrations, Nate était un bon. Je parie que c'est aussi un excellent dentiste, et que les enfants, en particulier, l'aiment beaucoup.

« J'arrête le chasse-cœurs, dis-je. Terminé. »

Skip ne répondit rien.

« Je ne sais pas si j'ai encore le temps de remonter suffisamment ma moyenne pour conserver ma bourse, mais je vais essayer. Que ça se passe bien ou mal, je m'en fiche un peu, à vrai dire. Ce n'est pas cette connerie de bourse, le problème.

— Non. *Ce sont eux*, le problème, hein ? Ronnie et toute la bande.

— En partie seulement. »

Il faisait terriblement froid, là dehors, avec la nuit qui tombait. Froid, humide, malsain. On aurait dit que l'été n'allait jamais revenir. « Bon Dieu, qu'est-ce que Carol me manque... Pourquoi a-t-il fallu qu'elle s'en aille ?

— Aucune idée.

— Quand il est tombé, on aurait dit qu'on se trouvait dans un asile d'aliénés, là-haut, dis-je. Pas dans une cité universitaire, non, dans un putain d'asile de cinglés.

— Toi aussi tu as ri, Pete. Comme moi.

— Je sais. »

Je n'aurais peut-être pas ri si j'avais été seul ; et Skip et moi n'aurions peut-être pas ri si nous nous étions trouvés seulement tous les deux, mais comment savoir ? On ne pouvait rien y changer : les choses s'étaient passées ainsi. Je repensais à Carol et à ces garçons, avec leur batte de base-ball. Et je repensais à la façon dont Nate m'avait regardé, comme si je n'étais même pas digne de son mépris. « Je sais. »

Nous marchâmes en silence pendant un moment.

« Je pourrais vivre avec le souvenir que j'ai ri de lui, mais je ne voudrais pas me réveiller à quarante ans avec mes gosses me demandant comment c'était, la fac, et moi pas fichu de me rappeler autre chose que Ronnie Malenfant racontant ses blagues sur les Polonais et ce pauvre crétin de McClendon tentant de se suicider avec de l'aspirine pour les mômes. » Je repensai à Stoke Jones pirouettant autour de sa béquille et j'eus envie de rire ; je repensai à lui, allongé sur la table d'examen et j'eus envie de pleurer. Et vous savez quoi ? Pour autant que je puisse le dire, c'était exactement le même sentiment. « Je me sens très mal, à cause de cette histoire. Je me sens comme de la merde.

— Moi aussi. »

La pluie tombait toujours aussi fort, froide et pénétrante. Les lumières de Chamberlain Hall brillaient mais n'avaient rien de particulièrement réconfortant. J'aperçus le pan de toile jaune toujours étalé sur l'herbe et, au-dessus, la forme vague des lettres tracées à la bombe. La pluie les faisait couler ; dès demain, elles seraient illisibles.

« Quand j'étais petit, reprit Skip, je voulais toujours me faire croire que j'étais le héros.

— Sans déconner ! Moi aussi, pardi ! Quel est le gosse qui a envie de se raconter qu'il fait partie des lyncheurs ? »

Skip regarda un instant ses baskets détrempées, puis se tourna vers moi. « Est-ce qu'on pourrait pas étudier ensemble, pendant les deux semaines qui viennent ?

— Tant que tu voudras.

— Ça ne t'embête vraiment pas ?

— Et pourquoi ça devrait m'embêter, bon Dieu ? »

J'avais pris un ton irrité car je ne tenais pas à ce qu'il se rende compte à quel point j'étais soulagé — pour ne pas dire excité à cette perspective. Parce que cela marcherait peut-être. Après un bref silence, j'ajoutai : « Tu crois qu'on va y arriver ?

— Je ne sais pas. Peut-être. »

Nous étions presque rendus à la porte nord, et j'eus un geste vers le graffiti délavé avant d'entrer. « Peut-être que le doyen Garretsen et Ebersole vont tout laisser tomber, en fin de compte. Stoke a utilisé une peinture qui ne tient pas. Demain matin, il n'y aura plus rien. »

Skip secoua la tête.

« Non, ils ne laisseront pas tomber.

— Pourquoi ? Comment se fait-il que tu en sois aussi sûr ?

— Parce que Dearie ne les laissera pas faire. »

Et bien entendu, il avait raison.

37

Pour la première fois depuis des semaines, la salle commune de Chamberlain Deuxième resta un certain temps déserte : les joueurs de cartes, mouillés jusqu'aux os, étaient allés se sécher et se changer. Bon nombre d'entre eux avaient aussi tenu compte de ce que Skip Kirk leur avait suggéré, quand il s'était adressé à eux, à l'infirmerie. A notre retour du dîner, cependant, le train-train avait repris dans la salle, et on jouait à trois tables.

« Hé, Riley, me lança Ronnie. Twiller vient de me dire qu'il voulait aller réviser. Si tu veux sa place, je vais t'apprendre à jouer, moi.

— Pas ce soir. Moi aussi, j'ai des révisions à faire.

— Ouais, intervint Randy Echolls. Dans l'art de se faire plaisir tout seul.

— Tout juste, mon lapin. Encore quinze jours à potasser, et je serai capable de changer de main en gardant la cadence, tout comme toi. »

Comme je m'en allais, Ronnie m'apostropha à nouveau. « Hé, Riley, je t'avais bloqué. »

Je me retournai. Malenfant se tenait vautré sur son siège, affichant son désagréable sourire. Pendant un court moment, là dehors, sous la pluie, j'avais entr'aperçu un Ronnie différent, mais ce Ronnie-ci était retourné dans sa cachette.

« Rien du tout, dis-je. La partie était jouée.

— Jamais personne ne décrochera la lune avec une main fermée », observa-t-il en s'enfonçant encore plus dans le fauteuil. Il se gratta la joue, décapitant au passage deux boutons qui se mirent à régurgiter des filaments d'une crème jaunâtre. « Pas à ma table. À ma table, personne ne le fait jamais. Je t'aurais arrêté avec les piques.

— Tu n'en avais pas un seul, Ronnie. À moins que tu n'aies triché à la première levée. Tu t'es débarrassé de ton as lorsque Lennie a joué la Douche. Et dans les cœurs, j'avais toute la cour royale. »

Un nuage passa sur son sourire ; quand il revint, il était plus agaçant que jamais. De la main, il indiqua le plancher ; on avait ramassé toutes les cartes (mais pas les mégots tombés des cendriers renversés ; la plupart d'entre nous avions grandi dans des foyers où les mamans nettoyaient ce genre de dégâts). « Toute la cour royale des cœurs, hein ? dommage qu'on puisse pas vérifier.

— Ouais, dommage. »

De nouveau je m'éloignai.

« Tu vas prendre du retard en points de match ! me cria-t-il. Tu t'en rends compte, n'est-ce pas ?

— Je te donne tous les miens, Ronnie. J'en veux plus. »

Je ne fis plus une seule partie de chasse-cœurs à la fac. Bien des années plus tard, j'ai appris le jeu à mes enfants et ils se sont jetés dedans comme des canards dans une mare. Nous organisons un tournoi tous les mois d'août dans notre maison de vacances. Il n'y a pas de points de match, mais le vainqueur a droit à un trophée, une coupe Atlantic, avec deux anses. Je l'ai remportée, une année, et l'ai mise sur mon bureau pour la garder bien en vue. J'ai décroché deux fois la lune pendant ces championnats, mais jamais avec une main fermée. Comme l'avait dit un jour mon vieux copain de la fac, Ronnie Malenfant, personne ne se risquerait à décrocher la lune avec une main fermée. Autant s'attendre à voir l'Atlantide surgir de l'océan, et ses palmiers ployer sous le vent.

38

À huit heures ce soir-là, Kirk se retrouva installé à mon bureau, plongé jusqu'au cou dans son manuel d'anthropologie, les mains enfoncées dans les cheveux comme s'il avait un solide mal de tête. Nate était à son propre bureau, rédigeant un devoir de botanique. Et moi, allongé sur mon lit, je bataillais avec ma vieille copine, la géologie. Sur la stéréo, Bob Dylan chantait que c'était *la femme la plus marrante qu'il avait rencontrée, l'arrière-grand-mère de Mr Clean*.

Il y eut deux coups secs frappés à la porte. « Réunion d'étage en salle de jeux ! lança Dearie. Réunion d'étage à neuf heures ! Présence obligatoire !

— Oh, bordel ! grommelai-je. Brûlons vite les documents secrets et bouffons la radio. »

Nate baissa Dylan et nous entendîmes Dearie finir de remonter le couloir, donnant ses deux coups secs contre chaque porte et annonçant la réunion d'un ton impérieux. La plupart des chambres étaient inoccupées, mais ce n'était pas un problème ; il en trouverait sans peine les occupants dans la salle commune occupés à courir la Gueuse.

Skip me regarda. « J'te l'avais dit. »

39

Tous les dortoirs du campus avaient été construits en même temps et chacun disposait, en sous-sol, d'une grande salle ouverte aux étudiants de tous les étages. Elle comprenait un coin télé qui se remplissait principalement lors des grands événements sportifs du week-end et quand un certain feuilleton, une histoire de vampires du nom de *Dark Shadows*, passait en cours de semaine ; un coin cantine avec une demi-douzaine de distributeurs automatiques divers ; une table de ping-pong ainsi que plusieurs échiquiers et jeux de dames. Il y avait également un lieu de réunion, avec podium et rangées de chaises pliantes en bois. Nous y avions tenu une première assemblée, en début d'année, au cours de laquelle Dearie nous avait expliqué le règlement du dortoir et les sinistres conséquences qui nous attendaient si l'inspection des chambres ne se révélait pas satisfaisante. Je dois préciser que l'inspection des chambres était la grande affaire de Dearie. Ça et la prépa militaire, bien évidemment.

Il se tenait derrière le petit pupitre de bois, sur lequel était posé un mince classeur qui, je suppose, contenait ses notes. Il n'avait pas quitté son treillis militaire humide et boueux. Il avait l'air épuisé, après avoir passé la journée à pelleter la neige et à sabler les allées, mais aussi excité, remonté... *turned on*, comme nous dirions dans un an ou deux.

Dearie avait tenu seul la première réunion, mais aujourd'hui, il avait du renfort. Assis contre le mur en béton peint en vert, mains croisées sur des genoux qu'il tenait serrés, l'air emprunté, se trouvait Sven Garretsen, le doyen des étudiants de sexe masculin. Il ne dit pratiquement rien de toute la réunion, et conserva une expression débonnaire même quand l'atmosphère tourna à la tempête. Quant à Ebersole, le censeur responsable de la discipline, il se tenait debout à côté de Dearie, n'ayant pas quitté le manteau noir qu'il portait par-dessus un costume anthracite, et arborait un air important.

Une fois que nous fûmes installés sur nos chaises et que tous les fumeurs eurent allumé leur cigarette, Dearie regarda tout d'abord Garretsen, par-dessus son épaule, puis Ebersole. Ce dernier lui adressa un petit sourire. « Vous pouvez y aller, David. Ce sont vos gars. »

J'éprouvai une bouffée acide d'irritation. Je pouvais être un tas de choses, y compris un abruti qui riait d'un infirme se cassant la figure sous des trombes d'eau, mais je n'étais certainement pas un des « gars » de Dearie Dearborn.

Il agrippa le pupitre à deux mains et nous regarda, solennel, pensant peut-être (très loin au fond de son crâne, dans le secteur expressément réservé à ses rêves les plus grandioses) que viendrait un jour où il s'adresserait de cette façon aux officiers de son état-major, pour lancer de grandes vagues de troupes en direction de Hanoi.

« Je constate que Jones est absent », dit-il finalement. Il déclara cela d'une manière à la fois menaçante et surannée ; on aurait dit une réplique dans un film avec Charles Bronson.

« Il est à l'infirmerie », lançai-je. J'eus la satisfaction de voir de la surprise se peindre sur son visage. Ebersole parut également étonné. Quant à Garretsen, il continua à regarder devant lui de son air débonnaire, dans le vague, comme s'il venait de fumer son troisième pétard.

« Qu'est-ce qui lui est arrivé ? » demanda Dearie. Ce contretemps ne figurait pas dans son scénario (ou dans celui qu'il avait mis au point avec Ebersole) et il commença à froncer les sourcils. Il se mit aussi à agripper le pupitre encore plus fermement, comme s'il craignait de le voir s'envoler.

« Hip-Hip tombé pa'tè', bwana », dit Ronnie, se rengorgeant lorsque les autres, autour de lui, se mirent à rire. « Je crois qu'il a aussi une pneumonie double ou une bronchite, un truc comme ça. » Il croisa le regard de Skip, et il me sembla que celui-ci acquiesçait discrètement. C'était le numéro préparé par Skip qui allait se dérouler, pas celui de Dearie, mais si nous avions de la chance, si *Stoke* avait de la chance, les trois hommes sur le podium ne s'en douteraient jamais.

« Racontez-moi ça depuis le début », dit Dearie. Le froncement de sourcils était devenu très orageux. C'était la tête qu'il avait faite en découvrant sa porte enduite de crème à raser.

Skip raconta alors à Dearie et à ses nouveaux potes comment il avait vu Stoke se diriger vers Holyoke Commons, depuis le deuxième étage de Chamberlain ; comment l'infirme était tombé dans l'eau, comment nous l'avions tiré de là et conduit à l'infirmerie, et comment le médecin l'avait déclaré gravement malade. Le toubib n'avait rien déclaré de tel, mais il n'en avait eu nul besoin. Tous ceux d'entre nous qui l'avaient touché avaient senti que son corps était fiévreux, et tous nous avions entendu son épouvantable toux caverneuse. Skip ne mentionna pas la vitesse à laquelle Stoke s'était déplacé, comme s'il avait voulu tuer tout le monde avant de mourir lui-même, ni que nous avions ri tellement fort que Mark St. Pierre s'était pissé dessus.

Lorsque Skip eut fini, Dearie jeta un regard incertain à Ebersole. Ebersole lui en rendit un parfaitement neutre. Derrière eux, le doyen Garretsen continuait d'afficher son petit sourire de Bouddha. Manifestement, c'était le numéro de Dearie. S'il en avait un de prêt toutefois.

Notre responsable prit une profonde inspiration et reporta son attention sur nous. « Nous avons de bonnes raisons de croire que Stokely Jones est l'auteur de l'acte de vandalisme et d'obscénité publique qui a été perpétré sur la façade nord du Chamberlain Hall à une heure indéterminée, dans la matinée. »

Je rapporte exactement ses propos ; je n'y ai pas ajouté un seul mot. Mis à part « nous avons dû détruire le village pour le sauver », je crois que c'est là l'exemple le plus sublime de délire verbal, de la part d'une autorité, que j'ai entendu de toute ma vie.

Dearie devait sans doute s'attendre à ce que nous poussions les ah ! et les oh ! qu'on entend, lors de la grande scène finale du tribunal, dans *Perry Mason*, lorsque les révélations commencent à pleuvoir. Mais personne ne moufta. Skip surveillait attentivement Dearie ; quand il le vit prendre son élan pour nous sortir une autre déclaration fracassante, il demanda : « Qu'est-ce qui te fait penser que c'est lui, Dearie ? »

Sans en être tout à fait sûr, car je ne lui ai jamais posé la question, j'ai l'impression que c'est intentionnellement que Skip utilisa le surnom de Dearborn, afin de le désarçonner un peu plus. Le fait est que cela fut efficace. Dearie commença par vouloir répliquer, jeta un coup d'œil à Ebersole et reconsidéra ses possibilités. Une ligne rouge montait de son col ; je la regardais s'élever, fasciné. On se serait cru dans un de ces dessins animés de Walt Disney où l'on voit Donald Duck s'efforcer de contrôler une bouffée de colère. On sait qu'il en est incapable ; le suspense tient à ce que nous ignorons combien de temps il va pouvoir conserver ne serait-ce qu'un semblant de raison.

« Il me semble que tu devrais connaître la réponse, Skip, finit par dire Dearie. Stokely Jones porte un vêtement avec un symbole particulier dans le dos. » Il ouvrit le dossier posé devant lui, en retira une feuille de papier qu'il examina un instant avant de la tourner pour l'exhiber dans notre direction. Aucun de nous ne fut tellement surpris par ce qu'il vit. « Ce symbole-là. Il a été inventé par le Parti communiste peu après la fin de la Deuxième Guerre mondiale. Il signifie *victoire par l'infiltration* et les agents de la subversion l'appellent en général la Croix brisée. Il s'est aussi répandu parmi des groupes extrémistes urbains comme les Black Muslims et les Black Panthers. Étant donné que ce symbole figurait sur le manteau de Stoke Jones bien avant d'apparaître sur le mur de notre dortoir, je ne crois pas qu'il faille être docteur ès sciences pour...

— Voyons, David, c'est un tas de conneries ! »
s'exclama Nate en se levant.

Il était pâle et il tremblait, mais davantage de colère
que de peur. L'avais-je déjà entendu dire *conneries* en
public ? Je crois bien que non.

Garretsen adressa son sourire indulgent à mon
coturne. Ebersole souleva les sourcils, exprimant un
intérêt poli. Dearie était interloqué. Sans doute Nate
Hoppenstand était-il la dernière personne qu'il s'attendait à voir lui créer des ennuis.

« Ce symbole se fonde sur le langage des séma-
phores britanniques et veut dire *désarmement
nucléaire*. Il a été inventé par un célèbre philosophe
anglais. Je crois même qu'il a été anobli. Aller raconter
qu'il a été fait par les Russes ! C'est n'importe quoi !
C'est ça qu'on vous apprend, à la prépa militaire ? Des
conneries comme ça ? »

Nate fixait Dearie avec colère, les poings sur les
hanches. Dearie le regardait, définitivement jeté à bas
de sa monture. Car c'était en effet ce qu'on lui avait
appris à la prépa militaire et il avait tout avalé —
hameçon, ligne et plomb. De quoi se demander quelles
autres inepties devaient avaler les gosses qui faisaient
cette prépa.

« Je ne doute pas que ces considérations sur la Croix
brisée soient intéressantes, intervint en douceur Ebersole, et ce sont des informations qui méritent d'être
retenues, si elles sont vraies, bien entendu...

— Elles le sont, le coupa Skip. Bertrand Russell, et
pas Joseph Staline. Des étudiants anglais le portaient
déjà il y a cinq ans pour protester contre la présence
de sous-marins nucléaires américains faisant relâche
dans les ports des îles Britanniques.

— Foutrement bien envoyé ! » rugit Ronnie en
brandissant le poing en l'air.

Un an ou deux plus tard, les Black Panthers (lesquels, pour autant que je sache, n'ont jamais porté le
moindre intérêt au signe de la paix de Bertrand Russell) allaient faire le même geste dans leurs rassemble-

ments. Et, bien entendu, quelque vingt ans après, toute notre génération de soixante-huitards revampés allait le faire dans les concerts de rock en hurlant le prénom de Springsteen — *Broooo-oooce ! Broooo-oooce !*

« Vas-y, mon vieux ! vint le soutenir Hugh Brennan, riant. Vas-y, Skip ! Vas-y, Nate !

— Surveille ton langage en présence du doyen ! » ragea Dearie en direction de Ronnie.

Ebersole ignora les interruptions et les blasphèmes du menu fretin. Son regard à l'expression sceptique et intéressé n'allait que de mon compagnon de chambre à Skip.

« Même si tout cela est exact, notre problème n'en est pas réglé pour autant, n'est-ce pas ? Cela ne change rien, me semble-t-il, au fait qu'il y a eu un acte de vandalisme et d'obscénité publique. Qui tombe à un moment où le contribuable regarde la jeunesse estudiantine avec un œil plus critique que jamais. Et cette institution, messieurs, dépend de la bonne volonté des contribuables. Je crois qu'il nous incombe à tous...

— D'y penser sérieusement ! » cria soudain Dearie.

Ses joues étaient à présent presque violacées ; de bizarres petites taches rouges s'étaient allumées à son front, comme s'il venait d'être marqué au fer, et une grosse veine pulsait rapidement entre ses yeux.

Avant qu'il puisse en dire davantage (et manifestement, il avait beaucoup de choses à dire), Ebersole lui mit la main sur la poitrine et le repoussa. Dearie parut se dégonfler comme une baudruche. Il avait eu sa chance, et il l'avait bousillée. Plus tard, il se dirait sans doute que c'était à cause de la fatigue ; qu'alors que nous passions tranquillement la journée dans la chaleur de la salle commune, à jouer au chasse-cœurs — à cartonner notre avenir comme à un stand de tir —, lui avait affronté les intempéries, pelleté la neige et sablé les trottoirs pour que les vieux profs de psycho trop fragiles ne se cassent pas le col du fémur. Oui, il était fatigué, un peu lent à la détente et, de toute façon, ce salopard d'Ebersole ne lui avait pas laissé le temps de

497

faire ses preuves. Toutes considérations qui, pour le moment, ne lui servaient à rien : il venait de se faire jeter. Les grandes personnes avaient repris le pouvoir. Papa allait arranger ça.

« Je crois qu'il nous incombe, qu'il nous incombe à tous, d'identifier le responsable de cet acte afin qu'il soit puni avec une certaine sévérité », reprit Ebersole. C'était surtout Nate qu'il regardait ; aussi stupéfiante que la chose m'ait paru, sur le moment, il voyait en Nate Hoppenstand le centre de la résistance qu'il sentait dans la salle.

Nate, Dieu bénisse ses molaires et ses dents de sagesse, n'était pas du genre à s'en laisser conter par des Ebersole et consorts. Toujours debout les poings sur les hanches, son regard ne vacilla jamais et quitta encore moins les yeux du censeur. « Et comment pensez-vous procéder ? lui demanda-t-il.

— Quel est votre nom, jeune homme ? S'il vous plaît...

— Nathan Hoppenstand.

— Eh bien, Nathan, il me semble que le coupable a déjà été démasqué, non ? lui fit observer Ebersole d'un ton patient et professoral. Ou plutôt, qu'il s'est désigné lui-même. J'ai cru comprendre que Stokely Jones, ce malheureux garçon, a été une publicité ambulante pour le symbole de la Croix brisée depuis...

— Je vous interdis de l'appeler comme ça ! » le coupa Skip. Je sursautai, tant il y avait de colère dans sa voix. « Ce n'est pas un machin brisé, c'est le symbole de la paix, bon sang !

— Et quel est votre nom, monsieur ?

— Stanley Kirk. Skip pour mes amis. Vous pouvez m'appeler Stanley. »

Quelques petits rires tendus saluèrent la précision, mais Ebersole ne parut pas les entendre.

« Eh bien, Mr Kirk, j'ai bien pris note de ces subtilités sémantiques, mais cela ne change rien au fait que Stokely Jones — et seulement Stokely Jones — a été le seul à faire étalage de ce symbole dans tout le campus depuis le premier jour du semestre. Mr Dearborn n'a dit...

— Mr Dearborn ne sait même pas ce que veut dire le signe de la paix ni d'où il vient, l'interrompit cette fois Nate. Si bien qu'il n'est peut-être pas très prudent de se fier à ce qu'il raconte. Il se trouve que je possède un blouson sur lequel figure justement ce symbole, Mr Ebersole. Dans ce cas, comment savoir si ce n'est pas moi qui suis le responsable de ce graffiti ? »

Ebersole resta bouche bée. Pas longtemps, mais assez pour gâcher son sourire sympathique et sa bonne mine de pub pour magazine chic. Le doyen Garretsen fronça les sourcils, comme si on lui soumettait un concept qu'il ne comprenait pas. Il est rare de voir un bon politicien, ou un bon administrateur d'université, complètement pris au dépourvu. Ce sont des instants inoubliables, des instants incomparables, et je chéris encore aujourd'hui le souvenir de celui-ci.

« C'est un mensonge ! » s'exclama Dearie. Il paraissait davantage blessé qu'en colère. « Qu'est-ce qui te prend de mentir comme ça, Nate ? Tu es bien la dernière personne de l'étage qui...

— Ce n'est pas un mensonge. Monte dans ma chambre et examine le caban qui est dans mon placard, si tu ne me crois pas. Vérifie.

— Ouais, et tant que tu seras dans notre piaule, dis-je en me levant à mon tour à côté de Nate, profites-en pour vérifier mon vieux blouson du lycée. Tu ne risques pas de le rater. C'est celui qui comporte un signe de la paix dans le dos. »

Ebersole se mit à m'étudier entre des paupières à présent légèrement plissées. « Dites-moi, jeunes gens, quand exactement avez-vous dessiné ce soi-disant signe de la paix dans le dos de vos vêtements ? »

Cette fois-ci, Nate mentit. Je le connaissais suffisamment bien, à ce moment-là, pour savoir qu'il a dû en souffrir... mais il le fit néanmoins, et comme un champion. « En septembre. »

Pour Dearie, ce fut le bouquet. *Il a flippé nucléaire*,

comme le diraient peut-être aujourd'hui mes enfants, à ceci près que ce ne serait pas tout à fait exact : *il flippa Donald Duck*. Certes, il ne se mit pas à sauter en tout sens en battant des bras et en lançant des *coin-coin-coin* suraigus, comme quand le canard pique sa crise, mais il poussa un ululement scandalisé et se frappa le front de la main. Ebersole le fit de nouveau tenir tranquille, en l'agrippant par le bras, cette fois-ci.

« Qui êtes-vous ? » me demanda Ebersole, dont le ton était devenu plus sec que courtois.

« Je m'appelle Peter Riley. J'ai mis un signe de la paix dans le dos de mon blouson parce que j'aimais bien l'allure de celui de Stoke. Pour montrer aussi que je me pose quelques questions fondamentales sur ce que nous fabriquons au juste au Viêt-nam. »

Dearie se dégagea de la prise d'Ebersole. Il avait le menton en avant et les lèvres si étirées qu'elles découvraient un jeu complet de dents. « *Nous venons en aide à nos alliés, voilà ce que nous faisons, triple buse !* rugit-il. Puisque tu es trop stupide pour comprendre ça tout seul, je te suggère de suivre le cours d'introduction du colonel Anderson sur l'histoire militaire ! À moins que tu ne sois encore une de ces poules mouillées qui ne veulent...

— Taisez-vous, Mr Dearborn », intervint Garretsen.

Le calme avec lequel il avait parlé était d'une certaine manière plus assourdissant que les cris de Dearie. « L'objet de cette réunion n'est pas de débattre de politique étrangère, pas plus que de répandre des calomnies sur les uns ou les autres. Tout au contraire. »

Dearie, empourpré jusqu'aux oreilles, baissa la tête et se mit à étudier le plancher et à se mordiller les lèvres.

« Et à quel moment, Mr Riley, avez-vous placé ce symbole de la paix sur votre blouson ? » demanda Ebersole. Le ton restait poli, mais l'expression hideuse de son visage le trahissait. J'ai l'impression qu'il venait de comprendre que Stoke allait passer entre les mailles du filet, et qu'il en était extrêmement mécontent. Dearie n'était que de la gnognotte, à côté de ce type ; ce genre de zigoto était une nouveauté sur les campus américains, en 1966. Les temps suscitent les hommes, a dit Lao Tseu, et la fin des années soixante avait suscité Charles Ebersole. Ce n'était pas un pédagogue, mais un exécuteur des basses œuvres avec les relations publiques comme violon d'Ingres.

Surtout ne me mens pas, disaient ses yeux. *Ne me mens pas, Riley. Car si tu mens et que je m'en aperçoive, tu passeras un très mauvais quart d'heure.*

Mais qu'est-ce que j'en avais à foutre ? J'avais de bonnes chances de ne plus être là le 15 janvier prochain, de toutes les façons. Et pour la Noël de 1967, je pouvais très bien me retrouver du côté de Phú Bai, à garder la place au chaud pour Dearie.

« En octobre, dis-je. Le jour de la fête de Colomb, il me semble.

— Moi, je l'ai sur mon blouson et sur plusieurs sweat-shirts, dit Skip. Toutes ces affaires sont dans ma chambre. Je peux vous les montrer, si vous voulez. »

Dearie, contemplant toujours le plancher et rouge jusqu'à la racine des cheveux, dodelinait de la tête.

« Je l'ai mis sur deux ou trois de mes sweat-shirts, moi aussi, dit Ronnie. Je suis pas spécialement pacifiste, mais le signe me plaît bien. »

Tony DeLucca déclara également l'avoir sur un sweat-shirt.

Lennie Doria expliqua à Ebersole et Garretsen qu'il l'avait dessiné sur les pages de garde de plusieurs de ses manuels de classe ; il figurait aussi en en-tête de son cahier de textes. Il était prêt, bien entendu, à leur montrer tout cela.

Billy Marchant l'avait sur son blouson.

Brad Witherspoon l'avait tracé à l'encre sur sa casquette de première année. La casquette en question traînait quelque part au fond de son placard, sous des sous-vêtements sales qu'il avait oublié d'amener chez lui pour les faire laver par sa mère.

Quant à Nick Prouty, il avoua avoir dessiné le symbole sur ses albums préférés : *Kick Out the Jam* de MC5, et *Wayne Fontana and the Mindbenders* [1]. « Pour que ton esprit soit dévié, il faudrait que t'en aies un, pauvre cloche », marmonna Ronnie, provoquant une rumeur de rires — sous cape.

Plusieurs autres confirmèrent que le signe de la paix figurait sur des cahiers ou des vêtements leur appartenant. Tous prétendirent les avoir dessinés avant la découverte du graffiti sur le mur de Chamberlain Hall. C'est à Hugh que l'on dut la touche finale surréaliste ; il se leva, s'avança dans l'allée et, relevant ses jambes de pantalon, exhiba les chaussettes de sport jaunissantes qui remontaient sur ses tibias velus. Il y avait le signe pacifiste sur les deux, tracé avec le marqueur à linge que Mrs Brennan avait confié à son petit garçon en l'envoyant à la fac ; sans doute la première fois que ce foutu bidule avait été utilisé de tout le semestre.

« Vous voyez, conclut Skip lorsque cette démonstration fut terminée. Il pourrait s'agir de n'importe lequel d'entre nous. »

Dearie releva lentement la tête. De sa rougeur, il ne lui restait plus qu'une seule tache cramoisie au-dessus de l'œil gauche. On aurait dit une cloque. « Pourquoi le protégez-vous ? » demanda-t-il. Il attendit, mais personne ne répondit. « Pas un seul d'entre vous n'avait un signe de la paix avant Thanksgiving, j'en jurerais, et je suis prêt à parier que la plupart d'entre vous n'en avaient pas un seul avant ce soir. Pourquoi mentez-vous pour le défendre ? »

Une fois de plus, personne ne répondit. Le silence s'étira. Une sensation de puissance en émana et grandit, une force que chacun d'entre nous sentait. Mais dans quel camp était-elle ? Le leur ou le nôtre ? Il n'y avait aucun moyen de le dire. Et tant d'années plus tard, il n'y a toujours aucun moyen de le dire vraiment.

Le doyen Garretsen se leva et s'avança jusqu'au pupitre. Dearie s'écarta en donnant l'impression de ne

---

1. *Wayne Fontana et les dévieurs d'esprit* (*N.d.T.*).

même pas l'avoir vu. Le doyen nous regarda avec un petit sourire joyeux. « Ce ne sont que des bêtises, dit-il. Ce que Mr Jones a écrit sur le mur était une bêtise, et vos mensonges ne sont aussi que des bêtises. Dites donc la vérité, messieurs. Avouez. »

Personne ne dit rien.

« Nous allons avoir un entretien avec Mr Jones dans la matinée, enchaîna alors Ebersole. Après quoi, certains d'entre vous auront peut-être envie d'apporter des modifications à leur version des faits.

— Vous savez, dit Skip, à votre place, je n'aurais pas trop confiance dans ce que Stoke pourrait me raconter.

— Tout juste, renchérit Ronnie. Ce vieux Rip-Rip est aussi cinglé qu'un rat de chiottes. »

La saillie provoqua des rires étrangement affectueux. « Un rat de chiottes ! » s'esclaffa Nick, l'œil brillant. Il jubilait comme un poète qui vient de trouver *le mot juste**. « Un rat de chiottes, ouais, c'est ce vieux Rip tout craché ! » Et dans ce qui fut probablement le triomphe ultime du délire sur le discours rationnel, en cette journée, Nick Prouty se mit à nous sortir une imitation surnaturellement parfaite de Foghorn Leghorn, le coq du dessin animé : « Ah, dis-donc dis-donc, c'est qu'il est barjot, le p'tit gars ! Manque un boulon à la roue de sa poussette ! L'a perdu des pièces à ses béquilles ! Son pack de six est veuve d'une ! Il est... »

Nick prit graduellement conscience que Garretsen et Ebersole le regardaient, Ebersole avec mépris, Garretsen avec presque de l'intérêt, comme s'il observait une nouvelle bactérie à travers les lentilles d'un microscope.

« ...un peu malade dans sa tête », acheva Nick, perdant la qualité de l'imitation quand s'installa en lui cette malédiction de tous les grands artistes, le sentiment de ce qu'on est en train de faire. Il se rassit vivement.

« Ce n'est pas exactement à ce genre de maladie que je pensais, dit Skip. Et ce n'est pas non plus à son infirmité que je faisais allusion. Depuis qu'il est arrivé ici, il n'a pas arrêté d'éternuer, de se moucher, et son nez coule tout le temps. Toi-même tu as dû le remarquer, Dearie. »

Dearborn ne répondit pas, ne réagit même pas à l'utilisation de son surnom. Aucun doute, il devait être fichtrement fatigué.

« Tout ce que je veux dire, c'est qu'il est capable de se prétendre l'auteur d'un tas de choses, reprit Skip. Il est même capable de croire une partie de ce qu'il vous dira. Mais ce n'est pas lui. »

Ebersole avait retrouvé son sourire, mais un sourire sans humour. « Je crois saisir le point fort de votre argument, Mr Kirk. Vous aimeriez non seulement nous convaincre que Mr Jones n'est pas l'auteur de ce graffiti, mais que même s'il avouait l'être, nous ne devrions pas prêter foi à sa déclaration. »

Skip sourit, lui aussi, de ce sourire à mille watts qui faisait battre plus fort le cœur des filles. « Exactement. C'est bien là le point fort de mon argument. »

Il y eut un moment de silence, puis le doyen Garretsen prononça les paroles qui constituent peut-être l'épitaphe de cette brève période. « Jeunes gens, vous m'avez déçu. Venez, Charles, nous n'avons plus rien à faire ici. » Sur quoi le doyen prit son porte-documents, tourna les talons et partit en direction de la porte.

Ebersole parut surpris, puis se hâta de le suivre. Si bien que Dearie et les garçons dont il était le responsable restèrent à se regarder en chiens de faïence, avec des expressions où se mêlaient méfiance et reproche.

« Je vous remercie, les gars. » David pleurait presque. « Je vous dois un putain de camion plein de mercis. » Il sortit à grands pas, tête basse, étreignant son mince classeur d'une main. Le semestre suivant, il quittait Chamberlain pour rejoindre une organisation étudiante. Tout bien considéré, c'était sans doute ce qu'il avait de mieux à faire. Comme Stoke l'aurait dit, David Dearborn avait perdu sa crédibilité.

504

40

« Vous m'avez donc piqué ça aussi », me dit Stoke Jones, quand il put enfin parler. Il était dans son lit, à l'infirmerie, et je venais juste de lui dire que presque tout le monde, à Chamberlain Hall, portait l'empreinte de moineau sur au moins un de ses vêtements ; j'avais cru que l'information lui aurait fait plaisir. Je m'étais trompé.

« Calme-toi, vieux, lui dit Skip en lui tapotant l'épaule. C'est pas le moment d'avoir une hémorragie. »

Stoke ne lui adressa même pas un coup d'œil. Son regard noir, accusateur, restait fixé sur moi. « Vous avez pris la responsabilité de ce qui s'est passé, puis vous avez pris le signe de la paix. Personne n'a pensé à regarder dans mon portefeuille ? Vous auriez dû. Il doit contenir neuf ou dix dollars. Vous auriez fait place nette. » Il tourna la tête de côté et se mit à tousser faiblement. Par cette journée glaciale du début de décembre 66, il paraissait avoir fichtrement plus que dix-huit ans.

La scène se passait quatre jours après le soir où Stoke avait voulu remonter Bennett's Run à la nage. Le médecin – il s'appelait Carbury, au fait – semblait avoir accepté dès le deuxième jour que nous étions pour la plupart des amis de son malade, en dépit de la bizarrerie de notre comportement lorsque nous le lui avions amené, car nous n'arrêtions pas de venir demander de ses nouvelles. Cela faisait un sacré bout de temps que Carbury dirigeait l'infirmerie de l'université et soignait les maux de gorge ou les poignets foulés pendant les parties de softball, et il savait probablement qu'on ne pouvait guère tirer de conclusions sur le comportement des jeunes gens de l'un ou l'autre sexe approchant à grands pas de leur majorité ; ils donnaient peut-être l'impression d'être des adultes, mais la plupart avaient aussi conservé bon nombre des bizarreries de leur enfance. Nick Prouty dans son numéro de Foghorn Leghorn devant le doyen, pour ne pas chercher plus loin.

Carbury ne nous révéla jamais à quel point Stoke revenait de loin. L'une des aides-soignantes (déjà à moitié amoureuse de Skip dès la deuxième fois qu'elle le vit, je crois) nous en fit un tableau plus précis, même si, en vérité, nous n'en avions pas besoin. Le fait que le médecin l'ait placé dans une chambre individuelle et non pas dans la salle commune des hommes en disait déjà long ; le fait que nous n'ayons même pas été autorisés à le voir, ne serait-ce qu'un instant, pendant les premières quarante-huit heures de son séjour, en disait un peu plus ; et le fait qu'il n'ait pas été transféré à l'hôpital de la ville, à seulement une quinzaine de kilomètres de là, disait tout. Carbury n'avait pas osé le faire transporter, même pas avec l'ambulance de l'université. Et effectivement, Stoke Jone avait été au plus mal. D'après l'aide-soignante, il souffrait d'une pneumonie, d'un début d'hypothermie dû à son bain forcé, et d'une fièvre qui vint frôler les quarante et un degrés. Elle avait entendu Cadbury déclarer à quelqu'un, au téléphone, que si sa capacité pulmonaire avait été davantage diminuée du fait de son infirmité, ou que si seulement il avait eu plus de trente ou quarante ans, et non pas dix-huit, il serait très certainement mort.

Skip et moi fûmes les premières personnes autorisées à le voir. N'importe lequel des autres étudiants du dortoir aurait probablement reçu, dans la même situation, la visite d'un parent, mais cela n'avait aucune chance d'arriver à Stoke Jones, nous le savions tous. Avait-il de la famille éloignée ? Celle-ci, en tout cas, n'éprouva pas le besoin de se manifester.

Nous lui racontâmes ce qui s'était passé le soir de sa chute dans la gadoue, à un détail près : la crise de fou rire qui s'était emparée de nous quand nous l'avions vu arpenter maladroitement Bennett's Run, et qui avait continué jusqu'au moment où nous l'avions transporté à l'infirmerie, à demi inconscient. Il écouta en silence quand je lui rapportai comment Skip avait eu l'idée de nous faire mettre des symboles pacifistes sur nos cahiers et nos vêtements afin qu'on ne puisse pas l'accuser plus qu'un autre. Même Ronnie Malenfant l'avait fait, ajoutai-je, sans éprouver le besoin de lancer une vanne. Nous le lui dîmes pour qu'il puisse aligner ses réponses sur notre récit, quand on l'interrogerait, mais également pour qu'il comprenne que s'il essayait à présent de prendre la responsabilité du graffiti, nous aurions nous aussi des ennuis. Nous le lui fîmes comprendre sans qu'il soit nécessaire de nous exprimer explicitement. Ce ne fut pas la peine. Il avait les jambes paralysées, mais ce qu'il avait entre les oreilles fonctionnait parfaitement bien.

« Lâche-moi un peu, Kirk, tu veux ? » dit Stoke en s'écartant de nous autant que le permettait son lit étroit. Puis il fut pris d'une nouvelle quinte de toux. Je me rappelle avoir pensé qu'il n'avait probablement plus que trois ou quatre mois à vivre, mais je me trompais ; l'Atlantide a sombré mais Stoke Jones, devenu avocat à San Francisco, est toujours sur le pont. Sa tignasse noire, à présent argentée, est plus belle que jamais. Il se déplace en fauteuil roulant rouge. Il a beaucoup d'allure, sur CNN.

Skip se renfonça dans son siège et croisa les bras. « Je ne m'attendais pas à de grandes démonstrations de gratitude de ta part, mais c'est un peu trop. Tu as dépassé les bornes cette fois, Rip-Rip. »

Les yeux de l'infirme jetèrent des éclairs. « Ne m'appelle pas comme ça !

— Alors ne nous traite pas de voleurs simplement parce que nous avons essayé de sauver tes foutues fesses. Bon Dieu ! Parce qu'on te les a sauvées, oui !

— Personne ne vous a demandé de le faire.

— Non, dis-je. De toute façon, tu ne demandes jamais rien à personne, n'est-ce pas ? Va te falloir des béquilles plus costauds pour te porter, toi et ton sale caractère.

— Mon sale caractère, c'est tout ce que j'ai, tête de nœud. Qu'est-ce que tu as, toi ? »

Ce que j'avais ? De furieuses séances de rattrapage à faire, voilà ce que j'avais. Ce n'est cependant pas ce que je lui répondis ; quelque chose me laissait croire qu'il n'allait pas fondre de sympathie. « De quoi te rappelles-tu exactement de cette journée ?

— D'avoir écrit le truc FUCK JOHNSON sur le mur – ça faisait quinze jours que j'y pensais – puis d'avoir été suivre le cours de treize heures. J'ai passé à peu près toute l'heure à réfléchir à ce que je dirais au doyen quand il me convoquerait. Au genre de *déclaration* que j'allais faire. Mais après, tout éclate en petits fragments. » Il partit d'un rire sardonique et roula des yeux ; ses paupières paraissaient tuméfiées. Il avait passé l'essentiel de la semaine au lit et donnait l'impression d'être encore totalement épuisé. « Je crois me souvenir vous avoir dit que je voulais mourir... c'est vrai ? »

Je ne répondis rien. Il me donna largement tout le temps dont j'avais besoin pour le faire, mais j'avais le droit de respecter le silence, et je m'y tins.

Finalement, il haussa les épaules, comme lorsqu'on veut dire bon, d'accord, on laisse tomber. Le mouvement déplaça sa chemise d'hôpital et il la remit en place avec des gestes délicats – l'aiguille d'un goutte-à-goutte était fichée dans sa main. « Alors comme ça, les gars, vous avez découvert le signe de la paix ? Génial. Vous n'aurez qu'à le porter quand vous irez écouter Neil Diamond ou cette conne de Petula Clark au Carnaval d'Hiver. Moi, je suis plus dans le coup. C'est terminé pour ma pomme.

— Est-ce que tu t'imagines qu'en allant à la fac à l'autre bout du pays, tu pourras balancer tes béquilles dans le fossé ? lui demanda Skip. Que tu pourras courir le cent mètres ? »

J'étais un peu choqué, mais Stoke sourit. Et qui plus est, d'un vrai sourire, rayonnant, sans affectation. « Les béquilles sont sans importance. Le temps fuit bien trop vite pour qu'on le gaspille – c'est *ça* qui est important.

Les gens, par ici, ne se rendent pas compte de ce qui se passe, et ils s'en fichent. Ils sont couleur de muraille. Il n'y a que leur petit train-train qui compte. À Orono, dans le Maine, acheter un disque des Rolling Stones passe pour un acte révolutionnaire.

— Il y en a qui en savent aujourd'hui un peu plus qu'hier », dis-je.

J'étais néanmoins troublé en pensant à Nate – Nate, inquiet à l'idée que sa mère puisse voir une photo de lui en état d'arrestation et qui, du coup, était resté simple spectateur. Un visage en arrière-plan, le visage d'un garçon couleur de muraille en route pour combler les caries du vingtième siècle finissant.

Le Dr Carbury passa la tête par la porte. « Il est temps de partir pour vous, jeunes gens. Mr Jones a besoin de prendre encore beaucoup de repos. »

Nous nous levâmes. « Lorsque le doyen Garretsen viendra te parler, dis-je, ou bien l'autre, Ebersole...

— ... cette journée sera pour moi un vrai trou noir, enchaîna Stoke. Carbury pourra leur dire que je traînais une bronchite depuis octobre et une pneumonie depuis Thanksgiving ; ils seront bien obligés d'accepter mes explications. Je leur dirai que j'aurais pu faire n'importe quoi, ce jour-là. Sauf, bien entendu, jeter mes vieilles béquilles et courir le quatre cents mètres.

— Nous n'avons pas volé ton symbole, Stoke, vraiment pas. Nous te l'avons juste emprunté. »

Il parut réfléchir un instant, puis il poussa un soupir. « Ce n'est pas mon symbole.

— Non, dis-je, plus maintenant. Salut, Stoke. On reviendra te voir.

— Ne vous sentez pas obligés », répondit-il.

Et je crois que nous l'avons pris au mot, parce que nous ne le fîmes pas. Je le rencontrai par la suite deux ou trois fois au dortoir, mais deux ou trois fois seulement, et j'étais en cours lorsqu'il partit sans même prendre la peine de finir son semestre. Je ne le revis que presque vingt ans plus tard, aux informations télévisées, alors qu'il prenait la parole lors d'un rassemblement organisé par Greenpeace, peu après la destruction du *Rainbow Warrior* par les Français. En 84 ou 85, si je ne me trompe. Depuis, je l'ai revu assez souvent sur le petit écran. Il participe à des campagnes de collecte de fonds pour des causes touchant à l'écologie, toujours dans son pittoresque fauteuil roulant rouge et, quand il le faut, il défend les militants écologistes devant les tribunaux. On le traite de *tree-hugger*, d'embrasseur d'arbres, et je parie qu'au fond il en est ravi. Il a toujours son fichu caractère. J'en suis content. Comme il l'a dit lui-même, c'est tout ce qu'il a.

Nous étions à la porte lorsqu'il nous rappela. « Hé... »

Nous nous retournâmes. Il se réduisait à un visage étroit et blanc, sur un oreiller blanc, au-dessus d'un drap blanc, la masse de ses cheveux noirs formant la seule véritable tache de couleur. La forme de ses jambes, sous les couvertures, me fit de nouveau penser à l'Oncle Sam sur ses échasses, pendant la parade du 4-Juillet. Et de nouveau, je me dis que notre condisciple ne devait pas avoir plus de trois ou quatre mois à vivre. On peut ajouter à ce tableau un jeu de dents blanches, car Stoke souriait.

« Hé quoi ? demanda Skip.

— Vous aviez l'air fichtrement inquiets, tous les deux, de ce que je pourrais raconter à Garretsen et à Ebersole... j'ai peut-être un complexe d'infériorité ou un truc comme ça, mais j'ai du mal à croire que j'étais le seul concerné par cette inquiétude. Auriez-vous finalement décidé, tous les deux, de vous remettre à étudier ?

— Tu crois qu'on pourra y arriver ? voulut savoir Skip.

— Pas impossible... il y a un détail dont je me souviens, concernant cette soirée. Dont je me souviens même très clairement. »

Je crus qu'il allait nous dire qu'il nous avait entendus rire de lui (Skip pensa la même chose, comme il me le confia plus tard), mais ce n'était pas ça.

« Tu m'as porté tout seul pour franchir la porte de la salle d'examen, reprit-il à l'intention de Skip. Sans me laisser tomber.

— Ça ne risquait pas. Tu pèses pas lourd.

— N'empêche... mourir est une chose, mais comme n'importe qui, je déteste l'idée qu'on pourrait me laisser tomber par terre comme un sac. Manque de dignité. Et comme tu ne l'as pas fait, je vais te donner un bon conseil. Quitte le programme de sport, Kirk. Sauf, évidemment, si tu as une bourse qui t'oblige à le suivre.

— Pourquoi ?

— Parce qu'ils vont faire de toi quelqu'un d'autre. Cela leur prendra peut-être un peu plus de temps qu'il n'en a fallu aux types de la prépa militaire pour transformer David Dearborn en Dearie, mais ils finiront tout de même par y arriver.

— Qu'est-ce que tu peux bien savoir du sport ? demanda Skip gentiment. As-tu idée de ce que c'est, faire partie d'une équipe ?

— Je sais une chose, c'est que le temps est à l'orage pour les types en uniforme », répondit Stoke.

Il reposa sa tête sur l'oreiller et ferma les yeux. Il valait mieux être une fille par les temps qui couraient, avait fait remarquer Carol. Il valait mieux être une fille en 1966.

Nous retournâmes dans ma piaule pour nous remettre à travailler. Au bout du couloir, Ronnie, Nick, Lennie et la plupart des autres couraient la Gueuse. Au bout d'un moment, Skip se leva et alla fermer la porte pour ne plus entendre le boucan qui provenait de la salle commune ; mais comme cela ne suffisait pas, je branchai le petit Swingline RCA de Nate et nous écoutâmes Phil Ochs. Ochs est mort, depuis. Aussi mort que ma mère et Michael Landon. Il s'est pendu en utilisant sa ceinture à peu près à l'époque où Stoke Jones se faisait remarquer avec Greenpeace. Le taux de suicide, parmi les survivants de l'Atlantide, a été fichtrement élevé. Rien de surprenant, j'imagine ; quand le continent que vous habitez coule juste sous vos pieds, cela doit provoquer quelques chamboulements dans votre crâne.

41

Un jour ou deux après notre visite à Stoke, j'appelai ma mère et lui dis que si elle pouvait se permettre de m'envoyer un peu d'argent, il me serait utile pour prendre un tuteur, comme elle l'avait elle-même proposé. Elle ne me bombarda pas de questions et ne me fit aucun reproche (je savais que j'avais des ennuis sérieux quand ma mère ne me grondait pas), mais trois jours plus tard, je reçus un virement de trois cents dollars. À quoi j'ajoutai mes gains au chasse-cœurs qui s'élevaient, à mon grand étonnement, à quelque quatre-vingts dollars. Voilà qui faisait pas mal de *nickels*.

Je n'en parlai jamais à ma mère, mais en réalité j'engageai deux tuteurs avec ses trois cents dollars ; l'un d'eux était un étudiant de troisième cycle qui m'aida à maîtriser les mystères des plaques tectoniques et de la dérive des continents, l'autre un thésard fumeur de hasch de King's Hall qui initia Skip aux arcanes de l'anthropologie (et qui rédigea peut-être un ou deux devoirs pour lui, mais je n'en suis pas sûr). Le nom de ce second personnage était Harvey Brundage, et il fut la première personne à avoir jamais prononcé en ma présence ce leitmotiv des années qui suivirent : « Wow, man, bummer[1] ! »

Nous allâmes ensemble, Skip et moi, voir le doyen des Arts & Sciences pour lui exposer notre problème ; il n'était pas question pour nous de demander l'intercession de Garretsen, pas après la séance de novembre dans le sous-sol de Chamberlain. Techniquement, nous

---

1. Argot des drogués, synonyme en général de « mauvais voyage » (*N.d.T.*).

ne dépendions pas encore des Arts & Sciences et n'avions pas encore la possibilité de choisir une matière principale, mais le doyen Randle nous écouta ; il nous recommanda d'aller consulter chacun de nos professeurs et de leur expliquer notre situation... autrement dit, de nous livrer plus ou moins à leur merci.

Ce que nous fîmes, en ayant horreur de le faire ; parmi les choses qui ont puissamment contribué à faire de nous des amis intimes, à cette époque, il y avait le fait qu'on nous avait élevés avec les mêmes idées yankees, à savoir (entre autres) qu'on ne demande de l'aide qu'en dernière extrémité, lorsqu'on ne peut plus faire autrement, et encore, peut-être pas. Et c'est en nous appuyant l'un sur l'autre que nous avons réussi à surmonter l'épreuve de ces visites. Quand Skip était avec l'un de ses profs, je poireautais dans le couloir, fumant cigarette sur cigarette. Et quand c'était mon tour, il m'attendait.

Dans l'ensemble, les professeurs se montrèrent beaucoup plus ouverts que nous ne nous y attendions ; la plupart se débrouillèrent non seulement pour nous faire passer, mais pour nous faire passer avec des notes suffisamment correctes pour que nous ne perdions pas nos bourses. Seul le professeur de maths de Skip se montra intraitable, mais Skip Kirk réussissait suffisamment bien dans cette matière pour pouvoir se débrouiller sans coup de main. Des années plus tard, j'ai compris que, pour la plupart de nos enseignants, il s'était davantage agi d'une question morale que de réussite scolaire : ils ne tenaient pas à découvrir le nom de l'un de leurs ex-étudiants dans la liste des morts pour la patrie ; ils ne tenaient pas à se demander s'ils n'en étaient pas partiellement responsables ; à se demander encore si la différence entre un C^- et un D ne s'était pas traduite par la différence entre un gosse qui pouvait voir et entendre et un autre qui s'étiolait, aveugle ou sourd ou les deux, dans un hôpital pour vétérans, quelque part dans le pays.

42

Après l'un de ces rendez-vous, et alors que se profilait la menace des examens de fin de semestre, Skip alla au Bear's Den retrouver son prof particulier pour une séance de bachotage turbinant au café. Moi, j'étais de service au Holyoke. Lorsque le tapis roulant interrompit enfin son mouvement pour l'après-midi, je retournai dans la chaleur du dortoir afin de reprendre mes propres révisions. M'arrêtant dans le hall d'entrée pour vérifier ma boîte aux lettres, j'y découvris un imprimé rose me signalant l'arrivée d'un paquet.

Il était emballé dans du papier kraft et ficelé, mais enjolivé d'étiquettes autocollantes représentant des clochettes de Noël et du houx. L'adresse de l'expéditrice fut pour moi comme un coup de poing à l'estomac : Carol Gerber, 172 Broad Street, Harwich, Connecticut.

Je n'avais pas essayé de l'appeler, et pas seulement parce que j'étais trop occupé à tenter de sauver ma peau. Je crois que ce n'est qu'en voyant son nom sur le paquet que je compris pourquoi je ne l'avais pas fait. J'étais convaincu qu'elle était retournée dans les bras de Sully-John. Que la nuit où nous avions fait l'amour dans ma voiture, sur fond sonore de vieilles rengaines, était à présent de l'histoire ancienne pour elle. Que j'étais de l'histoire ancienne pour elle.

Phil Ochs passait sur le tourne-disque de Nate, mais mon camarade de chambre roupillait sur son lit, le visage caché sous un exemplaire ouvert de *Newsweek*. Sur la couverture, on voyait le général William Westmoreland[1]. Je m'assis à mon bureau, posai le paquet devant moi et tendis la main vers la ficelle, mais ne pus achever mon geste. Mes doigts tremblaient. *C'est solide, les cœurs*, avait-elle dit. *En règle générale, ils ne se brisent pas. Les cœurs, ça plie sans se rompre.*

---

1. Qui venait d'être nommé, à l'époque, général en chef du corps expéditionnaire américain au Viêt-nam (*N.d.T.*).

Elle avait eu raison, bien entendu... mais le mien me faisait tout de même mal, tandis que je contemplais le colis de Noël qu'elle m'avait envoyé ; très mal, même. Phil Ochs chantait, sur le tourne-disque, mais c'était une musique plus ancienne et plus douce que j'entendais. Dans ma tête, j'entendais les Platters.

Je fis sauter la ficelle, déchirai l'adhésif, ouvris le papier brun et dégageai finalement une petite boîte de grand magasin. L'objet qu'il contenait était emballé dans un papier rouge brillant entouré d'un ruban de satin blanc. Il y avait également une enveloppe carrée avec mon nom écrit dessus, de son écriture familière. Je l'ouvris et en retirai une carte de vœux – avec le baratin traditionnel, des flocons de neige en papier métallisé, et des anges soufflant dans des trompettes dorées. Pris dans la carte elle-même, il y avait un article de journal qui tomba sur le cadeau. Il avait été découpé dans un canard intitulé *Harwich Journal*. Dans la marge supérieure, Carol avait écrit : *Cette fois-ci, j'y suis arrivée ! J'ai décroché la timbale ! Ne t'inquiète pas, cinq points de suture aux urgences et j'étais à la maison pour dîner.*

SIX BLESSÉS, QUATORZE ARRESTATIONS : LA MANIFESTATION CONTRE LA CONSCRIPTION DÉGÉNÈRE, disait le titre de l'article. La photo qui l'accompagnait formait un contraste saisissant avec celle du *Derry News*, sur laquelle tout le monde, y compris les flics et les ouvriers du bâtiment qui avaient improvisé la contre-manifestation, avait l'air relativement détendu. Sur le cliché du *Harwich Journal*, les gens paraissaient avoir les nerfs à vif, être en pleine confusion, et à mille lieues d'être détendus. On voyait des types en casque de chantier, arborant des tatouages sur leurs gros muscles et des grimaces de haine sur leurs traits ; en face d'eux, des petits jeunes à cheveux longs les regardaient avec défi et colère. L'un d'eux tendait les bras vers un groupe d'hommes qui les conspuaient comme pour dire : *Venez donc, vous voulez me mettre en mor-*

515

ceaux ? Les flics qui s'interposaient paraissaient tendus et irrités.

À gauche (Carol avait même dessiné une flèche, comme si j'avais pu ne pas trouver tout seul !), on distinguait le blouson que je connaissais bien, celui qui avait HARWICH HIGH SCHOOL imprimé dans le dos. Là aussi, elle se tenait la tête tournée, mais cette fois vers l'objectif. Je ne voyais que trop bien le filet de sang qui lui coulait sur le visage. Elle avait beau avoir dessiné des flèches et agrémenté le document de commentaires désinvoltes, je ne trouvais pas cela drôle du tout. Ce n'était pas du sirop de groseilles qui lui dégoulinait sur le visage. Un flic la tenait par le bras. Cependant, la fille dans le journal ne semblait pas s'en formaliser, pas plus du fait qu'elle saignait de la tête (à se demander, même, si elle s'en rendait compte.) La fille dans le journal souriait. Elle tenait d'une main une pancarte sur laquelle on lisait ARRÊTEZ LE MASSACRE ! et tendait l'autre en direction de l'appareil photo, les doigts écartés en V ; V pour victoire, avais-je alors pensé, mais je me trompais. En 1966, ce V accompagnait l'empreinte de moineau comme le jambon accompagne les œufs.

Je parcourus l'article, mais n'y trouvai rien de spécialement intéressant. On y parlait de protestation, de contre-manifestation, d'injures, de jets de pierres, de bagarres ; après quoi la police était arrivée. Le ton du papier réussissait à être à la fois prétentieux, dégoûté et donneur de leçon ; il me rappelait l'attitude qu'avaient eue Garretsen et Ebersole, le soir de la réunion. *Jeunes gens, vous m'avez déçu.* Tous les manifestants arrêtés avaient été relâchés dans la journée, sauf trois, aucun nom n'était cité et on pouvait donc supposer qu'ils avaient tous moins de vingt et un ans.

Du sang sur la figure. Et néanmoins, elle souriait... elle triomphait, en réalité. Je me rendis compte que Phil Ochs chantait toujours – « j'ai dû tuer un million d'hommes et ils veulent maintenant que j'y retourne » – et je sentis la chair de poule me hérisser le dos.

Je revins à la carte de vœux. Elle comportait, je l'ai dit, les déclarations de bons sentiments habituelles ; ils reviennent tous au même, non ? Joyeux Noël, j'espère que tu ne mourras pas l'année prochaine... Je glissai dessus. Sur la page de gauche, elle m'avait écrit un message. Un message assez long pour remplir pratiquement toute la place.

Cher Numéro Six,

Je voulais simplement te souhaiter le plus joyeux des joyeux Noëls et te dire que je vais bien. Je ne suis pas retournée en fac, même s'il m'arrive de fréquenter certains étudiants (voir document ci-joint !) et même si j'espère y retourner un jour, peut-être l'année prochaine, en septembre. Ma mère ne va pas très bien, mais elle fait ce qu'elle peut, et mon frère semble s'être ressaisi. Rionda m'aide beaucoup aussi. J'ai revu Sully une ou deux fois, mais on dirait qu'il n'est plus le même. Il est venu ici regarder la télé, un soir, et j'ai eu l'impression que nous étions comme des étrangers. Ou plutôt, ce serait plus juste, comme des gens qui se connaissent depuis longtemps et qui seraient montés dans des trains allant dans des directions différentes.

Tu me manques, Pete. Je pense que nos trains vont aussi dans des directions différentes, mais je n'oublierai jamais les moments que nous avons passés ensemble. Ils furent les plus doux et les meilleurs de ma vie (en particulier le dernier soir). Tu peux m'écrire, si tu veux, mais je crois que je n'en ai pas envie. Il me semble que ce ne serait bon ni pour l'un ni pour l'autre. Ce qui ne signifie pas que je m'en fiche et que j'ai oublié, bien au contraire.

Te souviens-tu du soir où je t'ai montré la photo et où je t'ai raconté comment des grands m'avaient battue ? Et comment mon ami Bobby s'était occupé de moi ? Il lisait un livre, cet été-là. Un cadeau du vieux monsieur qui habitait au-dessus de chez lui. Bobby disait que c'était le plus beau livre qu'il ait

517

jamais lu. Je sais bien que cela ne veut pas dire grand-chose, quand on n'a que onze ans, mais je suis tombée dessus à la bibliothèque, quand j'étais en terminale, et je l'ai lu pour me faire une idée. Et je l'ai trouvé vraiment pas mal du tout. Peut-être pas le livre le plus génial que j'aie jamais lu, mais pas mal du tout. J'ai pensé que tu aurais peut-être plaisir à le lire, toi aussi. Bien qu'il ait été écrit il y a douze ans, c'est comme s'il nous parlait du Viêt-nam. Et même si ce n'est pas ça, il est plein d'informations.

Je t'aime, Pete. Joyeux Noël.

Carol

P.S. Laisse tomber ce stupide jeu de cartes.

Je lus la lettre une deuxième fois, puis repliai soigneusement l'article et le remis dans la carte, les mains encore tremblantes. Je pense que cette lettre doit encore traîner quelque part chez moi.... comme je suis sûr que « Carol la Rouge » doit avoir quelque part la photo de ses copains d'enfance. Si elle est encore en vie, bien entendu. Ce qui n'a rien de certain ; bon nombre de ses derniers amis ont disparu.

J'ouvris le paquet. J'y trouvai, faisant un contraste grinçant avec les joyeusetés du papier brillant et des décorations de Noël, un exemplaire en livre de poche de *Sa Majesté des Mouches*, de William Golding. J'étais plus ou moins passé à côté, au lycée, ayant choisi *A Separate Peace* [1] en cours de littérature parce qu'il paraissait un peu moins long.

Je l'ouvris, espérant y trouver une dédicace. C'était bien le cas, mais pas du genre auquel je m'étais attendu, pas du tout. Sur la page de titre, je découvris en effet ceci :

---

1. Une paix séparée (*N.d.T.*).

518

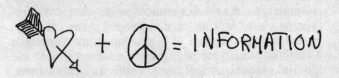

Mes yeux se remplirent brusquement de larmes et je portai une main à ma bouche pour retenir le sanglot que je sentais monter. Je ne tenais pas à réveiller Nate, je ne tenais pas non plus à ce qu'il me voie pleurer. Car je pleurais. Je restais assis à mon bureau et pleurais sur elle, sur moi, sur nous deux, sur nous tous. Je ne me souviens pas avoir eu aussi mal de toute ma vie que ce jour-là. Les cœurs sont coriaces, avait-elle dit, en général ils ne se brisent pas, tout cela est bien vrai... mais alors ? Qu'en est-il de ce que nous étions alors ? Qu'en est-il des cœurs de l'Atlantide ?

43

Toujours est-il que Skip et moi avons survécu. Nous fîmes notre boulot de ravalement de façade, nous nous faufilâmes au milieu des écueils des derniers contrôles, et nous nous retrouvâmes à Chamberlain Hall à la mi-janvier. Skip m'apprit qu'il avait écrit à John Wikin, l'entraîneur de l'équipe base-ball, pour lui dire qu'il renonçait à faire partie de son écurie.

Nate était bien entendu de retour à Chamberlain Deux. Ainsi que, à notre immense stupéfaction, Lennie Doria – sous conditions, certes, mais là tout de même. Son *paisan*, DeLucca, était parti, cependant. Tout comme Mark St. Pierre, Barry Margeaux, Nick Prouty, Brad Witherspoon, Harvey Twiller, Randy Echolls... et Ronnie, évidemment. Nous reçûmes une carte postale de lui, en mars. Elle avait le tampon de Lewiston et était simplement adressée aux « Barjots de Chamberlain Deux ». On la punaisa sur un mur de la salle commune, au-dessus de l'endroit où il avait pris l'habitude de s'asseoir. Côté face, on voyait Alfred E. Neuman, le rouquin édenté et bigleux qui sert d'enseigne à la revue *Mad*. Côté pile, Ronnie avait écrit : « Oncle Sam m'a appelé, et faut que j'y aille. Un avenir bordé de palmiers s'ouvre à moi, p...n de b...l ! Qu'est-ce que j'en ai à foutre [1] ? J'ai fini avec 21 points de match. J'ai gagné ! » C'était signé « Ron ». La carte nous fit rire, Skip et moi. Tout laissait penser que le petit garçon débiteur de gros mots mis au monde par Mrs Malenfant allait rester un Ronnie jusqu'à la fin de ses jours.

Stoke Jones, alias Rip-Rip, était aussi parti. J'avoue que je ne pensais guère à lui pendant un certain temps, mais son visage et les souvenirs qui y étaient associés me revinrent avec une surprenante (bien que brève) vivacité environ un an et demi plus tard. À l'époque, j'étais en prison à Chicago. J'ignore combien d'entre nous les flics avaient arrêtés ce soir-là, devant l'immeuble où se tenait la convention démocrate qui vit la nomination de Hubert Humphrey à la candidature présidentielle, mais nous étions très nombreux, et il y avait beaucoup de blessés ; une commission d'enquête, une année plus tard, allait parler d'une « véritable émeute policière » dans son rapport.

Je me retrouvai dans une cellule conçue pour quinze personnes, vingt tout au plus, en compagnie d'une soixantaine de hippies gaz-lacrymogénés, matraqués, bourrés de drogue, sonnés, battus, crevés, ensanglantés, dont certains avaient encore la force de tirer sur un joint, tandis que d'autres pleuraient, que quelques-uns dégobillaient, ou encore entonnaient des chants de protestation (du coin opposé, me provenait, chanté par un type que je ne vis même pas, une variante recalibrée à la marijuana de *I Ain't Marchin' Anymore*). Une sorte de version carcérale du jeu

---

1. Allusion à la phrase fétiche d'Alfred Neuman (*N.d.T.*).

consistant à empiler le plus grand nombre possible de types dans une cabine téléphonique, en somme.

J'étais comprimé contre les barreaux, essayant de protéger d'un côté la pochette de ma chemise (contenant mes Pall Mall) et de l'autre ma poche revolver (où j'avais glissé l'exemplaire de *Sa Majesté des Mouches* que m'avait envoyé Carol, corné, la couverture déchirée et tombant en lambeaux), lorsque tout d'un coup le visage de Stoke jaillit dans mon esprit, aussi brillant et précis qu'une photo à haute définition. Souvenir surgi de nulle part, semblait-il, peut-être le produit de quelque circuit de la mémoire en sommeil, réveillé par les événements – solide coup de matraque d'un flic sur la tête ou bonne bouffée de gaz lacrymogènes. Le tout accompagné d'une question :

« Mais qu'est-ce qu'un infirme branlait au deuxième étage ? » dis-je à haute voix.

Un petit bonhomme avec une énorme tignasse dorée – une sorte de Peter Frampton nain, si on peut imaginer ça – tourna la tête. Il était pâle et boutonneux. Du sang séchait à l'une de ses narines et sur sa joue. « Qu'est-ce tu racontes, mec ?

— Qu'est-ce que pouvait bien foutre un infirme au deuxième étage d'un dortoir ? Alors qu'il n'y avait pas d'ascenseur ? On aurait dû le mettre au rez-de-chaussée, non ? »

Puis me revint l'image de Stoke plongeant sur ses béquilles en direction de Holyoke, tête baissée, les cheveux lui pendant devant les yeux, marmonnant ses *rip-rip, rip-rip*. Stoke allant partout comme s'il n'était entouré que d'ennemis. Stoke qui paraissait prêt à annihiler l'univers à la moindre provocation.

« J'te suis pas vraiment, vieux. Qu'...

— Sauf s'il leur avait demandé. Sauf s'il l'avait *exigé*, même.

— Bingo ! s'écria le petit blondinet. Hé, mec, t'aurais pas un joint ? Je m'enverrais bien en l'air. Fais chier, cette taule. J'ai envie d'aller faire un tour là-haut. »

44

Skip devint un artiste et s'est acquis une certaine célébrité. Pas autant que Norman Rockwell, et vous ne verrez jamais l'une de ses sculptures reproduite en médaille par le service des Monnaies de la Banque centrale, mais il expose beaucoup, Londres, New York, Rome et, l'an dernier, Paris, et la presse parle régulièrement de lui. Certains critiques ont dit à son propos que son art était stérile, qu'il n'était qu'un feu de paille (quelques-uns vont le répétant maintenant depuis vingt-cinq ans), un esprit bourré de lieux communs communiquant ceux-ci à d'autres esprits bourrés de lieux communs. Ils s'en trouvent cependant qui le louent pour son honnêteté et son énergie. Je penche plutôt de ce côté, mais je suppose que c'est normal ; je le connais depuis la grande époque, nous avons échappé ensemble au vaste continent qu'engloutissaient les flots et il est toujours mon ami ; d'une certaine manière, il est toujours mon *paisan*.

Reste la catégorie des critiques qui s'est interrogée sur la rage qu'exprime si souvent son œuvre, rage que j'ai vue se manifester clairement pour la première fois dans le tableau d'une famille vietnamienne en carton à laquelle il avait mis le feu devant la bibliothèque, en 1969, avec le martèlement des Youngbloods en fond sonore. Et ouais. Ouais, ce n'est pas faux. Certains des trucs de Skip sont drôles, d'autres sont tristes ou parfois bizarres, mais c'est de la colère qu'expriment la plupart de ses sculptures ; ses personnages aux épaules raides en papier, plâtre et argile, semblent murmurer, *Oh, enflammez-moi, enflammez-moi et écoutez-moi hurler, on est encore en 1969 en réalité, c'est encore le Mékong et ça le sera toujours.* « C'est la colère de Stanley Kirk qui donne sa force à son œuvre », a écrit l'un de ces critiques, lors de son exposition à Boston, et je suppose que c'est cette même colère qui a présidé à sa crise cardiaque, il y a deux mois.

Sa femme m'a appelé pour me dire qu'il voulait me voir. Les médecins n'avaient pas jugé l'attaque très grave, mais le Captain n'était pas de leur avis. Mon vieux *paisan* Captain Kirk pensait qu'il allait mourir.

Je pris l'avion pour Palm Beach et, lorsque je le vis – un visage blanc, des cheveux presque entièrement blancs sur un oreiller blanc –, cela me rappela un souvenir, sans que je puisse dire exactement lequel, sur le coup.

« Tu penses à Jones », me dit-il d'une voix enrouée. Il avait raison, bien sûr, et je souris ; mais en même temps un frisson glacé coula son doigt le long de mon dos. Les choses vous reviennent parfois ainsi, c'est tout. Les choses vous reviennent, parfois.

J'entrai et m'assis près de lui. « Pas mal, Ô swami.

— Pas bien dur, pourtant. C'est exactement comme ce jour-là, à l'infirmerie, sauf que Carbury est probablement mort et que c'est moi, cette fois, qui suis branché à un goutte-à-goutte.

Il leva l'une de ses mains talentueuses, exhibant le tuyau, puis la rabaissa. « Je ne crois pas que je vais mourir. Pas tout de suite, en tout cas.

— Bien.

— Tu fumes toujours ?

— J'ai arrêté. Depuis un an. »

Il acquiesça. « Ma femme m'a dit qu'elle demanderait le divorce si je n'en faisais pas autant... j'ai bien l'impression que je n'ai pas le choix.

— C'est la pire des habitudes.

— En fait, je crois que la pire des habitudes, c'est vivre.

— Réserve donc tes profondes réflexions philosophiques pour le *Reader's Digest*, Cap. »

Il rit, puis me demanda si j'avais des nouvelles de Natie.

« Une carte de Noël, comme toujours. Avec une photo.

— Ce con de Nate ! s'exclama Skip avec ravissement. Celle de son cabinet ?

— Ouais. Il a installé une crèche devant, cette année. Les Mages ont tous l'air d'avoir besoin d'un dentier. »

Nous nous regardâmes et commençâmes à pouffer. Mais avant que Skip puisse aller bien loin, il se mit à tousser. Cela faisait penser irrésistiblement à Stoke et, pendant un moment, il lui ressembla même étrangement ; je sentis à nouveau le doigt glacé se couler dans mon dos. Si Stoke avait été mort, j'aurais cru que son fantôme était venu nous hanter, mais il était vivant. Et à sa manière, Jones avait réussi tout aussi bien que tous les hippies rangés des voitures qui, au lieu de vendre de la cocaïne, bazardaient leurs actions pourries par téléphone. Il adore passer à la télé, l'ami Stoke ; pendant le procès d'O. J. Simpson, il suffisait de zapper une minute pour tomber sur lui – un vautour de plus tournoyant autour d'une charogne.

Carol est celle qui a mal tourné, je crois. Carol et ses amis, et que dire de l'étudiant en chimie qu'ils ont tué avec leur bombe ? C'était une erreur, je le crois de tout mon cœur : la Carol Gerber que j'avais connue n'aurait pas supporté l'idée que tout le pouvoir puisse tenir dans le canon d'une arme. La Carol Gerber que j'avais connue aurait compris que ce n'était qu'une autre manière, tout aussi grotesque, de dire qu'on a détruit le village afin de le sauver. Mais croyez-vous que, pour les parents de ces gosses, il soit important de savoir que c'était une erreur, que la bombe avait explosé prématurément, désolé ? Pensez-vous que la question de savoir qui avait réussi et qui n'avait pas réussi ait de l'importance aux yeux des pères, mères, frères, sœurs, amants, amis ? Pensez-vous que cela compte beaucoup pour ceux qui sont chargés de ramasser les morceaux et doivent continuer ensuite comme ils peuvent ? Les cœurs peuvent se briser. Oui. Les cœurs peuvent se briser.

Parfois, je me dis qu'il vaudrait mieux que nous mourions, en de tels moments, mais nous ne mourons pas.

Skip eut du mal à retrouver sa respiration. L'appareil de contrôle, à côté de son lit, émettait des bip-bip inquiets. Une infirmière passa une tête, mais Skip lui fit signe de s'en aller ; comme les bip-bip retrouvaient leur rythme normal, elle lui obéit. Après son départ, il se tourna vers moi. « Comment se fait-il que nous ayons ri aussi fort, ce jour-là, lorsqu'il est tombé dans la neige ? Cette question n'a jamais tout à fait cessé de me hanter.

— Moi aussi, je me la suis souvent posée.

— Alors ? Quelle est la réponse ? Pourquoi avons-nous ri ?

— Parce que nous sommes humains. Pendant un temps, je pense que c'était entre Woodstock et Kent State, nous avons cru que nous étions quelque chose d'autre, mais c'était une erreur.

— Nous nous prenions pour de la poussière d'étoiles, dit Skip, réussissant presque à garder son sérieux.

— Oui, nous nous prenions pour de la poussière d'or, l'approuvai-je en riant. Et nous devons trouver un moyen de redescendre sur terre.

— Approche-toi, hippie de mes deux », me demanda-t-il.

Je me penchai sur lui. Je me rendis compte que mon vieil ami, celui qui avait berné Dearie, Ebersole et même le doyen de la fac, celui qui avait viré sa cuti et supplié ses professeurs de lui venir en aide, qui m'avait appris à boire de la bière en quantités peu raisonnables et à dire *fuck* avec une douzaine d'intonations différentes, avait des larmes dans les yeux. Il me tendit les bras. Ils étaient amaigris, à présent, et les muscles y pendaient plus qu'ils n'y formaient des nœuds. Je me penchai et le serrai dans les miens.

« On a essayé, murmura-t-il dans mon oreille. N'oublie jamais ça, Pete. On a essayé. »

C'est sans doute vrai. À sa manière, Carol est celle d'entre nous qui a essayé le plus fort et qui a payé le prix le plus élevé... mis à part, bien sûr, celui qui est mort. Et, bien que nous ayons oublié la langue que nous parlions en ces années-là – elle s'est perdue comme se sont perdus les pantalons pattes d'éph, les t-shirts décorés main, les vestes à la Nehru, et les badges proclamant TUER POUR LA PAIX, C'EST COMME BAISER PAR CHASTETÉ –, il arrive parfois qu'un ou deux mots nous reviennent. L'information, voyez-vous. L'information. Et parfois aussi, dans mes rêves et mes souvenirs (plus je vieillis et plus les deux choses paraissent se confondre), les effluves du monde où je parlais cette langue avec aisance et autorité me parviennent : relents de terre, arômes d'orange, parfums déclinants des fleurs.

1983 : Dieu v'bénisse, tout un chacun.

1983

WILLIE L'AVEUGLE

6 h 15

C'est la musique qui le réveille, toujours la musique ; les bip-bip-bip perçants de son radio-réveil sont plus que n'en peut supporter son esprit, durant ces premiers instants flous de la matinée ; on dirait un camion à benne faisant marche arrière. La radio est pourtant passablement nulle en cette époque de l'année ; la station sur laquelle le poste est branché, d'ordinaire agréable à écouter, n'arrête pas de diffuser des chants de Noël en boucle, et à son réveil, ce matin, il a eu droit à deux ou trois de ceux qu'il déteste le plus de sa liste personnelle : des rengaines pleines de voix éraillées, pleines d'un émerveillement bidon. La Hare Krishna Chorale, les Andy Williams Singers, des trucs comme ça. Entendez-vous ce que j'entends, s'égosillent les voix pendant qu'il se redresse dans son lit, clignant des yeux, hébété, des mèches pointant dans toutes les directions. Voyez-vous ce que je vois, chantent-elles pendant qu'il fait pivoter ses jambes hors des draps, puis, grimaçant, parcourt sur le sol glacé la distance qui le sépare de la radio pour enfoncer brutalement le bouton d'arrêt. Lorsqu'il se retourne, Sharon a adopté sa posture défensive habituelle : l'oreiller sur la tête, ne laissant apparaître que la courbe d'une épaule crémeuse, la bretelle d'une chemise de nuit en dentelle et une touffe de cheveux blonds.

Il va dans la salle de bains, referme la porte, se débarrasse de son pantalon de pyjama qu'il jette dans le panier à linge sale, branche son rasoir électrique. Pendant qu'il se le promène sur la figure, il pense, *Pourquoi ne pas parcou-*

rir tout le catalogue sensoriel tant que vous y êtes, les gars ? Sens-tu ce que je sens, goûtes-tu ce que je goûte, ressens-tu ce que je ressens, hé, qu'est-ce que vous attendez, hein ?

« Foutaises, dit-il en tournant l'eau du robinet, dans la douche. Rien que des foutaises. »

Vingt minutes plus tard, alors qu'il en est à s'habiller (le costume gris foncé Paul Stuart, ce matin, et sa cravate préférée, une Sulka), Sharon commence à se réveiller – un peu. Pas assez, cependant, pour qu'il arrive à distinguer clairement ce qu'elle dit.

« Tu peux répéter ? J'ai vaguement cru entendre *lait de poule*, mais le reste était du chinois.

— Je t'ai demandé si tu pouvais ramener deux litres de lait de poule lorsque tu rentreras. On a les Allen et les Dubray à dîner ce soir, tu te rappelles ?

— Noël », dit-il, rectifiant avec soin sa coiffure dans le miroir.

Il n'est plus le personnage hébété et grognon qui s'assoit cinq matins (parfois six) par semaine dans son lit au son de la musique. À présent, il ressemble à tous les gens qui vont faire le trajet avec lui jusqu'à New York dans le sept heures quarante, et c'est exactement ce qu'il désire.

« Quoi, Noël ? demande-t-elle avec un sourire endormi. Foutaises, c'est ça ?

— Tout juste.

— Si tu y penses, ramène aussi de la cannelle...

— D'accord.

— ... mais si tu oublies le lait de poule, je te massacre, Bill.

— Je n'oublierai pas.

— Je sais. On peut compter sur toi. Tu es très élégant, aussi.

— Merci. »

Elle se laisse retomber, puis se met sur un coude pendant qu'il procède à un ultime et minuscule arrangement de sa cravate, laquelle est bleu foncé. Jamais il

530

n'a porté de cravate rouge de toute sa vie, et il espère bien qu'il n'aura jamais été affecté par ce virus-là lorsqu'on l'enterrera.

« J'ai la guirlande que tu voulais, reprend-elle.

— Hein ?

— Tu sais bien, la guirlande. Sur la table de la cuisine.

— Oh... (La mémoire lui revient.) Merci.

— Pas de quoi. »

À peine s'est-elle de nouveau allongée qu'elle commence à se rendormir. Il n'est pas jaloux du fait qu'elle puisse rester au lit jusqu'à neuf heures – onze, même, si ça lui chante –, mais il lui envie cette capacité qu'elle a de se réveiller, de parler et de se rendormir. Il avait la même quand il était dans la brousse, comme la plupart des types, d'ailleurs ; mais la brousse, ça remonte à longtemps. Dans la *campagne*, comme le disaient toujours les petits jeunes et les correspondants de guerre. Mais si vous aviez été là-bas un certain temps, c'était simplement la brousse, ou parfois *la nature*.

On était dans la nature, ouais.

Elle ajoute autre chose, mais elle est retombée dans son bredouillis. Il sait néanmoins ce qu'elle a voulu dire : passe une bonne journée, mon chéri.

« Merci, dit-il en déposant un baiser sur sa joue. Compte sur moi.

— T'es vraiment superbe, marmonne-t-elle, bien qu'elle ait les yeux fermés. Je t'aime, Bill.

— Moi aussi, je t'aime. »

Et là-dessus, il sort.

Son porte-documents (un Mark Cross, pas ce qu'il y a de plus chic, mais presque) l'attend dans le vestibule, à côté du portemanteau où est accroché son manteau (qui vient de Tager's, sur Madison). Il cueille le porte-documents en passant et l'emporte dans la cuisine. Le café est déjà prêt – Dieu bénisse l'inventeur de la cafetière programmable – et il s'en prépare une tasse. Il ouvre le porte-documents, lequel est parfaitement vide, et prend la guirlande en boule, sur la table. Il la tient un moment en l'air, observant la façon dont elle scintille sous le néon de la cuisine, puis il la met dans le porte-documents.

« Est-ce que tu entends ce que j'entends ? » dit-il à l'adresse de personne en faisant claquer les fermoirs.

8 h 15

À travers la fenêtre sale, à sa gauche, il voit se rapprocher la grande ville. La crasse du vitrage la fait ressembler à quelque ruine titanesque couverte d'ordures – l'Atlantide défunte, par exemple, remontée à la surface pour jeter un regard mauvais sur le ciel gris. Le jour garde en réserve une copieuse averse de neige, mais cela ne le gêne pas ; Noël est dans huit jours, et les affaires vont bien marcher.

Le wagon empeste le café du matin, le déodorant du matin, la lotion après-rasage du matin, le parfum du matin, les estomacs du matin. On voit une cravate pratiquement sur tous les sièges. Il arrive même que des femmes en portent, ces temps-ci. Les visages ont cet aspect bouffi de huit heures du matin ; les regards sont à la fois introspectifs et sans défense, les conversations se poursuivent sans conviction. C'est l'heure où même ceux qui ne boivent pas ont l'air d'avoir la gueule de bois. La plupart des gens s'enfoncent dans leur journal. Et pourquoi pas ? Reagan est roi de l'Amérique, actions et obligations atteignent des sommets et la peine de mort est de nouveau à la mode. La vie est belle.

Lui-même a le *New York Times* ouvert à la page des mots croisés, et s'il a déjà rempli quelques cases, il s'agit avant tout d'une mesure défensive. Il n'aime pas parler aux autres passagers, il n'aime pas les conversations à bâtons rompus, quelles qu'elles soient, et la dernière chose au monde qu'il souhaite est d'avoir un copain de trajet. Quand il commence à revoir les mêmes visages, dans un wagon, quand les gens commencent à lui adresser un signe de tête ou à lui demander comment ça va aujourd'hui en gagnant leur place, il en change. Il n'est pas si difficile de rester anonyme, de n'être qu'un passager comme un autre arrivant de sa grande banlieue du Connecticut, un homme qui ne se distingue des autres que par son refus obstiné de porter une cravate rouge. Peut-être a-t-il fréquenté une école confessionnelle, peut-être a-t-il tenu une fois une fillette en larmes pendant que l'un de ses copains la frappait à plusieurs reprises avec une batte de base-ball, et peut-être a-t-il passé un certain temps dans la *nature*. Personne, dans ce train, n'a besoin d'être au courant. C'est ce qui est bien, dans les trains.

« Alors, prêt pour Noël ? » lui demande l'homme assis côté couloir.

Il lève les yeux, fronçant presque les sourcils, puis décide que ce n'est pas une remarque importante en soi, mais simplement le genre de propos vide et destiné à faire passer le temps que les gens se sentent obligés de tenir. Son voisin est gros et puera des aisselles vers midi, en dépit du déodorant dont il s'est libéralement aspergé ce matin... mais c'est à peine s'il s'est tourné vers Bill, et c'est très bien comme ça.

« Oh, oui, vous savez ce que c'est », dit-il en contemplant le porte-documents posé entre ses pieds – le porte-documents qui contient une guirlande de Noël, et rien de plus. « Je commence à me mettre dans l'ambiance, petit à petit. »

8 h 40

Il quitte Grand Central en compagnie d'un millier d'autres hommes et femmes en costume d'affaires, des cadres moyens pour la plupart, minces comme des belettes, et que l'on retrouvera à midi pédalant furieusement sur leur vélo d'exercice. Il s'immobilise un instant et respire profondément l'air gris et froid. Lexington Avenue est parée de ses lumières de Noël et, un peu plus loin, un Père Noël, sans doute portoricain, agite sa clochette. À côté de lui, un récipient destiné à recevoir les contributions et un chevalet avec une pancarte sur laquelle on peut lire : AIDEZ LES SANS-ABRI POUR LA NOËL. *Pourquoi ne pas dire la vérité, papa Noël ?* pense l'homme en bleu. *Pourquoi ne pas mettre sur ta pancarte,* AIDEZ-MOI À ME FOURNIR EN COKE POUR CE NOËL, JE SUIS ACCRO *?* Il dépose néanmoins, en passant, deux dollars dans le récipient. Il sent bien cette journée. Il est content que Sharon se soit souvenue de la guirlande ; il l'aurait probablement oubliée, sinon. En réalité, il ne pense jamais à ce genre de détail, à la petite note qui agrémente les choses.

Dix minutes de marche, et il a rejoint son immeuble. Devant la porte se tient un jeune Noir, dix-sept ans tout au plus, habillé d'un jean noir et d'un sweat-shirt à capuche rouge crasseux. Il se dandine d'un pied sur l'autre, en lâchant de petits nuages de vapeur, sourit fréquemment en exhibant une dent en or. Il tient à la main un gobelet à café en plastique à demi écrasé. Le gobelet contient un peu de petite monnaie qu'il agite constamment. « Z'auriez pas une p'tit' pièce ? » demande-t-il aux passants qui convergent vers les portes à tambour. « Z'auriez pas une p'tit'pièce, m'sieur ? Z'auriez pas une p'tit'pièce, ma'am ? Just' pour manger quéqu'-chose... Merci, Dieu v'bénisse, joyeux Noël. Z'auriez pas une ptit'pièce, mon pote ? Un *quarter,* peut-être ? Merci. Z'auriez pas une ptit'pièce, ma'am ? »

En passant, Bill laisse tomber un *nickel* et deux *dimes* dans le gobelet du jeune Noir.

« Merci, m'sieur, v'bénisse, joyeux Noël.

— À vous aussi. »

La femme à côté de lui fronce les sourcils. « Vous ne devriez pas les encourager », observe-t-elle.

Il hausse les épaules et lui adresse un petit sourire penaud. « C'est dur pour moi de dire non à quelqu'un, au moment de Noël. »

Il pénètre dans le hall au milieu du flot des nouveaux

arrivants, suit un instant de l'œil la garce aux opinions bien arrêtées qui se dirige vers le kiosque à journaux, puis gagne les ascenseurs, avec leurs numéros d'étage démodés aux chiffres Art Déco. Plusieurs personnes lui adressent un signe de tête et il échange quelques mots avec deux d'entre elles en attendant la cabine : ce n'est pas comme dans le train, où l'on peut changer de voiture. Sans compter que l'immeuble de bureaux est ancien, et que ses ascenseurs sont lents et poussifs.

« Comment va la petite femme, Bill ? lui demande un homme décharné au sourire permanent, qui travaille au cinquième.

— Carol va très bien.

— Et les mômes ?

— Très bien tous les deux. »

Il n'a pas d'enfants et sa femme ne s'appelle pas Carol. Il a épousé en réalité une certaine Sharon Anne Donahue, de la promotion 1964 de l'école St. Gabriel, mais voilà quelque chose que l'homme décharné et toujours souriant du cinquième ne saura jamais.

« Je parie qu'ils ont du mal à attendre le grand jour », commente-t-il, son sourire s'élargissant et prenant des proportions indescriptibles. Aux yeux de Bill Shearman, il a la tête de la Mort vue par un dessinateur humoristique, des yeux énormes, des dents énormes, la peau brillante et tendue. Ce sourire lui fait penser à Tam Boi, dans la vallée d'A Shau. Ces types du 2e bataillon arrivés là comme s'ils étaient les rois du monde, pour en ressortir en ayant l'air de rescapés du dernier cercle de l'enfer rôtis au troisième degré. Ils avaient ces mêmes yeux énormes, ces mêmes dents énormes. Ils avaient encore cette tête à Dong Ha, où ils s'étaient retrouvés plus ou moins mélangés, quelques jours plus tard. On se mélangeait beaucoup, dans la brousse. Et ça bardait aussi beaucoup.

« Ils meurent d'impatience, vous voulez dire, mais je crois que Sarah commence à avoir des doutes sur l'homme en costume rouge. » Grouille-toi, l'ascenseur, pense-t-il. Seigneur, épargne-moi ces âneries.

« Ouais, ouais, ça finit par arriver », dit l'homme décharné. Son sourire s'efface un moment, comme s'ils discutaient du cancer et non pas du Père Noël. « Et quel âge a la petite Sarah, à présent ?

— Huit ans.

— J'ai l'impression qu'elle est née il n'y a qu'un an ou deux. Bon sang, sûr que le temps passe vite quand on s'amuse bien, pas vrai ?

— Vous pouvez le dire et le redire », répond-il avec l'espoir fervent que l'homme décharné s'en abstiendra.

À ce moment-là, l'un des quatre ascenseurs ouvre grand ses portes et tous se pressent à l'intérieur.

Ils parcourent ensemble une petite distance, dans le couloir du cinquième étage, puis l'homme décharné s'arrête devant un jeu de doubles portes à l'ancienne ; sur la vitre en verre cathédrale de l'une on peut lire CONSOLIDATED INSURANCE, sur celle de l'autre ADJUSTORS OF AMERICA. De derrière ces portes proviennent le cliquetis étouffé des machines à écrire et le bruit légèrement plus fort des téléphones.

« Bonne journée, Bill.

— Merci, à vous aussi. »

L'homme décharné entre dans son bureau et, un instant, Bill aperçoit une grande guirlande accrochée à l'autre bout de la pièce ; en outre, les vitres ont été décorées avec de la « neige » posée à la bombe. Il frissonne et pense *Dieu nous vienne en aide, à tous*.

9 h 05

Son bureau, le premier des deux dont il dispose dans ce bâtiment, est à l'extrémité du couloir. Les deux bureaux les plus proches sont inoccupés et sombres, situation qui dure maintenant depuis six mois et qui lui convient parfaitement bien. Sur la vitre en verre cathé-

drale de sa porte, on lit : WESTERN STATES LAND ANALYSTS [1].
Cette porte comporte trois verrous, celui qui s'y trouvait
à l'origine et les deux qu'il a lui-même posés. Il entre,
referme la porte, la verrouille et met la chaîne.

Un bureau occupe le centre de la pièce ; il est
encombré de papiers, mais aucun n'a la moindre signification. Ils ne sont là que pour donner le change à
l'équipe de nettoyage. De temps en temps, il les jette
tous et en dispose de nouveaux. Sur le meuble, trône un
téléphone avec lequel il donne des coups de fil au hasard,
afin que la compagnie de téléphone ne puisse constater
que cette ligne n'est jamais utilisée. L'année dernière, il
a acheté un photocopieur qui fait tout à fait sérieux dans
son coin, à côté de la porte donnant dans la deuxième
pièce, plus petite, mais il n'a en fait jamais servi.

« Entends-tu ce que j'entends, sens-tu ce que je sens,
goûtes-tu ce que je goûte ?... » fredonne-t-il en se dirigeant vers la porte qui s'ouvre sur la seconde pièce.
Celle-ci contient des étagères sur lesquelles s'empilent
des documents tout aussi dépourvus de signification que
les autres, deux grands classeurs (avec un baladeur posé
sur le haut de l'un, son excuse pour les rares occasions
où quelqu'un viendrait frapper à sa porte verrouillée et
ne recevrait pas de réponse), une chaise et un escabeau.

Bill rapporte l'escabeau dans la pièce principale et
l'installe à la gauche du bureau, sur lequel il a posé son
porte-documents. Il grimpe les trois premières marches
de l'escabeau (la partie inférieure de son manteau s'ar-
rondit en cloche autour de ses jambes), et il enlève avec
soin un des panneaux qui constituent le plafond suspendu.

Là se trouve un espace étroit, qu'il serait peut-être
abusif d'appeler de service, mais dans lequel passent
néanmoins quelques tuyaux et du câblage. On n'y voit
pas de poussière, en tout cas pas dans le voisinage immé-
diat du panneau déplacé, ni de déjections de rongeurs :
une fois par mois, il dispose des grains empoisonnés, du

---

1. Il s'agit d'une société immobilière (*N.d.T.*).

D-Con Mouse-Prufe, exactement. Il ne tient pas à salir ses élégants vêtements tandis qu'il circule d'un niveau à l'autre, mais là n'est pas l'essentiel. L'essentiel, c'est le respect que l'on a pour son travail et son domaine. Chose qu'il a apprise à l'armée, pendant qu'il était dans la brousse, et il se dit souvent que c'est la deuxième chose la plus importante qu'il ait apprise de sa vie. La première étant que seule la pénitence remplace la confession, et que seule la pénitence définit l'identité. Une leçon qu'il a commencé à apprendre en 1960, quand il avait quatorze ans. La dernière année où il aurait pu entrer dans le confessionnal et dire, « Bénissez-moi mon père, parce que j'ai péché », et tout raconter.

La pénitence est une chose importante pour lui.

Dieu v'bénisse, pense-t-il, dans l'obscurité sentant le renfermé de l'espace de service. *Dieu v'bénisse, me bénisse, bénisse tout le monde*.

Au-dessus de cet espace étroit, qu'un courant d'air léger et chuintant parcourt en permanence, apportant avec lui des effluves de poussière et les grincements des ascenseurs, se trouve le plancher du sixième étage et une trappe carrée d'environ quatre-vingts centimètres de côté. Bill l'a installée lui-même ; c'est un excellent bricoleur, l'une des choses que Sharon apprécie chez lui.

Il soulève la trappe. Une lumière sourde pénètre par l'ouverture. Il prend son porte-documents par la poignée. Au moment où sa tête dépasse du plancher du sixième, une cataracte d'eau dégringole soudain dans la canalisation qui descend des toilettes, à une dizaine de mètres au nord de sa position actuelle. Dans une heure environ, au moment où commencera la pause-café un peu partout dans les bureaux, ce bruit deviendra aussi régulier et rythmique que des vagues brisant sur une plage. C'est à peine si Bill le remarque, tout comme les autres sons qui se propagent entre plancher et plafond ; il y est habitué.

Il escalade avec précaution les dernières marches de l'escabeau, puis se hisse dans son bureau du sixième étage, abandonnant Bill au cinquième. Là-haut, il est de nouveau Willie, comme lorsqu'il était au lycée. Comme lorsqu'il était au Viêt-nam, où on l'appelait aussi parfois Baseball Willie.

Ce deuxième bureau présente l'aspect solide d'un atelier, avec ses câbles, ses moteurs électriques, ses conduits de ventilation soigneusement rangés sur des étagères métalliques ; sur un coin de table est posé ce qui ressemble à un filtre d'un modèle quelconque. C'est néanmoins un bureau : on y voit une machine à écrire, un dictaphone, les traditionnelles corbeilles courrier/reçu, courrier/expédition pleines de papiers (également pour donner le change, et faisant aussi l'objet d'une rotation périodique, comme un fermier alternant les cultures), et des classeurs. Beaucoup de classeurs.

Sur l'un des murs, est accrochée la reproduction d'un Norman Rockwell représentant une famille au moment de la prière de Thanksgiving. Derrière le bureau, on voit une photo de studio encadrée : c'est Willie en uniforme de lieutenant (photo prise à Saigon peu avant qu'il reçoive sa première décoration, une Silver Star, pour son comportement sur le lieu du crash d'un hélicoptère, non loin de Dong Ha) et, à côté, un agrandissement de son certificat de démobilisation, également encadré. On y lit son nom, William Shearman, et ses décorations sont dûment mentionnées. Il a sauvé la vie de Sullivan sur la piste, dans les environs du patelin. C'est ce que proclame la citation accompagnant la Silver Star, c'est ce qu'ont déclaré les hommes ayant survécu à Dong Ha, et bien plus important encore, c'est ce qu'a affirmé Sullivan lui-même. C'est même la première chose qu'il a dite lorsqu'ils se sont retrouvés tous les deux dans le même hôpital, à San Francisco, celui qu'on avait surnommé le Pussy Palace [1] : *Tu m'as sauvé la vie, mon vieux*. Willie assis sur le lit de Sullivan, Willie avec le bras encore bandé et le tour des yeux tartiné de pommade, mais en pleine forme, en réalité, ouais, il pétait le feu, c'était Sullivan qui avait été gravement blessé. C'était le jour où le

---

1. Le « palais des chattes » (*N.d.T.*).

photographe d'AP les avait pris en photo ; et la photo avait paru dans tous les journaux du pays... y compris dans le *Harwich Journal*.

Il m'a pris la main, pense Willie une fois dans son bureau du sixième, Bill Shearman étant maintenant un étage plus bas. Au-dessus du portrait de studio et du certificat de démobilisation, est punaisé un poster des années soixante. Il n'est pas encadré et commence à jaunir sur les bords, et il représente le symbole de la paix. En dessous, en bleu, blanc et rouge, figure ce commentaire : EMPREINTE DU GRAND POULET AMÉRICAIN.

Il m'a pris la main, pense-t-il à nouveau. Oui, c'était ce qu'avait fait Sullivan, et Willie avait bien failli bondir sur ses pieds et partir en courant entre les lits en hurlant. Il avait été persuadé que Sullivan allait lui dire : *Je sais ce que tu as fait, toi et tes amis Doolin et O'Meara. As-tu cru qu'elle n'allait pas me le dire ?*

Mais Sullivan n'avait rien déclaré de tel. Il avait dit : *Tu m'as sauvé la vie, mon vieux, toi qui es du même bon vieux patelin que moi, tu m'as sauvé la vie. Merde, quelle chance avions-nous que ça arrive ? Dire que les types de St. Gabe nous fichaient la frousse...* Willie avait alors compris que Sullivan n'avait aucune idée de ce que Doolin, O'Meara et lui avaient fait à Carol Gerber. Cette idée, cependant, ne l'avait nullement soulagé. Absolument pas. Et tandis qu'il souriait et étreignait la main de Sullivan, il avait pensé : *Vous aviez raison d'avoir peur, Sully. Fichtrement raison.*

Willie pose le porte-documents de Bill sur le bureau, puis s'allonge à plat ventre. Il passe la tête et les bras dans l'obscurité sentant l'huile et parcourue d'un courant d'air, entre les deux étages, et remet en place le panneau qui fait partie du plafond du cinquième. Il est parfaitement refermé ; certes il n'attend personne (il n'attend jamais personne, Western States Land Analysts n'a jamais eu un seul client), mais c'est plus prudent. Prudence est mère de sûreté.

Le cinquième étage en ordre, Willie abaisse la trappe sur le plancher du sixième. Elle est dissimulée sous un petit tapis collé dessus, de manière a être manipulée sans que celui-ci se déplace.

Il se remet debout, s'époussette les mains, pose le porte-documents plat et l'ouvre. Il en retire la guirlande roulée en boule et la place sur le dictaphone.

« Parfait », dit-il en pensant que Sharon peut être absolument adorable quand elle le veut bien... et qu'elle le veut souvent. Il referme le porte-documents et entreprend de se déshabiller, procédant méthodiquement, avec soin, défaisant ce qu'il a fait à six heures et demie du matin, comme dans un film qui passerait à l'envers. Il enlève tout, y compris son caleçon et ses chaussettes longues de couleur noire. Nu, il accroche son manteau, son veston de costume et sa chemise dans le placard où n'est suspendu qu'un seul autre vêtement, une veste rouge épaisse que l'on ne pourrait tout à fait qualifier de parka. En dessous, un objet plus ou moins cubique, un peu trop volumineux pour être qualifié de porte-documents. Willie pose le Mark Cross à côté, puis met son pantalon sur le cintre, prenant bien soin de respecter le pli. La cravate se retrouve sur la tringle fixée à l'intérieur de la porte du placard, où elle reste pendue comme une longue langue bleue.

Nu, il s'avance jusqu'à celui des nombreux classeurs sur lequel est posé un cendrier décoré d'un aigle à l'air furibond, surplombant les mots SI JE MEURS EN ZONE DE COMBAT. Dans le cendrier, il y a deux plaques d'identification accrochées à une chaîne. Willie enfile la chaîne, puis ouvre le tiroir du bas du classeur. Il contient, proprement plié, un boxer-short kaki. Il l'enfile. Puis il met des chaussettes de sport blanches et un t-shirt de coton blanc – un ras du cou, pas un débardeur. Le T-shirt dessine la forme des plaques d'identification ainsi que celle de ses biceps et de ses triceps. Sa musculature n'est plus tout à fait ce qu'elle était à A Shau et à Dong Ha, mais elle n'est pas si mal, pour quelqu'un qui approche de la quarantaine.

Le moment est maintenant venu, avant de finir de s'habiller, de faire pénitence.

Il va ouvrir le deuxième tiroir d'un deuxième classeur. Il fait défiler rapidement les gros cahiers de comptes reliés qui s'y trouvent, tout d'abord ceux de l'année 1982, et arrive à ceux de cette année : janvier-avril, mai-juin, juillet, août (il se sent toujours obligé d'écrire davantage, l'été), septembre-octobre, et arrive enfin au dossier actuel : novembre-décembre. Il s'assoit à son bureau, ouvre le cahier et feuillette les pages, toutes couvertes d'une écriture dense. On y trouve des variations mineures, mais l'essence de ce qui est écrit est toujours la même : *Je suis sincèrement désolé.*

Il n'écrit que pendant dix minutes, ce matin, sa plume s'active, et il s'en tient à la même notion élémentaire : *Je suis sincèrement désolé.* Pour autant qu'il puisse l'évaluer, il a écrit cela plus de deux millions de fois... et il ne fait que commencer. La confession aurait été plus rapide, mais il a décidé de prendre la route la plus longue.

Il arrête – pour aujourd'hui seulement, ce ne sera jamais fini – et remet le livre de comptes à sa place, entre ceux qui sont déjà remplis et ceux qui restent à remplir. Puis il retourne au classeur qui lui sert de commode. En ouvrant le tiroir placé au-dessus de celui qui contient ses sous-vêtements, il commence à fredonner, non plus « Entends-tu ce que j'entends », mais un air des Doors, celui qui raconte comment le jour détruit la nuit et la nuit divise le jour.

Il enfile une chemise épaisse en laine, de couleur bleue unie, puis des pantalons de treillis militaire. Il referme le tiroir et ouvre celui du haut. Il contient une sorte de grand carnet et des rangers. Il retire le carnet et étudie un instant sa reliure de cuir rouge. Dessus, est imprimé en lettres d'or qui s'effilochent le mot SOUVENIRS. Un objet bon marché, cet album. Il aurait pu s'offrir mieux, mais on n'a pas toujours le droit de se payer ce qu'on a les moyens de s'offrir.

En été, ses « désolés » sont plus nombreux, mais les souvenirs paraissent assoupis. C'est en hiver, en particulier aux environs de la Noël, que sa mémoire se réveille.

Il a alors envie de regarder dans l'album, lequel est plein de coupures de presse et de photos sur lesquelles tout le monde paraît incroyablement jeune.

Aujourd'hui, il replace l'album dans le tiroir sans l'ouvrir et prend les rangers. Ils sont cirés et brossés au point de briller et paraissent capables de durer jusqu'au jugement dernier. Davantage, peut-être. Ils ne sont pas du modèle réglementaire de l'armée, non, pas ceux-ci : ce sont des bottes de saut, celles du 101e Airborne, le régiment de parachutistes. Peu importe, de toute façon. Il ne cherche pas à se déguiser en soldat. Il le pourrait, s'il le voulait.

Il estime qu'il n'a pas plus de raison d'avoir l'air négligé qu'il n'en a de laisser la poussière s'accumuler dans le passage entre les deux étages, et il fait toujours attention à la façon dont il s'habille. Bien entendu, il ne coince pas le bas de son treillis dans les bottes : il part pour la Cinquième Avenue en décembre, par pour le Mékong en août, les serpents et les bestioles qui piquent ne risquent guère d'être un problème, mais il tient à avoir l'air impeccable. Avoir l'air impeccable est aussi important pour Willie que pour Bill, peut-être même plus important. Le respect de son travail et de son domaine, après tout, commence par le respect de soi-même.

Les deux derniers articles dont il a besoin se trouvent au fond du tiroir du haut : un tube de maquillage et du gel pour les cheveux. Il met un peu de maquillage dans sa main gauche et commence à se l'appliquer, allant du front à la base du cou. Il procède avec la rapidité inconsciente d'une longue expérience, se donnant un bronzage léger. Cela fait, il se recoiffe après s'être appliqué un peu de gel, faisant disparaître sa raie et repoussant tous ses cheveux en arrière. C'est la dernière touche, la plus petite touche, et peut-être la touche la plus parlante. Il n'y a plus trace du banlieusard sorti de Grand Central, il y a une heure. L'homme qui se regarde dans le miroir (placé à l'intérieur de la porte du petit débarras) a tout d'un mercenaire au chômage. On discerne une sorte de fierté silencieuse, un peu humiliée, dans ce visage bronzé, une expression que les gens ne peuvent long-temps soutenir. Sinon, elle leur fait mal. Willie le sait bien ; il a vu comment ça se passait. Il ne se pose pas de questions là-dessus. Il s'est construit une vie où les questions sont rares, et c'est ainsi qu'elle lui plaît.

« Parfait, dit-il à voix haute en refermant la porte du débarras, Vous avez fière allure, soldat. »

Il retourne au placard, y prend la veste rouge, qui est un modèle réversible, et la boîte en bois. Il pose la veste sur le dossier de sa chaise et la boîte sur le bureau. Il fait sauter les fermoirs et relève le couvercle, qui pivote sur des gonds solides ; en fait, l'objet fait plutôt penser à ces caisses qu'utilisent les vendeurs à la sauvette pour proposer leurs montres volées et leurs chaînes en or zéro carat. Il n'y a que peu d'objets dans celle de Willie ; l'un d'eux est en deux morceaux pour pouvoir y tenir. On y trouve aussi une pancarte, une paire de gants du genre de ceux qu'on met par temps froid, et un troisième gant, qu'il portait jadis quand il faisait chaud. Il prend la paire chaude (il en aura besoin aujourd'hui, aucun doute) et la pancarte avec son solide cordon. Le cordon a été passé dans des trous, aux deux angles du carton, afin que Willie puisse placer celui-ci autour de son cou. Il rabat le couvercle sans prendre la peine de manœuvrer les fermoirs, et pose la pancarte dessus ; le bureau est trop encombré, c'est la seule surface libre dont il peut disposer.

En fredonnant (nous avons couru après nos plaisirs ici, nous avons enterré nos trésors là), il ouvre le grand tiroir du milieu, fouille parmi les crayons et les divers petits articles de bureau, et finit par trouver son agrafeuse. Il déroule alors la guirlande et la dispose avec soin autour du rectangle de sa pancarte. Il coupe ce qui dépasse et agrafe solidement le machin brillant. Il tient la pancarte un moment à bout de bras, évaluant le travail, puis l'admirant.

« Parfait ! »

Le téléphone sonne et il se pétrifie, regardant l'appareil avec des yeux qui se sont brusquement rétrécis et sont devenus durs ; il est en alerte totale. Une sonnerie. Deux. Trois. À la quatrième, le répondeur s'enclenche, et c'est sa voix qui en sort – celle qui est conforme à ce bureau, en tout cas.

« Salut, vous êtes bien chez Midtown Heating & Cooling, dit la voix de Willie Shearman. Nous ne pouvons prendre votre appel pour l'instant, veuillez laisser un message après le bip. »

Bi-i-p.

Il écoute, tendu, les poings serrés au-dessus de la pancarte qu'il vient de décorer.

« Bonjour, Ed à l'appareil, je représente Nynex, vous savez, les Pages Jaunes », dit la voix qui sort du répondeur. Willie laisse échapper l'air qu'il retenait sans s'en rendre compte. Ses mains commencent à se détendre. « Vous pouvez me rappeler au 1-800-555-1000 si vous voulez savoir comment augmenter la surface de votre publicité dans les deux versions des Pages Jaunes et en même temps économiser beaucoup d'argent sur votre facture annuelle. Bonne vacances à tous ! Merci. »

Clic.

Il regarde le répondeur encore quelques instants, presque comme s'il s'attendait à ce que quelqu'un reprenne la parole – pour le menacer, peut-être pour l'accuser de tous les crimes dont il s'accuse lui-même –, mais rien ne se produit.

« Tout est en ordre », murmure-t-il en remettant la pancarte décorée dans la caisse. Cette fois-ci, il utilise les fermoirs. Sur le couvercle, un autocollant de voiture proclame, entre deux petits drapeaux américains : J'AI ÉTÉ FIER DE SERVIR.

« Tout est en ordre, mon chou, tu peux me croire. »

Il quitte le bureau, referme derrière lui la porte dont le vitrage cathédrale porte l'inscription MIDTOWN HEATING & COOLING et donne deux tours de clef aux trois verrous.

Au milieu du couloir, il aperçoit Ralph Williamson, l'un des comptables à l'embonpoint généreux de Garowicz Financial Planning (tous les comptables de Garowicz, d'après ce que Willie a pu voir, sont taillés comme des tonneaux). Il tient dans l'une de ses mains roses une clef attachée à un vieux porte-clefs en bois en forme de rame miniature, et Willie en déduit qu'il a affaire à un comptable pris du besoin de faire pipi. Une clef sur une rame ! Si une putain de clef sur une putain de rame ne vous rappelle pas les joies de l'école du dimanche, ne vous rappelle pas toutes ces religieuses au menton poilu et ces férules en bois dont elles vous caressaient les doigts, alors rien ne vous les rappellera, se dit-il. Et vous voulez que je vous dise ? Il est probable que Ralph Williamson aime bien avoir un tel porte-clefs, tout comme il aime avoir, pendant au robinet de sa douche, un savon en forme de Bugs Bunny ou de clown monté sur une cordelette. Et quand bien même ? Ne juge pas, si tu ne veux pas être jugé toi-même, putain !

« Hé, Ralphie, comment ça va ? »

Ralph se retourne, voit Willie et son visage s'éclaire. « Hé, salut, joyeux Noël ! »

L'expression de Ralph fait sourire Willie. Ce petit enfoiré rond comme un tonneau l'adore, et pourquoi pas ? Ralph a en face de lui un gars tellement impeccable que ça fait mal. Obligé que ça te plaise, mon chou, bien obligé.

« De même pour toi, frangin. » Il tend la main (déjà gantée, il n'a donc pas à s'inquiéter qu'elle ne soit pas aussi bronzée que sa figure), paume levée. « Donne-moi une tape ! »

Souriant avec timidité, Ralph claque la main qui lui est offerte.

« À toi ! »

Ralph tend à son tour la main et laisse Willie la lui claquer.

« Hé, c'est si bon qu'il faut que je recommence ! s'exclame Willie, donnant une nouvelle tape à Ralph. Alors, ces courses de Noël, terminées ?

— Presque, répond Ralph, qui sourit en faisant tinter la clef des toilettes. Oui, presque. Et toi, Willie ? »

Willie lui adresse un clin d'œil. « Oh, tu sais comment c'est, frangin. J'ai deux-trois bonnes femmes et je les laisse simplement m'acheter un petit souvenir chacune. »

Le sourire admirateur de Ralph laisse entendre, cependant, qu'il ne sait précisément pas ce que c'est, mais aimerait le savoir. « Un dépannage ?

— Toute une journée de dépannage, oui. C'est la saison, tu sais.

— On dirait que c'est toujours la saison, pour toi. Les affaires doivent bien marcher. Tu n'es pratiquement jamais dans ton bureau.

— C'est pour cela que Dieu nous a donné les répondeurs, Ralphie. Tu ferais mieux d'y aller, à présent, sinon tu vas te retrouver avec un superbe pantalon en gabardine tout mouillé ! »

Souriant (et aussi un peu rouge), Ralph se dirige vers les toilettes messieurs. Willie va jusqu'aux ascenseurs, tenant la caisse d'une main et s'assurant de l'autre que ses lunettes sont bien dans la poche intérieure de sa veste. Elles y sont. L'enveloppe est aussi à sa place, épaisse, remplie de billets de vingt craquants. Quinze, exactement. C'est l'époque où l'officier Wheelock lui rend en principe visite ; hier, Willie l'attendait déjà. Peut-être ne se montrera-t-il pas avant demain, mais Willie parierait volontiers sur aujourd'hui... Non pas que cela lui plaise. Il n'ignore pas que c'est ainsi que va le monde, qu'il faut graisser les roues si vous voulez que le chariot avance, mais il n'en éprouve pas moins un certain ressentiment. Nombreux sont les jours où il songe à quel point il serait agréable de loger une balle dans la caboche de Jasper Wheelock. Un genre d'incident qui arrivait parfois dans la brousse. Qui ne pouvait qu'arriver. Ce truc avec Malenfant, par exemple. Cette espèce d'enfoiré, avec ses boutons et son foutu jeu de cartes.

Oh, oui, dans la brousse, les choses étaient différentes. Dans la brousse, il fallait parfois faire quelque chose de mal pour empêcher autre chose de plus mal encore. Ce genre de comportement montre avant tout qu'on est au mauvais endroit, pas de doute, mais quand on est dans le potage, reste plus qu'à nager. Lui et ses hommes de la compagnie Bravo n'étaient avec les gars de la compagnie Delta que depuis quelques jours, si bien que Willie ne connaissait pas encore très bien Malenfant, mais la voix suraiguë et irritante de ce salopard n'est pas facile à oublier, et il se souvient des cris qu'il poussait durant ces interminables parties de chasse-cœurs, si jamais quelqu'un essayait de reprendre une carte qu'il venait de poser : *Pas question, trou du cul ! Une fois posé, c'est joué !*

Malenfant avait peut-être été lui-même un trou du cul, mais il avait raison sur ce point. Dans la vie comme aux cartes, on ne reprend pas ses coups.

L'ascenseur ne s'arrête pas au cinquième, mais l'idée qu'il pourrait le faire ne le rend plus nerveux comme avant. Il est souvent descendu avec des personnes travaillant au même étage que Bill Shearman, y compris le buveur d'eau squelettique de Consolidated Insurance, et ils ne l'ont pas reconnu. Ils auraient dû, pourtant, il sait qu'ils auraient dû : Eh bien, non. Il avait tout d'abord cru que c'était le changement de vêtement et le maquillage ; puis conclu que cela devait tenir aux cheveux. Mais, dans son cœur, il sait que rien de tout ça n'entre en ligne de compte. Même l'insensibilité viscérale dont ils font preuve pour le monde qui les entoure ne peut en rendre compte. Sa transformation n'a rien de radical : un treillis, des bottes de para et un peu de maquillage ne constituent pas un déguisement. En aucune manière. Il ne sait pas exactement comment l'expliquer, alors il aime autant ne pas y penser. Il a appris cette technique, comme tant d'autres, pendant qu'il était au Viêt-nam.

Le jeune Noir tend toujours sa sébile en plastique à côté de la porte à tambour du bâtiment. Il a relevé la capuche de son sweat-shirt cradingue. Il secoue le gobelet en direction de Willie. Il voit que le mec à la boîte à outils sourit, si bien que son propre sourire s'élargit.

« Z'auriez pas une p'tit' pièce, m'sieur ? demande-t-il à Mr Dépannage. Qu'est-ce que vous en dites, mon pote ?

— Sors-toi de mon chemin, espèce de petit branleur, voilà ce que j'en dis », lui répond Willie, toujours souriant.

Le jeune Noir recule d'un pas et regarde Willie en écarquillant les yeux. Avant qu'une réponse lui vienne à l'esprit, Mr Dépannage est déjà à cent pas de lui et disparaît presque au milieu de la foule, la grosse boîte à outils se balançant au bout de sa main gantée.

10 h 00

Il entre à l'hôtel Whitmore, traverse le hall et prend l'escalator qui conduit à la mezzanine, où se trouvent les toilettes. C'est le seul moment de la journée qui le rende un peu nerveux, sans qu'il puisse dire pourquoi ; il ne s'est pourtant jamais produit d'incident avant, pendant ou après son passage dans les toilettes de l'hôtel (il en fréquente alternativement une douzaine dans le secteur). Cependant, il est certain, pour il ne sait quelle raison, que si ça doit tourner au vinaigre, l'événement aura lieu dans les chiottes d'un hôtel. Car cela n'a plus rien à voir avec la transformation de Bill Shearman en Willie Shearman ; Bill et Willie sont frères, peut-être même frères jumeaux, et passer de l'un à l'autre se fait tout seul et semble parfaitement normal. La dernière transformation de sa journée de travail, cependant, celle qui métamorphose Willie Shearman en Willie Garfield l'aveugle, ne lui a jamais fait cette impression ; bien plutôt, elle lui donne le sentiment de quelque chose de trouble, de furtif, de loup-garesque, presque. Jusqu'au moment où il se retrouve dans la rue, tapant de sa canne devant lui, il se sent comme un serpent qui vient de perdre sa mue et dont la nouvelle peau n'a pas encore acquis suffisamment de résistance.

Il regarde autour de lui ; les toilettes sont vides, mis à part une paire de chaussures qu'il voit sous la deuxième porte d'une rangée qui en compte une douzaine. Il y a un léger raclement de gorge, le bruit de pages d'un journal qu'on tourne. Il entend le *fffuiiiit* discret d'un pet bien élevé.

Willie se rend à la dernière cabine. Il pose sa caisse, verrouille la porte et enlève sa veste rouge, en profitant pour la mettre à l'envers. Elle est maintenant vert olive et d'un seul mouvement elle est devenue la tenue de combat d'un ancien soldat. Sharon, dont l'inventivité touche parfois au génie, a acheté cette veste dans les surplus de l'armée et l'a cousue à la rouge après avoir enlevé la doublure pour se faciliter la tâche. Elle y a ajouté des barrettes de lieutenant, ainsi que des bouts de tissu noir aux emplacements correspondant au nom et à l'unité. Après quoi elle a lavé le vêtement une bonne trentaine de fois. Badge et numéro de l'unité ont bien entendu disparu, à présent, mais leur emplacement ressort, formant des taches d'un vert plus vif sur les manches et à hauteur de la poitrine, à gauche – des motifs que tout vétéran du service armé reconnaît sur-le-champ.

Willie pend la veste au crochet, défait son pantalon, s'assoit, prend la caisse à outils et l'installe sur ses genoux. Il l'ouvre, en retire les deux morceaux de la canne qu'il visse rapidement l'un à l'autre. La tenant par le bas, il l'accroche par la poignée au-dessus de la veste, sans quitter son siège. Puis il referme la caisse, tire un peu de papier-toilette du rouleau pour produire les bruits ma-petite-affaire-est-faite (ce qui est probablement inutile, mais prudence est mère de sûreté) et tire la chasse.

Avant de sortir de la cabine, il prend les lunettes noires dans la poche de sa veste qui contient aussi le pot-de-vin. Ce sont de grandes lunettes enveloppantes, un modèle rétro qu'il associe dans son esprit aux lampes en pierre de lave et aux films de motards hors-la-loi avec Peter Fonda en vedette. Elles conviennent bien aux affaires, cependant, en partie parce qu'elles symbolisent les anciens combattants aux yeux des gens, en partie parce que personne ne peut voir ses yeux, même de profil.

Willie Shearman reste enfermé dans les toilettes du Whitmore tout comme Bill Shearman est resté enfermé dans le bureau de Western States Land Analysts, au cinquième étage. L'homme qui sort, un homme qui porte une vieille veste de treillis, des lunettes noires, et qui tapote doucement de sa canne devant lui, est Willie l'Aveugle, personnage inamovible de la Cinquième Avenue depuis que Gerald Ford est président.

Au moment où il traverse la petite mezzanine pour aller rejoindre l'escalier (les aveugles non accompagnés ne prennent jamais les escaliers roulants), il voit une femme en blazer rouge qui se dirige vers lui. Avec les verres très sombres qu'il porte sur le nez, elle lui fait l'effet de quelque poisson exotique nageant dans une eau boueuse. Et bien entendu, cela ne tient pas seulement aux verres : dès quatorze heures il sera réellement aveugle, exactement comme il ne cessait de le hurler lorsque lui, John Sullivan et Dieu seul sait combien d'autres s'étaient retrouvés évacués d'urgence dans la province de Dong Ha, dans les années soixante-dix. *Je suis aveugle !* criait-il déjà tandis qu'il entraînait Sullivan hors du sentier, mais il n'avait pas été aveugle, pas vraiment ; dans la blancheur éclatante zébrée de pulsations, après l'éclair de lumière, il avait vu Sullivan rouler par terre en essayant d'empêcher ses tripes de se répandre. Il l'avait ramassé et avait couru, après l'avoir maladroitement jeté sur une épaule. Sullivan était plus grand que Willie, beaucoup plus grand et plus lourd, et Willie se demandait encore comment il avait pu porter un tel poids, et cependant il l'avait fait, il avait parcouru tout le chemin jusqu'aux hélicos dans la clairière, les

Huey, les Huey qui, cadeau céleste, les avaient emportés – Dieu v'bénisse, les Huey, dieu v'bénisse tous. Il avait couru vers la clairière et les ventilos tandis que les balles sifflaient autour d'eux et que des morceaux de corps humains fabriqués en Amérique gisaient sur la piste, à l'endroit où la mine, ou la bombe piégée, ou la foutue saloperie avait explosé.

J'suis aveugle ! avait-il crié tout en portant Sullivan, sentant le sang de Sullivan imbiber son uniforme, et Sullivan avait crié, lui aussi. Si Sullivan avait arrêté de crier, Willie aurait-il simplement laissé tomber le corps et continué seul, s'efforçant d'échapper à l'embuscade ? Probablement pas. Parce qu'à ce moment-là, il savait qui était Sullivan, exactement qui il était : Sully, Sully du bon vieux même patelin que lui, Sully qui était sorti avec Carol Gerber, elle aussi du même bon vieux patelin.

J'suis aveugle ! J'suis aveugle ! J'suis aveugle ! voilà ce qu'il avait crié en transbahutant Sullivan, et il est vrai que le monde était d'une blancheur explosive, mais il se rappelait néanmoins avoir vu des balles crever le feuillage ou s'enfoncer avec un bruit mat dans les troncs d'arbres ; il se rappelait avoir vu un des hommes (il avait été un peu plus tôt dans le hameau avec lui) porter brusquement la main à sa gorge. Il se rappelait le sang qui avait jailli à flots entre les doigts et dégouliné sur son uniforme. L'un des hommes de la compagnie Delta deux-deux, un certain Pagano, avait saisi le malheureux par la taille et l'avait entraîné sans ménagement, passant devant un Willie Shearman titubant sous le poids de son camarade et qui ne voyait pas grand-chose. Qui hurlait *J'suis aveugle ! J'suis aveugle !* et sentait l'odeur du sang de Sullivan, cette puanteur du sang. Et une fois dans l'hélico, cette blancheur avait fini par tout envahir. Il avait le visage brûlé, les cheveux brûlés, la peau du crâne brûlée, le monde était lessivé à blanc. Il était rôti, il fumait, un évadé de l'arpent d'enfer parmi d'autres. Il avait cru qu'il ne retrouverait jamais la vue, ce qu'il avait vécu, en réalité, comme un soulagement. Mais voilà, il l'avait recouvrée.

En fin de compte.

La femme en blazer rouge est à sa hauteur. « Puis-je vous aider, monsieur ? demande-t-elle.

— Non merci, ma'am », répond Willie l'Aveugle.

Les va-et-vient de la canne cessent de marteler le sol et frappent dans le vide. Son mouvement de pendule relève la topographie de l'escalier et de ses limites. Willie l'Aveugle acquiesce puis s'avance sans hésiter, mais avec précaution, jusqu'à ce qu'il touche la rampe, avec la main qui porte l'encombrante caisse. Il fait passer la caisse dans la main qui tient la canne afin de pouvoir saisir la rampe, puis se tourne vers la femme. Il prend bien soin d'adresser son sourire un peu sur la gauche de celle-ci. « Merci, je m'en sors très bien. Joyeux Noël, ma'am. »

Il recommence à tapoter le sol dès qu'il est dans le hall, tenant sans difficulté, en dépit de la canne, la grande caisse qui est légère, presque vide. Plus tard, évidemment, ce sera une autre histoire.

10 h 15

La Cinquième Avenue est parée de ses atours de fête ; tout brille et chatoie, mais c'est à peine s'il le voit. Des guirlandes de houx pendent aux lampadaires. Les boutiques de luxe se sont transformées en emballages de cadeaux de Noël aux couleurs criardes, sans oublier les gigantesques nœuds rouges. Une couronne qui doit bien mesurer douze mètres de large orne la façade beige austère de Brooks Brothers. Des lumières scintillent partout. Dans la vitrine de chez Sak's, un mannequin venu de la haute couture (expression hautaine va-te-faire-foutre-Toto, presque pas de seins ni de hanches) est assise à califourchon sur une Harley Davidson. Elle porte une capuche de Père Noël, un blouson de motard bordé de fourrure, des cuissardes et rien d'autre. Des clochettes d'argent pendent au guidon de la moto. Non loin, un groupe chante *Oh, douce nuit*, ce qui n'est pas exactement l'air préféré de Willie, mais nettement mieux, toutefois, que « Entends-tu ce que j'entends ».

Il s'arrête au même endroit que d'habitude, sous le porche de l'église St. Patrick, en face de chez Sak's, et le flot des passants chargés de paquets s'écoule devant lui. Ses mouvements sont simples, pleins de dignité. Le sentiment de malaise éprouvé dans les toilettes, cette impression de nudité embarrassée sur le point d'être dévoilée, tout cela a passé. Il ne se sent jamais autant catholique que quand il arrive en ce lieu. Après tout, il a été élève à St. Gabe ; il a porté la croix et le surplis, il a été enfant de chœur, il s'est agenouillé dans le confessionnal, il a consommé l'abominable haddock, le vendredi. À bien des titres, il est encore un enfant de St. Gabe, les trois versions de lui-même possèdent cela en commun, c'est la chose qui a traversé les années et triomphé de tout, comme on dit. À ceci près qu'aujourd'hui il fait pénitence au lieu d'aller se confesser et que ses certitudes concernant le Ciel se sont envolées. Aujourd'hui, il ne peut qu'espérer.

Il s'accroupit, fait sauter les fermoirs et présente la caisse de manière à ce que les passants venus du centre puissent déchiffrer l'autocollant. Il prend ensuite son troisième gant, ce gant de base-ball qu'il a conservé depuis l'été 1960. Il le pose à côté de la caisse. Rien ne fend davantage le cœur que de voir un aveugle avec un gant de base-ball, a-t-il constaté ; Dieu b'nisse l'Amérique.

Enfin, et ce n'est pas le moins important, il sort la pancarte avec sa courageuse décoration de Noël et se la passe au cou. Elle pend maintenant sur le devant de son blouson de treillis.

EX-SOLDAT WILLIAM J. GARFIELD U.S. ARMY
AI SERVI À QUANG TRI, THUA THIEN, TAM BOI, A SHAU
AI PERDU LA VUE PROVINCE DONG HA, 1970
DÉPOUILLÉ DE MES PRESTATIONS SOCIALES PAR UN GOUVERNEMENT
PLEIN DE RECONNAISSANCE EN 1973

Il relève la tête, afin que la lumière blanche de ce jour froid où la neige semble imminente se reflète sur les coquilles aveugles de ses lunettes noires. C'est maintenant que commence le travail, un travail bien plus difficile qu'on ne pourrait l'imaginer. Il y a une manière de se tenir, une attitude proche du *repos* quand on est en service pour la garde ou la parade. La tête doit rester relevée, regarder à la fois les gens et à travers eux tandis qu'ils défilent par milliers et dizaines de milliers devant lui. Les mains gantées de noir doivent pendre bien droites, ne jamais tripoter la pancarte ou le tissu de son pantalon, ne jamais se toucher l'une l'autre. Il ne doit jamais cesser de dégager cette impression de fierté blessée, humiliée. Il doit ne donner aucune impression de honte, ni de vouloir donner honte ; et plus que tout, il ne doit pas y avoir trace de folie. Il ne parle jamais, sauf si on lui adresse la parole, et seulement si on le fait avec bonté. Il ne réagit pas lorsque les gens lui demandent pourquoi il ne se trouve pas un vrai travail ou ce qu'il veut dire avec son histoire d'avoir été dépouillé de ses avantages sociaux. Il ne discute pas avec ceux qui l'accusent de simulation ou expriment leur mépris pour un fils qui accepte que son père fasse la manche à un coin de rue pour lui payer des études. Il se souvient de n'avoir rompu cette règle absolue qu'une seule fois, par un après-midi étouffant de l'été 1981. À quel lycée va donc votre fils ? lui avait demandé une femme d'un ton furieux. Il ignore à quoi elle ressemble car il est quatre heures et, à ce moment-là, il est plus aveugle qu'une taupe depuis au moins deux heures ; il a cependant senti la colère de cette femme partir dans toutes les directions, comme des punaises sautant d'un vieux matelas. D'une certaine manière, elle lui a rappelé Malenfant avec son timbre de voix perçant auquel il était impossible d'échapper. « Dites-moi dans quel lycée, que je lui envoie une crotte de chien. — Vous donnez pas cette peine, lui répliqua-t-il en se tournant vers le son de sa voix. Si vous voulez envoyer une crotte de chien quelque part, envoyez-la donc à LBJ. La Federal Express doit livrer jusqu'en enfer, elle saura bien le trouver. »

« Dieu vous bénisse, mon ami », lui dit un homme en manteau de cachemire ; sa voix tremble d'émotion, mais Willie l'Aveugle n'en est pas surpris pour autant. Il a tout entendu, et davantage encore. Un nombre étonnamment grand de ses clients dépose leur don avec soin, révérence, même, dans le gant de base-ball. Le type en manteau de cachemire laisse tomber le sien dans la caisse ouverte, cependant, c'est-à-dire à la bonne place. Un billet de cinq. La journée de travail a commencé.

10 h 45

Jusqu'ici, tout va bien. Il pose méticuleusement sa canne à côté de lui, met un genou au sol et verse le contenu du gant de base-ball dans la caisse. Puis il passe la main entre les billets et les palpe, même s'il arrive encore très bien à les distinguer. Il les rassemble – il doit y avoir quatre ou cinq cents dollars en tout, ce qui lui laisse prévoir une journée à trois mille dollars, ce qui n'est pas terrible pour cette époque de l'année mais n'est tout de même pas si mal –, les met en rouleau et les attache avec un élastique. Puis il appuie sur un bouton, à l'intérieur de la caisse, et le double fond s'écarte, laissant tomber son chargement de monnaie. Il y ajoute le rouleau de billets, sans chercher à se dissimuler, et sans palpitations pour autant ; depuis tant d'années qu'il fait cela, personne ne lui a jamais rien pris. Dieu vienne en aide au trou-du-cul qui s'y essaierait.

Il relâche sa pression sur le bouton, et le double fond se remet en place. Au moment où il se relève, une main se pose contre ses reins.

« Joyeux Noël, Willie », dit le propriétaire de la main.

Willie l'Aveugle le reconnaît à l'odeur de son eau de Cologne.

« Joyeux Noël, officier Wheelock », répond aussitôt Willie. Il garde la tête légèrement inclinée et tournée vers le haut, dans une attitude plus ou moins interrogative ; il garde les bras ballants ; il garde ses pieds, dans leurs rangers impeccablement cirés, écartés dans une position intermédiaire entre le repos et le garde-à-vous de la parade. « Comment allez-vous aujourd'hui, monsieur ?

— Du feu de Dieu, enfoiré, répond Wheelock. Tu me connais, toujours du feu de Dieu. »

Arrive alors un homme dont le manteau s'ouvre sur un chandail de ski d'un rouge éclatant. Il a les cheveux courts, noirs sur le sommet de la tête, grisonnants sur les côtés. Il arbore une expression austère et figée que Willie l'Aveugle reconnaît aussitôt. Il tient deux sacs à poignée (l'un vient de chez Sak's, l'autre de Bally) à la main. Il s'arrête et lit la pancarte.

« Dong Ha ? » demande-t-il soudain, du ton de quelqu'un qui ne désigne pas simplement un lieu quelconque, mais retrouve une ancienne relation dans une rue animée.

« Oui monsieur, répond Willie l'Aveugle.

— Qui était votre commandant ?

— Le capitaine Bob Brissum – avec un u, pas un o – et le régiment était placé sous les ordres du colonel Andrew Shelf, monsieur.

— J'ai entendu parler de Shelf », dit l'homme au manteau ouvert.

Son visage prend soudain une expression différente. Tandis qu'il déambulait en direction de l'aveugle posté devant St. Patrick, il avait l'air d'être tout à fait chez lui, sur la Cinquième Avenue. Plus maintenant. « L'ai jamais rencontré, cependant.

— Vers la fin de mon temps, on ne voyait pas souvent de hauts gradés, monsieur.

— Si vous étiez dans la vallée d'A Shau, ça ne

m'étonne pas. Est-ce qu'on parle de la même chose, soldat ?

— Oui, monsieur. Il ne restait pas grand-chose de la structure de commandement lorsque nous avons atteint Dong Ha. En gros, c'est moi et un autre lieutenant, du nom de Dieffenbaker, qui avons pris la direction des opérations. »

L'homme au chandail rouge hoche lentement la tête. « C'est vous qui étiez là en bas, lorsque les hélicoptères sont arrivés, si c'est bien l'endroit auquel je pense.

— Affirmatif, monsieur.

— Dans ce cas, vous deviez être encore dans le secteur plus tard, lorsque... »

Willie l'Aveugle ne l'aide pas à terminer sa phrase. En revanche, il sent l'odeur d'eau de Cologne de Wheelock, plus forte que jamais ; le flic halète littéralement dans son oreille – on dirait un ado tenant le bambou après une séance de pelotage particulièrement chaude. Wheelock n'a jamais cru à son numéro, et Willie l'Aveugle a beau payer pour avoir le privilège d'être tranquille à cet emplacement, et payer cher, par-dessus le marché, il sait qu'il y a assez de flic en Wheelock pour lui faire espérer qu'il va se couper. Il y a un côté, chez Wheelock, qui n'attend que ça. Mais les Wheelock de ce monde ne comprennent jamais que ce qui semble factice ne l'est pas toujours. Parfois, les choses sont légèrement plus compliquées qu'elles ne le paraissent à première vue. Encore une chose apprise au Viêt-nam, avant que tout cela ne devienne une farce politique et une mine inépuisable pour les metteurs en scène en mal d'inspiration.

« Soixante-neuf et soixante-dix, reprend l'homme grisonnant, les années difficiles. » Il s'exprime lentement, d'un ton pesant. « J'étais à Hamburger Hill avec le 3/187, alors je connais A Shau et Tam Boi. Vous vous souvenez de la Route 922 ?

— Ah, oui, Glory Road, répond Willie l'Aveugle. J'y ai perdu deux bons copains.

— Glory Road... », dit l'homme au manteau ouvert. Et brusquement, il paraît avoir mille ans, son pull rouge éclatant prend un aspect obscène, comme un truc que des gosses blagueurs auraient accroché à une momie, dans un musée, des gosses convaincus d'être très drôles. Ses yeux parcourent des horizons par centaines. Puis il redescend sur terre, revient dans cette rue où un carillon joue cet air – « j'entends tinter les clochettes de l'attelage, ring-ting-ting... » Il pose les sacs à ses pieds, entre des chaussures coûteuses et tire, d'une poche intérieure, un portefeuille en porc. Il l'ouvre et passe en revue un confortable matelas de billets.

« Le fiston va bien, Garfield ?

— Oui, monsieur.

— Quel âge a-t-il ?

— Quinze ans, monsieur.

— École publique ?

— Non, monsieur, confessionnelle.

— Excellent. Et si Dieu le veut, jamais il ne connaîtra la putain de Glory Road. »

L'homme au manteau ouvert sort un billet de son portefeuille. Willie l'Aveugle entend et sent à la fois le petit hoquet et le sursaut de Wheelock, et il n'a pas besoin de regarder pour savoir que c'est un billet de cent.

« Oui, monsieur, affirmatif, si Dieu le veut. »

L'homme au manteau ouvert effleure les doigts de Willie avec le billet et paraît surpris lorsque la main gantée se retire, comme si elle avait été nue et venait d'être touchée par quelque chose de brûlant.

« Mettez-le dans ma caisse ou mon gant de base-ball, monsieur, si vous voulez bien », dit Willie l'Aveugle.

L'homme au manteau ouvert le regarde quelques instants, sourcils levés, le front légèrement plissé, puis semble comprendre. Il se penche pour déposer le billet dans le creux huilé du vieux gant de base-ball sur le côté duquel est inscrit GARFIELD à l'encre bleue ; puis il met la main à la poche et en ressort une poignée de pièces qu'il laisse tomber sur le visage de ce vieux Benjamin Franklin pour maintenir le billet en place. Quand il se relève, il a les yeux humides et injectés de sang.

« Si vous voulez, je peux vous donner ma carte. Je

pourrais aussi vous mettre en contact avec des associations d'anciens combattants.

— Je vous remercie, monsieur, je ne doute pas que vous le pourriez, mais je dois refuser, avec tout le respect que je vous dois.

— Vous avez déjà essayé ?

— Auprès de quelques-unes, monsieur.

— Où aviez-vous été rapatrié ?

— À San Francisco, monsieur. » Il hésite, puis ajoute : « Au Pussy Palace, monsieur. »

L'homme au manteau rit de bon cœur, ses yeux se plissent et les larmes qu'ils contenaient roulent sur ses joues parcheminées. « Le Pussy Palace ! Celle-là, ça fait bien dix ans que je ne l'avais pas entendue ! Un pistolet sous chaque lit et une infirmière nue entre chaque paire de draps, c'est ça ? Nue, sauf la coiffe, qu'elles gardaient sur la tête...

— Oui, monsieur, ça recouvre assez bien la situation.

— Ou la découvre. Joyeux Noël, lieutenant. »

L'homme au manteau ouvert esquisse un salut, d'un seul doigt.

« Joyeux Noël à vous aussi, monsieur. »

L'homme ramasse ses sacs et s'éloigne. Il ne se retourne pas. Willie l'Aveugle ne l'aurait pas vu faire, de toute façon ; sa vision se réduit à présent à des ombres et à des fantômes.

« C'était superbe », murmure Wheelock. La sensation de l'haleine chaude de Wheelock dans le creux de son oreille est insupportable pour Willie l'Aveugle – ignoble, en fait – mais il ne fera pas au flic le plaisir de s'écarter, ne serait-ce que d'un centimètre. « Ce vieux chnoque a pleuré, vraiment pleuré ! Comme tu l'as vu, j'en suis sûr. Mais question baratin, tu sais y faire, Willie, je dois le reconnaître. »

Willie ne répond rien.

« Un hôpital pour vétérans surnommé le Pussy Palace, hein ? Ça devait être quelque chose. Où c'est que tu as lu ce truc, Willie ? Dans *Soldat de Fortune* ? »

L'ombre d'une femme, une forme sombre par une

journée allant s'assombrissant, se penche sur la caisse et y dépose quelque chose. Une main gantée prend la main gantée de Willie et la serre brièvement. « Dieu vous bénisse, mon ami, dit-elle.

— Merci, ma'am. »

L'ombre s'éloigne. Par petites bouffées, l'haleine de Wheelock continue de venir caresser l'oreille de Willie.

« Alors, on a quelque chose pour moi, l'ami ? » demande le flic.

Willie l'Aveugle glisse une main dans sa poche. Il en sort l'enveloppe et la tend, d'un geste qui fend l'air glacé. Elle lui est arrachée des mains dès que Wheelock arrive à la rattraper.

« Espèce de trou-du-cul ! » Il y a autant de peur que de colère dans la voix du flic. « Combien de fois faudra-t-il te dire d'être plus discret ? »

Willie l'Aveugle ne répond pas. Il pense au gant de base-ball, comment il a effacé BOBBY GARFIELD – dans la mesure où l'on arrive à effacer de l'encre sur du cuir – pour écrire son nom, Willie Shearman, à la place. Plus tard, après le Viêt-nam et alors qu'il débutait dans sa nouvelle carrière, il l'a effacé une deuxième fois pour n'écrire qu'un nom de famille, GARFIELD, en grosses lettres carrées. L'endroit où tous ces changements ont eu lieu, sur le côté du vieux gant Alvin Dark, est pelé et abîmé. S'il pense à ce gant, s'il se concentre sur cet emplacement éraflé avec son palimpseste de noms, il arrivera probablement à ne pas faire quelque chose de stupide. Car c'est évidemment ce que souhaite Wheelock, ce qu'il souhaite bien plus que son petit pot-de-vin merdique : que Willie fasse quelque chose de stupide, qu'il se trahisse.

« Combien ? demande Wheelock au bout d'un instant.

— Trois cents. Trois cents dollars, agent Wheelock. »

La réponse est accueillie par un petit silence de réflexion, mais le flic a reculé d'un pas, et les bouffées de son haleine se sont un peu atténuées. C'est toujours ça de pris, pense Willie l'Aveugle avec gratitude.

« Bon, ça ira, dit finalement Wheelock. Pour cette fois. Mais une nouvelle année s'annonce, mon pote, et ton ami Jasper le flico s'est acheté un terrain, dans le nord de l'État, sur lequel il aimerait bien faire construire une petite cabana. Toi pigé ? Tout augmente, que veux-tu. »

Willie l'Aveugle ne dit rien, mais il écoute à présent très, très attentivement. S'il n'y avait que l'argent, ça pourrait aller. Mais la voix de Wheelock suggère qu'il y a autre chose.

« À la vérité, c'est pas la cabana qui est importante, reprend-il. L'important, c'est que j'ai besoin d'une meilleure compensation pour être obligé d'avoir affaire à une ordure comme toi. » Une colère authentique s'immisce dans sa voix. « Comment tu arrives à faire ça tous les jours, vieux, même à la Noël, j'arrive pas à comprendre. Les mecs qui font la manche, bon d'accord, mais un type comme toi... tu n'es pas plus aveugle que moi. »

Oh, c'est toi qui es le plus aveugle des deux, et de beaucoup, songe Willie l'Aveugle, sans cependant rien manifester.

« Et tu t'en sors pas mal, pas vrai ? Pas autant que ces connards de la télé, je veux bien, mais tu dois te faire au moins... Combien ? Mille par jour, à cette époque de l'année ? Deux mille ? »

Il est largement en dessous du compte, mais ce mauvais calcul est une douce musique aux oreilles de Willie Garfield. Il signifie que son partenaire en coulisses ne le surveille ni étroitement ni régulièrement... pas encore, en tout cas. C'est surtout la colère qu'il n'aime pas, dans ce que dit Wheelock. La colère, c'est comme un joker dans une partie de poker.

« Tu n'es pas plus aveugle que moi », répète le flic. C'est apparemment cela qui le met hors de lui. « Hé, mon pote, tu sais quoi ? Je me demande si je vais pas te suivre, un de ces soirs, quand tu quittes le boulot. Pour voir un peu ce que tu fabriques... qui tu deviens vraiment. »

Un instant, Willie arrête de respirer. Mais un instant seulement. « Vous ne feriez pas une chose pareille, officier Wheelock.

— Ah, tu crois ? Et pourquoi pas, Willie, pourquoi pas ? Tu t'inquiètes pour mon bien-être, peut-être ? Tu as peur que je tue le trou-du-cul qui pond les œufs d'or ? Hé, ce que je me fais en une année avec toi n'est pas tant que ça, comparé à une citation ou à une promotion. »

Il se tait un instant et quand il reprend la parole, c'est d'un ton songeur qui paraît d'autant plus inquiétant à Willie. « Je pourrais avoir ma photo dans l'*Evening Post*. UN POLICIER COURAGEUX DÉMASQUE UNE ESCROQUERIE À LA CHARITÉ SUR LA CINQUIÈME AVENUE... pas mal, hein ? »

Bordel, pense Willie. *Bon Dieu de Dieu, il a l'air sérieux.*

« Y a écrit Garfield sur ton gant, mais je suis prêt à parier que c'est pas ton nom. J'suis prêt à parier dix dollars contre des haricots.

— Ce sont dix dollars que vous perdriez.

— C'est toi qui le dis... mais on voit bien qu'il y a eu plus d'un nom écrit sur le côté de ce gant.

— On me l'a volé quand j'étais gosse. »

Est-ce qu'il ne parle pas trop ? Difficile à dire. Wheelock a réussi à le prendre par surprise, ce salaud. Tout d'abord le téléphone qui sonne dans son bureau – ce bon vieux Ed de Nynex – et maintenant, le flic. « Le garçon qui me l'a volé avait écrit son nom à la place du mien. Quand je l'ai récupéré, je l'ai effacé pour remettre le mien.

— Et tu l'avais au Viêt-nam avec toi ?

— Oui. »

Il ne ment pas. Si Sullivan avait vu l'Alvin Dark esquinté, aurait-il reconnu le gant de base-ball de son vieux copain Bobby ? Peu probable, mais comment savoir ? Sullivan ne l'avait jamais vu, pas dans la brousse, en tout cas, ce qui rendait la question purement rhétorique. L'officier Jasper Wheelock, par ailleurs, posait toutes sortes de questions qui, elles, n'étaient aucunement rhétoriques.

« Tu l'avais dans cette vallée Achou-j'sais-pas-quoi, hein ? »

Willie l'Aveugle ne répond pas. Wheelock essaie maintenant de l'entraîner ailleurs, mais il n'y a aucun endroit où Willie aimerait aller avec Wheelock.

« Tu l'avais avec toi dans ce patelin de casse-cou ? »

Willie ne répond pas.

« Bon Dieu, et moi qui croyais que les casse-cou étaient des types qui grimpaient aux arbres. »

Willie persiste dans son silence.

« L'*Evening Post* », et, vaguement, Willie voit ce trou-du-cul écarter légèrement les mains, comme s'il encadrait une photo. « Policier courageux... »

Peut-être fait-il cela pour le taquiner, mais Willie n'en est pas sûr.

« Vous auriez votre tête dans le journal, d'accord, mais pas pour recevoir des félicitations. Et encore moins pour une promotion. En fait, officier Wheelock, vous seriez vous-même à la rue, à la recherche d'un emploi. Et ce ne serait même pas la peine de poser votre candidature dans les sociétés de sécurité ; elles ne peuvent pas engager un type qui a accepté des pots-de-vin. »

C'est au tour de Wheelock d'arrêter de respirer. Quand il recommence, les bouffées de son haleine, dans l'oreille de Willie, sont devenues des ouragans : la bouche du flic le touche presque. « Qu'est-ce que ça veut dire ? murmure-t-il, tandis qu'une main se pose sur la manche de Willie. Dis-moi un peu ce que cette connerie veut dire. »

Mais Willie l'Aveugle continue de garder le silence, les bras ballants, la tête légèrement levée, le regard plongeant dans une obscurité qui ne se dissipera pas avant la tombée du jour ; et son visage présente ce manque d'expression synonyme, pour tant de passants, de fierté détruite, de courage mis à très rude épreuve et pourtant toujours présent.

T'as intérêt à faire gaffe, officier Wheelock, pense-t-il. *La glace commence à être fine sous tes pieds. Je suis peut-être aveugle, mais il faut que tu sois sourd pour ne pas entendre ses premiers craquements.*

La main qui a agrippé son bras tremble légèrement, les doigt s'enfoncent un peu plus dans le tissu. « T'as un copain ? C'est ça, espèce de fils de pute ? C'est pour ça que tu me tends cette putain d'enveloppe de cette façon, la moitié du temps ? T'as un copain qui me prend en photo, c'est ça ? »

Willie l'Aveugle continue de ne rien dire ; c'est un sermon sur le silence qu'il donne à Jasper le Superflic. Les gens comme lui imaginent toujours le pire : il suffit de les laisser faire. De leur en donner le temps.

« N'essaye pas de me couillonner, mon pote », dit Wheelock. Avec méchanceté, certes, mais on sent aussi une inquiétude sous-jacente dans sa voix, et la main qui agrippe la veste de Willie se détend. « On va passer à quatre cents par mois dès janvier, et ne t'avise pas d'essayer de jouer au plus malin avec moi, sans quoi je vais te montrer qui joue sur le terrain de qui. Tu m'as compris ? »

Willie l'Aveugle ne répond pas. Les bouffées d'haleine tiède arrêtent de venir titiller son oreille. Il comprend que Wheelock s'apprête à partir. Mais pas tout de suite, hélas ! Les ignobles petites bouffées reviennent.

« Tu brûleras en enfer à cause de ce que tu fais », reprend Wheelock. Il s'exprime avec une sincérité réelle, presque fervente. « Ce que je fais quand je te prends ton argent, moi, n'est qu'un péché véniel. J'ai demandé au prêtre et je suis donc sûr de ce que je dis. Toi, tu commets un péché mortel. Tu iras en enfer, et tu verras bien combien d'aumônes tu recevras, là-bas. »

Willie l'Aveugle pense à une veste que Willie et Bill Shearman voient parfois dans la rue. Elle comporte une carte du Viêt-nam dans le dos, ainsi qu'en général les années que celui qui la porte y a passées, avec ce message : À MA MORT, J'IRAI TOUT DROIT AU PARADIS, PARCE QUE J'AI DÉJA FAIT MON TEMPS EN ENFER. Il pourrait donner cette réponse à l'officier Wheelock, mais cela n'arrangerait pas les choses. Le silence vaut mieux.

Le policier s'éloigne et la pensée qui vient à l'esprit de Willie, à savoir qu'il est content de le voir partir, fait passer un sourire autant fugitif que rare sur son visage. Il naît et disparaît comme un rayon de soleil égaré dans une journée nuageuse.

13 h 40

Par trois fois il a mis les billets en rouleau et laissé tomber la monnaie dans le double fond de la caisse (c'est essentiellement une façon de ranger ses gains, et non une tentative pour les cacher), et il travaille entièrement au toucher, à présent. Il ne voit plus l'argent, ne fait pas la différence entre un billet de un dollar et un autre de cent, mais il a l'impression que la journée sera excellente. Il n'en éprouve cependant pas de plaisir particulier. Il n'en éprouve jamais beaucoup ; le plaisir n'est pas ce qui préoccupe Willie l'Aveugle, mais c'est la satisfaction qu'il aurait pu éprouver après une journée bien remplie qui lui a été volée par sa conversation avec l'officier Wheelock.

À midi moins le quart, une jeune femme à la voix agréable (elle ressemble un peu à celle de Diana Ross, trouve-t-il) sort de chez Saks et lui apporte une tasse de café, comme elle le fait presque tous les jours à peu près à cette heure. À midi et quart, une autre femme – celle-là est moins jeune, et probablement blanche – lui apporte un gobelet fumant de soupe chinoise aux nouilles et au poulet. Il les remercie toutes les deux. La Blanche lui donne un baiser de ses lèvres douces et lui souhaite le plus joyeux des joyeux Noëls.

Mais il n'y a pas que des moments agréables dans la journée ; il est bien rare qu'elle se déroule sans quelque incident pénible. Vers une heure, un adolescent et sa bande de copains, qu'il ne peut voir, se mettent à rire, à plaisanter et à lancer des vannes dans les ténèbres, à la gauche de Willie ; l'ado dit qu'il est moche comme un pou, puis il demande s'il porte des gants parce qu'il s'est brûlé les doigts en voulant lire ce qui était écrit sur un moule à gaufre. Sur quoi ils s'égaillent en courant, hurlant de rire à cette vieille plaisanterie. Un quart d'heure plus tard, environ, il est heurté par un coup de pied, peut-être accidentellement. À chaque fois qu'il se penche sur la caisse, cependant, il constate qu'elle n'a pas bougé. C'est une ville d'escrocs, de voleurs et de pickpockets, mais le coffre est toujours là, comme il l'a toujours été.

Et pendant tout ce temps, il pense à Wheelock. Avec celui qui avait précédé Jasper le Superflic, il n'avait pas eu de problème ; il n'en aurait peut-être pas avec celui qui le remplacerait, si Wheelock quittait la police ou était déplacé ailleurs dans la ville. En attendant, le flic allait se mettre à fouiner, et à le tourmenter, encore un truc qu'il avait appris dans la brousse, et en attendant lui, Willie l'Aveugle, devait plier comme un roseau dans la tempête. Sauf que même la tige la plus souple finit par casser si le vent souffle assez fort.

Wheelock veut plus d'argent, mais là n'est pas ce qui tracasse l'homme aux lunettes noires en treillis militaire ; tôt ou tard, ils en veulent toujours davantage. Lorsqu'il a commencé à ce coin de rue, il donnait cent vingt-cinq dollars à l'officier Hanratty. Hanratty était du genre vivre et laisser vivre, un type qui sentait le tabac à pipe et le whiskey irlandais, tout comme George Raymer, le flic qui sévissait dans son patelin lorsque Willie Shearman était gosse ; il n'empêche que tout facile à vivre qu'il ait été, Hanratty n'en réclamait pas moins ses deux cents dollars par mois à Willie l'Aveugle lorsqu'il avait pris sa retraite, en 1978. Mais le problème, mettez-vous bien ça dans le crâne, mes frères, le problème était que Wheelock avait manifesté de la colère, ce matin ; qu'il avait parlé à un prêtre, d'après ce qu'il avait dit. Voilà ce qui inquiète Willie ; mais ce qui l'inquiète encore plus est la menace proférée par le flic : de le suivre. *Je me demande si je vais pas te suivre, un de ces soirs, quand tu quittes le boulot... Pour voir un peu ce que tu fabriques... qui tu deviens vraiment... Y a écrit Garfield sur ton gant, mais je suis prêt à parier que c'est pas ton nom. J'suis prêt à parier dix dollars contre des haricots...*

C'est une erreur de se mêler des affaires d'un authentique pénitent, officier Wheelock, pense Willie l'Aveugle. *Ce serait moins dangereux pour toi de chercher à draguer ma femme que de chercher à trouver mon nom, crois-moi. Beaucoup moins dangereux.*

Wheelock en était capable, cependant. Quoi de plus simple que la filature d'un aveugle, ou de quelqu'un qui distingue à peine les formes ? Quoi de plus simple que de le voir entrer dans les toilettes publiques d'un hôtel ? S'engouffrer dans une cabine dans la tenue de Willie l'Aveugle et en ressortir dans celle de Willie Shearman ? Et si jamais il remontait ainsi jusqu'à Bill Shearman ?

Cette pensée fait renaître en lui ses angoisses de la matinée, cette impression d'être comme un serpent entre deux peaux. La peur d'avoir été photographié en train d'accepter un pot-de-vin allait retenir Wheelock pendant un moment, mais si la colère prenait le dessus, comment savoir ce qu'il serait capable de faire ? Cette idée lui fiche la frousse.

« Dieu vous ait en sa sainte garde, soldat, dit une voix dans les ténèbres. Je voudrais pouvoir faire davantage.

— Ce n'est pas nécessaire, monsieur », répond Willie l'Aveugle.

Mais ses pensées tournent toujours autour de Jasper Wheelock, le flic qui sent l'eau de Cologne bon marché et a parlé à un prêtre d'un aveugle avec une pancarte, un aveugle qui ne serait qu'un simulateur, selon lui. Qu'a-t-il dit ? *Tu iras en enfer, et tu verras bien combien d'aumônes tu recevras, là-bas...*

« Joyeux Noël, monsieur, et merci pour votre aide. »

Et la journée se poursuit.

La vue commence à lui revenir – obscure, brouillée, mais là. C'est le signal qu'il lui faut ranger ses affaires et partir.

Il s'agenouille, le dos raide comme un tisonnier, et pose à nouveau sa canne par terre. Il met les derniers billets en rouleau et les fait passer dans le double fond avec ce qu'il reste de monnaie ; puis il place le gant de baseball et la pancarte décorée dans la caisse et fait claquer les fermoirs. Il se relève après avoir repris sa canne de l'autre main. La caisse est lourde, à présent, et le poids mort de tout ce métal bien intentionné tire sur son bras. Les pièces dégringolent avec fracas pour prendre leur nouvelle position, après quoi, elles deviennent aussi immobiles que du minerai pétrifié au cœur de la terre.

Il prend la direction du bas de la Cinquième Avenue, la caisse se balance au bout de son bras gauche comme une ancre (depuis tant d'années, il s'est habitué à son poids, il pourrait la porter beaucoup plus loin que sa destination de l'après-midi, si les circonstances l'exigeaient) et il tient à la main droite la canne blanche avec laquelle il tapote délicatement le trottoir, devant lui. La canne est magique : elle lui ouvre une poche d'espace dégagé dans la foule, qui s'écarte vers les bords du trottoir dans un mouvement en forme de goutte d'eau. Le temps d'arriver à la Quarante-Troisième Rue, il arrive à distinguer cet espace. Il distingue également le petit bonhomme rouge lui interdisant de traverser, sur le feu de signalisation de la Quarante-Deuxième, mais il continue néanmoins d'avancer, et un homme aux cheveux longs, bien habillé, portant des chaînes en or, le prend par l'épaule pour le retenir.

« Attention, l'ami, dit l'homme aux cheveux longs. Le feu est au rouge pour nous.

— Merci, monsieur, répond Willie l'Aveugle.

— Je vous en prie... joyeux Noël. »

Willie l'Aveugle traverse, passe devant les lions qui

montent la garde devant la bibliothèque publique, et continue sur deux pâtés de maisons avant de tourner en direction de la Sixième Avenue. Personne ne l'accoste ; personne n'a rôdé autour de lui, ne l'a observé pendant qu'il recueillait de l'argent toute la journée, pour le suivre ensuite et attendre l'occasion de lui arracher sa caisse et de s'enfuir (mais les voleurs capables de courir en la portant ne sont pas nombreux ; non, pas en portant *cette* caisse). Une fois, au cours de l'été de 1979, deux ou trois jeunes gens, peut-être des Noirs (il n'en est pas sûr ; à la voix, on aurait dit des Noirs, mais la vue lui était revenue lentement ce jour-là, elle lui revenait toujours plus lentement quand il faisait chaud, lorsque les journées étaient plus longues), l'avaient entouré et avaient commencé à lui parler d'une manière qui lui avait déplu. Pas comme les ados de cet après-midi, avec leurs blagues stupides sur la lecture des moules à gaufre ou quel effet faisaient les photos de *Playboy* en braille. Non, ils s'étaient adressés à lui d'un ton plus feutré, presque aimable, bizarrement, lui posant des questions sur le fric qu'il s'était fait à St. Patrick, voulant savoir s'il n'aurait pas par hasard la générosité d'apporter sa contribution à un organisme du nom de Polo Recreational League, s'il n'aurait pas aussi besoin d'un peu de protection pour atteindre son arrêt de bus, ou sa gare, ou n'importe quoi. L'un d'eux, sans doute sexologue en herbe, lui avait demandé s'il n'aimerait pas se taper une gentille petite chatte, de temps en temps. « Ça te remonte le moral, avait expliqué la voix avec une douceur où il y avait presque de la mélancolie. Oui, m'sieur, tu peux croire cette connerie. »

Il s'était senti comme il imaginait que devait se sentir une souris à laquelle un chat donne des coups de patte délicats, griffes rentrées, curieux de voir comment elle va réagir, si elle court vite ou non, et le genre de couinements qu'elle va émettre lorsque sa terreur grandira. Willie l'Aveugle n'avait cependant pas été terrifié. Il avait eu peur, d'accord, il fallait avoir l'honnêteté de le reconnaître, mais plus jamais il n'avait été complètement terrifié, depuis sa dernière semaine dans la nature, la semaine qui avait commencé dans la vallée d'A Shau et s'était terminée à Dong Ha, la semaine ou les Viêt-cong les avaient harcelés sans merci, les repoussant vers l'ouest, les obligeant à battre plus ou moins en retraite par un mouvement de pinces, des pinces qui se resserraient sur eux comme les barrières dirigeant le bétail dans le couloir de l'abattoir ; ils leur criaient des choses depuis les arbres, riaient parfois du fond de la jungle, tiraient quelques coups de feu, hurlaient dans la nuit. Les petits hommes qui n'étaient jamais là, comme les avait appelés Sullivan. Rien qui leur ressemble de près ou de loin, ici, et les journées où il est le plus aveugle à Manhattan ne sont pas aussi noires que ces nuits, après la mort du capitaine. Tel avait été son avantage, et telle avait été l'erreur de ces jeunes types. Il s'était contenté d'élever la voix, parlant comme quelqu'un qui s'adresse à des amis réunis dans une grande pièce. « Hé, dites-moi ! s'était-il écrié en direction des ombres fantomatiques qui dérivaient lentement de part et d'autre, sur le trottoir, dites-moi ! vous n'auriez pas vu un policier, par hasard ? J'ai l'impression que ces jeune gens ont l'intention de me dépouiller ! » Et le tour avait été joué, aussi facilement qu'on détache un quartier d'une orange pelée. Les jeunes gaillards qui avaient cherché à le coincer s'étaient évanouis comme une brise fraîche.

Il aurait aimé pouvoir résoudre le problème de l'officier Wheelock aussi facilement.

16 h 40

Le Sheraton Gotham, à l'angle de la Quarantième et de Broadway, est l'un des plus vastes hôtels de première classe au monde ; et dans son hall de réception, immense comme une caverne, ce sont des milliers de personnes qui défilent sous le lustre gigantesque du plafond. Les uns sont à la poursuite de leurs plaisirs, d'autres à celle de leur fortune, et ils ne prêtent attention ni aux chants de Noël que déversent les haut-parleurs, ni aux conversations se déroulant dans les trois restaurants et les cinq bars, ni aux ascenseurs panoramiques qui coulissent dans leur sillon vertical, comme si d'invisibles pistons poussaient ces cages de verre exotiques... ni à l'aveugle qui se fraie un chemin parmi eux, tapotant de sa canne, pour atteindre les toilettes messieurs, sorte de grand sarcophage de la taille d'une station de métro. Il tient sa caisse de manière à cacher l'autocollant, à présent, et est aussi anonyme que peut l'être un aveugle. Ce qui, dans cette ville, est le comble de l'anonymat.

Et néanmoins, pense-t-il lorsqu'il entre dans l'une des cabines et enlève sa veste, la retournant en même temps, *comment se fait-il qu'au cours de toutes ces années personne ne m'ait suivi ? Que personne n'ait jamais remarqué que l'aveugle qui entrait dans les chiottes et l'homme bénéficiant de la vue qui en sortait avaient la même taille et portaient la même caisse ?*

Eh bien, à New York, les gens ne font que très rarement attention à autre chose qu'à leurs propres affaires ; à leur manière, ils sont tous autant atteints de cécité que Willie l'Aveugle. Sortis de leur bureau, envahissant les trottoirs, s'empilant dans les stations du métro et les restaurants bon marché, ils ont quelque chose de repoussant et de triste ; on dirait ces terriers de taupes que retourne la charrue du paysan. Il a constaté cette cécité une quantité innombrable de fois, et sait qu'elle est l'une des raisons de son succès... mais sûrement pas la seule. Tous ne sont pas des taupes, tout de même, et cela fait longtemps qu'il joue à ce jeu. Il prend des précautions ; certes, il en prend, il en prend même beaucoup. Mais n'empêche qu'en de tels moments, comme maintenant, quand il est assis sur les toilettes les pantalons baissés et qu'il dévisse la canne blanche pour la fourrer dans la caisse, il serait facile de l'attraper, facile de le voler, facile de le dénoncer. Wheelock a raison, avec l'*Evening Post* : ils adoreraient cette histoire. Il se retrouverait cloué au pilori. Ils ne comprendraient jamais, ne voudraient même jamais faire l'effort de comprendre, d'écouter sa version des faits. Quelle version ? Et comment se fait-il que rien de tout cela ne se soit jamais produit ?

Grâce à Dieu, croit-il. Parce que Dieu est bon. Dieu est dur, mais il est bon aussi. Il n'arrive pas à se contraindre à la confession, mais Dieu semble comprendre, Lui. L'expiation et la pénitence prennent du temps, mais du temps, il lui en a été donné. Dieu était à ses côtés à chacune des étapes.

Dans la cabine, alors qu'il est encore entre deux identités, il ferme les yeux et prie, commençant par une action de grâces, puis demandant à être guidé, puis remerciant à nouveau. Il termine sa prière comme il l'a commencée, dans un murmure que seuls Dieu et lui peuvent entendre : « Si je meurs au champ d'honneur, ramenez-moi chez moi au milieu des pleurs. Si je meurs en état de péché mortel, fermez les yeux, mon Dieu, et prenez-moi comme tel. Ouais. Amen. »

Il quitte la cabine, quitte les toilettes messieurs, quitte l'animation confuse et bruyante du Sheraton Gotham, et personne ne vient à lui pour lui dire : « Excusez-moi, monsieur, mais n'étiez-vous pas aveugle, il y a encore un instant ? » Personne ne le regarde deux fois tandis qu'il regagne la rue, portant l'encombrante caisse comme si elle pesait moins de dix kilos alors qu'elle en pèse plus de quarante. Dieu prend soin de lui.

La neige a commencé à tomber. Il avance lentement, de nouveau Willie Shearman, changeant souvent la caisse de main, un type fatigué comme un autre à la fin de sa journée. Il continue à penser à cette inexplicable réussite tout en marchant. Il y a un passage de l'Évangile selon Matthieu qu'il a appris par cœur : *Ce sont des aveugles qui conduisent des aveugles ; si un aveugle conduit un aveugle, ils tomberont tous deux dans une fosse.* Et il y a la vieille rengaine selon laquelle les borgnes sont rois au pays des aveugles. Serait-il le borgne en question ? Dieu mis à part, est-ce là que résiderait le secret *pratique* de son succès, au cours de toutes ces années ?

Peut-être, ou peut-être pas. En tout cas, il a été protégé... et en aucun cas il ne croit pouvoir ignorer Dieu. Dieu fait partie du tableau. Dieu a apposé sa marque sur lui pour la première fois en 1960, lorsqu'il a aidé Harry Doolin à harceler Carol, pour commencer, puis à la battre. Jamais les circonstances de ce péché n'ont quitté son esprit. Ce qui s'est passé dans le bosquet, à côté du terrain B, vaut pour tout. Il possède même le gant de Bobby Garfield pour l'aider à s'en souvenir. Willie ignore où se trouve Bobby, maintenant, et il s'en moque. Il a gardé la trace de Carol aussi longtemps qu'il a pu, mais Bobby ne compte pas. Bobby a cessé de compter dès l'instant où il a aidé Carol. Car Willie l'a vu. Il n'a pas osé sortir de sa cachette pour venir lui donner un coup de main : il avait peur de ce que Harry pourrait lui faire, peur de ce que Harry pourrait raconter aux autres, peur d'être mis à l'index. Bobby, lui, avait osé. Bobby avait aidé Carol, Bobby avait puni Harry Doolin plus tard, ce même été, et en faisant ces choses (en ne faisant même que la première, probablement), Bobby avait pu franchir l'épreuve. Il avait fait ce que Willie n'avait pas osé faire, il avait pris les choses en main, il avait triomphé, il s'en était sorti, et il incombait maintenant à Willie de faire tout le reste. C'était beaucoup. Être désolé est un boulot à temps plein, et davantage encore. Alors qu'ils étaient trois à y travailler, c'est à peine s'il y arrivait.

Cependant, on ne peut dire qu'il vit dans le regret. Il pense parfois au bon larron, celui qui a accompagné le Christ au paradis, le même soir. Le vendredi après-midi, vous vous retrouvez perdant votre sang sur la colline pierreuse du Golgotha ; le vendredi soir, vous prenez le thé et les petits gâteaux avec le Roi. Parfois quelqu'un lui donne un coup de pied, parfois quelqu'un le bouscule, parfois il a peur de se faire dévaliser. Et alors ? Est-ce qu'il n'est pas là pour témoigner au nom de tous ceux qui ne sont capables que de se tenir dans l'ombre, que de regarder pendant que se commet l'irréparable ? Ne mendie-t-il pas pour eux ? N'est-ce pas pour eux qu'il a pris le gant Alvin Dark de Bobby, en 1960 ? Si. Dieu l'bénisse, si. Et aujourd'hui, ils y déposent leur argent tandis qu'il se tient, aveugle, devant la cathédrale. Il mendie en leur nom.

Sharon est au courant... mais de quoi, exactement ? Elle en connaît une partie, oui, c'est tout ce qu'il peut dire. Suffisamment pour avoir pensé à lui fournir la petite guirlande de Noël ; suffisamment pour lui dire qu'il avait belle allure dans son costume Paul Stuart et sa cravate Sulka ; suffisamment pour lui souhaiter une bonne journée et lui rappeler de ramener du lait de poule. Suffisamment. Tout va bien, dans le petit monde de Willie, tout sauf Jasper Wheelock. Que va-t-il faire pour ce qui touche à Jasper Wheelock ?

Je me demande si je ne devrais pas te suivre, un de ces soirs, murmure Wheelock dans son oreille tandis que Willie fait passer la caisse, de plus en plus lourde, d'une main à l'autre. Il a mal aux deux bras, à présent ; il lui tarde de regagner l'immeuble où se trouvent les bureaux.

Pour voir un peu ce que tu fabriques... qui tu deviens vraiment.

Que va-t-il faire exactement en ce qui concerne Jasper le Superflic ? Que peut-il faire ?

Il l'ignore.

17 h 15

Le jeune mendiant au sweat-shirt rouge crasseux a disparu depuis longtemps ; un Père Noël de carrefour a pris sa place. Willie n'a pas de mal à reconnaître le type ventripotent qui vient de laisser tomber un dollar dans le pot.

« Hé, Ralphie ! » s'écrie-t-il.

Ralph Williamson se retourne et son visage s'illumine lorsqu'il reconnaît Willie ; il lui adresse un signe de sa main gantée. Il neige plus fort à présent. Avec les lumières brillantes qui l'entourent et le Père Noël à côté de lui, Ralph a l'air du personnage central, sur une carte de vœux.

« Hé, Willie, comment ça va ?

— Comme une baraque en feu », répond-il, se rapprochant avec un sourire aimable sur le visage.

Il pose la caisse avec un grognement, fouille dans sa poche de pantalon et trouve un dollar qu'il laisse tomber dans le pot du Père Noël. Probablement un escroc, celui-ci aussi, et son capuchon est une guenille bouffée aux mites, mais qu'est-ce que ça fout...

« Qu'est-ce que tu as là-dedans ? demande Ralph, regardant la caisse tout en jouant avec son écharpe. On dirait que tu as pillé la tirelire d'un môme.

— Mais non, c'est juste des éléments chauffants. Il doit bien y avoir un millier de ces cochonneries.

— Tu vas travailler jusqu'à la veille de Noël ?

— Eh oui. » Soudain, il entr'aperçoit un début d'idée à propos de Wheelock. À peine un début d'idée repartie aussitôt que venue, mais c'est un début, non ? « Ouais, jusqu'à la veille de Noël. Pas de repos pour le méchant, tu connais la chanson. »

La sympathique bouille ronde de Ralph se fend d'un sourire. « Je doute que tu sois très méchant. »

Willie lui rend son sourire. « Si tu savais toutes les pensées diaboliques qui rôdent dans l'esprit de Mr Chaud et Froid, Ralphie ! Mais je prendrai peut-être quelques jours après la Noël, tout de même. Je me dis que ce serait une riche idée.

— Pour aller dans le Sud ? En Floride ?

— Dans le Sud ? s'étonne Willie, qui se met à rire. Oh, non, pas de blague. J'ai plein de choses à faire à la maison. Une maison, ça s'entretient. Sans quoi, elle risque de s'effondrer autour de tes oreilles le jour où le vent souffle trop fort.

— C'est vrai. » Ralph remonte le cache-nez autour de ses oreilles. « Alors, on se voit demain ?

— Un peu, mon neveu, répond Willie en tendant sa main gantée. Claque m'en cinq ! »

Ralphie lui donne une tape, puis tend à son tour sa

paume. Il arbore un sourire timide, mais excité. « Claque m'en dix, Willie ! »

Willie lui donne deux claquettes. « C'est pas bon, ça, Ralphie le Mimi ? »

Le sourire timide laisse la place à l'expression jubilatoire d'un gamin. « Tellement qu'il faut qu'on recommence ! » s'écrie-t-il en claquant encore deux fois, avec beaucoup d'autorité, la main de Willie.

Willie éclate de rire. « T'es un vrai mec, Ralphie. Tu passes la rampe !

— T'es un vrai mec aussi, Willie », répond Ralph, s'exprimant avec un sérieux plein de préciosité, ce qui produit un effet comique. « Joyeux Noël.

— De même pour toi. »

Il reste où il est pendant un moment, suivant des yeux Ralphie qui patauge dans la neige. À côté de lui, le Père Noël fait tinter sa sonnette sur un mode monotone. Willie soulève à nouveau sa caisse et prend la direction des portes à tambour. Puis quelque chose attire son regard, et il s'arrête.

« Ta barbe est de travers, dit-il au Père Noël. Si tu veux que les gens croient en toi, mets ta foutue barbe en place. »

Et il entre.

17 h 25

Dans le petit débarras de Midtown Heating & Cooling, il y a un grand carton plein de sacs de toile, du genre de ceux qu'utilisent les banques pour les pièces non classées. Ces sacs ont d'ailleurs en général des noms de banque imprimés dessus, mais pas ceux-ci. Willie les commande directement à l'entreprise de Moundsville, en Virginie-Occidentale, qui les fabrique.

Il ouvre sa caisse, met rapidement de côté les rouleaux de billets, qu'il ramènera chez lui dans son porte-documents Mark Cross, puis remplit quatre sacs avec des pièces. Dans un coin de l'annexe, il y a un vieux meuble métallique tout cabossé, sur lequel est simplement marqué PIÈCES DÉTACHÉES. Il l'ouvre – pas besoin de se bagarrer avec une serrure compliquée – et révèle une centaine de ces mêmes sacs, également remplis de pièces. Douze fois par an, lui et Sharon font le tour des églises du centre et font passer ces sacs par les fentes *ad hoc*, quand elles sont assez grandes, ou les placent dans les guichets réservés aux dons ; sinon, ils les laissent simplement contre la porte. La part du lion revient toujours à St. Pat, l'église devant laquelle il passe la journée en lunettes noires, une pancarte autour du cou.

Mais pas tous les jours, pense-t-il en se changeant. Je n'ai pas besoin d'y venir tous les jours, et il se dit à nouveau que Bill, Willie et Willie l'Aveugle Garfield prendront peut-être une semaine de vacances après la Noël. De quoi avoir le temps de s'occuper de l'officier Jasper Wheelock. Le temps de se débarrasser de lui. Sauf...

« Je ne peux pas le tuer », dit-il d'une voix basse, provocante. « Je vais me faire baiser si je le tue. » Mais ce n'est pas se faire baiser qui le tracasse. Ce qui le tracasse, c'est d'être *damné*. Tuer lui faisait un effet différent au Viêt-nam, ou du moins paraissait différent ; mais ce n'est ni le Viêt-nam, ici, ni la brousse. N'aurait-il accompli toutes ces années de pénitence que pour tout détruire à nouveau ? Dieu le met à l'épreuve, le met à l'épreuve, le met à l'épreuve. Il doit bien y avoir une solution. Il sait qu'il y en a une, qu'il doit y en avoir une. Il est juste – ah-ah, s'cusez le jeu de mots – trop aveugle pour la voir.

Pourra-t-il seulement trouver ce salopard, cet enfant de salaud de pharisien ? Merde, oui, c'est pas ça le problème. Il saura bien retrouver Jasper le Superflic. Quand il voudra s'en donner la peine, il le filera jusqu'à l'endroit où il enlève son arme et ses chaussures et pose les pieds sur des coussins. Mais ensuite ?

Cette idée le turlupine tandis qu'il se débarrasse de son maquillage, puis il n'y pense plus. Il sort le livre de comptes nov-déc de son tiroir, s'assoit au bureau et écrit pendant vingt minutes *Je suis sincèrement désolé d'avoir fait mal à Carol*. Il en remplit toute une page, d'une marge à l'autre et de la première à la dernière ligne. Il remet le livre en place et reprend la tenue de Bill Shearman. Au moment où il range les bottes de Willie l'Aveugle, son regard tombe sur l'album à couverture de cuir rouge. Il le sort, le pose sur le haut du classeur et rabat la couverture, sur laquelle figure ce seul mot : SOUVENIRS, écrit en lettres d'or.

Sur la première page figurent un certificat de naissance – William Robert Shearman, né le 4 janvier 1946 – et les minuscules empreintes de ses pieds. Sur les pages suivantes, sont collées des photos de lui avec sa mère, avec son père (un Pat Shearman souriant, comme si ce type n'avait jamais renversé la chaise haute de son fils avec son fils dessus, ni jamais frappé sa femme à coups de bouteille de bière), avec ses amis. Harry Doolin est particulièrement bien représenté. On le voit sur un cliché, âgé de huit ans, essayant de manger un morceau du gâteau d'anniversaire de Willie les yeux bandés (un gage à la suite de quelque jeu, sans aucun doute). Harry est barbouillé de chocolat jusqu'aux oreilles, rit aux éclats et a l'air totalement dépourvu de méchanceté. Willie frissonne à la vue de cette tête souillée, aux yeux bandés et rigolarde. Elle le fait presque toujours frissonner.

Il fait vivement tourner les pages, allant vers la fin de l'album, là où il a collé les photos et les articles de journaux concernant Carol Gerber qu'il a recueillis au cours des années : Carol avec sa mère, Carol tenant dans ses bras son petit frère nouveau-né et souriant nerveusement, Carol et son père (lui en tenue bleue de la marine et fumant une cigarette, elle le regardant avec de grands yeux émerveillés), Carol en majorette au milieu des autres, à Harwich High, arrêtée en plein saut, une main agitant un pompon et l'autre rabattant sa jupe écossaise, Carol et John Sullivan sur des trônes en feuilles d'aluminium, à Harwich High en 1965, l'année où ils avaient été élus Reine et Roi de la Neige pour la fête de la promo. Ils ont l'air d'un de ces couples miniatures qu'on place au sommet d'un gâteau de mariage, c'est ce que se dit Willie à chaque fois qu'il regarde le cliché jaunissant. Elle porte une robe sans bretelles d'où émergent des épaules parfaites. Rien n'indique qu'elle ait eu une fois la gauche hideusement déformée, présentant une double bosse de sorcière. Elle avait pleuré avant le dernier coup, beaucoup pleuré, mais ses larmes n'avaient pas suffi à Harry Doolin. La dernière fois, il avait cogné de toutes ses forces, et le bruit de la batte avait rappelé celui d'un maillet frappant un rôti à moitié décongelé ; c'est alors qu'elle avait hurlé, hurlé tellement fort que Harry s'était enfui sans même regarder derrière lui pour vérifier que Willie et Richie O'Meara le suivaient. Il avait pris ses jambes à son cou, ce vieil Harry, il avait couru comme un dératé. Mais s'il ne s'était pas enfui ? Supposons qu'au lieu de ficher le camp, Harry ait dit : *Tenez-la-moi, les gars, j'veux pas l'entendre gueuler comme ça, je vais la faire taire, moi !* avec l'intention de frapper de toutes ses forces — en visant la tête, cette fois ? L'auraient-ils tenue ? Même là, auraient-ils continué à la tenir pour lui ?

Tu sais que tu l'aurais fait, pense-t-il, navré. *Tu fais pénitence autant pour ce qui t'a été épargné que pour les actes que tu as réellement commis. N'est-ce pas ?*

Voici Carol Gerber dans sa toge de diplômée ; *Printemps 1966*, lit-on. Page suivante, on voit une coupure de presse tirée du *Harwich Journal* et datée de l'automne de 1966. Sur la photo qui l'accompagne, c'est encore elle, mais dans une version à des années-lumière de la jeune fille en toge, la jeune fille qui tient son diplôme à la main, qui a des chaussures blanches élégantes aux pieds et les yeux timidement baissés. Cette jeune femme sourit, l'expression féroce, regardant directement dans l'objectif. Elle ne paraît pas se rendre compte que du sang coule sur sa joue gauche et elle fait le signe de la paix. Cette fille est déjà sur la route de Danbury, et c'est des chaussures pour aller danser à Danbury qu'elle a aux pieds. C'est que des gens sont morts, à Danbury, des entrailles ont volé, à Danbury, mon vieux, et Willie n'a aucun doute sur le fait qu'elle en est en partie responsable. Il touche la fille au sourire féroce et au visage ensanglanté qui brandit une pancarte disant ARRÊTEZ LE MASSACRE (sauf qu'au lieu de l'arrêter, elle s'est retrouvée prise dedans) et il sait qu'en fin de compte ce visage est le seul qui compte, qu'il incarne l'esprit du temps. *1966* c'est de la fumée ; maintenant, l'incendie l'a embrasée. Voici la Mort, avec du sang sur la joue, un sourire aux lèvres, un panneau à la main. Voici cette bonne vieille crise de démence de Danbury.

La coupure suivante est constituée de toute la première page du journal de Danbury. Il a dû la replier trois fois pour la faire tenir dans l'album. La plus grande des quatre photos montre une jeune femme hurlant au milieu de la rue, tendant vers le ciel ses mains ensanglantées. Derrière elle, un bâtiment de brique fendu en deux comme un œuf. *Été 1970*, a-t-il écrit à côté.

6 MORTS 14 BLESSÉS
DANS UN ATTENTAT A LA BOMBE À DANBURY

UN GROUPE EXTRÉMISTE EN REVENDIQUE LA RESPONSABILITÉ
« IL N'ÉTAIT PAS QUESTION D'ATTENTER À LA VIE DES GENS »,
A DIT UNE VOIX FÉMININE À LA POLICE

Le groupe – Étudiants Militants pour la Paix, comme il s'intitule – avait dissimulé la bombe dans un auditorium du campus, à l'université du Connecticut à Danbury. Le jour de l'explosion, Coleman Chemicals devait y procéder à des entretiens d'embauche, entre dix et seize heures. La bombe aurait dû exploser à six heures du matin, au moment où le bâtiment était vide. Mais il ne se passa rien. À huit heures, puis de nouveau une heure plus tard, quelqu'un (appartenant sans doute au groupe des EMP) appela les services de sécurité du campus pour signaler la présence d'une bombe au rez-de-chaussée de l'auditorium. La sécurité procéda à une fouille superficielle et n'ordonna pas l'évacuation.

« C'était notre quatre-vingt-troisième alerte à la bombe de l'année », a déclaré un membre des services de sécurité du campus. Aucune bombe n'avait été trouvée, bien que l'EMP ait proclamé plus tard avec véhémence avoir donné son emplacement exact. On avait la preuve (une preuve formelle, du moins aux yeux de Willie Shearman) qu'à midi et quart, alors que les entretiens d'embauche étaient suspendus pendant le déjeuner, une jeune femme avait tenté – prenant elle-même d'énormes risques pour sa vie – de retirer l'engin explosif. Elle avait passé dix minutes dans l'auditorium désert avant d'en être vidée, en dépit de ses protestations, par un jeune homme aux cheveux longs et noirs. Le concierge les identifia par la suite comme étant respectivement Carol Gerber et Raymond Fiegler, le chef des Étudiants Militants pour la Paix.

À treize heures cinquante, la bombe explosa finalement. Dieu b'nisse les vivants, Dieu b'nisse les morts.

Willie tourne la page. Voici une manchette venue du journal d'Oklahoma City, *Oklahoman*. Avril 1971.

3 EXTRÉMISTES TUÉS À UN BARRAGE ROUTIER

« PLUSIEURS GROS POISSONS »
SANS DOUTE MANQUÉS À QUELQUES MINUTES PRÈS,
DÉCLARE THURMAN, DU FBI

Les gros poissons en question étaient John et Sally McBride, Charlie « Duck » Golden, l'insaisissable Raymond Fiegler... et Carol. Autrement dit, le reste du groupe. Les McBride et Golden moururent à Los Angeles six mois plus tard, dans une maison qui avait brûlé jusqu'aux fondations et sur laquelle les policiers continuaient à tirer et à faire pleuvoir des grenades. On ne retrouva les corps ni de Fiegler ni de Carol parmi les décombres, mais les techniciens de la police découvrirent d'importantes quantités de sang du groupe AB positif. Le groupe de Carol Gerber.

Morte ou vivante ? Vivante ou morte ? Pas un jour ne passe sans que Willie ne se pose la question.

Il tourne une page de plus de l'album, sachant qu'il devrait s'arrêter, qu'il devrait rentrer chez lui, que Sharon va s'inquiéter si au moins il ne l'appelle pas (il va l'appeler, il l'appellera depuis le hall d'entrée, elle a raison quand elle dit qu'on peut compter sur lui), mais il ne peut pas encore s'arrêter.

La manchette, au-dessus de la photo sur laquelle on voit le squelette calciné de la maison de Benefit Street, est tirée du *Los Angeles Times* :

3 DES 12 DE DANBURY PÉRISSENT À EAST L.A.

LA POLICE SOUPÇONNE UN ASSASSINAT-SUICIDE COLLECTIF

SEULS FIEGLER ET GERBER RESTENT INTROUVABLES

Sauf que les flics avaient la conviction que Carol, au moins, était morte. C'est ce qui transparaissait clairement de l'article. À l'époque, Willie en avait aussi été convaincu. Tout ce sang. Mais aujourd'hui, cependant...

Morte ou vivante ? Vivante ou morte ? Parfois son cœur lui murmure que le sang ne veut rien dire, qu'elle avait quitté cette baraque en bois bien avant que n'y soit commis cet acte ultime de folie. À d'autres moments, il croit la même chose que la police, à savoir qu'elle et Fiegler auraient faussé compagnie aux autres au tout début de la fusillade et juste avant que la police n'encercle la maison ; et qu'elle est morte des suites des blessures infligées pendant cette fusillade ou que Fiegler l'aurait abattue parce qu'elle le ralentissait. Dans ce dernier cas, la jeune femme ardente au visage ensanglanté et brandissant sa pancarte n'est plus qu'un sac d'os qui blanchit sous le soleil du désert, quelque part à l'ouest de Tonopah.

Willie effleure la photo de la maison calcinée, sur Benefit Street... et soudain un nom lui revient à l'esprit, le nom de l'homme grâce à qui, peut-être, Dong Wa n'est pas devenu un nouveau My Lay[1] ou My Khe : Slocum. C'était bien son nom, en effet. Comme si les poutres noircies et les vitres brisées venaient de le lui souffler.

Willie referme l'album et le range, se sentant en paix. Il finit de mettre en ordre ce qu'il faut mettre en ordre dans les bureaux de Midtown Heating & Cooling, puis il franchit avec précaution la trappe et reprend pied sur l'échelle, en dessous. Il descend jusqu'à la troisième marche, remet la trappe dans son logement et fait glisser le panneau du faux plafond à son emplacement.

Il est incapable de faire quoi que ce soit... quoi que ce soit de *définitif*... à l'officier de police Jasper Wheelock... mais Slocum pourrait, lui. Et comment, que Slocum le pourrait ! Évidemment, Slocum est noir, mais qu'est-ce que ça fait ? La nuit, tous les chats sont gris... et pour un aveugle, les couleurs n'existent pas. Est-ce vraiment le grand écart, entre Willie l'Aveugle Garfield et Willie l'Aveugle Slocum ? Bien sûr que non. Facile comme bonjour.

« Entends-tu ce que j'entends », fredonne-t-il doucement tandis qu'il replie l'échelle et la range, « sens-tu ce que je sens, goûtes-tu ce que je goûte ? »

Cinq minutes plus tard, il referme la porte de Western States Land Analysts, verrouillant avec soin les trois serrures. Puis il parcourt le couloir jusqu'aux ascenseurs. Quand la cabine arrive, il pense : *Lait de poule. N'oublie pas. Les Allen et les Dubray.*

« Et aussi de la cannelle », ajoute-t-il à haute voix. Les trois personnes qui sont dans l'ascenseur le regardent et Bill affiche un sourire embarrassé.

Dehors, il prend la direction de Grand Central, et une seule chose du monde extérieur vient se mêler à

---

1. Village vietnamien dont la population a été massacrée par une unité américaine. L'affaire, portée sur la place publique par la presse, avait fait grand bruit à l'époque et a sans doute précipité le retrait des troupes américaines du Viêt-nam (*N.d.T.*).

ses pensées, tandis que la neige le fouette en plein visage et qu'il remonte son col : le Père Noël qui se tient devant le bâtiment a redressé sa barbe.

Minuit

« Sharon ?

— Hmmmm ? »

Elle a répondu d'une voix endormie, distante. Ils ont fait l'amour lentement et longtemps, après le départ – enfin – des Dubray et des Allen à onze heures, et à présent le sommeil la gagne. C'est très bien : lui aussi est gagné par le sommeil. Il a le sentiment que tous ses problèmes se résolvent d'eux-mêmes... ou que Dieu les résout.

« Je vais peut-être prendre une semaine de congé après Noël. Faire quelques recherches. Essayer de découvrir de nouveaux emplacements. J'envisage de changer d'endroit. » Pas besoin qu'elle sache ce que Willie Slocum va faire pendant la semaine qui précède le nouvel an ; elle ne pourrait que s'inquiéter et peut-être (ou peut-être pas, mais il ne voit pas de raison de s'en enquérir) se sentir coupable.

« Bien, dit-elle. Va donc voir quelques films, par la même occasion. Tu devrais. » La main de Sharon vient en tâtonnant l'effleurer brièvement. « Tu travailles tellement... Et dire que tu t'es souvenu du lait de poule ! Je croyais vraiment que tu allais oublier. Je suis très contente de toi, mon chéri. »

Il sourit dans le noir, incapable de s'en empêcher. C'est du Sharon tout pur, ce genre de réflexion.

« Les Allen sont sympathiques, mais les Dubray sont barbants, tu ne trouves pas ? demande-t-elle.

— Un peu.

— Avec une robe plus courte d'un centimètre, elle aurait pu postuler pour un boulot dans un bar *topless*. »

Il ne répond rien, mais sourit encore.

« C'était une bonne soirée, non ? » Ce n'est plus de la petite réception qu'elle parle.

« Oui, excellente.

— Tu as passé une bonne journée ? Je n'ai même pas eu le temps de te poser la question.

— Très bonne, Sharon.

— Je t'aime, Bill.

— Moi aussi, je t'aime.

— Bonne nuit.

— Bonne nuit. »

Tandis qu'il dérive vers le sommeil, il repense à l'homme au chandail rouge. Il plonge sans en avoir conscience, ses pensées se transformant sans effort en rêves. « Soixante-neuf et soixante-dix, les années difficiles. J'étais à Hamburger Hill avec le 3/187. Nous avons perdu beaucoup de bons gars. » Puis son visage s'éclaire. « Mais j'ai toujours ça. » Il sort, de la poche gauche de son manteau, une barbe accrochée à un fil. « Et ça aussi. » Dans la droite, il prend un gobelet en polyuréthane à moitié écrasé et le secoue. Quelques pièces tintent au fond comme claquent des dents. « Alors tu vois, il y a toujours des compensations, même pour la vie la plus aveugle. »

Puis le rêve lui-même s'évanouit et Bill Shearman dort profondément jusqu'à son réveil, à six heures trente, le lendemain, au son du radio-réveil jouant *Le Petit Tambour*.

POURQUOI NOUS ÉTIONS
AU VIÊT-NAM

Lorsque quelqu'un meurt, on pense au passé. Sully savait sans doute cela depuis des années, mais ce n'est que le jour des funérailles de Pags que cette idée lui vint à l'esprit sous forme d'un postulat conscient.

Cela faisait vingt-six ans que les hélicoptères avaient emporté les derniers réfugiés (dont certains pendaient, très photogéniques, des patins de l'appareil) depuis le toit de l'ambassade des États-Unis à Saigon, et presque trente depuis le jour où un Huey avait évacué John Sullivan, Willie Shearman et peut-être une douzaine d'autres de la province de Dong Ha. Sully-John et son camarade d'enfance magiquement retrouvé avaient été des héros, ce matin-là, lorsque les ventilos étaient tombés du ciel ; dès l'après-midi, ils étaient devenus autre chose. Sully se souvenait d'avoir été allongé sur le plancher de l'appareil, hurlant, demandant qu'on l'achève. Il se souvenait également de Willie, hurlant lui aussi. *Je suis aveugle*, voilà ce qu'avait hurlé Willie. *Ah, bordel de Dieu, je suis aveugle !*

Il avait fini par comprendre – en dépit de ses tripes qui pendaient hors de son ventre en cordes grises, et de ses couilles dont il ne restait pas grand-chose, que personne ne ferait ce qu'il demandait et qu'il n'était pas capable d'achever le boulot lui-même. Pas aussi vite qu'il aurait aimé, en tout cas. Si bien qu'il avait demandé à quelqu'un de le débarrasser de la vieille *mama-san*, ils pouvaient bien faire ça pour lui, non ? Qu'ils atterrissent ou qu'ils la balancent par la putain de portière, qu'est-ce que ça faisait ? Est-ce qu'elle était pas déjà crevée ? Ce qui l'empêchait pas de le regarder, et assez était assez.

Le temps que lui, Shearman et une demi-douzaine d'autres – les plus touchés – soient transférés dans une antenne médicale de campagne, au point de ralliement surnommé Peepee Point (les pilotes de l'hélico devaient être fichtrement contents d'être débarrassés d'eux et de leurs cris), Sully avait commencé à comprendre aussi qu'il était le seul à voir la vieille *mama-san* accroupie dans la cabine. Une vieille *mama-san* aux cheveux blancs, habillée d'un pantalon vert et portant ces bizarres chaussures chinoises brillantes, d'un rouge éclatant, qui ressemblaient aux bottes de Chuck Taylor – houla ! La vieille *mama-san* avait été le rancard de Malenfant, le grand rancard de ce bon vieux Mr Requin des Cartes. Un peu plus tôt ce jour-là, Ronnie Malenfant avait débouché dans la clairière en compagnie de Sully, Dieffenbaker, Sly Slocum et les autres, en dépit de tous les niakoués qui leur tiraient dessus depuis la jungle, en dépit de la semaine éprouvante qu'ils venaient de passer, mortiers, tireurs isolés, embuscades, Malenfant en passe de devenir un héros, Sully en passe de devenir un héros ; et maintenant regardez-moi ça, Ronnie Malenfant était un assassin, le mec dont Sully avait tellement peur quand il était gamin avait perdu la vue, et Sully lui-même était allongé sur le plancher d'un hélicoptère, les tripes ballottées par la brise. Comme le disait toujours Art Linkletter, cela prouve seulement que les gens sont marrants.

On m'a tué ! avait-il hurlé par cet effroyable après-midi de lumière. *On m'a tiré dessus, pour l'amour du Ciel, laissez-moi crever !...*

Mais il n'était pas mort, les médecins avaient réussi à lui sauver l'un de ses testicules explosés, et il y avait même des jours, à présent, où il se sentait plus ou moins content d'être en vie. En particulier à la vue d'un coucher de soleil. Il aimait se rendre à l'arrière du parking, là où étaient entreposées les voitures en attente de réparation, et il se tenait là, regardant le soleil passer sous l'horizon. Conneries sentimentales, bien d'accord, mais c'était toujours un bon moment.

À l'hôpital de San Francisco, Willie s'était retrouvé dans le même service et lui avait souvent rendu visite, en attendant que l'armée, dans sa grande sagesse, expédie le lieutenant Shearman ailleurs ; ils avaient parlé pendant des heures du bon vieux temps, de Harwich et des gens qu'ils connaissaient là-bas. Un photographe de l'agence AP les avait même pris en photo, Willie assis sur le lit de Sully, tous les deux riant. Les yeux de Willie commençaient à aller mieux, mais il n'était pas encore complètement rétabli ; il avait confié à Sully qu'il redoutait de ne jamais recouvrer complètement la vue. L'article qui accompagnait la photo était vraiment cucu, mais le courrier qu'ils avaient reçu ! Sainte mère ! Plus qu'ils ne pouvaient en lire. Sully avait même nourri l'espoir insensé qu'il aurait des nouvelles de Carol, mais évidemment, il n'eut aucune lettre d'elle. On était au printemps de 1970 et Carol Gerber était sans aucun doute bien trop occupée à fumer du shit et à tailler des pipes à des hippies pacifistes, pendant que son vieux copain de classe se faisait couper les couilles à l'autre bout du monde. Bien vu, Art, les gens sont marrants. Et les gosses racontent des choses on ne peut plus fantaisistes.

Après le départ de Willie, la vieille *mama-san* était restée. La vieille *mama-san* avait tenu bon. Durant les sept mois passés par Sully à l'hôpital des anciens combattants de San Francisco, elle était venue tous les matins et tous les soirs, sa visiteuse la plus ponctuelle au cours de ce temps qui n'en finissait pas, où le monde entier paraissait sentir la pisse et où son cœur lui faisait mal comme une migraine. Parfois, elle arrivait vêtue d'un *muumuu*[1], comme les hôtesses d'un *luau* pour cinglés, parfois elle était habillée d'une de ces atroces jupes de golf, avec un haut sans manches qui exhibait ses bras décharnés... mais la plupart du

---

1. Tenue des pensionnaires de lupanars (*N.d.T.*).

temps, elle portait la même chose que le jour où Malenfant l'avait tuée : le pantalon vert, la tunique orange et les chaussures rouges couvertes de symboles chinois.

Un jour, cet été-là, il avait ouvert le *San Francisco Chronicle* et avait découvert son ex-petite amie en première page. Cette ex-petite amie et sa bande de potes avaient massacré toute une bande de gosses et de recruteurs à Danbury. Son ex-petite amie était maintenant surnommée « Carol la Rouge ». Son ex-petite amie était une célébrité. « Espèce de conne », avait-il dit, tandis que le journal se dédoublait, se démultipliait puis se brouillait en prismes sous ses yeux. « Espèce de pauvre conne, t'es complètement givrée. » Il avait roulé le journal en boule avec l'intention de le jeter dans un coin de la chambre, puis il y avait eu sa nouvelle petite amie, il y avait eu la vieille *mama-san* assise sur le lit voisin, regardant Sully de ses yeux noirs et Sully s'était complètement effondré à sa vue. L'infirmière était arrivée, mais Sully n'avait pas voulu, ou pu lui dire pour quelle raison il pleurait. Il ne savait qu'une chose, le monde était devenu fou, et il n'avait qu'une envie, une bonne piqûre ; et finalement, l'infirmière avait trouvé un médecin qui lui en avait administré une, et la dernière chose qu'il avait vue avant de perdre conscience avait été la *mama-san*, cette vieille emmerdeuse de *mama-san*, assise sur le lit voisin avec ses mains jaunes croisées sur le polyester vert qui recouvrait ses genoux, assise là et le regardant.

Elle fut aussi du voyage lorsqu'il traversa le pays, elle le raccompagna jusqu'au fin fond du Connecticut, installée gratos de l'autre côté de l'allée, dans la cabine classe touriste d'un 747 de United Airlines. Elle était assise à côté d'un homme d'affaires qui ne la vit pas davantage que ne l'avaient vue l'équipage du Huey, ou Willie Shearman, ou le personnel du Pussy Palace. Elle avait été le rancard de Ronnie Malenfant à Dong Ha, mais elle était à présent le rancard de John Sullivan, et pas un instant ses yeux noirs ne le quittèrent. Et ses mains jaunes et ridées restaient toujours croisées sur ses genoux, et ses yeux ne le quittaient pas.

Trente ans. Ça fait une paye, vieux.

Mais avec les années qui passaient, Sully l'avait vue de moins en moins souvent. Lorsqu'il était retourné à Harwich, à l'automne de 70, il avait encore eu droit à la visite de la vieille *mama-san* tous les jours ou presque, qu'il fût en train de manger un hot-dog dans Commonwealth Park, à côté du terrain B, ou d'attendre au pied de l'escalier de fer qui conduisait à la gare où allait et venait le flot des banlieusards, ou de marcher simplement dans Main Street. Et toujours elle le regardait.

Une fois, peu de temps après avoir obtenu son premier travail d'après le Viêt-nam (vendre des voitures, évidemment ; c'était la seule chose qu'il savait réellement faire), il avait vu la vieille *mama-san* assise, côté passager, dans une Ford LTD de 1968 avec AFFAIRE DU JOUR ! écrit au blanc d'Espagne sur le pare-brise.

Vous finirez par comprendre le sens de sa présence avec le temps, lui avait déclaré le psy de San Francisco, refusant de donner plus de précisions, en dépit des demandes pressantes de Sully. Le psy voulait qu'il lui parle des hélicoptères qui s'étaient heurtés en vol ; le psy voulait savoir pourquoi Sully parlait si souvent de Malenfant comme de « ce salopard de joueur de cartes » (Sully refusait) ; le psy voulait savoir si Sully avait des fantasmes sexuels, et si oui, s'ils étaient devenus violents. Sully en était venu à éprouver une certaine sympathie pour ce type, qui s'appelait Conroy, ce qui ne changeait rien au fait qu'il était un trou-du-cul. Un jour, alors que le séjour à San Francisco touchait à sa fin, il avait failli parler de Carol au Dr Conroy. En fin de compte, il était content de ne pas l'avoir fait. Il ne savait pas comment seulement *penser* à son ex-petite amie, encore moins comment en parler (*conflictuel* était le terme utilisé par Conroy pour décrire cet état). Il l'avait traitée de gourde et de cinglée, mais c'était tout le putain de bon Dieu de monde qui était cinglé ces temps-ci, non ? Et si quelqu'un savait pertinemment avec quelle facilité on pouvait se laisser aller à un comportement violent, à un comportement violent sans frein, c'était bien John Sullivan. Il espérait seulement (*ça* il en était sûr) que la police ne l'abattrait pas, elle et son ami, quand elle les attraperait.

Trou-du-cul ou non, le Dr Conroy n'avait pas eu complètement tort lorsqu'il avait dit que Sully finirait par comprendre le sens de la présence de la *mama-san*. La chose la plus importante était de prendre conscience — de prendre conscience à un niveau viscéral — que la vieille *mama-san* n'était pas là. Intellectuellement, rien n'était plus facile, mais ses viscères apprenaient plus lentement, pour la bonne raison, peut-être, qu'ils s'étaient retrouvés à l'air à Dong Ha, et qu'un truc pareil ne pouvait que ralentir le processus de compréhension.

Il avait emprunté au Dr Conroy certains de ses bouquins et il en avait trouvé deux ou trois autres à la bibliothèque de l'hôpital, grâce à un prêt interbibliothèques. D'après les ouvrages en question, la vieille *mama-san* en pantalon vert et tunique orange était un « fantasme extériorisé » qui servait de « mécanisme de transfert » pour l'aider à tenir le coup face à sa « culpabilité de survivant » et au « syndrome de stress post-traumatique » dont il souffrait. En d'autres termes, elle n'était qu'une sorte de rêve éveillé.

Toujours est-il que son attitude vis-à-vis d'elle changea au fur et à mesure que ses apparitions devinrent moins fréquentes. Au lieu d'éprouver de la répulsion ou une sorte de crainte superstitieuse, il commença à se sentir presque heureux de la voir. Un peu comme lorsqu'on revoit un ancien ami ayant quitté la ville, mais qui y revient pour une petite visite, de temps en temps.

Il vivait à présent à Milford, grosse bourgade à environ trente kilomètres au nord de Harwich, sur la 1-95, mais à des années-lumière de quoi que ce soit dans toutes les autres directions, ou à peu près. Harwich, banlieue agréable et boisée, à l'époque où Sully était enfant et copinait avec Bobby Garfield et Carol Gerber, était devenu un de ces patelins où l'on n'ose s'aventurer de nuit, rien qu'un prolongement sinistre de Bridgeport. Il y passait cependant le plus clair de son temps, sur le parking ou dans son bureau (cela faisait plusieurs années de suite que le concessionnaire Chevrolet John Sullivan décrochait l'étoile d'or au palmarès maison), mais il en partait à dix-huit heures pile presque tous les soirs, fonçant vers le nord dans sa Caprice de démonstration. Il s'éloignait de Harwich avec un sentiment de gratitude très réel, même s'il n'en prenait pas conscience.

En ce jour-ci de l'été, il avait bien quitté Milford en direction du sud, mais à une heure plus tardive, et sans emprunter la sortie 9 (ASHER AVENUE HARWICH), sa nouvelle Caprice de démonstration avait conservé le même cap (bleue, celle-ci, avec pneus à flancs noirs, et il s'amusait toujours autant de voir les feux de stop des autres conducteurs s'allumer quand ils l'apercevaient dans leur rétroviseur – on le prenait pour un flic) et il était ainsi arrivé à New York.

Il avait laissé la voiture chez un autre concessionnaire Chevrolet, à West Side (quand on était de la boutique, on n'avait jamais de problèmes de stationnement, c'était l'un des avantages), puis fait un peu de lèche-vitrines et dégusté un steak au Palm Too, avant de se rendre à l'enterrement de Pagano.

Pags avait été l'un des gars qui étaient là, au moment où les hélicoptères s'étaient écrasés au sol ; l'un des gars dans le secteur, cet après-midi-là. L'un des gars, aussi, tombé dans la dernière embuscade de la piste, celle qui avait commencé lorsque Sully avait marché sur une grenade piégée ou déclenché une mine antipersonnel attachée à un arbre en coupant un fil. Les petits hommes en pyjama noir perchés dans les arbres s'étaient mis à les canarder. Sur la piste, Pags avait attrapé Wollensky lorsque celui-ci avait été atteint à la gorge. Il l'avait porté jusque dans la clairière, mais à ce moment-là le Pollak était déjà mort. Pags devait être couvert du sang de Wollensky (Sullivan ne se souvenait pas de l'avoir réellement vu ; il vivait à ce moment-là son propre enfer), mais il devait plutôt en être soulagé, sans doute, car ce sang-là recouvrait un sang plus ancien et pas encore complètement séché. Pagano s'était trouvé assez près pour être éclaboussé lorsque Slocum avait flingué le copain de Malenfant. Éclaboussé par le sang de Clemson, éclaboussé par la cervelle de Clemson.

Sully n'avait jamais soufflé mot de ce qui était arrivé à Clemson dans la brousse, pas plus au Dr Conroy qu'à un autre. Il l'avait bouclée. Tous l'avaient bouclée.

Pags était mort d'un cancer. À chaque fois que mourait l'un des anciens copains de Sully au Viêt-nam (bon, d'accord, ce n'étaient pas des copains, pas exactement, la plupart d'entre eux étaient bouchés à l'émeri et n'avaient rien de ce qui faisait un copain aux yeux de Sully, mais c'était le mot employé parce qu'il n'en existait aucun pour décrire ce qu'ils avaient réellement été les uns pour les autres), on aurait dit que c'était soit du cancer, soit à cause des drogues, soit un suicide. En général, le cancer commençait par le cerveau ou les poumons et se mettait en suite à cavaler partout, à croire que ces hommes avaient laissé leur système immunitaire dans la jungle. Dick Pagano, lui, avait eu droit à un cancer du pancréas – tout comme Michael Landon. La maladie des stars. Le cercueil était ouvert, et ce pauvre vieux Pags n'avait pas l'air trop abîmé. Sa femme l'avait fait habiller d'un costume trois-pièces ordinaire et non d'un uniforme. Elle n'avait sans doute même pas envisagé l'uniforme, en dépit des décorations récoltées par son époux. Pags n'avait porté l'uniforme que pendant deux ou trois années de sa vie, des années comme une sorte d'aberration, des années comparables au temps passé derrière les barreaux pour avoir commis une bêtise qui ne vous ressemblait absolument pas, un jour de malchance et parce que vous étiez ivre. Comme disons, par exemple, avoir tué un type dans une bagarre de bar ou s'être mis dans la tête de flanquer le feu à l'église où votre ex-femme enseignait le catéchisme. Sully n'arrivait pas à imaginer qu'un seul des hommes avec lesquels il avait servi désire se faire enterrer en uniforme.

Dieffenbaker, auquel Sully pensait encore aujourd'hui comme le « nouveau lieutenant », était venu aux funérailles. Les deux hommes ne s'étaient pas vus depuis longtemps, et ils avaient eu une sacrée conversation... à ceci près que c'était surtout Dieffenbaker qui en avait fait les frais, en réalité. Sully avait toujours eu des doutes sur l'efficacité des paroles, mais cela ne l'empêcha pas de penser à tout ce que Dieffenbaker lui avait raconté. À quel point Deef lui avait paru furieux, surtout. Il y avait pensé pendant tout le chemin de retour jusqu'au Connecticut.

Il s'était retrouvé sur le pont de Triborough, en direction du nord, vers quatorze heures, avec tout le temps qu'il fallait pour arriver avant les embouteillages de fin d'après-midi. « La circulation est encore fluide du côté de Triborough et aux points clefs du secteur », avaient dit les types de l'hélico chargés de donner des nouvelles de la circulation sur la station WINS. Voilà à quoi servaient les hélicos, aujourd'hui : à évaluer la densité du trafic à la sortie des grandes villes américaines.

Lorsque eurent lieu les premiers ralentissements, juste à la sortie nord de Bridgeport, Sully n'y fit pas attention. Il était passé sur une station diffusant des vieux airs et s'était mis à penser à Pags et à ses harmonicas. Un vrai cliché pour film de guerre, le GI blanchi sous le harnois avec son « ruine-babines », mais Pagano, bon Dieu, Pagano pouvait finir par vous rendre marteau. Il en avait joué nuit et jour, jusqu'à ce que l'un des types – Hexley, peut-être, ou encore Garrett Slocum – lui dise que s'il n'arrêtait pas, il allait se réveiller un matin équipé du premier implant rectal siffleur.

Plus il y pensait, plus il se disait que c'était Sly

Slocum qui avait dû brandir la menace de l'implant rectal. Ce grand gaillard de Noir venu de Tulsa pensait que Sly and the Family Stone était le meilleur groupe de musique de la terre, d'où son sobriquet, et refusait de croire qu'un autre groupe qu'il admirait, Rare Earth, était composé de Blancs. Sully se rappelait que Deef (c'était avant que Dieffenbaker ne devienne le nouveau lieutenant et adresse ce signe de tête à Slocum, probablement le geste le plus important qu'il avait fait jusque-là, et peut-être de toute sa vie) avait dit à Slocum que ces types étaient tout aussi blancs que cet enfoiré de Bob Dylan (le *couineur blanc folklo*, comme Slocum appelait Dylan). Slocum avait réfléchi, puis avait répliqué, avec un ton d'une rare gravité chez lui : *Tu déconnes. Rare Earth, vieux, c'est des Noirs, ces mecs. Ils enregistrent pour c'te putain de Motown, et tous les groupes de Motown sont noirs, tout le monde le sait. Les Supremes, ces cons de Temps, Smokey Robinson and the Miracles. J'te respecte, Deef, t'es un sacré mec et tout et tout, mais si tu continues à raconter ces conneries, je vais te foutre mon poing sur la gueule.*

Slocum avait l'harmonica en horreur. Si on essayait de lui dire que Dylan se sentait concerné par la guerre, il rétorquait que dans ce cas, cette espèce d'enfoiré de couineur foklo n'avait qu'à venir ici un jour, avec Bob Hope. *J'vais te dire pourquoi il vient pas. Il a la trouille, c'est tout. Ce putain d'enfoiré de couille molle de joueur d'harmonica à la con !*

John Sullivan repensait à Dieffenbaker évoquant les années soixante. Il repensait à tous ces noms anciens, à ces visages anciens, à ces jours enfuis. Sans remarquer que le compteur de vitesse de la Caprice était passé de soixante à cinquante, puis à quarante, et que la circulation commençait à bouchonner sur toutes les voies en direction du nord. Il se souvenait de l'allure que Pags avait là-bas, dans la cambrousse : maigre, le cheveu noir, les joues encore marquées des derniers accès d'acné de l'adolescence, son fusil à la main, ses deux harmonicas (un en *do*, l'autre en *fa*) coincés dans la ceinture de son pantalon de treillis. Trente ans, cela datait de trente ans. Remontant encore de dix ans, Sully se retrouva môme à Harwich, toujours fourré avec son pote Bobby Garfield et ne désirant qu'une chose, que Carol Gerber le regarde, lui, John Sullivan, comme elle regardait Bobby, qu'elle le regarde ainsi, rien qu'une fois.

Elle avait fini par le regarder, évidemment, mais jamais tout à fait de cette façon. Était-ce parce qu'elle n'avait plus onze ans, ou parce que lui-même n'était pas Bobby ? Comment savoir ? Cette expression qu'elle avait était restée un mystère. Elle semblait dire *Bobby me tue*, et elle en paraissait heureuse, elle voulait bien mourir ainsi jusqu'à ce que les étoiles tombent du ciel, jusqu'à ce que les rivières remontent vers leur source et jusqu'à ce qu'on connaisse le centième nom d'Allah.

Qu'était-il arrivé à Bobby Garfield ? Avait-il été au Viêt-nam ? Avait-il rejoint les hippies, les Flower Children ? s'était-il marié, avait-il eu des enfants, avait-il chopé un cancer du pancréas ? Sully l'ignorait. Il ne savait qu'une chose avec certitude : Bobby avait changé au cours de l'été 1960, l'été où lui-même avait remporté une semaine au camp de vacances du YMCA, sur le lac George, et il avait ensuite quitté la ville avec sa mère. Carol avait fini ses études secondaires à Harwich, et même si elle ne l'avait pas regardé comme elle avait regardé Bobby, il avait été son premier, et elle sa première. Un soir, en pleine campagne, derrière l'étable pleine de vaches meuglantes d'une ferme, du côté de Newburg. Sully se souvenait comment il avait humé son doux parfum à son cou, quand il avait joui.

Pourquoi était-il bizarrement passé de l'évocation de Pagano dans son cercueil à celle des amis de son enfance ? Peut-être parce que Pags lui avait un peu rappelé le Bobby de cette époque révolue. Certes, Bobby était rouquin alors que Pagano était brun, mais il avait cette même silhouette de gringalet maigrichon, ce même visage anguleux... et les mêmes taches de rousseur. Ouais ! Pags et Bobby présentaient le nez et les joues du type qui a pris un bain de soleil avec une passoire... ou peut-être était-ce parce que, quand quelqu'un meurt, on pense au passé, au putain de passé.

La Caprice avançait à présent à vingt à l'heure ; puis elle finit par se retrouver complètement immobilisée à une encablure de la sortie 9, mais Sully n'y fit pas attention. Sur WKND, la station diffusant les anciens tubes, ? & The Mysterians chantaient *96 Tears* tandis qu'il se revoyait remontant l'allée centrale de la chapelle, précédé de Dieffenbaker, remontant jusqu'au cercueil pour revoir une première et dernière fois Pagano, tandis que les haut-parleurs diffusaient la musique en boîte de circonstance. *Abide With Me* était la rengaine qui soufflait par bouffées au-dessus du cadavre de Pagano. Pags, qui n'avait rien trouvé à redire à rester assis pendant des heures, le flingue calibre 50 posé à côté de lui, son pack de bière sur les genoux, trois ou quatre paquets de Winston coincés sous l'élastique de son casque, jouant *Goin Up the Country* sans fin, en boucle.

Toute ressemblance qu'il avait pu avoir avec Bobby Garfield avait disparu depuis longtemps, avait constaté Sully en regardant dans le cercueil. Le thanatopracteur avait fait un assez bon boulot pour justifier qu'on exhibe le corps, mais Pags avait néanmoins ces chairs molles et cet aspect empâté, double-mentonné d'un homme adipeux ayant passé les derniers mois de sa vie à suivre le Régime du Crabe, celui dont on ne parle jamais dans les journaux distributeurs de conseils, celui qui consiste en radiothérapies, injections de poisons chimiques, et toutes les frites qu'on veut.

« Tu te souviens des harmonicas ? avait demandé Dieffenbaker.

— Je m'en souviens, avait répondu Sully. Je me souviens de tout. »

Il avait eu une drôle de voix, en disant cela, et Dieffenbaker lui avait adressé un coup d'œil.

Sully venait d'avoir un flash violent et ultraclair de l'expression qu'avait eue Deef dans le patelin, ce jour-là, lorsque Malenfant, Clemson et toute la bande des grandes gueules avaient brusquement commencé à se rembourser d'une semaine de terreur... le bouquet de terreur final de toute une semaine. Ils avaient voulu les expédier quelque part, les hurlements dans la nuit, les pilonnages soudains de mortier, et finalement les ventilos en feu, leur chute avec les pales tournant encore, dispersant la fumée de leur propre mort dans la dégringolade. Badabam ! Et les petits hommes en pyjama noir qui s'étaient mis à tirer sur Delta deux-deux et Bravo deux-un depuis la jungle, dès que les Américains s'étaient précipités dans la clairière. Sully avait couru avec Willie Shearman à son côté et le lieutenant Packer devant ; le lieutenant Packer avait pris une balle en pleine figure – personne ne courait devant lui. Ronnie Malenfant se tenait à sa gauche, Ronnie Malenfant qui criait de sa voix suraiguë, qui criait sans fin, comme un vendeur par téléphone cinglé et hystérique shooté aux amphétamines : *Amenez-vous, bande de niakoués de mes deux ! Amenez-vous, tas de branleurs ! Vous pouvez me canarder, espèces d'enflures ! Enculés d'enculés ! Pas foutus de viser juste !* Pagano était derrière eux, et Slocum à côté de Pags. Des types de Bravo mais surtout des types de Delta, dans son souvenir. Willie Shearman gueulait après ses propres types, mais ils étaient nombreux à traîner. Ceux de Delta deux-deux, eux, ne traînaient pas. Clemson était là, et Wollensky, et Hackermeyer et c'était hallucinant comme il se rappelait leurs noms ; leurs noms, et l'odeur de cette journée. L'odeur de la jungle, l'odeur du kérosène. Et le ciel au-dessus, vert ou bleu, et bon Dieu, comme ils tiraient, comme ces petits salopards tiraient ! On ne pouvait jamais oublier la manière dont on s'était fait canarder ni la sensation d'une balle sifflant à nos oreilles, et Malenfant hurlait : *Tirez-moi desssus, trous-du-cul de niakoués ! Pouvez pas, hein ! Z'êtes miros ! Rappliquez ! J'suis là ! Bande de pédés branleurs miros, j'suis là !* Dans les hélicos descendus des hommes hurlaient aussi, alors ils les en avaient extraits, balancé la mousse carbonique sur l'incendie et ils les en avaient sortis, sauf que c'était plus des hommes, pas ce qu'on aurait pu appeler des hommes, c'était rien que des plateaux-repas hurlant, pour la plupart, des plateaux-repas avec des yeux et des boucles de ceinture, et ces doigts cliquetant tendus vers vous, de la fumée montant des ongles fondus, ouais, comme ça, pas le genre de truc qu'on pouvait raconter à des types comme le Dr Conroy. Comment raconter que quand on essayait de les tirer de là, des morceaux d'eux se détachaient, *glissaient*, si l'on veut, comme un morceau de dinde bien cuite glisse sur la graisse bouillante liquéfiée en dessous, ouais, comme ça, et pendant tout ce temps l'air était imprégné de l'odeur du kérosène et de la jungle. Tout ça arrivait vraiment, c'était vraiment vraiment le grand show, comme Ed Sullivan aimait à le dire, planqué derrière son petit écran, oui, tout ça se passait sur notre scène et tout ce qu'on pouvait faire c'était suivre le mouvement et essayer de s'en sortir.

Voilà ce qu'avait été la matinée et ce qui était arrivé aux hélicos, et un truc comme ça devait forcément déboucher sur *quelque chose*. Quand ils étaient arrivés dans l'espèce de hameau merdique, l'après-midi, ils avaient encore l'odeur de chair calcinée des membres de l'équipage dans le nez, le lieutenant le plus ancien était mort, et certains des hommes – Ronnie Malenfant et ses potes, si l'on tenait à savoir vraiment qui – commençaient à perdre sérieusement les pédales. C'était maintenant Dieffenbaker le nouveau lieutenant ; il s'était brusquement retrouvé à la tête d'une bande de cinglés voulant tuer tout ce qui bougeait, enfants, vieillards et vieilles *mama-san* en chaussures chinoises rouges.

Les hélicos s'étaient crashés à dix heures. Vers quatorze heures cinq, Ronnie Malenfant avait enfoncé sa baïonnette dans l'estomac de la vieille femme, puis annoncé son intention de couper la tête à cette saleté de cochon. Vers quatorze heures quinze, à moins de quatre *klicks*[1] de là, le monde avait explosé au nez de

---

1. Kilomètres, dans l'argot militaire américain (*N.d.T.*).

John Sullivan. Le grand jour pour lui, dans la vallée de Dong Ha. Le vrai grand, grand show.

Entre deux huttes, à l'entrée du hameau qui ne comptait qu'une seule rue, Dieffenbaker avait eu l'air d'un ado terrifié. Il n'avait pas quinze ou seize ans, cependant, mais vingt-cinq, et il était plus âgé de plusieurs années que Sully et la plupart des autres gars. Le seul à être de l'âge et du rang de Dieffenbaker était Willie Shearman, et Willie paraissait ne pas trop avoir envie de jouer le coup. L'opération de sauvetage de ce matin l'avait peut-être épuisé. Ou peut-être avait-il remarqué qu'une fois de plus, c'étaient les types de Delta deux-deux qui menaient la charge. Malenfant hurlait que lorsque ces cons d'enculés de Viêts verraient quelques douzaines de têtes plantées sur des bâtons, ils y regarderaient à deux fois avant de faire les andouilles avec Delta l'Éclair. Et il continuait, continuait, de cette voix suraiguë et perçante de vendeur par téléphone. Le joueur de cartes. Mister As de Pique. Pags avait ses harmonicas ; Malenfant avait son putain de jeu de cartes. Le chasse-cœurs, voilà à quoi jouait Malenfant. À dix *cents* le point s'il pouvait, sinon à un *nickel. Rappliquez, les mecs !* criait-il de sa voix stridente, une voix, Sully en aurait juré, capable de déclencher des saignements de nez et de foudroyer des sauterelles en plein vol. *Rappliquez, grouillez-vous, on court la Gueuse !*

Sully se rappelait s'être tenu dans la rue et avoir regardé le visage blême, épuisé et perdu du nouveau lieutenant. Il se rappelait avoir pensé : *Il ne pourra pas y arriver. Quoi qu'il faille faire pour arrêter ça avant que les choses ne tournent vraiment mal, il ne pourra pas y arriver.* C'est alors que Dieffenbaker s'était ressaisi et avait fait signe de la tête à Slocum. Slocum n'avait pas hésité un seul instant. Slocum, qui se tenait dans la rue à côté d'une chaise renversée aux pieds chromés et au siège rouge, avait épaulé, visé et proprement fait sauter la tête de Ralph Clemson. Près de lui, Pagano regardait Malenfant, bouche bée, et il ne parut même pas se rendre compte qu'il venait d'être éclaboussé de sang de la tête aux pieds, ou presque. Clemson était tombé raide mort dans la rue. Fin des réjouissances, mon mignon.

Aujourd'hui, Dieffenbaker avait un solide durillon de comptoir et portait des lunettes à double foyer. Il avait en outre perdu presque tous ses cheveux. Sully n'en revenait pas, se souvenant que Deef avait encore sa belle tignasse lors de la réunion de l'unité, sur la côte du New Jersey, cinq ans auparavant. La dernière fois, Sully s'était juré qu'il ferait la foire avec ces types. Ils ne s'amélioraient pas. Ils étaient foutrement incorrigibles. Chaque réunion ressemblait un peu plus à la distribution d'un film mettant en scène de dangereux cinglés.

« T'as pas envie de sortir fumer une sèche ? avait demandé le nouveau lieutenant. À moins que t'aies arrêté, comme tous les autres ?

— J'ai arrêté, comme tous les autres, affirmatif. »

Ils s'étaient écartés et se tenaient un peu sur la gauche du cercueil, pour laisser la place aux autres qui défilaient à présent devant eux. Parlant à voix basse, la musique enregistrée couvrant sans peine leurs paroles — la bande sonore barbante du salut. *The Old Rugged Cross*, avait-il semblé à Sully.

« Je crois que Pags aurait préféré..., commença-t-il.

— ... *Goin' Up the Country*, ou *Let's Work Together* », acheva Dieffenbaker avec un sourire.

Sully lui rendit son sourire. Ce fut l'un de ces moments inattendus, comme un rayon de soleil perçant un instant par une longue journée de pluie, un moment où il était bon de se souvenir de quelque chose ; un de ces moments où l'on était presque content, aussi stupéfiant que cela soit, d'avoir été là-bas. « Ou peut-être *Boom Boom* par The Animals, dit-il.

— Tu te souviens de Sly Slocum disant à Pags qu'il allait lui fourrer son harmonica dans le cul s'il ne lui foutait pas un peu la paix ? »

Sully avait acquiescé, gardant son sourire. « Il a dit que s'il lui enfonçait bien profond, Pags pourrait jouer tout *Red River Valley* en pétant. » Il avait jeté un coup d'œil attendri en direction du cercueil, comme s'il s'était attendu à ce que Pagano, lui aussi, sourie à ce souvenir. Mais Pagano n'avait pas souri. Pagano continuait à gésir dans son cercueil, le visage maquillé. Pagano avait sauté par-dessus la rampe. « Si tu veux, on va sortir et je te regarderai fumer.

— Vendu. »

Dieffenbaker, qui avait jadis autorisé l'un des hommes sous ses ordres à tuer un autre homme sous ses ordres, avait remonté l'allée latérale de la chapelle ; son crâne dégarni s'illuminait de couleurs différentes au fur et à mesure qu'il passait dans la lumière diffusée par les vitraux. Boitant derrière lui – il boitait à présent depuis plus de la moitié de sa vie et n'y pensait même plus – venait John Sullivan, concessionnaire Chevrolet titulaire de trois étoiles d'or.

La circulation sur la 1-95 était bloquée – mis à part les quelques mètres gagnés de temps en temps dans l'une ou l'autre des voies. À la radio, ? & the Mysterians avaient laissé la place à Sly and the Family Stone dans *Dance to the Music*. Ce con de Slocum aurait dansé sur son siège, sûr et certain, dansé et sautillé un max. Sully mit le levier de la boîte automatique sur *Park* et commença à battre la mesure sur le volant.

Tandis que se dévidait la musique, il regarda à sa droite. Il y avait la vieille *mama-san* dans le siège baquet voisin ; elle ne dansotait pas sur place, mais restait bien tranquille, ses mains jaunes croisées sur les genoux, et ses chaussures rouges insensées, ces tatanes à la Chuck Taylor, bien plantées sur le tapis de sol jetable en plastique où l'on pouvait lire AVEC LES COMPLIMENTS DE SULLIVAN CHEVROLET.

« Salut, ma vieille garce », dit Sullivan, plus content que perturbé. De quand datait sa dernière apparition ? De la soirée du nouvel an chez les Tacklin, peut-être, la dernière fois où il avait pris une véritable cuite. « Pourquoi t'es pas venue à l'enterrement de Pags ? Le nouveau lieutenant m'a demandé de tes nouvelles. »

Elle ne répondit pas, mais l'avait-elle jamais fait ? Elle restait tranquillement assise, mains croisées, le regardant de ses yeux noirs, une vision de Halloween en vert, orange et rouge. La vieille *mama-san* n'avait rien à voir avec les fantômes d'un film hollywoodien, cependant ; on ne voyait pas à travers elle, elle ne changeait jamais de forme, elle ne s'évanouissait pas progressivement en fumée. Elle portait à son poignet jaune décharné une sorte de cordon comme ceux que se mettent les adolescents en signe d'amitié. Et bien que l'on ait pu voir chaque tortillon de ce cordon et chaque ride de ce visage si vieux, on ne pouvait sentir son odeur ; et la seule fois où Sully avait essayé de la toucher, elle avait aussitôt disparu. Elle était un fantôme qui habitait sa tête. À ceci près que, de temps en temps (en général sans douleur et toujours sans avertissement), la tête de Sully la vomissait en un endroit où il était obligé de la regarder.

Elle ne changeait jamais. Elle n'était pas devenue chauve, n'avait jamais eu de calculs biliaires ni besoin de lunettes à double foyer, elle. Elle n'était pas morte comme étaient morts Clemson, et Pags, et Packer, et les types des hélicoptères qui s'étaient crashés (même les deux qu'ils avaient réussi à traîner de la clairière, recouverts de mousse carbonique comme des bonhommes de neige étaient morts, trop brûlés pour survivre, ils avaient accompli tout ça pour rien.) Elle n'avait pas disparu comme Carol l'avait fait, non plus. Non, la vieille *mama-san* continuait à surgir de temps en temps, inopinément, et elle n'avait absolument pas changé depuis l'époque où *Instant Karma* avait fait un malheur au hit-parade. Certes, elle avait dû mourir une fois, avait dû se retrouver vautrée dans la boue quand Malenfant lui avait percé le corps de sa baïonnette, avant d'annoncer à la cantonade son intention de lui couper la tête ; mais depuis lors elle avait poursuivi son petit bonhomme de chemin, pépère.

« Où t'étais passée, ma chérie ? » Si jamais quelqu'un le voyait, depuis une autre voiture (la Caprice était cernée de tous les côtés, à présent, complètement enclavée), il supposerait qu'il chantait avec la musique, c'est tout. Et puis même s'il pensait autre chose, qu'est-ce qu'il en avait à foutre ? Qu'est-ce qu'il en avait à foutre de ce qu'ils pensaient tous ? Il avait vu des choses, des choses terribles, dont l'une des pires avait été une longueur de ses propres intestins reposant sur le matelas ensanglanté de ses poils pubiens ; et si de temps en temps il voyait ce vieux fantôme et même lui parlait, qu'est-ce que ça pouvait foutre ? C'était son affaire, non ?

Sully regarda devant lui, essayant de comprendre l'origine du bouchon qui paralysait la circulation (impossible, bien sûr, on ne voyait jamais rien, il fallait simplement attendre et avancer mètre après mètre comme le type qui vous précédait) ; puis il regarda de nouveau à côté de lui. Parfois, cela suffisait à la faire disparaître. Pas cette fois-ci : cette fois-ci, elle avait changé de vêtement. Elle avait toujours ses tatanes rouges, mais elle portait à présent une tenue d'infirmière : pantalon de nylon blanc, blouse blanche (avec une petite montre en or agrafée dessus, quelle touche délicate), une coiffe blanche ornée d'un petit liseré noir. Elle gardait cependant les mains toujours croisées sur les genoux et n'avait pas cessé de le regarder.

« Où t'étais passée, *mama* ? Tu m'as manqué. Je sais que ça paraît bizarre, mais c'est pourtant vrai. *Mama*, j'ai pensé à toi. Tu aurais dû voir le nouveau lieutenant. C'est vraiment incroyable. Il est entré dans la phase boule de billard. Complètement chauve sur le sommet, chauve au point de briller. »

La vieille *mama-san* ne répondit rien. Sully n'en fut pas étonné.

À l'extérieur, il y avait une allée courant le long du salon funéraire ; on y avait installé, d'un côté, un banc peint en vert. De part et d'autre du banc étaient disposés des seaux de sable piquetés de mégots. Dieffenbaker s'assit à côté de l'un des seaux, se glissa une cigarette entre les lèvres (une Dunhill, très impressionnant, observa Sully) puis tendit le paquet à Sully.

« Non, merci. J'ai vraiment arrêté.

— Excellent ! »

Dieffenbaker alluma la cigarette avec un Zippo et Sully prit conscience de quelque chose de curieux : il n'avait jamais vu un ancien du Viêt-nam allumer ses cigarettes avec des allumettes ou un briquet jetable ; les vétérans du Viêt-nam paraissaient tous avoir un Zippo. Cela ne pouvait être tout à fait vrai, pas réellement. Si ?

« Tu boites toujours pas mal, observa Dieffenbaker.

— Ouais.

— Dans l'ensemble, je dirais que c'est une amélioration. La dernière fois, tu tanguais salement. Surtout après t'être enfilé deux ou trois verres derrière la cravate.

— Tu vas toujours aux réunions ? Elles ont toujours lieu, avec leurs pique-niques et toutes leurs conneries ?

— Ouais, je crois qu'ils en font encore, mais ça fait trois ans que je n'y ai pas mis les pieds. C'est trop déprimant.

— Ouais. Ceux qui n'ont pas eu un cancer sont alcooliques à mort, et ceux qui ont réussi à laisser tomber la gnôle marchent au Prozac.

— Ah, tu as remarqué.

— Putain oui, j'ai remarqué.

— Ça m'étonne pas tellement. T'as peut-être jamais été le mec le plus brillant de la planète, Sully-John, mais tu as toujours été particulièrement observateur. Même alors. N'empêche, t'as mis dans le mille : alcool, cancer et dépression, voilà les principaux problèmes, on dirait. Oh, et les dents. Jamais vu un vétéran du Viêt-nam sans des problèmes de merde avec ses dents.... Du moins, s'il lui en reste. Et toi, Sully, comment vont tes bons vieux crocs ? »

Sully, qui avait eu trois dents d'arrachées depuis le

Viêt-nam (sans compter toutes celles qu'il avait fallu dévitaliser) eut un geste des mains qui signifiait *comme ci, comme ça* *.

« Et l'autre problème, demanda Dieffenbaker. Comment tu t'en sors ?

— Ça dépend.

— De quoi ?

— De ce que je décris comme étant mon problème. Nous avons été à au moins trois de ces foutues réunions ensemble...

— Quatre. Et il y en a au moins une où je suis allé et où tu n'es pas venu. L'année après celle sur la côte du New Jersey. Celle où Andy Hackermeyer nous a dit qu'il allait se suicider en se jetant du haut de la statue de la Liberté.

— Et il l'a fait ? »

Dieffenbaker tira longuement sur sa cigarette et adressa à Sully ce qui était encore son regard de lieutenant. Après tant d'années, il était toujours capable de retrouver le truc. Incroyable, tout de même. « S'il l'avait fait, tu en aurais entendu parler en lisant l'*Evening Post*. Tu ne lis jamais le *Post* ?

— Si. Religieusement. »

Dieffenbaker acquiesça. « Tous les vétérans du Viêt-nam ont des problèmes avec leurs dents et lisent le *Post*. Du moins, s'ils sont dans le secteur où le canard est distribué. Sinon, comment font-ils, d'après toi ?

— Ils écoutent Paul Harvey », répondit aussitôt Sully, et Dieffenbaker se mit à rire.

Sully se rappelait Hack ; Hack était là le jour du crash des hélicoptères, du hameau, de l'embuscade. Un petit blond au rire contagieux. Avait une photo de sa petite amie sur métal afin qu'elle ne pourrisse pas dans l'humidité ambiante, passée autour du cou, au bout d'une chaîne. Hackermeyer s'était trouvé juste à côté de Sully quand ils étaient entrés dans le hameau et que la fusillade avait commencé. Tous deux avaient vu la vieille *mama-san* sortir en courant de sa cabane les mains levées, jacassant à toute vitesse, s'en prenant à

Malenfant, à Clemson, à Peasley, à Mims et à tous ceux qui canardaient dans tous les sens. Mims avait touché un petit garçon au mollet, peut-être par accident. Le gosse était allongé dans la poussière, devant l'une de ces petites cabanes minables, et hurlait. La vieille *mama-san* avait décidé que c'était Malenfant le chef – ce qui se comprenait, c'était Malenfant qui monopolisait la partie hurlements – et elle avait couru à lui, toujours agitant les mains en l'air. Sully aurait pu l'avertir que c'était une très, très mauvaise idée, que Mister As de Pique avait déjà sa matinée et demie dans les bottes, qu'ils avaient tous leur matinée et demie dans les bottes, mais il n'ouvrit pas la bouche. Lui et Hack étaient restés plantés sur place lorsque Malenfant, d'un coup de crosse, avait frappé la vieille femme au visage. Elle s'était effondrée sur le sol et avait arrêté de jacasser. Willie Shearman se trouvait à une vingtaine de mètres de là, Willie Shearman, le pote du même patelin que lui, l'un des catholiques dont lui et Bobby avaient eu tellement peur, mais on ne pouvait rien déchiffrer sur le visage de Willie. Willie Baseball, comme l'appelaient certains de ses hommes, et toujours avec affection.

« Alors, c'est quoi ton problème, Sully-John ? »

Sully quitta son hameau, dans la province de Dong Ha, et revint dans l'allée qui longeait le salon funéraire, à New York... mais lentement. Certains souvenirs étaient comme ces pots de colle dans lesquels s'empêtrent les personnages de dessins animés ; on y reste coincé. « Je crois que ça dépend. Quel problème ai-je dit que j'avais ?

— Tu as dit que tu avais eu les couilles arrachées quand ils nous sont tombés dessus, à la sortie du hameau. Et tu as dit que c'était parce que Dieu t'avait puni de ne pas avoir arrêté Malenfant avant qu'il ne devienne complètement dingo et ne se mette à massacrer cette vieille femme. »

Dingo, c'est rien de le dire – Malenfant, un pied de part et d'autre du corps de la vieille femme, enfonçant la baïonnette sans arrêter de jacasser un seul instant. Lorsque le sang s'était mis à couler, la tunique donna l'impression d'avoir subi une teinture psychédélique.

« J'ai un poil exagéré, répondit Sully, comme on a tendance à le faire avec un coup dans le nez. Une partie de mon vieux scrotum est encore en place et fait son boulot... et parfois la pompe fonctionne. Surtout avec le Viagra. Dieu bénisse cette merde.

— As-tu arrêté de boire, en plus d'arrêter de fumer ?

— Je prends une bière de temps en temps.

— Du Prozac ?

— Pas encore.

— Divorcé ? »

Sully acquiesça. « Et toi ?

— Deux fois. J'envisage de remettre ça, pourtant. Avec une certaine Mary Theresa Charlton, la douceur même. Jamais deux sans trois, c'est ma devise.

— Tu veux que je te dise un truc, mon vieux ? Nous venons de mettre au jour quelques-unes des conséquences les plus évidentes du Viêt-nam. » Il tendit l'index. « Un, les vétérans du Viêt-nam attrapent le cancer, en général du cerveau ou du poumon, mais d'autres organes aussi.

— Comme Pags. Lui, c'était le pancréas, non ?

— Exact.

— Tous ces cancers, c'est à cause de l'Agent Orange[1], observa Dieffenbaker. Personne ne peut le prouver mais nous, nous le savons. L'Agent Orange, le cadeau concédé à perpétuité. »

Sully tendit alors le majeur. Le *J'tenculaire*, comme l'aurait sans aucun doute appelé Ronnie Malenfant. « Deux, les vétérans du Viêt-nam sont déprimés, se soûlent dans les soirées, menacent de sauter depuis des monuments historiques. » Il tendit l'annulaire. « Trois, les vétérans du Viêt-nam ont de mauvaises dents. »

---

1. Défoliant très toxique massivement employé par l'Armée américaine au Viêt-nam (*N.d.T.*).

L'auriculaire. « Quatre, les vétérans du Viêt-nam divorcent. »

Sully avait marqué un temps d'arrêt à ce stade, entendant vaguement par une fenêtre entrouverte la musique d'orgue en boîte, et regardant ses quatre doigts levés ; seul le pouce était replié contre sa paume. Les anciens combattants se droguaient. Les anciens combattants étaient dans l'ensemble des emprunteurs à risque comme vous l'aurait dit n'importe quel directeur d'agence bancaire (c'est ce qu'un certain nombre d'entre eux avait confié à Sully pendant les années où il avait créé et agrandi son entreprise). Les anciens combattants abusaient de leurs cartes de crédit, se faisaient mettre à la porte des casinos, pleuraient en écoutant les chansons de George Strait et Patty Loveless, sortaient le couteau à la moindre dispute au cours d'une partie de dés dans les bars, achetaient à crédit des voitures gonflées qu'ils transformaient rapidement en épaves, battaient leur femme, battaient leurs mômes, battaient jusqu'à leurs cons de chiens et se coupaient probablement plus souvent, en se rasant, que les gens qui n'avaient jamais vu de près ou de loin la verdure, la brousse, la cambrousse — sinon dans des films comme *Apocalyse Now* ou cette connerie intitulée *Voyage au bout de l'enfer*.

« C'est pour quoi, le pouce ? demanda Dieffenbaker. Allez, Sully, je suis mort d'impatience. »

Sully continua de regarder son pouce replié. Puis leva les yeux sur Dieffenbaker, lequel portait à présent des lunettes à double foyer et trimbalait une solide bedaine (que les vétérans du Viêt-nam appelaient en général « la cambuse à Bud[1] »), mais qui dissimulait peut-être encore un jeune homme efflanqué au teint cireux tout au fond de lui. Il revint ensuite sur son pouce et le redressa comme s'il voulait faire du stop.

« Les anciens combattants du Viêt-nam ont tous un Zippo... du moins jusqu'à ce qu'ils arrêtent de fumer.

---

1. Pour Budweiser, marque de bière (*N.d.T.*).

— Ou jusqu'à ce qu'ils attrapent le cancer, ajouta Dieffenbaker. Sur quoi, sans aucun doute, leurs femmes les arrachent à leurs mains affaiblies et tremblotantes.

— Sauf quand ils sont divorcés. »

Ils se mirent à rire tous les deux.

Oui, ils avaient passé un bon moment, dans l'allée du salon funéraire. Euh... *bon* est peut-être exagéré, mais en tout cas meilleur qu'à l'intérieur. La musique d'orgue était nulle, l'odeur poisseuse des fleurs pire encore. L'odeur des fleurs évoquait pour Sully le delta du Mékong. *Dans la campagne*, disaient à présent les gens, mais il ne se souvenait pas avoir entendu cette expression à l'époque.

« Si bien qu'en fin de compte, tu n'as pas complètement perdu tes couilles, observa Dieffenbaker.

— Eh non ! J'ai pas réussi à aller visiter le pays de Jack Barnes.

— De qui ?

— Oh, peu importe. »

Sully n'avait jamais beaucoup lu (son ami Bobby avait été le dévoreur de livres de leur petit groupe), mais le bibliothécaire du centre de rééducation lui avait proposé *Le soleil se lève aussi* ; il l'avait lu avec avidité, non pas une fois, mais trois. À l'époque, cela lui avait paru très important, aussi important que *Sa Majesté des Mouches* l'avait été pour Bobby, quand ils étaient gamins. À présent, Jack Barnes lui paraissait bien loin et se réduire à un personnage en toc avec de faux problèmes. Rien qu'un truc fabriqué de plus.

« Peu importe ?

— Oui. Je peux faire l'amour à une femme si j'en ai vraiment envie. Peux pas avoir de gosses, mais faire l'amour, si. Cela demande pas mal de préparatifs, cependant, et dans l'ensemble je trouve que le jeu n'en vaut pas la chandelle. »

Dieffenbaker resta quelques instants sans rien dire, étudiant ses mains. Quand il releva les yeux, Sully crut qu'il allait s'excuser, disant qu'il fallait qu'il y aille, puis qu'il irait adresser de brèves condoléances à la veuve avant de retourner au front (Sully avait cru comprendre que, dans le cas du nouveau lieutenant, la guerre de ces temps-ci consistait à vendre des ordinateurs contenant un truc magique appelé Pentium) — mais non. « Et la vieille femme ? demanda-t-il. Est-ce que tu la revois, ou bien est-elle partie ? »

Sully avait ressenti quelque chose comme de la répulsion tout au fond de son esprit. « Quelle vieille femme ? » Il ne se rappelait pas en avoir parlé à Dieffenbaker, ni à personne d'autre, mais il l'avait forcément fait. Et merde, il aurait pu raconter n'importe quoi pendant ces foutues réunions ; elles se réduisaient, dans son souvenir, à des trous noirs sentant la gnôle. Toutes.

« La vieille *mama-san*, précisa Dieffenbaker, sortant de nouveau son paquet de cigarettes. Celle que Malenfant a tuée. Tu as dit que tu la revoyais de temps en temps. *Il lui arrive de ne pas être habillée pareil, mais c'est toujours elle*, voilà ce que tu as dit. Tu la vois toujours ?

— Tu peux m'en donner une ? Je n'ai jamais fumé de Dunhill. »

Sur WKND, Donna Summer chantait les mésaventures d'une mauvaise fille, une très mauvaise fille, tu es une si méchante fille, bip-bip. Sully se tourna vers la vieille *mama-san*, de nouveau en pantalon vert et tunique orange. « On pouvait pas dire que Malenfant était particulièrement cinglé. Il ne l'était pas plus que les autres, de toute façon... sauf avec les cartes. Il était toujours à chercher trois poires pour jouer au chasse-cœurs avec lui, mais on ne peut pas parler de folie pour ça, si ? Il n'était pas plus cinglé que Pags avec ses harmonicas, et il l'était beaucoup moins que ceux qui passaient la nuit à sniffer de l'héroïne. Et Ronnie nous a aidés à tirer les types des hélicoptères. Il devait bien y avoir une douzaine de niakoués dans la jungle, peut-être même deux douzaines, qui nous tiraient dessus comme des malades ; ils ont eu le lieutenant Packer, et Malenfant l'a forcément vu se faire descendre, il était à côté de lui. Et pourtant, il n'a pas hésité un instant. » Pas plus que Fowler, Hack, Slocum, Peasley ou bien lui-même. Même une fois Packer descendu, ils avaient continué. C'étaient des gars courageux. Et si leur courage n'avait servi à rien, dans cette guerre imaginée par de vieux cons bouchés, cela signifiait-il que ce courage n'avait aucun sens ? Et dans ce même esprit, la cause de Carol Gerber était-elle mauvaise parce qu'une bombe avait explosé au mauvais moment ? Merde, des tas de bombes avaient explosé au mauvais moment au Viêt-nam. Qu'est-ce qu'avait été Ronnie Malenfant, quand on y songeait, sinon une bombe qui avait explosé au mauvais moment ?

La vieille *mama-san* continuait à le regarder — son vieux rancard aux cheveux blancs, assise dans le siège du passager, les mains croisées sur les genoux ; des mains jaunes croisées à l'endroit où l'ourlet de la tunique orange reposait sur le pantalon vert en synthétique.

« Cela faisait presque deux semaines qu'ils nous canardaient, reprit Sully. Depuis que nous avions quitté la vallée d'A Shau, en fait. On avait gagné, à Tam Boi, et quand on gagne, on est censé avancer, c'est du moins ce que j'avais toujours cru, mais en réalité nous avons battu en retraite. Merde, c'est tout juste si ce n'était pas une déroute, oui. Et si on s'est pris pour les vainqueurs, ça n'a pas duré longtemps. Nous n'avions aucun soutien, il fallait nous démerder tout seuls. Putain de vietnamisation ! Tu parles d'une plaisanterie ! »

Il garda le silence quelques instants, tourné vers la vieille *mama-san* qui le regardait calmement. Au-delà de l'habitacle, les véhicules immobilisés brillaient comme une fièvre. Un chauffeur de poids lourd s'impatienta et fit retentir la sirène qui lui servait d'avertisseur ; Sully sursauta comme s'il venait de s'assoupir.

« C'est à ce moment-là que j'ai retrouvé Willie Shearman, tu sais. Lorsqu'on a battu en retraite de la vallée d'A Shau. Sa tête me disait quelque chose et j'étais sûr de l'avoir déjà rencontré, mais j'étais incapable de dire où. Les gens changent fichtrement, entre quatorze et vingt-quatre ans. Puis un jour, lui et d'autres types de la compagnie Bravo étaient assis dans un coin à faire les cons, parlant de filles, et Willie a dit que la première fois qu'il avait embrassé une nana sur la bouche, c'était au bal de l'école Sainte-Thérèse-d'Ávila. Et je me suis dit : *Sainte merde, c'étaient les filles de St. Gabe !* Je me suis avancé et je lui ai balancé : "Hé, vous, les mecs de Steadfast, vous vous preniez peut-être pour les rois d'Asher Avenue, mais vous en preniez plein la gueule à chaque fois que vous veniez pour un match de football à Harwich High..." Hé, tu parles d'une vanne ! Cet enfoiré de Willie a bondi tellement vite sur ses pieds que j'ai cru qu'il allait détaler comme le Bonhomme en Pain d'Épices. On aurait dit qu'il avait vu un fantôme, un truc comme ça. Puis il s'est mis à rire et a tendu la main ; il portait encore la chevalière de St. Gabe ! Et tu sais ce que ça prouve, tout ça ? »

La vieille *mama-san* ne répondit rien, elle ne répondait jamais rien, mais Sully voyait dans ses yeux qu'elle savait ce que tout cela prouvait : que les gens étaient marrants, que les enfants disaient les choses les plus cocasses, que les gagnants ne renoncent jamais et que ceux qui renoncent ne gagnent jamais. Et au fait, que Dieu bénisse l'Amérique.

« Bref, ils nous ont coursés pendant toute la semaine, et il a commencé à devenir évident qu'ils nous coinçaient de plus en plus, qu'ils nous prenaient en tenaille... nos pertes ne cessaient de s'élever et on n'arrivait pas à dormir à cause des fusées éclairantes, des hélicoptères, des hurlements qu'ils poussaient dans la nuit, du fond de la jungle. Après quoi, ils vous tombaient dessus, à vingt ou à trente... ils frappaient et se retiraient, frappaient et se retiraient, comme ça... et il y avait ce truc qu'ils faisaient... »

Sully se passa la langue sur les lèvres, conscient que sa bouche était devenue sèche. Il regrettait à présent d'être venu aux funérailles de Pags. Pags avait été un bon gars, certes, mais pas assez bon pour justifier le retour de tels souvenirs.

« Ils disposaient sept ou huit mortiers dans la jungle... sur l'un de nos flancs... et derrière chacun des mortiers, ils alignaient huit ou neuf types, tous avec un obus. Les petits mecs en pyjama noir, en rang d'oignons comme les gosses qui attendent à la récré pour boire à la fontaine. Et quand l'ordre était donné, les types laissaient tomber l'obus dans le tube, chacun leur tour, et fonçaient en avant, aussi vite qu'ils pouvaient. De cette façon, ils ouvraient le feu sur l'ennemi – c'est-à-dire sur nous – à peu près au moment où leurs obus nous tombaient dessus. Ça m'a toujours rappelé un truc que nous avait dit le vieux bonhomme qui habitait dans la même maison que Bobby Garfield, un jour où on jouait au ballon sur la pelouse. C'était à propos d'un ancien joueur des Dodgers. D'après Ted, le type aurait couru tellement vite qu'il aurait été capable de rattraper la balle qu'il venait de lancer lui-même, pourvu qu'elle soit suffisamment courbe. C'était, comment dire ?... foutrement énervant. »

Oui. À la façon dont il était énervé en ce moment-même, en boule comme un gosse qui a commis l'erreur de se raconter une histoire de fantômes en pleine nuit.

« Le déluge qu'ils ont fait pleuvoir sur la clairière où s'étaient crashés les hélicoptères était plus ou moins du même style, crois-moi. » Ce n'était pas tout à fait vrai, en fait. Les Viêts avaient ralenti leurs attaques ce matin-là ; ils avaient commencé par tourner le bouton du volume à fond, comme aurait dit Mims, avant de le baisser. Autrement dit, le mitraillage dans le secteur des hélicoptères abattus avait plus tenu de la petite pluie fine que de l'averse tropicale.

Des cigarettes étaient rangées dans la boîte à gants

de la Caprice, un vieux paquet de Winston que Sully gardait pour les cas d'urgence et qu'il faisait passer d'une voiture à l'autre, chaque fois qu'il en changeait. La sèche qu'il avait soutirée à Dieffenbaker avait réveillé le tigre et il tendit le bras, passant devant la vieille *mama-san*, ouvrit la boîte à gants, fouilla au milieu des paperasses et trouva le paquet. La fumée aurait un goût de moisi et lui brûlerait la gorge, mais peu importait. C'était plus ou moins ce qu'il voulait.

« Deux semaines à se faire canarder et à tirer, reprit-il, enfonçant l'allume-cigare. À mijoter dans cet enfer, et pas la peine de chercher où étaient ces putains d'ARVN[1], mon chou, on aurait dit qu'ils avaient toujours mieux à faire. Les putes, les gueuletons et les tournois de bowling, comme disait Malenfant. On continuait d'avoir des pertes, la couverture aérienne n'était jamais là quand on en aurait eu besoin, personne n'arrivait à dormir, et on avait l'impression que plus on se retrouvait avec les types d'A Shau, plus notre situation empirait. Je me souviens d'un des hommes de Willie, un certain Haver ou Haber, un truc comme ça, qui a pris une balle en pleine tête. En plein dans sa putain de tête, et il s'était retrouvé allongé sur le chemin, les yeux ouverts, essayant de parler. Le sang coulait par le trou qu'il avait là (Sully se tapota le crâne, juste au-dessus de l'oreille), et on n'arrivait pas à croire qu'il était encore vivant, encore moins qu'il essayait de parler. Après quoi, il y a eu le coup des hélicos... on aurait presque cru un truc dans un film, avec toute cette fumée, ces cris, et le bruit des pales, *bup-bup-bup-bup*. Pour nous, ç'a été ce qui a tout déclenché. Tu sais, pour ton hameau. On a déboulé là-dedans et bon sang... il y avait cette chaise toute seule au milieu de la rue, genre chaise de cuisine avec son siège rouge et ses pieds chromés pointant vers le ciel. Un trou merdique, ce hameau, pas digne qu'on y vive, encore moins qu'on meure pour. Vos mecs, les

---

1. Troupes auxiliaires composées de Sud-Vietnamiens (*N.d.T.*).

ARVN... ils ne tenaient pas à mourir pour des bleds pareils, pas vrai ? Alors nous ?... Ça puait, ça puait la merde – tous ces patelins puaient. C'était l'impression qu'on avait. Mais ce n'était pas tellement l'odeur qui me gênait, au fond. Je crois que c'est surtout la foutue chaise qui m'a tapé sur les nerfs. Cette chaise disait tout. »

Sully retira l'allume-cigare, appliqua la résistance rouge cerise contre le bout de sa cigarette, puis se souvint qu'il était dans une voiture de démonstration. Il pouvait fumer dans une démo – hé, elle venait de son garage – mais si jamais l'un de ses vendeurs reniflait l'odeur et en concluait que le patron se permettait ce qui aurait valu la porte à n'importe lequel de ses employés, ça ferait mauvais genre. Faut éviter de fonctionner en disant faites ce que je dis et pas ce que fais... du moins si on tient à obtenir un minimum de respect.

« *Excusez-moi** », dit-il à la vieille *mama-san*. Il descendit de la voiture, dont le moteur ronronnait encore, alluma la cigarette et se pencha par la vitre ouverte pour remettre l'allume-cigare en place, sur le tableau de bord. Il faisait chaud et les moteurs qui tournaient au ralenti sur quatre voies rendaient l'atmosphère encore plus étouffante. Sully sentait l'impatience monter autour de lui, mais il n'entendait qu'une seule radio, la sienne ; tous les autres avaient les vitres remontées, étaient bien enfermés dans leur cocon climatisé, écoutant des dizaines de musiques différentes, de Liz Phair à William Ackerman. Il se dit que s'il y avait des vétérans coincés dans l'embouteillage qui n'écoutaient ni les Allman Brothers sur un CD ou Big Brother and the Holding Company sur une cassette, ils devaient être branchés sur WKND, la station sur laquelle le passé n'était jamais mort et où l'avenir n'arrivait jamais. *Toot-toot, bip-bip.*

Sully se coula jusqu'à l'avant de la Caprice et se mit sur la pointe des pieds, s'abritant les yeux de la main pour se protéger des reflets aveuglants de chrome et comprendre quel était le problème. Bien entendu, il ne put rien voir.

Des putes, des gueuletons et des tournois de bowling, pensa-t-il, la réflexion lui venait à l'esprit avec le timbre strident de Malenfant. Cette voix de cauchemar sous la voûte bleue, au milieu de tout ce vert. *Allez, les gars, qui c'est qu'a la Douche ? J'en suis de quatre-vingt-dix points et d'une dose d'amphét, on n'a pas le temps, que la putain de fête commence !*

Il tira une profonde bouffée sur la Winston et se mit à tousser, recrachant une fumée brûlante et infecte. Des points noirs se mirent soudain à danser devant ses yeux, dans la lumière aveuglante de l'après-midi, et il regarda la cigarette, entre ses doigts, avec une expression d'horreur qui était presque comique. Qu'est-ce qu'il fabriquait, à remettre ça avec cette merde ? Il était cinglé, ou quoi ? Bon, oui, d'accord, il était cinglé, faut être cinglé pour voir une vieille femme morte dans le siège du passager, à côté de soi, mais ce n'était pas une raison pour repiquer au truc avec cette merde. La cigarette, c'était de l'Agent Orange qu'en plus on payait. Il jeta la Winston. Sage décision, se dit-il, mais qui ne ralentit pas les battements de son cœur ni n'atténua la sensation (dont il ne se souvenait que trop bien, après toutes les patrouilles auxquelles il avait participé) que l'intérieur de sa bouche se desséchait et se contractait, se plissait et se craquelait comme de la peau brûlée. Certaines personnes avaient peur de la foule, faisaient ce qu'on appelle de l'agoraphobie ; mais les seules fois où Sully ressentait cette impression insupportable de *trop de monde* étaient dans des moments comme celui-ci. Il n'avait pas de problème dans les ascenseurs, dans les halls où se pressait la foule pendant un entracte, ni sur les quais de gare à l'heure de pointe, mais quand il se retrouvait paralysé au milieu de la circulation, il devenait maboul. Après tout, mon coco, on ne pouvait aller nulle part, se réfugier nulle part.

D'autres personnes, peu nombreuses, étaient comme

lui sorties de leur radeau de survie climatisé. Une femme en tailleur d'affaires strict, de couleur brune, se tenait à côté d'une BMW d'un brun strict. Elle portait un bracelet d'or, des boucles d'oreilles d'argent (vrai résumé de la lumière de l'été) et paraissait sur le point de piétiner d'impatience, sur ses talons hauts en chevreau. Elle croisa le regard de Sully, leva les yeux au ciel comme pour dire : *C'est toujours pareil*, et jeta un coup d'œil à sa montre-bracelet (également en or, également étincelante). Un homme qui chevauchait une Yamaha verte trafiquée coupa les rugissements de bête furieuse de son moteur, béquilla l'engin et retira son casque, qu'il posa sur le macadam taché d'huile, à hauteur de son repose-pied. Il portait un short noir et un t-shirt sans manches sur lequel était écrit PROPERTY OF THE NEW YORK KNICKS. Sully estima que ce gentleman perdrait probablement quelque chose comme soixante-dix pour cent de sa surface cutanée, si jamais il prenait un gadin à une vitesse supérieure à dix kilomètres à l'heure sur son bolide, habillé de cette façon.

« Quelle merde, dit le type à la bécane. Encore un accident, je parie. J'espère qu'il y a rien de radioactif. » Sur quoi il rit, pour montrer qu'il ne faisait que plaisanter.

Un peu plus loin devant, sur la voie la plus à gauche (autrement dit celle qui aurait été la plus rapide, si la circulation n'avait pas été paralysée), une femme en tennis blanches se tenait à côté d'une Toyota ; la voiture avait un autocollant contre le nucléaire d'un côté de la plaque minéralogique (NO NUKES), et un de tendance féministe (LES PANTOUFLARDS : L'AUTRE VIANDE AVARIÉE) de l'autre côté. Sa jupe était ultracourte, elle avait des cuisses très longues et bronzées, et lorsqu'elle repoussa ses lunettes noires pour les coincer dans ses cheveux striés de mèches blondes, Sully put voir ses yeux. Grands, bleus – et quelque peu inquiets. Une expression qui donnait envie de lui caresser la joue (ou peut-être de la serrer fraternellement d'un bras contre soi) et de lui dire de ne pas s'en faire, que tout allait s'arranger. C'était une expression dont Sully se souvenait bien. Celle qui lui avait mis le cœur à l'envers. C'était Carol Gerber, à côté de la Toyota, Carol Gerber en chaussures et en jupe de tennis. Il ne l'avait plus revue depuis cette soirée, à la fin de 1966, quand il était allé chez elle pour regarder la télé (en compagnie de maman Gerber, qui dégageait une puissante odeur de vin). Ils avaient fini par se disputer à propos de la guerre et il était parti. *Je reviendrai la voir quand je serai sûr de pouvoir garder mon calme*, se souvenait-il avoir pensé tandis qu'il roulait dans sa vieille Chevrolet — déjà fidèle à la marque. Mais il ne l'avait jamais fait. À la fin de 66, elle était déjà jusqu'au cou dans ces conneries pacifistes, elle avait au moins appris ça pendant le semestre qu'elle avait passé à l'université, et le seul fait de penser à elle suffisait à le rendre furieux. Une stupide petite conne avec un pois chiche dans la tête, voilà ce qu'elle était, elle avait avalé toute cette propagande communiste contre la guerre, hameçon, ligne et plomb compris. Et, bien entendu, elle s'était affiliée à ce groupe de barjots, ce EMP, et avait complètement dérapé.

« Carol ! » s'écria-t-il en s'élançant vers elle. Il passa devant la bécane vert morve, coupa en se glissant entre les pare-chocs arrière d'un van et ceux avant d'une berline, la perdant un instant de vue pendant qu'il remontait précipitamment le flanc d'un poids lourd géant qui grondait à voix basse. Puis elle réapparut. « Carol ! hé, Carol ! » Cependant, lorsqu'elle se tourna vers lui, il se demanda ce qui lui prenait, quelle mouche l'avait piqué. Si Carol était encore vivante, elle avait atteint la cinquantaine, tout comme lui. Or cette femme paraissait avoir tout au plus trente-cinq ans.

Il s'arrêta, encore à une voie de distance de la femme. Autour de lui, c'était une mer de véhicules dont les moteurs tournaient au ralenti. Et il y avait un curieux son hennissant dans l'air, qu'il prit tout d'abord pour le vent, mais il faisait chaud et il n'y avait pas un souffle d'air.

« Carol ? Carol Gerber ? »

Le hennissement devint plus présent, un bruit lui rappelant celui qu'on produit en faisant passer rapidement la langue entre ses lèvres, la bouche en cul-de-poule ; un bruit lui rappelant des hélicoptères à cinq *klicks* de là. Il leva les yeux et vit un abat-jour qui dégringolait du ciel bleu brumeux, directement sur lui. Il recula d'un bond, dans un réflexe de surprise, mais il avait pratiqué des sports pendant toutes ses études et, alors même qu'il écartait sa tête, il tendit la main. Il rattrapa l'abat-jour avec beaucoup d'habileté. Dessus, était peint un bateau à aubes descendant un fleuve sur un fond de coucher de soleil aux tons cuivrés. ÇA BOUME POUR NOUS DANS LE MISSISSIPPI, lisait-on au-dessus du bateau, en lettres plus ou moins gothiques. En dessous, dans le même genre de caractères, il y avait : ET CHEZ VOUS ?

Mais bon Dieu, d'où sort ce machin ? pensa-t-il. C'est alors que la femme qui ressemblait à une version définitivement adulte de Carol se mit à hurler. Elle commença à lever les mains, comme si elle s'apprêtait à réajuster ses lunettes, interrompit son mouvement à hauteur des épaules et se mit à les agiter – on aurait cru un chef d'orchestre affolé. L'air qu'avait eu la vieille *mama-san* lorsqu'elle était sortie en courant de sa foutue cabane merdique pour se jeter dans la foutue rue merdique de ce foutu hameau merdique, dans la province de Dong Ha. Du sang se mit à éclabousser les épaules de la femme en tenue de tennis, tout d'abord de quelques gouttelettes. Puis ce fut l'inondation, le sang se mit à dégouliner le long de ses bras bronzés et à tomber au sol depuis ses coudes.

« Carol ? » demanda stupidement Sully. Il se tenait entre un pick-up Dodge et un semi-remorque Mack, dans son costume bleu nuit, celui qu'il mettait pour aller aux enterrements, avec à la main un abat-jour souvenir du Mississippi et regardant une femme qui avait quelque chose qui lui dépassait du crâne. Elle avança d'un pas titubant, son œil bleu écarquillé, les mains toujours en l'air, et Sully se rendit compte que c'était un téléphone portable. Reconnaissable à son antenne, qui se balançait à chacun de ses pas. Un téléphone portable était tombé du ciel, avait dégringolé d'il ne savait combien de milliers de mètres, et elle l'avait maintenant fiché dans le crâne.

Elle fit encore un pas, heurta le capot d'une Buick vert foncé et commença à s'enfoncer doucement derrière, trahie par ses jambes. Un sous-marin en plongée, telle fut l'image qui vint à l'esprit de Sully, sauf qu'au lieu d'un périscope, tout ce qui resterait de visible, lorsqu'elle serait passée au-dessous du capot, serait l'antenne tronquée du téléphone portable.

« Carol ? » murmura-t-il. Mais ce ne pouvait pas être elle ; impossible qu'une femme qu'il avait connue fillette, avec laquelle il avait couché, soit destinée à mourir des blessures infligées par un téléphone tombant du ciel. Impossible.

Les gens commençaient à crier, à appeler, à hurler. Surtout des questions, semblait-il. Les avertisseurs se déchaînaient. Les moteurs s'emballaient comme si les véhicules avaient pu aller quelque part. À côté de Sully, le chauffeur du gros semi-remorque faisait ronfler son diesel à grands coups d'accélérateur rythmés. L'alarme d'une automobile se mit à ululer. Quelqu'un hurla, de douleur ou de surprise.

Une main blanche, tremblante, s'agrippa au capot de la Buick verte. Un bracelet de tennis entourait le poignet. Lentement, bracelet et main glissèrent hors de vue. Les doigts de la femme qui avait ressemblé à Carol étreignirent un instant un relief du capot, puis disparurent. Quelque chose d'autre tomba du ciel en sifflant.

« Couchez-vous ! hurla Sully. Bon Dieu, couchez-vous ! »

Le sifflement devint suraigu et fort au point de faire mal aux oreilles, puis s'arrêta lorsque l'objet heurta le capot de la Buick, l'enfonçant comme d'un coup de poing. La tôle se détacha juste en dessous du parebrise. La chose qui dépassait du capot éventré semblait bien être un four à micro-ondes.

Des bruits de chute lui parvenaient de partout, à présent. Il avait l'impression d'être pris dans un tremblement de terre qui aurait eu lieu au-dessus du sol et non en dessous. Une averse inoffensive de revues passa près de lui – *Seventeen*, *GQ*, *Rolling Stone*, *Stereo Review*. On aurait dit, à voir les pages voleter frénétiquement, des oiseaux venant de se faire plomber. À sa droite, une chaise de bureau tomba de nulle part, tournoyant sur son pied à roulettes. Elle heurta le toit d'une Ford familiale dont le pare-brise explosa en milliers de fragments laiteux. La chaise rebondit et vint se renverser sur le capot de la voiture, où elle s'immobilisa. Un peu plus loin, une télé portable, un panier à linge en plastique, une base en caoutchouc et ce qui donnait l'impression d'être un assortiment d'appareils photo dont les sangles s'étaient emmêlées, dégringolèrent dans la voie lente et la voie d'arrêt d'urgence. La base de caoutchouc fut suivie de ce qui semblait être une batte de base-ball (une Louisville Slugger, exactement). Une machine à pop-corn de taille professionnelle explosa en éclats brillants lorsqu'elle heurta le macadam.

Le type au T-shirt des Knicks, celui qui chevauchait la moto vert morve, en avait assez vu. Il se mit à courir entre les véhicules bloqués dans la troisième voie et ceux bloqués dans la quatrième, se déhanchant comme un skieur de slalom pour éviter les rétroviseurs extérieurs, une main sur la tête – croyant sans doute qu'il traversait la rue pendant une averse de printemps. Sully, qui agrippait toujours son abat-jour, se dit que le motard aurait été mieux inspiré s'il avait récupéré et enfilé son casque avant de foncer comme un dératé ; mais évidemment, quand un vide-grenier commence à vous dégringoler dessus, on a tendance à oublier certains détails et en particulier, bien souvent, ceux qui seraient vitaux pour vous.

Quelque chose d'autre dégringolait, à présent, quelque chose de gros qui allait tomber tout près, de plus gros que le four à micro-ondes qui avait démoli le capot de la Buick, en tout cas. Cette fois-ci, le bruit n'était plus un sifflement, comme celui d'une bombe ou d'un obus de mortier, mais le vacarme d'un avion ou d'un hélicoptère, sinon d'une maison, déboulant du ciel. Au Viêt-nam, Sully avait été dans les parages lorsque tous ces trucs étaient tombés du ciel (bon, d'accord, la maison avait été en morceaux) mais le son produit ici était différent d'une manière fondamentale : il était aussi musical, comme celui de la harpe éolienne la plus grande du monde.

C'était un piano à queue blanc avec un filet d'or, le genre de piano devant lequel on s'attend à voir une femme longiligne et hautaine en robe noire jouer du bout des doigts *Night and Day* — dans le vacarme du trafic, dans le silence de ma chambre solitaire, *toot-toot, bip-bip*. Un piano à queue blanc tombait du ciel du Connecticut, tournant sur lui-même, projetant une ombre de méduse sur les automobiles paralysées, émettant un vent musical de toutes ses cordes que faisait vibrer l'air qui traversait son coffre ouvert ; ses touches ondulaient comme sur un piano mécanique, le soleil brumeux jetait des reflets sur les pédales.

Il tombait en décrivant des cercles paresseux, et le bruit de plus en plus opulent de sa chute était comme une vibration sans fin dans un tunnel de tôle. Il fonçait vers Sully, son ombre mouvante commençant à se préciser et à se réduire, et le visage levé du concessionnaire Chevrolet paraissait être sa cible.

« Attention ! hurla-t-il, se mettant à courir. ATTEN-TION ! »

Le piano poursuivit sa chute vers l'autoroute, fidèlement suivi par son tabouret, blanc lui aussi, et derrière le tabouret s'allongeait une queue de comète faite de feuillets de partitions, de 45-tours avec leur gros trou au milieu, de petits appareils, d'un manteau jaune aux bras agités faisant penser à un cache-poussière, d'un pneu Goodyear Wide Oval, d'un gril de barbecue, d'une girouette, d'un classeur et d'une tasse à thé avec WORLD'S GREATEST GRANDMA imprimé dessus.

« Je peux en avoir une ? » avait demandé Sully à Dieffenbaker, dans l'allée voisine du salon funéraire où Pags reposait dans sa boîte tapissée de soie. « Je n'ai jamais fumé de Dunhill.

— Tout ce que tu veux, si ça te fait plaisir. »

Dieffenbaker paraissait amusé, comme s'il n'avait jamais été terrifié à mort de toute sa vie.

Sully se souvenait encore de lui au milieu de la rue, à côté de la chaise de cuisine les pieds en l'air : de sa pâleur, de ses lèvres qui tremblaient, de ses vêtements qui sentaient encore la fumée et le kérosène. Dieffenbaker regardant Malenfant, la vieille femme et les autres, tous les *plombs-pétés* qui commençaient à canarder les huttes pour couvrir les cris du gosse que Mims avait touché ; il se souvenait de Deef cherchant le lieutenant Shearman des yeux, mais il n'avait aucune aide à attendre de ce côté-là. Pas plus qu'il n'en avait à attendre de Sully lui-même, d'ailleurs. Il se souvenait aussi de la manière dont Slocum avait regardé Deef, Deef le lieutenant, maintenant que Packer était mort. Et finalement, Deef avait regardé Slocum. Sly Slocum n'était pas officier, pas même un de ces généraux en chambre grande gueule qui contestent toutes les décisions, et il ne le serait jamais. Slocum n'était rien de plus qu'un soldat de deuxième classe, à la rigueur de première classe, qui était convaincu qu'un groupe ayant le son de Rare Earth ne pouvait être que noir. Un simple troufion, en d'autres termes, mais un troufion prêt à faire ce qu'aucun des autres n'était prêt à faire. Sans quitter un instant des yeux le visage affolé du nouveau lieutenant, il avait eu un léger mouvement de la tête en direction de Malenfant, Clemson, Peasley, Mims et le reste de la bande, les justiciers auto-proclamés dont Sully avait oublié les noms. Puis Slocum avait de nouveau regardé Dieffenbaker bien en face. Sept ou huit hommes, tout au plus, étaient devenus *locos*, sept ou huit hommes qui trottinaient dans la boue de ce hameau minable, poussant des cris de supporters de football, hurlant les cadences des entraînements de base, le refrain de *Hang On Sloopy*, des conneries dans ce genre ; et Slocum disait avec ses yeux, *Hé, qu'est-ce que vous voulez ? C'est vous le patron, à présent. Qu'est-ce que vous voulez ?*

Et Dieffenbaker avait répondu d'un signe de tête.

Sully se demandait s'il aurait pu le faire lui-même. Il pensait que non. Il pensait que s'il s'était trouvé à la place de Dieffenbaker, Clemson, Malenfant et toute cette bande de barjots auraient poursuivi le massacre jusqu'à épuisement de leurs munitions. C'était plus ou moins ce qu'avaient fait les hommes aux ordres de Calley et Medina, non [1] ? Mais Dieffenbaker n'était pas William Calley, il fallait lui rendre cette justice. Dieffenbaker avait eu ce petit hochement de tête. Slocum avait répondu de même, épaulé et fait sauter la tête de Ralph Clemson.

À l'époque, Sully avait cru que Slocum avait choisi Clemson parce qu'il connaissait trop bien Malenfant, parce qu'ils avaient trop souvent fumé ensemble de l'herbe à grimper aux rideaux, et que Slocum avait la réputation de ne pas détester faire quelques parties de chasse à la Gueuse avec les autres joueurs de chasse-cœurs, pendant les repos. Mais là, tandis qu'il roulait entre ses doigts la cigarette que venait de lui donner Dieffenbaker, il lui était venu à l'esprit que Slocum se foutait pas mal de Malenfant et de son herbe à grimper aux rideaux ; se foutait pas mal aussi du jeu de cartes préféré de Malenfant. Ce n'était pas le *bhang* et les jeux de cartes qui manquaient au Viêt-nam. Slocum avait choisi Clemson parce que s'il avait tiré sur Malenfant, ça n'aurait pas marché. Malenfant, hurlant

---

1. Allusion à l'affaire de My Lay, voir note page 584 (*N.d.T.*).

toutes ses conneries sur les têtes qu'il allait enfiler au bout de bâtons pour montrer aux Viêts ce qui arrivait aux gens qui faisaient les cons avec Delta l'Éclair, était trop en arrière pour attirer l'attention des types qui barbotaient dans la rue boueuse tout en tirant à tort et à travers. Sans compter que la vieille *mama-san* étant déjà morte, il pouvait bien la larder tant qu'il voulait de coups de baïonnette.

Deef était à présent Dieffenbaker, un vendeur d'ordinateurs qui avait cessé de se rendre aux réunions. Il donna du feu à Sully avec son Zippo, puis le regarda inhaler profondément – et se mettre à tousser.

« Ça fait un moment, hein ?

— Deux ans, à quelque chose près.

— Tu veux que je te dise ce qui flanque la frousse, là-dedans ? Tu peux pas savoir à quelle vitesse on repique au truc.

— Je t'ai donc parlé de la vieille femme, hein ?

— Ouais.

— Quand ?

— Il me semble que c'était à la dernière réunion où tu es venu... celle qui a eu lieu sur la côte du New Jersey, quand Durgin a arraché la blouse de la serveuse. Une scène ignoble, vieux.

— Ah bon ? Je ne m'en souviens pas.

— T'étais déjà trop bourré. »

Évidemment. À ce moment-là de la réunion c'était toujours la même chose. Et même, en y pensant bien, c'était tous les moments de toutes les réunions qui étaient la même chose. Il y avait toujours un disc-jockey qui partait avant l'heure, parce que quelqu'un voulait lui casser la figure sous prétexte qu'il ne faisait pas passer les bons disques ; jusqu'à l'incident, les haut-parleurs n'avaient cessé de diffuser à fond des airs comme *Bad Moon Rising*, *Light My Fire*, *Gimme Some Lovin* et *My Girl*, les bandes-son de tous ces films sur la guerre du Viêt-nam tournés aux Philippines. La vérité sur la musique était que la plupart des troufions dont Sully se souvenait se soûlaient des Carpenters et d'airs comme *Angel of the Morning*. C'étaient ces trucs-là, la véritable bande-son de la jungle, ces trucs-là qu'on entendait pendant que les types faisaient circuler les coupe-faim, les photos de leur petite amie et des joints, devenant tout chose et larmoyants à l'écoute de *One Tin Soldier*, plus connu dans la brousse comme le thème de *Fuckin Billy Jack*. Sully ne se rappelait pas avoir entendu une seule fois les Doors au Viêt-nam ; c'étaient toujours les Strawberry Alarm Clock jouant *Incense and Peppermints*. D'une certaine manière, il avait compris que la guerre était perdue la première fois qu'il avait entendu cette innommable connerie sur le juke-box de l'intendance.

Les réunions commençaient avec de la musique et dans l'odeur des barbecues (une odeur qui rappelait toujours vaguement à Sully celle du carburant d'hélicoptère en feu), avec aussi des canettes de bière à rafraîchir dans des seaux remplis de glace pilée ; et cette partie-là de la soirée était toujours correcte, elle était même assez bien. Puis c'était tout d'un coup le lendemain matin, la lumière vous brûlait les yeux, on avait la tête comme une citrouille et l'estomac plein d'acide sulfurique. L'un de ces lendemains matins, Sully s'était vaguement et honteusement souvenu d'avoir obligé le DJ à faire passer *Oh Carol !* il ne savait combien de fois à la suite, sous peine de le tuer s'il arrêtait. Une autre fois, il s'était réveillé à côté de l'ex-femme de Frank Peasley. Elle ronflait, le nez cassé. Son oreiller était couvert de sang, ses joues aussi, et Sully ne se souvenait absolument pas si c'était lui qui avait été l'auteur du coup de poing, ou ce connard de Peasley lui-même. Sully aurait bien aimé que ce soit Peasley, mais il savait qu'il aurait pu l'être ; parfois, en particulier pendant cette époque d'avant le Viagra, quand il échouait à peu près une fois sur deux dans ses tentatives de relation sexuelle, il devenait furieux. Fort heureusement, quand la dame se réveillait, elle non plus ne se souvenait de rien. L'une d'elles s'était toutefois rappelé de quoi il avait eu l'air sans son caleçon. « Comment se fait-il que tu n'en aies qu'une ?

— J'ai encore de la chance qu'il me reste celle-là. »

C'était ce qu'il avait répondu, le crâne martelé par une migraine de la taille du monde.

« Et qu'est-ce que j'ai raconté, à propos de la vieille femme ? » avait-il voulu savoir, tandis qu'ils fumaient tous les deux dans l'allée, à côté du salon funéraire.

Dieffenbaker haussa les épaules. « Simplement qu'il t'arrivait de la voir. Qu'elle avait parfois des vêtements différents, mais que c'était toujours elle, la vieille *mama-san* que Malenfant avait massacrée. J'ai été obligé de te faire fermer ta gueule.

— Bordel, marmonna Sully, passant la main qui ne tenait pas la cigarette dans ses cheveux.

— Tu as aussi dit que les choses s'étaient améliorées une fois de retour sur la côte Est. Et au fond, qu'est-ce qu'il y a de si mal, à voir une vieille femme une fois de temps en temps ? Il y a bien des gens qui voient des soucoupes volantes.

— Oui, mais pas des gens qui doivent près d'un million de dollars à deux banques, objecta Sully. Si seulement ils savaient...

— Et puis quoi, s'ils savaient ? Je vais te dire. Rien du tout. Tant que tu continues à assurer tes échéances, Sully-John, tant que tombent tous les mois les sacro-saintes traites honorées, tout le monde se fout de ce que tu fais une fois la lumière éteinte... ou de ce que tu vois quand elle reste allumée, dans le cas présent. Ils se fichent pas mal que tu portes des sous-vêtements féminins, battes ta femme ou sautes ton Labrador. Sans compter que certains de ces types, dans tes banques, ont sûrement dû faire un tour dans la brousse eux aussi, tu crois pas ? »

Sully tira sur la Dunhill et regarda Dieffenbaker. Pour tout dire, il n'avait jamais envisagé les choses sous cet angle. Il avait affaire à deux banquiers qui avaient le bon âge, mais ils n'en parlaient jamais. Et lui non plus, évidemment. *La prochaine fois que je les verrai, je leur demanderai s'ils n'ont pas un Zippo. Faut se montrer subtil.*

« Qu'est-ce qui te fait sourire ? demanda Dieffenbaker.

— Rien. Et toi, Deef ? T'as ta vieille qui vient te rendre visite ? Je veux pas parler de ta petite amie, mais d'une vieille femme. Une vieille *mama-san*.

— Fais-moi plaisir, vieux, ne m'appelle plus Deef. Plus personne ne m'appelle comme ça, aujourd'hui. Et je n'ai jamais aimé.

— T'en as une ?

— C'est Ronnie Malenfant, ma *mama-san*. Parfois, je le vois. Pas de la manière dont tu vois la tienne, comme si elle était réellement présente, si j'ai bien compris, mais les souvenirs sont réels aussi, non ?

— Ouais. »

Dieffenbaker secoua lentement la tête. « Si les souvenirs étaient tout, encore. Si les souvenirs étaient tout... »

Sully garda le silence. Dans la chapelle, on jouait à présent quelque chose qui ne ressemblait pas à un hymne, mais à de la musique, tout simplement. Le truc qui accompagnait la sortie des officiants, sans doute. Manière musicale de dire à l'assistance d'aller se faire voir. Tire-toi, Toto, maman t'attend.

Dieffenbaker reprit la parole : « Il y a les souvenirs, et ce que tu vois réellement dans ta tête. Comme quand un très bon auteur te décrit une pièce et te donne l'impression de voir cette pièce. Je suis en train de tondre la pelouse, ou de siéger au conseil d'administration pour écouter un exposé de dossier, ou de lire une histoire à mon petit-fils avant de le mettre au lit, ou même en train de peloter Mary sur le canapé, et boum ! voilà cette enflure de Malenfant, avec sa bon Dieu de tronche bourrée d'acné et ses cheveux ondulés. Tu te souviens, comment il avait les cheveux ondulés ?

— Ouais.

— Ronnie Malenfant, toujours en train de jacasser avec ces j'tencule ceci, j'tencule cela... Des plaisanteries racistes comme s'il en pleuvait. Et son espèce de bourse... Tu te la rappelles aussi ?

— Bien sûr. Un petit sac de cuir qu'il portait à la ceinture. Pour les cartes. Toujours deux jeux. *Hé, les mecs, on va courir la Gueuse ! Un nickel le point ! Qui veut jouer ? Allez, rappliquez !*

— Ouais, tu t'en souviens. Un souvenir. Mais moi, *je le vois*, Sully, les boutons sur son menton compris. Je l'entends, je sens l'odeur de la putain d'herbe qu'il fumait... mais surtout, je le vois, je le vois l'assommer d'un coup de crosse, je la vois allongée dans la boue, brandissant toujours le poing vers lui tandis qu'il continuait à éructer...

— Arrête ça.

— ... et que je n'arrivais pas à croire à ce qui arrivait. Je crois que Malenfant lui-même n'y croyait pas, au début. Il a commencé par deux petits coups de baïonnette, c'est à peine s'il la piquait de la pointe, comme si toute cette affaire n'était qu'une blague... puis il l'a fait, il lui a enfoncé la baïonnette dans le corps. Ah, le con, Sully, vraiment, le con ! Elle s'est mise à hurler et à tressauter en tout sens, et lui, tu te rappelles, il se tenait les pieds écartés au-dessus d'elle, et toute la bande s'est mise à courir, Ralph Clemson, Mims, et je ne sais qui encore. J'avais toujours détesté ce sale enfoiré de Clemson, plus encore que Malenfant, parce qu'au moins Ronnie, lui, faisait pas ses coups en douce ; avec cette enflure, on savait où on en était. Tandis que Clemson était cinglé et fourbe. J'avais la trouille, Sully, j'avais une putain de trouille à en crever. Je savais que mon rôle était de mettre un terme à ça, mais j'avais peur qu'ils me flinguent si j'essayais, qu'ils me flinguent tous, que vous me flinguiez tous, parce qu'à ce moment précis il y avait vous d'un côté et moi tout seul de l'autre. Shearman... je n'ai rien contre lui, il est allé dans la clairière quand les hélicoptères se sont crashés, il y est allé comme s'il ne devait pas y avoir de lendemain, mais dans ce hameau... je l'ai regardé, et il n'a eu aucune réaction.

— Il m'a sauvé la vie un peu plus tard, quand nous

sommes tombés dans l'embuscade, dit calmement Sully.

— Je sais. Il t'a ramassé et t'a porté, comme ce putain de Superman. Ça allait, dans la clairière, et sur la piste il s'était repris, mais entre-temps, dans le hameau... rien. Dans le hameau, j'étais tout seul. À croire que j'étais l'unique adulte, sauf que je me sentais pas comme un adulte. »

Sully ne se fatigua pas à lui demander une deuxième fois de s'arrêter. Dieffenbaker avait bien l'intention de vider son sac. Il aurait fallu lui mettre au moins le poing dans la figure pour l'interrompre.

« Tu te rappelles comment elle a hurlé, cette vieille femme, quand il l'a embrochée ? Comment il la dominait de toute sa taille, n'arrêtant pas d'éructer, la traitant de conne, de niakouée, de chinetoque et de tout ce que tu voudras... Heureusement, il y a eu Slocum. Il m'a regardé, et ça m'a obligé à faire quelque chose... à ceci près que je lui ai seulement dit de tirer. »

Non, pensa Sully, *tu n'as même pas fait ça, Deef. Tu as simplement hoché la tête. Devant un tribunal, on ne se contente pas de ce genre de connerie ; on t'oblige à parler à voix haute. Tu es obligé de dire les choses, pour qu'elles soient dûment consignées dans le compte rendu.*

« Je crois que Slocum a sauvé nos âmes, ce jour-là, reprit Dieffenbaker. Tu savais qu'il s'était suicidé, n'est-ce pas ? Ouais. En 86.

— Je croyais que c'était un accident.

— Si foncer dans une pile de pont à cent vingt à l'heure par une soirée où la visibilité est excellente est un accident, alors c'était un accident.

— Et Malenfant, qu'est-ce qu'il est devenu ? Tu as une idée ?

— Eh bien, comme tu le sais, il n'est évidemment jamais venu aux réunions, mais il était vivant la dernière fois que j'ai entendu parler de lui. Andy Brannigan l'a rencontré, en Californie du Sud.

— Hérisson l'a vu ?

— Ouais, Hérisson. Tu ne devineras jamais où.

— Évidemment pas.

— Tu vas pas en croire tes oreilles, Sully-John, ça va te laisser sur le cul. Brannigan fait partie des Alcooliques Anonymes. C'est sa religion. Il prétend que ça lui a sauvé la vie, et ce n'est pas impossible. Il buvait plus qu'aucun de nous, peut-être même plus que nous tous réunis. Si bien qu'à présent, il est accro aux AA au lieu de la tequila. Il doit bien aller à douze réunions par semaine, il est GSR – ne me demande pas ce que c'est, un genre de poste politique dans le groupe – et il dirige un de leurs bureaux d'appels d'urgence. Et chaque année, il va à la convention nationale. Il y a quelque chose comme cinq ans, tous les ex-alcoolos se sont retrouvés à San Diego. Cinquante mille repentis debout dans le San Diego Convention Center chantant la *Prière de la sérénité*. T'imagines le tableau ?

— Plus ou moins.

— Ce con de Brannigan regarde à sa gauche, et qui est-ce qu'il voit ? Ronnie Malenfant. Il a du mal à y croire, mais c'est bien Malenfant. Après la grande assemblée, il le chope par une aile, et nos deux bonshommes sortent prendre un verre... Ça leur arrive aussi, aux alcooliques, j'imagine. Ils prennent de la limonade, des sodas, du Coca, des trucs comme ça. Et Malenfant raconte au Hérisson que cela fait presque deux ans qu'il n'a pas bu une goutte d'alcool, qu'il a trouvé une puissance plus grande qu'il a choisi d'appeler Dieu, qu'il a vécu une seconde naissance, que tout est cinq sur cinq, il vit la vie comme elle doit être vécue, il laisse faire les choses, il laisse faire Dieu – bref, tout le baratin que ces mecs-là se racontent. Et Brannigan ne peut pas se retenir. Il lui demande s'il a franchi la Cinquième Étape, celle qui consiste à confesser tout ce qu'on a fait de mal et à se tenir prêt à faire amende honorable. Et Malenfant n'a même pas un battement de paupières ; il lui répond qu'il a franchi la Cinquième il y a un an et que depuis il se sent beaucoup mieux.

— Sainte merde, dit Sully, surpris de l'ampleur de

sa colère. La vieille *mama-san* serait certainement contente de savoir que Ronnie a surmonté ça. Je le lui dirai, la prochaine fois que je la verrai. » Il ignorait que cette prochaine rencontre allait avoir lieu un peu plus tard, le jour même.

« Fais donc ça. »

Ils restèrent sur leur banc sans parler, pendant un moment. Puis Sully demanda une autre cigarette à Dieffenbaker, et Dieffenbaker la lui donna, ainsi que du feu avec son vieux Zippo. De l'angle du bâtiment leur parvenaient des bribes de conversation, des rires retenus. Les funérailles de Pags étaient terminées. Et quelque part en Californie, Ronnie Malenfant lisait son Grand Livre des AA et se mettait en contact avec ce légendaire pouvoir supérieur qu'il avait choisi d'appeler Dieu. Ronnie était peut-être aussi devenu un GSR, quelle que soit cette connerie. Sully regrettait que Malenfant ne soit pas mort. Sully aurait préféré que Malenfant aille crever dans un de ces trous à rats viêtcong, le nez rongé, dans l'odeur de la merde de rat, pris d'hémorragies internes, dégueulant des fragments de son propre estomac. Malenfant, avec son petit sac de cuir et ses cartes, Malenfant avec sa baïonnette, Malenfant avec ses pieds de part et d'autre de la vieille *mama-san* en pantalon vert et tunique orange et chaussures rouges.

« Et d'abord, qu'est-ce qu'on fabriquait au Viêtnam ? demanda-t-il. C'est pas que je veuille me mettre à philosopher, non, mais est-ce que tu t'es sérieusement interrogé là-dessus ?

— Qui a dit : *Celui qui n'apprend pas du passé est condamné à le répéter* ?

— Richard Dawson, le type qui fait l'émission "Conflits Familiaux".

— Va te faire foutre, Sullivan.

— Je ne sais pas qui l'a dit. C'est important ?

— Foutrement, oui, dit Dieffenbaker. Parce que nous n'en sommes jamais sortis. Jamais nous ne sommes sortis de la brousse. Notre génération y est morte.

— Ça fait un peu...

— Un peu quoi ? Un peu prétentieux ? Tu parles ! Un peu idiot ? Tu parles ! Un peu nombriliste ? Oui, m'sieur. Mais c'est nous, ça. C'est tout à fait nous. Qu'est-ce qu'on a fait depuis le Nam, Sully ? Ceux d'entre nous qui y sont allés, ceux qui ont défilé pour protester, et ceux qui se sont contentés de rester assis sur leur cul chez eux pour regarder le base-ball à la télé en buvant de la bière et en pétant dans les coussins du canapé ? »

La couleur revenait aux joues du nouveau lieutenant. Il avait la tête du type qui vient d'enfourcher son dada préféré et n'est plus capable que de partir au galop. Il leva les mains et se mit à redresser ses doigts l'un après l'autre, comme l'avait fait Sully quand il avait parlé de ce que leur avait laissé leur expérience au Viêt-nam.

« Eh bien, voyons un peu. Nous sommes la génération qui a inventé Super Mario Brothers, la télé par satellite, les systèmes de guidage pour missiles et le crack. Nous avons découvert Richard Simmons, Scott Peck, et *Martha Stewart Living*. Notre conception d'un grand changement dans la vie se résume à l'achat d'un clébard. Les filles qui ont brûlé leur soutien-gorge autrefois achètent maintenant de la lingerie en soie et les types qui baisaient témérairement pour la paix, les *faites l'amour pas la guerre*, sont maintenant des obèses qui restent tard le soir devant l'écran de leur ordinateur, et qui se tirent la tige en regardant des photos de gamines de dix-huit ans à poil sur Internet. C'est nous, tout ça, frangin, on aime bien mater. Films, jeux vidéo, retransmissions en direct de poursuites de bagnoles, bagarres dans les émissions, Mark McGwire, les combats de catch, les auditions en vue d'obtenir la déchéance de notre président, on s'en fiche, on aime simplement mater. Mais il y a eu une époque... ne rigole pas, vieux, il y a eu une époque où nous avions tout dans les mains. Vraiment. Tu savais pas ? »

Sully acquiesça, pensant à Carol. Non pas à la Carol

qui était assise entre lui et sa mère sentant le pinard, ni à celle qui faisait le signe de la victoire devant les objectifs, le visage dégoulinant de sang : celle-là, c'était trop tard, elle était trop folle, on le voyait à son sourire, on le lisait sur sa pancarte, dont la virulence interdisait toute discussion. Non, il pensait plutôt à la Carol du jour où sa mère les avait tous emmenés à Savin Rock. Son ami Bobby avait gagné de l'argent en jouant au bonneteau, ce jour-là, et sur la plage, Carol avait porté son maillot de bain bleu ; de temps en temps elle avait pour Bobby ce regard, celui qui disait qu'il la tuait et qu'il était doux de mourir. Ils avaient eu les choses en main, à ce moment-là ; il en était tout à fait persuadé. Mais les enfants perdent tout, les enfants ont les doigts qui glissent, des trous dans leurs poches – les enfants perdent tout.

« Nous avons rempli nos portefeuilles en jouant à la Bourse, nous sommes allés de salles de gym en séances de thérapie pour ne pas perdre le contact avec nous-mêmes. L'Amérique du Sud brûle, la Malaisie brûle, le putain de Viêt-nam brûle, mais nous avons tout de même fini par surmonter cette haine de soi, nous avons tout de même fini par être contents de nous, alors tout va bien. »

Sully pensa à Malenfant prenant contact avec lui-même, apprenant à aimer le Ronnie intérieur, et dut se retenir pour ne pas frissonner.

Tous les doigts de Dieffenbaker étaient maintenant redressés devant son visage ; on aurait dit Al Jolson sur le point d'entonner *Mammy*. Il parut s'en rendre compte en même temps que Sully et abaissa les mains. Il avait à présent l'air fatigué, désemparé et mal-heureux.

« Il y a des tas de gens de notre âge que j'aime bien, pris individuellement, reprit-il. Mais je n'ai que mépris et dégoût pour cette génération elle-même, Sully. L'oc-casion nous a été offerte de tout changer. Elle nous a été vraiment offerte. Au lieu de quoi, nous avons pré-féré les jeans haute couture, des billets pour aller écouter Mariah Carey, les points de réduction *passager régulier* pour prendre l'avion, le *Titanic* de James Cameron, et les comptes épargne-retraite. La seule génération qui se rapproche de la nôtre, pour ce qui est de ne rien se refuser, en termes d'égoïsme pur, est celle qu'on a appelée la génération perdue, la génération des années vingt ; mais au moins, eux avaient la décence de ne jamais dessoûler. Nous n'avons même pas été capables de faire cela. On est vraiment nuls, mon vieux. »

Le nouveau lieutenant en avait les larmes aux yeux. « Écoute, Deef...

— Tu sais ce que ça coûte, de vendre son avenir, Sully-John ? On ne peut jamais vraiment quitter son passé. On ne peut jamais le surmonter. Ma thèse, c'est que tu n'es nullement à New York. Tu es dans le Delta, appuyé à un arbre, *stoned* à mort et en train de te passer de l'antimoustique sur la nuque. Packer est encore le patron, vu que nous sommes en 1969. Tout ce que tu imagines comme étant ta vie "après" n'est qu'un vague truc informe et bouillonnant. Et c'est mieux comme ça. Le Viêt-nam est mieux. C'est pour cette raison que nous y sommes restés.

— Tu crois ?

— Absolument. »

Une femme aux cheveux noirs et aux yeux bruns, habillée en bleu et portant des talons hauts, vint jeter un coup d'œil à l'angle du bâtiment. « Ah, tu es là », dit-elle.

Dieffenbaker se leva quand elle se dirigea vers eux, d'une jolie démarche paisible. Sully se leva aussi.

« Mary, je te présente John Sullivan. Il a servi, avec moi et Pags. Sully, je te présente mon excellente amie Mary Theresa Charlton.

— Ravi de faire votre connaissance », dit Sully.

Elle avait la poignée de main ferme et assurée, de longs doigts frais, mais c'était Dieffenbaker qu'elle regardait. « Mrs Pagano voudrait te voir, chéri. Tu veux bien ?

— Bien sûr, répondit Dieffenbaker. » Il commença à s'éloigner, puis se retourna vers Sully. « Attends une minute, on ira prendre un verre. Je te promets de ne pas prêcher. »

Mais son regard se détourna quand il dit cela, comme s'il savait qu'il ne serait pas capable de tenir cette promesse.

« Merci, lieut', mais je dois vraiment rentrer. Je voudrais arriver avant les embouteillages. »

Il n'avait pas réussi à arriver avant les embouteillages, en fin de compte, et maintenant un piano lui tombait dessus, brillant dans le soleil et bourdonnant de toutes ses cordes. Sully se jeta à plat ventre et roula sous une voiture. L'instrument de musique s'écrasa à moins de deux mètres de lui avec le bruit d'une détonation, projetant des rangées de touches comme des dents.

Il se brûla le dos contre le pot d'échappement, en ressortant de son abri, et se remit sur pied, légèrement titubant. Il regarda le long de l'autoroute en direction du nord, les yeux écarquillés, incrédule. C'était un vide-grenier à l'échelle d'une ville qui dégringolait du ciel : des magnétophones, des tapis, une tondeuse à gazon dont la lame prise dans un magma d'herbes hachées tournoyait dans son carter, un taille-haie noir, un aquarium dans lequel nageait encore un poisson. Il vit un vieil homme à la tignasse grisonnante théâtrale qui, alors qu'il courait sur la bande d'arrêt d'urgence, fut atteint par une volée de marches ; l'escalier volant lui arracha le bras gauche et le mit à genoux. Il y avait des horloges, des bureaux, des tables basses et une cabine d'ascenseur dont le câble se déroulait comme un cordon ombilical graisseux que l'on viendrait de trancher. Une bourrasque de livres de comptes s'abattit dans le parking d'un site industriel proche ; les reliures rigides claquaient comme des applaudissements. Un manteau de fourrure tomba sur une femme qui fuyait, l'emprisonnant, mais elle n'eut pas le temps de se dégager : un canapé vint l'écraser. Le ciel se remplit d'une tempête de lumières, celle des éclats lancés par des vitrages de serre. La statue d'un soldat de la guerre de Sécession vint défoncer la remorque d'un camion. Tourbillonnant comme une hélice, une planche à repasser heurta la rambarde d'une passerelle, au-dessus de l'autoroute, avant de tomber sur la circulation paralysée. Un lion empaillé atterrit sur la plate-forme d'un pick-up. Des gens couraient en tout sens, poussant des hurlements. Il n'y avait plus que des voitures au toit défoncé et au pare-brise explosé ; Sully vit des jambes d'un rose peu naturel, appartenant à un mannequin, dépasser du toit ouvrant d'une Mercedes. L'avalanche s'accompagnait d'un fond sonore incessant de sifflements et de piaulements.

Une autre ombre tomba sur lui et, alors même qu'il s'efforçait de l'éviter et tendait une main pour se protéger, il sut qu'il était trop tard, que si c'était un fer à repasser ou un grille-pain ou un objet dans ce genre, il lui fracasserait le crâne. Et que si c'était un truc plus gros, il ne serait plus qu'une simple tache de graisse sur le macadam.

L'objet l'atteignit à la main sans lui faire aucun mal, rebondit et atterrit à ses pieds. Il le regarda tout d'abord avec surprise, puis avec une stupéfaction grandissante. « Sainte merde », marmonna-t-il.

Il se pencha pour ramasser le gant de base-ball tombé du ciel, le gant qu'il avait immédiatement reconnu, en dépit de toutes les années passées ; l'estafilade, le long de l'un des doigts, et la manière dont étaient emmêlés les lacets de cuir valaient toutes les empreintes digitales du monde. Il regarda sur le côté, là où Bobby avait écrit son nom. GARFIELD était toujours là, mais les lettres ne paraissaient pas avoir été usées par le temps, comme elles auraient dû, et le cuir, à cet endroit, présentait un aspect éraflé et poncé, comme si l'on avait effacé d'autres noms pour mettre celui-ci.

Une fois plus près de son visage, le gant se mit à

dégager une odeur à la fois asphyxiante et irrésistible. Sully l'enfila et quelque chose, à l'intérieur, craqua à ce moment-là contre son petit doigt, un morceau de papier qui s'y trouvait enfoncé. Il n'y fit pas attention et, portant le gant à son nez, il inhala profondément. Cuir, déodorant pour les pieds, sueur, herbe. Tous ses étés présents d'un seul coup. Celui de 1960, par exemple, lorsqu'il était revenu du camp de vacances et avait trouvé tout changé : Bobby boudeur, Carol distante, pâle et songeuse (au moins pendant un temps), tandis que le vieux bonhomme décontracté qui habitait au deuxième étage de l'immeuble de Bobby – Ted – était parti. Oui, tout avait changé... mais c'était encore l'été, il n'avait que onze ans, et tout lui avait paru encore...

« Éternel », murmura-t-il dans le gant, inspirant profondément une nouvelle fois ses arômes tandis que, près de lui, une vitrine remplie de papillons volait en mille morceaux sur le toit d'un van et qu'un panneau de signalisation « Stop » s'enfonçait, vibrant comme un javelot, dans la voie d'arrêt d'urgence. Sully se rappelait son Bo-lo Bouncer, ses Keds noirs, le goût des Pez sortant du pistolet à bonbons, comment ils venaient vous heurter le palais et ricocher sur votre langue ; il se rappelait la sensation du masque de base-ball se mettant en place sur sa tête, les *hisha-hisha-hisha* des systèmes d'arrosage de gazon, sur Broad Street, comment Mrs Conlan piquait une crise si on approchait ses précieuses fleurs de trop près, comment Mrs Godlow, dans son cagibi de l'Asher Empire, exigeait un certificat de naissance si elle estimait que vous étiez trop grand pour avoir moins de douze ans ; il se souvenait de l'affiche de Brigitte Bardot

(*Si elle est bonne pour la poubelle, je veux bien me faire éboueur.*)

enroulée dans sa serviette de bain, d'avoir joué au ballon, d'avoir joué au Careeers, d'avoir fait des bruits de pet avec son aisselle, au fond de la classe de Mrs Sweetser et...

« Hé, l'Américain ! » En fait, c'était *Amélicain* qu'il

avait entendu, et il avait su qui il allait voir avant même de relever la tête et d'écarter l'Alvin Dark de Bobby. La vieille *mama-san*, qui se tenait entre la moto (l'engin avait été écrasé par un congélateur dont la porte ouverte avait vomi des blocs de viande durs comme de la pierre) et une Subaru dans le toit de laquelle s'était fiché un flamant de jardin en métal. La vieille *mama-san*, avec son pantalon vert, sa tunique orange et ses chaussures rouges, la vieille *mama-san*, aussi rutilante qu'une enseigne de bar en enfer.

« Hé, l'Américain, tu viens moi, je protège toi. » Et elle lui tendit les bras.

Sully s'avança vers elle au milieu de la grêle bruyante d'appareils de télévision, de piscines de jardin, de cartons de cigarettes, de chaussures à talons hauts – sans parler d'un énorme sèche-cheveux professionnel avec son pied et d'une cabine téléphonique qui recracha, en se fracassant, un véritable jackpot de *quarters*. Il marcha vers elle avec un sentiment de soulagement, celui-là même que l'on ressent lorsqu'on arrive chez soi.

« Je protège toi. » Toujours lui tendant les bras. « Pauvre garçon, je protège toi. » Sully entra dans le cercle mortel de son embrassement tandis que les gens couraient et hurlaient et que tous ces objets américains dégringolaient du ciel, bombardant la I-95, au nord de Bridgeport, de leur averse colorée et brillante. Elle le prit dans ses bras.

« Je protège toi. » Et Sully se retrouva dans sa voiture. La circulation était complètement arrêtée autour de lui, sur les quatre voies. La radio était branchée sur WKND, les Platters chantaient *Twilight Time*, et Sully n'arrivait pas à respirer. Rien ne paraissait être tombé du ciel, et mis à part le bouchon qui les immobilisait, tout semblait en ordre. Mais comment était-ce possible ? Comment était-ce possible, alors qu'il tenait encore le gant de base-ball de Bobby à la main ?

« Je protège toi, répétait la vieille *mama-san*. Pauvre garçon, pauvre garçon américain, je protège toi. »

Sully n'arrivait pas à respirer. Il aurait voulu lui sourire. Il aurait voulu lui dire qu'il était désolé, que quelques-uns d'entre eux, au moins, étaient animés de bonnes intentions, mais il n'avait pas d'air et il était très fatigué. Il ferma les yeux et essaya de soulever le gant de Bobby une dernière fois, de humer une ultime et légère bouffée de cette odeur huileuse et estivale, mais il était trop lourd.

Dieffenbaker se tenait le lendemain matin au comptoir de sa cuisine, habillé d'un jean et de rien d'autre, et se préparait une tasse de café lorsque Mary arriva du séjour. Elle portait un sweatshirt PROPERTY OF THE DENVER BRONCOS et avait le *New York Post* à la main.

« Je crois que j'ai de mauvaises nouvelles pour toi », dit-elle. Puis elle parut vouloir se reprendre. « Des nouvelles modérément mauvaises. »

Il se tourna vers elle, fronçant les sourcils. Les mauvaises nouvelles ne devraient jamais arriver avant le déjeuner, pensa-t-il. Au moins était-on un peu mieux préparé à les accueillir, après. Les trucs qui vous tombent dessus le matin font toujours plus mal. « Qu'est-ce que c'est ?

— L'homme que tu m'as présenté hier à l'enterrement de ton ancien camarade... tu m'as bien dit qu'il était concessionnaire Chevrolet dans le Connecticut, n'est-ce pas ?

— En effet.

— Je préférais m'en assurer, parce que John Sullivan n'est pas le nom le plus original et le plus rare...

— De quoi veux-tu parler, Mary ? »

Elle lui tendit le journal, ouvert à l'une des pages intérieures, vers le milieu. « Ils disent que c'est arrivé pendant qu'il rentrait chez lui. Je suis désolée, chéri. »

Elle devait se tromper, telle fut la première pensée qui lui vint à l'esprit ; les gens ne pouvaient pas mourir comme ça, alors qu'on venait de les voir et de leur parler ; c'était une règle élémentaire, non ?

Mais c'était bien lui, indiscutablement, et même en

triple exemplaire : dans sa tenue de base-ball, à l'époque du lycée, le masque de receveur repoussé sur le crâne, en uniforme de l'armée, les barrettes de sergent sur la manche, en costume d'affaires, un cliché qui devait dater de la fin des années soixante-dix. Sous cette galerie de photos, il y avait le genre de manchette qu'on ne trouve que dans le *Post* :

BOUCHON FATAL !

MORT D'UN VÉT DU VIÊT-NAM MÉDAILLÉ

DANS UN EMBOUTEILLAGE

Dieffenbaker parcourut rapidement l'article, éprouvant ce sentiment de malaise et de trahison qu'il ressentait à chaque fois, depuis quelque temps, en lisant la notice nécrologique de quelqu'un de son âge, quelqu'un qu'il connaissait. *Nous sommes encore trop jeunes pour mourir de mort naturelle*, se disait-il toujours, sachant néanmoins que c'était une idée ridicule.

Sully était mort, apparemment d'une crise cardiaque, pris dans un embouteillage provoqué par un poids lourd dont la remorque s'était mise en travers. Tout juste s'il n'était pas mort à la hauteur de l'enseigne de son garage, se lamentait l'article. De même que le BOUCHON FATAL de la manchette, on ne pouvait trouver ce genre de réflexion que dans le *Post*. Le *New York Times* est un bon journal si vous êtes un intello ; mais le *Post* est le journal des ivrognes et des poètes.

Sully laissait une ex-femme et pas d'enfants. Les dispositions pour l'enterrement avaient été prises par Norman Oliver, de la First Connecticut Bank & Trust.

Enterré par sa banque ! pensa Dieffenbaker, tandis que ses mains se mettaient à trembler. Il ne comprenait pas pourquoi cette idée l'horrifiait à ce point, mais il n'y pouvait rien. *Par sa putain de banque, oh, misère !*

« Mon chéri ? » Mary le regardait un peu nerveusement. « Tu vas bien ?

— Oui... il est mort dans un embouteillage. Si ça se trouve, ils n'ont même pas pu approcher avec l'ambulance. Ou peut-être ne l'ont-ils trouvé que lorsque la circulation a repris. Bordel...

— Arrête », dit-elle en lui reprenant le journal des mains.

Sully avait évidemment gagné sa Silver Star pour le sauvetage – la tentative de sauvetage – à la suite de l'accident des hélicoptères. Les Niakoués les canardaient, mais Packer et Shearman ne s'en étaient pas moins élancés à la tête de tout un groupe de soldats américains, des types de Delta deux-deux pour la plupart. Une douzaine de gars de la compagnie Bravo avait bien fait une tentative pour les couvrir de leur feu, pendant l'opération, mais elle n'avait sans doute pas été très efficace... et miracle, deux des hommes des hélicoptères emmêlés étaient encore en vie, au moins encore en vie quand ils furent sortis de la clairière. John Sullivan en avait porté un à couvert à lui tout seul, le type de l'hélico hurlant dans ses bras, enseveli sous la mousse carbonique.

Malenfant aussi avait couru dans la clairière – Malenfant, étreignant un extincteur comme un gros bébé écarlate et hurlant aux Viêts, dans les buissons, de lui tirer dessus, il savait qu'ils n'étaient pas foutus de l'atteindre, pas foutus, qu'ils n'étaient rien qu'une bande de branleurs syphilitiques complètement miros, qu'ils ne pourraient jamais l'atteindre, qu'ils rateraient une putain de grange à dix mètres. Malenfant avait été également mis sur la liste, pour la Silver Star, et bien que Dieffenbaker n'ait pas su s'il l'avait obtenue, il supposait que ce trou-du-cul, cet enfoiré, ce meurtrier boutonneux l'avait décrochée lui aussi. Sully l'aurait-il su, aurait-il eu une idée ? Ne l'aurait-il pas mentionné pendant qu'ils parlaient sur leur banc, à l'extérieur du salon funéraire ? Peut-être, ou peut-être pas. Les médailles paraissaient de moins en moins importantes au fur et à mesure que le temps passait, ressemblaient de plus en plus à celles que l'on remportait parce qu'on avait bien mémorisé un poème pour le concours de récitation de l'école, aux félicitations officielles parce qu'on avait gagné le cent mètres ou fait un bel arrêt au base-ball. Aux trucs qu'on mettait sur une étagère, rien de plus. Les trucs avec lesquels les vieux baratinent les jeunes. Les trucs qu'on vous tend pour vous faire sauter plus haut, courir plus vite, vous jeter en avant. Dieffenbaker se dit que le monde serait plus tranquille sans les vieux, cette révélation lui venant au moment même où il s'apprêtait à entrer dans le club. On pouvait laisser vivre les vieilles femmes, les vieilles femmes ne faisaient jamais de tort à personne, en règle générale, mais les hommes, quand ils étaient vieux, étaient plus dangereux que des chiens enragés. Il fallait tous les abattre, arroser leurs cadavres d'essence et les brûler. Que les enfants se prennent par la main et dansent autour du bûcher, en chantant les vieilles chansons de Crosby, Stills, Nash & Young.

« Tu te sens vraiment bien ? demanda Mary.

— À cause de Sully ? Bien sûr. Ça faisait des années qu'on ne s'était pas vus. »

Tout en sirotant son café, il repensa à la vieille femme aux chaussures rouges, celle que Malenfant avait tuée, celle qui venait rendre visite à Sully. Elle ne reviendrait plus le hanter ; Sully avait au moins gagné cela. Les jours de visite de la vieille *mama-san* étaient terminés. C'était ainsi que s'achevaient réellement les guerres, se dit Dieffenbaker ; non pas à la table des pourparlers d'armistice, mais dans les pavillons des cancéreux, ou dans les cafétérias des entreprises, quand ce n'était pas au milieu d'un embouteillage. Les guerres mouraient par petits fragments minuscules, tombant un à un comme disparaît un souvenir, se perdant un à un comme l'écho s'éteint dans le labyrinthe des collines. À la fin, même la guerre hissait le drapeau blanc. Il l'espérait, du moins. Il espérait qu'à la fin, même la guerre se rendait.

1999 : Amène-toi, mon salaud, rentre à la maison.

AINSI TOMBENT LES OMBRES CÉLESTES DE LA NUIT

Par un après-midi du dernier été avant l'an 2000, Bobby Garfield revint à Harwich, Connecticut. Il se rendit tout d'abord au West Side Cemetery, où eut lieu la véritable cérémonie, sur la concession de la famille Sullivan. Le vieux Sully-John avait attiré une foule nombreuse ; c'était par dizaines que l'article du *Post* les avait fait venir. Des petits enfants furent effrayés au point de pleurer lorsque la garde d'honneur de l'American Legion tira sa salve. Après la cérémonie au cimetière, il y eut une réception au siège de l'association locale de vétérans. Bobby ne fit que s'y montrer, restant assez longtemps pour prendre une tranche de gâteau et un gobelet de café et dire bonjour à Mr Oliver ; mais il ne vit personne qu'il connaissait et il y avait des endroits où il voulait aller pendant qu'il faisait encore grand jour. Cela faisait presque quarante ans qu'il n'était pas revenu à Harwich.

À la place des établissements scolaires de St. Gabriel the Steadfast et des lycées, s'étendait un centre commercial, Nutmeg Mall. L'ancien bureau de poste était à présent un terrain vague. La gare dominait toujours la place, mais les piliers de la passerelle étaient couverts de graffitis et des planches scellaient le kiosque de Mr Burton. Il y avait toujours les mêmes étendues herbeuses entre River Avenue et la Housatonic, mais les canards les avaient désertées. Bobby se souvint comment il avait frappé un homme en costume beige avec un de ces canards – improbable, mais vrai, pourtant. *Je te donne deux billets si tu me laisses te sucer*, avait dit l'homme, et Bobby lui avait balancé le canard. Cela le faisait sourire, aujourd'hui, mais ce Tartarin lui avait flanqué une sainte frousse, et à plus d'un titre, à vrai dire.

Il y avait un grand entrepôt UPS à la place de l'Asher Empire. Un peu plus loin, en direction de Bridgeport, là où Asher Avenue débouchait sur Puritan Square, le William Penn Grille avait également disparu, remplacé par une Pizza Uno. Bobby envisagea un instant d'y entrer, mais pas très sérieusement. Son estomac avait à présent cinquante ans, comme le reste de sa personne, et les pizzas ne lui réussissaient plus aussi bien.

Sauf que là n'était pas la vraie raison. La vraie raison, c'est qu'il serait trop facile d'imaginer des choses ; trop facile d'imaginer de grandes voitures vulgaires stationnées devant, des voitures peintes de couleurs tellement criardes qu'on en avait mal aux yeux.

Il fit donc demi-tour pour regagner le centre de Harwich, et qu'il soit pendu si le Colony Diner n'était pas toujours au même emplacement, qu'il soit pendu s'il n'avait pas encore ses saucisses grillées au menu. Les saucisses étaient peut-être aussi mauvaises pour lui qu'une foutue pizza, sinon davantage, mais à quoi servaient donc les bêtabloquants, s'il ne pouvait pas s'autoriser de temps en temps une petite incursion gastronomique rue du Souvenir ? Il en avala une et la fit descendre avec deux autres. On les servait toujours dans ces petits emballages en carton graisseux, et leur goût était toujours aussi céleste.

Comme cale sur les hot-dogs, il mit une part de tarte, puis il ressortit et se tint un instant à côté de sa voiture. Finalement, il décida de la laisser garée où elle était ; il n'y avait que deux endroits qu'il voulait revoir, et ils se trouvaient l'un et l'autre à une courte distance. Il prit le sac de gym posé sur le siège du passager et passa devant Spicer's, devenu depuis une épicerie 7-Eleven avec des pompes à essence devant. Des voix s'élevèrent quand il fut à la hauteur du nouveau magasin, des voix fantômes de 1960, les voix des jumelles Sigsby.

Pourquoi tu fais ça, idiot de Bobby Garfield ?

Maman et papa se disputent...
Maman nous a dit de rester dehors...
Pourquoi tu fais ça, idiot de Bobby Garfield ?

L'idiot de Bobby Garfield... oui, c'était bien de lui qu'elles avaient parlé. Il était peut-être devenu un peu plus malin avec le temps, mais pas tellement plus, sans doute.

À mi-chemin de Broad Street Hill, il aperçut une marelle dessinée sur le trottoir. Il mit un genou en terre et l'observa avec attention dans la lumière qui déclinait, effleurant les cases du bout des doigts.

« Monsieur ? Vous allez bien ? » C'était une jeune femme, tenant un sac de commissions du 7-Eleven dans les bras. Elle regardait Bobby avec un mélange d'inquiétude et de méfiance.

« Très bien », répondit-il en se remettant debout et en s'époussetant les mains. Il ne mentait pas. Il n'y avait ni lunes ni étoiles à côté de la marelle, encore moins de comètes. Pas plus qu'il n'avait vu d'affichette de chien perdu pendant qu'il errait dans la ville. « Très bien, répéta-t-il.

— Bon », dit la jeune femme avant de s'éloigner d'un pas pressé.

Bobby la suivit du regard et se remit lui-même à marcher, se demandant ce qu'étaient devenues les jumelles Sigsby, où elles pouvaient se trouver, aujourd'hui. Il se souvint que Ted Brautigan lui avait un jour parlé du temps et l'avait appelé le vieux tricheur chauve.

Il lui fallut voir le 149, Broad Street de ses propres yeux pour prendre conscience qu'il s'était attendu à le trouver remplacé par un magasin de location de vidéos, une boutique de sandwichs ou à la rigueur un nouvel immeuble d'appartements. Mais non : le bâtiment n'avait pas changé, mis à part le coup de peinture, une couleur crème ayant remplacé le vert. Il y avait une bicyclette sous le porche, et il se souvint avec quelle violence désespérée il en avait désiré une, pendant son dernier été à Harwich. Il avait même eu une tirelire pour mettre de l'argent de côté, une tirelire sur laquelle il avait écrit BÉCANE BANK, ou un truc comme ça.

Et d'autres voix fantômes s'élevèrent tandis qu'il se tenait là et que s'allongeait son ombre dans la rue.

Si nous étions les Gotrock, je te donnerais cinq dollars à dépenser pour ta sortie – dix, même ! Tu n'aurais pas besoin de piocher dans la tirelire de la bicyclette pour amener ta petite amie faire un tour sur le grand huit...

Elle n'est pas ma petite amie ! Elle n'est pas ma petite amie !

Dans son souvenir, il avait répliqué cela à voix haute à sa mère, il le lui avait hurlé, même... il doutait cependant de la fidélité de sa mémoire. Il n'avait pas eu le genre de mère à laquelle on réplique en hurlant. Sauf si on avait envie de se faire scalper.

Sans compter que Carol avait bien été sa petite amie, n'est-ce pas ? Oui, sans aucun doute.

Il avait encore un arrêt à faire avant de retourner à sa voiture et, après un dernier long regard à la maison où il avait vécu avec sa mère jusqu'en août 1960, Bobby repartit vers le bas de Broad Street Hill, balançant le sac de gym au bout de son bras. Cet été avait été empreint de magie ; même à cinquante ans, c'était une certitude qu'il ne remettait pas en question. Mais il ne savait plus de quel genre de magie. Peut-être avait-il seulement vécu une enfance à la Ray Bradbury, comme tant de gosses ayant grandi dans de petites villes en ont vécu une, ou croient se souvenir en avoir vécu une ; une enfance dans laquelle le monde réel et le monde des rêves se superposent parfois, créant une certaine forme de magie.

Oui, mais... eh bien...

Il y avait eu les pétales de rose, certes, ceux qui lui

étaient parvenus par l'entremise de Carol... mais avaient-ils voulu dire quelque chose ? Il lui avait semblé jadis que oui – c'est ce qu'il avait semblé au garçon solitaire, presque perdu qu'il était alors –, mais les pétales de rose avaient disparu depuis longtemps. Il les avait perdus à peu de chose près à l'époque où il avait vu la photo de la maison brûlée jusqu'aux fondations, à Los Angeles, et compris que Carol Gerber était morte.

Sa mort avait annulé non seulement toute idée de magie mais, lui semblait-il, le sens même de leur enfance. Quel bien cela faisait-il, si c'était pour en arriver là ? Une mauvaise vue, de l'hypertension, c'était une chose ; mais de mauvaises idées, de mauvais rêves et mal finir en étaient une autre. Au bout d'un moment, on se sentait l'envie d'interpeller Dieu et de lui dire allez mon Grand, laisse tomber. On perdait son innocence en grandissant, bon, d'accord, tout le monde le savait bien, mais fallait-il aussi perdre tout espoir ? Quel bien cela faisait-il d'avoir embrassé une fille en haut de la Grande Roue à onze ans, si c'était pour apprendre en ouvrant son journal, onze ans plus tard, qu'elle était morte brûlée vive dans un taudis, au fond d'une impasse sinistre ? Quel bien cela faisait-il, de se souvenir de l'inquiétude qui avait envahi ses beaux yeux, ou du soleil brillant dans ses cheveux ?

C'était ce qu'il aurait dit une semaine auparavant, mais entre-temps une bouffée de l'ancienne magie était parvenue jusqu'à lui. *Allez, Bobby,* lui avait-elle murmuré, *amène-toi, mon salaud, rentre à la maison.* Et il était ici, il était de retour à Harwich. Il avait rendu les honneurs à son vieil ami, il avait fait la visite touristique de son vieux patelin (sans que ses yeux s'embuent une seule fois), et le moment était presque venu de repartir. Il lui restait néanmoins, auparavant, une dernière chose à voir.

C'était l'heure du repas du soir et Commonwealth Park était pratiquement désert. Bobby s'avança jusqu'au grillage du *backstop*, sur le terrain B, tandis que trois joueurs s'éloignaient en flânant dans l'autre direction. Deux d'entre eux portaient leur équipement dans de gros sacs marins rouges ; le troisième avait une stéréo portable, jouant *The Offspring*, le volume à fond. Les trois garçons avaient une expression méfiante, ce que Bobby ne trouva pas surprenant. Il était un adulte sur le territoire des enfants, à une époque où ce seul fait le rendait suspect. Il évita de rendre les choses pires encore en leur adressant un signe de tête, un bonsoir de la main ou en disant quelque chose de stupide comme *alors, cette partie, ça s'est bien passé ?* Ils poursuivirent leur chemin.

Il resta là, les doigts agrippés au grillage, regardant les dernières lueurs obliques du jour rougeoyer sur l'herbe dans l'*outfield*, se reflétant sur le panneau d'affichage des points ou sur les pancartes proclamant RESTEZ À L'ÉCOLE ou encore POURQUOI CROYEZ-VOUS QU'ILS APPELLENT ÇA DU SHIT ? Et, de nouveau, il ressentit cette impression de magie qui lui coupait le souffle, cette impression que le monde n'était qu'un mince vernis cachant quelque chose d'autre, quelque chose qui était à la fois plus éclatant et plus sombre. Les voix étaient partout, à présent, tourbillonnant comme les lignes d'une toupie.

Tu me prends vraiment pour une idiote, Bobby-O.

Vous n'auriez pas dû gifler Bobby... Il n'est pas comme ces autres hommes.

C'était un type charmant. Il faisait jouer cette chanson de Jo Stafford.

Le ka, c'est la destinée...

Je t'aime, Ted...

« Je t'aime, Ted », dit Bobby à voix haute, sans déclamer, mais sans murmurer non plus les mots. Comme s'il faisait un essai de son avec ces mots-là. Il n'arrivait même pas à se rappeler les traits de Ted Brautigan, en tout cas pas clairement (il se souvenait par contre de ses Chesterfield et de ses inépuisables réserves de *rootbeer*), mais les prononcer lui faisait chaud au cœur.

Il y avait encore une autre voix qui voulait se faire entendre. Quand elle s'éleva, Bobby sentit ses yeux le piquer, pour la première fois depuis son retour.

Ça me dirait assez d'être magicien, quand je serai grand, je t'en ai déjà parlé, hein ? Voyager un peu partout en suivant les foires, ou dans un cirque, porter un costard noir et une grande cape...

« Je ferais sortir des lapins et des merdes de mon chapeau haut de forme », continua Bobby, se détournant du terrain B. Il rit, s'essuya les yeux, puis passa une main sur son crâne. Pas un seul cheveu ne s'y dressait ; il avait perdu le dernier une quinzaine d'années auparavant, comme il était prévisible. Il traversa l'une des allées (recouverte de gravier en 1960, à présent asphaltée et portant cet avertissement : ALLÉE RÉSERVÉE AUX BICYCLETTES INTERDITE AUX ROLLERS), et s'assit sur un banc, peut-être le même qu'il avait occupé avec Sully, le jour où celui-ci lui avait demandé de l'accompagner au cinéma et où il avait refusé, préférant finir *Sa Majesté des Mouches*. Il posa le sac de gym sur le banc, à côté de lui.

Juste devant lui se dressait un bosquet. Il était à peu près sûr que c'était celui dans lequel Carol l'avait entraîné quand il avait commencé à pleurer. Ce qu'elle avait fait pour que personne ne le voie sangloter. Personne sauf elle. L'avait-elle prise dans ses bras jusqu'à ce qu'il ait épuisé ses larmes ? Il ne se le rappelait pas très bien, mais il en avait l'impression. Ce dont il se souvenait plus clairement, en revanche, c'était comment ils avaient échappé de justesse à une correction, un peu plus tard. Les trois types de St. Gabe. Et comment l'amie de la mère de Carol les avait sauvés. Il ne se rappelait pas le nom de la femme, mais elle était arrivée juste au bon moment... comme arrive juste à temps le type de la Navy, à la fin de *Sa Majesté des Mouches*, pour sauver la peau de Ralph.

Rionda, elle s'appelait Rionda. Elle leur a dit qu'elle en parlerait au prêtre et que le prêtre le dirait à leurs parents.

Mais Rionda n'était pas dans les parages, la deuxième fois que les garnements étaient tombés sur Carol. Carol aurait-elle été brûlée vive à Los Angeles, si Harry Doolin et ses copains l'avaient laissée tranquille ? On ne pouvait le savoir avec certitude, évidemment, mais Bobby estima que la réponse était probablement non. Et même maintenant, il sentait ses poings se crisper, tandis qu'il se disait : *Je t'ai eu, Harry, hein ? Je t'ai bien eu.*

C'était déjà trop tard, cependant. Déjà, tout avait changé.

Il ouvrit le sac de sport, fouilla dedans et en retira un transistor. Rien à voir avec la formidable stéréo portable qui venait juste de passer devant lui, mais l'appareil était bien assez gros pour ce qu'il voulait faire. Il n'avait qu'à appuyer sur le bouton ; il était déjà réglé sur WKND, la station nostalgie du sud du Connecticut. Troy Shondell chantait *This Time*, ce qui convenait parfaitement à Bobby.

« Sully, dit-il, le regard perdu sur le bosquet, t'étais un super Big-saligaud... »

De derrière lui, lui parvint une voix de femme au timbre affecté : « Si tu dis des gros mots, je ne t'accompagnerai pas. »

Bobby fit si rapidement volte-face que le transistor tomba de ses genoux et alla rouler sur l'herbe. Il ne parvint pas à voir le visage de la femme ; elle se réduisait à une silhouette noire dans une mandorle de ciel écarlate qui lui faisait comme des ailes. Il voulut parler, mais en fut incapable. Il avait complètement arrêté de respirer, la langue collée au palais. Tout au fond de sa tête, une petite voix dit, songeuse : *C'est donc comme ça, quand on voit un fantôme.*

« Tu vas bien, Bobby ? »

Elle se déplaça rapidement, faisant le tour du banc, et le soleil rutilant du couchant l'aveugla. Il eut un hoquet, leva une main et ferma les yeux. Il sentit un parfum... ou bien était-ce celui de l'herbe de l'été ? Il ne savait pas. Et quand il rouvrit les yeux, il ne vit toujours que la silhouette de la femme ; à la place du visage, il y avait un flamboiement vert, l'image rémanente du soleil.

« Carol ? réussit-il à dire d'une voix étranglée et chevrotante. Bonté divine, c'est toi, Carol ?

— Carol ? Non, je ne connais pas de Carol. Je m'appelle Denise Schoonover. »

C'était pourtant elle. Elle n'avait qu'onze ans la dernière fois qu'il l'avait vue, mais il en était tout de même sûr. Il se frotta frénétiquement les yeux. Par terre, la radio annonça : « Vous êtes sur WKND, où votre passé est toujours présent. Voici Clyde McPhatter à l'antenne ; il a une "Question d'Amoureux" à nous poser. »

Tu savais que si elle était vivante, elle viendrait ; tu le savais.

Évidemment. N'était-ce pas pour cette raison qu'il était lui-même venu ? Certainement pas pour Sully, ou seulement pour Sully. Et cependant, il avait été en même temps tout à fait convaincu de sa mort. Dès l'instant où il avait vu les restes calcinés de la maison de Los Angeles, il en avait été persuadé. Et comme cela lui avait déchiré le cœur... Non pas comme s'il ne l'avait pas revue depuis des dizaines d'années, remontant Commonwealth Avenue en courant, mais comme si elle était toujours restée son amie, à portée de téléphone, à deux pas dans la rue.

Pendant qu'il essayait de se débarrasser de la tache lumineuse en clignant furieusement des paupières, la femme l'embrassa fermement sur la bouche, puis murmura à son oreille : « Je dois rentrer à la maison, j'ai la salade à préparer... qu'est-ce que c'est ?

— La dernière chose que tu m'as dite, quand nous étions mômes, répondit-il, se tournant vers elle. Tu es venue... Tu es vivante, et tu es venue. »

Le soleil éclairait maintenant le visage de Carol, et son image résiduelle s'était suffisamment atténuée pour qu'il puisse distinguer ses traits. Elle était belle, en dépit de la cicatrice qui partait du haut de sa joue droite et courait jusqu'à son menton en prenant la forme d'un hameçon cruel... ou peut-être à cause d'elle. Il y avait de minuscules pattes-d'oie au coin de ses yeux, mais pas de rides à son front ou encadrant sa bouche sans rouge à lèvres.

Ses cheveux, constata Bobby avec stupéfaction, étaient presque entièrement gris.

Comme si elle lisait dans son esprit, elle porta la main à la tête de Bobby et toucha son crâne dégarni. « Je suis tellement désolée... », dit-elle. Il crut cependant voir danser son ancienne gaieté dans son regard. « Tu avais des cheveux fabuleux. Rionda disait que c'était à cause d'eux que j'étais amoureuse de toi.

— Carol... »

Elle posa deux doigts sur les lèvres de Bobby. Elle avait également des cicatrices sur les mains et le petit doigt déformé, comme s'il avait fondu. Des cicatrices dues à des brûlures.

« Je viens de te le dire ; je ne connais personne de ce nom. Je m'appelle Denise. Comme dans la vieille chanson, *Randy and the Rainbow.* » Elle fredonna quelques mesures. Bobby la connaissait bien. Il connaissait toutes ces anciennes chansons. « Si je te montrais mes papiers d'identité, tu verrais Denise Schoonover écrit partout. Je t'ai vu pendant le service.

— Pas moi.

— Je connais bien l'art de passer inaperçue. Un art qu'on m'a appris il y a bien longtemps. L'art d'être de la couleur des murs. »

Elle eut un petit frisson. Bobby avait lu des trucs sur ce genre de frisson, en général dans de mauvais romans, mais il n'en avait jamais été lui-même témoin. « Et lorsqu'il y a foule, je sais très bien comment me rendre invisible dans le fond. Pauvre vieux Sully-John... Tu te souviens de son Bo-lo Bouncer ? »

Bobby acquiesça, esquissant un sourire. « Je me souviens même de la fois où il a voulu faire le malin avec, le lancer entre ses jambes comme il le lançait par-dessus ses bras ou dans son dos... Il s'est flanqué un bon coup dans les couilles, et on était tous les deux morts de rire. Un groupe de filles est arrivé en courant – je suis sûr que tu en faisais partie –, voulant savoir ce qui était arrivé, mais nous n'avons pas voulu vous le dire. Vous étiez pas mal furieuses contre nous. »

Elle sourit, portant la main à sa bouche, un geste très ancien au travers duquel Bobby vit, avec la plus grande clarté, la fillette qu'elle avait été.

« Comment as-tu appris sa mort ? demanda Bobby.

— Par le *New York Post*. Il y avait une de ces horribles manchettes dont ils ont la spécialité – BOUCHON FATAL, ça commençait comme ça – et des photos de lui. J'habite à Poughkeepsie, on trouve le *Post* sans problème... Je suis prof à Vassar.

— Tu es professeur à Vassar et tu lis le *Post* ? »

Elle haussa les épaules et sourit. « Tout le monde a son vice caché. Et toi, Bobby, tu l'as appris par le *Post* ?

— Je ne le lis pas. C'est Ted qui m'a averti. Ted Brautigan. »

Elle continua de le regarder, mais son sourire s'effaça.

« Tu ne te souviens pas de Ted ?

— Je croyais que jamais je ne pourrais me resservir de mon bras, et Ted me l'a remis en place, comme par magie. Tu penses, si je me souviens de lui ! Mais, Bobby...

— Il savait que tu serais ici. C'est ce que j'ai pensé dès que j'ai ouvert le paquet, mais je ne l'ai vraiment crù qu'en te voyant. »

Il tendit la main et, avec le naturel d'un enfant, suivit la ligne de la cicatrice, sur la figure de Carol. « C'est à Los Angeles que tu te l'es faite, n'est-ce pas ? Qu'est-ce qui s'est passé ? Comment t'en es-tu sortie ? »

Elle secoua la tête. « Je ne veux plus parler de tout cela. Je n'ai jamais parlé de ce qui s'est passé dans cette maison. Et je n'en parlerai jamais. C'était dans une vie différente. C'était une femme différente. Cette femme est morte. Elle était très jeune, très idéaliste, et elle s'est fait piéger. Tu te souviens du joueur de bonneteau, à Savin Rock ? »

Il acquiesça, souriant un peu. Il lui prit la main, et elle s'agrippa à lui. « Elles tournent et glissent, ensuite elles ralentissent, quand elles s'arrêtent, pense dans ta tête... Le type s'appelait McCann ou McCausland, un truc dans le genre.

— Son nom n'a pas d'importance. Ce qui est important, c'est qu'il s'arrangeait toujours pour te laisser croire où se trouvait la reine. Il te laissait toujours croire que tu pouvais gagner. Pas vrai ?

— Si.

— Cette femme s'est retrouvée à la merci d'un homme comme ça. Un homme qui arrivait toujours à faire bouger les cartes un peu plus vite qu'on l'en aurait cru capable. Il cherchait des jeunes en colère, déboussolés, et il en trouvait.

— Il n'aurait pas eu un manteau jaune, par hasard ? »

Elle le regarda, fronçant légèrement les sourcils et il comprit qu'elle ne se rappelait plus de cette partie de l'histoire. D'ailleurs, lui avait-il parlé des crapules de bas étage ? Il lui semblait, il croyait se rappeler lui avoir tout raconté, mais elle ne s'en souvenait pas. Peut-être les événements de Los Angeles avaient-ils fait quelques dégâts dans sa mémoire. Il n'avait pas de mal à le comprendre. Et elle n'était certainement pas seule dans son cas, n'est-ce pas ? Ils étaient nombreux, dans leur génération, à n'avoir pas ménagé leur peine pour oublier ce qu'ils avaient été et ce qu'ils avaient cru, pendant ces années entre l'assassinat de John Kennedy à Dallas et le meurtre de John Lennon à New York.

« Peu importe, dit-il, continue. »

Elle secoua la tête. « J'ai dit tout ce que j'avais à dire, en ce qui concerne cet épisode. Tout ce que je *peux* dire. Carol Gerber est morte dans la maison de Benefit Street, à Los Angeles. Denise Schoonover habite à Poughkeepsie. Carol détestait les maths, n'arrivait jamais à calculer les fractions, mais Denise enseigne les maths. Comment pourrait-il s'agir de la même personne ? Cette seule idée est ridicule. Affaire classée. J'aimerais savoir ce que tu as voulu dire, à propos de Ted. Il est impossible qu'il soit encore en vie, Bobby. Il aurait plus de cent ans. Beaucoup plus.

— Je crois que le temps n'a pas beaucoup de sens pour les Briseurs », répondit-il.

Tout comme il ne signifiait pas grand-chose pour WKND, où Jimmy Gilmer chantait à présent une histoire de cabane à sucre avec un accompagnement musical qui faisait penser à une patate douce.

« Un Briseur ? Qu'est-ce que...

— Je l'ignore, et c'est sans importance. Mais ce que je vais te dire en a, alors écoute-moi. D'accord ?

— D'accord.

— J'habite à Philadelphie. J'ai une femme adorable qui est photographe professionnelle, et trois grands enfants adorables, un vieux chien adorable qui a des problèmes de hanche et d'excellentes dispositions, et une vieille maison qui aurait sacrément besoin d'être remise en état. Ma femme prétend que c'est parce que ce sont toujours les cordonniers les plus mal chaussés... et que ce sont toujours les maisons des charpentiers qui ont des fuites dans le toit.

— C'est ton métier ? Tu es charpentier ? »

Il acquiesça. « J'habite à Redmont Hills, et quand je pense à acheter un journal, je prends le *Philadelphia Inquirer*.

— Un charpentier... Moi qui avais toujours pensé que tu finirais écrivain, ou quelque chose comme ça.

— C'était aussi ce que je pensais, dans le temps. Mais je suis aussi passé par une période où j'ai bien cru que je finirais à la prison d'État du Connecticut, et ce n'est jamais arrivé non plus. Du coup, je me dis que tout cela s'équilibre.

— Tu as parlé d'un paquet. Qu'est-ce qu'il y avait dedans ? Et quel rapport avec Ted ?

— Le paquet est arrivé par la FedEx, de la part d'un certain Norman Oliver. Un banquier. C'était l'exécuteur testamentaire de Sully-John. Dedans, il y avait ça. »

Il fouilla de nouveau dans le sac de gym et en ressortit un vieux gant de base-ball, très abîmé, qu'il posa sur les genoux de la femme assise à côté de lui sur le banc. Elle l'examina aussitôt sur le côté, pour regarder le nom inscrit à l'encre.

« Mon Dieu, dit-elle d'une voix sans timbre, sous le choc.

— Je ne l'avais pas revu depuis le jour où je t'ai trouvée au milieu de ces arbres, le bras luxé. J'imagine qu'un gosse a dû passer, le voir dans l'herbe, et qu'il se l'est approprié. Pourtant il était déjà en mauvais état.

— C'est Willie qui l'a volé. » Son filet de voix était devenu presque inaudible. « Willie Shearman. Je pensais que c'était un type bien. Tu vois à quel point je me trompais sur les gens ? Même à l'époque. »

Il la regarda en gardant le silence, confondu. Elle ne vit cependant pas son expression, n'ayant pas levé les yeux du vieil Alvin Dark et tirant machinalement sur les lanières effilochées du cuir. Puis elle eut un geste qui le toucha et le ravit, faisant ce qu'il avait fait dès qu'il avait lui-même ouvert le paquet et vu ce qu'il contenait : elle porta le gant à son visage, pour sentir l'arôme huilé du cuir qui s'en dégageait. À cette différence près, cependant, que Bobby avait tout d'abord enfilé le gant sur sa main, sans même y penser. Un geste naturel pour un joueur de base-ball, le geste naturel d'un gosse, aussi automatique que de respirer. Norman Oliver avait bien dû être un gosse, dans le temps, mais sans doute pas un joueur de base-ball, car il n'avait pas trouvé le bout de papier enfoncé dans le dernier doigt du gant, le doigt marqué par une profonde estafilade dans le cuir. C'était donc Bobby qui avait découvert ce papier. L'ongle de son petit doigt avait senti la résistance.

Carol reposa le gant. Cheveux grisonnants ou pas,

elle avait de nouveau l'air jeune, et pleine de vie. « Raconte-moi.

— Sully l'avait, enfilé sur sa main, lorsqu'on l'a trouvé mort, dans sa voiture. »

Elle ouvrit de grands yeux ronds. En cet instant, elle ne fit pas que ressembler à la fillette qui était montée sur la Grande Roue avec lui, à Savin Rock ; elle *était* cette fillette.

« Regarde au bas, là où il y a la marque Alvin Dark. Tu vois ? »

La lumière déclinait vite, mais elle vit tout de même très bien.

B.G.
1464 Dupont Circle Road
Redmont Hills, Pennsylvanie
Zone 11

« Ton adresse, murmura-t-elle... Ton adresse actuelle !

— Oui, mais regarde bien... (Il tapota les mots *Zone 11*.) « Le bureau de poste n'utilise plus ce code postal depuis les années soixante. J'ai vérifié. Ted l'ignorait, ou l'a oublié.

— Peut-être l'a-t-il rédigé ainsi intentionnellement... »

Bobby acquiesça. « C'est possible. Toujours est-il qu'Oliver a lu cette adresse et m'a envoyé le gant, en me disant qu'il ne lui avait pas paru nécessaire de garder un vieux gant dans cet état. Il voulait avant tout me faire savoir que Sullivan était mort, au cas où je ne l'aurais pas déjà su, et qu'il allait y avoir un service religieux à Harwich. Il devait sans doute avoir envie que je vienne pour apprendre l'histoire de ce gant. Je n'ai pas pu tellement l'éclairer, en fin de compte. Carol... es-tu sûre que Willie...

— Je l'ai vu qui le portait. Je lui ai demandé de me

le rendre pour que je puisse te l'envoyer, mais il a refusé.

— Tu supposes donc qu'il l'a donné plus tard à Sully-John ?

— Forcément. »

Quelque chose clochait, cependant ; elle avait l'impression que la vérité devait être plus compliquée que cela. L'attitude qu'avait eue Willie avait été elle-même étrange quand elle lui avait demandé de lui rendre le gant, même si elle ne se souvenait plus exactement en quoi.

« De toute façon, reprit-il en tapotant l'adresse, c'est l'écriture de Ted. J'en suis sûr. Quand j'ai enfilé le gant, j'ai trouvé autre chose. Et c'est avant tout pour ça que je suis venu. »

Il fouilla pour la troisième fois dans le sac de gym. La lumière perdait son rougeoiement ; les restes du jour se réduisaient à des nuances de rose de moins en moins vives, de la couleur des roses sauvages. La radio, toujours posée sur l'herbe, joua *Don'tcha Just Know It*, de Huey « Piano » Smith and The Clowns.

Bobby exhiba une feuille de papier toute froissée. Elle avait été tachée en deux ou trois endroits par la sueur qui imprégnait l'intérieur du gant ; mais sinon, elle paraissait remarquablement blanche et neuve. Il la tendit à Carol.

Elle la présenta à la lumière en la tenant à bout de bras ; ses yeux, comprit Bobby, n'étaient plus aussi bons qu'avant. « C'est la page de titre d'un livre ! s'exclama-t-elle, se mettant à rire. *Sa Majesté des Mouches*, Bobby ! Ton livre préféré !

— Regarde en bas. Lis ce qu'il y a d'écrit.

— Faber and Faber, Limited... 24, Russell Square... Londres. » Elle le regarda, l'air interrogateur.

« Il provient de l'édition de poche de Faber, celle qui date de 1960, expliqua Bobby. C'est écrit au dos. Et pourtant, regarde ! On dirait que le papier est tout neuf. J'ai la conviction que le livre dont provient cette page était encore en 1960 il y a seulement quelques semaines. Pas le gant, qui est fichtrement plus abîmé que lorsque je l'ai perdu, mais la page de titre.

— Voyons, Bobby, les pages des livres ne jaunissent pas obligatoirement, si ces derniers sont conservés dans de bonnes conditions. Même une vieille édition de poche...

— Tourne la page. »

Carol s'exécuta. Sous la ligne disant *tous droits réservés*, on avait écrit : *Dis-lui qu'elle a été aussi courageuse qu'une lionne.*

« C'est là que j'ai compris que je devais venir, parce que *lui* pensait que tu serais ici, *lui* savait que tu étais encore en vie. Je n'arrivais pas à y croire, il m'était plus facile de croire en lui que de... Carol ? Ça ne va pas ? C'est ce qu'il y a de marqué en bas ? Qu'est-ce que ça veut dire ? »

Elle pleurait, elle pleurait très fort, même, tenant la page de titre arrachée à la main et regardant ce qui avait été tracé là, dans l'espace réduit entre les informations légales :

« Qu'est-ce que ça veut dire ? répéta Bobby. Tu le sais ? Oui, tu le sais. »

Carol secoua la tête. « Ça n'a pas d'importance. C'est quelque chose de personnel et de spécial, comme le gant est spécial pour toi. Pour un vieux type, il sait vraiment où appuyer pour que ça te fasse du mal... ou du bien.

— Sans doute. C'est peut-être cela, le boulot des Briseurs. »

Elle le regarda. Elle pleurait encore, mais, constata-t-il, sans être vraiment malheureuse. « Enfin, Bobby, pourquoi aurait-il fait tout ça ? Et comment savait-il que nous viendrions ? Quarante ans, c'est long. Les gens grandissent... ils grandissent et laissent derrière eux l'enfant qu'ils ont été.

— Tu crois ? »

Elle continua de le regarder dans la lumière de plus en plus incertaine. L'ombre s'épaississait dans le bosquet. Au milieu des arbres, là où il avait pleuré un jour et où il l'avait trouvée le lendemain blessée et abandonnée, la nuit était déjà presque tombée.

« Parfois, des restes de magie continuent à opérer, dit Bobby, c'est ce que je crois. Nous sommes venus parce que nous entendons encore les bonnes voix. Est-ce que tu les entends, ces voix ?

— Oui, parfois, dit-elle presque à contrecœur. Ça m'arrive. »

Bobby lui reprit le gant. « Peux-tu m'excuser une seconde ?

— Bien sûr. »

Il alla entre les arbres, mit un genou en terre pour passer sous une branche basse et déposa le gant sur l'herbe, la paume tournée vers le ciel presque nocturne. Puis il retourna s'asseoir à côté de Carol. « C'est sa place, dit-il.

— Il y a bien un gamin qui va passer, demain, et qui le récupérera, c'est ce que tu te dis, non ? »

Elle rit et s'essuya les yeux.

« Peut-être, admit-il. Ou peut-être aura-t-il disparu. Pour retourner là d'où il est venu. »

Les dernières traces de rose viraient au gris cendré. Carol posa la tête sur l'épaule de Bobby et celui-ci passa un bras autour d'elle. Ils restèrent ainsi sans parler tandis que, sur la radio toujours à leurs pieds, les Platters commençaient à chanter.

NOTE DE L'AUTEUR

Il existe bien entendu une université du Maine à Orono. Je l'ai moi-même fréquentée de 1966 à 1970. Les personnages de cette histoire n'en sont pas moins imaginaires, et une bonne partie de la géographie du campus, telle que je l'ai décrite, est de mon invention. Harwich est une bourgade également inventée, et si Bridgeport existe, la description que j'en donne est très loin de la réalité. Même si cela paraît difficile à croire, les *sixties* ne sont pas imaginaires : ces années-là ont réellement existé.

J'ai aussi pris quelques libertés chronologiques, la plus patente étant de situer le feuilleton du *Prisonnier* deux ans avant sa première diffusion à la télévison américaine ; j'ai cependant essayé de rester fidèle à l'esprit de l'époque. Cela est-il vraiment possible ? Je l'ignore, mais j'ai tout de même essayé.

Une version précédente et très différente de *Willie l'Aveugle* a paru dans la revue *Antaeus*, en 1994.

Je tiens à remercier Chuck Verrill, Susan Moldow et Nan Graham, qui tous m'ont aidé à trouver le courage d'écrire ce livre. Et je tiens aussi à remercier ma femme. Sans elle, je n'y serais jamais parvenu.

S.K.

♡ + ☮ = INFORMATION

Composition réalisée par NORD COMPO

Imprimé en France sur Presse Offset par

BRODARD & TAUPIN

GROUPE CPI

La Flèche (Sarthe).
N° d'imprimeur : 17387– Dépôt légal Éditeur 30489-03/2003
Édition 01
LIBRAIRIE GÉNÉRALE FRANÇAISE - 43, quai de Grenelle - 75015 Paris.

ISBN : 2 - 253 - 15140 - 8   ⬦ 31/5140/4